从古希腊对人类生命的发现就是被有意图地阐释过的行动，
到最近将存在描述为叙事的时间性，有一个持久不变的认知：
作为生活世界的主体的人类的"存在本质上是故事化的。生命蕴含着故事"。

故事的诗学

The poetics of the story

◎徐 岱 著

ZHEJIANG UNIVERSITY PRESS
浙江大学出版社

第四章：故事的传承——小说民族志

第五章：故事的德性——小说伦理学

第一章 故事的哲学

——小说艺术论

有这样一种说法：讲故事对人来说就像吃东西一样，是不可或缺的。因为饮食可以使我们维生，而故事可使我们不枉此生。众多的故事使我们具备了人的身份。因为事实证明，"没有故事的生活，就是枉活一场"[①]。这个说法看似把故事的重要性抬得很高，但我认为并没有夸大其词。我认同这个说法。因为我们很难否认，从古希腊对人类生命的发现就是被有意图地阐释过的行动，到最近将存在描述为叙事的时间性，有一个持久不变的认知：作为生活世界的主体的人类的"存在本质上是故事化的。生命蕴含着故事"[②]。在这个意义上，我想有必要继续探讨有关小说艺术的一些问题。因为古往今来，小说一直是故事的最佳载体。如果我们对讲故事感兴趣，我们就必须把这个兴趣与小说的艺术联系起来予以考虑，否则我们就无法弄清故事的奥秘。

本书的主旨是：在一个"视觉文化"占据主导的"图像时代"，为什么还要再来关心"小说的艺术"。换言之就是："为何要谈"和"如何来谈"。就文学领域而言，这是网络文学即将成为当代文坛无冕之王的时代，似乎大势已定的事态忽然间被搅局。事情源于去年的诺贝尔文学奖。当瑞典文学院 2012 年 10 月 11 日宣布，该年度的文学奖颁予中国作家莫言，一直在文化边缘挣扎的步履维艰的小说文类，瞬间重又受到众人注目。虽然人们对莫言作品的价值评价呈现出毁誉参半的两极，但这并不妨碍学界借助世人的这种短暂兴趣，将小说艺术的讨论重新提上议事日程，重启关于"小说命运"的探讨；从而为陷入困境的小说叙事如何从"网络文化"与"视

[①] ［爱尔兰］理查德·卡尼：《故事离真实有多远》，王广州译，桂林：广西师范大学出版社 2007 年版，第 12 页、第 27 页。

[②] ［爱尔兰］理查德·卡尼：《故事离真实有多远》，王广州译，桂林：广西师范大学出版社 2007 年版，第 227 页。

觉艺术"的双重夹击中成功突围、重获生机,提供一些新的思路。

第一节　从诺贝尔文学奖说起

相当一段时期以来,关于小说艺术一直存在着两种观点:"小说消亡论"和"小说危机说"。迄今来看,过分张扬"小说消亡论"或许言过其实,但"小说危机说"却是事实。对此,从具有全球性声誉的诺贝尔文学奖近年来的声名狼藉,到评选出的小说家作品的质量越来越差可以略见一斑。以 2012 年度该奖的获奖者、拥有中国国籍的莫言为例。当来自斯德哥尔摩的消息得到证实,争议之声便随之而来。最引人注目的言论莫过于德国著名汉学家顾彬的评论。在莫言获诺贝尔奖正式确认后,《德国之声》记者于 2012 年 10 月 12 日 6 时 9 分 47 秒电话采访了正在北京的顾彬。他坦然表示,莫言是他否定得最多的当代中国小说家,因为他的小说艺术水平并不高。概言之:莫言的主要问题是,他根本没有思想。而我们清楚地知道,"归根到底,诗仍依赖于思想的力量",古往今来,正是一个艺术家的"见解的真诚和深刻,使他成为一个诗人"。[①] 但熟悉莫言小说的有经验的读者都清楚,恰恰这两点正是这位作为"红高粱家族酋长"所缺乏的。那么,这种小说何以能获诺贝尔奖?

顾彬的解释有两点:一是诺贝尔文学奖评委一贯的"看走眼"。用他的话说:过去一再有根本不应该得这项奖的人得了奖。二是归功于其英译者即美国科罗拉多大学东亚系葛浩文(Howard Goldblatt)教授别出心裁的翻译方式。作为"中国人"怎么评价顾彬的这番评价?其实只要我们能真正抛弃根深蒂固的"面子文化传统",不再集体无意识地充当鲁迅笔下那位"阿 Q"先生的徒子徒孙,想当然地以"移情"方式把"莫言获奖"看作"咱的光荣",表现出一种"买彩票中大奖"的欣喜若狂,那就不难承认顾彬此说言之有理。把顾彬对莫言的否定与后者的"体制内"身份挂钩,从而将顾彬的批评归之于政治评价,这种做法是对这位为中国文学付出了毕生精力的优秀学者的莫大侮辱。持这种观点的人显然忘记了一件事:在此之前,顾彬也高调批评过另一个"体制外"法籍华裔诺奖得主高行健,

---

[①] 〔英〕托马斯·卡莱尔:《英雄和英雄崇拜》,张峰等译,上海:上海三联书店 1988 年版,第 134 页。

认为高的作品"很糟糕"。顾彬的这个评价同样具有权威性,因为正是他第一个把高行健的作品译成德文,对其作品相当熟悉。所以,作为一位杰出汉学家和文学评论家的顾彬教授对莫言的批评,我们没有理由不认真对待。

首先,在所有诺贝尔奖中,文学奖是最不客观也最辜负众望的。这种情形在近年来颁发给小说家的奖中显得越来越严重。除了 2010 年秘鲁作家马里奥—巴尔加斯—略萨的得奖是理所当然,是迟到的荣誉之外,其他的如 2004 年奥地利女作家埃尔弗里德·耶利内克、2008 年法国作家勒·克莱齐奥、2009 年罗马尼亚裔德国女作家赫塔·缪勒,对于具有真正文学鉴赏力的读者而言,这三位作家的作品严格地讲可用"拙劣"来评价。他们明显缺乏读者意识的创作方式表明,这是一种以自我满足为导向的"手淫式写作"。这样的文字除了他们自己,也就是像他们一样的那些以"学院派"自居、缺乏对具体文学作品的深刻体验的伪文学甚至反文学的"学者"尚能乐在其中的游戏。其次,广东《南方周末》2008 年 3 月 26 日以"葛浩文谈中国文学"为题刊登的专访中写道:"葛浩文与莫言的合作最愉快,原因在于根本不用'合作'。"因为莫言根本不在乎葛浩文怎么译,莫言对葛浩文多次说:"外文我不懂,我把书交给你翻译,这就是你的书了,你做主吧,想怎么弄就怎么弄。"文章里葛浩文对《南方周末》记者说:"其实,他(莫言)的小说里多有重复的地方,出版社经常跟我说,要删掉,我们不能让美国读者以为这是个不懂得写作的人写的书。"

诚如一些认真对待此事而转发此文的网友们所言,葛浩文在这里无意泄露一个天机:如把莫言原文照翻,那就是个不懂写作的人写的东西。把这篇专访与这位以翻译萧红《呼兰河传》起步、曾任美国科罗拉多大学东亚系教授的葛浩文自己的言论作个比较,事情就十分清楚了。他曾在许多场合阐述过这样的翻译理念:"我跟很多翻译都不一样,我是凭灵感。我差不多看一句、看一段是什么意思,然后就直接翻,再回头对一下。如果太离谱了,那要去修正,太硬的话就把它松一点。"他的理由看似也很有底气:"作者是为中国人写作,而我是为外国人翻译。翻译是个重新写作的过程。"这种二度创造的翻译方式给了他极大的乐趣。这就不难理解他的这段由衷表白:"我天生就爱翻译,翻译是我的爱好。对我而言,翻译就像空气一样,没有翻译我就不能生活。"这样的表述无疑为顾彬教授的话提供了最好的佐证。

至此,我们对媒体上"顾彬论莫言"的相关报道可以暂且以一个结论打住。诚如顾彬所说,这次诺贝尔文学奖的对象其实是"葛浩文化了的莫言"。因此这个奖如果要颁发，相对合理的做法应该列入两位受奖者，即"葛浩文—莫言"。就我本人对莫言作品的阅读体验来讲，认为他的小说基本没有思想这是无须再作辩解的事实。莫言写作特色的确如一些有识之士所指出的，就是"拉美小说的山寨高手"；其作品充其量不过是欧美现代派小说的"高级精仿"。诺贝尔文学奖授予他再次证明了小说艺术的衰落。虽说这有助于让其作品的市场价格大幅提升，但无法改变其艺术价值依然平庸的事实。在这个意义上，认为这个奖对中国文学会产生负面影响并非空穴来风。但从这个"莫言事件"中，我们无疑还能获得一些正面的意义。这就是对小说艺术在当今时代的"文化意义"以及其所拥有的"艺术功能"等问题的深度思考。这样的思考事实上从未中断，这次"莫言事件"让其获得了进一步展开的平台。

比如在关于莫言获诺奖的众说纷纭之中，还有来自著名作家王蒙的言论。根据 2012 年 11 月 26 日《中国文化报》的报道，2012 年 11 月 7 日王蒙在澳门大学出席澳门基金会和澳门大学联合举办的"文学艺术家驻校计划"开幕式，应邀发表了题为《从莫言获奖说起》的精彩演讲。演讲中王蒙对莫言获奖予以明确肯定的同时也表示：如果说莫言的写作有些地方显得粗糙，这绝对是真实的；说他有些作品有时候自我有重复，这也是真实的。说我们作为对诺贝尔文学奖获得者、我们对莫言有更高的期待，希望他能写出更加美好的作品，这也是可以理解的。王蒙的评论不仅一如既往地带有他的智慧，而且还具有更高的眼光：超越了就事论事的众说纷纭，将问题引入对"小说命运"的关注上。王蒙认为，继续纠缠于莫言得奖是否名实不副这已没有意义。无论如何，有一点我们必须得感谢瑞典科学院他们坚持颁这么一个奖，这就是：告诉我们书还是要读的，字还是要写的，文学还是要做的。

在王蒙别开生面的话中，我们能读出这样一种话外音：大家伙儿其实没有必要如此在意"这个奖究竟该属于谁"这个话题，也暂且搁置"莫言小说到底有何价值"的争执。有比这更重要的问题，这就是：我们可以对"小说消亡论"不予理会，但必须坦诚面对"小说危机说"这个事实。借助于人们对"莫言事件"的关注，有句老话有必要再被重新提起，这就是曾经风光无限的小说，在当今时代的存在权利。从门庭若市到门可罗雀，小说在当代中国文坛经历了大起大落。这种文学形态是否还拥有属于它的未来？它对于我们今天的世界究竟还有多少意义？这些问题需要给予认真对待。对于喜欢并且关心小说命运的人，迎接这个挑战的最好方法，莫过于再次重申小说存在的充分理由，让大家重新认识到小说之于我们这个时代所不能替代的意义。事情需要从头讲起。让我们重返文学史,从对"小说消亡论"入手。

"诗人是一只夜莺,栖息在黑暗中,用美妙的歌喉唱歌来慰藉自己的寂寞。"一个多世纪前,当英国浪漫主义著名诗人雪莱用这句略带感伤的描述宣告了一个伟大世纪的结束,被德国哲学家黑格尔称为"市民社会的史诗"的"小说"正在迅速崛起。作为"印刷文化"的宠儿,这种文类也成了资本主义市场经济最早的文化商品。评论家们指出:曾几何时,与再美妙的诗歌也无人问津形成鲜明对比,"甚至再糟糕的小说也有人读"。① 而"侦探小说之母"阿加莎·克莉斯蒂作品的销量,则仅次于《圣经》。躬逢其盛的英国小说家特洛罗普惊诧地表示:仿佛一个晚上,青年男女、老年翁妇,阅读小说成为时尚。凡此种种,让美国小说家弗兰克·诺里斯在《小说家的责任》一文中,正式提出了"我们的时代是小说时代"②之说。但正如一句中国老话所言:人算不如天算。文化界"各领风骚没几时,你方唱罢我登场"的现象由来已久,现代性凸现的"瞬间与流动"这个特征,在"小说的命运"中得到了充分体现。

当电影经过初试啼声而正式加盟艺术阵营,便迅速对刚取诗歌而代之、加冕艺术之王宝座的小说,形成了极大威胁。问题的症结在于"故事"。在《小说:形式与手段》这篇文章里,英国小说家 B. S. 约翰逊就曾指出:电影一定会篡夺一些一直几乎完全属于小说家的"讲故事"的特权。因为电影能够更直接地讲述一个故事,比小说用的时间少,细节比小说更具体,人物的某些方面更容易描写。他认为:自从并不擅长讲故事的小说家乔伊斯于 1909 年在都柏林开建了第一个电影院,意味着以故事为中心的小说传统走向终结。在他看来,如果一个小说家仍一意孤行地热衷于"讲故事",其结果只能是悲剧性的。这样的见解并非凤毛麟角,几乎是当时许多思想敏锐的小说家的普遍体会。比如态度相对积极的法国著名作家安德烈·莫洛亚也认为:未来小说家的作用开始于电影的作用中断之地。③ 事实上在 1894 年,有一种叫"摄影机"的专利说明证书的文字就写

---

① [美]梅特尔·阿米斯:《小说美学》,傅志强译,北京:北京燕山出版社 1987年版,第 73 页。

② [美]弗兰克·诺里斯等:《美国作家论文学》,北京:生活·读书·新知三联书店 1984 年版,第 147 页。

③ [法]安德烈·莫洛亚:《艺术与生活》,郑冰梅译,上海:上海三联书店 1989年版,第 105 页。

道：用放映的活动画面讲述故事。① 所以早在 1926 年，俄国文论家鲍里斯·艾亨鲍姆同样提醒过："电影和文学（小说）的竞争，是当代文化史中一个无可否认的事实。"②

这就是所谓"小说消亡论"的滥觞。自此以来，关于小说时代将随着电影艺术的普及而步诗歌的后尘落下帷幕的说法，就如一个幽灵般此起彼伏。尤其是 20 世纪初以来，当有声电影以及后来的彩色宽银幕影片通过产业化的美国好莱坞制作公司，将这门综合艺术的魅力充分展示于世人，在全球范围内营造了独步天下的格局，关于"小说的没落"的言论似乎就将被证实。不仅是诗歌与小说的这种由兴而衰的变迁，即便是由此及彼综观整个人类艺术历程，一些敏锐的作家也从中得出了"一切艺术形式都会衰老谢世"的结论。法国著名小说家巴尔扎克曾经表示：文学就好像所代表的社会一样，具有不同的年龄：沸腾的童年是歌谣，史诗是苗壮的青年，戏剧和小说是强大的成年。③ 虽说这位"现实主义小说大师"这番话的原意，是为"小说时代"的降临而欢呼，但其中却显然能够让人引申出"各类艺术彼此接替"的逻辑。这个逻辑同样也为"小说时代"的发布者诺里斯所认同。他在文章中明确表示：随着时间的推移，小说也将丧失自己的整个地位，正如长诗之丧失地位一样。因此他提出："认真地想想是什么将取代小说的地位倒很有趣。"④ 话虽这么讲，但诺里斯的言外之意是清楚的：就像当时的许多文学界人士那样，在他看来，随之而来的是电影时代。

并不出人意料，在艺术文化史上，接替小说而加冕艺术王位的果然是电影。不过最终的事实却表明，关于"电影崛起、小说消亡"的说法，其实是个"毫无根据却不无意义"的伪命题。说它"毫无根据"是指，这种说法同形形色色的"终结论"一样，属于耸人听闻之言。说它"不无意义"是指，这个命题可以作为一个学术讨论的话题，让我们在以"信息快递"为特色

---

① ［加］安德烈·戈德罗：《从文学到影片》，刘云舟译，北京：商务印书馆 2010 年版，第 53 页。

② ［挪威］雅各布·卢特：《小说与电影中的叙事》，徐强译，北京：北京大学出版社 2011 年版，第 89 页。

③ ［法］巴尔扎克：《巴尔扎克论文选》，李健吾译，北京：中国社会科学出版社 1988 年版，第 105 页。

④ ［美］弗兰克·诺里斯等：《美国作家论文学》，北京：生活·读书·新知三联书店 1984 年版，第 147 页。

的所谓"传媒时代"耐下心来,重新认识小说艺术不可取代的价值。比如在 20 世纪 70 年代,托多罗夫曾表示:今天,向整个社会提供其所需之叙事的不再是文学,而是电影:电影艺术家为我们讲述故事,小说家则做文字游戏。[①] 乍听起来,让人以为这仍不过是"电影取代小说"的老调重弹,但细细体会却能发现话中蕴涵着的反讽式含义。与其说是对电影讲故事功能的强调,不如说是对以当时初露锋芒的所谓"后现代小说"的苍白空洞的批评。问题的关键仍在于如何看待电影对小说的冲击。法国著名影评家马赛尔·马尔丹在《电影语言》一书中曾经写到的:电影最初是一种影像演出或者说是现实的简单再现,以后便逐渐变成了一种语言,也就是说,成了叙述故事和传达思想的手段。这意味着一种真正意义上的"综合艺术"的诞生。

毫无疑问,从无声的"默片"时期到有声电影再到如今以 3D 技术为代表的各种"大片"的问世,我们不仅从"票房奇迹"上见证了电影工业创造财富的巨大威力,还从所谓的"视觉大餐"中领略了电影抓人眼球的魔幻奇技。但需要强调的是:艺术电影这种有目共睹的成功并没有像一些文化预言家所想象的那样,以小说的没落为代价。迄今为止,我们见到的完全是另一种景象:小说与电影通过故事的中介,形成了一种联袂携手、互利合作的良性关系。以不久前刚走红的李安首部 3D 电影《少年派的奇幻漂流》为例。影片改编自由法裔加拿大籍作家扬·马特尔(Yann Martel)创作的同名小说,迄今为止已经在全球热卖 700 万本。该书不仅于 2002年赢得著名的英国布克奖、《纽约时报》年度杰出图书和《洛杉矶时报》年度最佳小说奖,还被《芝加哥论坛报》赞扬为"无论从什么方面来看,都是一部奇特的小说",并在《纽约时报》的畅销书排行榜上停留长达一年多时间。认为小说本身的成功为李安凭借此片二度问鼎奥斯卡最佳导演的荣誉提供了方便,这个说法不无道理。事实上,这也是李安看准这部小说来拍摄一部能让他再度获得成功的影片的重要原因。需要特别指出的是,类似情形绝非个案。比如根据英籍日裔作家石黑一雄小说《别让我走》改编、由马克·罗曼尼克(Mark Romanek)任导演的同名影片的成功,可以

---

① ［加］安德烈·戈德罗:《从文学到影片》,刘云舟译,北京:商务印书馆 2010年版,第 45 页。

说是"李安案例"的"前传"。①

事实上电影人从未忘记这点。比如2013年2月24日晚的美国洛杉矶杜比剧院,华裔导演李安在上台领取他的第二个奥斯卡最佳导演奖的致辞中,特别提到"我需要感谢扬·马特尔(Yann Martel),写出这本不可思议又鼓舞人的小说"。这句朴素之言无疑是对"好电影与好小说"的密切关系的最佳注解。所以从各种关于电影的著作中人们经常会读到这样的文字:"文学,无论是通过戏剧还是通过叙事小说,为电影的发展做出了、并仍在做出巨大的贡献。"②据统计,仅以好莱坞为例,迄今为止仍有约三分之一的故事片以文学散文文本作为改编原本,包括短篇和更多的长篇小说。关键在于这些影片通常都是具有极高艺术含量的最佳影片,而不是大量制造的快餐文化。这也进一步说明了过度强调小说与电影间的竞争性,将小说的边缘化归咎于电影,这种观点并不合理。如果细加研究,不难发现这两种艺术形态其实存在着一种"你中有我,我中有你"的现

---

① 虽然作为世界顶级MTV导演,罗曼尼克执导过无数享誉全球的音乐录像带,荣获了超过20座的MTV音乐录像带大奖与3座格莱美奖和1座乡村音乐奖及3座全美告示牌音乐奖,但在电影界他却是位新手。2002年与罗宾·威廉斯共同合作的影片《一小时快照》获得的成功,仍不足以让他在星光耀眼的美国影坛为这部影片获得同样的成功提供足够保障。但影片的问世彻底消除了所有疑虑。"通过技术化的导演和戏剧化的加工,石黑一雄的作品被演绎成了一个多愁善感的故事。但是凭借演员的出色发挥,这部电影也表现着难得的美感。"英国《每日邮报》的这段评语足以说明一切。不过显而易见,此片的成就在很大程度上要归功于原著小说奠定的基础。这部在"科幻"外表下展开的故事,其实表达的是关于爱情、自我、人性等"永恒大问题"的主题。所以小说问世后立即获得如潮好评自然也就不足为奇。这些成就能列出一张清单:2005年英国布克奖提名,2005年美国全国书评家协会奖提名,2006年意大利塞罗诺文学奖,2006年美国亚历克斯奖,2005年《时代》周刊最佳图书和1923年以来《时代》周刊百佳图书,2005年《出版商周刊》十佳图书,2005年《西雅图时报》十佳图书,2005年美国《纽约时报》百部值得关注图书,2005年英国《环球邮报》百佳图书,2005年英国广播公司一台最引人入胜图书提名。诸如"一个史诗性的道德恐怖故事","一种关于人类关系的持久性的最深刻的阐述","一曲令人沉浸其中、仿佛来自另一个世界、令人心潮难平又深受感动的挽歌"等等,这些分别出自美国《出版商周刊》、英国《卫报》和英国《星期日先驱报》的评论,清楚地说明了这部小说所拥有的一种跨文化普世价值的不同凡响。在某种意义上,这也提前预告了根据这部小说改编的影片的成功。

② 〔挪威〕雅各布·卢特:《小说与电影中的叙事》,徐强译,北京:北京大学出版社2011年版,第89页。

象：从小说方面看具有某种"电影性"，就像一位论者所说："叙事并不是静止不动的，它是一部电影。"①从电影方面看同样存在着一种"小说性"：电影观众不仅需要区分故事的表达者和创造者，除此之外还得以电影的方式完成小说读者的欣赏环节：在自己的想象中"重构电影的叙事"。②

这就是优秀的电影往往离不开成功的小说的原因。然而，对"小说消亡论"的否定并不表明"小说危机说"的成立。事过境迁来看，有一点已经水落石出：把小说"危机"归咎于电影艺术，这显然属于想当然的无稽之谈。正确的思路是从社会发展形态上寻找问题的症结。人是社会动物。小说是写给人看的，小说兴起于读者群体的形成，繁荣于体现工业社会特征的市场经济。众所周知，德国 19 世纪一代美学宗师黑格尔，曾经称小说为"近代市民阶级的史诗"。③ 这是一个生动而准确的评价。近代市民阶级的形成，是以受宗教神权的影响而形成的"无我主义"的瓦解为前提的。这意味着小说的社会背景，是现代"个人主义"文化的普及为基础、拥有真正独立个性的"个体"的诞生。这是一件人类历史发展的一件大事。就像历史总是由具体的事件为基础，人之所以为"人"而不是能直立行走的灵长类动物，就在于其具有鲜明而独特的个性。所谓"人的时代"也就是倡导个性解放、让个体彻底摆脱以各种冠冕堂皇的名义受制于集体的束缚的时代。如同史诗是人类"英雄时代"的鲜明标志，小说是这个"人的时代"的最佳象征；而以列夫·托尔斯泰和陀思妥耶夫斯基等为代表的 19 世纪的俄国小说，则标志着这门艺术所达到的最高水平。

所以德国美学家玛克斯·德索专门指出：俄国小说是以什么样的特点在欧洲获得成功的呢？首先是由于对个人的描绘。④ 英国小说史家伊恩·瓦特持有同样的观点。他的分析更为详尽，一直追溯到文艺复兴，自那以来，一种用个人经验取代集体传统作为现实的权威仲裁者的趋势与日俱增，这种转变构成了小说兴起的总体文化背景的一个重要组成部分。

---

① ［美］杰克·哈特：《故事技巧》，叶青等译，北京：中国人民大学出版社 2012 年版，第 109 页。

② ［挪威］雅各布·卢特：《小说与电影中的叙事》，徐强译，北京：北京大学出版社 2011 年版，第 29 页。

③ ［德］黑格尔：《美学》（第三卷下册），朱光潜译，北京：商务印书馆 1981 年版，第 167 页。

④ ［德］玛克斯·德索：《美学与艺术理论》，兰金仁译，北京：中国社会科学出版社 1987 年版，第 359 页。

而小说则是最充分地反映了这种富有革新性的个人主义方向的文学形式。据此他提出：凭着对人物个性化和环境详细展示的习惯性关注，小说不仅肯定可与其他文学样式和虚构故事的先前形式区别开来。而且前途无量。① 不妨再作进一步的补充：小说的最大魅力在于它是反映个人体验和感受的最佳手段，从而也是落实苏格拉底"认识你自己"这句名言的最佳方式。这与小说的使用媒介有关。在某种意义上，"小说或许是本质上与印刷的媒介联系在一起的唯一的文学体裁"②。这个现象事关重大。经验表明："对书面文学的知觉比起对口头文学的知觉来，是一个隐秘得多的心理过程，其原因在于，书面文学较之于口头文学在无可比拟的大的程度上，诉诸作为个性的人。"③

由此我们可以理解，何以小说与诗歌在"接受与传播"方面存在如此鲜明的反差。在志同道合的朋友们中吟诵诗歌之所以司空见惯，是因为它本然地具有一种分享性。但一部小说尽管也能被拿来在一群"粉丝"中如此这般地朗读，但其意义还是在作品之外。因为尽管我们完全能够把读一部好小说的心得与有着相似共鸣的三五位同道相互交流，但欣赏一部优秀小说的最佳方式是独自阅读。具有真正"个性"的个体的存在，是小说艺术的前提，也是其对现代化社会的一种贡献。因为个性与良心是健康"人性"的基本品质。但当下的社会现状呈现出一种"吊诡"：在一片"多元文化"声中，却越来越趋于一种文化的"同质性"。其中的原因并不难理解：就像人们只能借助于镜子来看到自我，我们之所以阅读小说是为了知道他人的故事。这种"他者意识"事关"自我认识"。只有具有这种意识的主体才算得上真正自主的、渴望于人于己都有所作为的个体。但时至今日，情形早已发生根本性改变。由自恋主义文化为主导的自我中心所在意的就是享乐主义，不负责任的"任性"以伪装的方式取代了"个性"。于是，在众声喧哗的无休止的"嘉年华"（carnival）中，人们沉溺于狂欢节般的强颜欢笑之中，把醉生梦死当成现实。

毫无疑问，"非个性化"已成为当下社会的鲜明标志。这就是小说危

① ［美］伊恩·瓦特：《小说的兴起》，高原等译，北京：生活·读书·新知三联书店 1992 年版，第 7 页、第 12 页。

② ［美］伊恩·瓦特：《小说的兴起》，高原等译，北京：生活·读书·新知三联书店 1992 年版，第 7 页、第 220 页。

③ ［俄］莫·卡冈：《艺术形态学》，凌继尧等译，北京：生活·读书·新知三联书店 1986 年版，第 348 页。

机的根本症结所在。无论是关于英雄还是凡人，他们作为小说人物都是
具有独特个性的"个体化"的生命现象，讲述属于他们的"个人故事"是小
说的优势。一个自我中心的社会是不会对这种"个人故事"有多大兴趣
的，这在客观上对小说继续存在的必要性构成了危险。深入地来看，问题
的症结在于"后工业时代"的网络文化的影响。该如何给当今时代命名？
习惯于高谈阔论的"社会学"围绕这个话题展开过众说纷纭而莫衷一是的
雄辩。概括起来主要有三种：后工业社会、消费社会、图像社会。这三大
社会形态分别呈现了人类文明发展的三个时代：书写（writing）时代、印
刷时代（print）、视听时代（audio-visual）。用一位学者的话说：无论我们
喜欢与否，在当今我们自身都已处于视觉（visuality）成为社会现实主导形
式的社会，这就是"图像社会"（society of image）。① 这些说法的确各有其
理。但我认为，除此之外事实上还存在第四个选项：信息时代。这个概括
更准确到位。理由并不复杂。当今时代离开了网络是难以想象的。在某
种意义上，正是网络工程的快速、完善的发展，才真正体现了"后工业"的
特征，让我们进入名副其实的"现代文明"。而所谓的"消费"，早已不再是
全家出动去大型购物中心，取而代之的是在网络上经济实惠又方便的"按
键"行为。

　　换言之，"网络社会"的概念能将当今时代各种现象一网打尽，而反之
却不能。网络具有无限可能性，但这一切仍取决于一个至高无上的主宰
者："信息"。虽说这个词对我们并不陌生，但在网络时代正式降临之前，
发明这个概念的人类对于它所蕴有的内涵其实并不真正清楚。正如凯斯
泰尔斯在《信息批判：经济、社会与文化》一书中所说，"信息"让人耳目一
新的进步归功于数码技术的跨越式发展，以至于我们拥有了一个甚至让
某些人对之顶礼膜拜的"信息技术"的新概念。因为这种技术完全能够通
过社会组织和权力关系等事关"体制性存在"的结构的根本改变，形成社
会形态的重构。② 不仅如此，技术并不会按照其发明者希望的那样仅仅停
留在物质层面，充当人类征服世界的最佳工具。事实表明，随着这种技术
不断的升级换代，如今它已能进入人类内心深处，不仅改变我们的思维方

---

① ［斯洛文尼亚］阿莱斯·艾尔雅维茨：《图像时代》，胡菊兰等译，长春：吉林
人民出版社 2003 年版，第 6 页。

② ［荷］约斯·德·穆尔：《赛博空间的奥德赛》，麦永雄译，桂林：广西师范大
学出版社 2007 年版，第 36 页。

式,而且改变我们的欲望与需求,从而彻底改变我们的"人性"。[①] 最终其创造者沦为像它们那样的没心没肺的肉身化机器。被热衷于运作各种专业术语的理论家们贴上"后现代"标签的当今社会的种种景观,证明了上述所言并非无稽之谈。

问题的症结在于"信息"这个关键词。何谓"信息"(information)? 这个概念究竟是什么意思? 根据凯斯泰尔斯以当今时代的学者普遍采用的晦涩绕口的话讲,其主要性质是流动、拔根、时空压缩等诸如此类。对于这种"说了等于没说"的"阐述",需要给予进一步的补充。准确把握这个概念,必须将它与"讯息"(message)与"通信"(communication)区别开来。后者强调一种交流行为,前者的特点是"短、平、快"。具体说,"短"是指其表达手段简单,"平"意味着表达内涵没有深度,"快"强调的是其表达形式与所涉及的事件之间尽可能同步。在此意义上,信息的实质的确可以用"非常短的讯息"来概括。一则曾广为流传的所谓"此地人傻、钱多、快来"的电报虽有人为编撰之嫌,却生动地揭示了"信息"的基本面目。这就是"信息"在日常使用中往往与"报道"相连的原因:它们出现的语境基本相同。信息所拥有的这种有限内涵,决定了其功能主要属于"索引性"(indexical)。换言之:信息即"最简单的告知"。在本质上,"信息"与"新闻"几乎是同义词:过时的信息已经失去其作为信息的价值,因而也不再有人对之感兴趣。

从文化人类学方面看,我们为获得信息而付出的代价实在过于沉重,因为它在提供"正能量"之际总是释放出后果不堪设想的负面效应:对"意义"的消解。就像在字面上,"新闻"与"故事"呈现出一种分庭抗礼的对峙;在本质上,"信息"是"意义"的杀手。尽管所有包含"意义"的媒介与话语,都会宽容地为"信息"留下一席之地;但反之却不然,"信息"是"意义"的屠夫,它全凭彻底清除"意义"作为其存在的前提。因为叙述话语的"碎片化"和信息流量的"加速化",既使得意义失去了其赖以存在的叙事性文本,也让作为受众的我们失去了关注意义的能力。信息的时效性强调突出的延续性(duration),它靠不断吞噬个体注意力才能体现其当下性的存在,其后果就是人们注意力的极度涣散。这就是"信息悖论"的由来。所谓"信息高速公路"与现实世界里的情形如出一辙:同样的拥挤和堵塞,因

---

① [美]迈克尔·海姆:《从界面到网络空间》,金吾伦等译,上海:上海科技教育出版社 2000 年版,第 62 页。

而"信息爆炸"的结果就是"信息消亡"。所以,由信息掌控的"媒介社会"与"网络时代",意味着创造了这一切的人类发生了根本性改变。美国心理学家乔治·米勒曾以"使用符号的动物"来界定的人类,重新命名为"食信息动物"。

这个观点得到了哲学家丹尼尔·丹特的赞同。他通过比较人类思维和电脑运作得出结论:人不仅是一种食肉动物,而且已经逐渐变成了"食信息动物"。人对信息充满了饥渴,他的生存目标只剩下一个问题:我要的那则新闻来了吗?发生在今天日常生活中的世界的情形难道不正是这样吗?就像热带大草原上匍匐在草丛中的大型猎食动物的目标是羚羊与鹿等食草动物一样,当我们坐在电脑面前,我们"随时准备出击捕获猎物:信息"。① 这再次验证了一个早已让人耳熟能详的结论:我们使用的工具不仅改变着我们的生存环境,而且首先改变着我们自己。由此看来,这样的预言并非没有根据:我们会生存在一个极权主义横行的世界,只是这种强权并非来自政治或者宗教教义,而是来自科学。② 有朝一日,当功能越来越丰富的形形色色的电子产品,将我们的生活整个包围,我们也就进入了另一个与以往完全不同的世界。这种不同的重点不再是民主与专制的区别,而是意义与虚无的差异。在这个世界中,除了"意义"我们拥有一切。这意味着它是另一种极权,只不过这位主宰者不再是戴着不同面具的独裁者,而是无处显形又无处不在的信息。

这样的前景或许听起来没那么恐怕,但其实比英国小说家赫胥黎笔下的"美丽新世界"更有理由让我们感到毛骨悚然。因为信息不需要也不容许我们"思考",它只是让我们"知道"。这就像德国网络文化学家施尔玛赫在《网络至死》中所说:我们对于信息永不满足的追寻最终会导致"洞察力的终结"。其后果不仅意味着曾经以"智者"为荣的人类主体成了名副其实的"白痴",而且同时也伴随着道德冷漠症和良知的丧失。因为被信息主宰的我们已不再是拥有梦想的"灵性化的主体",而是一个对"意义"无动于衷的"数字化的自己"。之所以说"网络至死",并非指人类肉身的灰飞烟灭,而是成为利奥塔所说的"非人"。因为意义并不是宗教神秘主义的专利,恰恰相反,它从来植根于我们的日常生活世界之中,是我们

---

　　① ［德］弗兰克·施尔玛赫:《网络至死》,邱袁炜译,北京:龙门书局 2011 年版,第 98 页、第 99 页。

　　② ［德］弗兰克·施尔玛赫:《网络至死》,邱袁炜译,北京:龙门书局 2011 年版,第 59 页。

对自身生命的关注和珍惜。这也就是为什么尽管关于人生意义的讨论常常只是些陈词滥调,但仍然不断被人们提上议事日程。进一步讲,古往今来不同种族的人类都会为一个词而激动:自由,其原因就在于"倘若生活要有意义,自由便是必不可少的"①。正是出于这些考虑,才会有人站出来强调:在这个无法逆转的信息时代,我们的任务是牢牢维系住自身的经验之锚,以便从信息海洋中寻找到生命存在的意义。②

但这种声音似乎就像空谷中的回声,让沉溺于技术创新所带来的文化变迁中的当代人不以为然。所以美国亚特兰大埃默里斯大学马克·鲍尔莱恩教授直截了当地将"信息人"称之为"最愚蠢的一代"。他发现,对当今社会的青少年而言,数字工具已经史无前例地融入他们的日常生活之中,他们的成长过程有更多触手可及的知识和信息,他们学习了更多的课程,建成了自己的网站。这些现象让两位备受鼓舞"青少年观察家"出版了一部题为《伟大的下一代》的著作。但在鲍尔莱恩教授看来,事情似乎恰好相反。尽管的确就像许多人谈到的,这个世界从来没有像现在这样传递各种事件和信息,高端电子产品的迅速普及标志着技术能量的惊人释放。但事与愿违,现在的年轻一代并没有显得比前辈们更加博学和更有德性。实践证明,技术并没有开启年轻人向往文明、科学与政治的心灵之窗,相反却限制了他们的视野,使他们只关注于自身以及身边的小世界。普遍的知识贫乏和自我中心是这代人的基本特征,更少地回忆往昔与展望未来,将自己圈在卧室里,满足于借助网络以短信彼此传递快餐化的消息、流行音乐和时尚图片。③

第二节　信息时代的文化嬗变

这就是"小说危机"的根源所在:身处信息时代的小说家失去了由小说读者营造的市场需求。"信息人"不再是传统的那种擅长体验懂得思考

---

① ［德］鲁道夫·奥伊肯:《生活的意义与价值》,万以译,上海:上海译文出版社 1997 年版,第 66 页。

② ［美］迈克尔·海姆:《从界面到网络空间》,金吾伦等译,上海:上海科技教育出版社 2000 年版,第 39 页。

③ ［美］马克·鲍尔莱恩:《最愚蠢的一代》,杨蕾译,天津:天津社会科学院出版社 2011 年版,第 13—16 页。

的"读者",而是被动的信息接受者。信息有其自身的价值,它体现为倏忽即逝的直接性。"信息价值没有过去、没有未来",因此也"没有反思和推理论证的余地"。[①] 因为信息社会是个知识社会,这个社会的关键问题是快速先进的知识生产,以便为"知识经济"创造更多的利润,从而反过来支撑起这个以信息为核心的时代。所以一个货真价实的"信息人"充其量也就是擅长消化新技术的"知识人",以便自己在这个社会,能够通过成功地履行"工具人"的职责而获得最佳的生存机会。显然,这样的人不仅对小说不感兴趣,对艺术电影同样如此。由此可见,将小说的衰落归咎于电影的崛起实在肤浅。在很大程度上,小说的危机同样是优秀电影的危机。因为这样的电影和小说有着共同的核心:叙述一个好故事。但信息不是"论说",更不需要"叙事",而只需要能够将其内容快速有效地传送出去的媒体,这种媒体的功能在于仅仅传送信息本身而排斥所有会对信息产生干扰的内容。

所以对信息而言,它最需要的也就是称之为"信息机器"(information-machines)的媒介。这就是加拿大学者麦克卢汉"媒介即信息"这句话的言外之意,更确切地说它的意思其实应倒过来理解:"信息即媒介。"信息之所以为信息,意味着相比于传递速度和效率,所传送的内容已不像曾经那样具有支配性的重要性。这取决于信息传送的手段通常是由机器承接的媒介。由于信息在广义上属于"文化"范畴,因此这种机器也可称为"文化机器"(culture-machine)。这种机器的代表早期是"电报",之后是"电视",再之后的当今就是隐身化的"电子"。它们的共同特点就是"信息化"越来越彻底。以电视为例,电视虽然也能够播放电影,但其典型内容主要是诸如社会新闻、体育竞赛、肥皂短剧、情景喜剧等,这些就是统称为"信息"的东西。它们具有作为信息的核心特点:由于无足轻重,其价值在播出之后便迅速衰减,直至从受众记忆中完全消失。[②] 懂得了这些也就可以解释,为什么老到的电影观众在看电影时,往往不自觉地表现出目不转睛、全神贯注的状态;而一个标准的电视受众在看电视时,"常用的方式是

---

① [英]斯各特·拉什:《信息批判》,杨德睿译,北京:北京大学出版社 2009 年版,第 228 页。

② [英]斯各特·拉什:《信息批判》,杨德睿译,北京:北京大学出版社 2009 年版,第 113 页。

扫视而不是盯视"①,并且总是将遥控器拿在手里或者放在身边,方便自己能够随时随意地换台。

由此来看,这样的见解是中肯的:恰恰正是电视成了代表电讯和媒体发展转折点的媒介。但将这个观点仅仅建立于电视"提供了一个在家可以接受的屏幕,并且用于各种目的"这样的理由上,却显得有点肤浅。不错,与电影相比,电视的确更具有"大众化"色彩。但这只是现象的一个简单呈现。进一步讲,这个特点表明了作为"信息人"的一种代表,"电视人"需要的是对不断更新的信息的简单"了解",而不是对在大千世界中发生的事件中内在地蕴涵的人性因素予以深入的"认识"和"体验"。电视人的诞生不仅意味着所谓"视觉中心主义"的形成,令人想起笛卡尔早已指出的,视觉是我们"最普遍最敏捷的感官"的观点。而且还意味着一种新认识论的出现:"视觉认识论"(visual epistemology)。这种认识论不再以"真理"或"真相"为关注目标,而是以"关注自身"也即"注意力"的稳定与否为重点。电视人以"屏幕上所呈现的这些是否足以吸引我"的问题,取代了电影观众的"这个故事究竟想表达什么"的思考。由此可见,对"意义"的需求不仅是小说读者的追求,也同样是电影观众的要求。但对于电视人已完全不同。这就是让一些社会学家为之担忧的问题。

举例来说:1991年1月17日至2月28日,在联合国安理会授权下,以美国为首的多国联盟军队为恢复科威特领土完整而对伊拉克进行了一场"海湾战争",最终以伊拉克接受联合国660号决议从科威特撤军宣告结束。全球各大媒体首次以先进的电子设备对此进行了"实时实况"的跟踪性报道。但法国学者鲍德里亚却在《解放》一文中,让人惊诧地表示:海湾战争未曾发生。鲍德里亚的表述不无耸人听闻的味道,但其意思并非像"字面"上所说,否定这场战争曾经真实发生,而是想强调:当全球观众在电视屏幕上,以一种被比好莱坞大片更引人注目的场面所吸引的方式目睹战争的进行时,他们没能或者说无法深入地去对其进行思考和理解;其结果便是有意无意、多多少少地忽视了对这场战争的后果的进一步反思。症结在于,正是电视化的效应逐渐消除了真实与虚拟之间的界线。其结果是,与小说读者和电影观众对故事到底是真是假十分在意不同,一个老到的电视受众早已有意无意地对所看对象的真实与否不加关心。

---

① 〔英〕尼古拉斯·阿伯克龙比:《电视与社会》,张永喜等译,南京:南京大学出版社2002年版,第11页。

　　再触目惊心的实际发生的现象,在电视人眼里只是面对惊悚镜头而已,与观看一部以刺激性为娱乐的黑色影片无异。因为在电视的作用下,他们对于所接受图像的真假,已经成为一种信息化的建构。这种“信息化过程”让全程观看这场战争的电视人身上的人性因素受到了伤害。但这种“非人”化或者说人性的“异化”现象,并未以电视的出现暂告一个段落。相反,随着网络技术以超出人们想象的速度迅速发展和随之而来的最新产品的不断升级,一种完全依赖网络服务器而生存的“电子人”,已在同步地取代电视人成为信息人的最佳代表。电子人的一般特征是对诸如各种平板电脑和智能手机等的熟练使用,这让他们比电视人对信息的吸纳与汇集更为有效也更有兴趣。所以有学者敏锐地提出:当今社会与技术相关的最紧迫的问题,已不再是对机器不负责任的使用导致生存环境的恶化,和对高科技终将给人类带来福音的“迷思”,而是关于“电子人的本质”的认识。①

　　这种提示里清楚地昭示着对电子人的非人化实质的恐惧。凡此种种都传递着一个“信息”:信息时代的文化嬗变的结果,是一种“新人类”的诞生——对“生命意义”和“存在价值”的前所未有的冷漠。这种走向彻底信息化的趋势正是电子人的普遍特征,它来自片面鼓吹网络民主化的人们,对“网络的排他性和独裁性”的忽视。诚然,网络的这种特性并不以明目张胆地驱逐意义的方式表现,而是通过“意义即信息,意义即连贯性”②的方式呈现。其可怕之处不仅仅在于通过这种形式对意义的消解,而是让意义彻底失去意义。因为“信息科学把消息看作是发生在个人之间的事件,而不是社会流”。③ 这是一场货真价实的“静悄悄的革命”,其结果是让人类从一种极端“集体主义”文化走向“原子化”的极端个人主义,这样的人还能是名副其实的“人”吗?一个对“生命意义”不再有感觉的人又将会走上一条怎样的人生之路?对这些问题的思考已经迫在眉睫。由此可见,所谓“小说危机”或者“电影危机”的实质是“意义危机”。

　　人们常常注意到,许多小说家和电影人在谈到他们的某部作品时,往

----

　　① [美]马克·波斯特:《互联网怎么了?》,易容译,开封:河南大学出版社2010年版,第29页。

　　② [新西兰]肖恩·库比特:《数字美学》,赵文书等译,北京:商务印书馆2007年版,第257页、第243页。

　　③ [新西兰]肖恩·库比特:《数字美学》,赵文书等译,北京:商务印书馆2007年版,第244页。

往往会不约而同地"同一口径"地表示,"除了讲故事外没有别的意图"。这是什么意思?何以会出现这样的情景?深入追究起来,这其实并非是这些艺术家在有意"卖关子",问题的关键在于,"故事"是小说和电影的艺术核心,它的效果并不在于传送一个关于哲学、道理、政治等等的"信息",而是具有"一言难尽"的更丰富的内涵。① 换句话说,正是"'内容'的不确定性使得艺术成其为艺术。不论是但丁或托尔斯泰,巴赫或莫扎特,乔托或达维特打算使他的艺术成为什么模样,或者说他的艺术是什么,他们的作品都远远超过了他们想说的东西"②。这是小说与电影间的良性竞争让它们处于同舟共济的命运。信息时代"放逐意义,清除思考"的文化嬗变,不仅大量地吞噬了潜在的小说读者,也使电影的观众群体发生了根本性的改变。当年轻人不再像以前的观众那样全神贯注于银幕上的故事,而是把豪华的电影院当作时尚的娱乐场所和打情骂俏的理想空间,这无疑表明电影的黄金时代的落幕。当代艺术文化究竟该如何做出应对?这才是事情的关键。让我们再来回顾一下 20 世纪 80 年代"文学新时期"时的中国。

在那段时期,尽管"全国人民读文学"的盛况已经不再,但无论诗人还是小说家,文人墨客的身份仍因"灵魂工程师"的荣誉而受到尊敬。但在1988 年,身为重量级小说家的王蒙,却出人意料地写了篇《文学:失却轰动效应以后》的文章,意在彻底打消一些人对"文学黄金时代"能够东山再起的期待。作者提出,20 世纪 70 年代末,随着"文化大革命"结束而掀起的那种近乎可用"沸腾"来形容的"文学热",其实并非文学本身所理当承受的。相反,一部作品在社会上引起的反应显得相对平静甚至于某种程度上的冷落,应该被视为常态。不妨引用一段文章中的话:

如果一个社会动辄可以被一篇小说一篇特写一个文学口号所激动所"煽动"起来,只能说明这个社会的运行机制特别是言论与决策状况不大健全、不大顺畅。说明这个社会的人心不稳、思想不稳,处于动荡之中或动荡前夕。反过来说,如果一个社会的许多成员只是为了"解闷儿"而读文学作品,冷落了一些救世型的思想家和救世玩世型的艺术家的巨作,也

---

① [法]弗朗西斯·瓦努瓦:《书面叙事·电影叙事》,王文融译,北京:北京大学出版社 2012 年版,第 213 页。

② [英]弗雷德·奥顿等:《现代主义,评论,现实主义》,崔诚等译,上海:上海美术出版社 1991 年版,第 32 页。

并非完全可悲。①

对于曾亲历过这段历史的人们来说，王蒙这篇文章在当时中国的文化界所引起的"轰动效应"仍是记忆犹新。但今天重新来看，这篇文章之所以能引起这样的反响，在于其道出了一个曾被国人忽略的基本事实：艺术对个性化的强调同时也意味着多元化的形成，因此即使再优秀的作品，它所能产生的关注度总是有限的，其"广泛"性充其量只能达到属于它的"圈子"的边缘。从中我们可以看到"危机说"与"消亡论"的根本区别：后者就像是一位不负责任或缺乏经验的医生，对尚有很强生命力的患者开出一张"病危通知书"。前者只是出于清醒的理性态度，对小说艺术的价值本质的一种还原。由此看来，我们没必要像许多年前的玛雅人对"世纪末日"那天作出明确判决那样，对小说的未来究竟会逐渐光明还是日益黯淡作出盲目的猜测。但有必要对小说的文化价值与社会意义给予相对准确的阐释。

当然必须承认，这种努力的效果主要以一种"消极意义"而非"积极意义"呈现。换句话说，这种阐释并不能让小说的市场供需关系产生显著改变，从而也无法解除小说的危机。但反之，不作这种努力却肯定会对小说实现其应有的艺术价值造成妨碍，为"小说危机说"的扩散推波助澜，就像再伟大的灵魂导师都无法让那些以残酷虐待他人为乐的人渣，放弃其乐此不疲的反人类罪行。对小说及其他艺术形态所具有的宝贵的文化意义的阐释，其目的并不应该是企图让那些早已心甘情愿地向自恋型功利主义俯首称臣的人，有兴趣加入"文学俱乐部"成为合格的小说读者，而是为那些面对虚无主义的吞噬仍在进行顽强抗拒、不甘于让此生成为匆匆过客的人们，送去一点小小的鼓励和慰藉。而小说的这种功能源于其蕴涵着"意义"。

意义之所以为意义，在于一种相对的确定性和普遍性。正是凭借着这点，使一度有着渊源关系的小说艺术与新闻报道，由最初的貌合神离演变成最终的分道扬镳。从小说发生学上讲，一个众所周知的源头是"杂闻"，也即中国古人指的"道听途说"，其中多为一些无法被分类、脱离常理的事件。换言之，"杂闻"除了包括含有政治、经济、社会、文化等元素的新闻，还有不起眼的小事和"不能被划为任何新闻类别的社会生活琐事"。这意味着"杂闻没有普遍意义"，这让它受到严肃的史家排斥。但在文学

---

① 王蒙：《风格散记》，北京：人民文学出版社1991年版，第234页。

史上，它也因此受到虚构创作的青睐，尤其成为侦探、犯罪、言情等类型化小说的宝贵素材。显而易见，对于以迎合读者消遣和打发时间为主要功能的这类小说，杂闻故事所具有的"发挥信息功能"①十分有用。这也是这类以小说之名存在于文学阵营的文类，常常为批评家所不屑的原因。因为它们事实上已经沦为新闻的变体。由此也能看出，如果说以发现大自然的规律为目标的科学活动，包含着一个对"普遍事物"的合乎逻辑的意义问题，那么像小说这样的艺术文化拥有的一个普遍特征，则是打开通往属于"存在的意义空间"的门径。

虽说按照斯诺的划分，科学与文学由于分属所谓"两种文化"，决定了各自所侧重的意义并不相同；但在承认并追求一种"意义"这点上，彼此并无异议。与此不同，对于信息而言则既无逻辑存在，也无意义可言。因为"信息"青睐的碎片化通常不归于普遍性之下。这也就意味着"它的意义是偶然意外的、瞬息即逝的而且通常是微不足道的"②。从这个意义上讲，或许不久之后，纸质文本的"小说"被各种电子产品的读物所取代就将成为事实；或许在那时，它们有的甚至仍然保留"小说"的名义，成为诸如"平台电脑故事"或"手机小说"之类。但倘若有谁一厢情愿地怀着"文化进步主义"的信仰，满腔热情地期待着能够享受一种"新文学"，下场则会十分悲惨。让我们记住"媒介即信息"的格言——在这种新媒体中只有一种结果："故事"还原成"事件"，"事件"还原为"信息"。一个彻头彻尾的"信息人"意味着不仅超越马尔库塞笔下有知识无德性的"单向人"，它将成为利奥塔所描述的那种既无智商也无情商的"空心人"。就像一句英文格言所说：我们看见的越多，越熟视无睹（the more we see, the more we are not seeing），信息时代的"增熵"化现象，让我们越来越失去感觉事物的能力。

或许我们已经意识到，在这样的阐释活动中，我们事实上已进入"叙事哲学"的领域。为了兑现本文提出的"重新认识小说艺术"这项任务，接下来我们有必要弄清，究竟什么是"叙事哲学"？它对于小说艺术的研究，究竟有怎样的作用？诚然，顾名思义，"叙事哲学"这个概念由两个重要的词构成："叙事"与"哲学"。为了有助于读者更好地理解这个概念，我们不妨将它一分为二分别作出解释。先从"叙事"谈起。对小说艺术有所关心

---

① ［法］弗兰克·埃夫拉尔：《杂闻与文学》，谈佳译，天津：天津人民出版社2003年版，第38页。

② ［英］斯各特·拉什：《信息批判》，杨德睿译，北京：北京大学出版社2009年版，第230页。

而对这个行业也有点熟悉的人们都知道,在现代文艺理论界,这个词通常总是会与另外三个词组合起来使用:叙事理论、叙事研究、叙述学。不言而喻,对"叙事哲学"的理解,需要从它与另外两个概念的差异性的认识入手。

按照文艺理论界已经形成的惯例,一般说来,关于小说艺术的讨论被认为属于第三种即"叙述学"(narratology)范围,所以美国学者阿伯拉姆斯在其编撰的《文学术语词典》(*Glossary of Literary Terms*)中,干脆将"小说学"与"叙述学"相提并论(Fiction and Narration),言外之意当然是视二者为一回事。叙述学属于产生于 20 世纪 60 年代法国结构主义文学理论的一个分支。自那以来,它在人文学界迅速发扬光大,与所谓"语言—符合学转向"和"文化—人类学转向"一起,构成了"文本—叙述学转向"。这三大"转向"一度对全球范围内的整个人文学界,产生了一种超乎想象的影响。因为它在很大程度上,完全改变了传统人文学奠定的学科格局与研究方法,成为引领"学术新世纪"的一种时尚化的主流意识形态。作为一门学问,叙述学的建构由若干核心术语为基础,这些术语常常以"成双组对"的形式出现。

比如"叙述"(narration /narrate)与"表述"(representation)、"陈述"(statement)与"讲述"(telling)、"表达"(expression)与"显示"(showing)、"呈现"(present)与"展示"(expose)、"话语"(discourse)与"行动"(action)、"事实"(fact)与"虚构"(fiction)、"真理"(truth)与"真实"(reality)、"故事"(story)与"事件"(event)、"内容"(content)与"实存"(existent)、"形式"(form)与"材料"(substance)、"事例"(instance)与"情境"(situation)、"概述"(summary)与"描述"(description)等等。除此之外还有"隐含作者"(implied author)与"隐含读者"(implied reader)、"叙述者"(narrator)与"述说者"(enunciator)、"视点"(point of view)与"视角"(perspective)、"聚焦"(focalization)与"调节"(mediation)、"人称"(person)与"人物"(character)、"文本"(text)与"作品"(works)、"行动"(action)与"行为"(act)。由此可见,叙述学是一门关于叙述文本的构成和叙述事件的展开的研究,换句话说,这是能够对以如何"讲述故事"为特征的文化产品,通过对"叙述系统"的概述而对"叙述文本"的构成给予一种指导性的理论。上述这些术语只是叙事学理论相对常见的很小部分,事实上,这门学科在短时间内一度成为门庭若市的"显学"的显著标志,就在于它早已拥有了专门性的"叙述学词典"。

这表明,虽然准确掌握这些术语间微妙的区别,其难度往往成为对普通读者的智力的重大挑战;但这并不意味着它们缺乏内在的逻辑界线,更不说明发明出这些专业术语的理论家缺乏脑力劳动者的智商。恰恰相反,这门学科的迅速走红充分证明了它们具有足够的建构智力迷宫的才华。不妨举例说明。比如"视点"与"视角"的关系。两者的意思看似相差不大,但其实在使用中绝不能混为一谈。前者强调的是"谁在看",看者可以是英雄或者盗贼,女性或者孩子;后者侧重的是"怎么看",可以"窥视"地看或"直率"地看,也可以是"仰望"地看或"鄙视"地看,等等。大而广之,通常与"视点"相关的,多为"人称",基本上属于"微观"领域。而"视角"则不同,从日常生活的视角到审美文化的视角再到历史发展的视角,显得相对"宏大开阔"。比较起来,视角的概念显得比视点更大,而且反映了"观看主体"的不同方面。就像有论者指出:"门缝里看人,把人看扁了"属于视角上的方法在客观上不恰当,而"狗眼看人低"则属于视点问题①,反映了观看主体的立场片面,品格上存在缺陷。

再比如,"显示"、"展示"、"呈现"这三个概念,它们的共同性在于强调对象的具体性或者说可视性。这也是"显示"与"讲述"的不同所在;后者意味着事物通过言语的途径进行传递,显得相对抽象而不具有可视性。因此在某种意义上,"展示"与"呈现"都在"显示"范围,是其两种不同的表现方式。区别在于,"展示"强调"直接性",意味着以其自身"出现"的"无媒介"的显示;而"呈现"通常意味着借助于某种媒介来显示。比如在书面语中,展示的方式是"约翰生气了",呈现的方式是"很不幸,约翰生气了"。前者虽然也体现着以语言文字为媒介的痕迹(线性化的表达),但由于文字在语义上具有一种"透明性",使我们容易忽略这句话的"媒介化存在"。而后一句话则不同,虽说只是增加了"很不幸"三个字,但却给了读者十分醒目地提示,让我们意识到这是一种"间接"显示。再比如"隐含作者"与"叙述者"这两个概念功能。首先在于两者都不同于"作者",这种区别在叙述者为"第一人称"时显得尤为突出。

比如有当代中国先锋派小说家第一人之誉的马原的代表作《虚构》中,有这样一段文字:"我就是那个叫马原的汉人,我写小说,我喜欢天马行空,我的故事多多少少都有那么一点耸人听闻。"②在这段讲述中,小说的作者、隐含作者、叙述者似乎三位一体地一起出现了。但实际上,这里

---

① 〔新加坡〕柯思仁等:《文学批评关键词》,新加坡:南洋理工大学中华语言文化中心 2008 年版,第 83 页。

② 马原:《虚构》,北京:作家出版社 1997 年版,第 3 页。

只是隐含作者与叙述者的"重叠"，并不包括作者。因为这两者都在小说所讲的故事"之内"，属于小说中虚构世界中的主体；而作为这个故事的创造者的作者只能永远处在其所讲的故事之外。因为只有这样，作者才能掌控局面，让故事释放出最大的魅力与价值。在这篇作品中，马原让小说的真实作者、隐含作者、叙述者以"三位一体"的方式出现，充分体现了其作为"先锋作家"的特点。采用这种方式最鲜明的一大好处是增添了故事的游戏性与趣味性。这与博尔赫斯那篇著名的《小径交叉的花园》有异曲同工的味道。但如果有读者不懂这个门道，真的将这篇文字当作马原的自传，那就不那么好玩了。因为如果说按照人们对"意义"概念的通常理解，这篇小说其实没什么意义而只是有那么点让人觉得新鲜的"意思"，这就在于叙事方式上的这种"以假乱真"。

因此，博尔赫斯的一篇短文《博尔赫斯和我》事实上是马原这篇《虚构》的"祖先"也就不足为奇。这篇文章中有这样的叙述："所有这些事情都是在另一位，也就是那一个博尔赫斯身上发生的。有关博尔赫斯的情况我是通过信件才知道的。我喜欢沙漏、地图册、18世纪的活字印刷术和词源学，也爱品尝咖啡和阅读斯蒂文森的散文。那一个博尔赫斯也有同样的爱好，但他却颇爱虚荣，喜欢像演员一样将他的爱好表露出来。要说我们之间互相敌视那未免有些过分。我过着我的日子，我的存在使博尔赫斯能够进行文学创作，他的文学作品证实了我的存在。再说，我是注定要永远销声匿迹的。只有在某一段时间里，我会通过另一个博尔赫斯活着，我正逐渐让位于他，尽管在他那喜欢编故事和喜欢唱赞歌的恶习里还能看到我的存在。"[①]读了这样的文字，除了一种属于"童趣"的文字化游戏性愉悦外，不再有别的味道。由此可见，所谓"先锋性"的特色，说白了就是以"叙述的冒险"替代"冒险的叙述"，重在故事的"怎么讲"而不是"讲什么"。所以一旦读者舍弃这种手法试图另觅奥秘，这篇故事的意思也就不复存在。

由以上所述来看，叙述学的繁荣多少有据可循。它随着小说在现代社会中越来越受到重视，为希望进一步理解这门语言艺术的人们提供了方便。不过与此同时我们也不难发现，这种学说其实是一种以学术的名义进行的智力游戏。它不仅对于实际的小说创作与欣赏并无真正的意

---

① ［挪威］雅各布·卢特：《小说与电影中的叙事》，徐强译，北京：北京大学出版社2011年版，第17页。

义，而且还为其这种做法的正当性找到一个冠冕堂皇的理由。按照这门学科的主要创始者之一茨维坦·托多罗夫的明确界定：叙述学最基本的问题涉及"叙述的模式"，即"叙述者向我们陈述故事、表现故事的方式"。①由此来看，叙述学就是一种以小说为中心的叙事理论。它以"理论是'元批评'"（metacriticism）为由，拒绝关心任何具体作品的成败得失与优劣高下的品质。它的目标对象并非实际的小说现象，而是超越于这些现象的运行规则和构成模式。通常说来，叙事理论的基础任务就是以阐释学的方法对文学叙述结构进行"叙事分析"，以提升其理论体系的严密性。它包括三大项目：叙事语法（narrative grammar）、叙事系统（narrative system）和叙事修辞（narrative rhetoric）。不言而喻，对于任何一个想要通过出色完成这样的差事而拿到一个欧美名校的博士文凭，并以继续推广这种理论而谋得一份终身教职的年轻学者来说，他们的任务很明确：无须阅读任何一部小说，只需把各个"格尔"和"特尔"以及以他们为宗师的"主义"弄得滚瓜烂熟，便能在"叙述学"界打遍天下、通吃一切。

所以在叙述学的行业内深孚众望的美国加州大学伯克利分校西摩·查特曼教授曾精辟地指出：作为叙述学的总代理，叙事理论给自己提出的是这样一个问题：关于"像叙事这样的结构以何种方式组织其自身"，我们能说些什么？换句话说，它的问题并不在于诸如"是什么使得莎士比亚的《麦克白》伟大"，而在于"是什么使它成为悲剧"。② 因此，尽管它利用逻辑框架所组装的概念的系统显得十分精致，仍然不能掩饰其作为理论的拙劣。因为与接受来自实践检验，并给予实践以有效指导的科学理论不同，对具体小说艺术的考虑永远不在这些以"文学理论"的名义出现的叙事学的视野之内。以一些现代科学理论为例，不论是普利高津的"耗散结构说"，还是冯·贝塔朗菲的"系统思想观"，以及托马斯·库思的"范式革命论"，这些来自于经验世界的实践、通过认真观察和严谨的检测最后形成的学说，不仅给本行业的研究带来"正能量"，而且还跨越学科界线，为现代社会科学与人文学科起到积极的推动作用。这让我们产生一个疑惑：同样是理论，何以出现如此大的反差？

原因在于科学理论永远来自实践经验并给予其至高无上的尊重，而

---

① ［加］安德烈·戈德罗：《从文学到影片》，刘云舟译，北京：商务印书馆2010年版，第71页。

② ［美］西摩·查特曼：《故事与话语》，徐强译，北京：中国人民大学出版社2013年版，第17页、第19页。

所谓的"叙述学"与"叙事理论"却是一种由一些自我感觉良好的学院生物，在各自的书斋中发明出来的"主义"。正是对于这个问题的认识，让那些仍想在叙事学领域内谋取机会的人们试图作出改革。他们首先旗帜鲜明地攻击渊源于巴黎结构主义的叙事理论是"叙述学帝国主义"。尔后将既有的叙事理论贴上一张"经典叙述学"的标签，将自己的叙述学说命名为"新叙述学"。虽说只有一字之改，却有两方面的变化：内容的增加和边界的扩展。前者指这些学者在已经十分成熟的既有的叙述学内，加入了诸如"性别、种族、文化"等方面的元素；后者指不同于传统叙述学将其叙事分析方法明确地界定在以小说文类为主的文学领域，"新叙述学"在巩固其文学根据地的同时，响亮地提出了"走出文学叙事"的口号。诚然，这群渴望自立门户的叙事研究者并不只有标新立异之举，他们没有满足于提出口号便万事大吉，而是进一步提出了自己的问题意识。

　　他们认为，现在的问题不再是"我们能否建构起一种形式装置，以生成所有那些被称为故事的话语单位"，以便人们能够通过有效描述它们的组合和变化原则，进而根据一些严格的规则和明确的形式，阐明与叙事能力密切相关的那些技巧和手段。这种问题属于"经典叙事学"。而根据"新叙事学"，取而代之的是这样的问题：叙事话语里的各种形式标记如何能够发挥更为有效的作用，从而使人们能够将故事视为故事？何种类型的形式标记能够比别的标记相对更好地运用到叙事分析中，以便有助于人们理解故事？在"新叙事学"家们看来，重建叙事学的关键在于，不仅应该探究故事的结构，而且还应该研究叙事受众们将叙事结构连接到话语中呈现的那些事件时，他们通常会采用"程式化"的而非"随机"的方式。这意味着进行一种根本的转换，也就是从以往的"文本中心模式"或"形式主义模式"，转移到形式与功能并重的，既重视故事的文本，也重视故事的语境的模式。为此"新叙事学"试图由此及彼地打通"虚构叙事"与"历史叙事"的隔离，并且跨入社会学的领地建立一种"社会叙事学"。[①]

　　尽管这些说法让人备受鼓舞，但事情听起来让人仍有点耳熟。因为被他们贴上"经典叙事学"给"OUT"掉的那些学者，当年不仅有着同样的激情，甚至有比他们更出众的才华。问题不在于这些自称为"新叙事学"的文章，在文字表述上几乎无一例外地佶屈聱牙、令人费解；主要在于其

---

　　① ［美］戴卫·赫尔曼：《新叙事学》，马海良译，北京：北京大学出版社 2002 年版，第 8 页。

本身在根本上仍属于"叙事理论"范围，没有摆脱脱离实际的"为理论而理论"的毛病。他们的问题如出一辙：以关于"叙述技术"的讨论代替了关于"小说艺术"的思考，殚精竭虑于关注如何"写好一个故事"，而不是怎样"写一个好故事"。透过这种让人眼花缭乱的术语的丛林人们不难发现，这种关于叙事文本的分析的核心问题，事实上就是围绕所谓"叙事策略"(narrative strategy)的种种说法。而事实早已表明，这是一种浪费生命的行为。问题的症结首先在于，技术之于艺术的意义存在一种"悖论"性，也即既重要又不重要。在这个问题上，拥有丰富创作经验的艺术家们的心得，比擅长理论游戏的学院人士的话更值得注意。

比如若干年前，小说家张炜在一篇文章里发出过这样的感叹：很多作家在不那么知名和成熟的时候，他的作品倒有可能是真正动人的、长久的，有一股难以言喻的东西在其间左右，使你怀念至今。这番经验之谈值得我们细加回味，它道出了在文艺界存在已久，却让人有意无意地忽略的一个事实：许多小说家的成名作往往也就是其毕生最优秀的作品。最能说明问题的莫过于法国小说家弗朗索瓦丝·萨冈(Francoise Sagan，1935—2004)。1954年，年仅18岁的萨冈出版了小说《你好，忧愁》。虽说这只是一部关于"成长的烦恼"的典型的"青春写作"，但却一举夺得当年法国的"批评家奖"。不久该小说便被改编成电影，5年内就被翻译成22种语言，在全球的销量高达500万册，成为轰动一时的文化事件和出版现象。2004年9月24日在法国南部翁弗勒，萨冈因肺栓塞医治无效去世。虽然只活了69岁，但她共创作了30多部小说、10部剧本和若干个电影脚本。此外她还写了一些歌词和短篇小说。但让人难堪的是，每当人们谈到这位曾经的"青春写作偶像"时，印象最深的仍然只是那部她于18岁出版的作品。

事情当然不是由于快速成名妨碍了这位美少女作家对小说技术的重视。恰恰相反，成名后的萨冈的创作对技术越来越讲究，展示了她在文学方面具有足够的才华，证明了她的"一夜成名"并非偶然。问题的症结就在于，她以娴熟的技术代替了对生活体验的苍白和对人世阅历的肤浅。这让人再次想起张炜的另一句耐人寻味的话：技巧是好东西，有了它作家才能活着；可技巧又是坏东西，它能使一个作家快乐地死去。[①] 或许还值得一提的是，只有在那些缺乏经验又渴望成功的艺术爱好者那里，我们才

---

① 张炜：《随笔精选》，济南：山东友谊书社1993年版，第153页。

能看到对艺术技巧近乎膜拜的态度。而在许多优秀的艺术家和美学家眼里,却不约而同地表现出一种对技术的轻视。比如澳大利亚画家奥班恩就说过:在艺术家的作品里我们发现一种创造的想象,而在画匠的作品里我们只看到技巧的呈现。意大利美学家克罗齐同样认为,把艺术同技术混为一谈,以技术取代艺术,这种做法是一些无能的艺术家所相当向往的手法。美国著名小说家福克纳说得更干脆:"作家假如要追求技巧,那还是干脆去做外科医生、去做泥水匠吧。"[①]

　　仅仅这样的阐述容易给人以鼓吹"技术无用论"的印象,但这显然并非上述文字所要表达的意思。就像不能不承认"好水"毕竟不等于"好酒",任何踏足艺术领域的人首先都得明白一个基本道理:"技能是艺术生产的一个重要元素。"[②]否则就难以解释,何以在同样经历了"上山下乡"运动的成千上万的"知识青年"中,却只有很少的"知青作家"。许多饱经沧桑的人们,始终未能将他们宝贵的生命体验通过小说的形式让大家分享。这不过是证明了"写作是一种技术。像其他事情一样,你必须从当学徒开始。"[③]所以略萨强调:小说是写出来的,不是靠生活生出来的,不是用具体的经验制成的。[④] 这个见解值得我们予以重视。这就像美国作家马克·肖勒在《技巧的探讨》一文里所指出的:说一个作家无技巧可言,或说他逃避技巧都是不当的,只要是作家,他就不可能这样做。我们只能说技巧有好有坏,有的适当有的不适当,有的为小说增色,有的则使小说逊色。[⑤]

　　问题的关键并不是否认"技术之于艺术"具有其不可轻视的重要性,而在于不能本末倒置地把为艺术服务的技术置于艺术之上。换言之,关于小说艺术的讨论中将关注的核心聚焦于各种充其量只是属于技术范畴

---

　　① [澳]德西迪里厄斯·奥班恩:《艺术的涵义》,河清译,上海:学林出版社1985年版,第25页。[意]贝·克罗齐:《美学或艺术理论和语言哲学》,黄文婕译,北京:中国社会科学出版社1992年版,第17页。崔道怡等:《"冰山"理论:对话与潜对话》(上册),刘保瑞等译,北京:工人出版社1987年版,第95页。

　　② [美]费尔夫:《西方文化的终结》,丁万江等译,南京:江苏人民出版社2004年版,第127页。

　　③ [美]威廉·戈登:《作家箴言录》,冯速等译,海口:海南出版社2002年版,第240页。

　　④ [秘]巴尔加斯·略萨:《谎言中的真实》,张德明译,昆明:云南人民出版社1997年版,第72页。

　　⑤ 崔道怡等:《"冰山"理论:对话与潜对话》(上册),刘保瑞等译,北京:工人出版社1987年版,第175页。

的诸如"叙事策略"与"叙事语法"方面,这种喧宾夺主的行为无助于我们真正理解这部运用了叙事技术的小说的价值。只有懂得这些道理我们才能明白,为什么歌德会说:"莎士比亚最优秀的剧作有些地方也还欠缺技巧,其中有些东西超出了应有的范围。正因为这样,就显示出了一个伟大的诗人。"①何以俄国著名文论家什克洛夫斯基在评论著名电影人爱森斯坦的杰作《罢工》时,会讲出这样的话:"这部电影是如此非同寻常,如此缺乏技巧,反倒是溢出天才。"②什克洛夫斯基自己作过解释,他曾明确提醒我们:创造杰作的奥秘在于领悟生命,理解艺术的途径即是认识生活。因为归根到底,作家是用人的命运的秘密说话。因此"人的遭遇这才是小说中主要的东西,长篇小说的内容就是坎坷人生"③。明白了这些道理,我们也就能够同意这样的见解:当我们在欣赏一部电影时,最坏的情况是遭遇"影片只剩下一连串美丽的图像"的"摄影师电影"。④

以上这些阐释让我想到美国作家亨利·詹姆斯的这句话:每一个人都按照自己的趣味选择小说,如果他不关心你想说些什么,那么自然,他也不会关心你是怎么说的。⑤无须强调,此话今天仍十分中肯。它精辟地指出了重在"讲故事的形式和方式"而不是"所讲的故事的内在价值"的所谓"叙事理论",其所患疾病的症结所在。唯其如此,在叙述学领域享有盛誉的法国学者托多罗夫,才会在其著作中对所谓"原始的叙事"表示怀念,理由是:这种叙事"完整且简单,没有现代叙事的那些缺陷"。他甚至批评乔伊斯和"法国新小说"等"当今的小说家们数典忘宗,不再遵循老的叙事规则"。在进一步分析其产生原因时他提出:这是缘于这些小说家"绞尽脑汁的创新欲望",其后果是让"五花八门的文学手段"吞没了真正的小说

---

① 〔德〕歌德:《歌德的格言和感想集》,程代熙译,北京:中国社会科学出版社1982年版,第89页。

② 〔俄〕维·什克洛夫斯基:《散文理论》,刘宗次译,南昌:百花洲文艺出版社1994年版,第106页。

③ 〔俄〕维·什克洛夫斯基:《散文理论》,刘宗次译,南昌:百花洲文艺出版社1994年版,第140页、第231页、第298页。

④ 〔法〕弗朗西斯·瓦努瓦:《书面叙事·电影叙事》,王文融译,北京:北京大学出版社2012年版,第105页。

⑤ 〔美〕亨利·詹姆斯:《小说的艺术》,朱雯等译,上海:上海译文出版社2001年版,第21页。

艺术。^① 他的说法是否在理？有道是"事实胜于雄辩"，来自小说实践的情形早已给出了肯定的回答。

第三节　叙事实践的哲学分析

深入地来看，上述分析并非只是对新旧"叙述学"的"中看不中用"的否定，同时也清楚地表明，在关于小说艺术的讨论中，那些出于"稻粱谋"的目的、擅长"理论操练"的"书斋分子"，没有任何说三道四的话语权。诚如一位有识之士所说：当理论家把每一件艺术品都用这些术语破译一遍以后，留下的就只是一种徒劳无功和索然寡味的感觉。^② 任何对这句话缺乏认识的人，只要读读罗兰·巴特在《S/Z》中对巴尔扎克名不见经传小说《萨拉辛》信口开河的东拉西扯，就会深明其意。问题的症结就在于"文学理论"对"文学实践"的抛弃。用意大利学者艾柯的话讲，在有关美学和文学的探讨中总是存在这样的危险：只是将这些说法维持在纯理论的层面。^③ 所谓"纯理论层面"，是委婉地表示将"文学艺术的实践经验"拒之门外。这样的做法难道不让人觉得匪夷所思？

英国经济学家舒马赫有句名言：一盎司的实践经验通常比一吨的理论更有价值。^④ 这个幽默的比喻原本属于常识，所谓"实践是检验真理的唯一标准"。这句让几代中国人耳熟能详的话，今天来看或许未必就是绝对真理，但不可否认符合基本的常理。因此它得到了自然科学界和社会科学界共同的尊重。其实享誉世界的德国文豪歌德早就说过："少一点理论，多一点实践，我们就可以得到一些拯救，用不着等待第二个基督出现了。"^⑤但怪异的是，这样的见解在文学艺术领域却受尽歧视。无论是"经

---

① ［法］茨维坦·托多罗夫：《散文诗学：叙事研究论文选》，侯应花译，天津：百花文艺出版社 2011 年版，第 18 页。

② ［美］韦勒克：《批评的诸种概念》，丁泓等译，成都：四川文艺出版社 1988 年版，第 321—331 页。

③ ［意］安伯托·艾柯：《开放的作品》，刘儒庭译，北京：新星出版社 2005 年版，第 252 页。

④ ［英］E.F. 舒马赫：《小的是美好的》，李华夏译，南京：译林出版社 2007 年版，第 24 页。

⑤ ［德］歌德：《歌德谈话录》，朱光潜译，北京：人民文学出版社 1980 年版，第172 页。

典叙述学"还是"新叙述学",它们不管怎样标新立异都有其作为"文学理论"的共性:对小说艺术本身没有兴趣。著名小说家马尔克斯曾一针见血地指出:这是因为他们在小说家作品中想要寻找的并不是作品本身的特色,而是符合其理论需要的东西。所以有美国学者克里格的这番话:步"新批评"后尘而来的每一种理论都怀抱着自己的帝国主义雄心。都以牺牲作品自身特点为代价,而"占用那些使自己称心如意的作品"。①

有趣的是在人文学界,叙述学理论的这种荒唐行径居然一度让人习以为常。之所以会如此,是由于曾经有过一个所谓的"理论时代"(Moment of Theory)。这个"时代"始于 20 世纪中期,其标志性事件是英国伯明翰大学成立了一个"当代文化研究中心"(The Center for Contemporary Cultural Studies,简称为 CCCS)。在所谓"理论时代",为众人所瞩目的唯一的现象就是"理论的表演",由此而导致原本应该唇齿相依、荣辱与共的文学家与文学理论家之间,呈现出一种敌对与仇视关系。比如著名抽象画派一代宗师康定斯基曾直截了当地说过:"艺术理论家是艺术最凶恶的敌人。"②伟大的印象派画家塞尚曾发出"再也不要理论了! 要的是作品。理论是人类的祸根"③这样声音。他的话事实上道出了绝大多数杰出艺术家的共同心声。当然,类似的观点并不只是局限于艺术家方面,同样也能从有良知的学者中得到认同。比如美国学者丹尼尔·科尔顿曾幽默地表示:如果你碰巧喜欢文学,你就必须不惜一切代价避开那些大谈"理论"的教授。④ 还比如英国学者伊格尔顿同样也指出:在那些学院派人士成功接管艺术世界后,"理论已经成为一种少数者的游戏,悠游戏谑,尽情享乐,是高级现代主义艺术背后的那些冲动现在所向往之移居之地"⑤。

在《文学对抗哲学》这部书里,美国学者爱德蒙森将发生在文学领域

---

① [美]克里格:《批评旅途:六十年代之后》,李自修等译,北京:中国社会科学出版社 1998 年版,第 177 页。

② [俄]康定斯基:《艺术的精神》,查立译,北京:中国社会科学出版社 1987 年版,第 88 页。

③ [法]约阿基姆·加斯凯:《画室》,章晓明等译,杭州:浙江文艺出版社 2007 年版,第 12 页。

④ [美]丹尼尔·科尔顿:《教育为何是无用的》,仇蓓玲等译,南京:江苏人民出版社 2005 年版,第 5 页。

⑤ [英]特雷·伊格尔顿:《二十世纪西方文学理论》,伍晓明译,北京:北京大学出版社 2007 年版,第 207 页。

中这种罕见的理论与创作间的"战争状况",追溯到柏拉图对诗的否定。或许这种说法有待商榷,这部优秀著作的题目其实应该是《文学对抗理论》。但书中提出的这个见解值得一提:从未有过哪一种知识探索像文学理论这样,起源于一种取消其探索对象的愿望。① 所谓"理论时代"就是这样一批"文学知识分子"大出风头的年代。对这样的"文学理论家",他们所发明的理论游戏当然无须接受作品的检验,相反作品必须接受理论的审判。因此爱德蒙森直言不讳地把这种理论称之为"剥夺艺术权力的理论"。② 中国小说家史铁生在《写作的事》中说得更中肯:很多理论的出发点并不是为生命的意义而焦虑,而只是为了话语的权力而争夺。这样的结果可想而知。中国明代学者李东阳有"诗话作而诗亡"的说法;作为一位资深的文学理论家,美国学者希利斯·米勒不久前也诚实地表示:"不可否认,文学理论促成了文学的死亡。"③

这究竟是怎么回事?答案在于弄清这种属于"文学死亡通知书"的文学理论到底是什么东西。"理论是什么?"以《结构主义诗学》成名的美国学者乔纳森·卡勒,在其普及性小书《文学理论》第一章中以此为题。根据他的陈述:"要称得上是一种理论,它必须不是一个显而易见的解释,这还不够,它还应该包含一定的错综复杂性。"于是耐人寻味的事发生了:卡勒认为,像"叙述学"这样的文学理论只是"谈论文学"的理论,而不是"关于文学"的理论。也就是说这是一种"借着"文学说事的"话语",所以不仅很难界定它的范围,而其正确或谬误都是很难证实的。不仅如此,为了能够让读者接受这种奇谈怪论,卡勒干脆挑明了:今天的文学理论早已改弦易辙为文化研究。"文化研究是我们称为'理论'的实践,简称就是理论。"这番语焉不详的解释,其实是在欲盖弥彰地表示:自20世纪末以来,早已以"文化研究"称号出场的"文学理论"可以为所欲为,它具有随意评判一切的权力,并同时拥有不受别人评判的特权。它能够对上至时事政治、下到日常生活的现象指手画脚,唯独不需要面对具体艺术本身,就其成败得失发表任何高见。因为在他们认为,"文学理论著作已经在非文学现象中

---

① [美]马克·爱德蒙森:《文学对抗哲学》,王柏华等译,北京:中央编译出版社 2000 年版,第 1 页。

② [美]马克·爱德蒙森:《文学对抗哲学》,王柏华等译,北京:中央编译出版社 2000 年版,第 15 页、第 139 页。

③ [美]希利斯·米勒:《文学死了吗》,秦立彦译,桂林:广西师范大学出版社 2007 年版,第 53 页。

找到了'文学性'"的东西。①

卡勒曾毫不掩饰地表示：这种"挂羊头卖狗肉"的所谓"文学理论"已经使文学研究发生了根本的变化，概括地讲主要有两点。首先是通过所谓的"文本"重构、剥夺其作为"艺术"的特有价值，将属于审美范畴的语言文学作品转换为意识形态的载体，从而让以往由文学批评所掌管的这片领域，成为诸如"女权主义"、"后殖民主义"、"文化批判主义"等等一展身手的舞台。由此可以"得出这样的结论：文学是一种可以引起某种关注的言语行为，或者叫文本的活动"。通过这种"循环论证"，他们也就能够干脆将"文学"这个多余的前缀也取消了，直接称为"理论"。用卡勒的话说："理论的主要效果是批驳'常识'。"②这句话需要做点解释。所谓"常识"自然就是把小说当作一种语言艺术对待，而所谓"批驳常识"，也就是不再把小说当作小说。其次是通过这种"非常识化"，体现出一种符号学的"能指与所指一体化"。换句话说，由此彻底切断了与文学实践的联系、卸下了对于文学事业之繁荣兴旺负有的责任。

从此以后，仍贴着"文学"标签的"理论"也就可以毫无顾忌地进行其自恋主义游戏。卡勒对此颇有心得，正如他所说：理论使你有一种掌握它的欲望。你希望阅读理论文章能使你掌握归纳组织并理解你感兴趣的那些现象的概念，然而理论又使完全掌握这些成为不可及。③ 20世纪以《阅读行为》一书成为"接受美学"创始重要代表的德国康斯坦茨大学教授沃尔夫冈·伊瑟尔，在其学术生涯后期出版的关于现代美学研究的著作，题目就直接称为《怎么做理论》(*How to Do theory*)。还有必要对此作进一步的解释吗？话中的意思表达得明明白白：被命名为文化研究的"理论"在实质上与日常生活中的"毒品"没有不同，它不仅同样能让人着迷上瘾，而且一旦沾上便永远无法根除。不妨仍用卡勒的话来表述：与那些早已被从当今学界所放逐、以向普通读者区别和阐明文学品质的优良高下为己任的文学研究者不同，取而代之占据了这些人位置的"理论家们希望通

---

① 〔美〕乔纳森·卡勒：《文学理论》，李平译，沈阳：辽宁教育出版社1998年版，第3页、第19页、第45页。

② 〔美〕乔纳森·卡勒：《文学理论》，李平译，沈阳：辽宁教育出版社1998年版，第5页、第28页。

③ 〔美〕乔纳森·卡勒：《文学理论》，李平译，沈阳：辽宁教育出版社1998年版，第17页。

过说明文学是什么来推进他们认为是最重要的批评方法"①。这种居高临下指点江山的姿态,与理论的初衷早已相去甚远。在那些总摆出明星"范儿"的"理论家们"眼里,文学作品的存在并不是为了满足广大读者的喜爱与欣赏;而是像实验室里的小白鼠那样,供他们实验其发明的各种"主义"的道具。

所以,如果说行尸走肉般的"瘾君子"由于主要毁灭的是自己的人生,还有让人同情之处,那么至今仍在世界各地的高等学府过着养尊处优的日子的形形色色"理论贩子",则只能让人痛恨。用英国小说家毛姆的话说:这些"不学有术"之徒其实比吸毒成瘾的人好不了多少,甚至更坏。因为吸毒的人至少还不会像他们那样自以为是、盛气凌人。② 这样的批评并不过分。那些盛气凌人的"理论家"们的自以为是,表现在他们完全无视自己的理论前提中存在着一个荒谬的逻辑:一部文学作品的意义之有与无、多与少完全没有意义。作品的唯一意义就是供他们进行理论检阅。美国文学理论界大佬詹姆逊教授就曾坦承:"具体的阅读只有在它包含理论要旨的情况下才令我感兴趣。"③人们怎么能指望从这样的所谓"文学专家"或者说"职业读者"中,获得关于文学艺术本身真正有价值的心得? 如果这种堂而皇之的"不把文学当文学"的做法不是因为走火入魔而"脑瘫"的结果,那就是别有用心的欺诈。美国普林斯顿大学教授法兰克福在《论扯淡》(On bullshit)一文中,将这些煞有介事的理论一网打尽,统统归纳为无聊的"放屁"。虽说略有不雅,但却完全能够理解。所以荒谬的是,似乎有对这类"文学专家"重新进行文学启蒙教育的必要。

美国戏剧家阿瑟·米勒曾特别强调:"一部剧本应该对有常识的人讲得通。"④此话道出了一位伟大艺术家对艺术本质的深刻理解。当代的各路"批评理论家"的傲慢来自一种莫名其妙的偏见:艺术家们的创作主要是供他们"研究"的对象。而事实上,"一部作品之所以成为经典并不是由

---

① [美]乔纳森·卡勒:《文学理论》,李平译,沈阳:辽宁教育出版社1998年版,第44页。

② [英]威廉姆·毛姆:《毛姆读书随笔》,刘文荣译,上海:上海三联书店2000年版,第66页。

③ [美]詹明信:《晚期资本主义的文化逻辑》,陈清侨等译,北京:生活·读书·新知三联书店1997年版,第16页。

④ [美]罗伯特·马丁:《阿瑟·米勒论剧散文》,陈瑞兰等译,北京:生活·读书·新知三联书店1987年版,第199页。

于评论家的交口称誉、教授们的分析阐释或是在大学课堂里进行研究，而是一代一代的读者在阅读中获得乐趣。"①在实际的"艺术接受"活动中事情就像一位西班牙画家所说：当人们看一幅画、听一曲音乐或读一首诗，并不是非得对这些作品作一番分析不可。观赏者接收到作品在他精神中激起的震动和反响，哪怕是模糊的就已经足够了。② 对此，任何一个具有起码文化素养的人都很清楚。古往今来，从来没有一部真正称得上优秀乃至伟大的文学作品，是为了满足所谓"学者"的高谈阔论而创作的。众所周知，莎士比亚戏剧的首要对象是广大低层民众，凭借报纸连载而获得成功的狄更斯小说的读者，是包括家庭妇女的识字群体。即使是被当作"国粹"的唐诗宋词，它们中的许多名篇能够穿越历史流传至今，主要也是靠赢得了无数代读者的喜爱。什克洛夫斯基说得好：伟大的文学在其源头上是集市性质的。③ 艺术的存在理由是满足以布衣百姓为主体的芸芸众生的精神需要。正如一位研究者所指出的："自亚里士多德以来，批评家们就一直在编造他们的理论，但是他们却极少关注人民怎样感受艺术，他们喜欢什么。"④

以长达半个世纪吸引了全球华人眼光的当代中国作家金庸的武侠小说为例，他的成就更是与各种"主义"和"理论"无关。从"为人民而艺术"到"为艺术而艺术"再到"为专家而艺术"，这从来不是艺术文化的真实历史，而只是现代文人墨客编造出来的谎言。所以问题出在对待文学的态度，但症结所在却是态度后面的主观动机。诚如老话所说，"利己之心会比任何镀金术更能使自己参加了的事情显得灿烂"⑤，但在通过自己的努力让那些伟大作品继往开来发扬光大，和用借花献佛的方式以讨论文学为名为自己在声望地位和金钱方面牟取暴利，二者间的差距无法衡量。真正热爱文学的人都会赞同这个观点："在文学中，唯一的麻烦就是如何

---

① ［英］威廉姆·毛姆：《巨匠与杰作》，王晓明等译，上海：华东师范大学出版社 1987 年版，第 90 页。

② ［西］安·塔比亚斯：《艺术实践》，河清译，杭州：浙江摄影出版社 1989 年版，第 23 页。

③ ［俄］维·什克洛夫斯基：《散文理论》，南昌：百花洲文艺出版社 1994 年版，第 120 页。

④ ［英］约翰·凯里：《艺术有什么用》，刘洪涛等译，南京：译文出版社 2007 年版，第 154 页。

⑤ ［英］锡德尼：《为诗辩护》，钱学熙译，北京：人民文学出版社 1998 年版，第 1 页。

让读者感兴趣。"①但在"那些认为艺术只是哲学和理论思潮衍生物的教授"②的眼里,对文学的尊重从来就无从谈起。以法国学者罗兰·巴特为例,他不仅将文学划分为"可读的"与"可写的"两类,而且明显偏爱后者也即"可写的"这类。有必要追究下这所谓"可写的"作品到底由谁来写,回答这个问题无须多少智商。结论是明摆着的:当然不是原作者,而是指像巴特这类虽说自身缺乏文学创造力,但却又渴望在文学领域里获得掌声的投机者,以一个冠冕堂皇的说法在别人(尤其是杰出作家)的作品中随心所欲地乱来。用一个比喻,这就是发生在"全球化时代"人文学界的现实版赵本山小品《卖拐》系列。那些"享誉天下"的"理论主义",与本山大师小品里扮演的那个角色如出一辙:"忽悠"你没商量。

但赵本山的小品毕竟只是一场精彩的演出,而在文学世界里迄今仍在不断上演的真实情景却是后患无穷。那种所谓"可写的"小说基本上尽是些没什么意思的文字垃圾。看下文学史就一目了然。无论是莎士比亚还是列夫·托尔斯泰,或者陀思妥耶夫斯基与巴尔扎克、雨果与司汤达、卡夫卡与帕斯捷尔纳克,还有曹雪芹、施耐庵和金庸等等,这些作家的深得读者喜爱的小说作品,像巴特这类"以小聪明冒充大智慧"的伪才子,有何胆量下手去随心所欲地"重写"? 因为他的智力还不至于让他不明白,这样做的后果只会让他一直在辛苦包装、惨淡经营的名声丧失殆尽。在文学研究界的"理论读者"中,也不乏遵循孟子"尽信书不如无书"这句名言的学者。他们早就意识到,巴特关于"可读"文本与"可写"文本的区分并不像看似那样简单,而具有公开评价的意味:他看重的是晦涩难懂的文本。③ 原因并不难解释:只有这样的文本才能为他信口雌黄的"扯淡"提供方便。但值得一提的是有根据表明,这位倡导"可写文本"的理论家,在入睡前津津有味品赏的恰恰是最不具有可写性的畅销小说《基度山伯爵》。

这个事实涉及的已不仅是一位理论家个人品质虚伪的问题,事实上它清楚地向世人道出了以"文化研究"名义出场的"文学理论",完全是一

---

① [美]杰克·哈特:《故事技巧》,叶青等译,北京:中国人民大学出版社2012年版,第4页。

② [捷]米兰·昆德拉:《小说的艺术》,董强译,上海:上海译文出版社2004年版,第41页。

③ [法]安托万·孔帕尼翁:《理论的幽灵:文学与常识》,吴泓缈等译,南京:南京大学出版社2011年版,第214页。

场由少数文人墨客为了在校园政治中"重新洗牌"而精心策划的骗局。正如许多学者所指出的,在所谓的"理论时代",文学领域中一直进行的最持久的"缠斗"就是对为广大文学读者所普遍认同的"文学常识"的打压。但历史已经表明,"理论对常识发动的攻势反而自受其害"①,这场战斗最终以理论的一败涂地宣告结束。他们的所作所为只是让人再度想起杰出的英国小说家毛姆的这句名言:人并不以"真"为生,而是靠骗为业的。② 不幸的是,这样的情形活生生地发生在 20 世纪以来的人文学界,迄今为止仍在毒害着这个行业内诸多走火入魔而执迷不悟的善男信女。但在经过了太多磨难的今天,有良知的知识人建立起这样的共识:真理必须进入世人的谈话中,它必须不仅在专家那里而且在一般公众面前证明它的优点。③ 只有这样,我们才能将诚实的文学研究者与在文学界浑水摸鱼的江湖骗子区别开来。

所以,大张旗鼓地开张的"理论时代"在悄无声息中收场并不让人奇怪。"文学理论无法应用"是其症结所在,换句话说,"文学理论在许多方面更像是某种虚构"。有人甚至建议:出于"文化环保"的考虑,人们或许能够"置理论家的意图于不顾,将理论当作小说来读"④。这种调侃式的说法当然无法当真。在匆忙抛出的《理论之后》一书中,伊格尔顿以"文化理论许诺要尽力解决一些基本问题,但总的来说却没能兑现诺言"⑤为由,试图为因曾经似乎不可一世的"理论主义"的破产而不知所措的文学研究的从业人员,指出一条能够继续谋生之路。不过相对而言,这样的见解更有建设性:"把所有理论的可能性转化为经验的可能性,并在此过程中随意检验所有艺术理论与实践和艺术感受的关系。"⑥

---

① [法]安托万·孔帕尼翁:《理论的幽灵:文学与常识》,吴泓缈等译,南京:南京大学出版社 2011 年版,第 244 页。

② [英]毛姆:《毛姆读书随笔》,刘文荣译,上海:上海三联书店 1999 年版,第 61 页。

③ [美]理查德·沃林:《文化批评的观念》,张国清译,北京:商务印书馆 2000 年版,第 10 页。

④ [法]安托万·孔帕尼翁:《理论的幽灵:文学与常识》,吴泓缈等译,南京:南京大学出版社 2011 年版,第 245 页。

⑤ [英]特里·伊格尔顿:《理论之后》,商正译,北京:商务印书馆 2009 年版,第 98 页。

⑥ [英]弗兰西斯·弗兰契娜等:《现代艺术和现代主义》,张坚等译,上海:上海人民美术出版社 1988 年版,第 11 页。

　　无论文学理论何去何从，有一点可以明确：叙事哲学（narrative philosophy）与叙事理论（narrative theory）完全不同。我们关于小说艺术的讨论，需要的是"叙事哲学"而并非"叙事理论"，对此已无须再费口舌。原因如上所述，叙述学理论"关注的不是叙事的内容，而是叙事的形式特点"①。它利用叙事文本的结构性和总是需要通过一定表达方式来建构，为其获得一种合法性。事实的确如此：不管这个故事是由个人讲述的、书中讲述的，还是银幕上讲述的，结构都是故事的基础。② 在某种意义上我们同样无法否认这样的说法："小说家是一定要陈述、一定要讲述、一定要叙述的，除此之外他还能做什么呢？"③但问题的关键在于，小说家的"陈述"与"讲述"归根到底都是表达某种"东西"的手段。小说家之所以为小说家，是因为他或她"有话要说"。一部小说的价值高低归根到底取决于其"说了什么"而不是"怎么说的"。但叙述学理论恰恰以对"怎么说"的关注取代"说什么"，这就像是把"电影艺术"看成为"摄影技术"。尽管每年一度的奥斯卡奖专门设有一项"最佳摄影奖"，说明了高明的摄影技术对于优秀的电影艺术的成功具有相当重要的意义，但毕竟不能本末倒置地将电影艺术当作摄影技术。

　　而这恰恰就是贴着"叙述学"标签的叙事理论所做的事。所以很难想象，这样一种学说能为人们深入理解"小说艺术"提供切实有效的帮助。这种差异的根源在于文学观的变异：叙述学理论之所以将"叙事的形式特点"作为其关注重心，是因为他们认同以"反经典"出名的、后现代思潮的基本立场：意义的产生过程已经比意义本身更有意义。④ 这使得他们费尽心机建构的"叙述学理论"与"小说的艺术"没有实质性关系。因为这种理论根本无意也无法为作为一种叙事艺术的小说作品提供积极的建设性意见。而这恰恰正是叙事哲学的宗旨。什克洛夫斯基说过：诗是需要分

---

　　① ［以］艾米娅·利布里奇等：《叙事分析：阅读、分析和诠释》，王红艳等译，重庆：重庆大学出版社 2008 年版，第 5 页。

　　② ［美］希拉·伯纳德：《纪录片也要讲故事》，孙红云译，北京：世界图书出版公司 2011 年版，第 63 页。

　　③ ［英］福斯特等：《小说美学经典三种》，方土人等译，上海：上海文艺出版社 1990 年版，第 46 页。

　　④ ［瑞典］查尔尼娅维斯卡：《社会科学研究中的叙事》，鞠玉翠等译，北京：北京师范大学出版社 2010 年版，第 87 页。

析的,但要像诗人那样来分析,不要失去诗的气息。① 曾获 1948 年度诺贝尔文学奖的英国诗人艾略特也同样表示:论诗就必须从根本上把它看作诗,而不是别的什么东西。② 显然,就像亚里士多德的《诗学》并非"诗歌研究",这两段话中提到的"诗"指的是包括小说在内的整个文学艺术。它期待着一种能够"把诗当诗"的学术研究的出现,从而让"文学的归文学"这个再朴素不过的愿望得到实现。这种研究就是叙事哲学。只有通过这个视角人们才能意识到:"要求把一个文学文本当作文学文本来对待,这既不是同义反复,也不是矛盾的说法。"③

无须赘言,与"叙事"相比,"哲学"一词并不让人感到陌生。事情的确如此:哲学并不是一门与哲学家和数理学家有关的学问,它和我们人人有关。④ 但让普通人容易产生困惑的是:通常意义上,"哲学"似乎就是"理论"的另一种表述而已。不能说这种印象完全没有根据。事情肇始于 19世纪德国哲学家黑格尔。他对体系化思想的追求,不仅让哲学成为一种理论,而且造就出一种"主义"。这让原本以"对话"的方式达到"求善"的宗旨的西方哲学传统,实施了革命性的颠覆。"理论出现于伟大哲学体系的终结点"⑤这句话正由此而来。但因此而把"哲学"与"理论"相提并论,却是对哲学本质的歪曲。经验表明,任何理论都蕴藏着作为一种"主义"意图,而任何一种作为主义的"理论",都具有一种强烈的"反哲学"倾向。哲学的关键词是"存在、意义、真理",理论的关键词是"革命、解构、专政"。哲学需要沉思、呼唤平静,让人走向适合学习的场所,去懂得欣赏美丽的大自然。而理论则强调行动、鼓动造反,让人走向喧嚣的广场和大街,在"主义"的旗帜下去尽情放纵各种欲望。这也就是何以在"狂欢理论"的推波助澜下,让一些人即使做出危及他人生命的暴力举动也不以为然的原因所在。

---

① 〔俄〕维·什克洛夫斯基:《散文理论》,刘宗次译,南昌:百花洲文艺出版社1994 年版,第 91 页。

② 〔美〕艾布拉姆斯:《镜与灯:浪漫主义文论及批评传统》,丽稚牛等译,北京:北京大学出版社 1989 年版,第 32 页。

③ 〔法〕茨维坦·托多罗夫:《散文诗学:叙事研究论文选》,侯应花译,天津:百花文艺出版社 2011 年版,第 71 页。

④ 〔英〕毛姆:《毛姆读书随笔》,刘文荣译,上海:上海三联书店 2000 年版,第9 页。

⑤ 〔美〕詹明信:《晚期资本主义的文化逻辑》,陈清侨等译,北京:生活·读书·新知三联书店 1997 年版,第 4 页。

　　换言之,"从本质上讲,呼唤理论就是呼唤对立,呼唤颠覆,呼唤起义"①。从形形色色的种族主义到冠冕堂皇的国家主义,20世纪既是一个各种作为"主义"的理论的展览会,也是人类文明的悲剧舞台。因此,如果说哲学是"思想的田野",那么理论则是"思想的牢房"。好的哲学并不终结问题,而只是"帮助我们继续追问下去,使我们一次比一次问得更好,使我们能够与追问永久性地和谐共存"②。与其形成鲜明对照的是,"所有的理论都是通过框架的闭合而表现出可靠性"③。所以哲学的结果常常是没有结果,尤其是那些关于伟大命题的思考总是显得"在路上",让人想起海德格尔"林中小路"的比喻。而那些以"主义"的旗帜自立门户占地称王的"理论",为了显示其独占鳌头的威风总是不停地"作决断",其立场和主张无不具有一种君临天下独领风骚的做派。所以早有学者指出:那些奉行各种主义的理论家们常常给人这样的感觉:他们对其对手立场的批评不够中肯理性。其结果通常是"答案过耳,问题犹在,并没有什么真正的变化"④。这是因为他们不是为弄清问题的实质而辨,而是为维护和强化他们的权威形象而争夺话语权。所以在日常生活中,人们用"哲学泰斗"这个词来向那些优秀哲学家表示一份尊敬。而由某些"知识分子"自封的"理论权威"这个称号,则体现了他们作为理论家的感觉良好。

　　这并不是一种文字游戏。如果说"将尽量简单的事情搞复杂",是"理论"的基本标志,那么"努力把复杂的事情让其简单",则是哲学的特色。因为以"求知乃是求善"为宗旨的哲学的本质并不想自我推销,所以本色的哲学精神总是处于一种自我批判之中。真正的哲学家们追随"我只知道我一无所知"的苏格拉底,互相提醒着"不要忘记那种承认自己所知甚少的苏格拉底式的谦虚"。⑤对这样的哲学家来说,"谁不能学会在疑问中

　　① 〔法〕安托万·孔帕尼翁:《理论的幽灵:文学与常识》,吴泓缈等译,南京:南京大学出版社2011年版,第16页。

　　② 〔西〕费尔南多·萨瓦特多:《哲学的邀请》,林经纬译,北京:北京大学出版社2007年版,第6页。

　　③ 〔德〕沃尔夫冈·伊瑟尔:《怎样做理论》,朱刚等译,南京:南京大学出版社2008年版,第6页。

　　④ 〔法〕安托万·孔帕尼翁:《理论的幽灵:文学与常识》,吴泓缈等译,南京:南京大学出版社2011年版,第15页。

　　⑤ 〔英〕卡尔·波普尔:《通过知识获得解放》,范景中等译,杭州:中国美术学院出版社1996年版,第405页。

生活，谁就永远不可能真正地进行思考。"①由于这个缘故，就像苏格拉底当年会对喜欢以他为讽刺对象的古希腊喜剧大师阿里斯托的作品给予掌声，与哲学史相伴的是嘲弄哲学家的传统。由此表明，哲学史同时也就是民主政治的发生与发展史，因为"哲学就是在民主中诞生的。从某种本质的意义上讲，哲学是离不开民主的。"②但以"批评理论"（criticism theory）命名的当代文学理论的发达史却是一部"观念的屠杀"史，一种理论的崛起无不以消灭对手取而代之来证明自身的价值。因为作为"主义"的理论是一种强权，那些贴着"主义"标记的理论家们，总是做着"一代宗师"之梦。因而他们往往自视甚高地摆出一副无所不知的模样和一种独步天下不容冒犯的姿态。不妨以两位学者的实际形象为例。

杰出的西班牙学者加塞尔这样看待他作为哲学家的工作："我们并不放弃任何带有批判眼光的严谨态度，相反，我们要把这种态度推衍到极限。可是我们是朴朴实实地这样做的，不以什么批判者和大宗师自居。"③而把福楼拜的名著当作社会学读本的法国理论家布尔迪厄，在他的《艺术的法则》中傲慢地宣称："《情感教育》这本著作虽被成千上万次地评论过，却无疑没有被真正读过。"④前者的谦逊明智，体现了追求真知灼见的哲学真诚。后者那种以理论权威自居的嘴脸，昭示的是一种无知的狂妄。这种狂妄其实是对他缺乏实际艺术经验的掩饰，却会使善良的人们上当受骗，让一些信以为真的人们甚至认为："艺术在同理论的斗争中毫无取胜的希望，艺术因而被说教彻底扼杀。"⑤但另一方面，只要我们能够不为这种狂妄的假象所迷惑，便不难发现正是理论的这种愚蠢昭示了哲学家的价值。著名哲学家雅斯贝尔斯曾经说过：哲学在理性触礁的地方开始。这里的"理性"指的就是伪装成理性的理论。在当代文坛曾经显得不可一世的"批评理论"，实际上是以"批评"为名的"理论批评"（theory

---

① ［西］费尔南多·萨瓦特多：《哲学的邀请》，林经纬译，北京：北京大学出版社 2007 年版，第 202 页。

② ［西］费尔南多·萨瓦特多：《哲学的邀请》，林经纬译，北京：北京大学出版社 2007 年版，第 150 页。

③ ［西］奥·加塞尔：《什么是哲学》，商梓书等译，北京：商务印书馆，1994，50。

④ ［法］皮埃尔·布尔迪厄：《艺术的法则》，刘晖译，北京：中央编译出版社 2001 年版，第 263 页。

⑤ ［英］A.格雷林：《生活、性与思想》，刘川等译，西安：陕西师范大学出版社 2004 年版，第 181 页。

criticism）。

但那些所谓"理论大师"的狂妄做派并非自信的展示，恰恰相反是心虚的暴露。因为他们清楚，一旦人们不走出"主义的迷思"，就会像《皇帝的新衣》中的那位讲真话的孩子那样，发现他们只是一群道貌岸然的骗子。英国学者雷蒙·威廉斯在《关键词》这部名著中，从词源上对"理论"这个概念进行了寻根溯源的考证。最终提出：理论是对实践提出解释的一种有待检验的思想体系，是从一种必要的"假设"开始的思想活动。以此来讲，法国思想家莫兰的这番论述是相当精辟的：一个理论不是认识，它只是使认识可能进行的手段；一个理论不是目的地，它只是一个可能的出发点；一个理论不是一个解决办法，它只是提供了处理问题的可能性。换句话说，一个理论只是随着主体的思想活动的充分展开而完成它的认识作用，而获得它的生命。① 任何理论都以逻辑的脚手架建构起自己犹如大厦般的思想体系，这是很容易导致作为假设的理论与真实的经验世界相脱离的原因。所以俄国思想家舍斯托夫表示："逻辑思维和任何大小便一样，能给人以巨大快感。但要知道，真正的思考也就等于对逻辑说拜拜。"② 这话并不是图一时之快的戏言，其中体现了对世事的深刻洞察。

维特根斯坦强调：决不能唯逻辑是从，因为"必定存在着某种比逻辑更为基本的东西"③。这个见解的精辟性无须赘言：生活世界并不由逻辑构成，相反，人们发明逻辑是为了有效地理解这个世界。再进一步看，导致"理论时代"终结的一个重要原因，是"文化主义"的破产。这种主义的实质就是坚持文化还原立场的"文化决定论"，就像经济决定论认为世间的任何问题的根源都在于经济，在文化主义者看来，不存在所谓独立的"物质世界"，因为我们的物质是从文化上建构的。这种"将整个世界转化成文化，否认世界独立存在于我们之外"④的说法，不仅片面而且肤浅。它体现了作为"主义"的理论的"迷思"。能够帮助我们走出这种迷思的正是

---

① ［法］埃德加·莫兰：《复杂思想：自觉的科学》，陈一壮译，北京：北京大学出版社 2001 年版，第 270 页。

② ［俄］列夫·舍斯托夫：《无根据颂》，张冰译，北京：华夏出版社 1999 年版，第 84 页、第 99 页。

③ ［奥］路德维希·维特根斯坦：《战时笔记》，韩林合译，北京：商务印书馆 2005 年版，第 36 页。

④ ［英］特里·伊格尔顿：《理论之后》，商正译，北京：商务印书馆 2009 年版，第 156 页。

哲学。因为"哲学不是一种理论,而是一种直面事物根本的思维活动"①。在此我要套用一位法国学者的话讲:本文无意倡导理论的幻灭(尽管事实上这是它的自食其果),而是想促使大家进行理论的怀疑。② 只有在这样的怀疑中我们才能还哲学以本来面目。无论人们如何给哲学下定义,也无论有多少个哲学定义,最重要的是懂得:归根到底,"哲学是关于生命的思考,是通过生命来说明生命"③。这就是哲学的本然的普世性和形而上学性,前者指"哲学并不是一门仅仅与哲学家和数理学家有关的学问,它和我们人人有关"④,后者是指真正的哲学不会满足于那些无关痛痒的现象,而只会对事关人类文明和人生意义的重大问题产生兴趣。

所谓"叙事哲学"便是这样一种东西,只不过它的领域显得相对"狭隘":对作为语言艺术的"小说形态"拥有的"审美价值"提供一种整体性理解。人们早已注意到,"叙事理论较少关注人物这一概念"⑤。出于不同学者的各种版本的叙述学,不论其作者的知识背景和阐释方法有何不同,始终遵循着这样一个基本原则:"叙述者是叙事文本分析中最为核心的概念。"⑥这其中的原因并不复杂:只有关注人物才能真正切入"小说艺术"的命题。但以叙述学为主体的叙事理论,感兴趣的不是小说的"艺术"而是"技术"。因为叙述学关心的是"人们对一个叙事文本要求什么? 一个文本怎样才能成为一个叙事?"⑦他们围绕这个方面殚精竭虑地发明出各种术语并建构起一种无比复杂的概念系统,尽管在"小说分析"上并非毫无用处,但对于"小说艺术"无济于事。如上所述,叙述学的目标通过几个阶段实现:从确定"叙述客体"入手,通过"描述每一种叙述文本的构成方

① [奥]石里克:《哲学的未来》,《哲学译丛》1996 年第 6 期。

② [法]安托万·孔帕尼翁:《理论的幽灵:文学与常识》,吴泓缈等译,南京:南京大学出版社 2011 年版,第 247 页。

③ [德]威廉·狄尔泰:《历史中的意义》,艾彦等译,北京:中国城市出版社 2002 年版,第 205—250 页。

④ [英]毛姆:《毛姆读书随笔》,刘文荣译,上海:上海三联书店 1999 年版,第 39 页。

⑤ [挪威]雅各布·卢特:《小说与电影中的叙事》,徐强译,北京:北京大学出版社 2011 年版,第 78 页。

⑥ [挪威]雅各布·卢特:《小说与电影中的叙事》,徐强译,北京:北京大学出版社 2011 年版,第 21 页。

⑦ [加]安德烈·戈德罗:《从文学到影片》,刘云舟译,北京:商务印书馆 2010 年版,第 61 页。

式"，来从中获得"关于叙述系统的描述"。[①]　叙述学的功能就是提供进行这种分析的工具。业界人士评价不同叙述学著作的优劣标准，主要就着眼于所提供的工具的丰富性和有效性。这也就是：可以有关于"叙事哲学"的思考，也可以有关于"叙事理论"的讨论；但不存在"叙述哲学"（narration philosophy）这样的用法，而只有"叙述学"（narratology）这样的概念的原因。

　　虽然在英文中译方面，"叙述"与"叙事"由于两者来自同一个词而经常会产生纠葛，但细加分辨不难发现彼此的差异。即使从英文中我们也能发现，"叙述"概念的基本意思只有在其动词形式中才能得以体现，因为它的名词形式（narration）意指一种"记叙性"文体，通常表示一种以记述人物的阅历或事物的发展变更进程等为主的一种体裁。关键在于，它与侧重于形象化"显示"的"表述"（representation）式的表达形成一种对照，强调一种对情境和事态的"抽象化表达"。而这种体裁功能只有凭借其动词形式（narrate）才能完成。换句话说，作为一个"叙述学"范畴的"叙述"，强调的是讲述一个故事的"行为"。它是作为文本的叙事在传播活动时的两种基本模式之一：作为直接的舞台演示的"表述"，和作为超越在表述中不可缺少的具象性的"叙述"。这个行为的具体表现方式，又可以有诸如"陈述"（statement）与"讲述"（telling）等不同形式。它们的区别主要在于文体风格方面。"讲述"意味着对讲述者主体（也即"叙述者"）主观性的相对突出，和在所表达的内容上对细节表现的相对缺少。"陈述"并不一定指所述内容缺少细节，而体现出叙述主体性相对"隐性"化，在表达上显得相对客观化而显得相对"平静"，给人以"人性化降低"的色彩。在此意义上，叙述作为一种文学概念使用时的基本意思，就是与"内容"相对的"表达"（后者的意思是指凭借一定的媒介手段来传递某种内容）。

　　从"叙事"方面看，"表达"具有"形式"与"材料"两个方面。在作为叙述学范畴使用时，就像"内容"同"故事"相近，"表达"与"话语"的意思相近。需要再予以明确的是，叙述行为所表达的内容可以是一系列的事件，也可以是非故事的某种思想学说和单纯的事件。但即使是包含"事件"的叙述行为，也并非就是"故事"的叙事文本。因为"事件"的含义重在"发生了什么"，比如美国前总统尼克松任期内著名的"水门事件"。只有当这个

―――――――――――

　　[①]　［荷］米克·巴尔：《叙述学》，谭君强译，北京：中国社会科学出版社2003年版，第1页。

"事件"通过"添枝加叶"予以丰富并得到相应的安排,才能转换成具有情节因素的"故事"。许多被搬上银幕的具有纪实风格的影片,就是由这类"事件"发展而来的"故事"。关键在于:叙述行为中的"事件"是无须解释的,它强调的或者是一种行为的"发生"(happening),诸如"张三打开了窗户",或者是诸如"雨开始下了"这种让人一目了然的"现象";叙事文本里的"行动"则不仅能够而且需要得到进一步的解释,因为它不只是"发生了",而且还总是蕴涵着"为什么"的言外之意,涉及诸如人物的性格、情节的推进等等。举例讲,"张三从路边捡起一块砖头砸碎了旁边屋子的窗户"这个句子陈述了一个"行为",它在功能上完成了一个"事件",具有自成一体的封闭结构。而"张三砸碎了旁边一间屋子的窗户并跳了进去"这个句子就属于一种"行动",因为它埋伏着可以进一步展开的因素,在读者的"潜意识"中启动了某种悬念。

从中我们不难发现"叙述"与"叙事"在小说艺术方面的一些重要差别。主要有这么几点:首先,所谓"叙事"通常指的是一种"文本",其中包含着以某种方式表达的一个以上的故事。叙述主要依赖线性时间,充其量只是呈现一种"现象"。而叙事则存在于由时间与空间共同形成的一种"场域"之中,从而建构起一个人性化的"世界"。所以在强调叙事的重要性时,人们可以将它说成是"不同形式的文化表达的基础"和"我们洞察自己生活的基础"。[①] 其次,叙事对故事的讲述涉及真实性问题,我们常常在涉及"叙事"时提出"叙事真实"(narrative truth)的问题。这是因为存在着"虚构叙事"(fictional narrative)和"非虚构叙事"(narrative nonfiction)的区分。换言之,"不管故事的情节是事实还是虚构,所有好听的故事都需要一个核心因素,那就是真实"[②]。但对于"叙述话语"不存在这个问题,这或者是因为"叙述"无关内容,它的出场本身作为一种"实际行为"就取消了关于"真实"的质疑;或者是叙述内容即使包含有事件的元素,但由于显得相对零碎和缺乏足够吸引力,也无须向受众提供真与伪的证明。第三点与此有关:叙述活动无所谓"大与小"的区分,而叙事文本则存在着前现代的"大叙事"(grand narrative)与后现代的"小叙事"(little narrative)的重要差异。第四是,叙述由于其本身具有一定的省略性而无所谓"概述",

---

① 〔挪威〕雅各布·卢特:《小说与电影中的叙事》,徐强译,北京:北京大学出版社 2011 年版,第 1 页。

② 〔美〕安妮特·西蒙斯:《说故事的力量》,吕国燕译,北京:化学工业出版社 2009 年版,第 27 页。

与此不同,叙事由于包含着一个相对完整的故事,往往可用概述的方法"缩写"(paraphrase)出一个简略的"行动纲要"来。

不妨以塞万提斯的名著《堂·吉诃德》为例,这部长篇小说通过"概述"的方法能够形成这样一个行动纲要:一个聪明人因为读骑士传奇而丧失了理性,他以济困惩恶的骑士身份自居,外出周游各地。因对现实缺乏认识,他的所得和目标适得其反:伤害了无辜的人们和他自己,却放过了罪人,诸如此类。直到被朋友哄骗返家时他才最终觉悟,在诅咒骑士传奇中死去。叙述之所以无法采用这种手法,是因为叙述本身已具有一定的概述性。最后也是最重要的一点是,"叙述"对技术方面有一定要求,即流畅、准确、完整等等;但"叙事"讲究的是艺术性。比如著名的阿拉伯作品《天方夜谭》(又名《一千零一夜》)。说的是位于古代印度与中国之间有一个叫"萨桑国"的小国,其国王山鲁亚尔生性残暴好妒,以王后行为不端为由将其处死。此后每日娶一名少女,翌日晨便将其杀死,导致国内充满恐怖气氛。宰相之女山鲁佐德为了拯救无辜的少女,自愿上门嫁给那位暴君。她每天给他讲个故事,讲到最精彩处正是天亮时,国王因为被故事吸引而破例让她到晚上再继续。山鲁佐德就这样一直讲了一千零一个故事,最终让这位残暴的国王受到感动而废除了原先那个残忍的做法,最终两人白首偕老。

第四节　关于故事的小说诗学

这个让人耳熟能详的故事道出了一个"故事"最引人注目的特色:让人欲罢不能的吸引力。它的经典性就在于形象地告诉我们:无论故事的核心究竟是构成人物特质的性格还是由人物行为决定的情节,最重要的在于"故事的行为绝不是平凡无奇的"[1]。换言之,让人们保持永不厌倦的好奇心,这是一个成功故事必须做到的。但这只是故事的起点,一个好故事除此之外还得拥有另一个品质:让人读之潸然泪下。以此标准看,《天方夜谭》是成功的故事,或者说是对一个杰出故事所拥有的价值的暗示;但其本身并未达到这一步。原因就像托多罗夫所说:人们在读它时往往

---

① ［法］茨维坦·托多罗夫:《散文诗学:叙事研究论文选》,侯应花译,天津:百花文艺出版社 2011 年版,第 47 页。

显得"无动于衷"。① 由此可以看出，叙述活动的实质是"完成传递"，而叙事文本的宗旨是"进行交流"。前者的重点自然非"信息"莫属，后者的核心也就是"故事"。考核一次叙述成功与否的主要标准是信息量的清晰度，考察一种叙事成败得失的唯一要求在于其所讲的故事本身的价值。这种价值取决于其所体现的意义。由此来看，虽然在中文语境中，"叙事"与"叙述"只有一字之差，但各自的语义内涵却相去甚远。概括地讲：这两者的不同可以从两个概念的差异中得出："行动"与"行为"。后者具有"自律性"，而前者不具有，它只有在"嵌入"别的行动中并构成某种结果才有意义。

而如上所述，一种行为就是其本身（比如"张三砸碎了一扇窗户"），它让我们知道发生了一件事。但一个行动只是另一个行动的前奏（比如"张三砸碎了窗户并跳了进去"），我们关心的是接下来还有什么。叙述时间的突出的线性化决定了它即使讲述某些具有故事元素的事件，也只能是"单声道"的。但作为"文本"的叙事的最大特点，就是它事实上往往都是"另一个故事的故事"②，有点类似于巴赫金的"复调"概念。比如《天方夜谭》中的故事，是叙述者山鲁佐德对受叙者（narratee）国王山鲁亚尔所讲的那一系列故事。尽管在这部作品中，叙述者通过故事最终大圆满的结局表明了受叙者感到心满意足。但对于真实读者而言却并非如此。这个故事的"另一个故事"就在于关于故事本身的探讨，强调了故事虽然总是与人物有关，但却并非人物性格的附属，除此之外也有其自身的价值。这就是故事逻辑的连贯性所具有的魅力。就像毛姆所说：假如这部叙事文本中的山鲁佐德只知道刻画人物性格而不讲那些奇妙的故事的话，她的脑袋早就被砍掉了。③ 这是讲述故事的叙事所具有的美学优势。此外，通常意义上的"叙述"只是指一种言语行为。但包含着一个故事的"叙事"则不同，因为故事并非只是通过媒介由叙述者简单地告诉我们的一些事件，

① ［法］茨维坦·托多罗夫：《散文诗学：叙事研究论文选》，侯应花译，天津：百花文艺出版社 2011 年版，第 52 页。

② ［法］茨维坦·托多罗夫：《散文诗学：叙事研究论文选》，侯应花译，天津：百花文艺出版社 2011 年版，第 129 页。

③ ［英］毛姆：《毛姆读书随笔》，刘文荣译，上海：上海三联书店 1999 年版，第 27 页。

它是对一件事或一系列事件进行"有趣的叙述或讲述，以吸引倾听者"①。

任何"有趣的叙述"都离不开"意义"，这是阐释学的所谓"价值循环"论的另一种呈现。换言之，"所谓意义，指的是故事的形式和形式所表达的内容"②。后现代所谓"作者创造文本，读者带来意义"的说法早已不攻自破。因为从读者方面讲，你无法将意义先行带入故事，只能从故事中寻找并提取意义。这正是故事的重要的体现：不同的故事拥有可供合格的读者提取的不同意义。由此可见，叙事哲学承担着寻找和确认一个相对意义上的"好故事"的职责。它会认同这样的见解：对真相和正义的执着才能最大化地释放叙事的能量。③ 换言之，对于只是作为"传达模式"的叙述活动而言，并不存在"是否道德"的问题；但叙事文本总是存在着一种"伦理之维"，必须经受"道德评判"。这种情形在作为小说的叙事文本中更为突出。因为尽管优秀的小说总是讲述人物的故事，但通常意义上的故事与小说在伦理方面仍存在着区分：如果说一个好故事往往会在经验交流中，给予听者以某种道德方面的劝诫，那么任何一部名副其实的小说杰作则责无旁贷地，必须集中于"生活的意义"问题。只有从这个方面着眼，我们才能理解这句话中所蕴含的含义：叙事等于生存，没有叙事则意味着死亡。

显而易见，这份"沉重感"是作为叙述学范畴的"叙述"概念所不具有的。虽说在某种意义上，人们可以把"叙述"说成是"最小故事"（minimal story）。但这里的"小"无疑强调了其"容量"上的局限性，意味着由叙述提供的"故事"只能是在内涵上根本无法与之相提并论的碎片化的"事件"。尽管任何故事都以事件为构成元素，但在此清楚地昭示着"整体大于局部相加原理"。换言之，"容纳于故事中的事件因被视为完整整体的一个部分而获得其意义"④。叙述所表达的单纯的"事件"，的确是构成"故事"所不可缺少的基本元素；但只有在一种情况下，前者才能向后者转换，这就

---

①　［美］希拉·伯纳德：《纪录片也要讲故事》，孙红云译，北京：世界图书出版公司 2011 年版，第 1 页。

②　［美］杰克·哈特：《故事技巧》，叶青等译，北京：中国人民大学出版社 2012 年版，第 147 页。

③　［美］杰克·哈特：《故事技巧》，叶青等译，北京：中国人民大学出版社 2012 年版，第 253 页。

④　［挪威］雅各布·卢特：《小说与电影中的叙事》，徐强译，北京：北京大学出版社 2011 年版，第 75 页。

是必须产生某种能让人感兴趣的"问题"。只有"当问题出现时,故事就发生了"①。所以说,如果理论家手中的叙述只是一种用来拆卸叙事文本的技术,那么"小说家的叙述是一种艺术"②。由此而呈现出一种叙述之"轻"与叙事之"重"的对比。这是因为"叙述事情"通常意味着"搬弄是非"(narrate tale telling),但"讲个故事"的性质完全不同,它事关重大:"不讲故事赔命!"③虽说这个话题由《天方夜谭》引申出来,但并非夸大其词。它以一种不经意的方式,机智地揭示了"讲个好故事"的意义。

由此看来,相比之下似乎"叙事哲学"与"叙事研究"(narrative research)不无共同点:彼此都关心"叙事交流"(narrative communication)的问题。但深究起来,两者即使不能说相去甚远,实质上也完全不同。所谓叙事研究,是以叙事理性(narrative rationality)为基础,借助于由一定的叙事范式(narrative paradigm)和叙事功能(narrative functions)建构起来的一种叙事方法(narrative method),来从事跨学科的研究。它的主要范围涉及社会学、人类学、教育学、心理学、语言学、历史学、法学和经济学,以及性别研究等等。无论这个范围还能拓展到哪里,有件事我们必须明白:"叙事研究"并不是关于作为一种"叙事文本"的小说艺术的思考,而是"在社会科学中使用叙事方法",让人们在从事相关研究和"阅读过程中受到更多的启发"。一言以蔽之,这种研究"主要考虑把叙事方法以及它所包含的文学和文学理论的相关手法带入社会科学",以便让这个领域拥有一个充满希望的未来。④ 在一些社会科学家看来,通过研究和诠释叙事,研究者不仅能够了解叙述者的自我认同和它的意义系统,也可以由此进入他们的文化和社会世界。这在方法论上弥补了现有社会学的不足。比如有这样的说法:如果我们能认识到,经济学家是故事的讲述者和诗的制作者,我们就能更好地了解经济学家们做了什么。⑤

---

① [美]杰克·哈特:《故事技巧》,叶青等译,北京:中国人民大学出版社 2012 年版,第 27 页。

② [英]斯各特·拉什:《信息批判》,杨德睿译,北京:北京大学出版社 2009 年版,第 206 页。

③ [法]茨维坦·托多罗夫:《散文诗学:叙事研究论文选》,侯应花译,天津:百花文艺出版社 2011 年版,第 50 页。

④ [瑞典]查尔尼娅维斯卡:《社会科学研究中的叙事》,鞠玉翠等译,北京:北京师范大学出版社 2010 年版,第 172 页。

⑤ [瑞典]查尔尼娅维斯卡:《社会科学研究中的叙事》,鞠玉翠等译,北京:北京师范大学出版社 2010 年版,第 138 页。

　　这种说法无疑有点夸张。但叙事研究如今已成为一门所谓"跨学科"方法,这是事实。社会学者们发现,"叙事方法可以被看作适合于调查现实问题的现代方法";他们意识到:"运用叙事方法得出的结果是丰富而且独一无二的资料,而这些资料是通过单纯的实验、调查问卷或观察无法获取的。"①所以,叙事研究可以被称为"诗学社会学",但不能被当作"社会学诗学"。这当然并非玩弄文字游戏。从广义上讲,叙述研究同样是站在"后结构主义"阵营中对传统解释学的一次"背叛":它的基本问题不再是"文本'说'了什么",而是"文本'做'了什么"。社会学所采用的叙事方法主要有两种形式:作为认识方式与作为交流方式。正是以这种"借花献佛"的方式,叙事研究巧妙地把关于叙事艺术的研究路径,转换成了关于社会政治问题的研究工具。由此来看,叙事研究与叙事理论之间显然具有一种亲近关系。它们都体现着一个特点:如果说在某种意义上,一篇布局巧妙的游戏性学术论文具有类似于小说的某些特点,那么就如相关人士所说:理论就是这篇学术论文的情节。② 正是在玩弄各种术语的理论话语中,这类学术游戏才能进行到底并获得成功。这也清楚地昭示出,归根到底叙事"研究"仍是属于叙事范围内的"理论"。但耐人寻味的是,两者间的关系并非如此简单,而呈现出一种暧昧性。

　　叙事理论是对叙事文本的一种"解构",它的种种"形式—技术分析",以将一个完整故事的"碎片化"为前提。但叙事研究却正相反,它只有通过对叙事文本在不同语境中实现"重构",才能有效地运用叙事方法来解决它所面临的问题。当社会科学家们自问"我们为什么要做叙事研究"时,他们的结论很明确:叙事中所包含的生活化的故事,提供了获悉自我认同和个人性格的机会,因为故事模拟了生活。对于叙事研究而言,关键所在就是"依照这个方法"开辟一条社会研究的新路径。③ 他们不是纯理论的书斋生物,因为他们懂得所有这些必须以故事文本的完整性存在为前提。有必要进一步澄清的是,曾经以"科学"为榜样的社会科学,之所以会通过"叙事方法"的运用出现这种"人文化"转向,间接的是由于意识到

---

　　① ［以］艾米娅·利布里奇等:《叙事分析:阅读、分析和诠释》,王红艳等译,重庆:重庆大学出版社2008年版,第8页。

　　② ［瑞典］查尔尼娅维斯卡:《社会科学研究中的叙事》,鞠玉翠等译,北京:北京师范大学出版社2010年版,第128页。

　　③ ［以］艾米娅·利布里奇等:《叙事分析:阅读、分析和诠释》,王红艳等译,重庆:重庆大学出版社2008年版,第6页。

了科学方法的局限性。

有一个惨痛的案例:2003 年 1 月,美国航天局(NASA)通过录像确认,哥伦比亚号航天飞机发射 82 秒后受到一块从外燃料箱上脱落的硬泡沫的撞击。这对于这架将绕地飞行 16 天的航天飞机,在返航时到底有何影响或者影响究竟有多大? NASA 有足够的时间进行分析,得出准确的结论并提出最好的方案。波音公司的工程师们进行了认真研究,用了 28 张 PPT 最终说服了 NASA,让他们觉得没什么大碍。但在 2 月 1 日,当哥伦比亚号结束了 16 天飞行任务返航途中解体,机上 7 名宇航员全部罹难。事故发生后,有人将这归咎于 NASA 专家们的官僚主义;甚至有不少美国媒体报道,事先 NASA 高层就已经知道将会发生灾难性后果。这让为缺乏足够的"人咬狗"这类奇闻怪事而犯愁的媒体界,获得了一次难得的机会。但在媒体一致将矛头对准 NASA 相关人员,指责他们缺乏人性的同时,美国信息学家爱德华·塔夫特(Edward Tufte)仔细分析了波音公司的这次 PPT 展示。结果他发现这次展示与这起重大事故有密切相关性。这当然并不是指他们做的 PPT 使这架飞机失事,而是说这种陈述方式为 NASA 的错误判断提供了根据。因为这种陈述方式把关于整个事件的讨论碎片化,使用 PPT 这种形式具有强烈的层次,但却只是一个没有完整句子的短语。

这种展示方式有着典型的经过简化的信息表述特征:简洁、清晰、明了,突出了叙述逻辑的力量,除非是有丰富人文经验者,对于那些习惯于工具理性思考的人,很容易受到这种逻辑理性的迷惑。自此之后,NASA 作出一项规定:在重要问题上禁止使用 PPT 的形式来作演示性汇报。① 这个案例告诉人们,有些形式特别适合于使事情整体"信息化",这不利于人们得出全面的判断。为了改变这种局面,"讲述一个完整的故事是重要的"。因为故事之所以故事,就在于它的内容无法被简单地"减缩"为信息。这就是让以"讲故事"为核心的叙事,越来越以一种"方法论"的形式受到"非文学界"的重视的一大原因。由此看来,叙事研究与叙事理论的接近有点貌合神离,它游离于叙事理论与叙事哲学之间。因此无论如何,关于"小说艺术"的思考,最终别无选择地只能落实于叙事哲学。那么到底什么是"叙事哲学"? 或者说,关于"叙事哲学"究竟该如何理解? 可以

---

① [德]弗兰克·施尔玛赫:《网络至死》,邱袁炜译,北京:龙门书局 2011 年版,第 65 页。

给予一个简单明确的界定："叙事哲学"就是关于故事的"小说诗学"。这种界定有其根据。就像一位优秀的小说学者所言：哲学家和小说家都对特殊的个性予以了大大超过以往的关注。[①]

但即便如此，为了真正理解这句话的意思，我们仍需要首先作出一个解释：什么是"诗学"？众所周知，这个概念来自亚里士多德的同名著作，这规定了它的基本内涵：不是指作为一种文学体裁的"诗歌学"，而是指对整个文学创作原理的研究。但随着时代的发展，这个概念的内涵也有了新的变化。一是外延的扩充，不再局限于以语言文字为媒介的"文学"，还包括作为一种文化现象的所有的艺术形态，比如有《建筑诗学》、《音乐诗学》、《电影诗学》、《空间诗学》、《神话诗学》等等。再是内部的狭义与广义的分流。狭义的"诗学"指的是"文学形式论"。具有代表性的例子是叙述学中口碑颇佳的著作：曾在耶路撒冷希伯来语大学英语系任教的里蒙·凯南的《叙事虚构作品：当代诗学》(*narrative fiction*：*contemporary poetics*)。此书的优点体现于对叙事文本的构成，进行了不仅全面而且简洁清晰准确的"形式分析"。之所以这么说，是因为它主要涉及叙事文本的"形式方面"，也就是通过阐释"怎么叙述"让人们明白一部虚构作品是如何"形成"的。这种阐释不涉及这个文本究竟成功与否或成就高下。

这是现代意义上"诗学"概念的一种主流用法，它是西方传统本体论哲学精神的发扬光大，也是亚里士多德诗学思想的一种延续。有一种普遍默认的说法：直到今天，亚里士多德的《诗学》仍是文学理论的范本。[②]这并没什么不妥。问题在于：对其宗旨究竟该做怎样的阐释？亚里士多德这本著作以两个明显不同的问题开篇：诗的文类及其功能。被认为"经典"的意见偏重前者，并据此得出结论：《诗学》关注的是"诗"的结构问题。这意味着诗学研究的对象不是那些"艺术杰作"，而是不分优劣的所有"艺术作品"。用美国著名学者纳尔逊·古德曼的话说：我们必须明确区分"何为艺术"与"何为优秀艺术"这两个问题。但同时我们也应该清楚，前者比后者更值得关注。理由是：大多数艺术作品都很拙劣，因而，如果我

① ［美］伊恩·瓦特：《小说的兴起》，高原等译，北京：生活·读书·新知三联书店 1992 年版，第 11 页。

② ［法］安托万·孔帕尼翁：《理论的幽灵：文学与常识》，吴泓缈等译，南京：南京大学出版社 2011 年版，第 11 页。

们用"优秀艺术"来界定"艺术作品",那将会让我们迷失。[①] 言外之意:拙劣的艺术也还是艺术。这话听起来似乎不无道理,但细加考虑则会发现似是而非。为人类艺术文化带来伟大荣誉并因此而流芳百世的,是那些使历代读者和观众为之深受感动的艺术杰作。只有这样的作品才值得我们去关心,从 16 世纪的英国学者菲得普·锡德尼到 19 世纪的诗人雪莱再到 20 世纪的美国学者苏珊·桑塔格,让他们前仆后继地"为诗辩护"的动力,无疑就在于这些优秀作品,而不是形形色色的那些属于大多数的"拙劣艺术"。

所以,存在着另一种"非主流"却"更正宗"的诗学。它以"优秀艺术"为对象、重在对其"何以优秀"的品质核心展开研究。用法国学者达维德·方丹的话讲:这种诗学注重的是文字信息中的美感,是能让读者留下深刻印象的东西,而不是那种随着信息的传递而立即消失殆尽、在交流的过程中转瞬即逝的东西。[②] 如果说前者可以称为"信息化诗学",那么后者便属于"反信息诗学"。托多罗夫曾谈道:我们对文学的认识不断受到两种对立方式的威胁:要么构建一种理论,它连贯却空洞;要么满足于描述事实,它具体生动但缺乏洞察力。[③] 虽说都是法国学者,但与罗兰·巴特的"花腔男声"完全不同,这是一位货真价实的优秀学者的肺腑之言,它道出了建立"反主流诗学"所面临的两难困境。走出这个境界的一条途径是追根溯源,回到"诗学"之祖亚里士多德的思想。无须讳言,强调技术与形式的"主流派"诗学,一直将其合法性建立在这位思想家的著作上,这是它们能够被接受为"主流"的基本根据。因为正如许多常规性教材所一再重复的,《诗学》中对悲剧艺术的结构的研究的确是亚里士多德这本著作的一大亮点。但需要再进一步讨论的是,除此之外还有什么?

显然,在亚里士多德的《诗学》中,"模仿"和"情节"这两个概念是其用来把握悲剧艺术的核心范畴。因为尽管性格是悲剧模仿的真正对象,但若不通过合适的情节,这种特定的性格是无法呈现的。在这个意义上,人们将这本著作归纳为"关于行动的艺术"(On the Art of Action)也未尝不

---

① [法]安托万·孔帕尼翁:《理论的幽灵:文学与常识》,吴泓缈等译,南京:南京大学出版社 2011 年版,第 215 页。

② [法]达维德·方丹:《诗学:文学形式通论》,陈静译,天津:天津人民出版社 2003 年版,第 6 页。

③ [法]茨维坦·托多罗夫:《散文诗学:叙事研究论文选》,侯应花译,天津:百花文艺出版社 2011 年版,第 47 页。

可。但问题在于，就像亚里士多德的思想中，事实上将人类定义为理性动物、政治动物、模仿动物的三位一体；他的伦理学、政治学、诗学也呈现出一种内在的统一性：存在的价值和意义。这也就是强调艺术的精神品质而不是制作技术的"非主流"诗学，同样能从这同一位亚里士多德的著作中获得"正宗性"根据的原因。由此来看，亚里士多德的这部《诗学》的确允许人们以两种方式来解读：它既是关于悲剧艺术的创作技术的，也是关于以悲剧性为特征的人类行动的。① 不过如果我们承认这点，那就意味着与其说《诗学》的主题属于政治学，不如讲更偏重于伦理学。因为归根到底，它是借对艺术的肯定，探讨现世人性的希望所在。由此来看，认为"亚里士多德一开始就把文学毁了"②的说法，显得并不准确。

　　以上所述不仅让人对这句老话有重新认识："诗人其实是真正的群众哲学家。"③而且还给予我们一个明确的提示：小说诗学的基本问题，涉及故事的本质及其功能。尽管从文类学上看，"小说"并不等于"故事"，两者间存在着一种"不对称性"。比如，一个很有吸引力、符合好故事标准的故事并非就是一部好小说，但反之，一部好小说一定包含着一个有吸引力的故事。由此可见"写小说"与"讲故事"的不可分离性：正是由于"故事的目的并不是给我们提供真实信息，而是表达可以称之为道德真理的东西"，才使它成为优秀的小说创造不可缺少的东西。因此伊格尔顿的这个观点值得一提："小说的存在并不是为了告诉我们懒猴是行动缓慢、夜间活动的灵长类动物，或海伦娜是蒙大拿州的首府，它们动用这些事实，是作为道德模式的一部分。"④如果说"一部小说成功与否的关键点在于作者能否把一个故事讲得惊天地、泣鬼神"，此话未免有些夸大其词；那么认为一个好的故事就像坠入爱河的体验一样，让读者全身心地被情感的洪流裹挟而去，在一种由理智与情感所产生的复杂的化学反应中，直抵你的心灵深

---

① ［美］伯恩斯等：《诗学解诂》，陈陌等译，北京：华夏出版社 2006 年版，第 19 页。

② ［美］马克·爱德蒙森：《文学对抗哲学》，王柏华等译，北京：中央编译出版社 2000 年版，第 10 页。

③ ［英］锡德尼：《为诗辩护》，钱学熙译，北京：人民文学出版社 1998 年版，第 22 页。

④ ［英］特里·伊格尔顿：《理论之后》，商正译，北京：商务印书馆 2009 年版，第 86 页、第 87 页。

处①,这个见解十分贴切。

在这个意义上,认为"小说"说到底也就是"讲一个关于人的故事"②,这个朴实的观点道出了涉及小说艺术的实质。小说产生于故事并且始终依靠故事,把故事从小说中取消意味着小说也随之不复存在。而"好小说"意味着包含着一个"好故事"。当代电影史告诉我们,从 1916 年开始,美国成为世界市场上头号电影供应商,并至今仍一直保持着这个地位,它的奥秘何在?一位电影学者说得很精辟:好莱坞的成功建立在对故事清晰、生动以及颇富娱乐性的讲述上。当然,与此同时各种拍摄技巧也随着高科技的发展而在电影中得到广泛运用。但重要的是认识到这些手段不仅是为了提供具有吸引力的形象,而且更主要的是引导观众每时每刻都注意突出的叙事事件。③ 由此再次说明:告诉我们,什么是一部好小说所需要的好故事;让人们明白,这样的故事究竟具有怎样的意义。这就是"关于故事的小说诗学"必须履行的承诺。问题还是一样:我们需要不断推进继续追问:它如何兑现这个承诺?事情仍得重新回到叙事哲学。在通常的哲学教材上,关于"西方哲学之父"的认定似乎早已尘埃落定,但深入地来看,问题其实并未得到解决。

在古希腊人眼中,这个头衔属于伊奥尼亚学派(又称米利都学派)的泰勒斯(公元前 625 年?—公元前 547 年?),据传他曾预言了公元前 585 年的一次日食。当代一些崇尚反权威精神的学者认为,希腊哲学起源于对事物的"整体统一性原则"作出解释的尝试,是以"同一性"(identity)的命题来精确地定义统一性。从哲学的"形而上学"性来讲这不无道理。倘若以此为据,"哲学之父"应归属于"毕达哥拉斯学派"的巴门尼德。④ 但从固有的哲学传统上讲,众望所归的是将思辨的目光从天上引向人世的苏格拉底。在我看来,以上三位候选人各有资格,有个方法或许能让他们各有归属。不妨将泰勒斯看作"哲学教父",因为他让宇宙万物进入我们的

---

① 〔美〕杰里·克利弗:《小说写作教程》,王著定译,北京:中国人民大学出版社 2011 年版,第 8 页。

② 〔美〕杰克·哈特:《故事技巧》,叶青等译,北京:中国人民大学出版社 2012 年版,第 74 页。

③ 〔美〕克莉丝汀·汤普森:《好莱坞怎样讲故事》,李燕等译,北京:新星出版社 2009 年版,第 1 页。

④ 〔美〕斯坦里·罗森:《诗与哲学之争》,张辉译,北京:华夏出版社 2004 年版,第 160 页。

视野,通过"仰望星空"的方式开启了人类的思辨之门。再把"哲学养父"的荣誉归属巴门尼德,因为他"对整体之为整体给出一个说法"的强调,体现了哲学思辨重在洞察事物之根本的特点。但至少迄今为止我们没有充足的理由,以反传统的态度剥夺苏格拉底作为"西方哲学之父"的身份。哲学当然不等于从"星相学"肇端的"宇宙论",那属于现代自然科学的地盘;哲学也不能让思辨以"万物归一"的方式,只是停留于用"同一性"来对具有整体统一性的世界进行永无休止的探讨。

巴门尼德式的思考只能让我们有限的精力挥霍于徒劳的脑力劳动中。哲学真正应该关心的是人世间的根本问题,这就是"每个人如何更好地度过属于我们自身的今生今世"。正是在这个方面,苏格拉底的思想对后世哲学产生了无人可比的影响。这种贡献具有双重性。首先是以"认识你自己"这句名言,让人们注重不同于自然思辨的关于人类自身行为的根本问题;其次是在强调自我反省的同时,把一种严格的论证方式应用于这些问题。其最终的结果就是以人的"美好生活"为主题的伦理学的诞生。正是在这个意义上我们看到,哲学有科学和诗这两幅肖像,但肖像本身是诗化的。[①] 无须过多的解释,哲学的这两幅肖像意味着这门学科的两种基本形态:以逻辑推理为主导的理论化哲学和以直觉经验为基础的体验性哲学。人们之所以容易将理论与哲学混为一谈,症结也就在这里。但无论是理论化的还是体验性的,哲学作为对人类世界中"德性之善"的认识,离不开对以生命现象为根本的"存在意义"的充分肯定。这种肯定体现着"人性关怀",这是哲学的本色,而在这个意义上看,哲学这幅肖像的确具有显著的诗性意味。这也进一步表明,"叙事哲学"与"小说诗学"其实是同样一回事。

如此看来,对"小说诗学"而言,问题的关键在于我们如何理解"诗性"这个关键概念。让我们参考下现代哲学界对这个概念最感兴趣的学者海德格尔的意见。他曾在文章里提出,用"诗意"(dichtung)这个词来区别于作为一种语言艺术文类的"诗歌"(poesie)。在这个陈述中,"诗"不仅仅属于以分行排列的韵律文体为特征的语言艺术门类,也不只是指一种生活方式,而是指"既超越一切艺术又渗入一切艺术"的那个东西。所以当海德格尔在《艺术作品的本源》中隆重提出"一切艺术本质上都是诗

---

① ［美］斯坦里·罗森:《诗与哲学之争》,张辉译,北京:华夏出版社 2004 年版,第 22 页。

(dichtung)"这个著名命题,强调"艺术作品和艺术家都以艺术为基础"①时,这些陈述中所谓的"艺术",显然指的就是作为"艺术的本质"的"诗"(dichtung)。这个意义上的诗是包括小说在内的整个艺术文化的核心。由此可见,所谓好故事,也就是拥有这种"诗性"的故事。因此毛姆以其丰富的经验指出:尽管故事对于小说家事关重大,但它其实是小说家为拉住读者而扔出的一根性命攸关的救生绳索。小说的艺术价值体现于好故事,而不是有趣的故事。尽管许多有趣的故事未必是真正的好故事,但反之,名副其实的好故事往往蕴涵有趣的元素。

比如著名英籍美国小说家亨利·詹姆斯的作品。托多罗夫曾谈起,在读亨利·詹姆斯的小说时,必须努力寻找其作品的意义的同时,要牢记他的"作品的意义就是对意义的寻找"②。这个评价很有意思,不仅准确指出了亨利·詹姆斯小说的要害,而且还让我们推而广之,认识到"优秀的小说"与"有趣的小说"之间常常显出相当微妙的区别。毛姆曾经在《美国文学漫谈》中指出:亨利·詹姆斯讲故事的才能确实高明,故事中的悬念设计确实奇妙,所以他自始至终都能把你吸住。但阅读经验告诉我们,亨利·詹姆斯的小说虽然是有意思的,但没有很大的意思。在某种意义上,他开了以卡尔维诺的《寒冬夜行人》、艾柯的《玫瑰的名字》等为代表的,所谓"后现代小说"的先河。这类小说的共同点就像托多罗夫所说,"作品的意义就是对意义的寻找",属于没事找事、以故事为媒介的语言游戏。这种游戏毫无疑问具有一定的趣味性,但它们算不了好故事。问题并不在于它们其实是以一种智力性方式提供的娱乐,而在于这种娱乐正如赫伊津哈所说的平庸性。这是一种很容易满足而从不涉及现实世界的真正问题。因而让人们不再关心苏格拉底的"好生活"。那么,不仅有趣而且还真正"有意义"的小说又该是怎样的呢?

毛姆也给予了我们一点启发:通过"人物塑造"来呈现"人性本色"。他同样以亨利·詹姆斯的小说为例,指出导致其作品离真正的好小说总是差一口气的原因,在于他对自己所要描写的人物好像总是不太了解,以至于常常显得不近情理。比如毛姆在对其相对喜欢的长篇小说《美国人》的分析中指出,小说中的重要角色桑特雷女士尽管妩媚动人、温文尔雅,

---

① [德]马丁·海德格尔:《林中路》,孙周兴译,上海:上海译文出版社 1997 年版,第 55 页。

② [法]茨维坦·托多罗夫:《散文诗学:叙事研究论文选》,侯应花译,天津:百花文艺出版社 2011 年版,第 146 页。

却显得纯粹是个俗套人物,让人读来有种是作者从巴尔扎克小说里移植过来的感觉。这是这位作家尽管十分有名,但始终难以跻身于优秀作家行列的原因。因为亨利·詹姆斯具有出色的讲故事才能,这是作为小说家最重要的才能,但并不是成为优秀小说家的才能。[1] 因为这个才能就是对人性的洞察力。只有具备这种能力的小说家,才能懂得和发现真正的好故事,从而利用它来创造出一部好小说。所以,在谈到优秀文学的标准时,一位法国学者如此说道:我选择的是关于文学的非文学指标,伦理的、人生的指标,因为"这些指标在支配着我生活的方方面面"。[2] 这个说法更早的版本来自诗人艾略特。他曾经说过:一方面"我们必须记住,测定一种读物是否文学,只能用文学标准来进行",但另一方面同时还得看到,"文学的'伟大价值'不能仅仅用文学标准来测定"。[3] 这当然并没有违背"把文学当文学"的宗旨,而只是道出了一个秘密:我们对艺术文化的需要不是为了做虚无缥缈的"白日梦",而是为了获得创造美好人生的动力。这是健康地享受文学杰作与不健康地吸食毒品的区别。

今天的人类仍未走出对电子技术的"迷思",但这并不说明这种状况将会永远延续下去直到人类成为非人。人类的祖先从"听故事"中学会自我塑造,走向文明。这种状况会重新恢复吗? 毛姆认为,听故事的欲望在人类身上就像对财富的欲望一样根深蒂固。[4] 他的话不是毫无根据。有史以来世界各地的人们就一直聚集在篝火旁或者市井处听故事,但这早已属于"往日情景"而非今天的现实。尽管有学者利用现代生物医学的进展,得出了人类由来已久的爱听故事的特点有其生物方面的原因。比如一些科学家对美国科普小说家斯蒂芬·霍尔的大脑进行了核磁共振扫描,证实了当他进行故事构思时,在其大脑右脑额叶上一个与视觉皮质等脑中心部位相连的糖块大小的区域,会同步产生反应。他们将它命名为

---

[1]　[英]毛姆:《毛姆读书随笔》,刘文荣译,上海:上海三联书店1999年版,第288页。

[2]　[法]安托万·孔帕尼翁:《理论的幽灵:文学与常识》,吴泓缈等译,南京:南京大学出版社2011年版,第18页。

[3]　[英]托·艾略特:《艾略特文学论文集》,李赋宁译,南昌:百花洲文艺出版社1994年版,第237页。

[4]　[英]毛姆:《毛姆读书随笔》,刘文荣译,上海:上海三联书店1999年版,第22页。

"故事叙述系统"。① 这项研究或许能够推翻关于人类自从成为"文明人"后，就沿着"政治人"到"经济人"和"符号人"到"信息人"的双线并进的路线图不断前行的决定论，因而在一定程度上减轻了我们对不久之后"人将非人"的绝望感。

但并不是没有"另外的声音"。它不仅同样存在，甚至对人们更有吸引力。比如有越来越多的证据表明，当我们在互联网上或者手机上搜寻信息或者答案时，我们最原初的本能被调动起来。这就是与生俱来的永无止境的好奇心。人类喜欢听故事的欲望显然与这种好奇心有着同一个渊源。但当这样的本能逐渐被现代科技征服，成为不断追新逐异的心结的奴役，我们对于由好故事构成的小说杰作的阅读渴望就会逐渐消失。事情因此而显得有些滑稽，就像德国学者施尔玛赫所说：工程师并不是讲故事的人，但他们却书写了我们这个时代最真实的小说。② 这是一部属于"非虚构叙事"的作品，讲的是越来越多的人自觉不自觉地成为电子产品的俘虏，在网络世界中流连忘返，最终耗尽其全部智力与情感，成为现实生活里的"隐形动物"。如何从这两种截然不同的描述中得出关于"小说艺术"的命运的最终结论？对于"小说诗学"而言，既无法又无必要给予回应。有句话值得在此引用：虽然没有理由相信，你希望有的东西就一定会有；但是也很难说，你无法证明的东西就一定不能相信。③

诚然，就像消费社会的许多事物的命运一样，再好的故事都可以被生产、出售并消费。但有一样东西迄今仍无根本性的变化：故事就是作为"人类"的我们的生活本身。所以尽管以知识论为主导的现代教育歧视人文叙事，但科学常常也需要用叙事的方法，通过"讲故事"来向人们说清其之所以重要的理由。④ 在好故事中，我们能清楚地意识到人性的存在，即使这个故事的主角并非人类。比如那些关于大自然和野生动物的纪录片，许多这类影片都会采用聚焦于人性的主题来讲述非人类的故事。但

① ［美］杰克·哈特：《故事技巧》，叶青等译，北京：中国人民大学出版社 2012 年版，第 4 页。

② ［德］弗兰克·施尔玛赫：《网络至死》，邱袁炜译，北京：龙门书局 2011 年版，第 64 页。

③ ［英］毛姆：《毛姆读书随笔》，刘文荣译，上海：上海三联书店 1999 年版，第 57 页。

④ ［瑞典］查尔尼娅维斯卡：《社会科学研究中的叙事》，鞠玉翠等译，北京：北京师范大学出版社 2010 年版，第 9 页。

也有一些影片完全将动物置于拍摄中心。比如由吕克·雅克特导演的《帝企鹅日记》，其中的主角就是帝企鹅。但这部影片获得的成功仍然在于，从中我们所感受到的一切都体现着人性因素，让观众感到这是一部讲述爱、失落和生存的故事。同样的例子还有由法国著名电影人吕克·贝松制作拍摄的两部描述大自然的纪录片《迁徙的鸟》与《海洋》。当观众的注意力随着影片的进展而越来越陷入其中时，心中的感动便会随之而加深。我们之所以难以自制地热泪盈眶，是因为通过这样的故事，让我们在一种感同身受中懂得了生命的意义。

这再次向我们证明，无论人物的性格塑造与故事的情节安排在小说中的关系究竟孰轻孰重，有一点无法否定：小说的重要性归根到底取决于故事所蕴涵的东西。作为文本的"叙事"不仅仅是如叙述学所强调的一种结构性"安排"，它首先是一种关于人类生活的"选择"。好故事的功能在于滋润我们的人性，好小说的价值在于通过人性的培育与回归，领悟生命的意义。由此而言，我们无须为小说的未来操心，却有必要关注人自身的变化。真正的小说杰作永远与人性的光辉同在。就像"叙事理论"的聚焦点是"叙事文本的构成"，作为"叙事哲学"的"小说诗学"关注的就是"故事价值的生成"。这不仅涉及"什么使某一'信息'成为叙事的，而另一'信息'不是叙事的"的问题[1]；同时也涉及"什么样的故事才值得讲述"的问题。如果说"文学始于叙述方式获得与叙述内容同等重要性之时"[2]，那么小说的艺术只能产生于由这两者的紧密合作，真正的叙事文学杰作是它们携手贡献的结果。从"小说诗学"的视野来重新认识"小说艺术"，这是在一个电子人迅速扩展地盘、无情吞噬我们的人性的信息时代，值得我们每一个不愿就这样束手就擒而被异化的人们，都应该关注的事情。从这个意义上讲，小说的未来掌握在我们自己的手中。

---

① ［加］安德烈·戈德罗：《从文学到影片》，刘云舟译，北京：商务印书馆2010年版，第61页。

② ［加］安德烈·戈德罗：《从文学到影片》，刘云舟译，北京：商务印书馆2010年版，第1页。

第二章 故事的经验

——小说本体论

　　无可讳言,本文的论题属于老生常谈。之所以要旧话重提,主要是与科学总是不断追求标新立异不同,人文艺术领域各学科的发展呈现出相反状态,往往需要通过将一些基本问题不断重新提上议事日程,来实现继往开来的目的。歌德说过:凡是值得思考的事情无不是已被人们思考过的,我们所能做的,仅仅只是重新加以思考而已。① 英国小说家毛姆同样也写道:我兜了一大圈,发现的仍然是人人都熟知的东西。② 当然事情还不这样简单。关于"小说观"的问题,换句话说,也就是关于"小说究竟是什么"的本体论研究。事情的焦点在于小说的"身份确认"。不妨再次用毛姆的话讲:小说到底是不是一种艺术形式,它的目的是教育还是愉悦?③ 这是一个似乎已无人在意但却并未彻底澄清的问题。认为"诗是自然的孩子,而成熟的小说则是失去天真的现代文化的产儿"④这样的观点,迄今仍反映着相当多的"文化人"对小说隐含着的一种轻蔑立场。由此来看,尽管小说在今天已十分普及,但对于其艺术价值的理解仍显得见仁见智。这使关于"小说"的"本体论"讨论有必要重新提出,而问题的症结则在于,这种讨论的可能性是否存在。

---

　　① [德]歌德:《歌德的格言和感想集》,程代熙等译,北京:中国社会科学出版社 1982 年版,第 3 页。

　　② [英]毛姆:《毛姆读书随笔》,刘文荣译,上海:上海三联书店 1999 年版,第71 页。

　　③ [英]毛姆:《巨匠与杰作》,李锋译,上海:华东师范大学出版社 2008 年版,第 7 页。

　　④ [英]克·考德威尔:《考德威尔文学论文集》,陆建德等译,南昌:百花洲文艺出版社 1995 年版,第 15 页。

第一节　后形而上学小说观

不得不承认,在经过了所谓"一切皆可,怎样都行"的"后现代思想"如飓风般的扫荡之后,任何关于"小说本体论"的话题在当代学界不仅显得"老旧",而且其作为学术讨论的合法性,似乎都会因与"本质主义"沾亲带故而受到怀疑。换言之,为了重审"小说观",首先必须为"本体论"正名。作为哲学领域中的核心概念,人们对源出希腊文的"本体论"(Ontology)一词并不陌生。通常认为,该词最初由 17 世纪的德国经院学者郭克兰纽(Goclenius,1547—1628)提出。在希腊哲学史上,对它的研究始于以泰勒斯(约公元前 624—前 547)为代表的"米利都学派"。他致力于探索构成宇宙最基本元素的"本原"(始基)。在他看来,我们生存的这个世界的一切存有者皆可回溯到一个共同的最初原理,即形成万象世界的共同的本原特质。但由于泰勒斯把这个宇宙本原归之于水,因而具有不确定性。这使得其"本原研究"存在逻辑缺陷。但无论如何,这项研究开启了本体论思考的源头。在经过了以毕达哥拉斯(约前 580—前 500)和以他的名字命名的学派的思想接力,直到"埃里亚学派"的巴门尼德(约前 515—前445)这里,这项研究才获得了根本性的推进。

巴门尼德的贡献在于,他将本体论明确界定为关于"存在"(也即英文"being")的讨论,并提出了两个影响深远的观点。第一即"存有为唯一"说,强调对"存在"之"本原"的研究也就是对"是"本身的探讨,这就否定了"无"的存在。换句话说,"存有不可能不存在,非有不可能存在"。第二即"思想与存在不二"说,这意味着严格区分"经验观察"和"理性认识"。前者提供我们的是日常经验以及它所呈现的变动不居的世界的表象,只有后者提供的才是这个表象世界后面永恒不变的东西。[1] 正是这个东西奠定了世界万有的存在之存在。正是在这个意义上,巴门尼德被认为是"哲学中本体论传统的创始人"。[2] 也正是从这里,我们可以发现分别以两位哲学伟人为代表的两个重要的哲学思想的渊源。首先即柏拉图的"现象

---

① ［德］彼得·昆兹曼等:《哲学百科》,黄添盛译,桂林:广西人民出版社 2011年版,第 33 页。

② ［俄］别尔嘉耶夫:《末世论形而上学》,张百春译,北京:中国城市出版社2003 年版,第 96 页。

可见不可知,理念可知不可见"这个思想,其次就是亚里士多德强调"事物的本质存在于其自身之中"的西方思想史上的"形而上学"。但从发生学上讲,"形而上学"原指"物理学之后",这个概念尽管被认为属于亚里士多德,但这位有着"柏拉图学院之首"之誉者自己生前并没有正式这样使用,而是后人整理他一部早期著作时,考虑到它被置于第一部《亚里士多德全集》第十四卷《物理学》之后,而使用了这个题目。

在亚里士多德自己,他将这部著作所关心的问题称为"第一哲学",其基本内容概括地讲,也即探究万物的普遍本质的"是之为是的科学",其目标意在超越柏拉图主义中"理念与实在"的二元论分离。由此来看,形而上学的基本命题就是对"存在是什么"的追究。其中蕴涵着两方面的内涵:关于"是"的确定意味着"本体论"的探讨,关于"什么"的思考属于"认识论"的范畴。这就意味着,形而上学其实包含着本体论和认识论两大部分。一方面,认识论必然是本体论的,一切认识论都必然具有本体论性质:关于"什么"的阐释针对着"是"。但另一方面,这种"离开本体论的认识论之不可能性"①恰恰也是对其反命题的强调,意味着离开认识论的本体论同样不可能:"是"有赖于对"什么"的阐释。但由于"是之论"具有优先性("什么"乃围绕"是"的问题展开),因而使得人们在使用这个概念时,往往出现把"本体论"与"形而上学"相提并论的现象,有意无意地"忽略"了认识论在形而上学中的重要性。唯其如此,许多时候,"形而上学"的通俗化表述,也就被理解为关于事物的"本体论"研究。

曾在 20 世纪初呼风唤雨的逻辑实证主义,将形而上学视为"哲学的胡说",判定它作出的论断属于"认识论上的无意义"。自此以后,这门在西方哲学史上最古老的学科连带着"本体论"一词,在哲学行业里越来越显得声名狼藉。事情起因于现代哲学对所谓"本质主义"(essentialism)的批判。这个概念最初由英国学者卡尔·波普尔提出,它指的是这样一种观点,认为"纯粹知识或'科学'的任务是去发现和描述事物的真正本性,即隐藏在它们背后的那个实在或本质"。② 波普尔认为,"本质主义"的根源在于柏拉图主义,它在对事物作出"现象"与"本质"的二元论区分的基础上,将确定"事物之永恒不变的本质"也即"理念"作为形而上学的目标。

① [俄]别尔嘉耶夫:《自由的哲学》,董友译,上海:学林出版社 1999 年版,第100 页。

② [英]波普尔:《开放社会及其敌人》(第 1 卷),陆衡译,北京:中国社会科学出版社 1999 年版,第 66 页。

"形而上学"因此也就被打上"本质主义"的烙印。在波普尔看来,它应该随着柏拉图主义一起从哲学界被驱逐出去。但康德却表示,虽然传统形而上学对哲学造成了巨大伤害,但这不应成为我们从哲学世界放逐形而上学的理由。他相信,哲学家们"迟早都要回到形而上学那里去,就像要回到同他们吵过架的爱人那里去一样"。因为一般说来,"如果对一个人的哲学思想穷根究底,最终可以把它归结为一系列基本的形而上学问题"①。

这个观点得到了曾对柏拉图主义进行过反思性批判的海德格尔的赞同,他提出:现代思想需要克服形而上学的缺点,但"克服既不是一种摧毁,也不只是一种对形而上学的否定。想摧毁和否定形而上学,乃是一种幼稚的佞妄要求,是对历史的贬低"②。海德格尔不仅明确肯定"只要人生存,哲学活动就会以一定方式发生";并且进一步强调:"只消我们生存,我们就总是已经处于形而上学之中。"因为"哲学就是把形而上学带动起来,在形而上学中哲学才尽性,并尽其明确的任务"③。海德格尔的这种"诗化"表述风格,具有一种云遮雾罩的色彩,虽然对广大哲学爱好者们具有一种催眠性的魅力,但往往给准确理解造成麻烦。其实哲学之所以为哲学,就在于它能提供我们超越表象洞察实质的思辨力和人生的理解力。就像法国著名学者马利坦所说:任何对关于事物本质与本性的思考的摧毁与取消,这种做法只是"显示了智慧的彻底失败"。④ 比如在日常生活里,我们或许能够听到诸如"烹调哲学"、"美容哲学"、"篮球哲学"、"健身哲学"等说法,但不会有谁去认真对待这些言论。因为我们明白,诸如此类的说法只是"说法"而已,不能与"艺术哲学"、"教育哲学"、"历史哲学"、"政治哲学"等相提并论。前一类只是应用性表示,而后一类意味着对事物的深度思考。

在此意义上,我们能够明确重申:哲学的工作并非是彻底摧毁形而上学,而是如何重建一种新的形而上学。也就是并不指向传统二元论意义

① 〔美〕泰勒:《形而上学》,晚杉译,上海:上海译文出版社1984年版,第2页。

② 〔德〕马丁·海德格尔:《在通向语言的途中》,孙周兴译,北京:商务印书馆1997年版,第91页。

③ 〔德〕马丁·海德格尔:《形而上学是什么?》,见孙周兴:《海德格尔选集》(上册),上海:上海三联书店1996年版。

④ 〔法〕富尔基埃:《存在主义》,潘培庆等译,上海:译文出版社1988年版,第120页。

上的"事物本质",而是针对"事物本身"的"后形而上学"。只有从这样的角度看问题,我们才能够理解何以著名学者舒马赫会发出这样的倡议:我们这一代的任务,就是要重建形而上学。① 理由其实并不复杂:归根到底,以本体论为首要诉求的形而上学体现了哲学的本来面目。用杜威的话说:从哲学意义上讲,"'普遍'与'一般'有着很大的不同"。② 究竟如何不同? 所谓"一般",也就是能够呈现为可见的具体存在物的抽象性;所谓"普遍",也就是内涵于众多现象里的不可见的具体性。举例来说,医疗教学中使用的男女老少人体模型,就属于"一般"。它们虽然可见,但却是一种"超现实"存在,不是任何一个人类生命体的真实呈现。因为它是这些"人"的概念的抽象化处理,不带有真实生命现象的特殊性。反之,普遍性所指的事物虽然无法像人体道具那样,以个别具体的方式直观地呈现出来;但它却以一种"不可见的普遍性"方式存在于所有真实的个体生命之中,体现着这些真实事物的相对确定的共同性。

所以俄罗斯思想家别尔嘉耶夫指出:精神的普遍性并不意味着一般、抽象;因此,把"一般"与"共相"等同起来是错误的。因为"一般"是抽象的,并且是抽象思维的产物。"共相"则是具体的,并意味着完满和丰富。别尔嘉耶夫这里提到的"共相"也即"普遍",用他的话说:"一般是抽象,并只在思维里;共相是具体的,并处在生存之中。"③ 所以"普遍"与"一般"的区别,也就是物质世界与精神领域的差异。真正的思想家永远无须为"一般"操心,让他们殚精竭虑的是呈现于特殊性中的那个"普遍性"。承认这点也就意味着必须承认,以本体论的方式对事物本质进行思考的形而上学具有合法性。因为形而上学就是"对于存在之普遍性的认识"④。在漫长的西方哲学史上,形而上学之所以长期作为思想的中心,就在于它的思考有其重要意义。日常经验表明:普遍性是经验的基本要素,它不是作为哲学概念,而是作为人们天天与之打交道的世界的属性。譬如,我们经验

---

① [英]E.舒马赫:《小的是美好的》,李华夏译,南京:译林出版社 2007 年版,第 76 页。

② [美]约翰·杜威:《艺术即经验》,高建平译,北京:商务印书馆 2005 年版,第 260 页。

③ [俄]尼古拉·别尔嘉耶夫:《精神与实在》,张源等译,北京:中国城市出版社 2002 年版,第 43 页、第 11 页、第 127 页。

④ [美]杜威:《经验与自然》,傅统先译,南京:江苏教育出版社 2005 年版,第 35 页。

到的是雪、雨或热,一条街道、一间办公室或一个工头,爱或恨,而并非特指的"这场雪"或"这个雨"等等。[①] 所以对这样的表示我们觉得理所当然:诗人从生活中撷取特定的个体,准确地描述其个性,然而由此却启示了普遍的人性。[②]

而由概念制造的"一般"则不具有真实的生活迹象。换句话说,"普遍"与"一般"虽然都指向事物的"共同性",但前者将这种特性落实于特殊性之中,尊重事物的个体性存在,而后者则永远只停留在某些形迹可疑的"理论家"的手中,作为他们的概念玩物。关键所在,就在于就像杜威所强调的:"意义是普遍的也是客观的。"但为了能够认识到这种并非以物质实体形态呈现的客观现象,哲学家"发明"了普遍性的概念。换句话说,"普遍的和稳定的东西之所以是重要的,乃是因为它们具有促使产生独特的、不稳定的、转瞬即逝的东西的工具作用"[③]。不是把普遍性当作实在本身,而是作为认识事物所蕴涵的意义的重要手段。这就是普遍与一般的根本差异。哲学解释学代表人物伽达默尔说得好:在差异中寻找出共同的东西,这就是哲学的任务。[④] 需要补充的是,伽达默尔这里所强调的"哲学"就是"后形而上学"。它虽说有"后"的前缀,但却与眼下思想界种种以"后现代"命名的、主张"一切皆可"的"主义"完全不同,而属于"非后现代"范畴。与形而上学之后不同,后形而上学依然是一种形而上学。

问题的焦点由此而逐渐清晰:什么是"后形而上学"?怎么理解和把握这个概念?症结所在首先是传统形而上学中,将事物的"本质"视为"实在",也即某种"自在之物"。这个思路在美学史上的经典表述,就是黑格尔的"美是理念的感性显现"。在这个关于美的定义里,个别感性的"美的现象"只是作为一种自在之物的"美的理念"的具体表现而已。所以黑格尔虽然承认"本质是设定起来的概念",但却又提出"事物中有其永久的东西,这就是事物的本质"。显然,对于这位辩证法大师而言,本体论就是通过本质这个概念,让我们"穿越现象"把握到一个决定着这个现象之呈现

---

① ［美］赫伯特·马尔库塞:《单向度的人》,刘继译,上海:上海译文出版社1989年版,第190页。

② ［英］阿兰·德波顿:《哲学的慰藉》,资中筠译,上海:上海译文出版社2004年版,第221页。

③ ［美］杜威:《经验与自然》,傅统先译,南京:江苏教育出版社2005年版,第76页。

④ 刘小枫:《人类困境中的审美精神》,上海:知识出版社1994年版,第655页。

的"实在之物"。这意味着"事物真正地不是它们直接所表现的那样"①。这就是以"现象与本质"的二元论为逻辑基础的,对现象界的否定。与此不同,后形而上学在承认现象界丰富多彩的多样化前提下,同时仍坚持一种"同质性"。比如审美体验告诉我们,在舞蹈、大海、悲剧、日落和音乐中,美都明白无误的是美。但在意识到审美现象的这种丰富性的同时,恰恰也凸显了审美存在的同质性。这种同质性的一个形象化呈现,就是"从幼鹿的奔跑、波涛的翻腾或儿童的舞蹈中,人们可以获得同样的对永无休止的生命、轻盈和运动的感觉"②。

由此我们能够发现黑格尔的问题所在:把生活世界中具体的存在变成概念,再把概念变成存在。③ 从中再进一步我们还能够发现,事物的"本质"与其说意味着对象的所"是",不如说只是我们尝试着揭示对象之所"是"的一个手段和道具。由此也就可以解释,何以同一个对象可以拥有不止一个本质,这取决于我们的认识目的和所采取的方法。比如对于一位医生而言,人的本质只能是从生理学与病理学方面给出的界定,如同在政治与社会学家眼里总是从社会学与文化学的层面作出解释。但无论从哪个方面作出的关于人之本质的解释,都不是固定不变的、作为一种实体的事实性存在,而只是一种有待证实的可能。在诸如"你是一个人,不是一个动物"这样的句子里,"人"这个词蕴涵着一种从哲学人类学的角度作出的具有"本质性"的含义。但这也不过是认为,人类的生命一般能拥有语言能力以及对自由境界的憧憬等等,而并不意味着现实中的每个个体都必定如此。事实上曾有一些人类个体不会说"人话"(比如狼孩),有许多人已不具有对自由生命的渴望(比如那些自我意识被奴性所消解的个体)。从这个意义上讲,关于"本质"之"是"的本体论思考其实只是一种"认识论"的需要。

由此看来,将一个功能性的"认识论设置"当成了一个实体性的"本体论对象",这是被现代哲学界命名为"本质主义"思想的传统形而上学的症结所在。这种形而上学立场所体现的本体论属于"本体论主义"。所谓"后形而上学"意味着认识论方面的一种反其道而行之:不是"透过现象看

---

① 〔德〕黑格尔:《小逻辑》,贺麟译,北京:商务印书馆1980年版,第242页。

② 〔英〕埃德加·卡里特:《走向表现主义的美学》,苏晓离等译,北京:光明日报出版社1990年版,第25页、第186页。

③ 〔俄〕别尔嘉耶夫:《末世论形而上学》,张百春译,北京:中国城市出版社2003年版,第79页。

本质",恰恰相反而是"通过本质看现象"。对事物之"本质"的思考在这里仍然占据着一个重要位置,但它并非目的而是手段,其特征在于"化抽象为具体"。成为"抽象"就是超越实际的"具体事态"[①],由此而"提取"出来的概念是我们对生活世界的一种逻辑构造,其本身已不具有现实性,只是实际事物的"观念等价物"。所以康德在《纯粹理性批判》里强调:不能由一个概念中导出实在来。与此不同,后形而上学强调从这种抽象中回到具体现象,从而去获得费尔巴哈曾论述过的一种"非感性的感性存在",和一个缺乏"经验特征",也不是"经验对象"的"经验事实"。[②] 因此,所谓后形而上学就是一种强调"情境"与"过程"的新形而上学,新与旧的差异表现在"本体论"与"本体论主义"上的不同:"本体论"关注的是存在的"现象本身",而"本体论主义"关注的是事物的"抽象本质"。这种差异归根到底在于两种认识论的区别。

怀特海曾经指出:任何源于感觉—知觉的信息的理论,都应该牢记这种两重性——外在的相关性和身体的相关性。他认为"现在流行的哲学都是有缺陷的,因为它们都忽略了身体的相关性"。[③] 这个见解非同一般。导致本体论主义的认识论是以"思维与存在的关系"为前提,这不仅已经前置性地预设了主体与客体相分离的二元论本体观,而且也通过将实际事物区分为"外在表象"与"内在本质"两重性,认定唯有内在本质最终决定着事物的真实状况。与此不同,从后形而上学视野看,"在本体世界里,一切都是个体的和个性的"。[④] 这就不存在现象与本质的分离。这种本体论来自于以感同身受的体验为基础的认识论,其意义在于强调:除了在大脑中进行的逻辑思维外,我们还必须看到"身体的意识或理解形式是当然存在的"。[⑤] 其中的逻辑是显而易见的:任何形而上学都由人自己通过思维活动创建,思维不能脱离作为主体的思维者,这个思维者不能脱离其以

---

① ［英］阿尔弗来德·怀特海:《科学与近代世界》,何钦译,北京:商务印书馆1953年版,第152页。

② ［德］费尔巴哈:《基督教的本质》,荣震华译,北京:商务印书馆1984年版,第266页。

③ ［英］阿尔弗来德·怀特海:《思想方式》,韩东晖等译,北京:华夏出版社1999年版,第135页。

④ ［俄］别尔嘉耶夫:《末世论形而上学》,张百春译,北京:中国城市出版社2003年版,第129页。

⑤ ［美］舒斯特曼:《实用主义美学》,彭锋译,北京:商务印书馆2002年版,第173页。

身体性存在为基础的经验活动。由此可见，本体论并非本质主义的同义词。

哲学史上产生过各种本体论，但就像别尔嘉耶夫指出的，它们大多是关于"抽象的存在"的学说，而不是关于"具体存在者"的学说。前一类毫无疑问属于本质主义，但事情的关键在于，除此之外还存在着"非本质主义"的本体论。因为它所归属的形而上学并不属于笛卡尔式的"纯粹之思"，而是以感觉体验为基础的精神活动。新形而上学就是这种精神活动的结果，它为哲学提供了一个超越传统形而上学认识论平台。换言之，真正有效的哲学认识在更大的程度上是用形象来认识，而不是依靠概念来认识。由此看来，对"本体论"的质疑的根源，在于"认识论"方面以相对主义面目出现的怀疑主义，其实质是对事物是否仍然能够具有某种"确定性"缺乏信心。这是"解构主义"给现代思想界造成的最为恶劣的后果，它使"确信"这个概念彻底失去意义。用维特根斯坦的话说："我们用'确实'这个词表示完全信以为真，没有丝毫的怀疑，从而也让别人相信。"①但根据解构主义学说，"上帝之死"象征着"有限时代"的到来，其基本特征就是向"怀疑论"开放的"不确定性"（indeterminacy）君临天下，在思想界独领风骚。

但事实最终证明，这只是一种由"语言中心论"自导自演的逻辑游戏。以政治学中的基本范畴为例，诚如人们所见，"自由的概念无论再一次被理解成什么东西，它在一切事物中总是以不满的觉醒出现。"这种"不满"之所以迄今无法平息，是因为它不是仅仅"被观照的智力结构，而是一种本体论的渴望"②。比如苏联诗人罗日杰斯特文斯基，曾以"人的需要很少"为题写过一首诗。诗中写道：人的需要很少，需要"母亲健康地活在世上"，需要"雷声后的安静"和"一缕青雾迷茫"，需要"一条小路引向远方"……总之，"人的需要很少/只要家里有一个人/等我"。诗人所言简单直白，但却能引起人们跨超时空的普遍共鸣。显然，仍用维特根斯坦的话说：这里有着某种普遍的东西，而不只是某种个人的东西。所以，尽管维特根斯坦的思想被作为"反本质主义"的源头，但他本人却明确指出：如果你想怀疑一切，你就什么也不能怀疑，一种怀疑一切的怀疑就不成其为怀

---

① ［奥］路德维希·维特根斯坦：《论确实性》，张金言译，桂林：广西师范大学出版社 2002 年版，第 33 页。

② ［美］弗雷德里克·詹姆逊：《马克思主义与形式》，钱佼汝译，南昌：百花洲文艺出版社 1995 年版，第 70 页。

疑。换言之,没有无边的解构,不存在无限度的怀疑,我们必须"学会懂得某些事情是基础"。① 这意味着"确定性"的归来。显然,与"不再继续在徒劳的确定性中寻求意义,而在无止境的不确定中获得一点消解的乐趣"②的所谓"解构主义"相比,这种思想不仅更有哲学价值,而且也拥有一种伦理意义。

唯其如此,诸如"哲学的最高愿望就是建立本体论"③的观点在今天仍具有价值。它是我们通过"小说本体论"的讨论来重新认识"小说的艺术"的逻辑前提。不过承认小说的本体论思考有其必要性是一回事,如何具体展开是另一回事。阿根廷作家博尔赫斯在谈"诗之谜"时,引用过古罗马奥斯汀《忏悔录》的名言:时间是什么呢? 如果别人没问我这个问题的时候,我是知道答案的。不过,如果有人问我时间是什么的话,这时我就不知道了。在哈佛大学的"诺顿讲座"上,这位自认"把生命中最重要的部分都贡献给了文学"的著名小说家却向听众坦诚表示,他能告诉我们的"还只有疑虑而已"。④ 现代中国女作家萧红也曾表示:有一种小说学,小说有一定的写法,一定要具备某几种东西,一定得写得像巴尔扎克或契诃夫的作品那样。我不相信这一套。有各式各样的作者,有各式各样的小说。捷克小说家米兰·昆德拉在《小说的艺术》中也同样认为:"小说的精神是复杂的,每部小说都在告诉读者:'事情要比你想象的复杂。'这是小说永恒的真理。"⑤如何看待诸如此类的说法?

毫无疑问,上述三位优秀小说家的观点值得认真对待。但仔细分析我们不难发现,与其说这是在宣布关于小说本体论的不可能性,不如讲是殊途同归地强调了深入把握小说艺术的难度。但这并不妨碍我们进行这方面的尝试。毋庸讳言,有各式各样的作者,就有各式各样的小说。但小说之所以为"小说"而非"说小",就意味着某种基本要求的存在,它为小说

---

①　[奥]路德维希·维特根斯坦:《论确实性》,张金言译,桂林:广西师范大学出版社 2002 年版,第 70 页、第 76 页。

②　[英]约翰·斯特罗克:《结构主义以来》,渠东等译,沈阳:辽宁教育出版社 1998 年版,第 214 页。

③　[俄]别尔嘉耶夫:《末世论形而上学》,张百春译,北京:中国城市出版社 2003 年版,第 39 页、第 99 页。

④　[阿根廷]博尔赫斯:《博尔赫斯谈诗论艺》,陈重仁译,上海:上海译文出版社 2008 年版,第 2 页。

⑤　[捷]米兰·昆德拉:《小说的艺术》,董强译,上海:上海译文出版社 2004 年版,第 24 页。

艺术的划分确立了一条虽然无形但却有效的边界。事实上小说实践本身也告诉我们,存在着某种无形的"潜规则"。正由于这种规则的存在,使我们通过对"小说是什么"这类问题的不断追究来提升对小说艺术的理解、欣赏和评价,具有了必要性。还是上面那句话:问题并不在于"能否说",而在于"怎么谈"。仍回到博尔赫斯的那次讲座,他在表达了"疑虑"后紧接着说道:"我只要翻阅到有关美学的书,就会有一种不舒服的感觉,我会觉得自己在阅读一些从来都没有观察过星空的天文学家的著作。"[①]这个体会不仅在小说家中有极大普遍性,在整个艺术家群体中同样会引起强烈共鸣。

比如曾五次获得奥斯卡最佳外语片奖的意大利导演费利尼就说过:"那些自命为'知识分子'的人通常就是我觉得无趣的人。"[②]这样的批评虽然尖锐但并不偏激。深入地看,他们只是指出了一个基本事实:在审美批评领域内,就像"职业读者"并不就是"优秀读者",那些在高等学府的讲坛上呼风唤雨的所谓"专家"不仅不等于"行家",恰恰相反常常只是一些缺乏实际经验的书生。原因其实也很简单:他们的资本只有一套套脱离实际却紧跟潮流的时髦"理论"。因此他们擅长的只是"把先入为主的理论置于现实之上并不顾一切地让现实服从他的理论"[③]。其结果是不言而喻的。所以 20 世纪以来,"专家"这个概念越来越贬值,有时甚至带有某些嘲讽的意味。因为事实的确表明:"同专家比起来,一般人通常都能从一个更广阔的,也是较'人性化'的角度来看事情。"[④]这个事实恰恰说明了"行家"的重要性。而行家之所以为行家,在于不只有"纸上谈兵"的功夫,而在于拥有千金难买的实际经验。这样的经验并不排斥"职业选手",相反,它首先体现于一些出类拔萃的学者身上。

比如《十九世纪文学主流》的作者丹麦学者勃兰兑斯。为了让自己的批评活动与"沙龙文学史"切割开来,他明确表示自己感兴趣的是"尽可能

---

① 〔阿根廷〕博尔赫斯:《博尔赫斯谈诗论艺》,陈重仁译,上海:上海译文出版社 2008 年版,第 2 页。

② 〔美〕夏洛特·钱德勒:《我,费利尼》,黄翠华译,桂林:广西师范大学出版社 2006 年版,第 277 页。

③ 〔哥〕加西亚·马尔克斯:《两百年的孤独》,朱景冬等译,昆明:云南人民出版社 1997 年版,第 121 页。

④ 〔英〕E.F.舒马赫:《小的是美好的》,李华夏译,南京:译林出版社 2007 年版,第 127 页。

深入地探索现实生活,指出在文学中得到表现的感情是怎样在人心中产生出来的"①。他以其"以史为论"的批评实践让我们看到,像那些伟大艺术家一样,勃兰兑斯的批评视野体现着一种深邃的人文意识。通过对那个时代文学风貌的生动展示,他将其批评活动变成了对人类文化思想的鉴别与文化精神的保存。正是这样的特色让几代读者在他的言说和论述中流连忘返。能与他媲美的是英国学者利维斯。他有两句让人印象深刻的话:其一,哲学方面的训练会使人成为更好的文学批评家;其二,文学批评的灾难是对基本原理关心得太过分。初看起来,这两句话似乎有点相互冲突,但其实不然。用曾被利维斯的批评之剑击中要害的美国著名批评思想史家韦勒克的话说,利维斯的特点在于"他总是推荐一种纯经验的、注重文本的文学批评方法"。②尽管韦勒克对此不以为然,但事情显然恰好相反:在批评领域,作为批评家的利维斯较作为批评理论家的韦勒克更为优秀,这是一件无须争辩的事实。

有意思的是,这种优秀并不表明利维斯身上没有主观偏见,他的偏颇是显而易见的:从贬低菲尔丁与斯特恩到蔑视萨克雷以及小看哈代,并将《呼啸山庄》斥为消遣读物等等,利维斯的尴尬可谓比比皆是。他早期排斥狄更斯,称其为"一个了不起的供人娱乐的天才";但后期又将其拿来与莎士比亚相提并论,评价为"最伟大的富有创造性的作家之一"。但这些都不能动摇利维斯作为优秀批评家的地位。因为比这些"判断失误"更多的是他所拥有的真知灼见。与勃兰兑斯一样,利维斯的批评观强调"透过文学看生活"。本着对任何艺术判断"必须是一种真诚的个人判断,但是它渴望着比个人判断有更多的东西"这样一种"辩证"的态度,他不仅视伍尔芙的《海浪》与《到灯塔去》等为"次等小品",而且对如今被人们敬若神明的《追忆逝水年华》也不以为然,表示宁肯读两遍理查逊的《克拉丽莎》也不愿看一回普鲁斯特的这部大作。在这种貌似过激之言里,显然蕴涵着一种非常人所能意识到的洞察力。

以上两位小说"行家"有着共同特点:既知道如何利用学术研究,更知

---

① ［丹］勃兰兑斯:《十九世纪文学主流》(第二册),刘半九译,北京:人民文学出版社 1981 年版,第 2 页。

② ［美］韦勒克:《现代文学批评史》(第五卷),章安祺等译,北京:中国人民大学出版社 1991 年版,第 349 页。

道如何对它置之不理。① 这个成功之道归根到底体现了对实践经验的重视。文学史上也因此而有"一切伟大的诗人本来注定了就是批评家"②这样的说法。但盲目地坚持这个立场肯定是危险的。诚然,如同波德莱尔所指出的,狄德罗、歌德、莎士比亚,既是一流作家又是值得钦佩的批评家。但相反的情形也十分普遍。比如"作为评论家的莫泊桑不免有点平平,而作为艺术家的他却是非常不平凡的"③。亨利·詹姆斯的这句话可谓经验之谈。美国诗人奥登曾经表示:对于作家发表的批评议论听取时应当大打折扣,因为他们"往往蒙在鼓里,不知道自己的同行在干什么,甚至比一般人更闭塞"④。但尽管如此我们仍然必须承认,真正的"行家"事实上大都来自优秀小说家的阵营。即使我们对狄德罗"一个作品的最严格的评者应该是作者自己"⑤这样的说法有所保留,我们也无法对阿诺德这个见解提出异议:华兹华斯曾经是一个伟大的批评家,歌德也曾是伟大的批评家之一。⑥ 而现代派诗潮伟大的文化英雄波德莱尔作为批评行家的成就更无可置疑,以至于一些学者将他看作"19 世纪最大的艺术批评家"。⑦

　　事实表明,当一个小说家创作上的才干能够有效地转换为批评方面的优势,那么他就能在批评的原野上一马平川地驰骋。这类批评行家中首屈一指的人物属于"大师批评家"。曾几何时,一篇歌德的《说不尽的莎士比亚》和一篇屠格涅夫的《哈姆雷特与堂·吉诃德》,便足以让批评界的天下英雄叹为观止。大师之为大师,在于只有歌德才能在肯定了莎士比

---

　　① 〔英〕艾略特:《艾略特文学论文集》,李赋宁译,南昌:百花洲文艺出版社1994 年版,第 64 页、第 77 页。

　　② 〔法〕波德莱尔:《波德莱尔美学论文选》,北京:人民文学出版社 1987 年版,第 565 页。

　　③ 〔美〕亨利·詹姆斯:《小说的艺术》,朱雯等译,上海:上海译文出版社 2001年版,第 277 页。

　　④ 〔美〕奥登:《论读书与批评》,《文艺理论研究》1984 年第 1 期,第 112—114 页。

　　⑤ 〔法〕狄德罗:《论戏剧·序》,王子野译,北京:生活·读书·新知三联书店1991 年版,第 2 页、第 8 页。

　　⑥ 〔法〕阿诺德:《论今日批评的作用》,见《英国作家论文学》,汪培基等译,北京:生活·读书·新知三联书店 1985 年版,第 206 页。

　　⑦ 〔法〕波德莱尔:《波德莱尔美学论文选·译本序》,郭宏安译,北京:人民文学出版社 1987 年版,第 1 页。

亚戏剧独一无二之处后，又进一步指出了其不同凡响的想象力使之更适合文学阅读而不是演出这样的见解；在于只有屠格涅夫才能够告诉我们：在受人嘲弄的堂·吉诃德与受人敬重的哈姆雷特之间，存在着激情/理性、脱俗/入世、信仰/怀疑等对比。但透过嘲笑中蕴涵的亲近与敬重里潜在的疏远，我们可以意识到在表层/深层结构上隐匿地发生的喜剧/悲剧的对比与对换，以及在这种对换中所意味着的伟大与杰出的区分。同样值得一提的是有"作家的作家"之荣耀的阿根廷小说家博尔赫斯。

自 20 世纪以来，当越来越多的学院派讲坛专家们对陀思妥耶夫斯基和乔伊斯顶礼膜拜之际，博尔赫斯却"逆流而现"明确表示：虽然自己曾经视陀思妥耶夫斯基为最伟大的小说家，但十年后重读却大失所望。他认为陀思妥耶夫斯基笔下的人物不仅不真实，更要命的是他们都受到主题的约束，是作者概念的产物。至于乔伊斯，他的评价更低，不仅认为被无知的评论家过度推崇的《尤利西斯》是一个失败，而且还认为这位小说家的绝大多数写作都没有多大价值。因为读他的书，我们只能看到人物的细枝末节，却无法认识这些人物本身。[①] 这样的发言或许如同空谷回声，但对于那些愿意认真思考问题的人，会为这样的洞察力深感敬佩。当然，在事过境迁之后，这样的大师早已无处寻觅，这样的声音似乎也已成绝唱。但这并不妨碍我们得出这样的结论：重申小说本体论，比起种种书斋学说，来自实践的经验论更值得我们重视。

但有必要澄清，我们强调从"作为经验的叙事"出发，根据优秀小说家们自身的创作实践而提取出关于"小说"的本体论观点，并不意味着足以将"小说是什么"的问题一网打尽。事实上它只是我们将这个命题继续推进的一种路径，而不是对问题的终结。比如，至少还存在着诸如关于"小说"的"性别诗学"和"青春诗学"等命题的思想空间。由此也可以看出，上述从所谓"后形而上学"立场出发所做的讨论，与以往"形而上学"立场的一个根本差异在于：尽管这场讨论围绕"小说的艺术"展开，但我们的思考重点其实并不在于一如既往地按照"本质主义"的路径，去试图弄清"小说究竟是什么"，而是属于努力理解"何谓好小说"的价值本体论。

从形而上学出发的"小说是什么"的问题，其关注焦点是抽象的"小说"，这对于小说读者没有实际意义。就像现实世界里不存在一般的"水

---

① 　崔道怡等：《"冰山"理论：对话与潜对话》(下册)，林骧华等译，北京：工人出版社 1987 年版，第 742 页。

果",而只有口味上好吃或不好吃、品质优秀或低劣的水果。日常生活里我们读到的小说作品也只有类似这样的分类:或者从主观偏好出发的"喜欢"与"不喜欢",或者从客观评价出发的"优秀"与"拙劣"。用萨特的话说:现实的文学现象中从来不存在不好不坏、仅供研究的所谓"小说",而"只有好的或坏的小说"。① 在这个意义上讲,从后形而上学出发的小说本体论,其实质在于落实一种"好小说"的价值标准。也恰恰正是在这里,存在着理论上的难点。一方面不仅从杰出的小说家中,我们常常能够听到试图梳理优秀作品的精神特质的呼吁。比如俄国作家契诃夫曾提出:那些被称为不朽的作品有很多共同点,如果从其中每个作品里把这类共同点剔除干净,作品就会丧失它的价值和魅力。② 另一方面在美学理论界,同样也有针对"反本质主义"的弊端而产生的反思。用一位当代英国美学家的话讲:"在美的艺术的范畴内,我们需要一个标准来判断作品是优是劣。"③

但这只是事情的一个维度。从不同的方面来看,不同的声音同样未曾消失。事实确实是这样:在一般意义上讲,"在艺术中不存在让人顶礼膜拜的偶像,也没有任何一个权威的理论可以放之四海而皆准"④。所以"何为小说艺术杰作"的问题永远没有一个定论。亨利·詹姆斯表示:"造成一个伟大艺术家的东西究竟是什么,这实在是一个非常有趣的问题。"⑤因为事实上我们的确无法制定出一部有关"伟大小说"的永恒不变的"标准",在小说杰作中总是存在着差异。比如,有以反映生活的"厚度"见长(如《红楼梦》),有以表现情感的"力度"见长(如《呼啸山庄》),有以思想的"深度"见长(如《安娜·卡列尼娜》),有以精神的"高度"见长(如《堂·吉诃德》),有以揭示人性的复杂性见长(如《金瓶梅》),也有以呈现一个民族的文化传统见长(如《鹿鼎记》)。问题的症结在于这个评判标准的"非科

---

① 〔法〕让—保罗·萨特:《萨特文学论文集》,施康强等译,合肥:安徽文艺出版社1998年版,第17页。

② 〔俄〕安·契诃夫:《契诃夫论文学》,汝龙译,合肥:安徽文艺出版社1997年版,第101页。

③ 〔英〕保罗·克罗塞:《批判美学与后现代主义》,钟国仕等译,桂林:广西师范大学出版社2005年版,第63页。

④ 〔法〕安托瓦尼·布德尔:《艺术家眼中的世界》,孔凡甲译,沈阳:辽宁美术出版社1990年版,第24页。

⑤ 〔美〕亨利·詹姆斯:《小说的艺术》,朱雯等译,上海:上海译文出版社2001年版,第93页。

学性"。英国著名作家安尔尼·伯吉斯说得好：判断一部小说是一件单凭经验粗略估计的事，我们无法诉诸一个会颁布普遍适用的法律的美学法庭。① 这段话道出了小说艺术的价值本体论所面临的困境。不过事情似乎也不至于让人绝望。

如果继续通过以"实践论"为背景的"经验"视野来看，我们无法否认，就像优秀的古典诗词专家叶嘉莹教授所说：成功的诗还是有高下的不同，一个大诗人和小诗人的分别在哪里？那就在于感发的生命有深、浅、厚、薄的不同。② 生命的这种深浅厚薄并不只是儿女情长的多寡，而是精神空间的变化。如果说从《你好，忧愁》与《边城》的对比里我们见到通常所说的"好艺术"中的高低上下之分，那么从《阿 Q 正传》与《鹿鼎记》的对比中，我们能够进一步看到一般的"大艺术"与占据艺术之巅的伟大艺术的区分。凡此种种，构成了"优秀作品"的丰富多彩。如果说"真实生动"是一般艺术佳篇的门槛，"优美诚挚"是艺术杰作的特色，"独特深刻"是艺术大作的前提，那么"饱满厚重"则是"大艺术"中那些堪称伟大作品的特点。由此看来，关于小说本体论的讨论必须排斥两种极端。一方面，必须强调优秀艺术的受众性，对诸如"艺术不能让自己'通俗化'"③这种绝对主义观点只能持否定立场；但另一方面，同样也必须拒绝"市场造就伟大的艺术"④这样的说法，绝不能仅仅凭借销售量来评判一部小说作品的艺术成就。

事情正是这样，我们可以思考一下，古往今来"可有哪个伟大诗人的作品，被那些我们称之为普通老百姓的人读过？德国的普通百姓不读歌德，法国的普通百姓不读莫里哀，甚至英国的普通百姓也不读莎士比亚"⑤。但这并不影响这些文学家的伟大。中国古人习惯于用"味道"来考核从诗词曲艺到书法绘画和小说等整个艺术文化。这个观点同样也在西

---

① ［英］西·康诺利等：《现代小说佳作 99 种提要》，李伯俊等译，桂林：漓江出版社 1988 年版，第 109 页。

② ［加］叶嘉莹：《古典诗词讲演集》，石家庄：河北教育出版社 2001 年版，第 307 页。

③ ［美］赫伯特·马尔库塞：《审美之维》，李小兵译，北京：生活·读书·新知三联书店 1989 年版，第 221 页。

④ ［美］泰勒·考恩：《商业文化礼赞》，严忠志译，北京：商务印书馆 2005 年版，第 241 页。

⑤ ［俄］屠格涅夫：《散文诗·文论》，巴金等译，北京：人民文学出版社 1993 年版，第 283 页。

方思想家中呈现。比如启蒙思想家伏尔泰就说过："各种文学都好,只有乏味的那种除外。"①味道作为味道,在于"味"中有"道"。在这个形而上之"道"中,所包含的生命体验和对生活世界的洞察,显得更为丰富多彩和复杂多元。比如托尔斯泰的《安娜·卡列尼娜》、奥斯汀的《傲慢与偏见》、曹雪芹的《红楼梦》等。作为语言艺术的小说向我们展示出一个完整的人类精神世界。在很大程度上,一部世界文学史其实也可以看作人类努力成为自身欲望的主体的心路历程。许多名垂史册的文学杰作,大都是揭示人与欲望之间的纠缠。比如莎士比亚的《麦克白》表现了权力欲,《奥瑟罗》表现的是爱欲,巴尔扎克的《人间喜剧》表现了财富欲,司汤达的《红与黑》表现的是名利欲,帕斯捷尔纳克的《日瓦戈医生》表现的是社会革命欲。

　　无论这些欲望的标签有什么不同,它们在让生命主体为欲望这只"看不见的手"所控制,成为一具失去自我的道具这点上没有任何差别。诚然,这样的作品可遇不可求。但它们无一例外都有共同特点:不是凭聪明才智与创作经验,而是以艺术家的全身心投入。仍然引用叶嘉莹教授的话说:"凡是最好的诗人,都不是用文字写诗,而是用自己整个的生命去写诗。"②这与小说家王蒙的这番见解殊途同归:我们得承认在创作过程中常常会出现诸如创新、技巧、题材等等意识,不过我们更要意识到"文学可能需要这些意识,文学可能更需要贯穿、突破、超越乃至打乱所有这些'意识',而只剩下了真情,只剩下了活生生的生命"。③　总之,"好小说"不能仅仅是小说家的兴趣和性情的产物,而是像别尔嘉耶夫所说,属于"用全部生命去写作"④的人,以及认为"要写出一句诗必须穷尽生命"⑤的艺术家。唯其如此,弗施莱格尔坚持"艺术家如果不奉献出整个的自己就是一个无用的奴才"这个观点。⑥　正是这种不同的创作态度,最终形成了不同的艺

---

　　①　[俄]列夫·舍斯托夫:《以头撞墙》,方珊等译,西安:陕西师范大学出版社2003年版,第194页。

　　②　[加]叶嘉莹:《叶嘉莹说汉魏六朝诗》,北京:中华书局2007年版,第72页。

　　③　[加]王蒙:《王蒙王干对话录》,桂林:漓江出版社1992年版,第177页。

　　④　[俄]尼·别尔嘉耶夫:《自我认识》,上海:上海三联书店1997年版,第216页。

　　⑤　[法]莫里斯·布朗肖:《文学空间》,北京:商务印书馆2003年版,第75页。

　　⑥　[德]弗·施勒格尔:《浪漫派风格》,李伯杰译,北京:华夏出版社2005年版,第118页。

术品质。所以在小说艺术的价值本体论看,存在着一个"价值谱系",由低向高可分出这样一些大类:以智取胜的"用脑之作",以情见长的"用心之作",和以生活本色见长的"用命之作"。

以中国文学史为例,投入情感能产生艺术的上品,可以以许多脍炙人口的唐诗宋词为例;用心之作能产生艺术的精品,诸如《西游记》、《水浒传》、《三国演义》能够作为代表;而以生命为依托创作的东西则是艺术中的极品,这样的作品少之又少,《红楼梦》是最好的典范。所以归根到底,任何关于小说艺术的本体论思考,最终必须就"何谓好小说"这个问题给出回答。当然,这样的回答并不属于"本质主义"的结论,而是一种能够提供我们对具体作品进行实践批评的"修正主义"的见解。借用南宋诗人陆游的这首论诗之诗:"吏部仪曹体不同,拾遗供奉各家风。未言看到无同处,看到同时却有功。"有学者指出:"伟大的文学形象正是那些总是超出了我们常人的理解力之外的少数人物。"比如莎士比亚的《李尔王》,比如为爱伤神的但丁,比如沉浸于幻想之中"屡败屡战地捍卫着自己心目中的理想"的堂·吉诃德。① 这个观点值得一提。为什么这些人物会令我们无法忘怀?从那些小说杰作的体验入手,我们可以归纳出一个基本特点:由"复杂与单纯"形成的艺术张力。

首先,伟大作品的最大特点在于拥有一种丰富性。有批评家说得好:伟大的诗引起人的全部反应,包括他的感觉、想象、感情、智力,它所触动的不只是人的天性的一两个方面而已。伟大的诗不只给人带来快感,而是随着快感把他引入新的见地里,去洞见人类经验的本质,总之,伟大的诗能使读者更广阔、更深邃地理解生活,理解他的同类,理解他自己。因此在某种意义上,伟大作品不能缺少丰富性,以便让我们去"认识作为人生经验特征的悲剧与遭遇、激动与欢乐的复杂性"②。并以一种感同身受的方式,领悟到生命的价值和存在的意义。有评论指出:荷马史诗《伊利亚特》是西方文学中的第一部重要作品,这不仅仅是因为它有一种飞腾的诗意,而且也还因为它的主要角色,尤其是赫克托耳这个角色所具有的性格的多样性。在这个意义上,"'复杂性'说明了是什么特质使某些文学角

---

① [加]阿尔维托·曼古埃尔:《阅读日记》,杨莉馨译,上海:华东师范大学出版社 2006 年版,第 185 页。

② [德]劳·坡林:《英美诗歌欣赏》,殷宝书编译,北京:北京出版社 1985 年版,第 202 页。

色从其他的文学角色中脱颖而出"①。这是一个鞭辟入里的见解。但这种复杂性并不是好与坏不分、美与丑难辨的意思，而是指内涵的丰富多彩。

无论如何，"审美的天地是一个生活世界"②，而生活是死亡与再生的交织、丑陋与美好的间融、低俗与优雅的混合。所以伟大常常如同生命所拥有的一种芜杂，这种芜杂不可能在一个经过园丁精心剪裁拾掇过的苑圃中存在。在这个意义上，从诠释学的角度看，"伟大的艺术很少是简单明了的"③。作家王蒙在短文《我爱读〈红楼梦〉》里这样说道：《红楼梦》是经验的结晶。人生经验，社会经验，感情经验，政治经验，无所不有。《红楼梦》是一部想象的书。它留下了太多的玄想、奇想、遐想、谜语、神话、信念。《红楼梦》是一部解脱的书。万事都经历了，便只有大怜大悯、大淡漠大悲痛、大欢喜大虚空。《红楼梦》是一部执着的书。它使你觉得世界上本来还是有一些让人值得为之生为之死为之哭为之笑的事情。它使你觉得，活一遭还是值得的。《红楼梦》令你叹息。《红楼梦》令你惆怅。《红楼梦》令你聪明。《红楼梦》令你迷惑。《红楼梦》令你心碎。《红楼梦》令你觉得汉语汉字真是无与伦比。《红楼梦》使你觉得神秘，觉得冥冥中有一种不可思议的伟大。④ 说来道去，《红楼梦》之所以成为经典，离不了其中关于生活世界的生命体验的丰富多彩。

其次，除了由复杂性而呈现的丰富性之外，构成优秀小说的另一方面则是"单纯"。法国雕塑家安托瓦尼·布德尔曾明确提出：艺术同自然一样，是非常单纯的，而我们人的思想则太复杂了。⑤ 这个观点在优秀艺术家中得到普遍共鸣。就像启蒙思想家卢梭所说：单纯是所有艺术创作中美的根本基础。理解什么是艺术，需要理解什么是艺术中的这种单纯。那么美学意义上的"单纯"究竟意味着什么？以往的经验仍能给我们启

---

① ［美］理查德·加纳罗等：《艺术：让人成为人》，舒予译，北京：北京大学出版社 2007 年版，第 102 页。

② ［美］赫伯特·马尔库塞：《审美之维》，李小兵译，北京：生活·读书·新知三联书店 1989 年版，第 113 页。

③ ［匈］阿诺德·豪泽尔：《艺术社会学》，居延安译，上海：学林出版社 1987 年版，第 209 页。

④ 王蒙：《我爱读〈红楼梦〉》，见《逍遥集》，长沙：群众出版社 1993 年版，第 70 页。

⑤ ［法］安托瓦尼·布德尔：《艺术家眼中的世界》，孔凡甲译，沈阳：辽宁美术出版社 1990 年版，第 94 页。

示:"音乐很适合于我们给艺术所下的定义。"①这几乎是"经典美学"的第一原则。那么要问问:音乐究竟意味着什么?"音乐灵魂的表现就是单纯。"②单纯意味着回归生命本色,"单纯比光辉、缤纷的色彩,孟加拉的晚霞、星空的灼烁,比那些好像强大的瀑布对人的内心的作用还要大"③。它的意思并不"复杂",就是指回归生命本色:"我们生来是为了欢快地呼吸"④,这种"欢快地呼吸"换句话说,也就是以自身为目的的健康生活,这是所有优秀的艺术所不能缺乏的诗性品质。按照法国优秀作家圣埃克苏佩里的看法,这就是对由"数字"所主宰的抽象世界的拒绝。在他所著的《小王子》中,所谓"大人",就是那些"除了数字之外对什么都漠不关心的人"。反之,对于属于"小人"的"小王子"以及所有喜欢他的人们而言,这个世界上最重要的事莫过于:"在一个没有人知道的某个地方,会不会有一只我们不知道的羊,吃掉一朵玫瑰。"在这种诗意的阐释里,蕴涵着关于单纯的最深刻的理解。

美学范畴里的"单纯",就是对以数字为背景的功利主义人生观的超越。卡莱尔说得好:数字计算能在现实世界里给我们以重要帮助,但它无法对生命中最重要的东西作出评估。比如"通过漫长的时代培育着一切优秀人物的生命之根,这是'功利'所不能成功地算出来的!"⑤所以对"单纯"的美学呼唤就意味着对功利主义生活观的批判,和对"数字化生存"的警惕。这不仅是因为"所有的统计都是虚假的"⑥,也是因为人类生命最根本的价值世界永远无法为数字所掌控。在这个意义上,这样的见解是精

---

① 〔美〕H·帕克:《美学原理》,张今译,桂林:广西师范大学出版社2001年版,第127页。

② 〔法〕多米尼克·夏代尔:《音乐与人生》,卢晓等译,合肥:安徽教育出版社2005年版,第72页。

③ 〔俄〕巴乌斯托夫斯基:《金蔷薇》,李时译,上海:上海译文出版社1980年版,第187页、第207页。

④ 〔法〕加斯东·巴什拉:《梦想的诗学》,刘自强译,北京:生活·读书·新知三联书店1996年版,第35页。

⑤ 〔英〕托马斯·卡莱尔:《英雄和英雄崇拜》,张峰等译,上海:上海三联书店1988年版,第165页。

⑥ 〔西〕路易斯·布努艾尔:《我最后的叹息》,傅郁辰译,北京:中国广播电视出版社1992年版,第237页。

辟的：紧张产生呐喊，战斗产生歌曲，而"纯洁产生诗"。① 当我们能够清楚地将"真正的感动"与"盲目的煽情"区别开时，也就能领悟作为生命中最为珍贵的品质的单纯的伟大之处：在我们聒噪不休的生活世界，它为我们打开通往生命真谛的智慧之门。② "单纯"就是人类欲望的返璞归真。借用美国学者艾德勒提出的概念来讲，也就是穿越主观的欲望（want）回到客观的需要（need）。③ 人类是拥有理性的生命，但并非单一的理智动物。随着科技进步对教育的垄断，我们习惯于接受大脑的支配，而忘却听从心灵的召唤。

但问题是，心灵是以身体性为前提的，所以心灵不仅具有洞察"存在奥秘"的力量，而且能让我们避免自我异化。但擅长抽象化考虑问题的大脑，是以对身体感受的无意识"遗忘"甚至是有意识拒绝为前提的。为什么在灯红酒绿的生活世界里，我们常常会迷失自我？就是因为太多的不必要的"欲望"遮蔽了真正值得满足的需要。与无限制的欲望相比，这种需要往往具有"单纯"的特征。就像各种饮料虽然很有"味道"，但最健康的饮料永远是未受污染的净水。这个例子象征着人类的需要从根本上是简单的。这便是单纯之所以是艺术之根的原因，很大程度上在于它揭示了生命需要的本质。晚年的罗丹在他留下的"艺术遗嘱"中特别提到：但愿人们听从我关于单纯乃是幸福与美的先决条件的告诫！④ 我们如何听从他的告诫呢？帕斯卡尔指出过一条路径：在精神上摒弃追求功名的知识而追随智慧，因为正是"智慧把我们带回童年"。⑤ 童年的我们一无所有，但却拥有无价的东西："单纯"。它意味着由衷的欢乐和没有坏心眼的恶作剧。这些都是一部优秀的小说作品所需要的元素。我们经常用"经典"这个词来形容这类作品。什么是经典呢？我想到的最好的一种解释

---

① ［俄］维·什克洛夫斯基：《散文理论》，刘宗次译，南昌：百花洲文艺出版社1994年版，第307页。

② 左芳：《法国电影经典》，北京：对外经济贸易大学出版社2006年版，第248页。

③ ［美］穆蒂莫·艾德勒：《六大观念》，郗庆祝华译，北京：生活·读书·新知三联书店1998年版，第92页。

④ ［法］奥古斯特·罗丹：《法国大教堂》，啸声译，上海：上海人民美术出版社1993年版，第249页。

⑤ ［法］帕斯卡尔：《思想录》，何兆武译，北京：商务印书馆1987年版，第129页。

是：经典意味着成熟。①"成熟"与"世故"的根本区分在于：世故意味着工于心计和尔虞我诈的游戏，成熟意味着返璞归真。伟大的小说艺术以其一份单纯之美让我们明白这个道理。

只有在这个意义上，我们才能真正理解这种看似"保守"的观点其实具有永恒的意义：在艺术的事业上，"怎样写"的问题比"写什么"的问题更为重要。② 毫无疑问，我这么说并非是否定"技术"在"艺术"中的重要性，并非是主张小说艺术对于叙述结构和话语行为等形式方面的轻视，而只是要强调这样的见解："在艺术中，形式从来都不仅仅是形式。"③关于"艺术形式"这个概念，无论我们用"有意味"还是"有内容"或其他什么方式来形容，都离不开两个关键词：生命意识和人文关怀。它们是以个体的"在场"而呈现的一个哲学概念"存在"的基本内涵。领悟这个"存在之奥秘"其实并不需要像那些形形色色的理论哲学那样，把简单的事情弄得复杂而找不到方向。而只需暂且"关闭"自己总是为功名之心和物质之欲所纠缠的"大脑"活动，听从内在"心灵"的召唤。从而我们懂得一个道理：如果这个世界上存在着所谓"万物归一"之道的话，那就是"在简单的事物中看到终极，在匆匆的流逝中看到永恒的静止"。④

第二节　从愿景说到语言论

1. 小说即愿景论

2010 年度诺贝尔文学奖获得者秘鲁小说家略萨说过：没有"幻想"就没有小说。他强调，小说家之所以写小说是为了能够"给生活补充一些东西"。由此来看，"愿景论"也即"理想说"。被认为"严肃的"或者说真正有抱负的小说家大都是"理想主义"者，出于在现实中无法满足的愿望而通

---

① 〔英〕托·斯·艾略特：《艾略特诗学文集》，王恩衷译，北京：国际文化出版公司 1989 年版，第 188 页。

② 〔俄〕屠格涅夫：《散文诗·文论》，巴金等译，北京：人民文学出版社 1993 年版，第 345 页。

③ 〔捷〕米兰·昆德拉：《小说的艺术》，董强译，上海：上海译文出版社 2004 年版，第 202 页。

④ 〔美〕阿勃拉哈·赫舍尔：《人是谁》，隗仁莲译，贵阳：贵州人民出版社 1994 年版，第 80 页。

过文字实现。这个观点的另一种名称就是"浪漫说"。当小说家史铁生在《写作的事》中表示"文学就是宗教精神的文字表现"时，他其实并非想让文学家扮演牧师的角色，而是想强调一种超越安于现状、以物质为人生目标的平庸人生观。史铁生小说观的核心就是由两个字组成的一个关键词："浪漫"。用他的话说叫作"浪漫永不过时"。①不过我们显然不难看到，此"浪漫"不同于19世纪以来曾经影响世界文坛的、作为"主义"的浪漫派文化思想运动。对这个观点的最大挑战是，在小说史上，人们能够轻易地列出许多成绩斐然的"现实主义小说家"的名字，比如巴尔扎克、司汤达、奥斯丁、狄更斯、托尔斯泰、陀思妥耶夫斯基、屠格涅夫等等。但似乎很难举出能与之分庭抗礼的货真价实的浪漫主义小说家。

在传统的欧洲文学史上，法国的雨果虽然一直被视作"浪漫主义文学"的旗手。但他的作品的生命力所在，恰恰正是在长篇巨作《悲惨世界》中对悲惨现实的直观。但关键在于，这种直观悲惨世界的勇气恰恰取决于背后的浪漫精神提供的信念的力量。比如以人性之美征服历代读者的沈从文名作《边城》。沈从文曾表白，他创作这部小说的目的是建立一座类似"希腊小庙"的"理想的建筑"，只不过"这庙里供奉的是'人性'"。关键是：这个"人性"并非既成的"现实"，而是有待于去"实现"的，一种作为"可能生活"的愿景。这部小说因此而曾被批评为"写的是一个世外桃源，脱离现实生活"。所以汪曾祺在分析这部小说的成功时指出："可以说《边城》既是现实意义的，又是浪漫主义的，《边城》的生活是真实的，同时又是理想化了的。这是一种理想化了的真实。"但这里的重点显然不在于人皆可见的"现实"，而在于唯独优秀的小说家才能穿过这眼下的现实而"透视"到的一种"理想化"的超现实。用汪曾祺的话讲："为什么要浪漫主义？为什么要理想化？因为想留驻一点美好的、永恒的东西，让它常在，并且常新，以利于后人。"②这些话已把事情说得足够清楚。

由此可见，关于"小说即愿景论"的纠结在于"诗与真"的关系。这也是以小说为主的19世纪欧洲文学史中纠缠不清的"现实主义与浪漫主义之争"的焦点。众所周知，文学史上这两大流派在艺术取向上显得大相径庭。强调尊重生活世界的现实主义艺术的美学坐标就是"真实"，就像当代小说家张炜所说："现实主义作为创作的一个原则就是坚持了两个字：

———————

① 史铁生：《写作的事》，上海：东方出版中心2006年版，第157页。

② 汪曾祺：《汪曾祺文集》（文论卷），南京：江苏文艺出版社1993年版，第100页。

即'诗'与'真'。"①这也正是现实主义艺术大都避开传奇性题材的原因。与此不同，"浪漫主义恰恰既不在题材的选择，也不在准确的真实，而在感受的方式"②。他们的美学理想是拥有崇高之美的伟大。著名法国评论家朗松早已指出：为什么我们的古典作家在某些人看来有点狭隘而平庸？这是因为这些作家只要求绝对的真实。莎士比亚之所以超过他们，就是因为他在作品中除了简单的、肯定的、可以认识的真实以外，还放进了点别的什么东西。③这点所谓"别的什么东西"换言之就是对日常生活中平庸现状的超越。所以张炜的这句话道出了许多人的心声："如果把那种所谓的现实主义奉为经典的话，那就没有任何希望可言。"因为在艺术中"从真实出发还不够，需要再往前走一步，从真实的生活走到独特的艺术"④。

由于上述原因，我们能够轻而易举地从艺术史上找到对"现实主义方法"的否定。作为著名的现实主义小说家的英国人毛姆曾明确指出：当你回顾以往的艺术，你将不难看出艺术家很少有把现实主义抬得很高的。从艺术史看，他的这番话基本属实。比如1971年诺贝尔文学奖获得者智利诗人聂鲁达说过："在诗的领域，我不喜欢现实主义。"⑤瑞士戏剧家弗里德里希·迪伦马特(1921年1月5日—1990年12月14日)同样有此观点："对现实主义的痴迷只能导致戏剧的毁灭。"⑥法国画坛一代宗师德拉克洛瓦也曾说过：在艺术里"纯粹的写实主义没有什么意义"。⑦小说家加缪同样认为："事实上，艺术从来就不是现实主义的。"⑧英国作家王尔德

---

① 张炜：《散文精选》，济南：山东友谊书社1993年版，第161页。

② ［法］波德莱尔：《波德莱尔美学论文选》，郭宏安译，北京：人民文学出版社1987年版，第218页。

③ ［美］昂利·拜尔：《方法、批评及文学史》，徐继曾译，北京：中国社会科学出版社1992年版，第116页。

④ 张炜：《散文精选》，济南：山东友谊书社1993年版，第159页。

⑤ ［智利］巴勃罗·聂鲁达：《回首话沧桑》，林光译，上海：知识出版社1993年版，第361页。

⑥ ［德］沃尔夫冈·伊瑟尔：《虚构与想象》，陈定家等译，长春：吉林人民出版社2003年版，第29页。

⑦ ［法］欧什·德拉克洛瓦：《论美术和美术家》，平野译，沈阳：辽宁美术出版社1981年版，第287页。

⑧ ［法］阿尔勃特·加缪：《置身于苦难与阳光之间》，杜小真译，北京：生活·读书·新知三联书店1989年版，第174页。

提出："作为一种方法,现实主义是一个完全的失败。"①神学美学家马里坦曾直截了当地宣判:"所有真正的艺术都厌恶现实主义。"②当代法国美学家德尼斯·于斯曼同样坚持:"一部作品要想成为真正的艺术品就要具有超现实性。"③德国视觉艺术美学家阿恩海姆分析了"现实主义"之所以在艺术领域不受欢迎的原因,他认为主要是"在现实主义的艺术中,物质的显现占据了绝对的优势"。④ 英国艺术理论家赫伯特·里德抱怨:现实主义是艺术批评词汇中最含糊不表的术语。⑤

美国著名文学评论家马克·肖勒甚至认为:那些刻板的现实主义者们,为了生活而否定了艺术。⑥ 在此意义上,认为"现实主义的理论是极为拙劣的美学"⑦也不无道理。但耐人寻味的是,艺术史中同样并不缺少贴着现实主义标签的优秀作品。尤其是小说领域,甚至可以毫不夸张地认为,绝大多数够得上"伟大"级别的作品基本上都是现实主义之作。只是批评家们在给予阐释时都巧妙地注入了浪漫主义元素。比如勃兰兑斯认为巴尔扎克"够称一个浪漫主义者"。⑧ 其他还有像狄更斯、司汤达、陀思妥耶夫斯基和托尔斯泰,甚至左拉等无不如此。比如在其艺术实践中向来以追求科学自居而最不具有浪漫主义元素的左拉。朗松在一篇评论中写道:尽管左拉在科学方面颇有抱负,但他首先是位浪漫主义作家,他让人想起了雨果。他的才能平常但充实,具有想象力。在他看来,"正是这

---

① 潞潞:《准则与尺度》,北京:北京出版社 2003 年版,第 92 页。

② [法]雅克·马里坦:《艺术与诗中的创造性直觉》,刘有元等译,北京:生活·读书·新知三联书店 1991 年版,第 22 页。

③ [法]德尼斯·于斯曼:《美学》,栾栋等译,北京:商务印书馆 1995 年版,第 77 页。

④ [美]鲁道夫·阿恩海姆:《艺术与视知觉》,滕守尧等译,北京:中国社会科学出版社 1984 年版,第 185 页。

⑤ [英]赫伯特·里德:《艺术的真谛》,王柯平译,沈阳:辽宁人民出版社 1987 年版,第 94 页。

⑥ 崔道怡等:《"冰山"理论:对话与潜对话》(上册),刘保瑞等译,北京:工人出版社 1987 年版,第 193 页。

⑦ [美]R.韦勒克:《批评的诸种概念》,丁泓等译,成都:四川文艺出版社 1988 年版,第 243 页。

⑧ [法]安德烈·莫洛亚:《艺术与生活》,郑冰梅译,上海:上海三联书店 1989 年版,第 190 页。

种浪漫主义,这种诗意的力量构成了左拉作品的价值"①。但问题就在于:如果说"诗意之美"对于艺术家具有举足轻重的价值,那么"艺术之真"在艺术领域中永远占有一个重要位置。美国学者爱默生甚至认为:在美学的领域,"真"永远是第一位的。我们不必为"排序"费口舌,就像劳伦斯所强调的:"小说自身的伟大正在于此:它不许你说谎。"②

尽管略萨认为,当人们坐下来准备读一部小说时,事实上就已与小说家达成一种默契:愿意接受他的谎言,准备"拿他的谎话当真情来享受"。但这并不意味着小说读者就是一群不在意"真相"心甘情愿受骗的傻瓜,而是因为他们知道:"一切好小说都说真话,一切坏小说都说假话。"③在这里,我们注意到"谎言"与"假话"在美学范畴中的重大区别。美国作家亨利·詹姆斯写道:"我以为,予人以真实之感是一部小说至高无上的品质。"④事实上这也是许多小说家的成功奥秘。比如由于在艺术趣味上与巴尔扎克相去甚远,普鲁斯特并不喜欢这位文学同行,但他的艺术眼力却让他承认:"巴尔扎克小说写生活中千百种事物,在我们看来偶然性未免过多,但他表现生活的真实性却赋予这种事物以一种文学价值。"⑤如果说"理想化"是浪漫主义艺术能流芳百世的奥秘,那么"真实感"就是现实主义艺术的永恒魅力的主要资本。就像一位评论家所说:"在最好的现实主义叙事作品中,我们为其真实感所震惊。"⑥有道是"千古文章传真不传伪"。所以,就像人们能够为浪漫主义艺术原则大唱赞歌,许多杰出小说家同样也对现实主义艺术精神表示高度认同。苏联时代的优秀小说家艾特马托夫就说过:尽管批评家有时说我在杜撰,但我不是一个耽于幻想的

---

① 谭立德等:《法国作家、批评家论左拉》,谭立德等译,合肥:安徽文艺出版社1994年版,第121页。

② [英]劳伦斯:《劳伦斯随笔集》,黑马译,深圳:海天出版社1993年版,第130页。

③ [秘]巴尔加斯·略萨:《谎言中的真实》,赵德明译,昆明:云南人民出版社1997年版,第75页。

④ [美]亨利·詹姆斯:《小说的艺术》,朱雯等译,上海:上海译文出版社2001年版,第15页。

⑤ [法]普鲁斯特:《驳圣伯夫》,王道乾译,南昌:百花洲文艺出版社1992年版,第151页。

⑥ [美]马丁·华莱士:《当代叙事学》,伍晓明译,北京:北京大学出版社1990年版,第60页。

人,现实主义对我来说比什么都珍贵。①

事情的确如此:从来没有一个作家自称是幻想的、异想天开的、凭空作假的,他们感兴趣的是现实世界,他们每个人都孜孜努力地在创造着"现实"。如果说"现实主义从一开始就一直是艺术发展的动力"②这样的提法多少有些语焉不详,认为"所有的作家都认为自己是现实主义的"③也未免武断;但从现实主义艺术对"诗之真"的强调和对生活世界的尊重上讲,没理由否认在某种意义上,"艺术家都是现实主义者"④这个命题。从"小说中的故事如果要使人感到可信就要依赖现实"⑤这点上来讲,的确不存在"没有非现实主义的,也即不参照在它之外并独立于它的现实的艺术"⑥。而从小说实践来看,被评论家视为优秀浪漫主义作品的小说家们,的确同样给予了"诗之真"以高度重视。在这面旗帜下,伟大的现实主义者和同样伟大的浪漫主义者握手言和。比如勃兰兑斯指出,巴尔扎克之所以能超越一般现实主义作家,是因为他具有一个作家最为重要的东西:"深刻透视,热爱真理。"⑦而浪漫主义文学旗手雨果在回答"小说家的意图应该是怎样的"问题时同样表示,"应该通过有趣的故事阐明一个有用的真理"。⑧

事过境迁,人们能够把当年这场聚讼难决的论辩看得相对清楚。美国学者雅克·巴赞指出:"我所提供的所有证据表明,浪漫主义即为现实

---

① 崔道怡等:《"冰山"理论:对话与潜对话》(上册),刘保瑞等译,北京:工人出版社 1987 年版,第 326 页。

② [法]阿兰·罗布—格里耶:《为了一种新小说》,余中先译,长沙:湖南美术出版社 2001 年版,第 227 页。

③ [美]锡德尼·芬克斯坦:《艺术中的现实主义》,赵澧译,上海:上海文艺出版社 1985 年版,第 3 页。

④ [西]安·塔比亚斯:《艺术实践》,河清译,杭州:浙江摄影出版社 1989 年版,第 13 页。

⑤ [美]H.布洛克:《美学新解》,滕守尧译,沈阳:辽宁人民出版社 1987 年版,第 350 页。

⑥ [法]罗杰·加洛蒂:《论无边的现实主义》,吴添岳译,北京:人民文学出版社 1986 年版,第 167 页。

⑦ [丹]勃兰兑斯:《十九世纪文学主流》(第五册),李宗杰译,北京:人民文学出版社 1982 年版,第 220 页、第 235 页。

⑧ [法]维克多·雨果:《雨果论文学》,柳鸣九译,上海:上海译文出版社 1980 年版,第 3 页。

意义。"因此他强调：当人们议论一个贴有浪漫主义标签的作家时，说他们的作品是浪漫的并不能证明它们是不真实的。因为优秀的浪漫主义者所追寻的并不是一个借以逃避的梦想的世界，而是一个用以生活的现实世界。总之，"对现实的探索是浪漫主义艺术的基本意图"①。这能够解决"艺术真实"的困惑：小说中的真实性取决于小说家以"叙事逻辑"为基础的说服力，而不是来自历史学家以"事实材料"为依靠的证据。但随之而来的问题是：既然如此，又有何必要一分为二，在强大的"现实主义艺术"流派外再制造一个新名词以混淆视听？对此，雅克·巴赞同样作了精彩的阐述。他指出，通常意义上的"现实主义"其实名不符实，"这个词汇本身想要传达的是浪漫主义理想的不可能，以及浪漫主义者方法的无效。现实主义是寓言中说葡萄酸的狐狸"。② 因此，就像艺术中真正的浪漫精神其实体现了现实主义，反之，真正的审美现实主义体现了浪漫精神。二者殊途同归，实为不可分割的一体。

但不能把这样的观点"中庸"化，必须意识到其中的轻重之别。一方面，理想化离开真实只能沦为奇思异想，或变成跟实际脱节的优美；但另一方面更要看到，"一旦排斥了理想化，任何对真实的模仿都将永远是平庸的"。③ 所以王安忆在《心灵世界》中写道：最好的作家是最富有浪漫气质的，他们不满足于揭露现实、描绘现实、剖析现实的工作，而是力求从现实中升华到一个境界。④ 毛姆也指出：现实主义作家的任务，就是从凡人身上挖掘出非凡的东西。因此，即使是现实主义作家，他也并不复制生活，只是编排生活、为己所用。⑤ 英国小说家约翰·福尔斯说得好：或许"小说家有很多写作原因，但是他们都有一个共同的理由，那就是有创造

---

① ［美］雅克·巴赞：《古典的，浪漫的，现代的》，侯蓓等译，南京：江苏教育出版社 2005 年版，第 52 页。

② ［美］雅克·巴赞：《古典的，浪漫的，现代的》，侯蓓等译，南京：江苏教育出版社 2005 年版，第 92 页。

③ 中国社科院编译：《欧美古典作家论现实主义和浪漫主义》（第一册），北京：中国社会科学出版社 1980 年版，第 160 页。

④ 王安忆：《心灵世界：王安忆小说讲稿》，上海：复旦大学出版社 1997 年版，第 213 页。

⑤ ［英］毛姆：《巨匠与杰作》，李锋译，上海：华东师范大学出版社 2008 年版，第 305 页。

另一个世界的需要"。① 这所谓的另一个世界,不同于政治乌托邦思想家笔下的"乌有之乡",而是一个人性得到全面实现的世界。所以创造这样的世界需要超越常规的想象力。在这个意义上,如果说现实主义是艺术的基础,那么浪漫主义则是艺术的灵魂。对此作出的最成功的理论阐释是弗洛伊德。他在《作家与白日梦》中提出过一个著名见解:作家的所作所为与玩耍中的孩子的作为一样,创造出一个他"十分严肃地对待"的幻想的世界。

这个思想比他的"泛性论"得到更多的赞扬。事实上的确如此:对于一个"正常"的孩子,一个重要特点也就是拥有梦想。"在童年时代,梦想赋予我们自由。"②所以,《红与黑》的作者司汤达说:对于一名作家而言,重要的是拥有一个"永无尽头的童年"。③ 因为童年是梦想的年代,而当我们终于走出这个世界"梦想童年的时候,我们回到了梦想之源,回到了为我们打开世界的梦想"。艺术家们之所以如此渴望一去不返的"童年",是因为"所有的一切通过梦想并在梦想中,都变成了美";是因为"这个梦幻的世界向我们揭示出,在这属于我们的天地宇宙中拓展我们的生存空间的可能性"。④ 换句话说,"梦幻"也好"愿景"也罢,"诗人与童年"这个话题的实质在于强调:作为一种重要的艺术形态,"小说审视的不是现实,而是存在。而存在并非已经发生的,存在属于人类可能性的领域"⑤。尽管这里的"存在"概念略嫌抽象,但将它以"人类可能性领域"来界定,能让我们准确理解其内涵。由此可见,"小说即愿景论"其实也就是"小说乌托邦论"。正因为如此,我们不能把关于小说之愿景的浪漫主义阐述推向极端。

小说实践提醒我们,与乌托邦精神相关联的浪漫主义理想是把双刃剑:它既能提升小说家的精神境界,也能走火入魔趋向极端,产生所谓"毁

---

① [美]威廉·戈登:《作家箴言录》,冯速等译,海口:海南出版社 2002 年版,第 232 页。

② [法]加斯东·巴什拉:《梦想的诗学》,刘自强译,北京:生活·读书·新知三联书店 1996 年版,第 126 页。

③ [法]米歇尔·芒索:《闺中女友》,胡小跃译,桂林:漓江出版社 1999 年版,第 165 页。

④ [法]加斯东·巴什拉:《梦想的诗学》,刘自强译,北京:生活·读书·新知三联书店 1996 年版,第 11—17 页,第 128 页。

⑤ [捷]米兰·昆德拉:《小说的艺术》,董强译,上海:上海译文出版社 2004 年版,第 54 页。

灭美学"。小说家"创造另一个世界的需要"的激情并不必定沿着人性升华的轨道运行,它同样可能朝着相反的反人性方向滑行。比如现代艺术史上,在"创造另一个世界"方面曾经最具想象力的"未来主义运动",除了促进法西斯主义产生之外,后来还对法西斯主义政权忠心耿耿。① 其中的原因不难理解:虽说"乌托邦"意味着对自由与幸福生活的追求的理想主义的最高形态,但在严峻的现实世界中,这个概念常常因被利用而显得面目全非。发生于 20 世纪最大的思想文化事件,莫过于"乌托邦"的没落。"如果说 19 世纪产生了乌托邦,那么 20 世纪则推动了反乌托邦。"②正如试图与大众讨论"乌托邦之死"的美国加州大学洛杉矶分校历史学教授拉塞尔·雅各比所指出的,乌托邦理想的命运是同知识分子的命运紧密结合在一起的。因为它本身就是由知识分子发明的。由此来看,对于"乌托邦之死"知识分子负有不可推卸的责任。这就需要问问:自 20 世纪以来,知识分子们究竟干了些什么呢?

用英国哲学家波普尔的话说,那就是为了自己能出人头地获取名利,而不顾事实地标新立异随意地使用这种"大词"来哗众取宠,结果把自己关进了牢房,将地狱当成了天堂。一个无可否认的事实是,自法国大革命以来,许多残酷的暴力事件都打着乌托邦的名义。这是导致曾经作为一种关于未来展望的乌托邦死亡的原因。也因此,"认为乌托邦者是暴力的,而现实主义者是温和的这种看法,属于我们这个时代的神话"③。这不仅说明"乌托邦"作为对"可能性"的向往事实上就是我们无法切割的人性,而且也表明,不能把乌托邦与那些反人道的暴行相提并论。恰恰相反,真正的乌托邦就是最大的人文关怀,"它唤起的既不是监狱,也不是规划,而是关于人类休戚与共和幸福的理想"④。因此,乌托邦不能死也不会死。因为就像法国学者雅卡尔所说:一个没有乌托邦理想的社会不是一个真正人类的社会。但关键是必须清醒地意识到,"一个乌托邦是一颗遥

① ［意］马里奥·维尔多内:《理性的疯狂:未来主义》,成都:四川人民出版社 2000 年版,第 125 页。

② ［美］拉塞尔·雅各比:《乌托邦之死》,姚建彬译,北京:新星出版社 2007 年版,第 238 页。

③ ［美］拉塞尔·雅各比:《乌托邦之死》,姚建彬译,北京:新星出版社 2007 年版,第 257 页。

④ ［美］拉塞尔·雅各比:《乌托邦之死》,姚建彬译,北京:新星出版社 2007 年版,第 274 页。

远的星星,我们决定朝着它前进。不是要到达它那里,而是始终受到它发出的光亮的吸引"①。由此我们能够看到小说艺术的重要作用,这也正是作为一种叙事本体论的"小说即愿景论"值得我们注意的地方。

2. 小说即思想论

与上述诸说略有不同,这个在当今已显得十分"保守"的观点,有着悠久的历史渊源。不过我们可以从一位当代中国著名小说编辑的文章谈起。曾主持《人民文学》编务工作、亲手培养出许多年轻小说家的崔道怡先生,从他毕生的工作经验中总结出这样的一个"小说之道":好的小说离不开深刻的哲理。在他看来:体现虚幻世界的小说,是需要作者运用自己所禀赋和修炼之形象的思想规划并建构的。思想是人类在实践中总结出来关于自然和社会的认识与知识,是对生活中真假、善恶、美丑的判断和反应。"小说便是这种见解与理想的形象图画。"②由此可见,这个小说观的另一种说法就是"小说即哲理论"。无须赘言,关于这方面的小说观,存在太多的知识资源。

比如小说家王安忆曾说过一句名言:一部好的长篇取决于作家思想的体积,而一个好的作家一定要写长篇。③ 这番话很容易让人想到20世纪美国戏剧名家阿瑟·米勒的这个观点:一部优秀的剧本是一种优秀的思想,一部伟大的剧本是一种伟大的思想。④ 现代雕塑之父罗丹甚至表示:不仅在艺术中一切都是思想,艺术的整个美来自思想,来自作者在宇宙中得到启发的思想和意图,而且整个审美文化都以思想为核心,就像"美丽的风景所以使人感动,不是由于它给人以或多或少的舒适的感觉,而是由于它引起人的思想"。⑤ 更为重要的是,这样的观点并不局限于理论言说,而能得到来自小说实践的强有力的支持。比如金庸先生的新武侠叙事之所以能超越以往的武侠小说和功夫叙事,以一种融历史、哲学、宗教、文学于一体的审美境界,实现了雅俗共赏的艺术追求,他的成功秘

---

① 〔法〕阿尔贝·雅卡尔等:《献给非哲学家的小哲学》,周冉译,桂林:广西师范大学出版社2001年版,第174页。

② 崔道怡:《小说课堂》,北京:作家出版社2012年版,第25页。

③ 王安忆:《重建象牙塔》,上海:上海远东出版社1997年版,第208页。

④ 〔美〕罗伯特·马丁:《阿瑟·米勒论剧散文》,陈瑞兰等译,北京:生活·读书·新知三联书店1987年版,第58页。

⑤ 〔法〕奥古斯特·罗丹:《罗丹艺术论》,沈琪译,北京:人民美术出版社1978年版,第91页。

诀除了表现真情实感之外,关键在于有思想的深度。这是作者本人自觉而有意为之的结果,金庸先生对此曾有过这样明确的表示:"武侠小说本身是娱乐性的东西,但是我希望它多少有一点人生哲理或个人的思想,通过小说可以表现一些自己对社会的看法。"①

然而事情的复杂性在于,小说家们的言说有时会呈现出一种自相矛盾。比如阿瑟·米勒一方面给了戏剧表现思想以如此高的重视,同时也表示:在具体的戏剧创作中,"值得争论的问题从来就不是一部戏剧究竟是否应当有教益,而是它究竟是否艺术"。② 又如法国文论家朗松曾同样为"艺术娱乐说"辩护,反复强调:文学是闲暇时的魅力,是脑筋的休息和可喜的消遣。作家的主要目标是为读者提供乐趣。最伟大的作家并不以把他们的作用局限于此而感到屈辱。他们之所以求真,紧紧依附自然,为的也是取悦更多的观众。因此他提出,批评家应该明确承认:"文学只是一种娱乐。文学之所以高贵,文学之所以有慰藉人心的作用,甚至于文学之所以有文学的真实,正是因为它是那样一种娱乐。"但他同时却又提出:"没有无思想的文学,无思想的文学不是真的无思想,不过是思想平庸而已。"③倘若我们有兴趣再多费点时间,不难发现许多诸如此类的说法。这才是讨论"小说即思想论"的麻烦处。

有评论家说得好:如果一首诗仅仅能激发思想,那我情愿追随斯宾诺莎而不是华兹华斯。④ 美国诗人埃德加·豪提出警告:诗歌不是表达思想的地方。⑤ 杰出的黎巴嫩诗人纪伯伦甚至耸人听闻地提出:"思想对于诗往往是一块绊脚石。"⑥在艺术领域里,赏心悦目的魅力永远是最重要的。用诗人艾略特的话讲:假如一首诗感动了我们,它就意味着某种对我

① 王力行:《诸子百家看金庸》(第五卷),香港:明窗出版社1997年版,第71页。

② [美]罗伯特·马丁:《阿瑟·米勒论剧散文》,陈瑞兰等译,北京:生活·读书·新知三联书店1987年版,第133页。

③ [美]昂利·拜尔:《方法、批评及文学史》,徐继曾译,北京:中国社会科学出版社1992年版,第116页、第118页。

④ [美]萨缪尔·亚历山大:《艺术、价值与自然》,韩东辉等译,北京:华夏出版社2000年版,第33页。

⑤ [美]威廉·戈登:《作家箴言录》,冯速等译,海口:海南出版社2002年版,第115页。

⑥ [黎]哈利勒·纪伯伦:《纪伯伦诗文选》,冰心等译,北京:人民文学出版社1999年版,第507页。

们非常重要的东西；假如没有感动我们，那么作为诗，它便没有什么意义了。① 因为对于真正有经验的读者，这个结论的确不无道理：一首真正的好诗在于它被理解之前就能感染人。② 所谓"理解之前足以动人"这种经验之谈特别非同寻常，承认这点似乎也就意味着对"思想主宰艺术"论的否定。这并非毫无根据。事实就像英国评论家赫伯特·里德所指出的：艺术的价值有赖于人类情感的深度。③ 小说家王安忆也同样表示，她判断一部文学作品的好坏从来不以思想深刻与否为标准，而着重于"是否情感饱满"。④ 换句话说，"诗者，吟咏情性也。"古人严羽的这句话可以一言以蔽之。

再来听听博尔赫斯的这番话：有些诗很美，不过却美得很没有意义，因为它们本来就不打算表达什么。因此这并不构成其缺点。因为它们代表的是美的事物，它们的价值就在于拥有能让人"回味无穷"的"韵味"。由此这位"作家的作家"给出了最终的结论："意义并不重要，重要的是诗中的音律，还有谈论事情的方式。"⑤其实这样的见解并非博尔赫斯首创，法国诗人瓦莱里早就指出：语言具有两种互相对立的情形，一方面在日常生活里，人们的谈话可以合乎逻辑并充满意义，但却没有任何节奏和韵律，也就是没有什么味道。另一方面在文学艺术中，它可以悦耳动听，但却显得荒诞不经；它可以既清楚又空洞，既空泛又微妙。⑥ 有一个案例来自汪曾祺。在一篇文章里他谈到曾在某个场景听到有群孩子在反复念叨这样一首儿歌：山上有个洞/洞里有个碗/碗里有块肉/你吃了，我尝了/我的故事讲完了。孩子们在高兴地唱着，这位杰出的小说家受到感染，因为他"分明从这种语言的游戏里得到很大的快乐"。他认为别人不仅同样也能感受到这种快乐，而且也能从"这首几乎是没有意义的儿歌"中"产生一

---

① ［德］荷尔德林等：《准则与尺度》，潞潞等译，北京：北京出版社 2003 年版，第 221 页。

② ［美］威廉·戈登：《作家箴言录》，冯速等译，海口：海南出版社 2002 年版，第 114 页。

③ ［英］赫伯特·里德：《艺术的真谛》，王柯平译，沈阳：辽宁人民出版社 1987 年版，第 157 页。

④ 王安忆：《重建象牙塔》，上海：上海远东出版社 1997 年版，第 201 页。

⑤ ［阿根廷］博尔赫斯：《博尔赫斯谈诗论艺》，陈重仁译，上海：上海译文出版社 2008 年版，第 122 页。

⑥ ［法］保罗·瓦莱里：《文艺杂谈》，段映虹译，天津：百花文艺出版社 2002 年版，第 291 页。

种很好玩的音节感"。①

其实只要对生活世界有所留心,类似的经验我们每个人都会有所发现。比如这样的一串句子:如果不是冬瓜就是西瓜/如果不是西瓜就是青蛙/如果不是青蛙就是翠花/如果不是翠花就是喇嘛。这段由四句话构成的话语是对一段广告词的改写,它不仅朗朗上口能让你下意识地一遍遍重复念叨下去,而且里面起先由"冬瓜"到"西瓜"的顺序延续,经"青蛙"的转折而跳跃到能给人以下意识想象的美丽"翠花"与让人没什么想法的"喇嘛"产生一种对比;在韵律的作用下,其中由"性别和谐"(女人/男人)与"文化紧张"(入世/出世)所建构的一种张力,无疑蕴涵着某种虽说不明也道不出、但却能让人有所感觉的意味。面对这类文本很能让人想到这样的说法:"诗行反复咀嚼声音,欣赏这些声音的美味。"②不过值得注意的是:上述这些言论基本上全都是关于"诗歌"的,那么,它们是否同样适合于小说呢?如果承认小说同样属于"语言艺术",那永不能说完全不适合。但进一步想想,即使是诗歌文本,也不能通篇由这种方式构成。哈贝马斯指出:诗歌对韵律与声音的强调的确是想表明,在艺术中"思想有非语言的根源"。③

真正有"味道"的语言文字,必须蕴涵有言外之"意"。诗人对语言的重视,只不过"非言无以寓言外之意"而已。④ 事实是"不论你在哪里发现一个音乐般地说出来的句子,在言词上有真正的韵律和旋律,那里也就会有某种意义深刻的好东西"⑤。什克洛夫斯基说得好:艺术的永恒性建立在感受更新和深化的基础上,但这并不意味着在韵律词汇上做文章。因为"人类的悲欢离合不仅取决于元音和辅音的声音,不仅取决于我们所读到的词是形容词还是名词。这是意义构建的一部分"⑥。由此看来,围绕

---

①　汪曾祺:《汪曾祺文集》(文论卷),南京:江苏文艺出版社1993年版,第12页。

②　[俄]维·什克洛夫斯基:《散文理论》,刘宗次译,南昌:百花洲文艺出版社1994年版,第311页。

③　洪汉鼎:《理解与解释》,见哈贝马斯:《诠释学的普遍性要求》,北京:东方出版社2001年版,第277页。

④　钱锺书:《谈艺录·随园非薄沧浪》,北京:中华书局1984年版,第100页。

⑤　[英]托马斯·卡莱尔:《英雄和英雄崇拜》,张峰等译,上海:上海三联书店1988年版,第146页。

⑥　[俄]维·什克洛夫斯基:《散文理论》,刘宗次译,南昌:百花洲文艺出版社1994年版,第125页。

这个小说观的讨论,很容易给人以"情"与"理"的对峙印象。其实不然。就像真正优秀的艺术从不"说教",艺术抵制理智而并不排斥思想。用英国学者柯林伍德的话讲:无论如何,"艺术本身可以不包含任何出于理智的东西"①。因为"哲理"≠"哲思"。前者是经过思考后得出的明确结论,可以通过概念化途径予以表述。后者是在感同身受基础上的理性活动,只能以心领神会的方式来领悟。

所以理智指向说教,使艺术成为政治与宗教等意识形态的奴仆与工具。尽管英国小说家劳伦斯独树一帜地表示,"世上顶大的不幸就是哲学与小说分了家"②,为"载道文学"的东山再起而欢呼雀跃。但事实是,作为一种"类型写作"的再好的"哲理小说"也无法同那些公认的小说杰作相媲美。症结就像拉美作家萨瓦托尔所指出的:"人类首先感觉到世界,其次对世界有所思考;也就是说,艺术先于哲学,诗歌先于逻辑。"③也因此,尽管"作为思想者的作家"同纯粹"作为趣味者的写家"有时会呈现优与劣的差异,但彼此殊途同归于优秀小说的边缘,只能停留在货真价实的优秀小说俱乐部的门槛。举两个具体案例:萨特的《恶心》和波伏娃的《人都是要死的》。虽然贴着"存在主义小说"的标签,但却是典型的"概念写作"范例的哲理叙事。其叙事内容一目了然地体现于题目上。由此而言,这样的小说充其量只是有特色而已,离真正的小说杰作相去甚远。

那么,究竟如何看待"小说即思想"这个观点呢?这个说法有道理吗?不妨让我们换个思路来接近它。众所周知,从歌德"音乐最充分地显示出艺术的价值"的提法,到叔本华"能够成为音乐那样是一切艺术的目的"的名言,美学史上曾给予音乐以君临艺术天地的独尊地位。法国小说家玛格丽特·杜拉斯有一句广为传播的名言:假如书中没有音乐,那就不叫书。④ 契诃夫同样表示,他对小说做最后的润色主要是"从音乐性的一面

---

① [英]乔治·柯林伍德:《艺术原理》,王至元等译,北京:中国社会科学出版社 1985 年版,第 300 页。

② [英]劳伦斯:《劳伦斯随笔集》,黑马译,深圳:海天出版社 1993 年版,第 155 页。

③ [阿根廷]奥尔兰多·巴罗内:《博尔赫斯与萨瓦托对话》,赵德明译,昆明:云南人民出版社 1999 年版,第 82 页。

④ [法]米歇尔·芒索:《闺中女友》,胡小跃译,桂林:漓江出版社 1999 年版,第 53 页。

来修改它"①。诗人瓦莱里也说过："请允许我借助另一个概念来证实'诗的世界'这个概念，那就是音乐世界。"②凡此种种，让一位美国美学家从"在一切艺术中都有音乐因素"这个前提出发，得出了"音乐很适合于我们给艺术所下的定义"的结论。③ 上述这些见解似乎相去不远，但也因此都存在一个语焉不详的毛病。我们需要进一步追问：这个在艺术文化中具有如此举足轻重的意义的"音乐"究竟又是什么呢？有人说"音乐是感觉不是声音"④，也有人认为"音乐是感情的一种独白"⑤。这些都给人以启示，但也都未能命中靶心：音乐与思想究竟是什么关系？艾略特的这番话能给予回答：诗的音乐性并不是什么游离于意义之外的东西。否则的话，我们就可能读到具有杰出音乐美而毫无意义的诗。⑥

因而在把握"小说即思想论"这个命题中，我们有必要铭记英国学者卡莱尔的这个见解：一切好诗都是歌，一切深刻的思想都是歌。⑦ 关键在于小说中的"思想"与"情感"具有一体性。它并非源自大脑而来自于心灵；它不是理论家花言巧语的杜撰，而是生活世界呈现于我们的真理。问题的症结在于，有一种十分普遍的倾向，就是把愉悦仅仅看作感官享受，这也很自然，因为感官上的愉悦比思想上的愉悦更加鲜明。但这无疑是一种错误的看法，因为事实上"除了肉体的愉悦，还有头脑的愉悦，如果说后者不是那么强烈的话，却更为持久"⑧。在这个意义上我们才能说"归根

---

① ［俄］安·契诃夫：《契诃夫论文学》，汝龙译，合肥：安徽文艺出版社 1997 年版，第 224 页。

② ［法］保罗·瓦莱里：《文艺杂谈》，段映虹译，天津：百花文艺出版社年版 2002，第 289 页。

③ ［美］帕克：《美学原理》，张今译，桂林：广西师范大学出版社 2001 年版，第 127 页。

④ ［法］雅克·马里坦：《艺术与诗中的创造性直觉》，刘有元等译，北京：生活·读书·新知三联书店 1991 年版，第 218 页。

⑤ ［德］费尔巴哈：《基督教的本质》，荣震华译，北京：商务印书馆 1984 年版，第 38 页。

⑥ ［英］艾略特：《艾略特诗学文集》，王恩衷译，北京：国际文化出版公司 1989 年版，第 178 页。

⑦ ［英］托马斯·卡莱尔：《英雄和英雄崇拜》，张峰等译，上海：上海三联书店 1988 年版，第 147 页。

⑧ ［英］毛姆：《巨匠与杰作》，李锋译，上海：华东师范大学出版社 2008 年版，第 7 页。

到底,诗仍依赖于思想的力量;正是一个人见解的真诚和深刻,使他成为一个诗人"①。有句话说得好:缺乏激情的诗人从不曾有过,但并不是激情造就诗人。② 即使是对于被称为"情感独白"的音乐也同样如此。优秀的音乐不具有"对牛弹琴"的功效,而属于真正拥有"音乐耳朵"的人们。对他们而言,"音乐好似明灯,驱赶着心中的黑暗,照亮了心房"③。真正的艺术佳作让人动情但远离煽情,所以它们总是能给读者以洞幽烛微的智慧,让人们拥有关于世道人间的一些大彻大悟,而并非只是一味地让读者涕泪俱下一哭了事。优秀的艺术不能不蕴涵拥有深度和力度的思想,正是这种东西最终决定了一部作品的艺术品质。

所以说,"光是震撼人心是不够的,还必须照亮人心"④。归根到底,"不是感染力的程度而是强化和照亮的程度才是艺术之优劣的尺度"⑤。这样的"照亮"当然意味着思想的启迪。让我们再引用昆德拉关于这个问题的观点。他曾举出两位受他尊敬的小说家为例,这就是穆齐尔和布洛赫。诚如昆德拉指出的,这两位作家有个共同特点:在小说的舞台上引入了一种高妙、灿烂的智慧。但他强调:他推崇他们的目的并不是要将小说转换为哲学,而是要在叙述故事的基础上,调动起一切手段来实现一个目标,那就是:"只要它能够照亮人的存在,只要它能够使小说成为一种最高的智慧综合。"⑥这段话中最为引人注目的一个关键词还是那个"照亮"。只不过我们有了进一步理解它的背景:它是"最高智慧的综合"。不难看到,这种"照亮"与作品中的"乌托邦精神"多少存在着联系。

3. 小说即语言论

顺着上面的小说观,很自然地就会产生这个观点。暂且把这个观点的代表人物选为汪曾祺先生。之所以如此的原因,是因为他自在《揉面》

---

① 〔英〕托马斯·卡莱尔:《英雄和英雄崇拜》,张峰等译,上海:上海三联书店1988年版,第134页。

② 〔法〕雅克·马里坦:《艺术与诗中的创造性直觉》,刘有元等译,北京:生活·读书·新知三联书店1991年版,第194页。

③ 〔美〕耶胡迪·梅纽因:《人类的音乐》,冷杉译,北京:人民文学出版社2003年版,第136页。

④ 〔法〕斯达尔夫人:《论文学》,徐继曾译,北京:人民文学出版社1986年版,第292页。

⑤ 〔美〕卡西尔:《人论》,甘阳译,上海:上海译文出版社1985年版,第188页。

⑥ 〔捷〕米兰·昆德拉:《小说的艺术》,董强译,上海:上海译文出版社2004年版,第21页。

一文中提出，在小说中"语言本身是艺术，不是工具"以后，就在不同场面反复重申这个观点。或许他的见解渊源于闻一多在《庄子》一文里的这个评价："他的文字不仅是表现思想的工具，似乎也是一种目的。"但汪曾祺在耶鲁与哈佛两所大学的演讲《中国文学的语言问题》中明确提出："语言是小说的本体，写小说就是写语言。"这个观点不仅能得到不少响应者，比如诺贝尔奖获得者秘鲁小说家巴尔加斯·略萨就同样认为："小说是写出来的，不是靠生活生出来的；小说是用语言造出来的，不是用具体的经验制成的"[①]，而且能得到来自创作实践的强有力支持。

比如两则失败的案例：（1）杨显惠的《夹边沟记事》[②]。小说反映1957年"反右运动"中，一代优秀中国知识分子从家毁人亡到人格丧尽的苟且偷生的命运。但以如此宝贵的资源为题材创作的作品，却未能达到应有的震撼人心的效果。其很大一部分原因在于文字表达的啰唆。这让人想起汪曾祺所讲："小说的魅力之所在，首先是小说的语言。"（2）刘震云的《一句顶一万句》[③]。这部小说的语言一厢情愿地跟着作者自己的感觉走，完全没有读者意识。成功的案例也可举出两则来：美国小说家海明威的《老人与海》与俄罗斯小说家巴别尔的《红色骑兵军》，即使透过翻译仍能领略出别样的味道。还比如中国当代作家中王朔小说的崛起，在某种意义上可归之于"耍嘴皮子功夫"。但如果我们因此而盖棺论定，则会意识到事情其实并非如此。以上这些作品的成功并非仅仅取决于语言文字，同时还有它所表达的故事。

所谓语言表达的优与劣的衡量标准，事实上取决于对故事的组织结构和叙事的合理安排。刘震云的《一句顶一万句》还有《一腔废话》的失败，就在于作品的故事被随心所欲的叙述方式所淹没。乌拉圭小说家胡安·卡洛斯·奥内蒂表示："一本小说最重要的东西是故事，自从人们开始写小说起，所有的小说都是由故事、主题和人物构成的。"没有了故事，也就不可能有主题和人物。在此意义上他强调："说小说的中心是语言，我认为那是胡说，是本末倒置。"这个见解是值得注意的。不妨同样举例说明。来读一段巴别尔小说集中第一篇《泅渡兹博鲁契河》第二段开头关于战场的这段描述：

---

① ［秘］巴尔加斯·略萨：《谎言中的真理》，赵德明译，昆明：云南人民出版社1997年版，第72页。

② 杨显惠：《夹边沟记事》，广州：花城出版社2008年版。

③ 刘震云：《一句顶一句》，武汉：长江文艺出版社2009年版。

四周的田野里，盛开着紫红色的罂粟花，下午的熏风拂弄着日见黄熟的黑麦，而荞麦则宛若处子，伫立天陬，像是远方修道院的粉墙。静静的沃伦，逶迤西行，远离我们，朝白桦林珍珠般亮闪闪的雾霭而去，随后又爬上了野花似锦的山冈，将困乏的双手胡乱地伸进啤酒草的草丛。橙黄色的太阳浮游天际，活像一颗被砍下的头颅，云缝中闪耀着柔和的夕晖，落霞好似一面面军旗，在我们头顶猎猎飘拂。在傍晚的凉意中，昨天血战的腥味和死马的尸臭，像雨水一样飘落下来。[①]

这个场景犹如油画般绚烂而美丽，血腥而生动。无处不在的死亡与热烈顽强的生命，形成一种强烈的反差性对比；在一种近似冷漠的不动声色的客观呈现中，流露出对人性泯灭的悲悯和对良知沦丧的悲愤，不愧为"战争文学之绝唱"。但能将这一切简单地归功于没有"所指"（表达内容）的"能指"（文字本身）吗？这显然是笑话了。造就这语言文字的，恰恰正在于其背后的那种现实世界场景。这就足以向"小说即语言论"出示"黄牌"了。许多小说家在写作过程中之所以常常要做这种将语言"摆过来移过去"的游戏，目的正是想获取这种语言文字的魅力。不言而喻，这是小说所特有的魅力，它是小说为弥补自己在"直观地展示一个故事"方面，无法同影视剧艺术一争高下而采取的一种措施。这种魅力在小说文本中凝聚成一种特殊的语调和语势，它们常常通过超越具体描述的追述语段，以一种张力场的方式而存在。不妨来看下具体的例子：

许多人踏着月光去了，许多人又踏着月光来了，道路上人影幢幢。我们生活在人间，我们无法不热爱月光。不管脱胎换骨多少次，只要你重新降临人间，就无法逃避月光的照耀。

——迟子建《原始风景》

如今，他们的皱纹和白发早已从碳水化合物变成了其他的什么元素。可我知道，不管他们变成什么，他们也仍然在相爱。尽管没有什么人间的法律和道义把他们拴一起，尽管他们连一次手也没有握过，他们却完完全全占有着对方。那是什么都不能分离的，哪怕千百年过去，只要有一朵白云追逐着另一朵白云，一棵青草依傍着另一棵青草，一层浪花拍打着另一层浪花，一阵轻风紧紧跟着另一阵轻风，相信我，那一定是他们。

——张洁《爱，是不能忘记的》

读着上面这样的语句，我们分明可以咀嚼出一种情愫的存在，这种情

---

① ［俄］巴别尔：《红色骑兵军》，戴骢译，杭州：浙江文艺出版社2003年版，第3页。

憷有一种魅力,能够渗透我们的语感,使我们产生共鸣。然而它是属于语言的,是一种语言张力的表现,电影和戏剧的媒介对此无能为力。对那些真正合格的小说读者而言,读小说并非仅仅读一个单纯的故事,而是读一个被作家以这种艺术语言处理过的故事,小说正是以这种方式而立足于艺术家族之中。正是由于这个缘故,同样一个故事,如果它最初是由小说家所创造,也不会因戏剧或电影的改编而失去它在小说中的价值。卡西尔精辟地指出:"每一种艺术都有它自己独特的方言,这种方言是不会混淆、不可互换的。不同艺术的方言是可以互相联系的,例如将一首抒情诗谱写成歌曲或给一首诗配上插图来讲解;但是它们并不能彼此翻译。"[①]因为每一种艺术文本都是由艺术媒介所构成,媒介自身的特性也就同样作为该艺术文本特性的组成因素之一而作用。正是电影和戏剧所使用媒介的"透明"性,使得它们较小说更依赖于故事。

　　如果说对故事表现得直接并因而对感官形成强烈的刺激,这是影视剧艺术得天独厚的长处,那么将故事讲得生动活泼这些大概可以称为小说艺术的看家本领,因为它们不仅属于语言的修辞方面,而也总是借助于一定的故事而存在。当然,幽默和讽刺就其作为一现象而言,在影视剧艺术中也同样存在。卓别林所扮演的那个流浪者形象堪称幽默艺术的精品,但小说中的许多幽默现象是不能以具体视觉符号来"还原"的,一旦借助于这种手段表现出来,就会不伦不类,幽默感也就荡然无存,留给读者的印象只是粗俗和不得体。如方方的小说《白梦》中的一段:

　　糟糕了的是家伙。多吃了几个丸子。并不知那丸子是臭肉所做,放了五花八门的佐料,把臭味压住了,反显得比不臭之肉丸子更有诱惑力。一送走几十张油稀稀和红扑扑的嘴脸后,家伙的肚子里便开始了不那么高雅的活动。这么一干便是五天。吃尽痢特灵黄连素土霉素四环素都不见成效,只好去吃氯霉素。不料又三天拉不出大。便又吃导泻片和猛喝蜂蜜水。通畅后却还继续腹泻。忽左忽右,像路线斗争一般。

　　这里的幽默和讽刺是很清晰的,但同样明显的是无法用视觉符号来还原。因为这儿的幽默效果并不存在于"行为动作"上,而存在于语言的语境关系中,像"不那么高雅的活动",隐指肠胃中的不消化引起的想放屁、排便等生理现象;而"路线斗争"是比喻主人公一会儿便秘一会儿又腹泻的来回折腾等等。离开了接受主体对语言的这种修辞方面的文化掌

---

　　① 　[美]卡西尔:《人论》,甘阳译,上海译文出版社 1985 年版,第 197 页。

握,也就无幽默可言。在小说中,这种只属于语言效果的幽默当然可以自由出入,类似影视剧艺术中的行为幽默通常也可以通过语言的"复述"而存在;此外,还可以有一种介于语言与行为之间的幽默。如:

> 德娃被擒走时颇像演电影,戴了手铐微笑着对左邻右舍说:"别为我担心,我很快就会回来。"然后对哭啼啼的九段说:"坚强些。"其时九段正用剪刀剪"喜",手拿一团红纸撵警车。德娃英武地大声喊:"九段,要挺住。"坐在德娃身旁的警官笑嘻嘻的,在他肋上轻轻戳了一下说:"又不是演电影,算了吧小师傅。"德娃也沮丧地不再作声了。

> ——乔瑜《恬淡》

在这段文字中有幽默感,这既是由主人公"德娃"和"九段"的行为所构成(德娃模仿电影中英雄人物的举动,但其实他之所以被带走并不是因为他是英雄,而是在经济上出了问题),但又是借助于语言的加工处理而存在。不妨试着以视觉符号处理这个场景,便会发觉幽默并不存在。因为视觉符号不会"说谎",除非以夸张的动作来表演,否则便会"假戏真做",给人以或悲壮或悲惨的感受。使这个由语言构成的场景具有幽默性的,是语言首先创造了一种幽默化氛围。如女主人公的名字叫"九段",意思是身材好,竟然可以用围棋中的最高等级来比拟。又如德娃先是"英武地大声喊",尔后则又"沮丧地不再作声"。最起作用的是这段叙述的导语"德娃被擒走时颇像演电影",给了我们一个心理定向,朝"演"的方面来看这个场景。正是靠着这话语的提示和处理,这个场景才显得十分幽默。基于这点,说幽默是小说艺术的看家本领,并不是指幽默的现象非小说莫属,而是说在小说中它们得以最大限度的开拓。但这种开拓是以故事链的存在为基础的,没有由各种具体生活细节和事件构成的故事,就没有真正的艺术效果,因而也就没有艺术化的叙述。

优秀的小说家不是在单纯的用语言"交代"一个故事,而是用种种具体的言语方式"创造"一个故事。这种创造需要小说家拥有"能"说"会"道的才能,对一个来自生活的"本事"进行加减乘除,从而充分发挥出言语媒介的魅力。这种魅力也就是叙述行为本身的魅力,它的一个重要表现自然是比喻。但即使在那些看似朴实、平淡、本真的叙述话语中,通过叙事主体的努力,同样能拥有一种独具特色的叙述魅力。比如:

A. 土匪头子路小秃,忙活一天,带了几身日本军服回到大荒注。路小秃觉得这日本军服很威风,从此下夜里去劫地主,也常穿着这些军衣。倒把地主吓了一跳:"我的天,怎么太君也下夜了!"

B. 那天夜里,日军、中央军、八路军、土匪都撤走以后,村子仍成了老百姓的。打麦场上到处是血,村里的血也流得一地一地的。村子一下死了几十口人,从第二天,死人的人家,开始掩埋自家的尸体。邻村一些百姓,见这村被"扫荡"了,当天夜里军队撤走后,就有人来看热闹,趁机抢走些家具、猪狗和牛套、粮食等。现在见这村埋人,又有许多人拉了一些白木薄板棺材来出售。一时村里成了棺材市场,到处有人讨价还价。①

如果用影视或戏剧文本将上面两个场景表现出来,那么 A 段至多使人感受到某种戏剧性,而 B 段则多少会拥有一种悲剧感。但现在通过言语文字的处理,两个场景都存在着一种幽默性。这种幽默如前所述,就构成了一种为语言艺术所特有的魅力。一位苏联作家曾经谈到这么一段文坛轶事:和契诃夫同时代的剧作家伊谢格洛夫一次向契诃夫指出,在他的小说《草原》里存在着一个修辞上的疵点。但契诃夫在听完了他的话并仔细地查对了原文之后,哈哈笑着合上了书本。这个疵点是这样的:

耶戈鲁什卡回想起,每当樱桃开花的季节,这一个个白点就同樱桃花融成一片白色的海洋,而到樱桃熟了的时候,白色的墓碑和十字架上就洒满血红的斑点。在墓园里的樱桃树下,耶戈鲁什卡的父亲和祖母季娜伊达·达尼洛芙娜日日夜夜睡在那里。祖母死后,就被放进又长又窄的棺材……在她没有死的时候她一直活着,常常从集市上买回松软的面包圈,上面撒着罂粟籽,而现在都睡呀睡的……

谢格洛夫认为,这个语段最后那句话"在她没有死的时候她一直活着"显然不合逻辑。如果按照一般的语法规则,他的批评的确不无道理。但正像那位苏联作家所指出的,这里的关键在于,整个这段话语不仅是从一个九岁男孩的视点发出,而且末尾那段话在口吻上也是属于男孩的。因为正如只有孩子才会将其祖母的去世真正视作睡不醒的长眠,当一个孩子说出"她没有死的时候她一直活着"这句话,也就没有什么不妥。相反,在这里严格合乎规范的语句才会显得不合情理,不真实。这就是小说家对语言艺术的掌握。优秀的小说家正是通过对语言的灵活运用,创造出独特的意味。比如马克·吐温的《哈克贝利·费恩历险记》。在这篇小说中我们可以读到这么一段叙述:

我知道没有问题了。再不会有人来追我。我把带来的东西从划子上拿出来,在密密的树林里收拾了一个挺舒服的地方住下。我拿毯子做了个帐篷似的玩意儿,把东西都放在底下,不让雨给淋湿了。我捉到一条鲶

---

① 刘震云:《故乡天下黄花》,《钟山》1991 年第 1 期。

鱼,拿我那把锯子把它剖开。在太阳快落山的时候,我就生起了篝火,把晚饭做来吃了。后来我又撒下钓绳去,弄些鱼来第二天做早饭吃。

有限的词汇、简单的句法以及平铺直叙的语式等都显示出,这是一个学历十分有限、阅历更是肤浅的孩子的口吻,缺乏成年人的概括力和条理性使得只有孩子们才将事件按开列商品单的方式加以罗列。这番语态在使我们听出一个孩子的声音之后,不仅能使我们感受到一种活泼的生活情趣,而且还间接地体验到这种情趣所能滋生的一个善良的世界。这个世界与这个孩子所具体生存的成人世界构成一种反差:残忍的蓄奴制度与儿童的人道精神水火不容。我们有时简单地讲"小说是语言的艺术",事实上指的就是小说家在创作中合理地运用各种"语式",语式的基础也就是"句型",这是一个综合性的概念,既包括关系上的构造,也包括长度方面的量度,二者的形态化本身也具有文体上的意义。如:

早上还是好好的,迎春妈在家烧锅,迎春大在园子里浇菜,迎春兄弟在家后割猪草,迎春在湖里锄草,秋秋在地里站着,日头在头上晒着,小孩子蹲在门口拉巴巴,大花狗等着吃屎,西头哑巴在墉里涮衣裳。

这是王安忆的中篇小说《大刘庄》的开篇语段,并列式的组合与铺排十分稳固,缺少变化,使人多少感到语段所指的那个"大刘庄"的生活四平八稳、贫困乏味,缺乏生命力。反过来,那种流畅的组合衔接便能给人以生动活泼的色彩。海明威在《乞力马扎罗的雪》中有这么一段描写主人公哈里对往事的回忆:

在湖畔,一座山上,有一所圆木构筑的房子,缝隙都用灰泥嵌成白色。门边的柱子上挂着一只铃,这是召唤人们进去吃饭用的。房子后面是田野,田野后面是森林。一排伦巴底白杨树从房子一直伸展到码头。另一排白杨树沿着这一带迤逦而去。森林的边缘有一条通向山岳的小路,他曾经在这条小路上采摘过草莓……

读这个语段,印象最突出的首先是极为流畅,一气呵成。句子虽然简单,但却富有变化,这种变化由于仍是以简单句为基础进行的组合,因而清晰明朗,便于理解,而这些显然反映出哈里对这段往事的那种留恋与珍惜,这种情绪也是"迷惘的一代"的特色之一。恰当地使用"语式"不仅能赋予作品生动性,更能够使叙述产生一种"立体"化的效果。比如马原《冈底斯的诱惑》里有这么一个语段:"……你是冈底斯山的猎人,你是山的儿子,你是这山的儿子,你从来不曾到过这山的最高处,从来没有人到过……"

正如有的评论者所说,这个语段写的是"你"与"山"的关系。在这段文字中,引人注目的不是作者写了什么,而是他的写法。在此,叙事主体通过以"你"引发的几个从句的层层递进,在语感上形成一种类似爬山的比拟。耐人寻味的是从接受美学来看,当读者具体地阅读这段文字时,也会产生一种类似在"爬山"的错觉。这种手法运用得最为突出和成功的,是《硕士生世界》。在小说第八节,叙述者"我"去导师家拜访,导师住在一幢灰色楼房的七楼。叙述者从底层写起,用七个长语段写了七层楼的见闻。在底楼,"我"只见"楼内暗窄,酸菜缸垃圾桶土豆筐自行车割据四方"。接着依次是:

二楼。有人在弹钢琴。是《草堆里的火鸡》。弹得很慢。永远重复第一乐段……

三楼。有人在笃笃叩门。有人开门说老米不在。有人说晚上再来。有人说夜里十点以前老米很少回来……

四楼右门敞着。一架双卡(谁知是什么牌的)收录机正以高分贝强度播着国际简讯。直到我踏上五楼时那声音还穷追不舍地袭着我的耳鼓……

六楼。一个男孩子直率地看我一眼,然后反我之道而行,下楼去了。他手里提着海鸥牌电子琴,火红的滑雪衫上有个拳头大的I……

七楼到了。开门的是楚宁,楚先生三十一岁的独生女儿,中文系外国文学助教。

七个小语段叠加成一个大语段,犹如一个多层次的结构。我们跟随着叙述者"我"的讲述,一个语段一个语段地前进,整个阅读过程本身就投射出一种上楼的形象,与其所指外延一起完整地向我们传达出"我"上楼时的这段生活体验。这就是语式的形象比拟效果,不难看出,它本身就包含着一种审美含义。当然,这种效果最终还是以句子的内部构造为前提。① 在 20 世纪 80 年代,在不少小说实践中被广泛运用的一种超长句组合语段更进一步说明了这个问题。不妨先来做个小试验:

1. 师傅,师傅,请帮个忙,好说好说,不要生气,嘿嘿。我忙这么说。
2. 师傅师傅请帮个忙好说好说不要生气嘿嘿我忙这么说。

——魏心宏:《闭上你的眼睛》

这两个语段的语类与语序关系完全一样,唯一不同的是标点。第一个语段加了标点,整个语流就被切割,语感上相应也显得有些缓慢。而第

---

① 分别见:《上海文学》1985 年第 8 期,《清明》1988 年第 3 期。

二个语段取消标点,几个子句被进一步"撮合"到一起,语流马上显得急促起来。这也是语式的文体功能的一个方面,标点运用不同,语言的具体类型也就不同。通过取消几个分句之间的标点而将它们合并成一个超长句的这种组合方式,能够提高句子的语感密度和强度,使得同一个句子在不增加篇幅和不作大的调整的情况下,获得高倍放大的表现力。

有意思的是,具有丰富创作经验和写作才华的汪曾祺本人同样明白这个道理。事实上他对小说语言重要性的强调的核心所在,是对"题材决定论"的反驳,而并非是喧宾夺主地让小说成为修辞学教材。因为"怎么写"的意义最终仍得通过"写出了什么"来体现。所以他在强调了"写小说就是写语言"的后面,还有这样的内容:"语言的美不在语言本身,不在字面上所表现的意思,而在语言暗示出多少东西,传达了多大的信息。"似乎绕了个圈子又回到了"语言工具论"上。不过这就像"看山三重说"(看山是山,看山不是山,看山还是山)那样,"此论"非"彼论"。

第三节　从幽默说到悲伤论

4. 小说即幽默论

在现代小说评论中,昆德拉是这个观点最早的提出者和最坚决的捍卫者。在他看来:"小说并非诞生于理论精神,而是诞生于幽默精神。"[①]这个见解至少符合西方小说的发生学。比如在西方小说起源中扮演过重要角色的几部作品:拉伯雷《巨人传》、塞万提斯《堂吉诃德》、哈谢克《好兵帅克》。除此之外,这个观点也能成功阐释中国小说的经典,比如《西游记》和金庸的《鹿鼎记》。关键在于如何把握"幽默与世故"的分寸。这个观点的核心所在是"去严肃化",因而在某种意义上,这个观点似乎可以也就是王小波所倡导的"小说即使坏论"。在王小波看来,好小说都有点"不正经",因为"有趣的事多少都带点毛病"。[②] 这是实话实说。以当代中国小说家为例,就有像王小波的《黄金时代》、王朔的《顽主》和《千万别把我当人》等经典案例。但这个观点有点与传统中"艺术中浸润的是悲剧主义,

---

①　[捷]米兰·昆德拉:《小说的艺术》,董强译,上海:上海译文出版社 2004 年版,第 201 页。

②　王小波:《沉默的大多数》,北京:中国青年出版社 1997 年版,第 245 页、第 248 页。

它与喜剧无甚姻缘"①这样的说法唱对台戏。

　　比较起来，巴尔加斯·略萨的这个说法或许更能让人接受："有些故事只能面带微笑地讲出来。"②事实上，这样讲故事的方式并不容易。因为这种方式通常出现于"通俗文化"中。相比于屡见不鲜的"伟大的悲剧"，评论家眼中的"伟大的喜剧"似乎难以寻觅。所以昆德拉悲观地表示：《好兵帅克》可能是最后一部伟大的通俗小说。③ 作为一种"本体论"而非"类型学"，幽默论小说观的美学核心是谐"谐"有"趣"，简称"谐趣"。它与中国古代的一个重要诗学原则"辨于味而可以言诗"相关联。这个观点的焦点所在：谐趣具有正负双向维度。"幽默"是其正价值，"油滑"是其负价值。问题的关键是：正价值往往以负面姿态出场，反之亦然。比如：王小波在《黄金时代》里的油滑中透出货真价实的幽默；相反，以《顽主》等为代表的王朔系列小说，则是以貌似幽默的表达传递了一种油滑。这种不动声色的以油滑代替幽默的文风，为王朔作品招来了"痞子写作"的名声，虽说这多少有失公正，但点明了王朔小说艺术水准的有限性则是事实。它能够在时代潮流中凭借其令人耳目一新的文体特色和语言风格名噪一时，也随着时尚的转型而退出历史舞台。

　　理解"小说即幽默论"的一个重要方面，是认识到笑话与幽默的异同。笑话与幽默的"貌似"在于让人"开心"、感到"有趣"。但仅此而已，两者貌合神离。美国学者阿瑟·伯格的书中曾举过这例笑话：一个男人到迈阿密度假。晒了几天日光浴后他注意到，自己全身都已变得黝黑，除了阴茎。于是他来到一处无人沙滩上用沙埋住全身，只剩阴茎竖起在外面的阳光下。不一会来了两位有点上年纪的妇女。她们注意到了这奇特的现象，两人共同感叹：在她们 20 岁时见了这东西一度害怕，到 40 岁时又十分想它，到 60 岁后为找不着它而犯愁，没想到现在这东西却有了野生的。④ 这是个典型的色情类笑话，揭示了讲这个笑话的社会里的人们的精

　　① ［德］赫伯特·马尔库塞：《审美之维》，李小兵译，北京：生活·读书·新知三联书店 1989 年版，第 216 页。

　　② ［秘］巴尔加斯·略萨：《谎言中的真实》，赵德明译，昆明：云南人民出版社 1997 年版，第 36 页。

　　③ ［捷］米兰·昆德拉：《小说的艺术》，董强译，上海：上海译文出版社 2004 年版，第 12 页。

　　④ ［美］阿瑟·伯格：《通俗文化、媒介和日常生活中的叙事》，姚媛译，南京：南南大学出版社 2000 年版，第 184 页。

神状态和心理烦恼,其中不乏涉及两性关系的社会内涵。这是这类笑话能广泛传播的重要原因。但尽管如此我们仍然得承认,笑话并不重要,因为它除了带给人们一点宣泄效果,并不产生真正的价值选择。

换言之,笑话不仅不具有优秀小说对社会主流文化的挑战性,而且还能起到替既成的社会体制充当文化防御的功能。这是古今中外所有专制体制在对优秀艺术实行打压时,却不约而同地,都会为笑话留下一席之地的原因。从中我们不难看到笑话与幽默的区分在于:笑话只是以趣味为本,而幽默则包含着超越趣味的思想深度。俄国批评家别林斯基说过:"人们明白,伪善和欺骗从来不笑,而且戴着一副严肃的假面具,笑不会制造教条,也不会变得专横行道,笑标志的不是恐惧,而是对力量的意识。"① 这与通常属于宫廷杂耍的嬉戏和出于歌功颂德的需要而竭力营造的歌舞升平的娱乐不可同日而语。对"小说即幽默论"的一个问题在于把握界线:如何将对道貌岸然的"常规道德"的正当反对,与对"普世伦理"的不合理消解有效地区分开来。有一个方案是从"使坏"的目的与效果来检验。中国民间俗话说:男人不坏,女人不爱。"此坏"非"彼坏"。前"坏"又曰"歪",即"离经"而不"叛道"。将之与一度被当作黄色小说的王小波的《黄金时代》相比较就很清楚了:

(1)这个年级的学生全是三年困难时期坐的胎,那年头人人挨饿,造他们时也难免偷工减料。我看过一个材料,犹太孩子特别聪明、守规矩,全是因为犹太人在这种事上一丝不苟。事实证明,少摸一把都会铸成大错(p58)。(2)我最不爱吃炸酱面,因为我正是炸酱面造出来的。那天晚上,他们用的那个避孕套破了,把我漏了出来(p84)。(3)小转铃也和我装丫挺。每次我要和她做爱,她就拿个中号避孕套给我套上。我的小和尚因此口眼歪斜,面目全非,好像电影上脸套丝袜去行劫的强盗(p162)。(4)我过二十一岁生日那天正在河边放牛。亚热带旱季的阳光把我晒得浑身赤红,痛痒难当,我的小和尚直翘翘地指向天空,尺寸空前(p7)。② 显然,尽管上面引述的四段话语表面上看起来同伯格的《迈阿密沙滩》无甚差异,但性质完全不同。因为后者语义指向仅仅聚焦于性,而前者则具有丰富的话外音,作者其实是在"借性说事"。

摆脱道貌岸然之"假正经",意味着自由率性的人性。这让人想起黑

---

① [俄]普罗普:《滑稽与笑的问题》,杜书瀛等译,沈阳:辽宁教育出版社1998年版,第155页。

② 王小波:《黄金时代》,广州:花城出版社1997年版,第58页、第162页。

格尔的这句名言：审美具有让人解放的性质。好艺术是人性的最大限度的呈现。这是作为幽默的"使坏美学"的根据，它帮助人们认识到常被大家熟视无睹的现象：道德是人类实现文明的手段而不是用来自我约束的目的。幽默之于小说的意义不仅在于，它对一直由诗词戏剧以及音乐绘画等所占据的艺术殿堂，为大众市民文化提供了机会，同时也对以所谓"雅文化"伪装掩盖其空洞无物的种种"正经小说"给予了批判。用劳伦斯的话讲，正经小说中的人太专注地关心他们自己，他们感觉到了什么和没感觉到什么，他们对每个生死攸关的裤子扣儿的感觉。[①] 话中的语气虽充满调侃与不屑，但的确是触及了许多无趣乏味的"正经文学"的要害。值得一提的是，从《好兵帅克》到《我伺候国英国国王》，以及《高康大》和《堂·吉诃德》、《鹿鼎记》等等，凡是属于"幽默小说"的作品，无一例外都是具有高质量和深刻性的优秀之作。这证实了一位小说家之言：幽默的毁灭性比起任何政治宣传来都要厉害得多。[②] 由此来看，幽默之于小说的重要性毋庸置疑。

5. 小说即性爱论

这个观点很容易让人想到英国小说家劳伦斯。但严格地讲，它并非直接由劳伦斯明确提出。之所以归之于他的小说观也未尝不可，不仅是因为他强调"性与美"的一体性，认为正如同生命与意识紧密结合在一起，"说到底，性的吸引就是美的吸引"[③]，而且在他曾饱受争议的小说《查泰莱夫人的情人》中，身体力行地向世人呈现了这个小说观。但尽管如此我们仍得提出，许多著名小说家在这个观点上显得十分一致：比如臭名昭著的法国作家萨德曾提出"现代小说的成功得益于风流韵事的发展"的观点，美名远扬的杜拉斯同样也有"没有爱情就没有小说"的说法。但无可讳言，这是个"片面而深刻"的观点。其片面性显而易见。首先，关键词"性爱"与"情爱"并不能相提并论。尽管二者作为"欲望"无法绝对分开，但后者的内涵大于前者：性偏于单一的肉体，情侧重于相对丰富的灵魂。其次，在实践中，并非所有的小说杰作都得谈情说爱。比如卡夫卡的《变形

---

① ［英］劳伦斯：《劳伦斯随笔集》，黑马译，深圳：海天出版社 1993 年版，第152 页。

② ［巴西］若热·亚马多：《我是写人民的小说家》，孙成敖译，昆明：云南人民出版社 1997 年版，第 66 页。

③ ［英］劳伦斯：《劳伦斯随笔集》，黑马译，深圳：海天出版社 1993 年版，第35 页。

记》和鲁迅的《阿Q正传》。无论如何我们不能因阿Q出于性的冲动向吴妈提出"困觉"的要求,便认为这是一部"性爱小说"。不过这些大都是中短篇小说。很难想象一部优秀的长篇小说能同情爱无关。

从中呈现出这个观念点的"片面的深刻"性:优秀艺术正是通过情爱的审美价值的张扬而实现其意义的最大化。在某种意义上,恰是在最为"动物性"的"性欲"方面,其成为人性的最好检验。《礼记》曰:"饮食男女,人之大欲存焉。"但人之欲不同于动物性,就在于超越了"传宗接代"的本能,成了两情相悦的人性的需要。所以,最能感动我们并因此而产生最强烈的艺术效果、达到最具高度的审美境界的优秀小说,往往构筑于爱情故事之中。只是这种爱情不限于男欢女悦的性爱,同时也蕴涵着亲情化的友爱和悲天悯人的普世关怀。情爱是以肉身性存在为前提的人性的基本载体。只有在情爱中,人性的深度和强度才得以淋漓尽致地呈现。相较于别的艺术形态,小说对此的揭示最为有效。反之,这种呈现同样也是对小说本质的充分展示。毛姆曾这样写道:"由于避孕套的问世,过去对贞节的高度重视如今已不再流行。由此引发的性关系上的差异,小说家们很快注意到了,于是乎,只要感觉到有必要采取什么措施来维持读者衰退的兴趣,他们就会让笔下的人物上床做爱。"[①]话虽说得"糙"了些,但点出的问题却很实在。与凭借女性裸体画与圣经人物画而走向巅峰的西方油画艺术相比,性爱之于小说的关系相对的确更为密切。

雨果的《巴黎圣母院》被2010年度诺贝尔文学奖获得者略萨评为"西方世界叙事文学的伟大创作之一"。当代中国小说家王安忆曾在复旦讲学时予以重点分析,在讨论这部作品时提出,其中存在着三个世界:(1)属于权力社会的腐朽世界。(2)属于新生的市民阶层的富有生机的世界。(3)通常以"爱情"命名的属于神的世界。但这些神不取决于外在身份,而取决于个体的内在灵魂。它最生动地体现于美丽的吉卜赛女郎艾斯美拉达和外表丑陋的大教堂敲钟人卡西莫多的关系上。这是西方文化史上由来已久的"美女与野兽"的现代版,但在雨果的笔下,它成了一种最高贵的人性的展示。也因此,我们对"小说即性爱"的观点必须有某种保留。在某种意义上,这个观点只是强调了一种小说的类型学。比如它轻易地将许多以"非成人"为主角的优秀小说,以及童年创作排除在外。

---

① [英]毛姆:《巨匠与杰作》,李锋译,上海:华东师范大学出版社2008年版,第17页。

这个小说观明显受到弗洛伊德的"泛性欲论"的影响,它更多地指向在小说领域中占据相当重要分量的"爱情小说"。但能否因此认为,作为"小说本体论"的价值不如作为"小说类型学"的意义?我认为并非如此。

诚然,电影与小说的关系经历了一个由对峙冲突到互惠合作的转换。但就"情爱类型"而言,似乎越来越由电影独占鳌头。美国著名儿童动画艺术家巴特·辛普森曾经说过:人类的眼睛什么都想看!而大量的经验则表明对肉体的"性趣"无疑尤为强烈。电影作为一门视觉艺术对"看"的效果尤其重视,因为它的大成本制作本身就要求其必须拥有足够的"票房保障"。这就是电影作品往往偏好情爱题材的原因。美国学者詹姆逊甚至在文章中耸人听闻地提出:电影天生具有一种色情化。但有意思的是,恰恰在这方面,电影暴露出它的两个缺陷。首先,电影的视觉性通常迅速把青春靓丽当作优先考虑对象,这也意味着一般情况下(除非为了表现滑稽可笑的需要),在电影中我们绝对看不到年过半百的夫妇深情拥吻的镜头。这正好为小说提供了机会,语言文字的"间离性"有效避免了视觉的生理冲击性,而为"老年人的爱情故事"提供了广阔的空间。有个例子有助于说明问题。这就是美国作家罗伯特·沃勒讲述"中年人婚外恋"的《廊桥遗梦》。一度作为美国《纽约时报》第一畅销书的这部小说让电影人动了心,请出两位好莱坞大牌影星伊斯特伍德和斯特里普,分别担任剧中的男女主角。但结果并不尽如人意。观众评价不高与小说的畅销形成鲜明对比。问题就在于当时斯特里普44岁而伊斯特伍德已有63岁。小说的虽然简单但不失某种人生内涵与情感深度,但银幕上的男主公与女主角间的视觉效果,在情感上已很难让观众"入戏"。

其次是即使是在表现情爱主题的多面性上,电影同样存在着缺乏深度的盲区。第一,在反映"正面"的爱情故事上,电影显然能大获成功。比如1997年的《泰坦尼克号》、1990年的《人鬼情未了》和1970年的《往日情怀》。这些影片将爱情的激情与深情表现得淋漓尽致。尤其是后者,它对"刻骨铭心的挚爱就意味着放手"的爱情真谛的阐释,让人感动之余会永远回味。但尽管如此,不能遮盖这类经典爱情影片与经典爱情小说的根本差异。这就是后者往往能凭借文字的穿透性,通过对人物内在感受的直接表现而达到更深入的境地的原因。正是电影在这方面的先天性不足,使得电影中名副其实的爱情故事,往往有意无意地向"情色"甚至"色情电影"方面转变。由于"裸体"与"性趣"在生理与心理上的密切关联,使得即使演员方面的尺度把握得很准确,也难以让观众拥有同样的分寸意识。这就会导致大大削弱这类影片的"正能量"。因为正如许多有经验的影评人所反复指出的，之所以把色情片归入低级的艺术形式，是因为这类影片未能表现出人类性爱体验的实际复杂性。事实表明，"色情电影一向以想象力贫乏为特点"①。第二，在表现所谓"负面"的性爱题材时，小说家在创造出"另类杰作"方面，拥有比电影人更大的优势。最具代表性的例子莫过于中国小说《金瓶梅》。

6. 小说即游戏说

对这个从艺术发生学的"游戏说"中衍生出来的观点，我们必须多费些口舌。从康德的《判断力批判》到席勒的《审美教育书简》；再到由德国美学家康拉德·朗格（1855—1921）在《游戏与艺术中的幻觉》一文里提出：艺术是一种适合成年人需要的提高的和美化的幻觉游戏；直到荷兰文化学家约翰·赫伊津哈（1872—1945）在《游戏的人》中表示：所有的诗都产生于游戏。把神圣的"艺术"与轻松的"游戏"相提并论的说法逐渐脱颖而出。在小说家中，如果要推选一位代表人物，非阿根廷小说家博尔赫斯莫属。他直截了当地提出："我认为，文学只不过是游戏，尽管是高级的游戏。"②此外，法国小说家普鲁斯特也为此说在小说界的滥觞起到了一点作用。他对小说家纪德表示：我们可以把文学看得无比崇高，同时也可以一笑了之。③关键所在：游戏之为游戏在于没有功利性目的的轻松愉快。对小说家来讲，也就是卸下"文以载道"之"重"后而显得相对的"轻"。相对于诗歌与戏剧和音乐与舞蹈，这个观点在小说中似乎更有历史根据。众所周知，无论是中国还是西方，小说是伴随着以工业革命为标志的现代社会的世俗化进程而兴起的。

艾略特曾以英国小说为例指出：自从《鲁滨孙漂流记》的作者笛福时代以来，小说的世俗化进程一直继续不断。他区分了三大阶段。在第一阶段中，小说把当时人们的信仰看作理所当然之事，但把信仰排除在它所刻画的生活画面之外。其代表人物有菲尔丁、狄更斯、萨克雷三大小说家。在第二阶段，小说对信仰表示怀疑、不安，甚至与之进行争论。其代表人物同样有三位著名小说家：乔治·艾略特、乔治·梅瑞狄斯、托马

---

① ［美］托马斯·阿特金斯：《西方电影中的性问题》，郝一匡等译，北京：中国电影出版社1998年版，第96页、第128页。

② 崔道怡等：《"冰山"理论：对话与潜对话》（下册），张玲等译，北京：工人出版社1987年版，第740页。

③ ［英］阿兰·德波顿：《拥抱逝水年华》，余斌译，上海：上海译文出版社2004年版，第178页。

斯·哈代。在第三阶段也即艾略特撰写这篇文章的时代,基督教信仰已被人们普遍看作过了时的东西而抛弃,这种精神几乎反映在所有当代小说家的作品中。① 以中国小说为例,虽然其是在宋元时期的"说话艺术"的基础上发展起来的,但以《西游记》、《三国演义》、《水浒传》等作品的繁荣,在文学史上取得了与唐诗、宋词、元曲相提并论的地位来说,很大程度上得益于以明世宗朱厚熜的年号命名的、长达 45 年的"嘉靖"(公元 1522 年—1567 年)年间明代印刷术与刻书业的迅速发展。而刊行于明万历年间的白话长篇小说《金瓶梅词话》的出现,标志着中国小说叙事走向了成熟。

关于"小说即游戏论"有两大优势:(1) 从作者方面来讲,有利于其更好地创作出优秀作品。清代乾隆时期的进士张问陶说过:"想到空灵笔有神,每从游戏得天真。"②其以高度凝练的方式对艺术创造力的奥秘作出了准确概括。就像事关"国家荣誉"的压力,往往会事与愿违地让一名高水平运动员在体育竞赛中大失水准,"文以载道"的要求也会让艺术难以承担生命的不堪承受之重。中国明代学者胡应麟也有句名言:"曰仙曰禅,皆诗中本色;惟儒生气象,一毫不得著诗;儒者语言,一字不可入诗。"③谈仙说禅能够"入诗"是因为其中有"性致"与"情趣",相反,一本正经的"儒生之言"大都冠冕堂皇无趣可言,以这种态度作出的"诗"(艺术)肯定有违艺术的精神。(2) 从读者方面来讲,符合小说阅读的欣赏态度。朱自清当年甚至出于为艺术的趣味性辩护而指出:目下黄色和粉色刊物的风起云涌,固然是动乱时代的颓废趋势,也是那些"载道之文"的严肃性的结果。"正经作品若是一味正经,只顾人民性不管艺术性,死板板的面孔教人亲近不得,读者恐怕更会躲向那些刊物里去。"④

换句话说,"小说游戏论"强调了一个重要的审美之道:艺术只有在官僚世界之外才有真正的生命。⑤ 为此,有些艺术家甚至愿为此付出被批评为"低级趣味"的代价。当代中国最典型的例子,就是 20 世纪 80 年代的

---

① [英]艾略特:《艾略特文学论文集》,李赋宁译,南昌:百花洲文艺出版社 1994 年版,第 243 页。

② 羊春秋等:《历代论诗绝句选》,长沙:湖南人民出版社 1981 年版,第 308 页。

③ 轻言:《历代诗话小品》,武汉:湖北辞书出版社 1994 年版,第 392 页。

④ 朱自清:《朱自清散文》,北京:中国广播电视出版社 1994 年版,第 230 页。

⑤ [西]安·塔比亚斯:《艺术实践》,河清译,杭州:浙江摄影出版社 1989 年版,第 18 页。

王朔小说。在诸多批评家口中,他的几乎被众口一词地称之为"痞子小说"的作品,如今读来已别有一番滋味。但放眼世界小说史,事情同样呈现出一种复杂性。一方面诚如昆德拉所指出的,小说界永远存在着一种"游戏的召唤"。他认为英国小说家劳伦斯·斯特恩的《项狄传》和法国思想家狄德罗的《宿命论者雅克》,这两部 18 世纪最伟大的小说的成功奥秘,就在于它们都是"像庞大的游戏一样被构思出来的小说,这是历史上,之前与之后在轻灵方面无人能及的两座高峰"。① 阿根廷小说家科塔萨尔甚至承认,他的那些短篇小说可以认为是游戏。但是他同时强调:"我在写它们的时候,它们绝没有什么游戏的味道。"② 另一方面,这样的小说观与传统视艺术为神圣的美学理念是大相径庭的,对相当一些艺术家而言肯定无法接受。19 世纪的一位浪漫主义文人就表示:"我不得不为我们的时代发出一声痛苦的呻吟,因为它只把艺术当作感官轻浮的游戏;而实际上,艺术乃是严肃和崇高的东西。"③

　　毫无疑问,我们能够给这句肺腑之言贴上"保守主义"的标签,但我们明白这样做并不说明什么。值得我们认真思考的是:为什么在形形色色的"艺术起源说"中,关于"艺术游戏论"的观点会最终脱颖而出,成为最经得起岁月考验的思想流传下来? 只能有一种解释:人们对艺术与游戏关系的肯定,是为了强调艺术给人的娱乐性。房龙说过:为了从其中得到乐趣,这是一切艺术的产生和发展的根源。④ 列夫·托尔斯泰也承认:艺术的萌芽毫无疑问可以从动物那里看到,这些萌芽就是游戏和娱乐。换言之,"艺术为要求成为艺术并有存在的权利,就得适合大多数劳动者的休息要求"⑤。德国先锋派戏剧家布莱希特更是坚定不移地强调:娱乐不像其他事物那样需要一种辩护。使人获得娱乐,从来就是戏剧的使命;它所

---

　　① [捷]米兰·昆德拉:《小说的艺术》,董强译,上海:上海译文出版社 2004 年版,第 20 页。

　　② [阿根廷]胡里奥·科塔萨尔:《科塔萨尔论科塔萨尔》,朱景冬译,昆明:云南人民出版社 1994 年版,第 177 页。

　　③ [德]威廉·瓦肯罗:《一个热爱艺术的修士的内心倾诉》,谷裕译,北京:生活·读书·新知三联书店 2002 年版,第 57 页。

　　④ [美]房龙:《人类的艺术》(下册),衣成信译,北京:中国和平出版社 1996 年版,第 510 页。

　　⑤ [俄]列夫·托尔斯泰:《托尔斯泰文集》(第十四卷)《文论》,陈燊译,北京:人民文学出版社 1992 年版,第 112 页。

需要的不外乎是娱乐,自然是无条件的娱乐。① 著名法国亨利·马蒂斯(1869—1954)也表示:我梦寐以求的就是一种协调、纯粹而又宁静的艺术,它就像一把舒适的安乐椅那样,对心灵起着一种抚慰的作用,使疲惫的身体得到休息。② 不言而喻,艺术的这种娱乐性对于小说而言更为突出。毛姆说过:一方面,"小说家的目的并非教育而是娱乐"。另一方面对读者而言,"阅读一部小说并不是要履行什么义务"。③ 尽管我们并不能因此而将这视为评价一部小说价值的标准。

比如,与法国小说家大仲马的《三个火枪手》相比,卡夫卡的小说在娱乐性方面就大为逊色,彼此在读者的拥有量上的差距也无法相比。但就像陀思妥耶夫斯基曾指出的,"这种情况不能作为大仲马这本家喻户晓的书是艺术顶峰的无可争辩的证明"④。但这句话不能反过来引申开去,认为只有少数所谓的"精英读者"认可的小说才是杰作。毛姆说得好:一部许多人想看、因而都去买的书,肯定比一部几乎无人想看、因而都不去买的书差,这实属蛮横无理。我们不能忘记,如今被送入圣殿的莎士比亚作品当初正是大众娱乐的产物,因为"莎士比亚所表现的是一个地地道道的世俗生活的场景"⑤。正如许多研究者已指出的那样,对这位戏剧艺术之王来说,"要是他写得最蹩脚的笑话能引得伊丽莎白女王及宫廷贵妇们开怀大笑,而他最得意的段落能使得楼座的嘘声停歇的话,他就会心满意足地回家,美美地睡上一晚"⑥。这里道出的真谛很明确:作品的娱乐性与其艺术性并不形成分庭抗礼的状况。所以,毛姆的这番反驳显得理直气壮:某些批评家竟然那么愚蠢,会因为一部书是畅销书就予以谴责。一部许多人想看、因而都去买的书,肯定比一部几乎无人想看、因而都不去买

---

① [美]托比·柯尔:《外国现代剧作家论剧作》,朱虹编译,北京:中国社会科学出版社1982年版,第87页。

② [法]杰克·弗拉姆:《马蒂斯论艺术》,欧阳英译,郑州:河南美术出版社1987年版,第24页。

③ [英]毛姆:《巨匠与杰作》,李锋译,上海:华东师范大学出版社2008年版,第8页、第19页。

④ [俄]陀思妥耶夫斯基:《陀思妥耶夫斯基论艺术》,冯增义等译,桂林:漓江出版社1988年版,第73页。

⑤ [德]卡尔·雅斯贝尔斯:《悲剧的超越》,亦春译,北京:工人出版社1988年版,第10页。

⑥ [英]威廉·赫兹列:《赫兹列散文精选》,北京:人民日报出版社1999年版,第138页。

的书差,这实属蛮横无理。①

　　正是从这个意义上,我们方能读懂尼采何以把"诗人"界定为"作为使人生变得轻松的人"②。在基督教文化传统中,这种"轻"的美学价值一直未被重视。只有在现代以来美学界才渐渐意识到,"轻是一种价值而并非缺陷"③。因为这所谓的"轻"也即"乐"。用一位诗人的话讲:"诗与快感是形影不离的。"④黎巴嫩伟大诗人纪伯伦甚至表示:如果我在"写诗的能力"和"未写成诗的欢乐"之间选择的话,我就要选那欢乐。因为"欢乐是更好的诗"。⑤ 但有个问题值得注意:现实生活中事实上存在貌合神离的两种意义的"轻":美学意义上的"不负重"和伦理方面的"不承担"。由此看来,"小说即游戏"的观点具有暧昧性:究竟是"举重若轻"还是"避重就轻"? 如果不加认真考察,结果便是"同途殊归":前者产生好小说,后者制造坏小说。进一步来看,优秀小说家的"游戏态度"常常是一种假象。从奥地利美学家汉斯立克的"音乐是游戏,但不是无意义的嬉戏"⑥说,到西班牙画家塔比亚斯的"艺术家无异于在做游戏的孩子,但游戏并不意味着'就这样'玩"⑦的观点,再到当代德国神学思想家汉斯·昆"艺术是游戏,但不只是游戏"⑧,诸如此类的说法无不提醒我们,对"小说即游戏论"的理解不能作出 Yes 或 No 式的简单判断。

---

　　① [英]威廉·毛姆:《读书随笔》,刘文荣译,上海:上海三联书店 1999 年版,第 28 页。

　　② [德]弗里德里希·尼采:《上帝死了》,戚仁译,上海:上海三联书店 1989 年版,第 155 页。

　　③ [意]埃托奥·卡尔维诺:《未来千年文学备忘录》,杨德友译,沈阳:辽宁教育出版社 1997 年版,第 1 页。

　　④ 刘若端:《十九世纪英国诗人论诗》,刘若端等译,北京:人民文学出版社 1984 年版,第 127 页。

　　⑤ [黎]哈利勒·纪伯伦:《纪伯伦诗文选》,冰心等译,北京:人民文学出版社 1999 年版,第 506 页。

　　⑥ [奥]爱德华·汉斯立克:《论音乐的美》,杨业治译,北京:人民音乐出版社 1982 年版,第 115 页。

　　⑦ [西]安·塔比亚斯:《艺术实践》,河清译,杭州:浙江摄影出版社 1988 年版,第 62 页。

　　⑧ [德]汉斯·昆:《神学与当代文艺思想》,徐非等译,上海:上海三联书店 1995 年版,第 22 页。

认为"审美经验的最终目的是审美享受"①这没有异议,但如何准确理解"艺术享受"这个关键词却让人费心。美国学者迪萨纳亚克提过一个很好的问题:如果游戏和艺术是一回事,那么为什么早期人类除了游戏活动之外又从中进一步衍生出艺术行为,并且使之随着文明的发展而不断获得进步?② 因为我们清楚,诸如社会化、娱乐、幻想愿望的实现等等,所有这些目的都能够由游戏来满足,不需要其他种类的行为来完成同样的目的。答案其实已显而易见:归根到底,艺术具有通常意义上的游戏所完全不具有的品质,提供着人类超越于游戏的需要。再好的游戏最终仍只是让人放松和休息。这就清楚地表明:"人们对游戏本能的产物所提的要求与向一部艺术作品所提的要求是不同的。"③当我们把眼光投向那些"呕心沥血"之作也就不难看到,艺术从来都意味着生命本身甚至比生命还根本的东西,我国清代学者对此多有认识。比如潘焕龙说"古人多以诗为性命",王锡伦有"以文章为性命"的提法,金忡所谓"某一生苦吟,以诗为性命"的种种说法,虽然也难免透露出人生的某种无奈,但毕竟也体现着一种"诗之所存,即精神所存也"④的生命追求。

我们早就应该明确一件事:承认优秀的艺术往往具有娱乐性是一回事,因此而把艺术与娱乐相提并论是另一回事。事实上,当我们的先人将艺术事业从娱乐活动中脱离开来时,并不意味着让艺术重返"寓教于乐"的老路。就像我们说"艺术是认识,但它并不因此而成为一种不同于'实践'活动的纯粹的'理论'活动"⑤。反之亦然,在我们强调艺术杰作的娱乐性时,同样有必要强调它与游戏之间存在着的根本差异。英国美学家柯林伍德曾经批评:"人们常常把艺术和游戏加以比较,有时甚至把它们混淆起来了。他们从未对艺术的性质多加阐明,因为这些作比较的人们不

---

①　[德]莫里茨·盖格尔:《艺术的意味》,艾彦译,北京:华夏出版社1999年版,第226页。

②　[美]埃伦·迪萨纳亚克:《审美的人》,卢晓辉译,北京:商务印书馆2004年版,第76页。

③　[德]威尔赫姆·沃林:《格抽象与移情》,王才勇译,沈阳:辽宁人民出版社1987年版,第83页。

④　蒋寅:《古典诗学的现代诠释》,北京:中华书局2003年版,第244页。

⑤　[英]乔治·柯林伍德:《艺术原理》,王至元等译,北京:中国社会科学出版社1985年版,第295页。

肯费力想一想,他们所说的游戏意指什么。"①这很有道理。如果我们能够深入地思考艺术与游戏的关系,那就不难意识到"没有哪件艺术作品纯粹是为着接受者的愉悦而存在的。真正的艺术作品总是既给人以快感,又给人以一种严肃的、思想的满足"②。由此看来这个呼吁是十分必要的:"不能把艺术误解为游戏。"③

英国学者费尔夫指出:娱乐所珍视的东西——实用性、大众性以及其刺激和逗乐受众的有效性——使它在取得统治地位时成为艺术创造力的敌人。④ 换句话说,以娱乐性为宗旨的游乐场完全不同于艺术界,"当艺术孜孜不倦地游戏时,便退化为它从中诞生的那种平凡状态"⑤。在"娱乐至死"的年代里,艺术与娱乐由过去的互惠互利的联盟关系,走向了娱乐让艺术的名存实亡。在"要娱乐不要苦恼"的普遍诉求中,诞生的是最不负责的"最愚蠢的一代",消失的是刻骨铭心的艺术体验。或许我们可以认为,诸如"如果小说只是消闲的手段,只能帮助人消磨无聊的夜晚,或冲淡铁路旅行的寂寞而不是更多,那么看小说的风气就一天也难以维持下去"⑥这个说法有些保守,但无论如何我们也无法否认:只有那种不单是供我们消遣,而更主要的是能帮助我们认识生活、解释世界的小说,才真正值得我们感兴趣。⑦ 就像昆德拉所说的:"与真正的艺术相对的是娱乐。"⑧这个深刻的洞见早已无须证明。无论人们从优秀的艺术中能够得

---

① 〔英〕乔治·柯林伍德:《艺术原理》,王至元等译,北京:中国社会科学出版社1985年版,第83页。

② 〔匈〕阿诺德·豪塞尔:《艺术社会学》,居延安译,上海:学林出版社1987年版,第137页。

③ 〔美〕萨缪尔·亚历山大:《艺术、价值与自然》,韩东辉等译,北京:华夏出版社2000年版,第33页。

④ 〔英〕R.费尔夫:《西方文化的终结》,丁万江等译,南京:江苏人民出版社2004年版,第127页。

⑤ 〔德〕阿多诺:《美学理论》,王柯平译,成都:四川人民出版社1998年版,第339页。

⑥ 刘保端等:《美国作家论文学》,刘保端等译,北京:生活·读书·新知三联书店1984年版,第148页。

⑦ 王忠琪等:《法国作家论文学》,王忠琪等译,北京:生活·读书·新知三联书店1984年版,第103页。

⑧ 〔捷〕米兰·昆德拉:《小说的艺术》,董强译,上海:上海译文出版社2004年版,第168页。

到多少娱乐，都不能成为某些人把艺术与娱乐一视同仁的理由。因为在货真价实的艺术杰作中，不仅永远存在着超越娱乐的元素，而且正是这些东西让它们成为名副其实的优秀艺术作品。

　　被认为是"后现代小说代表"之一的安贝托·艾柯曾提出这样的问题：在一个普遍认为属于"视觉文化"的时代中，为什么我们不会停止阅读小说？他的结论是：因为"正是从小说中，我们才能找到赋予自己存在的意义的普遍公式。在我们的生命里，我们总在找一个与我们的来源有关的故事，让我们知道自己如何出生，又为何活着"①。从一个"后现代艺术家"口中道出如此"前现代"的见解，这似乎有点不可思议。但如果我们再来听听另一位"后"字派的小说家的话，事情就变得更为清晰。现代小说家中，真正体现了小说的游戏品质的，是博尔赫斯。但恰恰就是这位受到像略萨这样的小说家高度评价，明确表示"如果我只能选择一个作家，那我要挑选博尔赫斯"的小说家本人，却对自己擅长的"游戏小说"的艺术价值有清醒的认识。他在与索伦蒂诺的对话中不仅表示"我已经对镜子、迷宫、此人乃彼人、时间的游戏等等感到厌倦了"，甚至还明确说出："我很怕人们不定什么时候会发觉，他们对我已经给予过多的关注，会把我当作一个笨蛋、一个骗子，或者也许是两者兼而有之。"②这话值得我们对"小说即游戏"的观点进行深思。

　　围绕"艺术享受"概念，弗洛伊德提出了他的理论解释。他提出，"精神分析学根据艺术享受这一明显作用，毫不困难地指出了隐藏着的本能释放这个源泉"③。他的关于艺术与游戏、艺术家与儿童等对比的理论实质，就在于"艺术享受与唯乐原则"的互证关系。但值得注意的是，后期的弗洛伊德思想对此作出了某些修正。他承认：能够发现在人的生命深处，"有某些超越唯乐原则的倾向在起作用，也就是说，有某些比唯乐原则更基本，而且不依赖于唯乐原则的倾向在起作用。"④它的意思当然并非是对

---

　　①　［意］安贝托·艾柯：《悠悠小说林》，俞冰夏译，北京：生活·读书·新知三联书店 2005 年版，第 149 页。

　　②　［阿根廷］博尔赫斯等：《博尔赫斯七席谈》，林一安译，北京：光明日报出版社 2000 年版，第 173 页。

　　③　［奥］西格蒙德·弗洛伊德：《弗洛伊德论美文选》，裘小龙译，上海：知识出版社 1987 年版，第 139 页。

　　④　［奥］西格蒙德·弗洛伊德：《弗洛伊德后期著作选》，陈伟奇译，上海：上海译文出版社 1986 年版，第 16 页。

唯乐原则的全部否定,而是指作为理性生命现象的人类,对于快乐的理解有着较一般生命体更深刻的方面。不同于"日常生活中的悲哀是受苦,文艺中的悲哀是享乐。愈易使我们流泪的文艺,我们愈愿意去亲近它"①。桑塔格说:"只要我们既热爱严肃性,又热爱生活,那我们就会为严肃性所感动,为它所滋养。"②古人曰:"诗者,人心之乐也。"③艺术享受属于审美体验,但这意味着这样的享受"已经不再是令人愉悦的感官快感,而变为一种最充分、最深刻的体验"④。

唯其如此,美学家中有人提议,以"满足感"(gratification)来代替"快感"(pleasure)和"享受"(enjoyment)⑤,更能澄清人们在欣赏优秀艺术所拥有的体验的实质。这未尝没有道理。这不仅是因为无论如何,只有"当艺术衰落了,人们对真正的高雅文化失去欣赏趣味时,娱乐便会繁荣"⑥,而且也体现于心理方面,"在具有意味的艺术作品之中,激发感官享受的东西显现为某种精神性的东西"⑦。问题的症结就在于:不能一说到"娱乐"和"愉悦"这类概念时,立刻就同感官感受联系起来。比如在谈到那些现代电影的高科技效果时,好莱坞著名剧本理论家罗伯特·麦基指出:"持久的娱乐只有在蕴藏于影像之下的人生真谛中才能找到。"尽管电影中许多令人目眩的壮观场面确实能引发马戏团般的兴奋,但这就像游乐园的过山车一样,其愉悦只能是短暂的。为此他强调:电影创作的历史已经反复证明,新鲜惊险的感官刺激在风靡一时之后,很快便会沦为明日黄

---

① 朱自清:《朱自清散文》,北京:中国广播电视出版社 1994 年版,第 345 页。

② [美]苏珊·桑塔格:《反对阐释》,程巍译,上海:上海译文出版社 2003 年版,第 58 页。

③ 北京大学哲学系:《中国美学史资料选编》(下册),北京:中华书局 1981 年版,第 51 页。

④ [奥]安东·埃伦茨维希:《艺术视听觉心理分析》,肖聿等译,北京:中国人民大学出版社 1989 年版,第 149 页。

⑤ [美]拉尔夫·史密斯:《艺术感觉与美育》,滕守尧译,成都:四川人民出版社 2000 年版,第 44 页。

⑥ [英]费尔夫:《西方文化的终结》,丁万江等译,南京:江苏人民出版社 2004 年版,第 124 页。

⑦ [德]阿多诺:《美学理论》,王柯平译,成都:四川人民出版社 1998 年版,第 25 页。

花而受到冷遇。[①] 有什么逻辑能反驳这样厚实的经验之谈？

所以在某种意义上，这样的观点是成立的："一切真正伟大的诗人有权对我们这些门外汉说：'你们喜欢我与否，跟我有什么相干？'"[②]即使是"先天"的具有大众性和世俗性的小说，虽有必要顾及小说读者阅读期待中对娱乐与消遣的正当需要；但对于真正优秀的小说家而言，并不存在"迎合"读者的义务，不能向"市场化"俯首称臣。这与"精英主义"无关，只同小说作为"语言艺术"的质量有关。

7. 小说即悲伤论

有句话说得好：幽默是失去了实体重量感的喜剧，忧伤是添加了轻松感的悲哀。后者作为一个美学命题早已得到认可。沈从文以他的一部《边城》，让他的"美丽总是愁人的"这句名言传遍天下。但"悲伤"已不仅仅是忧愁，它无疑要显得更为沉重。以艺术化来形容，让人想到来自雪山下大漠边的苍茫悲凉的马头琴声。这种格调无疑可以属于以英雄为主角的悲剧和史诗、以神恩为主导的音乐和绘画，难道从市井文化中诞生的小说也同样能拥有这样一份审美品质吗？至少，2011 年 12 月 21 日在其出生地（浙江桐乡乌镇）去世的木心先生是这样认为的。坊间一度流传他离世前不久的这段语录：文学是胡闹，文学是游戏，文学是悲伤。而用他自己在纽约"文学最后一课"里的话说："我是怀着悲伤的眼光，看着不知悲伤的事物。"[③]按照木心先生的心意，我们来认真对待这个观点。

乍看起来，这个观点与第一个"小说即幽默论"似乎冲突，但其实不然。我们往往会意识到生活世界的复杂性，但却忽略了复杂性之所以为"复杂"，就在于它既包含着某种逻辑一致性，同时也包含着亚逻辑性和非逻辑性。换句话说，现实和思想既包含着逻辑又超出了逻辑，既遵守逻辑又违背逻辑。[④] 所以帕斯卡尔的这番话就显得无比精辟：矛盾不是错误

---

① ［美］罗伯特·麦基：《故事：银幕剧作的原理》，周铁东译，北京：中国电影出版社 2001 年版，第 30 页。

② ［俄］屠格涅夫：《散文诗·文论》，巴金等译，北京：人民文学出版社 1993 年版，第 169 页。

③ 木心：《文学回忆录：1989—1994》，桂林：广西师范大学出版社 2013 年版，第 1072 页。

④ ［法］埃德加·莫兰：《方法：思想观念》，秦海鹰译，北京：北京大学出版社 2002 年版，第 211 页。

的标志,不矛盾也不是真理的标志。① 比如喜欢广泛阅读的毛姆早就注意到,伟大的俄国短篇小说家契诃夫的作品有个看似奇怪的特点:他的叙述风格向来以幽默闻名,但不知什么原因,"他的幽默读来常是那样的痛苦"②。这说明,幽默其实常常是悲伤的"化装",就像悲伤有时会表现为幽默。但从表面上讲,这个观点似乎比"小说即幽默论"更贴近小说艺术的本质。

悲伤感的产生首先在于人类生命的短暂性。比如李叔同这首脍炙人口的歌词:"长亭外,古道边,芳草碧连天。晚风拂柳笛声残,夕阳山外山/天之涯,地之角,知交半零落。一斛浊酒尽余欢,今宵别梦寒。"这样的词句何以总能让我们产生共鸣?这样的歌声何以总能让我们情不自禁?原因就在于我们明白:短暂是生命最直接的标志。一代才子最终成了"弘一法师",其中因缘在此暂不讨论,但透过这首让人过耳难忘的歌词,我们不难体会到李叔同的生命意识的自觉与深刻。所谓"死乃生所必需,有死才有生的天地"③。用波兰人文学者柯拉柯夫斯基的话说:"死即一切。人类个体不可避免的消亡在我们看来是生存的终极失败。"④但仅仅这样理解问题还是不够的。关键在于:这与人类无法"返老还童",也不能"长生不老"无关,而是关系到人生意义。心理学家告诉我们:死亡与其说是毁灭生命,不如说是给生命带来了意义。假如生命是无限的,人就会把一切事情都往后推延,我们也就不需要去活动、去工作、去创造。⑤ 哲学家波普尔的话讲得更明确:如果生命不会完结,生命就会没有价值。⑥

① 〔法〕阿尔贝·雅卡尔:《献给非哲学家的小哲学》,周冉译,桂林:广西师范大学出版社2001年版,第194页。

② 吕同六:《20世纪世界小说理论经典》(上卷),朱光潜等译,北京:华夏出版社1995年版,第257页。

③ 〔俄〕维·什克洛夫斯基:《散文理论》,刘宗次译,南昌:百花洲文艺出版社1994年版,第369页。

④ 〔波〕柯拉柯夫斯基:《宗教:如果没有上帝》,杨德友译,北京:生活·读书·新知三联书店1997年版,第147页。

⑤ 〔美〕马斯洛:《人的潜能和价值》,林方等编译,北京:华夏出版社1987年版,第238页。

⑥ 〔美〕卡尔·波普尔:《通过知识获得解放》,范景中译,杭州:中国美术学院出版社1996年版,第406页。

所以法国小说家普鲁斯特提出了"小说是时间心理学"①的诗学命题。时间是流动的。就像每逢大水必观的孔子所说:逝者如斯夫。但时间的这种流动性有个特点:更多的是指向过去而非未来。所谓"故事"就是曾经发生的事。这应该符合创作了《追忆逝去年华》的普鲁斯特的本意。由此看来,以"时间心理学"为背景的"小说即悲伤论",也就是"小说即回忆论"。美学家马尔库塞曾经提出,"艺术在其最基本的层次上就是回忆:它欲求达到一种前概念的经验和理解"②。类似的见解同样属于许多优秀小说家的心得。比如小说家汪曾祺就曾明确提出"小说就是回忆"的论点。在他看来,作家创作时"必须把热腾腾的生活熟悉得像童年往事"③,让感情经过反复沉淀,这样才能创作出优秀作品。还有俄国作家契诃夫,他在回复一位编辑的约稿的信里写道:"您在一封信里表明一种愿望,要我就地取材写一篇外国小说寄给您。这样的小说我只能在回到俄罗斯以后凭回忆才写得出来。我只会凭回忆写东西,从来也没有直接从外界取材而写出东西来。我得让我的记忆像过滤器那样只留下重要的或者典型的东西。"④这与 1957 年诺贝尔文学奖获得者、法国小说家加缪的看法如出一辙。他明确表示:小说是一种为怀念的情感服务的智力实践。⑤

从心理学方面讲,存在着两种回忆:自觉的回忆和不自觉的回忆。自觉的回忆属于一种理智和眼睛的回忆,它向我们呈现的只是过去发生的一些表面的而且往往并不准确的主观现象。但除此之外还存在一种"被唤醒的记忆"。它通常是在不同的环境中,因再次体验到曾经熟悉的一种嗅觉和一种味觉,或者一种似曾相识的场景,而在我们身上不由分说地让某种"往日情怀"再度发生。这种被唤醒的过去,与由通过我们自己掌控的自觉的回

① [法]马塞尔·普鲁斯特:《普鲁斯特随笔集》,张小鲁译,深圳:海天出版社1993 年版,第 239 页。

② [美]赫伯特·马尔库塞:《审美之维》,李小兵译,北京:生活·读书·新知三联书店 1989 年版,第 171 页。

③ 汪曾祺:《汪曾祺文集》(文论卷),南京:江苏文艺出版社 1993 年版,第 67页。

④ [俄]安东·契诃夫:《契诃夫论文学》,汝龙译,合肥:安徽文艺出版社 1997年版,第 225 页。

⑤ [法]阿尔勃特·加缪:《置身于苦难与阳光之间》,杜小真译,上海:上海三联书店 1996 年版,第 166 页。

忆的过去截然不同。① 不难发现,被普鲁斯特确认为"不自觉回忆"的这种现象,构成了"艺术家的怀念"的基础。这在艺术实践中具有举足轻重的意义。小说家略萨说过:"对作家来说,怀念是个很重要的东西。"②1982 年度诺贝尔文学奖获得者马尔克斯同样表示:"怀旧是文学灵感。"③与受理智支配的自觉回忆不同,怀念属于"情感记忆",它以无意识的方式体现了一种价值筛选,是储存我们个体生命体验的密室。所以别尔嘉耶夫认为:"回忆进行了选择,回忆不是消极地参观过去。"关于"过去了的美好事物"的回忆当然不是"过去的实际经验"的如实重现,它是属于现在的、经过了改造的、因而往往显得比曾经发生过的更美好。④ 问题不在于时间的流逝而产生的记忆的模糊,而是因为这样的回忆往往与我们的青春岁月相伴,属于"童年记忆"。

所以当代法国学者布朗肖写道:"回忆把我从以别种方式将我召回去的东西中解放出来,它赋予我自由地召唤它并按我现在的意愿拥有它的那种手段,从而使我获得解放。回忆是对过去的自由。"⑤换句话说,"在岁月老去时,童年的回忆使我们具有细腻的感情"⑥。这种情感虽然属于每一个拥有生命意识的人,但它对于小说家更加珍贵。汪曾祺甚至认为,一个人能不能成为作家,童年生活是起决定性作用的。⑦ 用法国诗人让·福兰在一首诗中所说:"在他那永恒的/童年的原野/诗人独自流连/不愿忘记任何点滴。"⑧由此看来,"小说即悲伤论"就是"小说是怀念论"。经验表

---

① [法]马塞尔·普鲁斯特:《普鲁斯特随笔集》,张小鲁译,深圳:海天出版社1993 年版,第 241 页。

② [秘]巴尔加斯·略萨:《谎言中的真实》,赵德明译,昆明:云南人民出版社1997 年版,第 55 页。

③ [哥伦比亚]加西亚·马尔克斯:《两百年的孤独》,朱景冬等译,昆明:云南人民出版社1997 年版,第 275 页。

④ [俄]尼·别尔嘉耶夫:《自我认识》,雷永生译,上海:上海三联书店 1997 年版,第 275 页。

⑤ [法]莫里斯·布朗肖:《文学空间》,顾嘉琛译,北京:商务印书馆 2003 年版,第 12 页。

⑥ [法]加斯东·巴什拉:《梦想的诗学》,刘自强译,北京:生活·读书·新知三联书店 1996 年版,第 146 页。

⑦ 汪曾祺:《汪曾祺文集》(文论卷),南京:江苏文艺出版社 1993 年版,第114 页。

⑧ [法]加斯东·巴什拉:《梦想的诗学》,刘自强译,北京:生活·读书·新知三联书店 1996 年版,第 138 页。

明,对美好事物的回忆也就是通常所说的"怀旧",它总是会与一种难以言说的悲伤相关联。在汪曾祺看来,这就是沈从文小说《边城》的魅力所在。因为"《边城》是一个怀旧的作品,一种带着痛惜情绪的怀旧"。正是这样的情绪让《边城》这部小说成为一个温暖的作品,"但是后面隐伏着作者的很深的悲剧感"①。不过必须补充的是,这种悲剧感除了来自生命意识本身,还来自对这个由人类自己创造的这个现实世界的绝望。德国著名哲学家雅斯贝尔斯有句名言:悲剧是真实的。② 这是什么意思?

我们都明白,"大多数人是为了消遣娱乐读小说,并不是为了把握小说或者访问作者"③。但这并不意味着优秀的小说家是抱着同样的态度从事他们的创作。相反,优秀的小说家之所以优秀,就在于他们总是像西西弗斯那样,在做着"明知不可为而为之"的事,试图创造一个让人性得到充分实现的"可能世界"。但现实是残酷的。就像马尔库塞所强调的:"假如艺术要承诺善最终必将战胜恶,那么,这个诺言就会被历史的真理所驳回。"因为事实上任何一个明白人都清楚:"现实中的胜利者是恶,并且,善良不过是人们可能在那里找到短暂避难所的孤岛。"④悲剧之根由此而深深地植入了人类的历史。用雅斯贝尔斯的话说:回顾既往我们看到,历史是如何被悲剧人物的诞生拦腰截断。真正的悲剧知识能让我们领悟到,"即便拥有表面上的成功与安全,在他最后最内在的堡垒中,人仍旧被抛弃到无底的深渊"。悲剧意识不仅反映了人在自然之维的"存在之真",同样也代表人类存在的"终极不和谐"。⑤ 西班牙电影家布努艾尔曾经感叹:"我看到一个往日的梦在自己的眼前变为现实,可它带给我的却是悲哀。"⑥这不仅仅是"理想与现实的差距"问题,而是理想作为人类终极目标

---

① 汪曾祺:《汪曾祺文集》(文论卷),南京:江苏文艺出版社 1993 年版,第100 页。

② [德]卡尔·雅斯贝尔斯:《悲剧的超越》,亦春译,北京:工人出版社 1988 年版,第 102 页。

③ 崔道怡等:《"冰山"理论:对话与潜对话》(上册),刘保瑞等译,北京:工人出版社 1987 年版,第 165 页。

④ [德]赫伯特·马尔库塞:《审美之维》,李小兵译,北京:生活·读书·新知三联书店 1989 年版,第 239 页。

⑤ [德]卡尔·雅斯贝尔斯:《悲剧的超越》,亦春译,北京:工人出版社 1988 年版,第 11 页,第 30 页。

⑥ [西]路易斯·布努艾尔:《我最后的叹息》,傅郁辰译,北京:中国广播电视出版社 1992 年版,第 162 页。

的不可实现性。一方面,"人的确不能不追求完美,即不能不向往上帝之国"①;但另一方面,没有"人"能够拥有这样的国度。这才是让人为之无奈的所在。

普鲁斯特写道:在现实世界中"没几个人是真正充满善意的,明白这一点让我深感悲哀"。② 在维特根斯坦的《战地笔记:1914—1917》中我们经常能读到类似这样意思的句子:"不得不持续地抗拒人们的卑鄙",或者"不要对人们生气,他们是一群空虚的无赖"等等。③ 用"精英主义立场"来进行指责,无疑是最肤浅的。美国学者麦克唐纳从现代经济活动里归纳出:在文化流通中和货币一样,似乎也存在着格雷欣法则:低劣的东西驱逐了优秀的东西,因为前者更容易被理解和令人愉悦。④ 事实正是如此。莎士比亚名剧《哈姆莱特》第 2 幕第 2 场有句曾震惊四座的台词:"在这世上,一万个人中间只不过有一个老实人。"其实只是道出了一个只有上帝才能解密的真理。小说家毛姆说得好:"只要人是人,他必须准备面对他所能忍受的一切邪恶和祸患",因为"恶的存在无从解释,它只能被看作是宇宙秩序不可缺少的一部分。无视它是幼稚的,悲叹也是徒然"。⑤ 康德早就说过:"当我们看到人类在世界的大舞台上表现出来的所作所为,我们就无法抑制自己的某种厌恶之情;而且尽管在个别人的身上随处都闪烁着智慧,可是我们却发现,就其全体而论,一切归根到底都是由愚蠢、幼稚的虚荣,甚至还往往是由幼稚的罪恶和毁灭欲所交织成的。"⑥

或许悲伤的最大根源,是人类对自身永远无法克服的内在人性冲突的自觉。作为人,我们无法不向往美好;但也正因作为人,我们只能让这种向往停留在无限的未来,比如美好的爱情。毛姆有句十分深刻的话:

---

① [俄]别尔嘉耶夫:《人的奴役与自由》,徐黎明译,贵阳:贵州人民出版社1994 年版,第 182 页。

② [英]阿兰·德波顿:《拥抱逝去年华》,余斌译,上海:上海译文出版社 2004年版,第 119 页。

③ [奥]维特根斯坦:《战地笔记:1914—1917》,韩林合译,北京:商务印书馆2005 年版,第 205 页、第 210 页。

④ 转引自《文学评论》1995 年第 2 期,第 101 页。

⑤ [英]毛姆:《毛姆随想录》,俞亢咏译,天津:百花文艺出版社 1992 年版,第50 页。

⑥ [德]康德:《历史理性批判文集》,何兆武译,北京:商务印书馆 1990 年版,第 6 页。

"人生最大的悲哀不是人会消亡,而是他们会终止相爱。"①虽然听起来残酷,但却是事实。风流一生的"公牛"毕加索曾说过:在爱情上,拆散一对恋人固然是难事,但不管是多么美满的一对情侣,若是老让他们厮守在一起,恐怕更是难事。②事情正是这样:"不论为社会、道德、美学、亲子、宗教甚至神秘的理由,我们都可能选择终生与同一伴侣共住,但我们的本能却会不停地向我们唠叨,再没有比找到新欢更刺激的事了。"③这大概就是人乃世俗化动物的本性所致。所以再进一步看,"小说即悲伤论"就是"小说是怀念论"和"小说即苦难论"。德国美学家阿多诺提出过一个诗学命题:"艺术作为表现苦难的语言。"④这种苦难首先意味着"存在"本身就并不是一件容易的事。从不可预测的天灾人祸到难以避免的生离死别,在某种意义上,人生本身就是佛教所说的对苦难的承受。唐代诗人王维《叹白发》诗中写道:"一生几许伤心事,不向空门何处销。"但问题恰恰在于,佛门的清凉世界也只是一种想象。清代才子袁枚《随园诗话》中引用南宋诗人杨万里的诗文:"袈裟未着嫌多事,着了袈裟事更多。"这才是经验之谈。

但小说与悲伤的关系还有一个奇妙的特点:美的呈现。对审美价值的追求是一切艺术形式的共性,小说家当然不例外。昆德拉甚至认为:小说所发现的存在的所有方面,它都是作为美去发现的。⑤这个观点是深刻的。但随之而来的问题是:小说家如何以自己的方式去呈现美呢?对悲伤的如实展示无疑是一条路径。用汪曾祺的话讲:"我觉得,悲哀是美的。"⑥凡·高的传记中道出了一个有关绘画艺术的奥秘:过着心满意足的日子的人不能入画。这个道理反过来也成立:苦难具有独特的审美价值。著名的匈牙利电影人巴拉兹曾指出:卓别林所塑造的那个冒失而善良的流浪汉的魅力,让人们发现了"一种忧伤的受难的美"的特殊价值。

---

① [英]毛姆:《毛姆随想录》,俞亢咏译,天津:百花文艺出版社 1992 年版,第68 页。

② [美]拉波特:《画布上的泪滴》,纪棠译,北京:生活·读书·新知三联书店 1989 年版,第146 页。

③ [美]艾黛:《感觉之美》,北京:民族出版社 1999 年版,第311 页。

④ [德]阿多诺:《美学理论》,王柯平译,成都:四川人民出版社 1998 年版,第33 页。

⑤ [捷]米兰·昆德拉:《小说的艺术》,董强译,上海:上海译文出版社 2004 年版,第166 页。

⑥ 汪曾祺:《汪曾祺文集》(文论卷),南京:江苏文艺出版社 1993 年版,第210 页。

同样说明问题的还有一代女星格丽泰·嘉宝。巴拉兹指出,只有美貌不可能如此流芳百世。"不论面部的线条如何美,如果它布满欢乐的笑容,如果它在我们这样一个世界里能够是开朗愉快的,那么它一定是属于那种缺乏高尚情操的人的脸。"在他看来,作为与众不同的绝代佳人,"嘉宝的美是一种向今天的世界表示反抗的美。"①这就是空前绝后的格丽泰·嘉宝的成功奥秘。它让人想起尼采的一句比喻:痛苦使母鸡和诗人咯咯。② 用费尔巴哈的话说:"痛苦是诗歌的源泉。"③苦水必须吐出来,"艺术家不由自主地拿起琴弹起来,为的是吐露自己的痛苦,他倾听自己的痛苦,并且把自己的痛苦对象化,以此来消散自己的痛苦"④。所谓"一切伟大的文艺都是于悲哀这种土壤中得到它的根源"⑤,就是这个意思。

　　这让我们能够理解诗人聂鲁达对他的同行保罗·艾吕雅的这番评价:"他总是在心灵中为悲哀保留一个宁静的角落。"⑥所以,当诗人瓦莱里说,"美的定义是容易的:它是让人绝望的东西"⑦,他其实也是给"小说即悲伤论"提供一种注解。卡莱尔写道:思想难道不是痛苦的女儿吗?⑧ 从艺术创造方面讲,苦难对于艺术的意义在于成为思想之树的土壤,而不是充当博得怜悯的资本。从艺术的"接受之维"来看,苦难对于艺术的负面作用和消极效应就更加明显。加缪说得好:幸运的人同样也读小说,而且极度痛苦往往

　　① [匈]贝拉·巴拉兹:《电影美学》,何力译,北京:中国电影出版社1979年版,第307页。

　　② [德]尼采:《悲剧的诞生》,周国平译,北京:生活·读书·新知三联书店1986年版,第269页。

　　③ [德]费尔巴哈:《费尔巴哈哲学著作选集》(上卷),北京大学哲学系编译,北京:生活·读书·新知三联书店1962年版,第106页。

　　④ [德]费尔巴哈:《费尔巴哈哲学著作选集》(下卷),北京大学哲学系编译,北京:生活·读书·新知三联书店1962年版,第154页。

　　⑤ 吕俊华:《艺术创作与变态心理学》,北京:生活·读书·新知三联书店1987年版,第10页。

　　⑥ [秘]巴勃罗·聂鲁达:《回首话沧桑》,林光译,上海:知识出版社1993年版,第341页。

　　⑦ [法]保罗·瓦莱里:《文艺杂谈》,段映虹译,天津:百花洲文艺出版社2002年版,第200页。

　　⑧ [英]托马斯·卡莱尔:《英雄和英雄崇拜》,张峰等译,上海:上海三联书店1988年版,第149页。

会使人丧失阅读兴趣。[①] 但我们也由此可见，"小说即悲伤论"的意义，归根到底取决于其美学价值。而实现这种价值的关键不在于对由苦难引起的悲伤的赞叹，恰恰相反而在于对苦难的超越。什克洛夫斯基在评论荷马《伊利亚特》时说过一个值得注意的见解：这首史诗的本质是一种隐匿的悲哀，它最深刻的思想并没能得到很好的表达；因为"这位最伟大的人物是如此悲伤，他甚至都不想告诉我们，他究竟知道什么"。[②]

这句话未必是对荷马史诗的准确揭示，但它的确歪打正着地揭示了一个深刻的诗学法则：小说家表现悲伤不是目的，而是呈现幸福的手段。由此我们能够看到"艺术的欢乐"与"艺术的娱乐"之间的根本区别。世间的娱乐很多，但"唯有艺术能化苦难为欢乐"[③]，而这才是"小说即悲伤论"的实质。用苏珊·桑塔格的话说：美学应予以高度评价的，是受难带来的精神上的价值和好处，一位真正的艺术家应该成为受难者的典范，因为"作为一个人，他受难；而作为一个作家，他把苦难转化成了艺术"。这里的关键在于能否利用其"职业性途径"而"使他的苦难升华"[④]。所以不是"苦难诗学"而是"欢乐美学"，才是我们准确把握"小说即悲伤论"的要点。普鲁斯特说得好："当我们合拢一本甚至是伤心的优秀小说时，仍然感到非常幸福。"[⑤]这是作为语言艺术的小说本体论的根本。因为归根到底我们都不能忘记：生活是严肃的，而艺术是欢乐的。美感对于小说的意义在于："美丽的东西恰恰就是带来幸福的东西。"[⑥]一个有说服力的例子就是帕斯捷尔纳克的《日瓦戈医生》。在这样一部堪称伟大的小说中，悲伤是必然的也是自明的。

法国小说家杜拉斯写过：或许有一天，再也不会有任何东西可写，再

① ［法］阿尔勃特·加缪：《置身于苦难与阳光之间》，杜小真译，上海：上海三联书店1996年版，第158页。

② ［俄］维·什克洛夫斯基：《散文理论》，刘宗次译，南昌：百花洲文艺出版社1994年版，第320页。

③ ［德］尼采：《悲剧的诞生》，周国平译，北京：生活·读书·新知三联书店1986年版，第179页。

④ ［美］苏珊·桑塔格：《反对阐释》，程巍译，上海：上海译文出版社2003年版，第49页。

⑤ ［法］马塞尔·普鲁斯特：《普鲁斯特随笔集》，张小鲁译，深圳：海天出版社1993年版，第100页。

⑥ ［奥］维特根斯坦：《战地笔记：1914—1917》，韩林合译，北京：商务印书馆2005年版，第244页。

也不会有任何东西可读,余下的只有"那无法解释的生命"。① 生命本身的秘密无须解释,但为什么一部优秀的小说在让我们为之悲情难抑之际却能体验到一种幸福,这个疑惑无法轻轻放过。让我们从歌德的这句格言入手吧:彩虹固然美丽,但"长达一刻钟之久的彩虹就不再有人看它了"。② 这并不是说,一刻钟之后的彩虹就不再美丽,它只是失去了神奇,成了司空见惯的一种日常生活。这蕴涵着"生活辩证法"。众所周知,荷兰画家凡·高的一生过得十分痛苦。但当后人为这位伟大画家的作品所征服时,常常忘记一个问题:"这位画家的令人悲痛的命运中较黑暗的一面反映在他晚期的作品中,在此期间,他的绘画不断地日益明亮,取得了差不多决然的光辉,这一事实的重要意义何在?"③这个秘密中蕴涵着"伟大艺术与生命体验"的关系,透过它我们能领悟"小说即悲伤论"的道理。我们悲伤是因为在情感上无法放手,比如亲人至爱的离去;我们从中体验到一种幸福,是因为领悟到生命的真谛。人生的意义与肉身的存在虽然两者我们都需要,但却常常不能相容。

当我们深刻地懂得这个道理,虽然我们仍无法从感情上立刻释然,但却能够在时间的帮助下在理智上逐渐走向坦然。用小说家亨利·米勒的话说:除了探求生命的真谛以外,艺术对人类没有其他教育意义。④ 这是那些作为语言艺术的小说杰作之所以为杰作的原因,它使得每个品尝到其无可比拟的魅力的人们,无法不对之表示深深敬意的原因。

第四节　从人学说到故事论

8. 小说即人学论

这个见解的历史渊源更为悠久。只是在不同的小说家那里,呈现出

---

① [法]玛格丽特·杜拉斯:《写作》,曹德明译,沈阳:春风文艺出版社 2000 年版,第 58 页。

② [德]歌德:《歌德的格言和感想集》,程代熙等译,北京:中国社会科学出版社 1982 年版,第 22 页。

③ [荷]博戈米拉·韦尔施:《凡·高论》,刘明毅译,上海:上海人民美术出版社 1993 年版,第 122 页。

④ [英]A.C.格雷林:《生活、性与思想》,刘川等译,西安:陕西师范大学出版社 2004 年版,第 179 页。

不同的表达方式而已。古巴小说家阿莱霍·卡彭铁尔这样写道:"在我看来,小说之所以成为小说是因为它超越了故事,变成了研究人的工具。"①美国女作家多萝西娅·布兰德讲得更详尽:"小说给很多读者提供了他们所了解到的唯一的人生哲学;小说给他们建立了伦理观、社会准则和物质标准;小说肯定了他们的偏见或开放了他们的头脑,使他们能够接纳一个更广阔的世界。"②事实上我们能从许多优秀小说家那里,听到对这类观点的回应。比如弗吉尼亚·伍尔夫这段让人耳熟能详的话:"我相信,所有的小说都是从描写对面角落里的一位老太太开始的。"③如果不作认真推敲和仔细分析,你很难明白这位特立独行的女作家究竟想说什么。倘若较起真来,显然并非"所有的小说"都像伍尔夫所说的那样,会对一个角落里的老太太产生兴趣。恰恰相反,让大多数小说家感兴趣的是更"好玩"的事,比如有英雄气概和明星气质的男女等等。

类似的例子还有玛格丽特·杜拉斯的这段话:"文学写作就是对每本书、对每个作家、对每个作家的每本书提出一个问题。"④句子一目了然,字里行间似乎也毫无秘密。但就这样把小说当作一个工具,这似乎还需要作些进一步的解释。罗兰·巴特说过一句话:小说家不给人提供答案,他只是提出问题。⑤似乎和伍尔夫的这句话一样,杜拉斯的话制造了一个"简单平白"的假象。两句话一个意思:真正的小说家和写小说的人的差异就在于,前者"研究人类"而后者"迎合读者"。因此前一种小说是真正的艺术创造,而一类小说则是文化消费读物。小说家亨利·詹姆斯认为:一部小说之所以存在,其唯一的理由就是它确实试图表现生活。⑥普鲁斯特表示:一位艺术家给我们带来的乐趣就是让我们多了解一个天地,作品

---

① [古巴]阿莱霍·卡彭铁尔:《小说是一种需要》,陈众议译,昆明:云南人民出版社1995年版,第75页。

② [美]多萝西娅·布兰德:《成为作家》,刁克利译,北京:中国人民大学出版社2012年版,第1页。

③ [英]弗吉尼亚·伍尔夫:《论小说与小说家》,瞿世镜译,上海:上海译文出版社1986年版,第187页。

④ [法]玛格丽特·杜拉斯:《写作》,曹德明译,沈阳:春风文艺出版社2000年版,第57页。

⑤ 崔道怡等:《"冰山"理论:对话与潜对话》(下册),林骧华等译,北京:工人出版社1987年版,第525页。

⑥ [美]亨利·詹姆斯:《小说的艺术》,朱雯等译,上海:上海译文出版社2001年版,第5页。

针对的是我们的生活，它要触及的是我们的生活。[①] 而用诺贝尔文学奖得主福克纳的话说："艺术家的宗旨无非是要用艺术的手段把生活抓住。"[②] 在这三位优秀小说家的话中有共同的关键词"生活"，不约而同地都强调了"小说与生活"的关系；但关于这个词以及由它所触及的小说与生活的解释，都显得语焉不详。

但它留给我们这样的思考，清代诗人赵翼有一联脍炙人口的诗句：国家不幸诗家幸，赋到沧桑句便工。[③] 离开了所谓的世态炎凉和人生沧桑，"生活"又是什么？而离开了生活世界中的主体"人"，又何来"沧桑"与"炎凉"的感叹？由此看来，"小说即人学论"也就是"小说即人生论"。用曹雪芹《红楼梦》里的一句话："世事洞明皆学问，人情练达皆文章。"但这样的讲法显然又因过于宽泛而不具有意义。我们听说过"文学是人学"，我们也可以说"艺术是人学"。印象派画家高更一幅名作的题目就是《我是谁，我从哪里来，我到哪里去》。被公认为 20 世纪最杰出的小提琴家梅纽因在书中也曾强调："音乐之所以生存并呼吸，就是为了昭示我们：我们是谁？我们面对什么？在巴赫、莫扎特、舒伯特等人的音乐中，存在着一条介于我们自己与无限之间的通道。"[④] 所有这些说法都能够成立。但相比而言，美国麻省理工学院语言学家乔姆斯基的这番话更为中肯：我们对人类生活、对人的个性的认识，可能更多的是来自于小说，而不是科学的心理学。[⑤] 这也就是小说固然离不开故事，但更离不开故事中的人物的原因。

或许我们可以换一种说法，把这个问题讲得相对清楚些。对人的认识的根本，在于进入其内心世界。而在这方面，以文字为媒介的小说相对占有更大的优势。用苏联著名作家伊里亚·爱伦堡的话说：有一个领域，

---

① ［法］马塞尔·普鲁斯特：《普鲁斯特随笔集》，张小鲁译，深圳：海天出版社1993 年版，第 133 页。

② 崔道怡等：《"冰山"理论：对话与潜对话》（下册），林骧华等译，北京：工人出版社 1987 年版，第 107 页。

③ 胡忆尚选注：《赵翼诗选》，郑州：中州古籍出版社 1985 年版，第 162 页。

④ ［美］耶胡迪·梅纽因：《人类的音乐》，冷杉译，北京：人民文学出版社 2003年版，第 136 页。

⑤ ［美］霍根：《科学的终结》，孙雍君译，呼和浩特：远方出版社 1997 年版，第221 页。

小说家要比他的同胞和同时代人理解得透彻些，那就是人的内心世界。[①]
不妨继续用电影作比较："电影摄影机只能展现事物的外部，这些东西人
们都能看得见；可印刷作品能够探索人类心灵，那是一个看不见的未知领
域。"[②]不妨举个例子，比如普希金诗体小说《叶夫根尼·奥涅金》。对于这
部小说，长期来阐释不尽的唯有一点：在作品结尾处，女主人公达吉雅娜
为什么要拒绝不仅是自己初恋对象，而且也是心中永远的爱人的男主角
奥涅金的爱情？

　　小说的故事十分简单：从小在法国籍家庭教师的教育下成长起来的
贵族青年奥涅金，以他流畅的法语、潇洒的举止、风趣机智的谈吐出入于
上流社会圈子，在舞会、宴席、剧院等场所周旋自如，成为让人侧目的社交
宠儿。但事实上他的这些所作所为不过是"逢场作戏"的表演，他所受的
教育让他对这一切肤浅的人生游戏早已深感厌倦与冷漠。作者对这位在
精神世界里"患上了不治之症"人物，给予了"性格超群，头脑清静，智慧过
人"三个词的评价，喜爱之情溢于笔下。为继承病故伯父的遗产，奥涅金
来到乡村，成为庄园的年轻主人。期间遇到刚从国外回来、只有 18 岁的
诗人地主连斯基。后者爱上了邻近的拉林庄园的长女奥丽嘉，奥涅金在
陪同连斯基到拉林庄园时初次与奥丽嘉的妹妹达吉雅娜相识。由于酷爱
读书，达吉雅娜与其拥有漂亮美貌的姐姐完全不同，是一位有着丰富内心
情感和独立思想的姑娘。这些精神素质让她清楚地"穿透"了"言行不一"
的奥涅金身上与众不同的品质，并因此而对他情有独钟。

　　但当达吉雅娜在奶娘的支持下，勇敢地主动写信向奥涅金表白后，却
遇到意想不到的结果。奥涅金把责任揽在自己身上，以"我不值得你爱"
为由委婉客气地拒绝了她的纯洁之情。在经历了种种风波之后，奥涅金
离开了庄园四处闲荡。而达吉雅娜经不住爱的思恋，几次进入人去房空
的奥涅金的书房，阅读他读过的书籍，在真正认识和理解了奥涅金的内心
世界的同时，既加深了她对他的爱情，也通过汲取他留下的精神营养，让
自己的人格境界得到了提升。在某种意义上，正是奥涅金造就了她日后
在莫斯科贵族圈中的光彩夺目。时光飞逝，若干年后他又回到了莫斯科，
在一次舞会上与已成为公爵夫人的达吉雅娜意外重逢。此时此刻，达吉

---

　　① 崔道怡等：《"冰山"理论：对话与潜对话》（上册），刘保瑞等译，北京：工人出
版社 1987 年版，第 217 页。

　　② ［美］杰克·哈特：《故事技巧》，叶青等译，北京：中国人民大学出版社 2012
年版，第 135 页。

雅娜已不再是以往的不谙世事的乡村女孩,而是一位成熟优雅的上流社会贵妇。而在人生旅途上身心疲惫的奥涅金,则终于无法再抑制那长期被埋入内心深处的那种情愫,反过来以同样的方式在给她的信中主动认错,希望能重续旧情。但他得到的是同样的"回报"。

冷若冰霜的达吉雅娜在让奥涅金受够了心灵折磨后质问:为什么在她纯真年代的当初他不予重视那份感情,反倒在一切已经消失的今天,又是什么让他跪在她脚下? 她告诉他:"对于我,奥涅金,这种富贵荣华算得了什么? 我宁愿抛弃这一切荣华、喧嚣和红尘烟云回到那个乡间。可是现在幸福已经消失,命运已经决定,我虽然爱您,但我已经属于别人,我将要一世对他忠实,我请您立刻离开我。"达吉雅娜不留情面地揭穿了奥涅金爱情中的虚荣成分和放弃社会理想、甘愿向卑微无聊生活投降的内心软弱。使"像被雷击了一般"的奥涅金在经历了人生的风风雨雨之后,终于获得了一种走出长久以来一直困扰着他的困境的勇气。显然,这部小说的核心词,就是原本似乎应该以"有情人终成眷属"修成正果的一对恋人的相互"拒绝"。他们之所以失去"缘分"看上去似乎是由于"时空错位",其实并非如此。比如在看了达吉雅娜的信后奥涅金不仅深受感动,而且也以他在社交界见的世面完全懂得达吉雅娜的难能可贵。只是他更明白自己身上那种根深蒂固的所谓"多余人"的"症状",生怕难以带给这位阅世尚浅的纯真姑娘以应得的幸福。

就像俄国著名文学评论家别林斯基分析得那样:奥涅金是太聪明、太细致,经验那么丰富,对人性洞察入微,他不能不从达吉雅娜的信中看出这可怜的姑娘天生一颗火热的心,渴望着致命的滋养情感的食物,他不能不看出这姑娘的灵魂如婴儿般纯净,她的情感明朗得近乎稚气。从别林斯基的分析里我们可进一步概括:奥涅金当初对达吉雅娜的拒绝出于无奈,他后来不顾一切的追求则源于自觉。但就像以前他以残酷的拒绝的方式给了达吉雅娜以精神的启蒙,让她走出了自己不向世俗屈服的人生;后来达吉雅娜也以同样的方式点出了奥涅金身上的病症,并激励他最终完成自我救赎。文学史料向我们显示,普希金原计划奥涅金将随后参加俄国十二月党人起义,为祖国和民族从沙皇专制中获得解放的事业而捐躯。以奥涅金在达吉雅娜的拒绝中所得到的心灵深处的理解以及精神和意志上的鞭策,这个未写出结局是可能的也是合理的。显然,这是一个情节简单但却内涵丰富的故事。理解这部小说的一个重要环节,是如何认识达吉雅娜在故事结尾时说出的"我既然嫁了别人,就要对他忠贞"这句话。

诚如一位研究者指出的：这句话首先表现了达吉雅娜这个人物性格中坚定的一面，但更进一步来看，还表现了有"俄国文学之父"的声誉的作者普希金本人对人世的洞察力。虽然奥涅金与达吉雅娜在天性和对社会的批判上是共同和相通的，但这并不能遮蔽他们在许多方面存在着对立性。比如达吉雅娜虽然生长于贵族阶层，但与平凡的俄国人民和日常的生活方式有着更为密切的联系。凡此种种都让她与奥涅金式的"多余人"貌合神离。她不仅显得更为纯洁和质朴，而且也更为深沉和执着，具有一个普通俄罗斯妇女对人生的忍辱负重的坚毅。由此来看，与其说达吉雅娜忠实于她所不爱的丈夫，不如说她忠实于自己对生活的认识和对苦难的态度，而这，实际也即忠实于奥涅金曾对她起过的启蒙作用，忠实于她对奥涅金的深挚友情和爱情。① 达吉雅娜以这种高贵的悲剧性，与奥涅金一起完成了一个让人永远回味的故事：真正的爱人未必能如愿成为今生今世的伴侣，但这种"残缺"有时恰恰正是"成全"的一种方式。所谓"幸福人生"，就意味着决不逢场作戏和随波逐流地对待自己。

诚然，越是优秀的小说越难以被简单归类。不同的读者都能从中"各有所获"，所谓"头脑最简单的人可以看到情节，较有思想的人可以看到性格和冲突，文学知识较丰富的人可以看到词语的表达方法，对音乐敏感的人可以看到节奏，那些具有更高的理解力和敏感性的听众则可以发现某种逐渐揭示出来的内涵的意义"。② 这种含义既是关于世界和历史的，也是关于个体生命的，落实于对诸如"生活的意义"的追问。这种意义的神秘与不确定性构成了所谓"存在的困惑"，提出了"艺术言说真理"的命题。正是从这个意义上说，我们赞同这样的说法："一部杰作就是能突显出其自身特点的老生常谈。"③这所谓的"老生常谈"，也就是关于"生活意义"的终极探寻。只有在这个意义上，我们才能接受昆德拉的这个诗学命题：知识是小说的唯一的道德。这里的"知识"当然与各种玄奥的科学理论无关，指的是人生的奥秘。经验告诉我们，事情的确是这样：读者读完了小说之后，就会觉得自己的知识更丰富了——他认识了伊凡诺夫，同时也更

---

① 潘一禾：《故事与解释》，上海：学林出版社2000年版，第310页。

② ［美］韦勒克等：《文学理论》，刘象愚等译，北京：生活·读书·新知三联书店1984年版，第279页。

③ ［法］弗朗索瓦·萨冈：《肩后》，吴康茹译，桂林：广西师范大学出版社2006年版，第64页。

深入地认识了自己。① 换句话说,"每一部小说不管怎样,都对一个问题作出了回答:人的存在是什么? 它的诗性在哪里?"②

1952 年诺贝尔文学奖获得者、法国小说家弗朗索瓦·安德烈从读者的阅读需要方面指出:每个作家可以有自己的艺术偏爱,但对小说读者来讲他们关心的总是故事中那些人物。因为"他们似乎希望,这些想象出来的人物有助于了解他们自己,揭示出他们心里的谜底"③。没有丰富的小说创作经验是讲不出这样的体会的。总之,真正与好小说有缘的人是有幸的,因为他们能"从作品中接触另一种人生,从这种人生景象中有所启发,对人生或生命能作更深一层的理解"④。诚然,再杰出的小说都无法像好莱坞大片中的那些孤胆英雄那样,以一己之力拯救世界。但问题是自"上帝死了"之后,没有任何事物能扮演这个角色。我们不能痴心妄想一部好小说能让一个没心没肺的刽子手放下屠刀;但我们能够相信,通过阅读各种各样的好小说,肯定有助于我们领悟人生从而更好地成长。或许以这个理由,我们能够接受亨利·詹姆斯的这个结论:尽管各种艺术都有自己的优势,"然而我坚决认为,小说是最为美妙的一种艺术形式"⑤。用劳伦斯的话讲:小说可以帮助我们生活,而别的东西就做不到。⑥

9. 小说即经济论

相对而言,这个小说观新颖得让人一时难以理解。通常认为它的代表人物是英年早逝的英国学者考德威尔。他的基本观点可以用"诗的本质应被理解为是经济的"来予以概括。换句话说,"谷物收获是诗存在的条件,诗反过来帮助它的实现"。这对于小说尤其突出。用他的话说:"小说这样的艺术形式因此只能从这样的社会产生:那里经济的分化使个人

---

① 崔道怡等:《"冰山"理论:对话与潜对话》(上册),刘保瑞等译,北京:工人出版社 1987 年版,第 219 页。

② [捷]米兰·昆德拉:《小说的艺术》,董强译,上海:上海译文出版社 2004 年版,第 7 页、第 202 页。

③ 崔道怡等:《"冰山"理论:对话与潜对话》(下册),林骧华等译,北京:工人出版社 1987 年版,第 447 页。

④ 汪曾祺:《汪曾祺文集》(文论卷),南京:江苏文艺出版社 1993 年版,第 100 页。

⑤ [美]亨利·詹姆斯:《小说的艺术》,朱雯等译,上海:上海译文出版社 2001 年版,第 26 页。

⑥ [英]劳伦斯:《劳伦斯随笔集》,黑马译,深圳:海天出版社 1993 年版,第 120 页。

特异的实现有相当的余地。"①显而易见，与上述所举各种小说观大相径庭，这个关于小说的认识与通常的小说本体论相去甚远。"诗歌里没有金钱，同样金钱里也没有诗歌。"②一位英国作家的这番话，体现了传统的艺术立场。"在没有把商人逐出圣殿之前，艺术的圣殿就不是一座圣殿。未来的艺术将把这些商人驱逐出去。"③伟大小说家的列夫·托尔斯泰的这句话，代表了对艺术伦理的一种主流看法。但显然，随着大众社会的崛起和市场经济的发展，曾经得到"公认"的这种看法遇到严峻的挑战。迄今来看，诸如"一个真正的艺术家将让他的妻子挨饿，让他的孩子没有鞋穿"④这样的说法已属无稽之谈。

相反，"从没有人能饿着肚子讲好一个故事"⑤这种原本属于常识的道理越来越受到人们的正视。"我无法空着肚子画画！"当凡·高的这声哀号穿越时空来到21世纪，一个长期遭到有意无意忽略的现象终于引起美学界的认真对待。法国评论家罗贝尔·埃斯卡皮指出：在认识作家这个职业的本质之前，不要忘记一个作家每天也得吃饭和睡觉。凡是文学事实总要涉及如何向作家提供资助的问题。因此，"否认物质考虑对文学生产的影响，那是不现实的"⑥。其实这样的常识早已受到注意。歌德就说过：一个人绝不能与世无争到这种地步，以致连他自己成了一个债务人或者债权人都浑然不知。⑦法国作家罗曼·罗兰也指出：人不能光靠感情生活，人还得靠钱生活。"那种生长在以金钱为基础的土地上的理想主

---

① ［英］克·考德威尔：《考德威尔文学论文集》，陆建德等译，南昌：百花洲文艺出版社1995年版，第11页、第15页。

② ［美］威廉·戈登：《作家箴言录》，冯速等译，海口：海南出版社2002年版，第111页。

③ ［俄］列夫·托尔斯泰：《托尔斯泰文集》（第十四卷）《文论》，陈燊译，北京：人民文学出版社1992年版，第310页。

④ ［美］威廉·戈登：《作家箴言录》，冯速等译，海口：海南出版社2002年版，第212页。

⑤ ［美］威廉·戈登：《作家箴言录》，冯速等译，海口：海南出版社2002年版，第215页。

⑥ ［法］罗贝尔·埃斯卡皮：《文学社会学》，于沛译，杭州：浙江人民出版社1987年版，第33页。

⑦ ［德］歌德：《歌德的格言和感想集》，程代熙等译，北京：中国社会科学出版社1982年版，第51页。

义,如果自以为对金钱不感兴趣,那是最恶劣的寄生主义。"①1954年诺贝尔文学奖获得者海明威,也从其切身体验出发明确表示:"经济上的保障由于使你免于忧虑而成为一个巨大的帮助。"②美国著名学者马尔科姆·考利更是坚定地指出:艺术的宗教绝不是穷人的宗教,寻求绝对的美学的那些人必须有一定程度的经济自由。③

尽管在人世生存不到30岁的考德威尔,生前被理论界习惯性地贴上"马克思主义者"的标签,但这并不表明他的艺术立场就能简单地用"经济基础与上层建筑"这种二分法来阐释。事实上他只是不赞成将艺术家当作不食人间烟火的"超人",反对"把诗人说得神乎其神",强调在资本主义时代,"诗和任何其他迄今被认为神圣的事物一样倾向于成为商品"。④ 这在向来缺乏"神圣性"的小说家中表现得尤为鲜明。英国小说家毛姆不仅在其小说《人性的枷锁》里写道:"金钱就像第六感觉,没有它,其余的五种感觉也不能完全发生效用。"而且还撰文提出:"没有一个人愿意写作,除非是为了钱。"⑤这个主张听上去似乎显得极端,但却符合事实。评论家们早已指出,为了挣钱,塞万提斯当了小说家;同样是为了钱,诗人华尔特司各特不得不改写小说。⑥ 简·奥斯丁曾经承认:"现在我已经靠写作挣到了250英镑,这只能使我渴望挣得更多的钱。"⑦评论界现在早已注意到,如果说19世纪是属于"小说的时代",那么这与其中有一大批杰出女作家的涌现不无关系。而这在很大程度上要归功于市场经济带给女性的自立地位。

著名侦探小说家阿加莎·克里斯蒂就曾表示:"在母亲去世后,我就

---

① 〔法〕罗曼·罗兰:《母与子》(上卷),罗大冈译,北京:外国文学出版社1990年版,第249页。

② 王诜:《世界著名作家访谈录》,南京:江苏文艺出版社1992年版,第128页。

③ 〔美〕马尔科姆·考利:《流放者归来》,张承谟译,上海:上海外语教育出版社1986年版,第138页。

④ 〔英〕克·考德威尔:《考德威尔文学论文集》,陆建德等译,南昌:百花洲文艺出版社1995年版,第39页。

⑤ 〔英〕威廉·毛姆:《读书随笔》,刘文荣译,上海:上海三联书店1999年版,第28页。

⑥ 〔法〕罗贝尔·埃斯卡皮:《文学社会学》,于沛译,杭州:浙江人民出版社1987年版,第33页。

⑦ 张来民:《作为商品的艺术》,北京:中国社会科学出版社2002年版,第77页。

无法创作了。两手空空,手头仅有的一点现款也都贴了进去。"后来她之所以又恢复写作也同钱有关。她在自传中坦承:"我写作的直接动力就是能赚到钱。写一篇小说,就可以带来 60 镑的收入,扣除所得税,足足 45 英镑就归自己了。这极大地刺激了我的创作欲望。"①认为"普天之下无一不是商品"的美国小说家杰克·伦敦,明确地向世人告白自己只是一个"出卖脑力"的"智力商人"。英国作家萨克雷也以"文化供应商"自居,他在给自称为"写作机器"的同行特罗洛普的一封信里表示:"我常说我好似一个糕点厨师,不爱果馅饼,喜欢奶酪面包;可是公众爱吃果馅饼,我们就应当烤果馅饼卖。"②还有英国戏剧家萧伯纳,同样也以"贩卖惹人欢笑或落泪的情节的商人"③来自我定位。经济对艺术的影响不仅表现在市场经济让诗歌时代退出舞台,同样也表现在一些后来成为经典的小说,在最初遭遇无法出版的困境。一个最突出的例子就是同为优秀小说家的安德烈·纪德当编辑时,由于担心作品缺乏市场效益而对普鲁斯特的《追忆逝水年华》作了退稿处理。普鲁斯特只好自费在另一家出版社刊出小说的最初部分。④

如果说由于经济因素促使一些知识人成为作家,那么同样也是由于这个原因,让大多数现代作家转为通俗文化写手。"'爱舞文弄墨的人'能依靠写作而过上舒适生活的非常罕见,而且往往不是文学作家。"这个结论几乎无须证明。来自社会学家的一项调查表明:即使在那些最发达的西方国家里,也只有少数人能从专业文学活动中获得同技工相等的收入或高于技工的收入。⑤ 这种情形揭示了经济对艺术实践所具有的重要影响。比如"19 世纪上半叶英国戏剧舞台上的萧条冷清,有相当一部分的原因可以用版税的低廉来解释"⑥。从个人方面讲,艺术品市场的开发同样有着经济方面

---

① ［英］阿加莎·克里斯蒂:《阿加莎·克里斯蒂自传》,詹晓宁等译,北京:新华出版社 1986 年版,第 163 页、第 193 页。

② ［英］安东尼·特罗洛普:《特罗洛普自传》,张禹九译,长沙:湖南人民出版社 1987 年版,第 98 页。

③ ［美］佛兰克·赫里斯:《萧伯纳传》,黄嘉德译,北京:外国文学出版社 1983 年版,第 148 页。

④ ［美］泰勒·考恩:《商业文化礼赞》,严忠志译,北京:商务印书馆 2005 年版,第 60 页。

⑤ ［法］罗贝尔·埃斯卡皮:《文学社会学》,于沛译,杭州:浙江人民出版社 1987 年版,第 156 页。

⑥ ［法］罗贝尔·埃斯卡皮:《文学社会学》,于沛译,杭州:浙江人民出版社 1987 年版,第 33 页。

的因素在起作用。美术评论家约翰·伯格曾经指出："财产与艺术的关系，对于欧洲文化来说是如此自然。"①而透过这种关系我们还可以进一步看到，在向来被一种类似宗教般的"神圣"氛围所包裹的诗人们的"审美者"的身份后面，无可讳言地有着"经济人"的另一种面目。比如被评论家指出"所有的主人公都追求金钱"②的英国小说家笛福。他不仅在其小说里公开倡导"为面包而写作"。并且在反驳别人对其指责时反问道：世界上的一切职业除了为面包以外还为什么呢？在他看来经济动机的考虑甚至包括圣职在内："那一职位如果与面包没有联系，那就不大有人愿意去补缺了。"③

英国是现代工业革命的诞生地，同样也是现代市场经济的发源地，因而"经济与艺术的关系"在英国的现代化过程中也表现得最为突出。在《巴巴拉少校》中，著名戏剧家萧伯纳同样借主人公之口，为艺术家对金钱的重视进行了辩解："钱是世界上最重要的东西，它代表健康、力量、荣誉、慷慨和美丽。"此外还有法国"自然主义"小说旗手左拉给予呼应。他坦诚地表示："我要尽最大的可能捞钱。"另一位开创了现代叙事艺术新格局的亨利·詹姆斯，也曾这样来为现代艺术家的"经济人"本色进行辩护："一个人必须有钱才能够发挥出他的想象力。"④匈牙利学者豪泽尔曾从艺术的社会属性角度出发，对艺术实践中的经济因素进行了分析："可以说艺术作品自古以来就是作为商品而创造的，因为它们中的大部分都是为了出卖，而不是为艺术家自己所用的。"⑤这说得很中肯。之所以有必要强调这点，是因为长期以来许多人一直被这样的观念所影响："所谓的诗人，生活在一个带有《魔戒》作者托尔金（英国魔幻小说大师）气息的清纯世界里，从以太虚空中捕捉诗歌。"⑥事实当然并非如此。

正像毛姆所坦率指出的：有些人不喜欢财富。当然，当他们说艺术家

---

① ［英］约翰·伯格：《观看之道》，桂林：广西师范大学出版社2005年版，第118页。

② ［英］伊恩·瓦特：《小说的兴起》，高原等译，北京：生活·读书·新知三联书店1992年版，第65页。

③ ［英］安妮特·鲁宾斯坦：《从莎士比亚到奥斯丁》，陈安全等译，上海：上海译文出版社1987年版，第333页。

④ 张来民：《作为商品的艺术》，北京：中国社会科学出版社2002年版，第78页。

⑤ ［匈］阿诺德·豪泽尔：《艺术社会学》，居延安译，上海：学林出版社1987年版，第249页。

⑥ ［美］斯蒂芬·金：《写作这回事》，张坤译，上海：上海译文出版社2009年版，第52页。

不宜以此妨碍自己时他们或许是对的,但艺术家自己并不持有这样的观点。他们从不自愿住阁楼,这点与其仰慕者们的愿望相背。他们常常为自身生活的奢靡所毁。毕竟,他们是想象的动物,地位吸引着他们:华美的房子、听其吩咐的仆佣、贵重的挂毯、可爱的画作,还有奢华的家具。①承认这一点也就意味着,人们有理由期望优秀艺术家为他们提供杰作,但无权要求他们在进行艰苦卓绝的创造性工作的同时,做一个清心寡欲的修女或和尚。问题是这样的要求不仅在普通读者中常常出现,也会在一些"专业评论家"中被提出。比如有论者就指出:普鲁斯特说得娓娓动听,但这话却很难拿他本人的生活来证实;更合他胃口的,毋宁是一种奢华的生活。② 在这种声音中,我们仍然能听出一种希望把艺术家与凡夫俗子区分开来的传统观念。对此智利诗人聂鲁达并不认同。他指出:"有许多人不能容忍一个诗人因为在世界各地出版作品所获得的成功而享有体面的物质条件,这种物质条件是一切作家、音乐家、画家应该得到的。"③由此来看,当雨果表示"我希望一年挣上一万五千法郎,并把它们都花光"④,这其实无可厚非。

经济学名著《有闲阶级论》作者凡勃伦认为:无论是曾经的上层阶级,还是后起的有闲阶级和中下层阶级的爱好,所要求的仍然是"以金钱的美来补充艺术的美"。经济通过对生活世界的影响而"使我们在对艺术品的欣赏中把高价和美感这两个特征完全融为一体,然后把由此形成的效果包摄在单纯欣赏艺术这个名义之下。于是高价特征逐渐被认为是高价品的美感特征"⑤诸如此类的见解完全粉碎了长期以来由各种艺术杰作所营造起来的,关于诗性文化的"审美幻象"。不过相对而言,经济对于绘画艺术的影响显得更为特殊,有时甚至能直接改变一部作品的命运。比如有段时间,在英国国家美术馆复制品之最,属达·芬奇的《母子与圣安妮

---

①　[英]威廉·毛姆:《总结》,孙戈译,南京:译林出版社2012年版,第161页。

②　[英]阿兰·德波顿:《拥抱逝水年华》,余斌译,上海:上海译文出版社2004年版,第154页。

③　[智利]巴勃罗·聂鲁达:《回首话沧桑》,林光译,上海:知识出版社1993年版,第364页。

④　张来民:《作为商品的艺术》,北京:中国社会科学出版社2002年版,第77页。

⑤　[美]托斯丹·凡勃伦:《有闲阶级论》,蔡受百译,北京:商务印书馆1997年版,第96页、第108页。

和施洗者圣约翰》的草图。这并非作品本身的内容与含义,而仅仅是其市场价值。由于有一位美国富商愿以 250 万英镑天价收购,突然间"这幅画获得了一种新的感染力"[①]。人类学家斯特劳斯甚至认为:正是这种为收藏者的利益而占有物品的强烈欲望,决定了一种西方艺术最突出的特点。他指出:在谈到文艺复兴时期的作品时千万不可忘记,由于在佛罗伦萨和其他地方积累了大量财富,才有可能产生这些油画。富裕的意大利商人把画家看作代理人,替他们确定其拥有世上一切美丽、称心的物品。[②]

凡此种种只不过说明,在孔子诗论中,除了诗"可以兴、可以观、可以群、可以怨"这著名的四大特点之外,还可以再加上"诗可以售"这一条。问题只是出在从至高无上的宗教文化中走出来的艺术家的自我定位中,自觉不自觉地存在着一种"双面性"。概括地说:当艺术家被描述为只是市场商品的又一个生产者,他也将自己描述为禀赋特殊的人——群众生活的导航灯。[③] 换言之,艺术家有一种"熊掌鱼翅兼得"的心态,既希望拥有高尚的声誉,继续扮演"人类灵魂的工程师"的角色,又渴望通过这种良好形象牟取到丰厚的金钱,享受人世的富裕生活。当代诺贝尔文学奖就是一个例子。获奖者不仅获得了世界性的影响力和一笔额度不小的奖金,而且还能凭借这种影响力的持续发酵,在名与利两方面获得双丰收。但实际现象表明,诺贝尔文学奖有其不同于别的诺贝尔奖的特殊性。历史上有大量的优秀作家并未加入这个阵营,相反尤其是近年来,成功获得这个奖项的作家中,许多人其实并没有真正有价值的作品。这也恰恰说明,承认小说家高尚的创作活动离不了看似庸俗的经济考虑是一回事,认为要创造一部杰出的小说作品就得有强大的经济基础是另一回事。而经验表明,前者是成立的,后者则毫无根据。美国著名传记作家欧文·斯通认为:有一些人为了文学写作,脑子里不存丝毫金钱思想,写出来的可能是垃圾;另一些人为了金钱写作,却可能创造文学。决定因素是一个人的

---

① [英]约翰·伯格:《观看之道》,戴行钺译,桂林:广西师范大学出版社 2005 年版,第 19 页。

② [英]约翰·伯格:《观看之道》,戴行钺译,桂林:广西师范大学出版社 2005 年版,第 90 页。

③ [英]雷蒙德·威廉斯:《文化与社会》,吴松江等译,北京:北京大学出版社 1991 年版,第 65 页。

才能,而不是与才能的报酬有关的计划。① 不能不承认这个观点有些道理。但某种特殊才能对于任何一个行业都具有同样的重要性。对小说家而言,一部杰作的产生有着另外的因素。换句话说,如果说"小说即经济论"是一种关于小说的本体论,那么它应该涉及直接关系到一部小说品质的东西。换言之,小说本体论的问题是关于"好小说是什么"的问题,而不是"小说家靠什么活"的问题。

有一种见解认为,"平庸之作不是笨拙或粗野的产物,而是市场需求比艺术需求更为迫切的结果"②。这个说法有点意思,类似的结果之所以屡见不鲜,是因为在市场效益与艺术价值之间不仅存在着良性的互动,此外还由于目标取向的不同而存在着对抗性。卡夫卡的小说会永垂青史,但作为一个"流派"现代派小说早已彻底销声匿迹。他们的失败是读者借"市场之手"将之淘汰,在缺乏"经济效益"的背后是对小说作为大众艺术作品的傲慢自大的无视。反之,一味迎合读者的那些暴力与色情写作,其品质之差同样也能通过市场效益并不理想体现出来。"这就是致力于获得最大数量受众的大众艺术生产者大都避免触及赤裸裸的暴力性、色、情内容的原因。"③所以,美国当代恐怖小说大师、畅销书作家斯蒂芬·金的体会是:你不可能所有时候取悦所有读者,甚至不可能所有时候取悦某些读者,但你确实应该试着至少在有些时候取悦部分读者。④ 从本体论的视野来看"小说与经济的关系"这个问题,金的回答能给我们以启发。由于斯蒂芬·金属于标准的"畅销书作家",因此人们经常会用不同的方式问他一个问题:你写书是为了赚钱吗?

他的回答毫不犹豫:"答案是否定的。现在不是,从来都不是。"他承认:"的确,我写小说确实赚了不少钱,但我从来不曾为了要拿稿费而落笔写过一个字。"他表示自己的写作是为了自我满足,同时承认"也许我借此还清了房贷,还送孩子上了大学,但这些都是附加的好处,我图的是沉醉

---

① [美]欧文·斯通:《马背上的水手》,董秋斯译,北京:中国青年出版社1982年版,第209页。

② [英]约翰·伯格:《观看之道》,戴行钺译,桂林:广西师范大学出版社2005年版,第93页。

③ [美]诺埃尔·卡洛尔:《大众艺术哲学论纲》,严忠志译,北京:商务印书馆2010年版,第35页。

④ [美]斯蒂芬·金:《写作这回事》,张坤译,上海:上海译文出版社2009年版,第196页。

其中的乐趣,为的是纯粹的快乐。"他郑重声明:"写作不是为了赚钱、出名、找人约会、做爱或是交朋友。最终写作是为了让读你书的人生活更丰富,也让自己的生活更丰富。是为了站起来、好起来、走出来、快乐起来,OK?"①尽管这只是一个著名恐怖小说家的个人经验,但它值得认真对待。因为这里不只是道出了金的小说之所以成功的奥秘:他的作品不仅畅销,而且比许多可能永远不受欢迎的小说都要优秀。任何一个没有偏见的人都不难听出金的这番话背后的那份诚恳,但恐怕不是所有的人听了之后都会感到十分受用。这是为什么? 无非因为这毕竟出自一个属于"大众读物"的"类型小说家"之口。在不少人心里,有意无意地会期待这样的话来自一个"纯文学作家",当然最好是有"诺贝尔奖获得者"头衔的人。但事实上这类人绝大多数说不出这样的话。因为与正大光明地从事大众小说写作的作家相比,那些正襟危坐的小说家,在他们以"纯文学"的名义进行的写作动机中,心照不宣地遮盖着对名与利的觊觎。

只有从这个方面入手我们才能进一步去认识,经济对于小说本体观的贡献。阿瑟·米勒说过:除非正视并解决经济困境,否则谈不上剧院的生存问题。② 经济不仅是艺术家从事创造性工作的前提,也是他们取得事业成功的保障。曾几何时,市场的开放为英国女性小说家成为众人瞩目的明星铺平了道路。当我们谈到 19 世纪欧洲小说进入一个伟大的时代,绝不能忘记这其中有一大批是迄今已让人刮目相看的女性作家。比如简·奥斯丁、夏洛特·勃朗特与埃米丽勃朗特姐妹、乔治·艾略特、玛丽·雪莱,以及杰出的小说作品《玛丽·巴顿》、《北方与南方》、《妻子与女儿》的作者盖斯凯尔夫人等。在此,我要再次与大家分享一个精彩的观点:伟大作品的生产必然始于要写出伟大作品的强烈愿望。因此,金钱往往会让那些不注重对"创造性生产的非金钱回报"的人堕落,但却并不妨碍优秀作家的创作。因为尽管金钱动机确实促使作者去写出更明白易懂的作品,但是,这种动机也常常促进高质量的文学价值的形成。③ 透过市场经济对于小说家的影响力我们能看到,在更深的层次上,是帮助小说家

---

① [美]斯蒂芬·金:《写作这回事》,张坤译,上海:上海译文出版社 2009 年版,第 250 页,第 267 页。

② [美]罗伯特·马丁:《阿瑟·米勒论剧散文》,陈瑞兰等译,北京:生活·读书·新知三联书店 1987 年版,第 248 页。

③ [美]泰勒·考恩:《商业文化礼赞》,严忠志译,北京:商务印书馆 2005 年版,第 62 页。

实现"世事洞明，人情练达"的目标，让他们更加懂得珍惜生活、关爱生命的意义。而这才是一个小说家能够创造出真正优秀的作品的精神保障。

10. 小说即故事论

小说与故事的纠缠是"小说诗学"中聚讼难解的旧案，所以这个观点的代表人物多得无法选择。可以确定的几点是：（1）并非所有的小说都讲述一个好故事，但反之，讲述好故事的往往是好小说。换言之，好小说可以相对"容忍"不够出彩的文字，但不能接受看似光怪陆离其实毫无意义的故事。例如当代作家老鬼以其自身经历，反映"文化大革命"中一代"知识青年"人生轨迹的纪实小说《血色黄昏》和《血与铁》。职业评论家们轻而易举地就能予以吹毛求疵，从中找出一大堆毛病。最耀眼的就是语言文字的粗糙和情节结构的散漫。但即使找出来再多的"问题"，也无损于这两部作品在当代中国小说史中的重要性。（2）正是由于小说对故事的这种"依赖"，容易大量制造坏故事。这是有些优秀小说家强调小说的"去故事化"的无奈之举。（3）问题是我们不能因为存在前一种现象而赞成后一种观点。事实表明，"去故事化"的后果很严重：不仅会为"说教小说"的产生提供方便，甚至最终取消"小说艺术"本身。如上所述，这个小说观的核心在于"小说与故事的关系"。大体说来主要有三种。

首先，也曾是主流派的属于"反对派"。这以 20 世纪法国"新小说派"为代表。娜塔丽·萨洛特的《怀疑的时代》一文可以看作"新小说"的诗学宣言。文章的标题已清楚表明，"新小说"以"怀疑"为自己的崛起做好充分的逻辑准备。他们的怀疑对象与内容不言而喻，就是以诸如托尔斯泰、巴尔扎克、福楼拜、司汤达、雨果、狄更斯、简·奥斯丁和勃朗特姐妹等为代表的，不论属于现实主义还是浪漫主义，一律以"擅讲故事，刻画人物"为特色的小说作品。而随着这些"新小说"派作家的出场，也就意味着对"通过故事刻画人物"这种小说艺术的摒弃。所谓"怀疑的时代"所要做的，就是对诸如此类的小说类型的"彻底地拒绝"。在他们看来，"一点真实的事实"要比"虚伪的故事"更具有无可置辩的优点。这就是真实。尽管这个让我们耳熟能详的概念其实相当的陈旧，但奇怪的是，现在从他们的口中重新说出来似乎显得更有底气。比如，有什么虚构的故事能够比得上纪德的抨击法国上层家庭的虚伪与残酷的纪实性作品《被囚于普瓦蒂埃的女子》、纳粹集中营记述或斯大林格勒战役纪事？由此来看，今天的读者对亲身经历的记叙文章比对讲故事的小说更感兴趣，这是完全有道理的。① 根据这个观点,小说的未来唯有一条路:放弃讲故事和人物性格塑造,围绕语言文字营造叙述的迷宫。换言之,这样的小说不再以"感染力"胜出,它着眼于挑战读者的大脑,可以充当锻炼和考察智商的一种手段。

其次是被"新小说"作为靶子的"肯定派"。毋庸讳言,持这种立场的往往是那些有兴趣并且擅长于讲故事的小说家。比如毛姆就是这类小说家中的佼佼者,所以他写道:为了提高自己,我一生中读过不少谈论小说的书。总体来讲,这些书的作者都不太赞成把小说看作消遣手段。因此在有一点上,他们的观点完全一致,那就是故事无足轻重。他们倾向于认定,精彩的情节妨碍了读者去关注他们眼中的那些小说的重要因素。他们认定,为了讲故事而讲故事是小说的一种低级形式。对此我感到很奇怪。因为倾听故事的愿望就像拥有财产的愿望一样,在人类的内心可谓根深蒂固。自从有历史以来,人们就围坐在篝火四周,或是聚集在集市上,听人讲故事。② 与此同时他还写道:我猜想推荐这些手法的作品不久就会失去吸引力。那些看中这些古怪试验的作家好像忽视了一件事,即采用这些手法的小说里,所抒写的事情都是极端无聊的;看上去简直像是作者原就意识到自己的空虚,很不好受,因此逼得只好采用这些手法。③ 虽然毛姆的这些言论并非直接针对"怀疑诗学",但客观上还是击中了"新小说"派的要害处。

回顾历史重看现实,难免会让人想到唐人杜甫的这首绝句:"王杨卢骆当时体,轻薄为文哂未休;尔曹身与名俱灭,不废江河万古流。"无论是"改革"还是"革命",那种试图彻底废除"小说与故事"之间的持久关系的努力,显然未能成功。时至今日,自从新潮小说随着巴黎时尚的变幻不再流行,与毛姆持同样见解的小说家又纷纷露面,并且似乎什么事都没发生。比如乌拉圭小说家胡安·卡洛斯·奥内蒂,他在文章中明确表示:我

---

① 吕同六:《20 世纪世界小说理论经典》(上卷),朱光潜等译,北京:华夏出版社 1995 年版,第 509 页。
② [英]毛姆:《巨匠与杰作》,李锋译,上海:华东师范大学出版社 2008 年版,第 8 页。
③ 吕同六:《20 世纪世界小说理论经典》(上卷),朱光潜等译,北京:华夏出版社 1995 年版,第 261 页。

认为一本小说最重要的东西是故事,是小说讲的故事。① 至于故事与人物间究竟哪个更重要,虽然众说纷纭,但似乎已不重要。比如斯蒂芬·金一方面表示:我认为最好的故事到头来说的总是人而非事,也就是说是人物推动故事。但是除非是只有几千字的短篇小说,否则我不接受人物中心论。归根到底,"我相信到头来故事才是老大"。他的理由也颇具说服力:大多数情况下,买书的读者并非为一部小说的文学成就所吸引;读者想要一个好故事,可以带上飞机阅读,可以一下子抓住他,然后吸引他读进去,一直翻到最后一页。② 20 世纪 80 年代后期的中国,有过"通宵达旦读金庸"经历的读者对这样的体验并不陌生。但不能不提的是,尽管一个好故事总有其吸引人之处,但能具有这种不可抗拒的魅力的,大多属于"雅俗共赏"的所谓通俗小说作品。

　　或许意识到这点,所以在这两种形成分庭抗礼之势的立场之外,还存在着一种"折中派"观点。它以英国小说家福斯特为代表,在《小说面面观》中他谈到小说与故事的关系时,呈现出一种既给予特别强调的重视,又明确指出不能唯故事独尊的暧昧感。他的意思其实是想说,好故事是成功的小说不可缺少的载体,但这样的故事意味着自动地交出对小说的"主宰"权。在他看来,好故事之所以"好",在于它是生活世界的呈现。这同样也是理解汪曾祺这句话的关键:"我要对'小说'这个概念进行一次冲击:小说是谈生活,不是编故事。"③虽然汪曾祺多次呼吁小说家要认识到小说中的语言不只是一种表达内容的手段,而应把语言提高到内容的高度来认识;强调小说的魅力之所在首先是语言。但并不能把这理解为他对小说"讲故事"的彻底摒弃。事实上汪曾祺自己作品的成功就体现在故事讲得好。由此看来,他对语言的重视恰恰也是对故事的重视。他反对的是那种用文字来简单地"运载"一个故事的写法。在这样的写作中,不仅没有让人读来有味道的语言,随之而消失的是有意思的故事。

　　值得一提的是,当以上三家为故事在小说中的位置而争执不休时,事实上还存在着关于小说与故事的关系的另一种争执。那就是对两者的价

---

　　① 崔道怡等:《"冰山"理论:对话与潜对话》(下册),林骧华等译,北京:工人出版社 1987 年版,第 763 页。

　　② [美]斯蒂芬·金:《写作这回事》,张坤译,上海:上海译文出版社 2009 年版,第 189 页,第 155 页。

　　③ 汪曾祺:《汪曾祺文集》(文论卷),南京:江苏文艺出版社 1993 年版,第 68 页。

值的评判。没有谁会否认故事是小说的胎盘,是小说形式的主要渊源。通常的主流意见是,小说因此而受到道听途说的故事的牵连。由于故事的民间性和传说色彩,妨碍了小说跻身于严肃庄重的艺术殿堂。但与此不同的观点也并非没有。比如瓦尔特·本雅明撰写的《讲故事的人》这篇文章,题目中已清楚说明了重点所在是为"故事"的价值辩护,但这是建立在同"小说"进行对比的基础上展开的。用本雅明的话讲:这边是"生活的意义",那边是"道德的教益",小说和故事就是打着这样的旗号彼此对抗。这是一个新鲜且有趣的见解。虽然在表述上,本雅明似乎并没有明显否定小说的意义,甚至还给人以重视小说的错觉。在人们通常意识中,"道德的教益"往往因带有"说教性"而多少有点贬义色彩。之所以说是"错觉"是因为在本雅明的语境中,"生活的意义"其实就是"生活的困惑",因而"从小说中追寻'意义'的过程,不过就是读者在目睹自己过着这书中生活时初步感受困惑的过程"。①

晦涩是本雅明式表述的基本特色。把这话说得明白些,意思其实是指小说家的这种看似雄心勃勃的计划不会有结果。因为小说所能做的充其量是展示而不是澄清困惑,这除了增加小说读者的困惑根本就于事无补。与此不同,真正好的讲故事的人能给我们以切实有用的帮助。因为第一个真正的讲故事者就是讲童话的人,因而童话始终暗存于故事之中并构成了好故事的意义。因为童话总能提供我们极有益的忠告,其意义具有无须解释的自明性。故事与小说的区别由此而渐渐明朗:当小说家与世隔绝地独自坐在书斋中殚精竭虑、苦思冥想时,远行归来的旅人带来了生动迷人且充满启示的故事。为此本雅明撰写了这篇悼念性的文章,为"讲故事的人"的消失而无奈。取而代之就是新闻人和小说家。在本雅明看来,虽然新闻人也给小说家带来了危机,但在"传播信息"这点上他们是一家。因为在代表现代社会的报纸上,除了来自全球各地的新闻,还有连载的小说。然而与此形成对照的是,"值得一听的故事却少得可怜"②。本雅明关于新闻对小说造成危机的认识是准确的,但不够深刻。因为对故事的偏爱让他意识不到,信息传播对"来自远方的故事"的毁灭性打击对小说具有同样的严峻性。这一点恰恰表明,小说与故事具有同

---

① [德]瓦尔特·本雅明:《本雅明文选》,张耀平等译,北京:中国社会科学出版社 1999 年版,第 306 页。

② [德]瓦尔特·本雅明:《本雅明文选》,张耀平等译,北京:中国社会科学出版社 1999 年版,第 297 页。

舟共济性。

有意思的还在于,在小说与故事的价值评判上,博尔赫斯的观点与本雅明十分接近。他在看到古老的民间故事为现代小说的崛起提供方便之际,意识到了故事所拥有的顽强的生命力。小说不过是现代的说故事的文体。博尔赫斯提出了一个耐人寻味的问题:为什么人们很容易把小说看成"史诗的退化"? 因为小说在试图徒劳地回归"史诗的威严"。之所以说是"徒劳",是因为史诗的主角是视死如归的英雄,他们或者凯旋,或者英勇献身,拥有无比崇高的荣誉。但小说中的人物往往只是日常生活里贪婪而怯懦的凡夫俗子。因此"大部分小说的精髓都在于人物的毁灭,在于角色的堕落"[①]。这种的情形当然无法持久。他的结论是:尽管现代小说在大胆进行各种有趣的实验,但这无法改变"小说正在崩溃"的事实,无法不让我们感觉到"小说已不复与我们同在了"。但与本雅明的悲观论不同,博尔赫斯相信,凭借着植根于民间的生命力,故事将会"永远继续下去",因为故事经历了千万年来的发展演变,这足以让他"不相信人们对于说故事或是听故事会觉得厌烦"[②]。我认为博尔赫斯的这个观点体现了远见,但他的前提显然缺乏根据。事实上小说迄今为止虽然不再拥有19世纪的辉煌,但也并没有消亡的迹象。

虽然在对故事的未来方面,本雅明的悲观论与博尔赫斯的乐观说形成对立,但二者还是在一个问题上存在着默契:都不看好小说的意义。这同样很有意思。马尔克斯曾提出一个见解:每个小说家无论创作了多少作品,其实都是在写一本书,而且只要有一本真正有质量的书就足够了。从古至今,那些伟大的作家几乎都是因为这样的一本书而为人所知。比如塞万提斯与《堂·吉诃德》,但丁与《神曲》,托尔斯泰与《安娜·卡列尼娜》,巴尔扎克与《高老头》,司汤达与《红与黑》,麦尔维尔与《白鲸》,福克纳与《喧嚣与骚动》,海明威与《老人与海》,以及马尔克斯本人的《百年孤独》等等。唯有一个例外,他就是博尔赫斯。虽然他享有的名声和荣耀毫不愧色,但也并非理所当然。因为尽管他写了许多零散的篇章,但是没有

---

① ［阿根廷］博尔赫斯:《博尔赫斯谈诗论艺》,陈重仁译,上海:上海译文出版社2008年版,第53页。

② ［阿根廷］博尔赫斯:《博尔赫斯谈诗论艺》,陈重仁译,上海:上海译文出版社2008年版,第59页。

一本书重要。① 在我看来,这是这位 1982 年度诺贝尔文学奖获得者说过的最耐人寻味的一句话。粗略想想会让人一头雾水:如此有才华的"作家中的作家"居然创作不出一部真正有分量的作品,这究竟是怎么回事? 细加分析便不难明白其中奥秘:博尔赫斯所写的那些被马尔克斯称之为"零散篇章"的东西,与其说是名副其实的小说,不如讲是看似小说的短篇故事。

进一步思考这个问题,将有助于拓展我们思考小说与故事之关系的视野。博尔赫斯作品"缺乏分量"清楚地说明了一点:虽然小说由故事构成,但二者确实并非一回事,"由故事构成"的小说比"作为故事本身"更有价值。再来回顾下萨瓦托对博尔赫斯所作的评价:我想您是给作家准备的作家。您为作家们提供了不知道普通读者是不是能感觉到的一种愉悦。② 这是显而易见的。博尔赫斯的名声来自于小说家而不是普通的小说读者。这其中的区别在于,小说家推崇博尔赫斯是出于"专业考虑",也就是说能够从他那里获得一些创作灵感、借鉴一下写作之道。而普通读者才是小说艺术的真正归属,他们需要的不是灵感和技巧,而是货真价实的小说杰作。这样的作品离开好故事是无法存在的。让人奇怪的是,这样的常识为何得不到某些小说家的赏识? 比如虽然身为小说家,但英国人 B. S. 约翰逊却看不起故事在小说中的位置。其理由是:生活并不讲故事。生活是混乱的、易变的、任意的,而作家从生活中抽出一个故事,这必然意味着伪造。"讲故事,实际上就是说谎。"③

这段话中充满逻辑性错误。的确,生活并不"讲"故事,因为讲故事属于主体行为。但有两个问题:第一,如果没有生活,故事又从何而来? 第二,如果故事不是关于生活的,为什么人们会关心它? 显而易见,"存在本质上是故事化的。生命蕴含着故事"④,只不过"存在的故事"无须通过叙述者为中介而直接"呈现"给我们。在这个意义上,判定讲故事就是说谎

---

① [哥]加西亚·马尔克斯:《两百年的孤独》,朱景冬等译,昆明:云南人民出版社 1997 年版,第 121 页。

② [阿根廷]奥尔兰多·巴罗内:《博尔赫斯与萨瓦托对话》,赵德明译,昆明:云南人民出版社 1999 年版,第 55 页。

③ 崔道怡等:《"冰山"理论:对话与潜对话》(下册),林骧华等译,北京:工人出版社 1987 年版,第 671 页。

④ [爱尔兰]理查德·卡尼:《故事离真实有多远》,王广州译,桂林:广西师范大学出版社 2007 年版,第 227 页。

十分荒唐。故事与生活的不同在于经过艺术加工,让一些人担心的其实是"故事离真实有多远"? 我们当然不能认为故事是对现实生活的复制,但也不能因为其蕴涵着艺术加工就把"虚构"看作"虚假"。由此看来,人们对故事缺乏信任的潜意识,是对那些胡编乱造的坏故事。博尔赫斯说:情节过于荒诞,小说就被埋没了。① 这确是事实。唯其如此,创造一个好故事才显得如此艰难,在某种意义上决定了一部小说的成败。优秀小说的创造首先就体现于好故事的建构上。用斯蒂芬·金有话说:世上没有点子仓库,没有故事中心,也没有畅销书埋藏岛;好故事的点子真的是来自乌有乡,凭空朝你飞过来。② 而这恰恰证明了故事之于小说的重要性。事实上我们一直在无视一个现象:日常生活中,我们将所涉及接触的所有一切都自然而然地转化为一种故事,这是人的一种文化无意识。

换句话说,故事不只是发生在书本上、电视里和电影中,也持续不断地在我们身边上演,而且我们就是那些扮演故事的演员。我们依靠故事生活,通过故事产生情感共鸣、维持人际关系。这个意义上,毫无疑问"故事是我们最深刻的社会化需求之一"。③ 美国园林学家查尔斯·莫尔曾指出:当你置身于一个环境优美的公园时,你会觉得橡树叶的声音仿佛是在向我们"讲述大地的秘密故事",这是所有成功的园林艺术的魅力所在。不仅一座园林也可以像一首诗或一幅画,讲述天地万物的故事;而且整个园林中四处都在向我们的想象提供着神奇的故事。比如"园林的道路可成为剧情的脉络,使不同的时刻和事件连接起来,成为一篇篇叙事"。此外"有些园林讲述的故事具有极大的感召力或极其复杂,会使人将它们与讲故事者的艺术作一个比较"。比如"迪士尼乐园是由海盗、鬼魂和美国英雄故事构成的一座园林"④。如此等等。唯其如此,故事并不为"小说艺术"所垄断,它构成了人类文化的核心(比如科学史中关于"宇宙大爆炸理论"的描述)。实验心理学早有这样的发现:许多年龄在六至七岁,能够理

---

① [阿根廷]博尔赫斯等:《博尔赫斯七席谈》,林一安译,北京:光明日报出版社 2000 年版,第 141 页。

② [美]斯蒂芬·金:《写作这回事》,张坤译,上海:上海译文出版社 2009 年版,第 25 页。

③ [美]杰里·克利弗:《小说写作教程》,王著定译,北京:中国人民大学出版社 2012 年版,第 7 页、第 11 页。

④ [美]查尔斯·莫尔等:《风景》,李斯译,北京:光明日报出版社 2000 年版,第 44 页、第 70 页、第 82 页。

解音乐、找出节拍、旋律和节奏的儿童,他们"大多把音乐看成是'关于某种东西'的,换言之,他们把音乐当成是在讲故事"①。

所以有这样的说法:饮食可使我们维持生命,而故事可让我们不枉此生。人们之所以会形成根深蒂固的"听故事"的需要,自有其深刻的人类学方面的根源。经验表明,正是通过众多的故事使我们具备了人的身份。这么说并没有夸大其词。因为好故事使我们与他人在伦理上分享一个共同的世界成为可能。② 但也正是因为这个原因,使得像福斯特那样的认真的小说家,既强调故事对于小说的重要性,又无法轻易地将小说与故事混为一谈。因为一个好故事必须包含两个方面:过程的吸引力与结果的回味性。这两者既有统一性也存在差异。就像斯蒂芬·金所说:从读者的角度来说,我对于将要发生的事情的兴趣,远远大于过去已经发生的事。③无须赘言,一个无法让人愿意一气读下去的故事算不上是最好的故事。但一气读完之后除了精疲力竭之外再没有别的什么想说和可谈的,那同样不是好故事。一个名副其实的好故事取决于两者的统一。只有在那个状态中才意味着一个好故事成功"转型"为一部好小说。

经过如此漫长的讨论,我们把一个简单的问题复杂化了。那就让我们回归简单,用两位小说家的经验之谈来结束关于"小说即故事论"的讨论:说到底,"所有的小说都关注自我之谜"④,而这个谜底就在故事之中。正是在这个意义上我们得再次强调:小说家的工作就是在写一个人,讲一个关于人的故事。⑤

---

① [美]赫乌德·加登纳:《艺术与人的发展》,兰金仁译,北京:光明日报出版社1988年版,第255页。

② [爱尔兰]理查德·卡尼:《故事离真实有多远》,王广州译,桂林:广西师范大学出版社2007年版,第12页、第255页。

③ [美]斯蒂芬·金:《写作这回事》,张坤译,上海:上海译文出版社2009年版,第226页。

④ [捷]米兰·昆德拉:《小说的智慧》,艾晓明译,长春:时代文艺出版社1992年版,第26页。

⑤ [美]杰克·哈特:《故事技巧》,叶青等译,北京:中国人民大学出版社2012年版,第74页。

第三章　故事的品质

——小说历史学

作为"市民社会的史诗"的小说是一种想象力的产物,它以精彩纷呈的虚构而赢得读者的青睐。但历史却是以真实的事实,作为其安身立命之本。前者重"美"而后者求"真",看起来似乎有点南辕北辙的味道。但有意思的是,为了更好地虚构的小说家常常会关注历史的真实,而诸如彼得·盖侬这样的美国历史学家,也会以他的《历史学家的三堂小说课》这样的著作来引人注目,让人意识到历史对于小说并非毫不相干。但要想厘清两者的关系,我们首先要对"历史是什么"给予明确的回答。或许比起小说来,我们更难以确定"历史"究竟该如何界定。对于这样的问题,不同的学者自有不同的回答。比如众所周知,意大利学者克罗齐曾经宣称,一切历史都是"当代史",这意味着历史的本质在于以当下的眼光去看待过去,历史学家的主要任务不在于记录事实,而是作出评价。所谓历史事实其实就是由历史学家创造出来的。但对于英国著名学者柯林伍德而言,"一切历史都是思想史"[①]。历史就是一个对这种思想的历史进行研究的历史学家,以自己的观念重新加以组织的过程。暂且让这种各执一词的见仁见智的说法搁置一边,更值得我们讨论的是,貌似南辕北辙的两种文化形态,何以会在某种意义上呈现出一种"殊途同归"的现象,这个问题值得人们予以重视。事实是,透过两种文化形态表面上的差异性,它们内在的共同点其实也并不少。

英国学者卡尔说得好:历史学家并不真正对独特性感兴趣,他们真正感兴趣的是独特性中概括出来的一般性。[②] 而我们知道,美学从来都是

---

① ［英］E. H. 卡尔:《历史是什么?》陈恒译,北京:商务印书馆 2010 年版,第 104—106 页。

② ［英］E. H. 卡尔:《历史是什么?》,陈恒译,北京:商务印书馆 2010 年版,第 158 页。

"个别"的守护者,优秀的艺术作品从来都是蕴涵着"普遍性"的"特殊"现象。尽管抽象的"一般性"与具体的"普遍性"二者并不能混为一谈,但两者间存在着一种类似的东西,即"共相性"这也是事实。所以在卡尔看来,就像小说家一样,"历史所涉及的是独特与普遍之间的关系"①。其次,就像优秀的小说家的作品总是拥有一种强烈的"现实感",称职的历史学家需要一种富于想象的理解力②,以便帮助他撰写出精妙绝伦的历史文本。第三方面的原因是显而易见的,即历史文本与小说作品一样,离不开叙事活动。这是历史学家不可能对反映他所感兴趣那段历史的小说作品,故作清高地视而不见的原因。换句话说,"叙事作品向我们当中那些关心历史真实性的人所承诺的是一种理解方式,这方式既非绝对亦非相对,只是居于二者之间的某种东西"③。但在我看来,让小说作品与历史文本相互走近的一个最根本的原因,就是它们都属于人文领域,具有共同的人文关怀的使命。作为艺术的小说固然时刻在为"人的胜利"而努力,同样的,"除了'为什么'这个问题外,历史学家也会探询'往何处去'这个问题"④。所以"小说历史学",这是小说诗学中一个十分重要的分支。探讨小说与历史的关系,是小说诗学中的重要命题。

第一节　小说与历史之间

事实上一部文学发展史表明,文学自诞生之日起就与历史有着千丝万缕的关系。有意无意地,评论家和小说家甚至历史学家们,都会把小说与历史相提并论而莫衷一是。但我在此要谈的,并不是小说家族中一种独特的类型,即所谓以某种历史材料为基础进行创作的"历史小说",而是一般意义上的小说文本与通常性的历史书写之间,存在着一种有意无意

---

① ［英］E.H.卡尔:《历史是什么?》,陈恒译,北京:商务印书馆2010年版,第160页。

② ［英］E.H.卡尔:《历史是什么?》,陈恒译,北京:商务印书馆2010年版,第108页。

③ ［爱尔兰］理查德·卡尼:《故事离真实有多远》,王广州译,桂林:广西师范大学出版社2007年版,第254页。

④ ［英］E.H.卡尔:《历史是什么?》,陈恒译,北京:商务印书馆2010年版,第208页。

的相互接近的现象。这种现象的结果就是小说作品与历史著作中出现你中有我、我中有你的结果。我们所要做的是分析，之所以会出现这种现象，这究竟意味着什么？是审美学的必然还是历史学的需要？从众说纷纭之中，我们可以提炼出四种基本观点。

第一种观点把小说的位置看得高于历史。众所周知，这来自亚里士多德的《诗学》，他明确强调，诗人的职责不在于描述已发生的事，而在于描述可能发生的事。因此，"写诗这种活动比写历史更富于哲学意味，更被严肃对待。因为诗所描述的事带有普遍性，历史则叙述个别的事"①。第二种观点正好相反，认为小说不过是不登大雅之堂的野史而已。这个观点最早出自班固的《汉书·艺文志》，他提出："小说家者流，盖出于稗官，街谈巷语，道听途说之所造也。"第三种观点带有"后现代"烙印，可以以美国历史学家海登·怀特的"历史诗学论"为代表。在他看来，历史写作与创作小说这两种活动虽属不同领域，但实质相同。小说作品虽然是虚构的产物，但历史同样离不开想象力的介入，因而同样带有虚构的成分。第四种观点相对较近于常识。认为小说与历史作为两种不同的文化形态，一方面存在注重"虚构"与尊重"事实"的区别，另一方面也存在着"异中有同"的特点。这个观点最突出的表述来自美国学者彼得·盖依，用他的话讲：首先我们必须看到小说与历史的本质区别。比如，在虚构的故事中也许有历史存在，但在历史中却不允许有虚构这类东西的存在。但其次我们也应该承认，在一位伟大的小说家手上，完美的虚构可能创造出真正的历史。②

如今来看，第二种观点早已显得迂腐而不合时宜。第三种观点听起来显得十分时尚，但如果将这个观点演绎到极端，完全抹掉历史与小说的区别，则经不起深入的分析。概而言之，海登·怀特的"历史诗学论"的基础，建立在历史和小说一样需要"讲故事"上。他认为彼此的主要差异在于，史学家"发现"故事而小说家"创造"故事。③ 倘若由此来看，这个所谓"后现代"观点其实与中国的"前现代"说法如出一辙。金圣叹在其《读第

---

① [古希腊]亚里士多德：《诗学》，罗念生译，北京：人民文学出版社1982年版，第29页。

② [美]彼得·盖依：《历史学家的三堂小说课》，刘森尧译，北京：北京大学出版社2006年版，第148页、第153页。

③ [美]海登·怀特：《元史学：十九世纪欧洲的历史想象》，陈新译，南京：译林出版社2004年版，第8页。

五才子书法》中指出，"《史记》是以文运事，《水浒》是因文生事"①。所谓"以文运事"，就是以语言文字作为表达媒介，将已经存在的"故事"呈现出来。而所谓"因文生事"，则是以语言文字为主，通过丰富的想象力创造出一个故事来。诚如一位学者而言："从这个角度看，书写历史只不过是书写小说的另一种方式而已。"②但显然，如此这般地理解海登·怀特的观点并不准确，他的逻辑基础在于强调：首先，史诗的情节结构看来像是编年史本身的一种隐含的形式，就像一个假定的"无叙事"史学也能被确定成一个特殊类型的"故事"。其次，现实的生活世界并不会"现成"地向历史学提供故事。历史学家的所谓"发现"工作，有一个以想象力为基础的前提。换句话说，为了说明过去"实际发生的事情"，史学家首先必须将文献中记载的整组事件"预构"成一个可能的知识客体，而"这种预构行为是诗性的"，因为在史学家自己的意识系统中，它是前认知的，即直观性的。在此意义上，就其结构的构成性程度而言，"它也是诗性的"。③

但把形成知识客体的过程中的"预构"行为，与创造审美对象的活动中的"虚构"活动，两者不加区别地一视同仁，这无疑是利用逻辑推理的合理性遮蔽了生活实践中的不合理性。诚然，博尔赫斯说过：小说家不能把想象力占为己有，因为我们不能否认，"所有真正的历史学家也都跟小说家一样地有想象力"④。这是由于真正优秀的历史文本并不是将事实简单地记录在案，就像艺术不是对自然的单纯模仿，历史不是对僵死事实或事件的叙述。它与艺术一样，是人类自我认识的一种途径和形式。正是由于这个缘故，卡西尔强调：把历史的真实定义为"与事实相一致"这无论如何不是对问题的令人满意的解答。⑤ 但也正如他所指出的那样，"虽然我们不能否认每一部伟大的历史著作都包含着一种艺术的成分，它也并不

---

① 金圣叹：《金圣叹文集》，成都：巴蜀书社1997年版，第235页。

② ［美］彼得·盖依：《历史学家的三堂小说课》，刘森尧译，北京：北京大学出版社2006年版，第145页。

③ ［美］海登·怀特：《元史学：十九世纪欧洲的历史想象》，陈新译，南京：译林出版社2004年版，第9页、第40页。

④ ［阿根廷］博尔赫斯：《博尔赫斯谈诗论艺》，陈重仁译，上海：上海译文出版社2008年版，第118页。

⑤ ［德］卡西尔：《人论》，甘阳译，上海：上海译文出版社1985年版，第220页。

因此就成为一部虚构的作品"①。因为就像"虚构是诗歌的灵魂"②,艺术对虚构的依赖在于:唯有借助虚构才能让一部艺术作品"唱出激情的最高音"③;对于历史文本而言,"事实的真实性"永远具有不可否认的重要意义。所以在英语世界里,"虚构"与"事实"的区分(fiction / fact),常常被视作"小说"与"历史"(fiction / history)的差别。即使是以真实的历史素材为原料的"历史小说"和"历史戏剧",同样存在着实际事实与文学想象之间的张力关系。比如在莎士比亚笔下,人们一直觉得英国国王理查三世之所以会那么恶毒的原因,乃是由于他那难堪的驼背所造成的。尽管这并非历史事实,但凭着莎士比亚活泼生动的创作才华,他成功地在读者和观众的心目中将虚构取代了事实。④

除了在"虚构"与"事实"之间的不同,小说与历史的另一种区别在于叙述形态的差异。尽管在某种意义上,历史和小说都是在"讲故事",但通常而言,历史故事属于展示一个社会和时代的变迁的"宏大叙述",而小说故事则属于以个体角色的性格塑造为核心的"微观叙述"。经验表明,作者在小说中刻画的人物越是独特,越是高度的个人化,他所反映的现实基础也会相应的越是广阔。这方面最能说明问题的例子,莫过于帕斯捷尔纳克1958年获诺贝尔文学奖的小说《日瓦戈医生》。这部小说只有一个主角:尤里·日瓦戈,他是西伯利亚富商的儿子,但很小便被父亲遗弃,10岁丧母成了孤儿。舅父把他寄养在莫斯科格罗梅科教授家。教授一家待他很好,让他同女儿东尼娅一起受教育。

日瓦戈大学医科毕业后当了外科医生,并同东尼娅结了婚。第一次世界大战爆发后日瓦戈应征入伍,在前线野战医院工作。十月革命胜利后日瓦戈从前线回到莫斯科。他欢呼苏维埃政权的诞生:"多么高超的外科手术!一下子就娴熟地割掉腐臭的旧溃疡!直截了当地对一个世纪以来的不义下了裁决书……这是从未有过的壮举,这是历史上的奇迹!"但革命后的莫斯科供应极端困难,日瓦戈一家濒临饿死,他本人又染上了伤

---

① [德]卡西尔:《人论》,甘阳译,上海:上海译文出版社1985年版,第259页。

② [德]约翰·温克尔曼:《论古代艺术》,邵大箴译,北京:文化艺术出版社1989年版,第75页。

③ [秘鲁]巴尔加斯·略萨:《谎言中的真实》,赵德明译,昆明:云南人民出版社1997年版,第71页。

④ [美]彼得·盖依:《历史学家的三堂小说课》,刘森尧译,北京:北京大学出版社2006年版,第15页。

寒症。这时他同父异母的弟弟叶夫格拉夫·日瓦戈劝他们全家搬到乌拉尔去,在那儿至少不至于饿死。1918 年 4 月日瓦戈一家动身到东尼娅外祖父的领地瓦雷金诺村去。这里虽然能维持生活,但日瓦戈感到心情沉闷。他既不能行医,也无法写作。他经常到附近的尤里亚金市图书馆去看书。他在图书馆里遇见女友拉拉。拉拉是随同丈夫巴沙·安季波夫到尤里亚金市来的。巴沙·安季波夫参加了红军,改名为斯特列利尼科夫,成了红军高级指挥员。

他躲避拉拉,不同她见面。日瓦戈告诉拉拉,斯特列利尼科夫是旧军官出身,不会得到布尔什维克的信任。他们一旦不需要党外军事专家时,就会把他踩死。不久日瓦戈被游击队劫去当医生。他在游击队里待了一年多之后逃回尤里亚金市。他岳父和妻子东尼娅已返回莫斯科,从那儿又流亡到国外。随着红军的胜利,党外军事专家已成为镇压对象。首当其冲的便是拉拉的丈夫斯特列利尼科夫,他已逃跑。拉拉和日瓦戈随时有被捕的危险。他们躲到空无一人的瓦雷金诺村。坑害过他们两人的科马罗夫斯基律师来到瓦雷金诺,骗走了拉拉。斯特列利尼科夫也到这儿来寻找妻子,但拉拉已被骗走。斯特列利尼科夫悲痛欲绝,开枪自杀。瓦雷金诺只剩下日瓦戈一人。他为了活命,徒步走回莫斯科。他在莫斯科又遇见弟弟叶夫格拉夫。弟弟把日瓦戈安置在一家医院里当医生。日瓦戈上班的第一天心脏病发作,猝然死在人行道上。

从故事梗概来看,这部小说就是围绕着尤里·日瓦戈的个人经历展开的叙述,因而似乎就是一个生不逢时的不幸的人的故事。但读完小说后我们的感觉却并没有停留在这个层面上,而是透过这个不幸的人的人生,深切感受到了一个大时代的场景。让我们对曾经在全世界产生影响的苏联"十月革命"的大历史,有了近距离的体验。所以,尽管关于那场伟大革命的历史书写太多了,但《日瓦戈医生》这部小说的价值仍是不能取代的。这让人想起美国麻省理工学院语言学家乔姆斯基的这番话:我们对人类生活、对人的个性的认识,可能更多的是来自于小说,而不是科学的心理学。[1] 不言而喻,这种叙述角度方面的差异,是区别小说与历史的一个重要标志。也是由于这个原因,即使是同样的题材,一部优秀的历史著作与一部同样优秀的小说之间,不仅不会导致冲突与竞争,而且能出现

---

① [美]霍根:《科学的终结》,孙雍君译,呼和浩特:远方出版社 1997 年版,第221 页。

相互作用和补充的同舟共济的现象。比如两位美籍华裔人士张纯如的历史写作《南京浩劫：被遗忘的大屠杀》与哈金的小说《南京安魂曲》。虽然20世纪90年代关于南京大屠杀、慰安妇、日本对战俘进行的活体试验以及其他揭露日本暴行的小说、历史书籍、报刊文章迅速增加和传播，但让南京大屠杀在世界范围内引起广泛关注的，还是1997年张纯如《南京浩劫：被遗忘的大屠杀》(*The Rape of Nanjing：The Forgotten Holocaust of World War* Ⅱ)的出版。

整部书从三种视角来讲述南京大屠杀：第一种是日本人的视角。它是一个有计划的侵略——日本军队被告知做什么、如何做以及为什么要这样做。第二个视角是中国人即受害人的视角。第三个视角是欧美人的视角。张纯如的这种写作方式，是出于尽量体现其作为历史学家的客观性。所以书中虽然也有一些具体事件的描述，但更多的是引用出自当时相关人士的第一手资料。最具代表性的是德国人拉贝的日记和美国人魏特林女士的日记。另外则是当时各种相关而可信的媒体报道。比如日军在前往南京途中，经过苏州时就已经开始毫无顾忌地大肆杀人、强奸，焚烧名胜古迹，无恶不作。张纯如的写法采用冷静的叙述，她引用了由美国人托马斯·密勒于1917年6月9日于上海创办的《密勒氏评论报》(*China Weekly Review*)的报道：由于日军的入侵，导致该城市的人口由35万锐减到500人。[①] 这部不足23万字的著作由两部分组成：第一部的目录为：1.通向南京之路；2.六周暴行；3.南京的陷落；4.恐怖的六星期；5.南京安全区。第二部的目录是：6.世界所了解的情况；7.占领下的南京；8.审判日；9.幸存者的命运；10.被遗忘的屠杀：二次劫难。

张纯如在"导言"里引用了罗伯特·莱基的《摆脱不幸：二战传奇》一书中的这段话："希特勒领导的纳粹所做的使其蒙羞的任何事情，都比不上松井石根将军麾下的日本士兵在南京所犯的罪行。"[②]这事实上就是整部书的一种基本书写方式。作为读者，我们仅从这本著作的目录编排方面就能判断出两点：首先，作者的视点始终是放在对整个南京大屠杀这个令人发指的暴行的宏观叙述上，基本上没有依赖于那些个体的叙述。其次，作者的叙述方式也是尽可能用数据说话，反映出作者的立场和评判。

---

① ［美］张纯如：《南京浩劫：被遗忘的大屠杀》，杨夏鸣译，北京：东方出版社2007年版，第40页。

② ［美］张纯如：《南京浩劫：被遗忘的大屠杀》，杨夏鸣译，北京：东方出版社2007年版，第5页。

比如她在介绍于 1946 年 5 月 3 日在日本首都东京开庭的"远东国际军事法庭"的审判的这段文字："远东国际军事审判共吸引了 20 万旁听者,419 名证人,审判的庭审记录长达 4.9 万页,文字达 1000 万。另外还有 779 份宣誓证书和 4336 件法庭证据。被称为'世纪审判'的东京审判持续了两年半时间,这是纽伦堡审判时间的三倍。实际上,东京审判是有史以来最长的战争犯罪审判。"①在这样的数据面前,作为历史书写的基础的"事实"得到清晰的呈现。

与此不同,哈金的《南京安魂曲》是一部小说。小说中有两个叙述焦点,首先是从作为叙谈者的中国妇女高安玲的视角来讲述明妮·魏特林的故事,这是一个完全虚构的人物,在小说里她被作者描述为金陵女子学院临时负责人明妮·魏特林的助手,以便于她能从一个"外视角"的方位,更全面和真实地刻画出魏特林英雄般的壮举。1937 年 12 月,日军攻破南京城墙之后,美国人明妮·魏特林在金陵女子学院里收容了数以万计的中国妇女和儿童,她用一个基督徒的慈悲心肠来保护那些双腿发抖的人,甚至连自己御寒的被窝都奉献出来。但是,在战争的极端环境里,日军比野兽还凶狠,他们不讲任何法则,释放出所有的邪恶,就连进入中立区的妇女和儿童也不放过。在极恶面前,上帝把拯救的任务交给了以明妮为首的信徒们。当 12 个女孩被日军当作妓女强行抓走之后,明妮发出这样的质问:"主啊,你什么时候才会倾听我的祷告? 你什么时候才会显示你的愤怒?"主没有显示愤怒,他在考验明妮的耐心。当其中 6 个女孩重新回到学校的时候,明妮相信这个奇迹一定是她昨晚热切祷告的结果。她和安玲都相信"上帝的精神是体现在人类中间的"。

其次是在写明妮的同时,哈金也交代了叙述者安玲本人及其家庭的故事。战争爆发前,安玲的儿子到日本留学,娶了日本太太盈子。战争爆发后,安玲的儿子应征入伍,随日军进入中国。这种复杂的关系,使安玲魂不守舍。后来,她的儿子被中国人当汉奸杀了,安玲连哭泣都得先拉上窗帘。战争结束后,安玲作为证人到达日本,面对自己的儿媳妇和孙子却不敢相认。安玲的女婿是国民党部队的情报员,后来去了台湾。他断定自己短时间内回不了大陆,于是写信叫安玲的女儿改嫁,自己在台湾重组了家庭。安玲的丈夫因为过去跟美国教授们的关系,不被信任……这是

---

① [美]张纯如:《南京浩劫:被遗忘的大屠杀》,杨夏鸣译,北京:东方出版社 2007 年版,第 230 页。

战争给一个中国家庭带来的悲剧,就凭以上人物关系,放在任何一个作家手里,都足足可以写出厚厚的一本。但是哈金却一笔带过,在洋洋洒洒的20万字里,他只给了安玲这个家庭大约2000多字,还散落于不同的段落。他这么写,就是要让安玲永远保持叙述者的角色,而不让她跳出来成为主角。作者以明妮的女英雄形象表达了超越国界、不计个人利益得失的一种人道主义精神,呼唤珍惜生命、尊重每一个生命生存权,让读者回到历史现场,更深刻地认识过去,更全面地思考未来。把两部书放在一起,共同点与差异性是一目了然的。

共同点在于都是对那场史无前例的反人类大屠杀的记载和描述,差异性在于张纯如以一种“大历史”的宏观叙述,将这种大屠杀放在了整个二战期间的背景下,不仅让我们以一种俯瞰的姿态对整个这段历史有了一个相对全面与完整的了解,也让我们对关于“二战史”的记载方面,以欧美为主体的知识界有意无意地“遗忘”有了清楚的认识。而哈金的小说则以“微观透视”的方式具体落实在几位主角的身上,相对显得更为贴近,从而使我们对这场灾难中的相关的人们的苦难命运,有一种更为感同身受的体验。尽管就像荷兰学者德累斯顿,在谈到关于反映二战中纳粹德国对犹太人的种族灭绝罪行时所说:“任何文学作品都不可能成功描绘这种悲惨的情景,任何描写都不可能令人满意,不可能全面而完整。”①哈金的《南京安魂曲》同样无法达到令人满意的高度。但作为一部小说而言,它毕竟有比历史书写的更独特之处。让人印象深刻的是书中的许多细节。比如写日本兵吃的大米饭都是红的,以及日本兵往中国小孩嘴里尿尿等等,这些情景全都取材于当年亲自经历这一切的日本兵的日记。但尽管如此,小说的重点并不在于正面描写明妮·魏特林跟日军的冲突,而是通过一定分量的笔墨描述出日军的极恶,来与以明妮·魏特林为代表的那些西方传教士和商人、学者、记者、医生等各界人士的极善,进行一种反差强烈的对比,从而进一步唤起一种悲天悯人的对人性回归的呼唤。所以,虽然在近300页的叙述中,小说的叙述笔调基本上是平静的,但这丝毫没有遮掩故事中发生的大屠杀的残忍。

张纯如为她的这部著作呕心沥血,走遍南京的各地采访当事人。为了确保真实性,佐以大量历史档案和第三方当事人的日记和书信,采用多

---

① 〔荷兰〕塞姆·德累斯顿:《迫害、灭绝与文学》,何道宽译,广东:花城出版社2012年版,第119页。

视角来回溯南京大屠杀这段历史事件。2008 年哈金的小说动笔时,这位让人敬佩的优秀的女性,早已离世 4 年。由于张纯如的历史写作出版在前,哈金在创作这部小说时看过张纯如的文本,但两种叙述方式的不同使得哈金的作品丝毫没有任何"抄袭"的地方。哈金写完初稿后又先后修改了 40 多遍。写作中主要参考了明妮·魏特林的日记。这部日记从 1937 年 8 月 12 日一直写到 1940 年 4 月 14 日,如实记述了整个南京大屠杀期间日本军队的暴行和在南京的外国人的救助行为。哈金曾在接受采访时说过,写作的 3 年多时间里,自己一直生活在 70 年前南京的气氛中,"心情很沮丧,但这是工作的条件,没有选择,常常哭完了还得写下去"。哪怕仅仅从这个创作过程来讲,也足以呈现出"历史书写"与"文学创作"两者间的差异。前者是要尽量拉开距离,而后者则不得不将自己的一切与书写对象融为一体。这让我们再次想到这句话:"在一位伟大的小说家手上,完美的虚构可能创造出真正的历史。"①

但尽管如此,把小说与历史相提并论不加区别的做法,肯定是不行的。作为两种不同文化形态,彼此各有其所追求和试图达到的目的:在历史就是通过真实的事实实现对人类社会的发展规律的认识;在小说家而言,则是对"人性何为"这个永恒命题的坚持不懈的探讨。就像彼得·盖依在分析福楼拜名著《包法利夫人》时所说:以现代文学的标准来看,《包法利夫人》的崇高地位应该是牢不可破的。这本小说即使从今天的眼光看,其吸引人的程度并不亚于 150 年前出书之时。但对历史学家而言,其功能就受到相当大的限制。因为这部作品即使在很大程度上服膺于所谓的"现实原则",但是在呈现这个原理时,作者也并不是那么的不偏不倚。因为对作为语言艺术家的福楼拜而言,他的首要任务是艺术,真实只能占据第二个位置。比如在 1856 年 12 月的一个日子,他明确写道:"艺术的本质在于展现美,我最重视这个东西。首先是风格,然后是真实。"因此,诚如彼得·盖依所说:对《包法利夫人》这部作品而言,"不管我们企图从小说中学到什么,它真正要告诉我们的,与其说是拿破仑三世时代的法国或者是作者家乡卢昂地区的道德习尚,倒不如说是法国的前卫风格或是作者对生存的焦虑"②。

---

① 〔美〕彼得·盖依:《历史学家的三堂小说课》,刘森尧译,北京:北京大学出版社 2006 年版,第 153 页。

② 〔美〕彼得·盖依:《历史学家的三堂小说课》,刘森尧译,北京:北京大学出版社 2006 年版,第 97 页。

在当代创作实践里，我们同样能够找到更能说明问题的例子。比如，由席宣与金春明两位作者撰写的长达 33 万多字的《"文化大革命"简史》（北京：中共党史出版社 1996 年版），除"引言"外共有七章。分别是：1."文化大革命"的历史背景；2."文化大革命"的全面发动；3.以全面夺取政权为特征的"文化大革命"；4.稳定"文化大革命"格局的努力和林彪事件；5."批林整风"和"批林批孔"；6.整顿与反整顿的较量："文化大革命"结束；7.十年浩劫后的思考。对凡是经历过这场声势浩大的运动的人们而言，仅仅从这个目录来看，已足以把这场运动的基本状况，让未曾亲历这段历史的人们有了一个大概的认识。但这并不妨碍小说家们同样以此为背景，进行各自的文学创作。比如著名作家王蒙就以"狂欢的季节"为题①，以这场运动为素材写作了一部小说。这部小说由一个叫"钱文"的男主角担任故事的讲述者。为了有助于展开分析，容许我引用马玉梅女士缩写的文本②，让大家对小说的故事梗概有一个基本了解。

钱文永远不会忘记离开北京的情景。他主动要求调离北京，远走高飞。那些日子他好像总在奔跑，虽然他已经碰了不少钉子，但是当真到了决定的关头，到了生命的小船在命运的急流中转弯的这一刻，回顾过去的那些挫折，他觉得不过是一点小插曲、一点笑料、一时走失而已。毛泽东说知识分子要经风雨见世面，毛泽东喜欢说农村是广阔天地，毛泽东还说知识分子与工农相结合与人民相结合，否则就一事无成。毛泽东的肯定否定不容置疑，不容分说。是的，无论如何，毛泽东的声音是一个个雄健的音符，是天行健、君子以自强不息的强。他呼唤强者的声音将长期震响在中国大地上，包括反对毛泽东的人也将受他的影响。在钱文决定离开北京以后，他相信自己从根本上不是弱者，不是牢骚满腹的鼻涕虫。他将永远乐于承认毛泽东的力量、毛泽东的影响。远行，是一次力量的证明、幸福的证明，是他的前途仍然广阔、道路仍然通畅的确证。他来边疆前给张银波打了一个电话，张银波居然告诉他陆浩生书记愿意为他给边疆写一封信。张银波、陆浩生几乎是明着告诉他，事情不会总是这样，你钱文总有报效祖国的机会。你是有才能的，你做出了成绩还不是可以再回来？

人需要成熟需要磨砺，你原来就是偏于敏感偏于抒情太多了。现在不是一个小桥流水悄声细语的时代，不是一个刘大白徐志摩的时代，不是

---

①　王蒙：《狂欢的季节》，北京：人民文学出版社 2000 年版。

②　马玉梅缩写：《王蒙〈狂欢的季节〉梗概》，杭州网，http：// www. hangzhou. com. cn/20010707/ca4544. html，转载自：光明网，2001 年 7 月 13 日。

一个多情多感多思的时代，现在要的是冲锋号是大炮是大锣大鼓红旗飘扬，广场上亿万群众一心支援卡斯特罗大胡子和胡志明伯伯。同事们也纷纷给他送行，甚至连赵奔腾也送给钱文一个笔记本。钱文也奇怪，怎么一说走就来了这么多的人情味。他走了，便不再有什么"危险"，不再需要故意地贬低他冷淡他了，他也就成了单纯的自己了。是这样吗？刚到边疆，地方领导同志看完陆浩生的信便走过来坐到钱文身边。可以重新申请入党。可以管一点事。可以到处走一走。可以先发一点作品。钱文只觉得腾云驾雾。他短期出差，搜集先进公社的先进人物事迹。他到处见到先进谈论先进，他感动得如醉如狂，浑身发烧，为了赶时间直接高效地为无产阶级政治服务，他抱着豁出去了的心情放弃了写诗而写了歌颂公社社员先进人物事迹的报告文学。他的报告文学立刻受到了文学刊物负责人的肯定。接着传来某位主管领导打算约见他的说法。钱文一直沉浸在期待的兴奋中。就在这个期待过程中，报纸上开始了对于《海瑞罢官》和《谢瑶环》的批评，开始了对邵荃麟的"写中间人物论"的批判，又开始了对于夏衍的"离经叛道论"和"反火药味论"的批判。文艺批判的气氛愈来愈浓。钱文写的受到赞扬的报告文学在最后一遍校对对红之后，终于被撤了下来。钱文明白，尽管他像一只飞蛾一样地胡乱挣扎，他也只能继续冷冻，不能透风见亮的形势十分明朗，连"控制使用"都不可能，他再想辙再使劲也无法改变被人民被社会排斥在外的命运。

　　1965年春，钱文一家再次往远里走七百里，到了一个小镇附近的农村，美其名曰"下乡劳动锻炼"。此后"文化大革命"开始，"三家村"揪出来，北京市委改组，刘少奇犯了"资产阶级反动路线的错误"，工作组撤回，特别是毛主席的《我的一张大字报》传来之后，他们简直不知该怎样反应。钱文进一步认清了自己的渺小与无力，认清了自己与千千万万个蠕动着恐惧着糊涂着而又保命心切、顾家顾妻顾子心切的良民顺民绝无二致。一想到自己写过诗有过激情哪怕是革命的激情，反正他不够格动过脑筋有过不安和不快有过眉头深蹙和动辄怔忡的"前科"，他相信自己确是罪该万死，从"文化大革命"开始，钱文诚惶诚恐，时时刻刻觉得什么事即将发生，他已经拟好检查交代材料和检举材料，从运动的第一天起，他就思考一旦被关进牛棚，他检举谁。当然他不会再像反右时期那么幼稚，知道了检举的要义在于既要应付运动，又要明举暗保，不能做缺阴功的事。他期待的只是掌握了真理也掌握了历史，掌握了群众也掌握了暴力的强人猛人们能宽大赦免自己，用他学到的一句维吾尔人的话来说，叫作饶了我那一小勺肮脏的血吧。他始终没等到什么大事，因为他远离城市，因为他早已成为死老虎了。

一天天过去了，小乱避城，大乱避乡。远离城市的钱文成了三不管的人，他不敢革命也不敢反革命，不敢积极也不敢消极，不敢瞎忙活也不敢大休息。他前所未有的逍遥。与毛泽东的斗争哲学背道而驰，与"文化大革命"的横扫一切牛鬼蛇神的使命背道而驰，打江山的人逍遥不了，坐江山的人更逍遥不了，吃皇粮的、有一官半职的都逍遥不了。他钱文选择了革命，选择了使命，选择了奋斗，选择了匆忙，选择了终生的浴血奋斗。选择的结果……他成了"文革"中的逍遥派，而且在如火如荼的"文化大革命"中出现了那么多"逍遥派"，这不是东方哲学东方政治的奇迹吗？逍遥的他养猫、养鸡、发酵酸奶、研究厨艺、搓麻。他知道了吃喝拉撒睡的重要，明白了从活着的角度看人本没有多大差别，他想世界上究竟是伟人多的国家人民幸福还是伟人少的国家人民幸福？究竟是伟人主政的国家人民日子好过还是普通人主政的国家人民日子好过一些？如果老百姓对伟人的态度多一点保留，如果伟人也去搓一搓麻，养养鸡，酿酿酸奶，逗逗猫，如果伟人的自我感觉降低那么一点点，如果毛主席多一点庸常心态，多一点对平凡世界的俯就而少一点天马行空的大手笔，对于他本人，对于中国人，是损失更多还是获得的益处更多呢？然而一次东菊带着儿子回北京探亲，到和钱文过去联结在一起而和他现在风马牛不相及的地方去了，他才发现自己心情不好。妻与子一走，他觉得自己失去了生存的必要和依据。

他掉进了茫茫大海之中，周围是淡淡的月光，是冷冷的雾气。这茫茫淡淡冷冷使他感到平静而神秘，这平静而神秘的感觉就是死亡。他的青春死了，他的希望死了，他的梦幻死了，他的情感死了。日复一日，年复一年，他莫名地行尸走肉地维持着，就是说，他的心终于死了。他已经活过了，爱过了，追求过了，胜利过了，错过了，改过了，悔过了，平静过了，也激动过了，他剩下的只有零了，只有死了。到了 1973 年，钱文的断线风筝的命运突然改变了，"林彪事件"发生后，他被召回到自治区首府一个闲散的文艺机构里，甚至参与了一台要进京参加调演的戏剧的改编。在那里有人劝他给江青写封信，不是有作家因为江青看好而走红吗？那天晚上，钱文和东菊有一次长谈，他像发作了疟疾，说起话来牙齿都打战："给江青写信？我能去找这个不素净？电影上看到她我都起鸡皮疙瘩。"最后到了 1975 年 8 月，也就是到了后来被称为大刮"右倾翻案风"的那段时间，钱文作为"没有改造好的右派分子"被扣了 6 年的工资补发了，钱文总算弄清自己勉强又算人民啦。也就是说，"文化大革命"这一个难过的关，除了扣工资扣得恼火一阵子外,他竟然嘛事没有地度过了。他兴高采烈地请了个假,在离京12年后回京探亲。公共汽车上的京腔,夜晚骑自行车的凉爽,九分钱一杯的啤酒,油饼、豆浆、炸糕、炒肝,一切给他以别来无恙的亲切。虽然那不过是1975年,虽然无产阶级文化大革命据说还在如火如荼地进行,而"全党全国"的路线斗争据说还激烈得很红火。北京人还是热衷于政治,他听到各种对江青不利的传言,感到痛快与共鸣。但远在新疆的他听首都人说这些也感到了很大的距离,他的兴趣是游玩、买东西和吃。

他以为自己已经宠辱无惊心平气和随遇而安不再寻思不再苦恼不再希冀不再失望不再流泪,他的低调已经使他永远处于不败之地,他已经达到了无嗔无喜齐是非同善恶平悲欢一生死的境地。他错了,回到边疆,只一个反击右倾翻案风就让他心上压了大石头。于是批开了唯生产力论,于是批三项批示为纲。

众人你呼我应,趁机反讽着、笑骂着发了一大堆牢骚。笑声驱散了钱文忧国忧民的沉重感,看我们的生活多么轻松,看人们的思想认识多么高度一致,看弯子不转自己就过来了,看政治学习当真是其乐融融。学习之后是声讨,大家拿起统一准备好的旗子、横标、标语牌和写有标语口号的小三角旗,兴致勃勃去游行。同志们说说笑笑地走上街头,整整齐齐地喊着口号,同时还毫不影响吸烟和闲谈。一位民族兄弟不知是语言不通还是脱离政治太狠,竟旁若无人地进入游行队伍,兜售韭菜。人们也就与他讨价还价,挑挑拣拣起来,买到韭菜的人个个喜气洋洋。多么好的游行!多么好的反击右倾翻案风!多么好的人民群众!经过"文革"的洗礼,生活真是愈来愈可爱了。治国安邦非吾事,自有周公孔圣人。"文化大革命"就像是毛泽东他老人家诗意盎然的狂想曲,是英雄主义和理想主义的狂欢,超前思维的狂欢,创造历史即追求历史的一点新意社会的一点新意的狂欢。毛泽东使青年一时间解放到了极致,去掉了一切绳墨规矩,轰动了全人类,激发了全世界。"文化大革命"确实把想象力发挥到了极致,确实尽兴。极致了就是到头,尽兴了就是破产,狂欢了就是千里搭长棚,没有不散的筵席。他自己多次讲过,物极必反。那么他死了呢?

1976年9月的这一天通知下午有重要广播。钱文自己都不敢向自己承认,从他第一声听到广播起,他就知道这一天到了。听完广播回到家里,钱文和东菊互相紧紧捏了下手。他们提醒说:"要小心,要慎重,要分析,不论发生什么事件,都要冷静。"他们之间过去常常议论毛主席和"文革",现在他们不议论了。然而承认这一点有罪过也罢——他们对视,他们发现对方脸上的极力克制的兴奋和期待的表情。他们都知道,一个历史时期过去了,不是早一分钟也不是晚一分钟,而是恰恰在这个时刻,过去了。后来发生的事如阵阵春风,其实一切都不出所料,其实要让老百姓早就办完了。钱文完全没有想到自己还会这样兴奋如迎接解放的中学生。首都举行了诗歌朗诵会,文艺界居然又活了。钱文听到那些激越的诗歌的时候,一次次地热泪盈眶。他为周总理哭。他为陈毅哭。他为王昆郭兰英的歌声哭。他为郭小川和艾青的诗句哭。一声"洪湖水浪打浪",一声"我站在高山之巅",一声"大雪压青松,青松挺且直,欲知松高洁,待到雪化时",他哭得几乎闭过气去。

最后让我们还是回顾一下钱文"文革"中和"文革"后见到的听说的我们季节系列的其他人的情况罢。善于深文周纳的颇具学者风度的曲风明同志自杀于 1966 年 7 月,这始终是个谜。没有对死因作认真调查,因为一听他死了大家就火了,什么东西?! 屡屡抗拒运动,屡屡自绝于党,自绝于人民。粗粗一查,做了一个畏罪自杀的结论,草草火化了事。1960 年章婉婉在摘了帽子后分到一张部门报纸当初审编辑。"文革"一开始章婉婉就表现得异常积极,哪派得势就紧跟哪派,不惜一切代价,最后只落得一个娼妓、野心家、危险人物的名声。直到 1968 年两派革命群众组织的大联合委员会宣布她为"没有改造好的右派分子",她才恍然大悟,从此低眉顺眼起来。她再也不跳了,像换了一个人。刘小玲的死像章婉婉的"跳"一样,是"文革"当中的著名事件,虽然很快就被人们遗忘了。她和章婉婉一样,不明白她们的政治生命早在 50 年代就完结了,她在学校第一个贴出了响应毛主席号召的大字报,她指出了我们的教育排斥工农兵子弟,分数挂帅,智育第一,宣传封资修、大洋古,脱离政治,搞资产阶级专政的种种问题。于是学校走资派和工作组抓她的家庭出身和社会关系的辫子,组织师生把她斗了 25 天,让她喝洗脚水,吃垃圾纸,鞭抽棒打,72 小时疲劳批斗,搞得她遍体鳞伤。医院因她是"牛鬼蛇神"而拒绝给她治疗。死时她头大如斗,半夜惨叫,又高呼万岁,吐血如注……刘小玲的故事,是一个以身相许殉革命之情的故事。她太热情了,从打解放,她什么事儿也没落后过。

多年以后,钱文同几个旧同事谈论过刘小玲。他知道过去没有今后更不会有理解刘小玲与相信刘小玲的了。古老的中国再也没有天真的季节了。钱文一家三口在烤鸭店里遇到了祝正鸿。"文革"时因为经过激烈的思想斗争终于揭批了陆浩生,他很快被定性为革命的领导干部,参加了革委会,新领导张志远提名他担任了政工组副组长。于是他今天布置批刘少奇,明天布置反骄破满,批陈整风,投石问路。今天批判《三上桃峰》,说是为王光美翻案,明天批判"无标题音乐",说是黑线回潮。今天批林彪不是极左而是极右,右得不能再右了,明天又批判孔子了,就因为林彪讲过韬晦和中庸之道,陈伯达题过四个字"克己复礼"。反正革命太不容易了,土改是一关,知识分子改造是一关,三反五反是一关,反右是一关,钱文、萧连甲他们就没过去这一关,然后是反右倾机会主义,然后是三年困难时期,还没从饥饿中缓过气来,好家伙,真刀真枪的"文化大革命"又来了。这不,新的靠山张明远被"隔离反省"了,据说是查林彪集团的过程中什么事牵扯到了他。就像他对钱文说的:"俗话说得好,谁受谁知道。"

卞迎春"文革"后期已经是全国知名的大人物了,她的名字开始出现在毛主席参加的一些政治大典的新闻报道里,她的名字常常排在党和国家领导人的最后,但在新闻纪录片上,一位站在毛主席身边的年岁大的女同志被知情者说成就是卞迎春。高来喜被打断腿后向卞迎春求援,还真起了作用,"卞办"的批件一到,什么麻烦也没了,公社出钱给他治病养伤,还调他去了农业技术站。赵青山得到江青召见也是由卞迎春传达的,江青本想委他以重任,谁想他当即吓得"屁滚尿流"。不过他还是由此使住房待遇得到了极大的改善。陆浩生不用说身为北京市委的书记,"文革"一来首当其冲。祝正鸿在失意时曾去看过他,陆浩生对他没有任何抱怨,只是一心盼着自己的问题能有一个结论,能被党重新吸收。他给祝正鸿看了对他解除"监护"等等"审查结论"期间,每天以蝇头小楷恭录的毛主席著作,眼里充满着泪花。这让祝正鸿觉得惊心动魄。知识分子"忠"起来,哪个工农也比不上,工农毕竟要实际得多,而知识分子的忠,无边无际,又像抒情,又像浪漫主义,又像童话,又像黑格尔的绝对理念,又像为忠而忠,甚至像表演。还有犁原、陆月兰、洪无穷他俩一度改名为陆红心、洪无私、苗二进、杜冲、李意、周碧云、赵林、闵秀梅,"文革"中谁没点古古怪怪曲曲折折脱胎换骨以至面目全非的经历呢?

将这部小说与帕斯捷尔纳克的《日瓦戈医生》相对照,不难发现彼此有许多可比性:比如都以一位饱经沧桑的男主角的经历,反映以"革命"的名义进行的社会大动荡;都尝试由个体的"微观叙事"来表现事关国家命运的"宏大叙事"等等。但两者所拥有的艺术分量却无法同日而语。原因何在?毫无疑问,王蒙在当代中国文坛中是一位重量级作家,但他的这部原本有望获得高分的小说最终未能如愿以偿。王蒙的作品从来不乏机智的语言和犀利的目光,但这构成了这部小说的一大长处的因素,却同时成了其功亏一篑的原因。这种叙述方式在恰当地保护了作者不受世俗世界的侵犯的同时，让这次以艺术的名义进行的写作成了同生活世界的调情。

我们看到，《狂欢》中的王蒙还是那位曾是"文化部部长"的著名作家，就像当年他差点因其成名作《组织部新来的年轻人》而被打成"右派"，却意外地得到"伟大领袖"的亲自肯定而得以"过关"。这部反映"文化大革命"的小说更加自觉地让我们见识到小说家王蒙的聪明智慧与运作自如的生活哲学，使之总是能在危机四伏、陷阱遍布的中国社会进退自如游刃有余。当然，这对于作者本人没什么不好，也能让我们饱受惊吓与摧残的芸芸众生学会一点更好的谋生术。但毫无疑问，这种情形无益于需要以一点"赤子之心"来面对"存在之惑"的艺术事业。王蒙在这部小说中写道："中国是世界上最热闹的国家，在什么都缺的那些年代，中国从来不缺少热闹。"①这肯定是准确的。试图对发生于 20 世纪 60 年代的那场给全中国人民带来不堪回首的人性灾难，以文学的方式作出一种反应，这个意图无疑是难能可贵的。他的创作姿态和精神立场同样无可挑剔。问题是叙述者只是满足于表面现象的罗列与呈现，未能有深入腹地的精神穿越，使得这部小说本身也为其所试图批判的这种"热闹"凑了一份子。分析起来，未能以一种率真的姿态投入其中是症结所在。

但再进一步来看，这样的分析仍未触及问题的症结所在。事实上一个更关键的问题在于，王蒙创作这部小说的雄心过于勃勃。他试图像历史学家那样，以小说艺术的方式达到历史透视的高度和广度。但他的"钱文"不同于帕斯捷尔纳克的"日瓦戈医生"，后者是作品名副其实的主角，而前者却只是名义上的主人公、事实上的"历史导游"。《狂欢的季节》只是以钱文的名义，试图像历史书写那样全方位地反映这段不堪回首的往事。用一位著名评论家的话讲："缺少有深度的人物，使得作家和钱文都失去了与他们进行深入对话的对手，钱文自己呢？热情有余，理性思考不足，滔滔不绝的心灵独白有余，痛定思痛的冷峻追索不足，……他的思维方式，一是在对立的两极中彷徨，二是在思维和感情的平面上'推磨'，缺少犀利的、致命的、痛快淋漓的一击，不能碰撞出激烈的火花，而总是在弯弯绕，围绕着某个看不见的中心打转，却不肯长驱直入。这些问题给作品带来的损失，是有理由加以斟酌的。"②换句话说，问题的核心就在于对钱文这个作为主角的个体性格和心灵世界缺少有深度的刻画，这个人物形

---

① 王蒙：《狂欢的季节》，北京：人民文学出版社 2000 年版，第 240 页。

② 张志忠：《追忆逝水年华：王蒙"季节"系列长篇小说论》，《文学评论》2001 年第 2 期，第 16—23 页。

象的塑造的缺陷,导致了这部小说在貌似追求历史感的名义下,极大地损害了其作为小说的价值。

王蒙这部小说的不足让我们意识到小说创作与历史书写,作为两种不同文化形态之间存在着的深刻的差异。这就像一位美国学者所说:如果说小说中的主角都是一些个人化的角色,那么由他们所主宰的这类小说,对历史学家而言就没什么意义。可是从另一个角度看,如果小说中所处理的主角人物都是属于一般性类型的角色,这样的小说对文学而言,就谈不上什么严肃的贡献。① 王蒙这部小说从文学方面讲之所以并不成功,就在于作品中的"钱文"这个人物,事实上只是作者为了让文本力不从心地承担起"大历史叙述"的一个工具性的"符号"。这并不意味着小说在首先实现其作为艺术的审美价值的同时,不能有效地承担反映历史的职责,而是强调一部小说要想达到这种"熊掌与鱼翅兼得"的结果、让作品既具有完美的艺术价值又具有令人印象深刻的历史性时,他首先要刻画好人物性格,塑造出令人信服的角色,否则就可能导致既非小说佳作、又非成功的历史书写的两头不讨好的局面。

从以上所作的分析来看,对小说与历史的关系把握得相对较好的,是第一和第四种观点。但亚里士多德的话经常处于一种被误解之中,以为是对历史书写的轻视。其实恰恰相反,他是在充分肯定历史写作的意义的前提下,来对文学艺术的价值给予肯定。古罗马思想家西塞罗有句名言:如果你对你出生之前的事情一无所知,这就意味着你永远是幼稚的人。所谓"出生之前的事情",也就是属于"历史范畴"的东西。历史的重要性由此可以看出。在这个意义上,许多称得上"好小说"的作品,往往都蕴涵着历史的含义。或者说,在小说家虚构的故事框架中,常常呈现出一种走向"大历史"的趋向。在这方面一个颇具代表性的作品,就是当代中国作家刘震云的第一部长篇小说《故乡天下黄花》。有读者看完后评论说,这部小说其实是一个玩笑,一个生命的玩笑,拿着一个村庄的人来开玩笑。这话有一定道理。所以作者的语言呈现出一种幽默的基调。但是必须强调的是,就是这么一种关于一个村庄的玩笑,却折射出了那个世纪的影子,让我们感受到了在一个个小故事后面浮现出来的"大历史"的存在。整部书基本上就是围绕着一个叫"马村"中的一些人,为了争夺权力

---

① [美]彼得·盖依:《历史学家的三堂小说课》,刘森尧译,北京:北京大学出版社 2006 年版,第 150 页。

而互相算计、互相斗争的事展开的。在某种意义上讲，全书只有一个关键词，这就是"斗"！小说里的故事始终描述的是"斗"的场面与情节，故事围绕着这样那样的"斗"而展开。其中有村民之间的相互斗，中国人与日本人斗，两个家族之间斗，"文革"时期的左右派斗等等。

这种不断的"斗过来斗过去"所反映的幕后推手，就是贯通几千年中华民族的一个词："权力"。故事中人物接二连三地死去活来的目的都是为了权力。在这部小说中，作者截取了一个小小的村落，以"故乡"来展示"天下"，贴近而真切地展现了古老中国半个多世纪来百姓的疾苦以及中国农村的历史变迁中有种永不改变的东西。耐人寻味的是，作者一边书写着故乡的无边苦难（但与以往的写法不同），一边也在消解苦难的神圣性和必然性。叙述者所展示的那种畸形的权利之争，没有反抗的苦难，只有乡村的苦难史。这是由众人的戏剧性的争权夺利而导致失去了斗争原本应该具有的英雄性、崇高性及悲剧性。这部《故乡天下黄花》是货真价实的小说，但同时它又是一部反映从民国初辛亥革命到抗日战争结束，然后到解放战争再到"文化大革命"的四个阶段组成的中国近现代史。小说的第一部分写了村长的谋杀，发生在民国初年。第二部分写了鬼子来了，从 1940 年开始。第三部分写了翻身，从 1949 年开始。第四部分讲的是"文化大革命"1966 年至 1968 年的事。将整个小说串联起来的，是 60 年里一个村庄的巨变和两个家族的命运更替。从故事本身讲，可以认为这是这个叫"马村"的地方的一部地方志，但在隐喻的意义上，可以看作一部中国乡村的苦难历史。

小说在第一部分的开头写到一个叫"马村"的小山村，据说是李家祖上开创的。几百年来，李家一直担任村长一职。后来民国初期，孙家的孙殿元借着"闹革命"的机会，把原村长李文喜赶下了台自己当上了村长，并借一次李文喜的儿子李文闹因好色而出人命的机会整治了李家父子。于是，孙李两家结下了仇。李家父子便雇外地人刺杀了孙殿元，李文喜再次成为村长，随后，孙老元让干儿子许布袋趁李文喜到女婿家看戏的机会杀害他，但是没有成功却将其吓死。李文喜的儿子李文闹又当上了村长，不多久却为当年的一时贪心而丧了命。作者在随后的部分写到了许布袋、李小闹等人的一些事。最后部分作者以"附记"的方式写道："一年以后，村里死五人，伤一百零三人。赖和尚下台，卫东卫彪上台。卫东任支书，卫彪任革委会主任。李葫芦任革委会副主任，但是不准经常吃'夜草'。两年之后，卫东和卫彪闹矛盾。一年之后，卫东下台。卫彪上台，任支书兼革委会主任。李葫芦任副主任。'文化大革命'结束后，卫彪、李葫芦下台,作为'造反派'抓起来,被公安局老贾关进监狱。被抓那天,李葫芦痛哭流涕,说'早知这样,还不如听俺爹的话,老老实实地卖油!'一个叫秦正文的上台。五年之后,群众闹事,死二人,伤五十五人,秦正文下台,赵互助(赵刺猬儿子)上台……"①

　　全书以省略号结尾显然表明作者是另有暗示的,这蕴含着村长之位的斗争并没有结束也不会结束,为争其位而造成的死伤也将会一再重演。可是,无论是李家和孙家还是后来的卫东、卫彪、赖和尚等人,谁当上了村长都没有得到什么实质性的东西,反而是随着时间的过去,人们为了村长的权力之争将付出更加惨重的代价,同时也加重了乡村的苦难。民国初年李孙两家村长之争只是付出了数个人的生命,鬼子来了时孙屎根、李小武、路小秃等人袭击日军变成了显示自身力量的游戏,结果都是以数十村民的性命为代价。"文革"时期赵刺猬、赖和尚他们的手下以数百人的死伤状况换取了他们的坐享其成。这部小说似乎想告诉我们,历史就是以权力为目标而展开的一场既无规则又无裁判的争夺战,它的最实用的逻辑就是成王败寇。无论这个争夺多么的残忍、多么的无耻、多么的下流和血腥,但是,胜利的一方总是可以以傲人的姿态作出各种样子,说出各种言论来毁灭他的对手,来大肆地渲染他所谓的理论。《故乡天下黄花》极其充分地表现了"权力崇拜"的主题。仅仅一部小说,作者将世间的权力之争写得如此的透彻。与刘震云后来创作的长篇相比,这部作品的确是一部成功之作。但是,作者在这部小说中运用的幽默讽刺的笔法、语言洗练简洁、人物性格生动等等因素固然有其贡献,但并不具有决定性的意义。真正成就这部作品的,就是它以小说家的手法,通过"讲故事"而呈现了"大历史"的风采。这就是在文学创作的领域里,会有那么多小说家有意无意地要以虚构的途径走向真实的历史的原因。

　　同样的案例还可以举出詹·格·巴拉德的带有自传性的小说《太阳帝国》。作者于1930年出生于中国上海,遭遇了日军侵华战争,经历了日本人占领上海的一段生活。1937年日军侵入上海,这部作品就以作者当年的少年的视角,反映了人类在战争中对自由的渴望与追求。小说描述了一个叫"吉姆"的英国男孩的生活。吉姆出生在上海一个英国商人的家里,从小过着衣食无忧的生活,他有一个心愿就是梦想成为一名战机驾驶员,驾着心爱的战机飞上云霄;第二次世界大战爆发,日军占领上海,吉姆

---

　　① 刘震云:《故乡天下黄花》,北京:中国青年出版社2004年版,第260页。

虽然和家人离散被送进了日军的集中营，但他却在这里看到了心仪已久的"零"式战机，三年多的集中营生活使得以前天真的吉姆平添了几分老成，不但学会了"为了吃饭什么事都能干"的集中营真理，而且待人处世也变得比前圆滑多了，以至于连日军军曹也对他另眼相看，就这样吉姆伴着他的飞行梦度过了集中营最艰难的日子，最终战后和深爱他的父母团聚。

故事主要反映的是 1941 年岁末的上海，抗日战争已历时四年。黄浦江面，浊流卷着污物，沉浮漂泊。数千西方人居住的外国租界内，一切依然安宁静谧。此时，租界外觊觎已久的日本占领军正默默等待着珍珠港事件的发生。"一·二八"前夕，郊外的一所别墅里正在举行化装舞会。11 岁的吉姆手里拿一架模型飞机，在人头攒动的面具中辨认着"路易十六"、"阿里巴巴"、"法国名媛"和"卓别林"。吉姆从音乐的喧闹声中隐约听到一则新闻广播："德国军队已被阻止在东部战线。在华盛顿，白宫再次召见日本大使，讨论有关日本在南太平洋地区令人不安的举动。日本大使反复强调，日本绝无与美国进行战争的意图……"热闹的舞会霎时被蒙上一层阴影。人们三五成群，低声交谈着。一个中国商人劝吉姆父亲赶快离开上海，这个英国绅士却不以为然地认为日本人离他们还远着呢！一架飞机轰鸣而过，马斯泰先生问吉姆，"是零式飞机?"吉姆很内行地回答，"不，是长岛式"。舞会在惴惴不安的气氛中早早结束了。

吉姆一家坐的派克轿车行至租界哨卡时，他们惊异地发现，数小时前还是中英警察把守的哨卡，此时已落入日本人手中。这是一个不祥之兆，他们决定暂时搬到旅馆去住。天色将明，黄浦江上日军战舰忽明忽暗地闪着信号。长岛式飞机呼啸而过，爆炸声大作，火光四起，吉姆一家从睡梦中惊醒，随着惊恐万分的人群逃出旅馆。这时，大街小巷已挤满了逃难的市民。吉姆在前拥后挤的人流中被挤昏在地，从此与父母失散了。吉姆漫无目的地在大街上踽踽独行。两个名叫贝希和弗兰克的美国青年把无家可归的吉姆送到了拍卖市场。他们与一个中国商人没能做成这笔买卖，于是，又带着吉姆想再碰碰运气。就在他们去吉姆家时，不想吉姆家已住满了日本兵，三人全都被抓。三年以后，吉姆 14 岁了。三年的集中营生活使天真的吉姆平添了几分老成，吉姆曾经跟着贝希学会了从死囚手里掰开饭盖，多领一份日渐减少的口粮；但他也从兰大夫那里懂得了为什么要活下去。幼小的吉姆怀着这种信念与死亡搏斗。

每次吃饭，吉姆总是津津有味地吃着从麦粒中数出的象鼻虫，像在完成一项神圣的使命。有一次当他一口气吃下了 87 条象鼻虫时，文太太坐在一边不寒而栗，痛苦不堪。吉姆常常从贝希那里看到一些美国生活杂志和读者文摘。他非常喜欢美国人那豪爽幽默和放荡不羁的性格。有一天,吉姆来到贝希的小屋,见贝希和丹迪正在看着指南针和地图,吉姆知道他们在商量越狱的事。正在这时,上等兵友田来到贝希小屋搜查,吉姆机敏地把指南针藏过了友田的眼睛,使贝希幸免。这以后的一天,贝希为了探明铁丝网附近是否有地雷,谎骗吉姆去铁丝网边抓雉鸡,吉姆差点儿被日本兵发现。贝希证实了铁丝网附近没有地雷的判断,暗自得意。一天清晨,几架美国野马式战斗机在集中营周围的田野和机场投下了黑压压的一片炸弹。日军高射炮无力地呻吟着。就在这天夜晚,夜光下有两个黑影从铁丝网下钻了出去。翌日,吉姆发现,日军正集队待发。他立刻明白了是怎么回事。在他想去告诉贝希的时候,弗兰克哭丧着脸告诉他,贝希已经走了。贝希和丹迪带着吉姆弄来的指南针,沿着吉姆探过的路逃走了。

吉姆好不伤心啊。一天,一团奇异的火光划破了黎明的寂静,一个白炽的火球闪着玫瑰色的光晕把天空照得泛白。回光中,吉姆看到文太太紧阖双眼,安详地寻找她的上帝去了。吉姆醒悟道,为什么山姆大叔会在长崎扔下一片太阳,那是因为天皇曾经陷害过上帝,把他关进竹笼,只让他吃米饭喝白水,现在她又自由了,所以世界毁灭了,人们走进他们的坟墓。随着"哐哐当当"的声音,共产党游击队打开了集中营的大门。吉姆又与久别的父母重逢了。他们悲喜交集地拥抱在一起。又一个晴朗的早晨,大街上簇拥着欢庆胜利的人们。"日本帝国主义滚回去!""庆祝抗战胜利!"人们挥舞着手中的小旗,兴高采烈地高呼着口号。太阳升起来了,黄浦江波光粼粼,水流湍急,不时漂浮着花朵,随波起伏。

或许是受到作者真实生活经历的限制,这部作品从小说的角度讲,实在算不上出色。但这个不足也恰恰让它具有"历史性"这个强有力的优势。这个作品的特殊性在于,在某种意义上可以说是通过小说叙事为一段真实的历史作见证。在这点上,它与上面所举的刘震云的作品具有共同性。这让人想起古巴作家阿莱霍·卡彭铁尔的一段话:小说家在这个现代科技的世界里迷失了方向,要想使自己先天或后天之有用之才能得以发挥,就不得不依靠他的特殊工作:当一个编年史家,潜心于记叙他所能理解的时事。他强调:"我从不知道编年史家和小说家有什么立得住的本质区别。何况,就目前我们所知而言,小说源于编年史。"①阿根廷作家萨瓦托也认为:任何一部长篇小说中都有自传的性质。② 而小说家亨利·詹姆斯则干脆提出:"正如图画之为现实,小说就是历史。这就是我们可以为小说所作的唯一的概括性的描述。"③这个观点的合理性并不在于强调所有的小说都属于"历史小说",而是强调,在小说艺术的苑地里,永远存在着不仅体现着强烈的历史感,而且还包含着内在的历史性的优秀作品。

为了区别于明确的以历史为题材的那些所谓"历史小说",我们可以称之为"具有历史感的小说",于是出现一个必须回答的问题:有什么必要在有了历史书写之后,我们还需要以相同素材为背景的小说作品?这个问题并不难回答:如果说一位优秀的历史学家能够让我们真切地看到一幢大楼的富丽堂皇的外表的话,那么只有同样优秀的小说家能够像一位称职的导游那样,带领我们进入这幢大楼的内部,去细细地观看并体会其美妙之处。

第二节 具有历史感的小说

这方面的例子同样不胜枚举。比如,北京华文出版社于 2005 年 3 月出版过由朱地撰写的《1957 年的中国》,这是一部典型的历史写作。全书除"引言"和"结束语"外共有十章。作者在引言中从"1957 年事件的历史渊源"入手写起,到结束语的"结论与启示",可谓对被称之为"反右运动"的这段历史,作出了比较全面的梳理。书中列出了诸如"全面执政的考验"、"知识分子问题"、"内部矛盾"、"发动开门整风"、"鸣放高潮"等,以及"几起风波"、"急剧转弯"、"急风暴雨"、"重返主题"等不同篇章。虽说作者最后的结论中的一些言论仍存在可以进一步商榷的地方,但并不影响这部书将"反右运动"的来龙去脉给予了基本合理的梳理,书中所列举的若干史料也具有相当的价值。我所要强调的是,在一部成功的历史书写

---

① [古巴]阿莱霍·卡彭铁尔:《小说是一种需要》,陈众议译,昆明:云南人民出版社 1995 年版,第 39 页。

② [阿根廷]奥尔兰多·巴罗内:《博尔赫斯与萨瓦托对话》,赵德明译,昆明:云南人民出版社 1999 年版,第 155 页。

③ [美]亨利·詹姆斯:《小说的艺术》,朱雯等译,上海:上海译文出版社 2001 年版,第 6 页。

出现后,并不妨碍小说家们利用相似的素材创作出同样优秀的作品。朱地的《1957年的中国》取得的成绩,并不妨碍尤凤伟的小说《中国一九五七》的存在价值。由于这部由男主人公周文祥以第一人称展开的小说,其情节并不紧凑并缺乏具有主干意义的叙述链,难以对作品作出言简意赅的故事梗概,为了便于我们更清楚和方便地讨论问题,我将由著名评论家贺绍俊先生亲自动手的对小说的缩写文本①引用如下:

第一节:我是1957年12月25日被北京市公安局逮捕,关押在赫赫有名的草庙子胡同政治犯看守所。我像筛筛子一样回忆起这几个月发生的事,首先记起来的是"五四"青年节。青年节过后,校党委决定停课整风,看来整风要来真格的了。我为校刊写了一篇《推倒高墙填平鸿沟》的文章。校刊编辑部却认为锋芒太露了,姜池说要帮我改动一下,我断然拒绝,要回了稿子。后来猛地跳出一个想法,要把这篇稿子抄出来贴到校园里。我和程冠生一块去教室连夜抄了出来。第二天早上,我俩赶在开早饭前,将抄好的文章贴在食堂告示牌上。从某种意义上说这是一个划时代的时刻,全中国第一张大字报就在这K大校园里面世。而我(也包括程冠生)正是这新生事物的创始者。这一天的早餐过程,横空出世的大字报是所有就餐学生议论的焦点。到了下午,又一张大字报贴了出来,题目是:《反"推倒高墙填平鸿沟"》,署名"肖宝",这个肖宝是老师还是学生,谁也不认识。倒是李德志猜出来了,是化名,校报的谐音。又过了一天,新一张大字报贴了出来,标题写得很大:《反"反'推倒高墙填平鸿沟'"》,落款是苏英。有人告诉我,她是历史系的。

几天后,冯俐从舅舅家回来,她没想到学校变化这么大,光大字报就把K大校舍覆盖起来了。我得意地告诉她,第一张大字报是我贴出来的。她吃惊地说:"你干吗要当出头鸟呢?"我俩的恋爱关系已是公开的了,我们都说好了暑假我带她一起回去住几天。这些天忙于运动,我与她见面少了,但我渴望革命与爱情的双重洗礼,总想找机会劝冯俐积极投身到运动中来。我作为《大地》的主编,这几天也忙着筹备创刊号的稿件。编辑部全体人员一齐出动,参加各系召开的座谈会,又分头去各系看大字报。头题稿理所当然应摘发《人民日报》社论,但从19日到现在《人民日报》一直没有发表社论,有人对此不解。26日这一天是周末,报纸送来了,《人民

---

① 贺绍俊缩写:《〈中国一九五七〉梗概》,光明网《书摘》,http://www.gmw.cn102s2/2001-10/10/12-9c9b45FF56E89E9448256B5000ZA1994:html.

日报》仍然没有社论,大家很失落。突然苏英高叫一声,原来她从《光明日报》上看到一篇《K大学生开辟"民主墙"》的文章,大家决定不等《人民日报》的社论,就转载《光明日报》的这篇文章,于是大家赶紧编稿,画版样,准备等星期一送到工厂付印。28日,稿件送到了工厂。冯俐却在急匆匆地找我,见到我时一副神秘的样子,她听说稿件已经送到工厂付印时,就要我赶快撤稿,说印出来事就大了。我问出啥问题了。她说:"我舅舅听到一个内部消息,形势要起变化,毛主席有一个内部指示,说现在右派很猖狂,让他们做,把他们的谬论登在报上,让人民见识见识毒草,然后锄掉它。"但不论她怎么劝说,我也不相信这是真的,她气得嘴唇哆嗦,而后把脚一跺说句"你要不照我说的做今后永远不要找我"。

晚上我一直守在她的宿舍下面,下雨了,我都毫无知觉。直到一位打伞的人走到跟前,我才魂魄归体。啊,冯俐,我顿时惊喜万分。她紧紧抱着我失声痛哭。但到了第二天,我还是没有同冯俐去她舅舅家,而是同程冠生一起去印刷厂。一进印刷厂车间便感到气氛不对头。一个30多岁模样很端庄的女工厉声说这些反党反社会主义的文章别指望我们给你们印刷。我上前取了稿子说既然师傅们误会了我们也不勉强,我们回去了。但工人不放我们走。一个长脸师傅发号施令说,现在我们召开现场批判会,把他们的反动言论批深批透(后来知道这个长脸人是北京市委派去的人)。工人们一个接一个发言,就像一场骤起的风暴,在这风暴中我能分辨出来的唯有两个字:反党反党反党……6月下旬对我以及许多积极投身整风运动的师生来说情况十分糟糕。我们已陆续被划定为资产阶级右派分子(我被定为极右),并开始接受批斗。这期间发生的事情都是始料不及的。《大地》创刊号的稿子被带回学校后,编辑部的人一致意见是不能印刷便油印出版。冯俐得知后自告奋勇担当刻蜡版的工作。她拿走了稿子,从此便没有下文。催她,她就说快刻完了。直到后来形势发生逆转,她也没将稿子刻出来。编辑部的人庆幸说幸亏冯俐做事磨蹭,而我明白这是她有意用这种方式阻止《大地》的出笼。

但事情并没完结,有人告密说《大地》的稿件被冯俐收在她舅舅家。党总支经一番密谋,趁冯俐在校时派人去她舅舅家,欺骗说冯俐让他们来取一份材料。舅母压根没把这事往欺诈上想,便开了冯俐住的房间让他们取走材料。《大地》的稿件就这样进了系党总支的文件柜里,成了"《大地》反革命小集团"一份重要的罪证。冯俐的舅舅也为此担了干系,在民盟被打成了右派。冯俐得知中文系要开我的批斗会,她说她也要参加,要将《大地》稿件的真相公之于众。她说人可以容忍误解,但不能容忍卑鄙,阴谋必须揭穿。我必须阻止她的盲动，不许她自投罗网。可我想不出阻止她的办法。最后决定逃会，我想我不到场，批斗会不就开不起来了吗？我躲到颐和园，回到校园时，程冠生告诉我，批判会照开，对我进行缺席批判。冯俐也去了，她对中文系党总支进行了激烈的抨击，骂总支领导是卑鄙小人。总支书范宜春扬言要把她的恶劣表现通报外语系党总支，严肃处理。我听了瞠目结舌。程冠生听我说了逃会的目的后，冷笑一声说："对政治我们是小学都没毕业的，所有的热情都是×××。"

两天后，校党委找我去谈话，一个50出头的秃头领导，很和气地与我慢条斯理地说话。他说你的问题在全校都是很典型的，如第一张大字报是你贴的，还有《大地》反革命小集团，哎，你们《大地》编辑部除了你还有几个成员呢？我说5个。他问都有谁呢？突然我的头轰的一声炸开，我中了秃头领导的诱惑。因为5个人里还有一位是苏英，她是历史系的，别人都不了解。随着反右形势的不断严峻，编辑部的人都明白自己在劫难逃，就不谋而合地想到保护苏英，在任何场合下不提及她的名字。但现在，我害了苏英，我对自己的过失痛不欲生。我要找苏英，也要找冯俐，我要劝她别太任性认死理儿。我不自觉地走到冯俐的宿舍。就冯俐一个在屋，倚被坐在床上，屋里唯一的一扇窗拉着帘子，我走到窗前要拉开窗帘，这时冯俐尖声呼叫不要拉开。我说这屋里太暗了。她冷冷地说：外面比屋里更黑暗。

第二节：1958年7月16日，我成为一名正式劳改犯人，被押送到清水塘农场。20多天后，收到了家里的第一封信，家里会写字的人都在信上写了自己的话，因为信是须经劳改当局拆阅后才交本人的，所以他们也不敢乱写。我特别重视大哥写给我的话，他到北京监狱探视时，我委托他打听一下冯俐的消息，还商定了冯俐的暗号是"小妹"，可大哥在信中没有提及"小妹"的事，这让我十分失望。场部要另建一座水塔，从附近的帽儿山劳教农场调来一个建筑队施工。我从建筑队中一眼认出了在K大同宿舍的李德志。他说他3月份来到劳教农场，同一批有K大和其他院校的200多名被判劳教的右派师生。水塔建成后，我站在脚手架上能看得很远，半山坡上的一小片树林，李德志告诉我那是帽儿山劳教农场的妇女队驻地，不知为什么我老是觉得冯俐就在那里。建筑队回去时，我让李德志想法打听，有消息赶紧告诉我。

终于从几个渠道得到了冯俐的确切消息，她就在劳教农场妇女队。元旦这天，李德志来探视我时，说冯俐的情况很令人担忧。她对管教说她的案子是错的，她没有罪。由于她的顽固态度，她多半时间是被关在小号里,偶尔在小号之外也不积极劳动,不认真改造。这时我一心想着要赶紧拯救冯俐。于是我想到了找吴启都帮忙。这位 K 大老师,因为一场轰轰烈烈的爱情,落得右派的下场。他的那位从台湾寻死觅活追来的妻子带着一个 6 岁的孩子,在劳改农场陪着他。平时他妻子齐韵琴就住在妇女队。我私下找了吴启都,要他妻子来清水塘探视时,为我带一封信给冯俐。我在信里要求冯俐以我未婚妻的名义来清水塘探视,我说我有要紧的事和她说。信捎走后,我就一直急切地等待着,等到天黑也没听到管教喊我的名字,我闹不清楚是管教不批准,还是她自己不肯来。

这天从工地回来正准备吃饭,郝管教对我说你"未婚妻来探视了"。我几乎晕眩过去,跟跟跄跄进了接待室,叫了一声冯俐,那女子转过身来我却一下子怔住了,她不是冯俐,是苏英。苏英给我带来丰盛的食物,告诉我她目前在一家翻砂厂劳动改造,跟领导的关系处得很好,估计今年能摘掉右派帽子。晚上经过一番复杂的思想过程,还是去找了郝管教。尽管在孤独中苏英来探视,给了我很大的宽慰,但事后我醒悟到,她是以我的未婚妻的名义来的,这实际上是剥夺了冯俐探视的权利。我小心翼翼向郝管教报告了事情的过节,他很不高兴,把我训了一顿。苏英再次来探视时,脸上罩着阴云,我心慌意乱,不知如何解释才好。当她听说了冯俐目前的处境,我是要找机会劝冯俐悬崖勒马后,也就不计前嫌,她叹口气说这就是冯俐,爱认死理的冯俐。送走苏英后我感到很失落,我想我们也许永远不会再见面了。

吴启都看见我上厕所时跟了去,在厕所里塞给我一张字条。趁"打坐"时我展开字条,一行小字立刻映入眼帘:周,冯讲过你,她在半个月前被判刑,转走,去向不知,望多保重。看过字条,我泪眼蒙眬。新来一位邹副场长,没想到第一次见面都互相认识。在草庙子看守所里,他与我关在同一室里,原来他是公安局的"内线"。那时他刚关进来时,老犯人要习难他,我替他解过围。所以他把我单独叫到场部见面,说欠我一个人情。他听我说了冯俐的情况后,就说"这个我可以帮你打听一下"。10 天后,邹场长告诉我,冯俐被判了 3 年,转到黄河边上的"广原"劳改农场,他说"你可以按照这个地址写信与她联系"。但我不抱什么希望,在清水塘的这一年我给她写了许多信,都是石沉大海。

第三节:1960 年春我由河北清水塘劳改农场转到黑龙江兴湖劳改农场。那时全国范围的大饥饿正在迅速蔓延。来了没多久,管教又把我转到农场边缘被犯人称为"御花园"的附属地。所谓的"御花园"离农场中心 40 多华里,实际上是一大片沼泽地包围着的一块小平地。"御花园"通常有三个犯人劳动。另外两个犯人同我一样，是 1957 年的老右。一个叫陈涛，24 岁，S 大历史系学生；另一个叫龚和礼，北大物理系的教授，44 岁，但一头半白头发，使人看不出他的实际年龄。"御花园"没有安排管教干部，场部只是不定期来检查，所以相对来说，这是个自由宽松的天地。劳动之余，我们每人都手捧一本书在读。

但好景不长，在 4 月的最后几天，"御花园"断炊了。我们兴致勃勃的读书活动只能终止。断炊的原因是这样的：我们是每个月前按定量到场部领粮。定量越来越少。管教干部每月几次检查，我们还要管饭，他们吃到肚里的与补偿的不成比例。总之，到断炊时，我们傻眼了。饿起来，我们就想到了野菜，三人一头扎进沼泽地里，从草棵间搜寻可以吃的野菜。尽管开春的野菜很少，但这样总算熬到了月底。正满怀希望要去场部领取口粮，这时场部来人了。一个姓栾的管教检查我们的工作，还带来一个消息，下月口粮在原来基础上减少一半，而且须推迟一周再领取。这对我们来说简直是晴天霹雳。栾管教边说边看看太阳，说天晌了，赶快弄饭，吃了我得回去。这时我们不得不实话告诉他，我们早就一点粮食也没有了。栾管教露出不悦，批评了我们一顿。忽然他想起什么，说"我来时在沼泽地里遇见好几条蛇，去抓几条回来不就有东西吃了吗？"陈涛从栾管教那里学会了捕蛇吃蛇的本领，他到沼泽地里走一趟回来手里便倒提着三四条蛇。但我和老龚不敢吃蛇。一直在读生物学书籍的老龚说人要学会吃草，当沼泽地里的野菜日渐枯竭，他真的坐在青草茂密的地方，掐嫩草叶和草心吃。

有一次打井我昏倒在工地上，昏迷了一天一夜，陈涛知道这是营养极度缺乏造成的，昏迷中他喂了我蛇肉和蛇汤，从此我跟着陈涛也学会了捕蛇和吃蛇。栾管教再次来"御花园"检查时将我带回了场部，原来是有外调人员找我调查。他们要调查的竟是冯俐。他们问了我与冯俐最后一次见面的情况，又要我交代她从什么时候起暴露出对领袖的抵触情绪的。但我自始至终否认了这一点。外调人员很不满意，厉声说还会找我的。我虽然又回到了"御花园"，却总为冯俐的处境揪着心，真想大哭一场。这是一个永远留在记忆里的日子。这一天同时发生了三件事，一是收到了场部发放口粮的通知，二是老龚病倒了，三是陈涛被蛇咬。老龚身体一天天虚弱下去，到这一天早晨终于没爬起来。陈涛留下我照顾老龚，他一个人去场部领粮。下午下起了雨，天黑以后，陈涛返回时，在泥水中被蛇咬了一口。

他觉得是自己杀蛇太多，遭了报应，活不长了。他要我做饭，说今晚吃一顿饱饭死也闭眼了。第二天早晨，雨停风止，我推开门，发现沼泽地全被大水淹没，只剩下我们所住窝棚的一块高地还露在水面上，在大水与高地连接的那条水线上，是数不清的蛇，下半身没在水里，上半身露在水面上，筑起了一道五颜六色的箭状铁栅栏。陈涛惊恐地说蛇是冲他来报仇的。老龚沉睡一夜之后也浮肿得变了个人形。我们在惊吓与极度虚弱中度过了生命中最黑暗的三天。三天之后大水说退就退了。老龚咳了几咳，说他太累了，想再睡会儿，他这一睡便没再醒过来。"御花园"遭大水浩劫后一片疮痍，我和陈涛奉命撤回了大场，分到不同的队。陈涛认定咬他的是一条毒蛇，毒素迟早会要他的命，整日像丢了魂魄，开始疯言疯语，后来就一卧不起，不到一个月便死去了。

第四节：我1966年春节过后转到了我乐岭农场，后来我才听说，这次转场是整个劳改系统的一次"战略性"大行动。随着国际国内形势的微妙变化，当局对聚集于京津要害地带的政治犯产生深深的忧虑，担心在某个时候会生出什么事端，于是将几个农场的政治犯一并转移到偏远的我乐岭农场，这就出现了罕见的政治犯大集聚局面，许多旧日难友在这里重新聚首。12月25日，是我9年刑期的刑满日，下午我就迫不及待地离场。我的第一件事便是到羁押冯俐的晋城监狱去探视冯俐。第一眼见到冯俐，我都几乎认不出她了，她脸色极其苍白，像是从门外飘进来的一个纸人。后来，她说请我帮助做一件事。我点点头。她说她这些年来断断续续写了不少文字，但随写随被狱方没收。这次听说我要来就赶紧写了一份文字材料，要交我带出去，待以后中国的政局发生了变化再帮她出版。说着她从怀里掏出一叠纸片，女警员一把取走，翻了一遍，交还了冯俐。冯俐又递给我。我一看纸片上全无字迹。

冯俐神色平和，说"我不是有意节省笔墨，而是以我目前的状况也只能写这么多了，请你原谅"。我不吭声，此刻我的心已经豁然敞亮，朝冯俐点点头，将纸片装进衣袋里。我懵懵懂懂地走出监狱大门，抱住一棵树大哭起来。刑满留场就业3个月后，我被来劳改农场造反的革命小将抓进了丰城监狱。在丰城监狱竟又见到了邹场长，但此时他也成了犯人。他说他犯了路线错误，是罪有应得。过会儿他又压低声音说，我告诉你一个不幸的消息，你的未婚妻被枪毙了。我们"五七"人的故事总算有一个"光明的尾巴"。我"改正"后借一次春节假期，再一次来到晋城监狱。接待我的仍是上一次的监狱长。我提出希望能把冯俐在狱中写的遗文交给我，她曾嘱我替她搜集起来出一本书，现在冯俐已经平反昭雪，她生前的愿望应该得到实现。监狱长沉吟片刻，说犯人在押期间写的任何文字都须入档,而一旦入了档就不能随便拿出去了。我便提出借出来抄一份。监狱长摇摇头说这样不符合保密规定。我在心中悲哀地想到那句"每一座坟墓里都埋着一本书"的话。

诚如一位评论者所指出的,尤凤伟花三年时间写的这部知识分子的受难史,还有许多欲言又止的地方,要不然本可以写得更好、更尖锐。但从现实政治环境来看,这已是此种话语在中国所能达到的临界点,再往下说,至少在公共话语领域已经没有可能。与朱地的历史文本相比,尤凤伟的这部作品在见解上也高出一筹。通过碎片化的故事情节,小说揭示出了一个重要的命题:真正使反右运动在知识分子身上获得成功的内在原因,其实是知识分子内心的溃败。就像评论家谢有顺在《一九五七年的生与死》一文里谈到的,《中国一九五七》描述了这个溃败的过程,尤其是从第三部开始,小说的精神指向上就有意从政治审判转换到灵魂审判,到第四部的犯人读解《渔父》一节,灵魂审判的意思尤其明显。无论如何,通过这部小说,"责任"这个对于多数中国作家来说已经非常陌生的字眼,伴着《中国一九五七》的沉重,再次来到了我们的跟前。小说男主角周文祥的确是一个善良的软弱者,但他的软弱和妥协并非以丧失道义原则为代价,他还有正直的品质,不过是有意地削弱了追求真理的锋芒,多了一点生存的智慧而已,而这一切都是为了爱情。正是这份"爱"的名分,使周文祥的软弱拥有了一种人性的光明。

在那个时代,绝大多数人眼中,已经没有了父母、儿女、兄弟、姐妹、夫妻、朋友这些最基本的伦常关系,也没有了亲情和友谊,只剩下政治利益,于是,父母可以出卖,儿女可以舍去,兄弟可以反目成仇,夫妻可以互相揭发,朋友可以成为敌人,而这一切在过去连小人也不屑为之的行径,在"反右"和"文化大革命"中却以革命和政治的堂皇理由公开上演,还有什么比这更让人感到齿寒和恐怖?对于一个没有真正意义上的"公共生活"而言的时代和社会,把生活的目标缩小到个体之间的"爱情关系"上,这已经是一种无声的抗议。在很大程度上,这种对执着爱情的描述也就是尤凤伟这部作品中的最大亮点所在。而他所描写的爱情对象,也是小说最动人、最让人揪心的女性冯俐,作者给予她的笔墨虽然不多,却给读者留下了最深刻的印象。她在被处决前对周文祥说的话:"我觉得我们身在其中的人有责任记下所发生的一切。"言辞虽然简单,但它作为冯俐积聚了一生的力量、付出了生命的代价说出来的话,呈现出中国知识分子中优秀女性令人瞩目赞叹的美丽。刻骨铭心,让人永远难忘。而所有这些,并不是《1957年的中国》这样的历史书写所能提供的。

　　同样的例子还有关于"三年困难时期"的惨痛历史。这方面现在至少有两部十分优秀的历史文本,即楚汉撰写的《中国 1959—1961》(成都:四川人民出版社 1996 年版)和杨继绳《墓碑:中国六十年代大饥荒纪实》(香港:天地图书有限公司 2007 年版)。如果我们仅仅只是想大致"知道"这段历史究竟是怎么回事、这三年中到底发生了什么,那么这两部历史著作足以解答我们的相关疑惑。尤其是杨继绳《墓碑:中国六十年代大饥荒纪实》,读来让人有种无法言说的沉痛感。但在思想文化领域,仅有这样的历史书写还是不够的,我们还需要更具体,从而也更深入人的内心世界的文学创作。由上海华东师范大学教授王智量先生,在 80 多岁高龄奉献给广大读者的小说《饥饿的山村》①,正是这种价值的体现。

　　《饥饿的山村》的叙述者是一个叫王良的被判为右派的知识分子,被发配到偏僻荒凉的小山村"接受贫下中农再教育"期间,亲眼看见当地农村中那些挣扎在饥饿死亡线上的男女老少的悲惨日子。在这片凄凉的黄土世界中,在那个饥饿的年代里,一幕幕悲惨的现实让他铭心刻骨:为了让村里唯一怀娃的盼水嫂保住那娃,给李家沟留下那唯一的"种",七姑竟把死孩子的肉割下煮熟后给她吃,来保住大家的希望,相比于村里人们习惯了的饥饿和那个坏蛋薛组长,其实人们更害怕的是没有了希望!李家沟的孩子大多都饿死了,只有这唯一的希望让大家得以期盼,村里的人总是多多少少弄些吃食放在盼水嫂的家门口,但最后的结局还是那样的悲惨……为了能够得到一份食物,农民李明贵竟只好把自己的老婆,送给那个坏事做绝的薛组长,以"照顾"的名义实施奸淫;为了尝尝一点荤腥的确凿味道,二狗子居然去偷吃女人的月经,最后却被那 25 只白馍撑死了!在饥饿威胁下,人们与驴子争草吃,偶尔捉到蚂蚱顾不得摘掉翅膀和头就一口吞下,火车上丢出的果皮残渣成为村民蜂拥争抢的吃食……

　　这是一部中华民族历史上痛彻心灵、艰难坎坷的大悲剧,是一部善与恶、爱与欲、生与死不断角力的人间活剧,是每个有良知的中国人悲惨的家国记忆。但由"上面"派下来的那位"工作组组长"薛永革却对发生的这一切无动于衷。他还特别就死人的问题,对"内定右派分子"王良发表了一番高见:"中国地大物博,死几个人算啥嘞。把个李家沟从地球上抹去,也亡不了中国嘞!"他还批评具有同情心而不忍见到这种场面的王良:"你们这些资产阶级知识分子就是多愁善感,你没有听说过毛主席讲的'革命

---

　　①　智量:《饥饿的山庄》,南京:江苏人民出版社 2011 年版。

不是绣花'的道理嘞?"①这真是生动而深刻的刻画。这部小说为我们展示了那个饥饿年代发生的种种触目惊心的惨事。书中有这样一段话:"李山梁有一回说得好:天不亏人,地不亏人,只有人亏人。这饥饿多一半是人造成的。土地,这黄扑扑的土地,它静静地,一动不动地平铺在那里,等待你去适时地合理地翻耕、播种、施肥、浇水、锄草……然后,它便会默默无声地、不停息地让庄稼生长,到时节,把丰硕的收获呈交给你。而如果你不按照大自然所定下的规矩去做,再好的土地也无能为力。可惜的是,在我们祖国广阔的大地上,现在这时候,几乎到处的庄稼人,都在听命于一些头脑发热的人的胡乱指挥,违背大自然的客观规律蛮干,所以造成了许许多多人的无辜死亡,这是多么愚蠢又多么可悲的事啊!"

　　同样的题材,历史书写的客观性和现实性要求书写者必须克制自己的感情。但这能够保证"历史的真实",却并不意味着"生活的真实"。现实世界的生活是以不同个体为主体的有血有肉的现象,对于这个世界所发生的一切,仅仅抑制书写者感同身受的主观性,固然能达到历史文本所要求的客观性,却难以抵达生活世界所要求的真实性。比如,读了杨继绳撰写的《墓碑:中国六十年代大饥荒纪实》,我们的心灵世界会深受震撼,难以平静。但读了智量的《饥饿的山村》,其震撼力虽略有减少,但感染力却大大增加。因为小说是细节的艺术,只有在无数看似微不足道的细节中,才能够逐渐清晰地呈现出活生生的人的生活。比如小说第28章标题就是"一团只会喘气的肉",结尾部分有一段描述:"下午,薛永革再上炕去把李秀秀玩了个够,李秀秀已经是一团只会喘气的肉了,任他怎样动作,毫无反抗。她只求他再给她吃点东西,薛永革就是不给。快到天黑时,李秀秀实在饿极了,赤身露体中跪在炕上苦苦求他,他才丢给她一小块自己啃过的馍。"②只有通过这样的描述,我们才能真正懂得亚里士多德当年所说的"诗比历史更真实"这句话,究竟是什么意思。

　　历史文本以大量"客观证据"提供我们对真实发生的事实的全面了解,但唯有那些"作为小说的历史"的优秀作品,才能够帮助我们在情感记忆的帮助下,对那些永远不能被忘记的东西铭刻在心。不妨再举个例子:关于1968年至1980年的所谓"知识青年上山下乡运动"。法国学者潘鸣啸(Michel Bonnin)利用自己作为"老外老三届"的身份,凭借大量第一手

---

① 智量:《饥饿的山庄》,南京:江苏人民出版社2011年版,第33页。

② 智量:《饥饿的山庄》,南京:江苏人民出版社2011年版,第195页。

资料，写出了《失落的一代：中国的上山下乡运动 1968—1980》[①]这部历史著作。全书共分"动机"、"上山下乡运动"、"上山下乡生活实录"、"社会上的抵制"、"总结：历史上的'运动'"等五大部分共十四章，加上"引言"和"结论"等，基本上将 1968 年正式开始至 1980 年最终落下帷幕的这场影响到整个国家命运的历史，作出了一个比较全面的书写。此书为曾经亲历者提供了一次重新思考的机会，也为未曾经历过这段历史的后来者们保留了一段珍贵的文化记忆。诚然，在某种意义上，任何历史书写都无法被一位历史学家所"垄断"，同样的题材完全可以有不同的学者或者以新发现的材料，或者从不同的视角加以"重写"和续写。但这种重写与续书无论在数量上有多少，在本质上讲它们都属于关于相关历史对象的、在一定程度上可以局部或全部取代的"同一部书"。

但小说创作就完全不同。关于这场"知青运动"，从 20 世纪 70 年代末至今，已经出版了太多的优秀作品。它们之间的相互关系与上述的历史著作之不同，不仅是不可被覆盖和遮蔽，而且是相互合作与互补的。在此我们只需要列举两部小说就足以说明问题，它们是闻名于世的叶辛的《蹉跎岁月》和不久前才出版的文林的《灿烂》。为了有助于分析问题，我们同样先将小说的故事梗概展示出来，方便读者重温作品。首先是叶辛的《蹉跎岁月》，用一种俗套的方式概括，这部小说实质上可以称之为"一个男人与两个女人的故事"。小说的核心人物当然是其中的男人：一个出身于"反革命"家庭的书生柯碧舟。故事发生于贵州一个叫"暗流大队湖边寨生产队"的偏僻乡村。小说从 1970 年的一个夏日开头，暗流大队湖边寨生产队的集体户里只有柯碧舟一人在埋头创作他的小说《天天如此》，其他上海知青全都赶场去了。一场突如其来的瓢泼大雨把一个体形颀长、充满生气的姑娘送到了柯碧舟面前——她是偶然跑到这里避雨的，名叫杜见春。杜见春落落大方地问这问那，柯碧舟拘谨地一一作答。临别，他甚至都没问杜见春是哪个大队的知青。但转眼到了冬天，护林防火成了一件大事。一天晚上，柯碧舟替集体户中娇小的女知青华雯雯去山上的防火瞭望哨值班，意外地遇见了杜见春，原来她就在相邻的镜子山大队，也被派来看管这片由两个大队共管的林子。由此，小说的故事才正式开始了：

---

① ［法］潘鸣啸：《失落的一代：中国的上山下乡运动 1968—1980》，北京：中国大百科出版社 2011 年版。

柯碧舟与杜见春拢起篝火，彻夜长谈，一种奇妙而朦胧的情感在两人心底油然而生。此后，两人的交往便多了起来。一次，杜见春去湖边寨看望柯碧舟，与柯碧舟同住一个寝室的高干子弟苏道诚有意把柯碧舟的父亲是"历史反革命"这件事透露给了杜见春，出身军人干部家庭的杜见春闻之色变，从此便疏远了柯碧舟，使柯碧舟陷入深深的苦闷之中。但真是祸不单行，柯碧舟无端被一群流氓毒打了一顿，准备来年一年开销的四五十元钱也被抢走了。这还不说，不久后的一场暴风雨中，柯碧舟舍身救耕牛从山崖上摔了下来，大腿严重骨折，腊月尾上卧床不起。大队贫协主席邵大山把柯碧舟接到家中，他的女儿邵玉蓉精心照料着柯碧舟的伤情，使之在插队三年来第一次享受到了"人"的待遇，因而备受感动。玉蓉在县气象局工作的大伯邵思语还开导柯碧舟，帮他抚平精神上的伤口，使之从抑郁寡欢的情绪中解脱出来。

1971年春天，柯碧舟提出的在湖边寨搞个小水电站的建议在群众大会上得以通过。柯碧舟从报纸上得知，现在国家造纸的原料比较短缺，就提议把遍山的"八月竹"适时砍下来，运出山外卖给县造纸厂，然后换回资金兴办小水电站。队里委派柯碧舟进县城去联系此事。现在，几乎整个湖边寨的社员群众都公认柯碧舟是一个难得的好知青，而在邵玉蓉的感情世界里，则由对柯碧舟的怜悯、同情、关切、熟悉，转而不知不觉地陷入初恋的情网中，并且陷得很深。邵大山察觉了女儿的心事，他虽然打心眼里喜欢柯碧舟，但在那个家庭出身重于一切、决定一切的年代里，他这个贫协主席自然是疑虑重重了。他找到柯碧舟，严肃地指出不要谈恋爱分心，造成不好的影响，同时又坦率地告诉他玉蓉还年轻，他也听不得别人指着背脊说的那些闲话。柯碧舟没等邵大山说完，就已经愕然失色了，他忍痛向邵大山保证："我有自知之明，我会检点自己行为的。"但柔情似水的邵玉蓉却不同，她怎么也猜不到为什么柯碧舟要有意冷落她，她感到愁苦、激愤，甚至有一种被欺骗了的感觉。

终于，她忍不住了。一次相遇，这个率直的姑娘斥责得柯碧舟无地自容，无奈，他只好把邵大山找他谈话的内容以及自己的应允如实讲出，以求得玉蓉的谅解。邵玉蓉回家后和父亲大吵了一通，公开宣布她的心已经交给了柯碧舟。从此比以往更大方地与柯碧舟走在一起。天有不测风云，根红苗正的杜见春这时的命运也发生了重大变化。她父亲一夜之间被划为漏网的走资派，接着又被扣上了"反攻倒算的黑干将"、"复辟狂"、"叛徒"等一顶顶大帽子。县知青办和招生办取消了杜见春作为"工农兵学员"上大学的录取资格，县里的群众专政队还突击搜查了杜见春的宿舍,将她所有的生活用品都捣得稀烂。杜见春奋起反抗,被专政队长白麻皮用铁棍击昏在地。曾经缠绕过柯碧舟的噩梦这时又无情地降临到杜见春的头上,这个积极向上、清高自信的姑娘精神上一下子到了崩溃的边缘。在危难时刻,又是邵玉蓉照顾了她,并为她写了遭毒打的旁证材料送到了县里。白麻皮哪肯善罢甘休,带人再次来找杜见春的麻烦,在途中与邵玉蓉狭路相逢。玉蓉为保护杜见春与之据理力争,被白麻皮用铁棍猛击头部,惨死于非命。柯碧舟心灵再遭重创,痛不欲生。

转眼到了1973年,许多知青都已因招工返回城里,公社决定将暗流大队和镜子山大队的知青集体户合并为一。但被合并到暗流大队的杜见春却没有住进集体户而被革委会主任左定法别有用心地安排在一间早已弃之不用的粉坊里。一个风雨交加的夜晚,左定法突然闯到杜见春床上欲施强暴,杜见春奋力反抗总算将这个道貌岸然的家伙打跑了,可未及天明整个粉坊已全部淹没于大水之中。杜见春万念俱灰,准备悬梁自尽,柯碧舟及时赶来,从死神手中将她救下。杜见春百感交集,重新审视了自己曾经伤害过的柯碧舟,发现自己爱上柯碧舟已不可避免。而刚刚失去邵玉蓉的柯碧舟似乎并无心理会这些,更何况政治风云的变幻莫测也使他担心:一旦杜见春的父亲东山再起,杜见春或许会再次离他而去。他实在害怕重新陷入感情的罗网。1976年年底,杜见春的父亲的冤案果然得以平反昭雪,杜见春在给父亲的信中公开了她与柯碧舟的恋情。杜见春要柯碧舟和自己一起回沪探亲,顺便把两人的恋情确定下来。但柯碧舟此时却"老毛病"重犯,碍于自己的家庭背景没有勇气和杜见春走到底。

此时杜见春又显示出了她的巾帼英雄的豪气。她坚定地对柯碧舟说:"碧舟,我只有一句话要你永远记住:我是属于你的。"[1]两人带着幸福的梦想回到家中,果然不出所料,这位老干部对自己的女儿为何要爱上一个"历史反革命"的后代百思不得其解,于是提笔给已经担任大队党支部书记的邵大山写信,仔细询问柯碧舟的政治表现。柯碧舟听到这个消息后,忧心忡忡。事隔不久,杜见春与柯碧舟结伴回上海探亲。在家中,杜见春与母亲、哥哥就是否应当嫁给一个"历史反革命"的后代问题发生了激烈的争辩。最后,母亲只好退让,答应见见柯碧舟本人再说。杜见春的哥哥杜见胜从中作梗,抢先一步找到柯碧舟,警告他不要迈入杜家门槛。柯碧舟面对这样的情景,自觉好梦难成,数天后独自一人踏上了返黔的列

---

[1]　叶辛:《蹉跎岁月》,北京:作家出版社2009年版,第409页。

车。就在火车启动的一瞬间,杜见春飞身冲入站台,跳上火车。她眼含热泪深情地向柯碧舟宣布:我们将永远在一起。

如果我们要作者回答,这个虚构的故事离真实性究竟有多远,我想我们可以用荷兰学者德累斯顿的这番话予以解释:"小说里的事可能不是事实,但那并不意味着,那并非确有其事。只不过一个集中营的事实被搬到另一个集中营罢了。这样的迁移即使不是小说家的权利,那也是他的自由。"①这段话同样适用于文林的作品《灿烂》。在某种意义上,将这部小说与《蹉跎岁月》相提并论似乎并不完全合适。主要有两点不同:其一,后者的故事仅仅限于知青生活,是典型的"知青小说";而前者基本上没有写到多少知青生活,书中只有一小部分涉及。其二,后者作为典型的知青书写,将故事的时间与范围严格限制在 1970 年春到 1977 年春与知青运动有关的部分。而前者则从 1967 年夏天一直写到 2000 年,范围远远超出了知青们的"蹉跎岁月",而有着"阳光灿烂"的日子。换句话说,前者的故事开始得比后者早,结束得比后者迟。之所以放在一起讨论,因为两部作品所反映的生活在很大程度上属于同个时代的相似的青年人的状态,在宽泛的意义上反映着同一个历史时代的生活。《灿烂》与《蹉跎岁月》最大的区别在于写法上,一个是严谨的有意无意地带有"史家风范"的书写,而《灿烂》则虽然也有努力反映那个"激情燃烧的岁月"的历史感,但更带有借一个重大题材写一部大众小说的意图。这在小说的封面推荐语上就已经得到体现:"这是四个女人用理想、爱情、性和执着成就一个男人的故事。"更准确地讲,这是一个叫"牛进军"的重庆男人,在"史无前例"的特殊年代,通过不同的姐姐和妹妹们逐渐走向成熟并最终心想事成的"罗曼史"。

如果说《蹉跎岁月》是以爱情为主题的知青生活的一个典型,那么《灿烂》似乎可以说是以牛进军的成长经历为背景,从一个侧面呈现新中国半个多世纪的历史的真实写照。作者用牛进军这个人物为线索,把 33 年间发生的一系列大事与奇事从一个侧面展示在读者面前:"文革"武斗、干校、知青下乡、恢复高考、越战、下海、出国热……呈现了与共和国一起成长的一代所独有的成长轨迹和心路历程,见证了中国从计划经济走向市场经济的历史性转变。据说作者更擅长写诗,但这并不影响他在讲述故事时,在结构布局、方言展示、人性开掘等方面的娴熟把握。在这篇小说

---

① [荷兰]塞姆·德累斯顿:《迫害、灭绝与文学》,何道宽译,广东:花城出版社 2012 年版,第 32 页。

中,历史时间段的拉长决定了故事人物的多样性。书中写到的诸如汪司令、汪萍、罗影、鬼子、憨包、小宋、郑书记、周老师、丁建国、仇老五、陈宝鸡、老排长、小老虎、余文海、水桶杨兵、美国记者比尔等这么多人都是刚刚与读者熟悉后,就突然死于非命,唯一正常死亡的是死于肺癌的王老师。作者在这些人物一个一个死去之际再让新人物一个一个现身。也许不这样写不足以说明那个吊诡、无常、激情的时代。网络上有读者朋友评论该书说,此书写出了一部大事记、一部家国志。虽略显拔高,但在一定意义上也能成立。被认为"成就"了男主角的四位女性分别是:牛进军父亲的老上级、市化工局罗局长的女儿罗影,家住军区大院的市军分区汪副司令员的女儿汪萍,与牛进军一见钟情的校花级美女徐燕,最后被执着地追到手与并不那么喜欢自己的男人结婚的王在英。

《灿烂》的故事开始于1967年的某个夏天,毛泽东已于1966年8月发表了《炮打司令部——我的一张大字报》,对全国的红卫兵运动表示了明确的支持。"革命无罪,造反有理"的口号声回响在整个中国大地。小说的主人公虽还只是一个12岁的、拿着弹弓打麻雀取乐的少年,但已经对这场政治运动产生了一点兴趣。在他家隔壁六号院的丁建国是二十八中应届生的红卫兵头儿。牛进军偶尔得知,那天下午他们准备揪斗他父亲的老上级,也是他经常去串门玩耍的市化工局罗局长。为了讨好丁建国以便能有机会加入他们的红卫兵组织,他只好不情愿地上门去,以单位来车接他为由把"走资派"罗局长骗出院子,让丁建国等一帮打手顺利地将他带走。等罗局长晚上疲惫不堪地回到家时,一只眼睛已被这批毫无良知的红卫兵打瞎了。牛进军之所以敬佩丁建国,一个奇怪的原因是军区汪副司令的女儿汪萍是他的女朋友。其实汪萍作为二十八中全年级学习第一的美女,一开始对丁不屑一顾,她曾说过像丁建国这种不学无术的"垃圾"迟早会被社会淘汰。她之所以最终违背自己心意被丁建国"搞定",是因为这个家伙的手腕实在高明,他以汪萍作为"革命投机分子"的女儿为突破口,以"帮助"她作为"可教育好的子女"为名,在一次两人的单独"谈话"中,在一个蚊子肆虐的树林里变相地诱奸了汪萍,从此使汪萍自己也觉得无地自容。

事后丁建国还得意地对他的手下胡二毛等一帮人说:"这算什么嘛?不就是一个汪萍吗?等革命成功了,老子要有好多好多。"汪萍极不情愿地参加了批斗他们班主任王老师的会后,再也没有勇气参加批斗罗局长的会。因为1949年,罗局长以国立师范学校国文老师的身份,掩盖自己的地下党活动。正是他在解放军即将进军这座城市时,来到时任国民党驻防司令王萍父亲汪定山的家中,劝服了汪司令"反蒋起义"。后以中将军衔任这座城市的军区副司令员。汪、罗两家从此就成为知心朋友,两家的女儿汪萍和罗影也自然而然地建立了姐妹般的关系。罗影大几个月,因从小受喜欢文艺的母亲的影响学习小提琴,初中没毕业就被招进了部队文工团。牛进军因父亲分别当过罗局长和他的夫人范主任的副手的关系,经常出入罗家。有一次正巧遇到罗影在家厨房洗澡,就歪脑子一动蹿到正好面对罗家厨房的对面房子偷看罗影洗澡,被裸体的罗影的一对乳房看呆了。事后被他父亲打得半死。但从此后,罗影美丽的胴体就深深地刻在了牛进军的记忆中。每当谈起女性的身体牛进军就坚定地表示,罗影的乳房是他这辈子见到的女性中最漂亮性感的。

汪萍的顾虑很快就没必要了。因为她父亲果然像丁建国说的那样,被"专案组"的人带走了。她作为"特务"和"叛徒"的"狗崽子",没有资格再待在红卫兵组织里。她和母亲林月香一起,被勒令搬出军区大院,住到郊区农场边的一座简易房里。而在这时,汪萍又因那次丁建国的强奸而不幸地怀了孕。但在牛进军心目中,罗影和汪萍作为姐姐般的女性,她们美丽的身影成为处于青春期性意识刚萌芽的少年的崇拜对象。当他得知由于自己的自私而让罗局长瞎了一只眼睛后,对丁建国这帮人的残酷让他心中涌起一种憎恨,决定找个机会狠狠地报复一下。这个机会终于来了。丁建国晚上起夜都用一只他外婆给他准备的夜壶。他抓了一条蛇放了进去。在当天晚上丁建国像通常那样将小弟弟伸进那只壶口时,不料被里面这条蛇狠狠地咬了一口,从此失去了勃起的功能。牛进军打听到汪萍的住处,特地赶来看望她。见到她后先给了她一只梨,这让汪萍的眼泪当即就抑制不住了。当汪萍从牛进军口里知道丁建国被蛇咬这件事,歪打正着地让她受伤的心更是感到了一种安慰。她由衷地对牛进军说:"你真好!姐姐谢谢你了!"这让牛进军感到了极大的满足。但很快这种满足就成了牛进军一生的痛。

这天,汪萍和母亲接到造反派的通知,说汪定山畏罪自杀了,要她们去收尸。当汪萍和母亲来到造反派关押父亲的所谓"司令部"的红楼,看到被打得血淋淋的汪定山,母女俩马上明白是怎么回事。林月香当即昏了过去。而此时的汪萍却显得异常冷静,她仿佛突然间换了个人,顺手抓过一把靠在墙边的AK47步枪,熟练地拉开枪栓看了看弹仓,对着门边的两个造反派打出一个点射。尔后趁着走廊一阵混乱,抓起两个弹夹和几颗手榴弹向门口冲去,向造反派发起了攻击。在打倒了几个准备还击的红卫兵后,她又把走道上一挺捷克式轻机枪和五六颗手榴弹迅速搬到楼梯的拐角处。她要在这里尽可能多地消灭这帮没心没肺的歹徒,为父亲报仇。这帮平时嚣张惯了的造反派做梦都没想到会出现这一幕。他们不断地冲击、不断地倒在汪萍的枪口下,直到汪萍打到弹尽粮绝只剩下最后一颗手榴弹。等那批造反派冲上来要想抓她时,汪萍拉开导火线,在手榴弹爆炸前大喊了一声:"妈妈……"事后,汪萍和父亲一起葬在了龙凤山的半山腰上。而林月香终于经不住一天之内失去丈夫与女儿的悲痛,失去了理智变疯了,被送到了市精神病院。

等牛进军知道这一切,事情已经尘埃落定。他所能做的就是来到埋葬着他的"汪姐"的墓地前默默地放上一束鲜花,任凭自己的眼泪像溪水一般往下淌。他对着汪萍的石碑承诺,今后自己一定记着她的话,尽可能把时间放在好好读书上,决不做一个愚昧的人。当班主任王老师知道牛进军对汪萍的感情后,有一天递给他一个厚厚的本子,封面上用毛笔端端正正地写着:汪萍同学文集。那是一本由很多作文本装订在一起的集子。王老师认真地对牛进军说:"这是我收集的你姐姐汪萍写的文章,现在交给你,希望你能够像你姐姐一样,做一个最优秀的学生。"①说完也忍不住哭了起来。那声音越来越大,也越来越苍凉。因为对汪萍的共同的情感,牛进军与王老师的师生间从此结下了不同一般的友谊。为了践行汪萍生前曾对他强调的"以后不许再打麻雀了,要把时间用在读书上"的话,他与同学黄正杰和本市的棋王余德水之子余文海三人发起成立了一个"读书小组"。地点在黄正杰的家里,书是从"文化大革命"开始时,被红卫兵抢走堆在"司令部"旁的房子里偷来的。但不久小组就"被迫"增加了一个新成员:女同学王大英。因为在这年夏天学校组织的学农劳动中,王大英发现了牛进军与余文海在农田里偷嫩苞谷吃的事。她提出的条件是除非让她进他们的读书小组,否则她就去告诉代替因"教唆学生走白专道路"而被送到农场思想改造的王老师的新班主任周老师。面对这种明确的要挟,牛和余两个无奈只好接受这个条件。

从此王大英就成了这个组里的活跃分子,而她其实对读书并没有什么热情,她参加这个小组的真正目的是有机会多接近牛进军。用她自己的话说,她就在玉米地里那个时刻,发现自己爱上了牛进军,于是发誓一定要把这个"牛人"搞到自己手里。但牛进军此时却爱上了一个叫徐燕的女生。她是由黄正杰带到读书小组来的。牛进军对她最初的好感来自于

---

① 文林:《灿烂》,北京:国际文化出版公司 2009 年版,第 41 页。

她长得有点像汪萍,但真正产生感情却是由于他发现徐燕同样是一个学习十分出色并多才多艺的才貌双全的女孩。尤其是她的绘画,无论是油画还是水彩,曾多次参加市里的比赛并获奖。这在骨子里把学术人生作为自己此生最终追求的牛进军大为佩服。而徐燕开始并不以为然。但当牛进军以漫不经心的态度,代表二十八中参加全市作文比赛就拿了二等奖,在那个以不读书为荣的年代显得格外醒目,同样也让徐燕对他产生了一种说不清楚的好感。牛进军给徐燕写了封信:"圣洁美丽的徐燕:1972年3月30日,我知道了你的名字;1972年5月30日,我第一次见到你;1972年6月10日,我和你说了第一次话;1972年7月6日,我喜欢上了你。今天,1972年9月10日,我向你表达爱情。并将我刚获得的荣誉连同我的生命一起送给你!"①在牛进军如此坦诚又热烈的追求下,双方的这种好感很快就发展成了明明白白的爱情。这让一直在追求牛进军的王大英很受伤。

但牛进军的好心情很快又遭到了打击。他心中的圣女罗影回家探亲。当时罗影来到龙凤山给汪萍扫墓,看到牛进军正在汪萍的墓碑前自言自语地说道:"姐,我给你采了很多野菊花,也不晓得你喜不喜欢。"这让罗影大惑不解。从后面问了句:"你咋个在这里,刚才叫我妹儿啥子呢?"牛进军认出罗影的瞬间就红了脸,牛进军是在1966年夏天偷看罗影洗澡的,现在的她不仅比以前更漂亮,而且那双眼睛更有一种犀利。他解释说:"她是我姐,我每个星期都要来。"这让罗影颇为意外,没想到当年那个偷看自己洗澡的小男孩长大了会变成这样。牛进军垂下头小声说:"过去偷看你是我不对,但那时候我还小,不懂事。我姐也说过,你不会老这样看我的!"罗影有些感动,也更好奇。她要牛进军把来龙去脉说给她听听。牛进军一兴奋就到墓碑前的野菊花里摸出一只浸着油的纸包。里面是两只烤得很香的麻雀。他递给罗影一只说:"吃吧,我姐最喜欢吃这个,你们一人一只。"尔后坐下来,在那个充满火药味的秋天,把关于汪萍的一切和自己与她的交往毫无保留地告诉了罗影,只听得罗影一会儿哭一会儿笑,让旁边的牛进军看得低下了头。罗影不仅美得让人赞叹,而且让牛进军觉得美得残酷。罗影听完牛进军的故事对他说:"我妹儿走了,你要是愿意,今后就叫我姐吧。"没想到牛进军很较真地回答:"不!我姐只有一个。可我会对你很好,因为你是我姐的姐。"

---

① 文林:《灿烂》,北京:国际文化出版公司 2009 年版,第 108 页。

罗影这次回家与过去有点不同,因为她已经是 20 多岁的年龄,她父母亲罗局长和范主任,都想让她利用探亲的机会找个男朋友。这话题在前几年罗影第一次回家时就一度提起过,但都被罗影毫无商量地拒绝了。因为那时 18 岁的她几乎是疯狂地爱上了大她 8 岁的远房大表哥范凌凤。他是省里著名的京剧文武生演员,曾主演过《四郎探母》、《铡美案》、《西厢记》等名剧。"文革"起来后,由他主演的"样板戏"英雄人物几乎烙在了这座城市每一个人心上,无论谁一谈到范凌凤的名字,都会招来一大堆关注的目光。当罗影鼓起勇气大胆地向知道对自己有好感的表哥表达自己的心意时,没想到却遭到了拒绝。罗影横下一条心质问范凌凤:"你连《孤胆英雄》都能演,为啥就不敢娶我呢?"一句话让范凌凤悲从中来。他流着泪告诉罗影,不是他不敢,而是因为那时他已经被打成"右派分子",这意味着永无出头之日。范凌凤自己也想不通,为什么仅仅因为自己的演出水平高、广受观众欢迎,就会遭人忌恨到要把他打成"右派"。率性的罗影不顾这一切,硬是有空就往大表哥的单位跑,来陪伴他。那天已经很晚了,范凌凤叫她早点回家。第二天一早,在收到大表哥给她的一封信时,听说了范凌凤跳楼自杀的消息。罗影拿着信迟迟不敢打开,很快就病倒了。连续几天的高烧让她一直处于昏迷不醒的状态。等到病情好转,她打开早已对信的内容熟悉得能背出来的信封。范凌凤在信中对罗影说:"不是我不敢,只因我现在已无力给你幸福。我愿意用死报答你对我的爱,祈求来生再与你相聚。"①

时间的流逝让罗影的身心渐渐得到恢复。她这次没有拒绝父母的要求,他们为她物色的对象,是本市著名的同仁医院院长兼胸外科主任许玉廷的儿子许若田。一开始许若田也并没有同意。因为他的心里也曾留下过伤痕,迄今都未能完全消除。那是他的大学同学医学系的白雪。虽然两人的专业不同(许若田是药学系),但偶然的相遇却让他们俩的谈话很投机。开始时许若田并没有多想,因为白雪不仅有"校花"的美誉,而且父亲又是省里高级干部。但性格开朗的白雪却十分主动。于是两人的关系似乎就这样"确定"了,这让周围的同学都很羡慕,称之为"才子佳人"的一对。但世事让人难料,他们的关系随着毕业分配宣告结束。白雪苦苦哀求许若田和她一起去外省的一家大医院工作,而一心想着实干一番事业的许若田,则坚持要留在本市的一家制药厂。这段经历让两人都十分受

---

① 文林:《灿烂》,北京:国际文化出版公司 2009 年版,第 61 页。

伤。因为白雪虽说的确像许若田说的那样在乎名气,但她在感情上对许若田可谓一往情深。许多年之后尽管身边的追求者从未缺过,但她一直保持单身充分说明了这一点。用后来经商的白雪对牛进军的话说:如果今生今世她和许若田真的有缘,她就会去找他,无论相隔有多远,也无论是在哪年哪月。反之亦然,许若田是个负责的男人,尤其在男女关系上轻易不会表态,他对白雪的人生选择虽然不赞同,但在感情上却是全身心投入。因此,与白雪分手之后,一度使他对男女关系不再感兴趣,直到罗影的出现才彻底发生改变。

说来一个原本似乎并不容易的事情,变得十分简单。首先是罗影见到许若田时,对他的形象有好感。觉得他虽然不像大表哥那样潇洒,但他的文弱更像是一个地下党,比如《红岩》中的刘思扬。而罗影能让许若田在心灵深处放下对白雪的思念,却是由于罗影对他的狂热的药业研究的工作有兴趣。她主动要求许若田带他参观下他那间仿佛是小小的实验室的卧室。或许是出生于名医之家的缘故,许若田七岁时就喜欢看《本草纲目》,从此毕生对研究开发药品产生了强烈的爱好。罗影为他对事业的这份执着所感动,而当许若田发现这点时,才突然意识到让人难以直视的罗影的美丽漂亮。用许若田的话讲:"他就是在罗影兴致勃勃地看那些试管的时候爱上罗影的。"[1]两家的老人都没料到事情会如此顺利。当罗影有一天对着为她的婚事操碎了心的父母宣布,自己准备与许若田结婚时,两老高兴得不知如何是好。但有个问题同样存在:许若田因为一心扑在科研工作上,在那个"宁要社会主义的草,不要资本主义的苗"的荒诞时代,被当作"走资本主义白专道路的典型"。当罗影这次主动向许若田表示自己的态度时,许若田的想法和当时范凌凤的如出一辙。他几乎是咆哮地对罗影说,"你要让我内疚一辈子吗?"罗影看着许若田的样子想起了当年范凌凤的表态,悲喜交加地说道:"让你内疚一辈子好噻! 免得你哪天变心。"[2]

但悲剧似乎注定了是罗影和汪萍这对姐妹的共同命运。罗影在探亲假快要结束时,向部队递交了结婚申请书。在甜蜜的日子里,时间过得特别快。为了能在剩下不多的日子里能多见面,罗影只要有空就会脱下军装去许若田的厂门口接他。两人几次同行后立即引起了工厂里那些造反

---

① 文林:《灿烂》,北京:国际文化出版公司 2009 年版,第 166 页。
② 文林:《灿烂》,北京:国际文化出版公司 2009 年版,第 73 页。

派小青年的注意。看到许若田居然有了这么漂亮的女朋友,他们很不服气地故意当着许若田的面说些流氓话。诸如"一朵鲜花插在了牛屎上!""那个骚婆娘肯定经得整哦!"等等。许若田能够忍受他们对他个人的语言攻击,但实在承受不住这些社会渣滓对罗影的侮辱。有一天,他实在忍无可忍,对着一个开口闭口对罗影说要"×你个傻婆娘"的小青年,抢起巴掌狠狠地扇了一耳光。这下引发了一场大祸。那个家伙在愣了片刻后,与他的一帮狗弟兄一窝而上,将许若田拳打脚踢,有人甚至找来木棍下手。不久就将许若田的双脚打残废了跪倒在地。尔后他们将目光盯住了罗影。几个早就不怀好意的流氓将罗影抱住,三两下就将她的衣服脱光压倒在路边,一边用手卡住罗影的脖子,一边进行强奸。等到这些家伙心满意足地骂骂咧咧地扬长而去,只剩下倒在血泊中的许若田和全身裸露的罗影。他们最终被送进部队的医院。

这一夜罗影始终处于神志不清状态,等到她在清晨的阳光中清醒过来,见到病床边的父母和一男一女两个穿制服的公安局刑侦民警。罗影首先打听了许若田的情况,尔后凄然地笑了笑道:"都是我惹的祸。"她对两位民警提要求,"你们一定得枪毙那个流氓,不然我死不瞑目。"罗影在第二天自杀了,她用放在床头柜上的一把大号水果刀,割断了自己脖子下的动脉血管。罗局长一家怀着难以克制的悲痛,将罗影的骨灰葬在了汪萍的墓旁,紧挨在一起。完事后罗局长含着泪抚着旁边汪副司令的墓碑悲怆地说:"老汪啊,孩子们都在咯,你要好好地看着,千万不要让她们再出事了!"若干日子后,等到牛进军知道这一切,他所能做的就是和好朋友黄正杰一起,来到许若田的家里看望他,并答应帮助他一起去看罗影的坟墓。他和黄正杰推着许若田的轮椅来到龙凤山下,尔后两人一起抬着轮椅来到半山腰。站在罗影和汪萍的墓地前,牛进军怎么也想不到,他心中两位圣女般的女性,最后会有这样悲惨的结局。想到这里,他和陷入深深的悲痛中而无语的许若田一样,内心无法平静,一腔深情终于情不自禁地化成泪水涌出,哽咽着说不出话来。两位美丽女子的前后离世并没有终结这几个家庭的苦难。没多久,罗局长和牛主任以及市法院的杜院长、兴隆镇的郑书记、二十八中的王老师等108位"走资派",被命令到农场的干校学习班报到学习。

这一年的冬天,牛进军把徐燕带到龙凤山半山腰的罗影和汪萍的墓地前,向她讲述了已成往事的种种故事,听得徐燕十分伤感。牛进军拿着一瓶清酒对汪萍说:"姐,明天又要过年了,我带我的女朋友徐燕来看你和罗影姐还有你爸,愿你们在那边幸福快乐!"尔后将酒瓶打开,分洒在三个人的墓碑前。徐燕被牛进军的感情深深地感染了,就在那个时候她深深地懂得了牛进军骨子里的那份重情义如生命的品质,也让她立下了此生若不能与牛进军共同生活就不再嫁人的决定。她擦了擦湿润的眼睛,对着洒完酒朝着自己走来的牛进军道:"你真好!我要是有你这样一个弟弟,就是死了也心满意足了。"而牛进军看着伤感的徐燕说:"你现在的样子真像我姐。"此时天上已下了一会儿雪。在一片洁白的世界里,牛进军人生第一次亲吻了一个女孩,她就是徐燕。他一边吻着她一边对她说:"我爱你!我要让我姐给我作证!"①冬去春来,转眼间牛进军们中学时代的最后一个学期来到了,即将踏入社会的他们既兴奋又迷茫。但此时对牛进军来说,遇上了人生的第一道坎:徐燕接到她奶奶的信,要徐燕去美国继承遗产。徐燕父母也反复考虑,认为女儿趁此机会到国外去完成学业不失为一个好选择。徐燕的面前放着亲情与爱情的矛盾。当她告诉牛进军,自己已决定不离开,"就是上山下乡去当农民,也要和你一起"时,牛进军坚决地表示:"不行!这个样子我会后悔一辈子。"他一边给徐燕擦去眼泪,一边宽慰她说:"你去了美国,说不定还能把我也弄出去嚛!"

牛进军就是这样让徐燕像一只燕子那样飞往自由的天地。为了不让徐燕动摇,第二天牛进军没有按约去火车站送她。而且徐燕到了美国后给他写了许多信,牛进军一封也没回复。因为他知道自己这一生的人生轨道与徐燕不同,徐燕能很好地适合在美国的生存和发展,而他牛进军尽管也可以出国谋生,但最自在的生活还是属于这块埋葬着他的两位姐姐的土地。这不会影响他对徐燕的不变的爱情,只是缺乏一种婚姻的形式和朝暮相处的天伦之乐而已。尽管他无以言说地想念着她,但还是希望以这种"绝情"的方式,让徐燕重新开始一种新的生活。1973 年的这个夏天是大分别的日子。他的好朋友余文海穿上军装实现了自己当兵的愿望,最后以连长的身份牺牲在了中越自卫反击战中。另一位好友黄正杰以独子的身份留在了城市进了一家工厂,许多年后成为财力雄厚的"正杰集团"的总裁。而不甘心在农村混日子的牛进军,为了妹妹能够留城,只好下乡去当农民。跟着他一起去的还有王大英。她作为独生女原本不必下乡,但她知道,如果此生她想得到牛进军,她现在就不能与他分开留在城里。正是这种执着精神,让她最终达到了目的。

1973 年 11 月 30 日,18 岁的牛进军和王大英来到了他们插队落户的六合公社五大队。一同落户的另外三个知青是魏和平、史丽霞和孙小渝。

---

① 文林:《灿烂》,北京:国际文化出版公司 2009 年版,第 121 页。

魏来自成都,史和孙都是重庆女孩,他们三人是在涪陵码头下车换船时认识的。后来才知道,丁建国和仇老五也都在这一带山那边的一大队落户。丁建国自从亲眼见到汪萍大义凛然地牺牲后深受震撼,从此退出红卫兵组织。农村的日子是枯燥乏味的。用仇老五的话讲,"耕地基本靠牛,点灯靠油,娱乐只有靠球"(四川话"做爱"的意思)。也就是在这样的状态下,牛进军终于被一直不放弃王大英的勾引得手。在此之前曾有好几次眼看着就要得手,就被牛进军严肃地说:"你跟我来这里,就是想叫我犯错误嗦?以后徐燕问起我咋个说呢?"但在 1974 年的秋天,在秋收到来之际,王大英在没有他人的时候,故意将身子挨着牛进军,让她两只丰满的乳房在牛进军的身上软绵绵地贴着。直到牛进军涨红了脸,额头上流下一溜溜汗。搞得牛进军僵硬着说:"放开莫闹,我掰苞谷。"王大英将牛进军的身子扳转过来向着自己说:"不,今天我就要你掰我。"一把撩起衣服显出两个大乳房对着牛进军。活生生地激起他的生理反应,将王大英的衣服脱光在玉米地里干了起来。但事情一完牛进军就后悔了。不过这就像泼出去的水已经收不回来。

没过多久,知青生活对青春的浪费就让这帮逐渐开始对世道与人事有所明白的年轻人不再安心。史丽霞狠了狠心主动把自己的身体给了公社的曾书记,急得书记连裤子都来不及脱就开始"办事"。事后一度有点推脱,最后终于在牛进军等人的威胁下实现了承诺,让她办了返城手续。孙小渝因为经不起当地的农民青年田三壮一首接一首的情歌,嫁给了他。知道知青可以返城这消息她很不是滋味。好在事后又靠了牛进军的关系,与田三壮一起回了城。丁建国因为赌博总是赢,每次用欺诈手段从农民兄弟们手中骗吃骗喝,终于有一天被当地的一个无赖识破后,用木棍活活打死。就在那一天,牛进军因为王大英有了身孕而只好与她办了结婚手续。那是 1976 年的夏天,中国百姓们普遍地预感到要出些"大事"。牛进军因为王大英将要生孩子而返城。开始准备只住一星期就回,但经不住已经当上车间主任的黄正杰一句"未必你就准备在农村待一辈子哦",让他产生了新的想法,不着急返乡了。虽然他在城里补办了结婚宴席,让已经得了肺癌的王老师高兴地举杯为牛进军等一帮学生自豪,但等再回到村里的牛进军已经有了坚定的念头:想办法回城。机会也很快到了。转眼间来到 1977 年 10 月 21 日。镇政府的高音喇叭里传出国务院关于恢复高考制度的重要通知。牛进军立即意识到,这是属于他的机会。他马上像上发条的机器般把自己投入复习中。到了考试那天,牛进军等五个六合公社知青新任书记的带领下,参加了 1977 年全国恢复高考制度后的首届招生考试。牛进军顺利地以优秀的成绩，如愿以偿地考取了本市江北岸的华西师范大学中文系。

牛进军在第二天上午，揣着录取通知书来到龙凤山汪萍的墓前。他伫立在墓地，对着墓碑默默地说："姐，我没有辜负你，我考上大学了。"尔后又去看望了已是肺癌晚期的王老师。王老师握着牛进军的手说，"这样也好，我可以去和张老师见面了。"张老师是王老师的夫人。虽然两人结婚只有两年，但由于感情深厚，才20多岁的王老师自那以后再也不考虑婚事。听着这话，牛进军终于没能忍住往事留在心中的痛，像个孩子似的大哭起来。牛进军在师大认识的第一个同学叫杨兵，来自福建石狮。多年后就是他在海南首先下海经商，并打电话让牛进军也赶过去闯荡了几年。由于目标明确，牛进军的学习生活十分顺利，不仅各门课程成绩优异，而且由于他的诗歌创作的优势，很快就成了全校的名人。同学中有一位叫孙雪的女生，父亲是本省的副省长。她因为同在"五月诗社"的关系，在与牛进军几次接触后就喜欢上了他。牛进军此时毕竟是已婚男人，第一时间就敏感到了这个讯息。他及时地让孙雪了解到自己的家庭，并在一次谈话中诚恳地说，如果孙雪愿意，相信他这个当兄长的，他就做一回媒人，让孙雪找到一个可以托付终身的好丈夫。孙雪虽说有点不好意思，但并没有反对，就这样，牛进军让她和他的朋友黄正杰走到了一起。事后证明，他的这个媒人可谓做得十分成功。黄正杰不仅事业上取得巨大成功，而且对孙雪是百依百顺，甚至让孙雪的父亲、后来成为本省党委书记一把手的岳父都极为满意。

由于牛进军只是大学生，除了国家给师范生的一点点补贴，没有经济来源。平时的生活费用基本上依赖于自己和大英的父母。但在他第二个暑假回到家的第二天，他收到了徐燕从美国寄来的5000美元，大大缓解了他在经济上的窘境。牛进军的情况是当年将她带进读书小组的黄正杰告诉她的。这么多年来他们始终保持着联系，虽然牛进军不了解徐燕的一点事，但反过来牛进军的一举一动徐燕都清清楚楚。解决了经济上的负担让牛进军在学习上更加投入。很快就到了本科毕业之际，让牛进军没料到的是，他的论文《谈文学作品中的记录》在校刊上发表后，得到了许多让人敬仰的老一辈学者的欣赏。牛进军不仅以各门学科全年级第一名的优异表现拿到了本科毕业证书，同时还顺利地考取了"文艺批评与思潮"的硕士研究生。但研究生期间的牛进军的生活就不再那么平静了。那已是1983年，一麻袋旧衣服赚100元，一箱打火机赚200元，100个电子手表赚300元，改革开放后的中国有了第一批万元户。幸运的是，牛进军在这波浪潮中并没有被落下。他大学期间最好的同学杨兵率先在家乡石狮做起了批发生意，来信特地告诉牛进军希望他也能及时加入。就这样，在杨兵的坦诚帮助下，牛进军在读书之余做起了小商品贸易。他让在制药厂做临时工的王大英回家，在市中心的青年路上租了个摊位，很快就顺利地赚到了钱。

此时，黄正杰也在做着相同的打算。他从单位辞职，自己开办了"正杰制药"公司，让许若田终于能够光明正大地开发各种新药。当牛进军知道，黄正杰万事俱备只缺资金时，二话不说就将自己的储蓄 5 万元给了他，算是入股。很快"正杰制药"就成了这个行业的老大，许若田成为总经理。而此时，牛进军又接到了飞到海南投资房地产生意的杨兵的信，让他尽快赶来大家一起做。他在学校办了停薪留职的手续如约而去，在那里与杨兵过了把瘾。但泡沫效应很快也随之而来。当杨兵在累累债务下从 18 楼跳楼自杀，牛进军得知消息哭得很伤心，之后也只好把自己的一点家产转手回到了山城。而在这块土地上，经验老到的黄正杰的投资效益正在成倍地翻转。他劝心情极差的牛进军去国外散散心。一句话让牛进军燃起了去美国读博士的念头，而要去就去哈佛。1995 年 10 月 6 日，牛进军再次告别家人去到太平洋彼岸的美国。在飞机上，与徐燕的种种往事慢慢涌上心头。他想好了，一旦等自己的学习有了大致的着落，就去西部的加州洛杉矶看望她。但让他没想到的是，首先打电话来的却是徐燕。她清楚地掌握了牛进军到美国的时间表，也知道他大概会在什么时候联系自己。所以在快到半年时，觉得牛进军在学业上应该已基本立足后，主动打电话给他。这让牛进军感到自己似乎有点自私。他立刻就开车去了迈阿密，来到徐燕预订的宾馆。徐燕早已在房间里等候，两人见面时丝毫没有一点陌生感，仿佛离别只是昨天的事。

"你还是这么漂亮！来，让我好好地看看你！"当牛进军将徐燕揽到怀里，徐燕的泪水终于像是断了线的珍珠似的，沿着脸颊直往下淌。于是，抱在一起的两人似乎展开了一场爱的搏斗。用牛进军的话说，他和徐燕的重逢是为了还那已经过去了 22 年的愿，一直到太阳西沉，海水涨潮，椰林变暗。徐燕对牛进军说，她恨不得就这样死去！牛进军明白，在他和徐燕之间的情感不是现代人意义上的那种挂在嘴边轻易就能说出口的爱情，而是属于那种古典的灵魂伴侣的交往。这样的情感能够超越时空，摒弃任何世俗的障碍。无论天涯海角、无论什么时候，他们的心灵深处，有意无意都会时时刻刻地思念着对方。在和徐燕的做爱中，牛进军才终于亲身体验到那些伟大或不够伟大的爱情小说里，所描述到的所谓飘然欲仙的感受。对牛进军为什么不给自己回信徐燕不需要解释，但她要让牛进军明白，今生今世她徐燕不会再与第二个男人发生肌肤之亲。因为她对纯粹的性爱并无兴趣也并不需要。对永无止境的艺术高度的追求足以让她殚精竭虑且心旷神怡，这些年来她习惯了这样的与艺术相伴的单身生活。但寂寞的时候毕竟还是经常会有，所以她对牛进军说道："这些年我一个人过得很好，如果有个你的孩子，我会过得更好！"①这是一个让牛进军无法拒绝的要求。他痛快地答应了。他们利用在迈阿密的这段短暂的假期，似乎把一辈子的爱都做尽了。那天在齐腰深的海水里，牛进军抱着徐燕无比认真地说："如果有来世，我还会爱你！"

牛进军在哈佛大学读的是管理经济学。他的第一篇博士论文《自然经济的可持续利用》发表后，受到了包括他导师劳伦斯教授在内的许多经济学家的好评。这大大减轻了他在美国攻读学位的压力，也使他有更多的时间飞到徐燕身边陪伴她。他们不仅像是过起了正常的家庭生活，而且仿佛是没有止境的蜜月期。这样的日子很快就有了效应，徐燕发现自己怀孕了。去医院检查回来后，两人都兴奋得像重新回到了孩提时代，得到了自己最想要的东西。在美国的近四年时间，牛进军差不多有一多半是在徐燕身旁度过的，不仅看着女儿牛思燕出生，还陪到了她长到一岁半的年龄，对"爸爸"有了一个大致的印象。那时，牛进军翻译的《行走大别山》已在国内出版，他同时收到了由黄正杰转来的、由他出钱资助的"六合乡希望小学"的一封信。内容很短，出自一位学生之手。信中最让牛进军欣慰的一句话是："我们今后也会像你一样走出大别山，但不会忘记大别山的一切。"随信还附有校舍的景观和学生们上课与生活的照片。看着照片上生机勃勃的孩子们，牛进军和徐燕都感动得流下了热泪。

徐燕重新开始了油画创作。经历了这一切尤其是做了母亲后的徐燕，显然对生命有了新的发现。过去那些唯美浪漫的情调，如今被表现生命的博大、宽怀和悲悯的风格所取代。这让她的作品的艺术境界与品位又有了大幅度的提升。牛进军作为第一个观众也被徐燕的艺术才华和对生命内涵的理解所感动。后来当这批画在洛杉矶美术馆展出时，牛进军专门写了一篇《序言》，其中说道："生命不是为了证明时间的漫长而存在的，生命只为生命的过程奉献其意义，世界正是因为有了生命才变得魅力无穷。"与此同时，牛进军的博士学位论文也顺利通过。当牛进军拍完穿

---

① 文林：《灿烂》，北京：国际文化出版公司 2009 年版，第 246 页。

着博士服的照片的同时,他收到了来自母校的教授聘书。未曾谋面的校长在信中说:"不是我本人需要你,也不是华师大需要你,而是你出生的这座城市需要你!"牛进军知道这或许就是他此生的命。那天,一身轻松的他开着徐燕的那辆梅塞德斯带着母女俩一直沿着西海岸到了西雅图,一岁多的牛思燕已经开始咿咿呀呀地学说话。当牛进军忍不住低头亲吻她的小脸时,后面一辆别克车子擦着他们车边飞驰而过,差点把他们撞翻。好在没有翻车,只是牛进军的手在护佑徐燕母女时被挡风玻璃划伤了,汩汩的鲜血顺着手臂滴落到车厢里。徐燕心有余悸地对牛进军说:"那一刻,我最怕的就是我们彼此再也见不到对方了!"而牛进军听后笑着道:"你放心,就是到了阴间,我们还是会在一起的!"[1]

　　分别的日子终于到了。牛进军拎着一大堆行李独自去机场。他还是像当年那样坚持不让徐燕送自己,他对依依不舍的徐燕说:"带好我们的女儿,我会常来看你们的!"徐燕点了点头。牛进军坐进计程车,回头向徐燕挥手告别时,看到了挂在她脸上的两行泪水。一回到山城的家,牛进军就想好了把一切都无保留地告诉王大英。他知道她一时半时难以接受,但没想到事情比他想象的还要难。王大英整天在家哭泣得没完没了。最后弄得牛进军实在受不了大发脾气,只好让孙小渝陪她一起去韩国看望在那里读书的儿子,顺便实地考察下韩国的烧烤店,以便回来后她俩也有个事做。事情终于还是慢慢平静下来。那天晚上,牛进军对刚从韩国回来的王大英说:"我们两个再也不要闹了,再闹这个家就要出问题了!"他动情地抚着王大英的背继续道:"我们是患难夫妻,一起苦过来的人,我咋个可能丢下你不管嘛!至于跟徐燕的事,你又不是不晓得,人家到现在都是一个人,在外面活得也不容易,我不可能不考虑她的感受嚒?之所以跟你说,就是想得到你的谅解!"王大英点点头。其实关于徐燕和牛思燕的事,王大英在去韩国之前就已想通了。当初是自己硬生生地把牛进军从徐燕手里抢过来的。要不然,现在就没她王大英什么事了。因为一直想要个女儿,她甚至想见见牛思燕。

　　徐燕在离开家乡20多年后终于回来了。她是在千禧年之际来山城举办个人画展的,这个主意是黄正杰出的,整个过程也都由他负责办理。怕过于刺激王大英,徐燕把女儿留在美国的朋友家照管。画展办得十分成功,盛大而隆重。各界的头头脑脑几十位省市领导,看在孙书记女儿和

----

　　① 文林:《灿烂》,北京:国际文化出版公司2009年版,第265页。

黄总裁的份上都作为嘉宾出席。但王大英在最后时刻还是没有勇气与徐燕见面。但这并不影响徐燕此次回家乡的激动心情。在办画展期间,黄正杰还安排了一场隆重的同学会,把当年的老同学几乎大半聚到了一起。那些从前知道徐燕和牛进军谈恋爱的女同学,想方设法地将话题扯到她和王大英之间。她们围着徐燕问,到底是王大英从徐燕手中抢走了牛进军,还是徐燕主动地将牛进军让给了王大英。弄得徐燕只好告饶,说那么多年前的事谁还记得清楚,弄不好还是牛进军那个浑小子故意策划的呢!于是,一群人又围上了牛进军,直到终于开宴。黄正杰董事长代表老同学说:"今天的千禧年同学会只有一个要求,就是不醉也要醉!"同学间相互的敬酒开始了,有谁唱起了罗大佑的那首《闪亮的日子》:"我在唱一首歌,古老的那首歌;我轻轻地唱,你慢慢地和。是否你还记得,过去的梦想;那充满希望,灿烂的岁月。你我为了理想,历尽了艰苦;我们曾经哭泣,也曾共同幻想。但愿你会记得,永远地记着,我们曾经拥有闪亮的日子。"

　　这部小说在牛进军喝得醉倒前说了最后几句怀念死去的熟人的话中结束。即使从我以上如此详尽的缩写中也足以体现出,这部作品虽然不乏一定的意义,但它的艺术含量根本无法与叶辛的《蹉跎岁月》相比。《灿烂》的长处在于故事的丰富多彩,但这同时也暴露出它的缺陷:过分的、近似夸张的理想主义,和缺乏深度的、类似符号化的人物描述。整个故事的焦点是牛进军由男孩到男人的成长史,但即便如此,作者除了一厢情愿地让我们看到了一个集上帝的宠爱于一身的男人形象外,我们对这个缺乏现实感的人物的内心世界一直处于未知状态。这个男人可以是"马进军"或"王进军"等任何人,他们都可以取代牛进军成为这个故事的主人公。在这个意义上,如果说叶辛的《蹉跎岁月》由于通过几个有血有肉的性格鲜明的人物形象的塑造,而能够成为"知青小说"中的一部经典;那么《灿烂》充其量也只能是一部值得我们一读尔后一笑了之的读物。但尽管存在着这些问题,将这两部作品放在一起能够起到一个作用,就是让我们更清楚地看到,什么是"具有历史感的小说",从而对"小说创作与历史书写"的关系,有进一步的认识。

　　从以上两部小说得出的结论就是:无论历史书写的风格和视野如何因人而异,再多的历史著作只要是反映同一个题材的,归根到底只能是"一部书"。一位伟大历史学家的出现,会让许许多多不那么伟大的历史研究领域里的从业人员相形见绌;而小说创作则不然,无论一个小说家的作品与另一位作家的创作在题材上如何相似,它们之间的艺术成就的差异如何之大,总是会向我们呈现出不同的面貌。就像杰出的俄国作家契诃夫所说：在文学艺术的苑地里，大狗叫，小狗同样可以叫。无论《蹉跎岁月》的光芒有多么耀眼，它都无法抹掉《灿烂》这部大众通俗读物所拥有的那份意义。在知青小说的领域内，它完全能够与《蹉跎岁月》一起，受到读者的关注和喜爱。从中我们还能够进一步看到"历史意识"对于"小说作品"所具有的重要性。对于体现出明确历史背景的小说而言，不仅人物性格的刻画更有力量，而且作品的文化视野会更加开阔。这些对于一部小说由平庸走向卓越是十分重要的推动力。因此可以这么讲：小说领域里之所以会出现"具有历史感的小说"，就是因为小说家们意识到了一点，良好的历史感对于创作一部非同寻常的小说作品，具有不可缺少的意义。

第三节　具有小说性的历史

众所周知，鲁迅对司马迁所著的《史记》，有过"史家之绝唱，无韵之离骚"[①]的评价，肯定其无论史学价值还是文学成就都非常高。"史家之绝唱"是鲁迅先生对《史记》具有开阔的视野和非凡的气度，以及作为一部伟大的历史著作的赞誉。《史记》是我国第一部纪传体通史，从时间上讲，它记述了上自黄帝，下迄汉武帝三千年的历史演变。从地域上讲，它不仅记载了中原王朝的政治风云，而且首创民族史传，记载了我国少数民族的历史发展。更为可贵的是《史记》还放眼世界，记述了朝鲜及大宛、乌利、康居、大月氏等中亚各国的社会形态、人情风貌。从人物传记上讲，《史记》除了记述历朝帝王将相外，还包括农民起义者、学者、游侠、刺客、医生、商人、妇女等，覆盖社会的每一个阶层。从内容上讲，《史记》更是包罗万象，涉及政治、军事、经济、文化、天文、地理、民族、医学、宗教等学科，是一部完整的大百科全书，是中国古代文明的集大成之作。

"无韵之离骚"是从文学的方面对《史记》的评价。比如首先，《史记》中人物形象的丰富饱满、生动鲜明，不仅得力于司马迁对材料的取舍和安排，而且也得力于他运用了多种方法去表现人物的思想性格和特征。作者在写作人物传记时，尽力避免一般的梗概的叙述，而是抓住主要事件，具体细致地描写人物的活动，使人物性格突出。其次，《史记》在语言运用

---

① 　鲁迅：《汉文学史纲要》，《鲁迅全集》（第 9 卷），北京：人民文学出版社 1981年版，第 420 页。

上也有极大的创造。从文学角度看，其最大的特色就是善于用符合人物身份的口语来表现人物的神情态度和性格特点。比如，刘邦和项羽都曾见过秦始皇，从他们所表示的感慨中就可以看出他们性格的不同。项羽说："彼可取而代也！"语气极为坦率，可以想见他强悍爽直的性格。刘邦却说："嗟乎！大丈夫当如此也！"说得委婉曲折，又正好表现他贪婪多欲的性格。《陈涉世家》中写陈涉称王后，陈涉旧时伙伴见他所居宫殿说："夥颐！涉之为王沉沉者。""夥颐"是陈涉故乡的土语，是多的意思，这里用以形容陈涉宫殿陈设的丰富；"沉沉"是形容宫殿广大深邃，又带有惊异的语气，它生动地表现了农民的质朴性格。在《张丞相列传》中，作者还写出了周昌的口吃和他又急又怒的神情。《史记》还有一些对话则更深刻地表现了人物的不同性格和当时的精神状态。《平原君列传》中毛遂自荐一节，表现了平原君和毛遂不同的身份和性格，特别是毛遂犀利明快的对答和"请处囊中"的自白，真是"英姿雄风，千载而下，尚可想见，使人畏而仰之"（洪迈《容斋五笔》卷五）。《史记》在叙事和记言中还常常引用民谣、谚语和俗语。由于它们产生、流传于民间，概括了广大的社会生活，是一种精粹的富于战斗性和表现力的语言，因此，使《史记》的语言更加丰富生动，并且有力地表达了作者对历史事件和人物的批判。

　　所以，除了"具有历史感的小说"外，在小说与历史之间还存在着"具有小说性的历史"。一个有代表性的例子便是老鬼的《血色黄昏》。这是一部几乎可以被视为"支边知青史"的书写，在某种程度上，故事的真实甚至最大限度上去掉了它作为小说的艺术虚构性。就像一位评论者在《真实的故事》中所说："老鬼的《血色黄昏》是自传，还是小说，我已经分不清楚了。"但这确实是非常好的一本书。杨健在《中国知青文学史》里称，《血色黄昏》是知青文学里程碑式的代表作，因为"它描述了真的人生和真的历史。知青苦难的历史终于得到了还原"。但这部迄今得到如此高的评价的作品，一度陷入没有一家出版社有兴趣的地步。我认为，这其中一个不能忽视的原因，是这部作品在"史"与"诗"的文类方面的相对模糊。在这个过程中，老鬼遇到了他的同学，当时以《有一个美丽的地方》等中篇小说饮誉京华的女作家张曼菱。尽管与老鬼素不相识，她却当即爽快应允认真拜读。不读则已，一阅而被震撼！整整三天，张曼菱深陷其中，竟致掩卷大哭，失声失态情难自禁，她曾这样写道："……三天阅读，在热梦之中，又尝到了流泪的痛快。至此时阅毕，到水房洗一把凉水，窗外绿树入目，才意识到这是在1982年夏，美丽的北大。说不清，是在怀念苦难，怀念青春？这是近年来我所见到的最生活、最痛苦、最倔强的灵魂，这是别一种艺术,别一种价值……"

这是《血色黄昏》历尽磨难、濒临绝境中的真情首肯;张曼菱乃是《血色黄昏》第一位真正的知音!但她同样无力让其问世。此前此后,老鬼辗转投稿计有中国文联出版公司、作家出版社、百花出版社、海洋出版社、中国青年出版社、人民文学出版社、《十月》、《收获》、《花城》、《清明》、《小说界》等14家出版单位,皆被拒绝。书稿最后到了后来作为该书责任编辑岳建一手中。他写道:"我是怎样读完这部45万字作品的,已难言清,只记得被震撼得昏天黑地。实录一段我当年的编后文字,可临其境:面对该作庄严而残忍的真实,我肃然起敬。置身其中,常常忘记是在编稿,慨叹、忧愤、惊悸……那古已有之的人类最美好感情,竟像拖死猪一样,被拽到人造太阳下,扒得精赤条条,历尽唾、踢、踩、耍。当读到69名知青在火中烧成黑炭,我唏嘘出声了。这个面部麻木、思维变得破裂的主人公与苦恋7年却不能相爱的'女神'告别时,偷偷珍藏起她吐的一把瓜子皮,欲哭泪已干。读到这里,我泪如雨下,万般感受仿佛一直渗透到筋肉里。这是我见过的最生命、最悲烈、最痛彻、最酷峻、最倔强的灵魂,也是迄今为止,我在文学作品中所见到的最惊心动魄的单相思——以整个生命为代价,有一种面对世界末日般的绝望。我不能不读!这是真正的灵魂孤本,浮雕般力度,切割般锋利,化石般品质。在如此巨大真实面前,文学的许多技巧、装饰、小把戏的玩弄,都显得那么苍白和微不足道。无疑,这些将成为一种独特美学品格和文学现象存在下去。为了让曾经是孩子的我们和我们的孩子,在未来世界也要记住这使整个人类耻辱的年月,我感到,我对该作出版负有义不容辞的责任,否则,不如吆喝大碗茶。"①

《血色黄昏》是根据作者自己亲历的8年知青生活创作的,写的是老鬼在内蒙古兵团插队的经历。老鬼假借山西大同1976年抗议运动参与者胡陵章名字的谐音"林胡",叙述自己因打架而被兵团定为"现行反革命"的劳改生活。作者以主人公的经历为主线,向读者展现了当年内蒙古兵团战士的生活和心理状态。小说的历史背景是"文化大革命"期间,为响应毛泽东"上山下乡"的号召,北京四十七中学生林胡与雷厦、金刚、吴山顶四个学生,满怀革命豪情及对未来的憧憬,步行到内蒙古草原扎根。来到内蒙古,第一个问题就是由于他们是私自决定来的知青,没有知青办的正式公文,找不到安置他们的地方。他们想出了一个主意,每人写封血

---

① 岳建一:《老鬼其人与〈血色黄昏〉》,《北方文学》2010年第1期。

书,通过锡林郭勒盟军分区赵司令员的儿子交给他。四张血迹斑斑的纸终于打动了这位老八路的心,他掏出钢笔在他们的一份血书上批示:请盟安办予以安置。这样,经过千辛万苦,他们终于被分配到西乌旗巴颜孟和牧场,并坚决要求不去离主场部较近、生活条件也相对好些的农业队而去最艰苦的牧业队。几天后,他们四人乘坐一辆大车,往目的地赶去。一路上领略了大草原的辽阔景象。用叙述者的话说,景象辽阔得让人心里空虚,全身震撼。多么狂妄尊大的人也会感到自己生命的渺小。如此空旷的漠漠大野却寂寞无声,让人心里发怵,令四个来自首都的知青对草原产生了一种敬畏感。

在蒙古包的第一夜,他们每人身上裹着发的八张羊皮,把自己的身体全都紧紧地包裹起来,否则一夜醒来就会冻掉耳朵。早上起来,雷夏为了解决大便,差点把自己冻僵,他的感受是:屁股似乎要冻坏了,那风跟刀子一样。晚上开批斗大会。四个人低着头,默默地站在大家面前。但林胡他们发现,牧民们个个心不在焉,根本不当回事。贫下中"牧"们在批斗会上嬉皮笑脸穷逗开心,或者干脆东倒西歪睡大觉。1968 年 12 月 31 日晚,他们开会听完"元旦社论",决定按照中央的精神,做一件有革命意义的事。这就是对牧主家进行一次抄家。第二天一大早,他们就来到当地的一家牧主分子贡哥勒家。那家人的老牧主曾给他们知青拾牛粪、生火、杀牛吃;他的老婆为他们缝皮得勒,做饭。而现在他们为了表现所谓知青的革命精神去无情地对待他们。但等到他们来到牧主家,没料到牧主家居然如此穷。那位照顾过他们的主妇的美丽的眼睛一直注视着他们,目光中没有一点怨恨,只是充满忧伤。只有家中唯一的那只大黄狗凶猛地扑着,为主人鸣不平。当林胡决定杀死它时,牧主家的人都跪地求饶。当林胡不顾一切准备用木棍棒动手时,1947 年当解放军的贫农"老姬头",主动冲进来保护它,结果被失去了理智的林胡打昏过去。

林胡性格偏执、好斗、倔强,他对一起来的同学也往往一言不合拳脚相加。这使他很容易就伤害同学间的友谊。为了一只被他收留的流浪狗的事,林胡用两个直拳把金刚打翻在地;为了不让雷夏帮助原本一起的同学傅勇生,他背着雷夏给盟知青办写了封诬告信,从此让与他关系最好的朋友雷夏视他为小人。为了自己能早睡觉,他吹灭了正在就着煤油灯看《养马学》的吴山顶的灯,强迫他只好摸黑躺在床铺上。当好脾气的吴山顶终于忍不住说他"太霸道了",林胡以暴力手段回复。他的人生信念是:

"这支队伍是我拉起来的,论拳论脚论胳膊,我都是老大。"①因此一切都得以他为中心,得听他的,于是很快,雷夏等三人因实在受不了林胡的这种专制脾气,以牛粪没了为由决定离开林胡"下包",也就是到牧民那里与他们一起生活。他们很快有了着落。但因为那次抄家打伤老牧民的事,当地的牧民全都讨厌林胡,一提到他就异口同声一个词:"孬种"。林胡就这样"落单"了,成了名副其实的"孤家寡人"。但他内心的虚荣心让他仍然自我感觉良好,对一切不以为然。他为自己找到一条冠冕堂皇的理由:"鹰总是孤零零的,绵羊才一群一群。"②俗话说性格决定命运。这句话并不全面正确,但对林胡而言却说到了根本上。

没有多久,1970 年 1 月 30 日中共中央发出《中共中央关于打击反革命破坏活动的指示》,以此为开端在全国掀起了一场"一打三反"运动政治运动,其内容具体是指:打击反革命破坏活动、反对贪污盗窃、反对投机倒把和反对铺张浪费。虽然运动的重心在于"打"(所谓"打击反革命破坏活动"),但到处悬挂着时任中共中央副主席林彪的指示:"杀! 杀! 杀! 杀出一个红彤彤的世界"的标语,展现了运动的恐怖和肃杀气氛。林胡、雷夏等人所在的 61 团 7 连,也开始了"向党提意见"活动。林胡开始并不热衷,但经不住身边知青们纷纷行动,他也给指导员沈庭满提了几条。却不料这位在原单位因乱搞男女关系而被调到兵团的现役军人,对凡是针对他的意见都耿耿于怀。有意思的是,他对其他人的态度还相对平和,唯独对林胡早就心中有气。觉得这小子仗着自己有两手打架的本事,不把他放在眼里。所以,当运动进入"维护党的威信,打击反革命势力"之后,他利用对林胡一直比较理解的王连长被排挤出去"支左"的机会,将林胡的所作所为添油加醋汇报到团里,让团保卫处亲自出马将林胡用手铐铐起来拘禁审问。逮捕、痛打、审讯、上纲上线、戴帽批斗,内蒙古草原上演了一出反人性的悲剧。

尽管林胡咬破手指写了封血书给团领导,表示自己不是反革命分子。但这对于早已作出决定的上级部门毫无意义。经过团保卫处赵干事两个多月对林胡的"修理",最后终于给林胡罗列出六条罪状:1.诬蔑毛主席,诬蔑毛泽东思想;2.诬蔑林副主席,诬蔑解放军;3.诬蔑江青同志;4.为死不悔改的走资派翻案叫屈;5.偷听敌台,并且散播;6.书写反动书信、黄色

---

① 老鬼:《血色黄昏》,北京:中国社会科学出版社 2005 年版,第 29 页。

② 老鬼:《血色黄昏》,北京:中国社会科学出版社 2005 年版,第 32 页。

日记,散布资产阶级淫乐思想。尽管如此,对这位心狠手辣的沈指导员来说,还不能让他满意。他设法让林胡的问题升级。兵团保卫处的方处长亲自出马,61团所归属的7师保卫科雷科长一起参加。与团里的赵干事相比,这位方处长给林胡的第一印象还不错。他盘着腿靠着行李坐在炕上。见到林胡也是很客气地说:"坐下吧!"尔后以河北口音问道:"你就是林胡吗?这一阶段生活怎么样?吃得饱吗?"看到林胡手戴着手铐,问:"手腕破了吗?"见林胡磨出黑印的手腕,转身对赵干事说:"回去带他到医院上看看,上点药。"又对林胡说:"以后可以把你的铐子给摘了,但要正确对待。你打架这么厉害,怕出问题,你们团才一直给你戴着。这是对党负责,也是对你负责。可不能有怨气呀。"就这么一通冠冕堂皇的话就让林胡感激涕零,让他觉得:"方处长对我的态度,几乎比我父亲对我的态度都好。"①从而在精神上就已经不自觉地投降了。

直到事情过去后,林胡才终于明白,什么叫"姜还是老的辣",恍惚感觉到这位"方处长的和蔼可亲里含着杀机"。这位处长紧接着采用的方法其实仍然是"柔攻"加"诱骗"。他反复对林胡说的一句话就是:"林胡哇,要相信组织,把事情真相全部给领导讲清楚,这样将来我们才好处理……咱们都是革命大家庭里的同志,我们也不愿你成为反革命。给你打成反革命,对党和国家有什么好处呢?没什么好处嘛。"这样的话让在经过了赵干事恐吓加折磨两个多月的林胡听来,"鼻子直发酸"。在刚开始时,林胡记着他和雷夏的战友之间"同生共死"、绝不相互背叛的"约法三章",但在这些"久经运动"的老练的打手们这里,两位书生的意志和经验根本不起作用。他们分别利用"离间计",先拿了一堆伪造的材料对林胡说,雷夏早已把你出卖,让信以为真的林胡只好在肉体和精神的折磨下被迫屈服;反过来这批人再用印有林胡手印的材料欺骗雷夏,让他在不知事实的愤怒中,利用自己的一手文才,将林胡的所有"反革命思想"白纸黑字地写了出来。在全团首次全体人员参加的批斗会上,听着雷夏低沉地发言:"首先,感谢团连首长允许我在这里揭发批判现行反革命分子林胡。长期以来,由于放松了世界观的改造,我干了许多对不起党和毛主席的坏事……在这里,我再补充揭发一些林胡的反革命罪行。"②

就这样,两个原来彼此视为亲兄弟般的朋友,从此断绝关系。而雷夏

---

① 老鬼:《血色黄昏》,北京:中国社会科学出版社2005年版,第183页。

② 老鬼:《血色黄昏》,北京:中国社会科学出版社2005年版,第184页、第216页、第219页。

那妙笔生花的所谓揭露材料,不仅直接断送了林胡的政治命运,而且让他以后在兵团的生活如在地狱。从此,人人像躲避瘟神似地回避与林胡接触。这个在故事开头给人以蛮横无理、刚愎好斗印象的让人讨厌的角色,此时显出了他不屈不挠、不媚不俗、疾恶如仇的让人尊敬的色彩。原本因打架出名的林胡,现在以"现行反革命"的身份,开始了长达8年众叛亲离的劳改生活。就像几年后重新回到连里的王连长一针见血点出的:"你林胡不过是个普通知青,最多也就是因打架而惹是生非;之所以轻易地就被指导员利用'上纲上线'的手段给整得不像个人,一个主要原因就是与群众的关系搞不好,甚至从不把对别人的尊重当回事。因此没有人会为你林胡站出来说句公道话。"那些复员军人更是不会对林胡有丝毫同情,原因是他曾经在一次摔跤比赛中,把他们的"战神"王连富一口气连摔了八跤,这让一帮知青们看了过瘾,但让退伍兵们很没面子。沈庭满早已清楚这点,所以他可以放开手脚整你。8年里,林胡在精神和肉体的双重痛苦中挣扎。这个充满悲剧色彩的灵魂虽然并不崇高,给人以半是天使半是魔鬼的感觉,但真实坦荡,毫无顾忌。狂喊、怒骂,夜复一夜的思想斗争,一纸纸发向兵团各级官员的申诉信,生理上时时涌动着的野兽般的性欲又使他陷入疯狂的单恋中。一个根本不理他、甚至不愿和他说话的姑娘韦小立,成了他全部的精神寄托。

　　韦小立的父亲是某省的主要领导,"文革"初期被"革命群众"打倒在地成为"走资派"。这让她自从来到兵团,几乎每天都是以泪洗面。林胡出于关心,以自己的全部经历给她写了封信试图安慰她,也希望她对自己有所了解后,不要像其他人那样歧视他。但这封信在运动中被当作他有流氓思想载入档案。他的另外三个同学也在这场运动中彻底变了,曾经以刚强正直赢得林胡好感的雷夏,学会了不动声色逢场作戏地说假话。吴山顶过着逆来顺受的日子,早已丢弃了曾经有过的信仰。金刚为了能够平安地活着,崇尚"畏怯哲学",认为人活着为自己利益考虑可以不顾一切、不讲道义,把吃、穿看作人生的最大享受。在旁人眼里,林胡是个无法理喻的粗鲁莽夫,但只有林胡自己知道,他"并不是头脑简单,只知摔跤、打架、割羊脖子的粗野之辈"[1],他的最显著的特点就是彻彻底底的坦诚,为此他在自己的日记里记载下了自己的那些"不光彩"的隐私。比如他会在日记里承认,孤独感强化了他对女性的渴望。"想女人的念头老是盘旋

---

[1]　老鬼:《血色黄昏》,北京:中国社会科学出版社2005年版,第110页。

在脑海。一会儿是那个缝得勒的牧主老婆,一会儿罕达的老婆……见一个喜一个,晚上就做着和她们睡觉的梦,时常自己手淫。"然而,没有一个女的能像韦小立那样激起他如此的兴奋,也没有一个女的能像韦小立那样,从林胡的"动物欲望中诱发出如此多的真纯"①。

但林胡能够在他的"动物欲望中"保留一份"做人的纯真"。那些手中多多少少握有一点权力的人,往往会不自量力,自以为天下都是自己的。从连里的沈指导员到团里的刘副政委再到师里的李主任等等一批"掌权者",在没有什么文化和精神生活的草原上,把和知青姑娘上炕"干事"当成一种有草原特色的文化。因此,在林胡被打成"现行反革命分子"后两个月,王连长回到7连。第一件事就是把为了能够入党而被迫与沈指导员反复"上炕"的女知青排长齐淑珍找来,让她写下全部经过。让事后也同样被处理的刘副政委(他与团部医院女护士戈秀珠通奸)到7连宣布,为了整顿风纪,将沈庭满的指导员撤职,调到团后勤处当助理。这在客观上为林胡的翻案清除了一点障碍。但俗话说"挖出萝卜带出泥",沈庭满的事带出一连串的效应。那位当初煞有介事地批判林胡有黄色思想的团政治处李主任,由于强奸女知青以及接受贿赂等恶劣行为,被停职检查。随之发生了一连串的事情。先是下了场狂风暴雨,在滂沱的雨水里,知青们毫不犹豫拿出自己的60多条棉被盖上了种子库房顶;由于瞎指挥,一场来势凶猛的熊熊烈火吞噬了69个青春的生命,包括真诚正直的刘经英在内的男女知青瞬间化为黑炭。最可悲的是成千上万知识青年的狂热劳动,夜以继日的开垦,换来的却是美丽大草原被一片片沙化。

因为"政治陷害"而成为可怜的上访者的林胡,用了8年时间,才获得一个正常人应有的权利。一位评论者的话说得好:在这本书里,没有纯情,只有性苦闷;没有英雄,只有苟活者。1971年9月13日,出现了"林彪事件"。这给当初按照"林副主席"指示的"一打三反"运动,带来了完全不同的意义,也给了林胡为自己去掉"现行反革命分子"的定性以机会。他顽强执着地为自己的政治清白努力着,年复一年地给各级领导写了100多封信。事情最终有了尘埃落定的结果。1975年2月1日,连里召开批判大会,团里康政委亲自到会。首先给老姬头戴上坏分子的帽子。在会议最后,由王连长宣布一个兵团给7师党委的批复文件:"你师报来现行

① 老鬼:《血色黄昏》,北京:中国社会科学出版社2005年版,第34页、第111页。

反革命案林胡复查处理报告收悉,经兵团党委研究,决定将林胡改定为犯有严重政治错误,撤销监督改造。"虽然留了个尾巴,但对于林胡来说,去掉了"现行反革命分子"的定性已算是一次巨大的成功。但这个成功的意义不大了。内蒙古生产建设兵团不久就解散了,知青们开始纷纷找门路回家乡。韦小立和另一位女知青得到了上大学的机会。送战友上大学的路上,50多名女知青集体悲号。暗恋韦小立多年的林胡始终找不到一个能和她好好说上一次话的机会,只好就在她临上车之前回房间拿东西时,跟着进去顺手从桌子上抓了一把从她嘴里吐出的瓜子皮,塞进自己的口袋。

没有多久,林胡终于从主动找上他的钟小雪那里有了第一次性生活,懂得了"女人"究竟是怎么回事。但因为内心仍思念着韦小立,缺乏对她的真正热情,这让林胡自己觉得"这么干跟公猪干母猪没有区别"。当她提出"我们将来有机会调到一块",林胡以"我是犯了严重政治错误的人,以后还可能倒大霉"来搪塞她。聪明的钟小雪指责林胡:"你只想占人家便宜,却不想承担责任。"①这让林胡内心深感歉疚无言以对。但好在一切都结束了,当年豪情满怀地来到内蒙古想大干革命的林胡,也在他的母亲著名作家杨沫的帮助下,终于办好了返京手续。在汽车开动的时候,他把那件跟随了他十几年的摔跤服,用力地丢到了公路旁的雪地里。在大草原8年的风风雨雨终于让他明白了,靠拳头摔跤这条路在这个社会里根本行不通。他的包里有一个沉甸甸的油纸包,里面记载着他在草原的种种事情与想法。于是,他在内心说了声:再见吧,锡林郭勒草原!

读完此书的第一个疑惑是,这究竟是一部个人的口述历史,还是一部具有纪实性的小说? 如果说它是小说,那么书中配有的不少反映当时知青实际生活状况的那些老照片又该作何解释? 如果说是历史书写,那么这部作品的不厌其烦的大量细节描述又该怎么看待? 事实上,无论是作为历史还是小说,《血色黄昏》都具有一种"另类性",准确地讲,它应该就是介于历史与小说之间的、"具有小说性的历史书写"。因为它毫不虚构地记录了那个年代的一批北京知青在内蒙古生产建设兵团的真实的生活经历。小说里有一段话值得我们在此一提:"没有狠狠挨过冻的人,体会

---

① 老鬼:《血色黄昏》,北京:中国社会科学出版社2005年版,第574页、第578页。

不到春天的美好,体会不到小说、电影里对春天的讴歌。"①套用这个句式,我们可以说,没能让读者感同身受地体会到生活世界本身、而只是停留在抽象的认识与了解的任何历史书写,都无法实现其真实地呈现历史的目的。这就是为什么即使我们有了一部伟大的历史文本,我们仍然需要表现这段历史的小说的深层原因。值得一提的是,类似这样的文类文本不局限于个人口述史方面,它同样也可以是具有一种"宏观叙述"的文本。比如由曾在美国新奥尔良大学任教的斯蒂芬·安布罗斯撰写的纪实性书写《兄弟连》。

1988年秋,美国陆军著名的101空降师第506伞兵团E连的老兵们在新奥尔良聚会。作者带着他的助理主任、新奥尔良大学艾森豪威尔中心的罗恩·德里兹一起,赶到他们住的旅馆,对他们进行集体录音采访,请他们谈谈D日的经历。因为该中心准备出版一个参加过D日行动的老兵访谈集。采访完成,作为E连的老成员、后来担任过E连连长的理查德·温特斯少校阅后感到,其中有一些夸大不实之处。于是在1990年2月,在温斯特少校的帮助下,安布罗斯等人又对一些老兵进行了再次采访。在此之后,作者又几次对不同的老兵进行了补充采访,并参考了已出版的相关书籍,出版了该书的首版。但反应并不好。于是作者把成文的手稿复印了许多份,分发给E连的老兵们广泛征求意见。他得到了大量的信息反馈。温特斯少校特意逐字逐句阅读了全文,提出了修改建议。作者还亲自到各个实地进行考察,通过频繁的电话和书信往来,终于重新出版了新版。该书出版后得到了好莱坞大导演斯皮尔伯格与两届奥斯卡影帝汤姆·汉克斯的欣赏。于是,继《拯救大兵雷恩》后再度合作,推出有史以来造价最昂贵的电视连续剧《兄弟连》(Band of Brothers),这个由二战期间美军在欧洲大陆作战的真人真事改编而成的故事,总计拍摄成本高达1.2亿美元,记录了这个死伤率高达150%的连队的英勇事迹。

故事开始于1942年,101空降师的E连在美国佐治亚州接受了严格的训练,这支精锐的步枪连在二战盟军登陆日的黎明(1944年6月6日—D日)跳伞进入法国北部,不但参加了"突出部作战",还围剿了希特勒位于西特斯加登的大本营。101空降师因其臂章上有一个正在嚎叫的鹰头标记,被称为"鹰师"或"嚎鹰"。主要依靠直升机实施空中突击,速度快,

---

① 老鬼:《血色黄昏》,北京:中国社会科学出版社2005年版,第322页、第574页。

火力强,作战能力全面,是美军进行快速部署和实施应急作战的重要力量,被誉为陆军"全能师"。1943年9月,该师从纽约港登船,10日后抵达英国。1944年2月,首任师长威廉·C.李准将因患心脏病返回美国。马克斯韦尔·D.泰勒少校接任第101空降师师长。期间,盟国远征军最高司令部正在计划登陆诺曼底,其行动代号为"霸王行动"。在这次行动中,第101空降师的任务是:海运登陆部队在"犹他"滩头登陆之前,跳伞进入德战区,夺占从滩头向内陆发展进攻的出口,并防止德军增援这些地区。

　　5月份,第101空降师各部队开始离开训练基地,奔赴预定机场和集结地域。1944年6月6日凌晨15分,第101空降师的空降引导小组跳出了C-47运输机,降落在法国德占区。接着,101空降师6000多人搭乘C-47运输机来到法国上空。接近伞降场时,他们遭到德军高射炮火的猛烈射击。许多运输机为了躲避高射炮火,把伞兵撒得到处都是。师长泰勒将军最初只能集合起百来人,并且大多数是军官。在带领他们去夺占通往"犹他"滩头的堤道时,他不无幽默地说:"从来没有这么少的人受这么多人的指挥。"夺占堤道后,101空降师继续向前推进,去夺取下一个新目标——卡朗唐镇。卡朗唐镇是从"犹他"和"奥马哈"滩头登陆成功的关键。101空降师浴血奋战五个昼夜,一直坚守到美军装甲部队从滩头赶来。101空降师在诺曼底连续战斗33天,出色地完成了原有的作战任务。101空降师的一些部队被授予"优异部队嘉奖令"。1944年秋,101空降师参加了有史以来规模最大和最为大胆的空降作战行动——"市场—花园作战行动"。英国第1空降师、美国第82和第101空降师将伞降进桥梁。与此同时,英国第2集团军将从比利时向荷兰推进,迅速通过夺占的桥梁,最后在阿纳姆跨过莱茵河,席卷德国鲁尔区。1944年9月17日,101空降师从4个伞降场进入作战区,马上开始夺占他们的作战目标。

　　在贝斯特镇他们遇到了德军的顽强抵抗。贝斯特对101空降师和整个"市场—花园作战行动"构成严重威胁,必须尽快攻占。502伞兵团经过反复争夺,最后终于攻占贝斯特,扫清了前进道路上的第一障碍。两天后,英国警卫装甲师的第一支分队抵达艾恩德霍芬。101空降师不怕牺牲,不畏疲劳,与优势德军连续奋战72天,出色地完成了作战任务。11月底,101空降师被替换下来,撤到法国休整。1944年12月16日,德军在阿登森林地区对盟军发动突然袭击。美军的战线开始崩溃,盟军的整个北翼受到严重威胁。12月17日,101空降师接到战斗命令后,立刻向北驱车107英里,直扑巴斯托涅。巴斯托涅位于阿登东部公路网的中心。101空降师的任务是夺占巴斯托涅,扰乱德军的交通线。12月20日,德军夺占了最后一条出入巴斯托涅镇的道路,把它孤立起来。德军在西线的胜利取决于击败101空降师和占领巴斯托涅。强大的德军装甲与步兵部队试图从北面、南面和西面突破美军的防线,但每一次都被美军击退。

101空降师面对德军5个师的轮番进攻,始终坚守阵地,直到12月26日美军第4装甲师突破德军重围进入巴斯托涅为止。在其后的3个星期中,101空降师经历了巴斯托涅战役中最血腥、最惨烈的几次战斗。随后,它与美军第3步兵师一起,逐个清剿了阿登地区德军孤立的抵抗区,结束了德军在那个地区的抵抗。保卫巴斯托涅的英勇行动,为101空降师赢得了"优异部队嘉奖令"。在美国陆军历史上,全师获得这一荣誉还是第一次。该师在第二次世界大战中的最后一次战斗任务是攻占希特勒的休养地贝希特斯加登。顺利地完成了作战任务后,它就驻守贝希特勒加登,并在那里接受了德国党卫军第13师部队的投降。1945年11月30日,第101空降师在欧塞尔退出现役。E连隶属于101空军师506团,于1942年6月成立,战士们由美国政府组织的一批志愿伞兵组成,他们的使命是负责攻打敌人后方。在1943年9月3日驶向英格兰后,就一直战斗在欧洲战场的最前线,登陆诺曼底、解放荷兰、坚守伯格之战、直捣希特勒和其党羽的老家等战役使他们名垂青史。

就像那些老兵所说的:"我有幸见证了美国历史的这一天,以前从未有过如此勇敢的队伍。"1945年11月30日,第二次世界大战结束的两个月后,E连光荣完成了使命,战士们无条件解散。许多人都干起了自己喜欢事情。时间第一次在这些士兵们身上失去了原有的感伤,但没有冲淡他们在战火硝烟中结下的那些友谊,每隔一段时间,他们就会从不同的地方赶到一起聚会,在那里重温那些逝去的年代依然荡漾着的激情。

这同样是一部"具有小说性的历史书写"。如果说此书的历史性来自于花费大量时间的第一手资料和实地考察所拥有的结果,那么它的小说性则来自于此书的写法。它不是流水账,不同于一般的历史著作单纯强调真实性,而是十分注重阅读效果。这就是对构成这段历史的一个个故事的重视。用安布罗斯自己的话讲:"要讲述历史,你必须把故事讲得令人感兴趣。"①在《兄弟连》这部书里,安布罗斯成功地做到了这点,以身示范地向我们呈现了即使是"宏观叙述",同样能够达到"具有小说性的历

---

① 〔美〕张盈盈:《张纯如:无法忘却历史的女子》,鲁伊译,北京:中信出版社2012年版,第9页。

史"的目标。安布罗斯的经验还意味着,在历史书写中注重文学性,这绝非只是一种修辞手段和写作策略,而是一种更好地体现历史精神的重要性所在。因为历史归根到底是人的生活记录,故事就是人生,没有故事的人生从来是不存在的。但如果以"具有小说性的历史书写"为标准,那么最合适的文体形式,无疑仍然属于以个体为主体、带有口述史意味的文本。这方面的代表作有台湾大学教授齐邦媛女士,呕心沥血4年以80高龄推出的《巨流河》。

　　诚如网络上的普遍评价所言,这是一部反映中国近代苦难的家族记忆史,一部过渡新旧时代冲突的女性奋斗史,一部台湾文学走入西方世界的大事记,一部用生命书写壮阔幽微的天籁诗篇。这种说法多少有些夸大其词了,尤其是后两句评语甚至很不靠谱。这表现了长久以来中国文化的一个传统:说好就无限拔高,说差就往垃圾堆里踩。但总体而言,用"杰作"两字来评价还是可以的。由于作者是站在靠近人生终点不远处回顾如烟往事,所以很难对该书作出一个简明扼要的概述。只能说,书里重点描述家在辽宁铁岭的齐家两代知识分子,是如何被卷进历史的洪流,在血泪迸溅的时代夹缝中从辽宁的铁岭漂到山城重庆,又从重庆流落台湾。"巨流河"位于中国东北地区,是中国七大江河之一,被称为辽宁百姓的"母亲河"。其南滨渤海与黄海,西南与内蒙古内陆河、河北海滦河流域相邻,北与松花江流域相连。这条河古代称句骊河,现在称辽河,清代称巨流河。当地淳朴百姓们仍沿用着清代"巨流河"之名。本书的记述,从长城外的这条"巨流河"开始,到台湾南端恒春的"哑口海"结束。在某种意义上,这是一部以作者个人生活为线索而展开的生动有力的家族史。全书从记述作者齐邦媛的父亲齐世英的事迹开始,到2001年初秋"九一八事变"70周年时,她和三位兄妹一起回到沈阳,参加东北中山中学"齐世英纪念图书馆"揭幕典礼收尾。

　　作者父亲齐世英是民国初年的留德热血青年,"九一八"事变前的东北维新派,毕生憾恨围绕着巨流河功败垂成的一战,渡不过的巨流像现实中的严寒,外交和革新思想皆困冻于此,从此开始了东北终至波及整个中国的近代苦难。齐世英归国后心怀匡国济民之志,加入国民党,致力于文化救国活动。26岁随东北新军将领郭松龄起兵反奉。举事前郭说过:此事成功固好,若失败则大家皆须亡命,但一帮热血青年都信心满满。巨流河一役功败垂成,郭全家受戮,齐自此离乡背井,亡命天涯,日盼夜盼盼到抗战胜利,最终却事与违地被迫流落台湾,命运似乎和这群人开了一个巨大的玩笑。然而,比起大陆那些曾在"文革"中受尽折磨的知识分子,这些人却有着不幸中的万幸。作者的一生，正是整个 20 世纪颠沛流离的缩影。《巨流河》真实地再现了 20 世纪的滚滚洪流对个体生命的冲击、裹挟、分隔、重建和操纵。生于世宦之家的齐邦媛本应该有一个相对平稳的人生经历，然而，特定的时代、特殊的身世把她一次次推入性命攸关的抉择路口，而孜孜不倦的学习为她的人生之舟找准了航标，在一个个离乱的十字路口，她以自己的柔弱之躯驾驭着生命的小船，80 高龄时仍然擎起如椽巨笔，写下 20 世纪百年风烟对一个民族、两代人生命的冲击、分隔与操纵。

这是中国现代史中的一页，也是一道 20 世纪中国人心灵深处难以缝合的伤口。隔着台湾海峡，隔着哑口海、南海、东海、渤海回望巨流河，可以说，《巨流河》是用散文笔调通过个体的视野记述了一个民族的血泪史、一个家族的苦难史、一群知识分子的反思史、一群离乡游子的怀乡史。20 世纪中国近现代史上的百年风烟，硝烟弥漫，血泪叠加，被民族灾难与权力规训异化了的国人，很少能发出自己真实的声音。但《巨流河》是个例外，它为读者打开的是一本百年册页：那英挺而胸怀大志的父亲，那在烽火中颠沛流离的母亲，那初识文学滋味的南开少女，那唱着《松花江上》的东北流亡子弟，那含泪吟诵雪莱和济慈的朱光潜先生，那性情率真宁可杀头也不说假话的吴宓先生，那家破人亡后投身抗日战争以身殉国的飞行员张大飞烈士，那从东北漂泊到北平，从北平流落到南京，从南京辗转到重庆，又从重庆流亡台湾的一个个中国人，他们的血泪情仇，他们的家痛国恨，他们的死里逃生。透过《巨流河》，还能了解一段段鲜为人知的历史真相：东北郭松龄兵变的内因；抗日战争初起时二十九军浴血华北，牺牲的壮烈；南京大屠杀，国都化为鬼蜮的悲痛；民心觉醒的抗争等等。齐邦媛先生是这些重大事件的亲历者、见证者、记录者和反思者。真实是这本巨著的特点，真诚是作者秉持的基本原则。无法忘却的家国之痛，无法选择的个人遭遇，无法回避的心路历程，是这部著作的基本特点。

齐邦媛 6 岁随母踏上寻找参与地下抗日工作父亲的颠沛流离之路，后曾随父就读多个小学，在南开中学幸遇民族教育家张伯苓，结识了一群满怀教育救国热情的先生，在武汉大学学习期间，受教于学贯中西的朱光潜、吴宓等，初淋世界文学雨露的润泽，树立了大视野大文化的学者胸襟；在台湾从教的近 40 年中，以教授英美文学为主，能够从文学关怀人类终极命运的普世情怀出发看待个人遭遇与家痛国难；她本人曾多次参与台湾对外文化交流活动，能够站在全人类的角度审视 20 世纪的世界风云与家国巨痛，文字中自有一种穿透风烟后的澄澈。20 世纪的中国知识分子，难免不被卷进忽左忽右的政治旋涡,丧失独立的价值观。齐邦媛因"生性敏感",虽然生长在家庭背景显赫的齐世英家,但自从青年时代把心灵交给"基督"后,一生都在有意远离政治斗争的中心地带,专做学问。这使她能够对政治保持相对清醒,从而相对客观真实地再现历史画面和历史人物。在她的笔下,朱光潜、吴宓、张伯苓、钱穆、胡适、戴镏龄、田德望、袁昌英、哈耶克博士等大师的音容可鉴,从他们手里传递的是文明与真理的薪火。读着这部书我们分明能够感受到,作者耳濡目染受大师影响,一生都在竭力保持着人格的独立与学者的尊严。

巨流河原是一条母亲河。迫使游子踏上不归路的是一场接一场的战争:郭松龄反抗军阀的兵谏行动;"九一八"事变后挂在城门楼上的头颅;家破人亡后走上抗日征途的张大飞;"七七"事变后"战争血淋淋的大刀切断了我病弱的童年";惨绝人寰的南京大屠杀把古都变成了鬼蜮,从南京逃往汉口的难民"成千上万,黑压压地穿了棉袍大衣的人,扶老携幼都往月台上挤,铺盖、箱笼满地,哭喊、叫嚷的声音将车站变成一个沸腾的大锅";被日军轰炸过的重庆"那一具具焦黑的尸体,绵延十里,是我半生的噩梦"……然而,即使在流亡途中,青年学子仍然满怀激情地进行千人大合唱。生命中有不可缝合的伤口,生命里亦有奔涌不息的河流,正是这激流激励着人们,奋勇向前。的确,如果从小说的角度上看,《巨流河》决然不是那种令人拍案叫绝的才子书,才情不是成就这本书的主要方面。但比起那些铺陈战争场面的小说作品,《巨流河》因为融入了作者的人生体验,更能打动人心。就像能在百度网页上找到的一篇评论文章《奔涌的生命之河》的作者所说,读这本书,很多次泪水夺眶而出,书的深度和厚重感把人几近融化。

《巨流河》是个人传记,像史书,又充满温情的描述,甚至大段抒情:记叙时代的动乱,是在讲着阴郁残酷的历史事件;记叙个人的感情时,是在讲着朦胧的青春故事;记叙阅读的感想时,是在吟唱永恒一般的诗篇;记叙对大小具体人事的看法时,又是理据皆有的慷慨陈词。少有人能成功处理好如此丰富的材料。或许正是由于这个缘故,本书开端即呈现出一股豪气,使读者顿生壮怀激烈之感。然而开篇不久,作者的叙述即由激昂转为低回,直至一曲终了。而主角也由作者父亲转换成作者本人:从东北到关内、西南,再到台湾,从懵懂幼稚的孩童,到青春飞扬的学子,再到名满东南的学者。在书中,乐山时期的武大生动活泼地呈现在我们面前,这对于今天的学子们还是具备相当的震撼力。就像一位今日毕业于武大的学生写道,让人羡慕的并不是大学家能够与朱光潜这样的杰出学者面对面地谈诗论道,而是三点:一是她那保持着民国时期大学课堂兼容并包百花齐放的优美姿态,一是她在国难当头时全校师生艰苦求知的卓越精神,一是她为学生的精神世界所提供的无限自由性和延伸性。所以在本书中,齐邦媛的个人努力显得如此重要。书中让读者看到,她在关键时刻作出的决定是那样果断,她对家人和社会的关怀是那样持久。书里记载着许多个她挑灯夜战的场景:为等半夜处理突发事件的丈夫平安归来挑灯夜战,为给学生备课和抄写试卷挑灯夜战,为赶着读书和做笔记挑灯夜战,为写论文挑灯夜战,为编译书籍挑灯夜战,为探讨出版法案挑灯夜战,为国际文学交流活动挑灯夜战,等等。

作者在《巨流河》中虽然回顾了自己的一生,但事实上是以她23岁大学毕业跟随家人到台湾那年为界,划出鲜明的上与下两大部分。全书在篇幅上虽以到台湾后的生活略占多数,但真正有意思和价值的同时也最打动人的,还是前半部分描述在大陆的生活。这既是因为这段硝烟弥漫的岁月里有着"大历史"的背景,除此之外的另一个重要原因,是与她哥哥的同学张大飞之间超越爱情的感情密切相关。正如许多读者所一致认为的那样,齐邦媛与张大飞美丽而短暂的这段情缘,是贯穿"巨流河"的一条温馨而又凄美的支流。齐邦媛13岁时遇见青年张大飞,他刚刚遭遇了家破人亡的重创,两颗敏感而年轻的心凭借一本《圣经》靠近。张大飞作为首批赴美受训的中国空军战士顺利完成学业归国,成为一名优秀的"飞虎队员"。在此后的6年中,等待来自云端的信成了齐邦媛步向青春的桥驿:一个"在云端,在机关枪和高射炮火网中作生死搏斗";一个"在地面上逃警报,为灾祸哭泣"。长达6年的鸿雁往来,见证了那个时代特有的巨变。这条布满荆棘的空中鸿雁之途,持续到张大飞以身殉国,然而,这份刻骨铭心的记忆一直沉淀在齐邦媛心灵的深处。齐邦媛75岁时回到南京,参观了南京大屠杀纪念馆后拜谒航空烈士公墓,手抚刻着张大飞名字的石碑,怀想那些在"骨岳血海"中抗争的岁月,回忆那份特殊时代里的回音,轻轻地说:"张大飞的一生,在我心中,如同一朵昙花,在最黑暗的夜里绽放,迅速阖上,落地。那般灿烂洁净,那般无以言说的高贵。"①当这位白发苍苍的老人用凄婉而深情的笔调说出这番话来,回忆横贯她一生的美好情愫,谁能不为之动容?

张大飞的遭遇是具有代表性的,是那个时代每一个渴望为国捐躯的

---

① 齐邦媛:《巨流河》,北京:生活·读书·新知三联书店2010年版,第370页。

热血青年的典范。他的父亲在伪"满洲国"成立之初是沈阳县警察局局长，由于接济且放走了不少地下抗日同志，因叛徒告密而被日本人浇了油漆在广场上活活烧死。他是在一个偶然的机会，看到"国立中山中学"招收东北流亡学生的布告后，与齐家人相识并渐渐成为家中一员的，因为直到他作为第一批中美混合空军"飞虎队"一员壮烈牺牲，他始终未能与他的家人联系上。这让他有意无意地把一直善待自己的齐家当成了自己的亲人。作者写道，她永远记得那个寒冷的晚上，张大飞用一个18岁男子汉的一切自尊忍住心中悲痛欲绝的号啕，在她家温暖的火炉前叙述他家破人亡的故事。1943年4月的一个傍晚，张大飞最后来与即将中学毕业的作者告别。见到她时他突然站住了，说："邦媛，你怎么一年就长这么大，这么好看了呢？"此时正下着大雨，大飞像大哥哥那样用雨衣把她拢进自己身边。一辆军用吉普车在校门口没有熄火地停着。仅仅只有片刻，他松手让作者回宿舍，说"我必须走了"。作者在雨中看着他跑向那辆吉普车，疾驰而去。5月18日，张大飞在豫南会战时掩护友机牺牲，26岁的生命就这样消逝于空中。作者在书中写道："这一年的夏天，我告别了一生最美好的生活。今生，我未再见他一面。"①但一直准备着最后时刻到来的张大飞，没有忘记在他告别这个世界时，给他心目中聪明美丽的姑娘留下一封信。信是写给作者的哥哥，由他代为转交给作者的。作者凭记忆将它公之于书中，让我们与作者一起来分享一下这份纯情。

振一：

你收到此信时，我已经死了。八年前和我一起考上航校的七个人都走了。三天前，最后的好友晚上没有回航，我知道下一个就轮到我了。我祷告，我沉思，内心觉得平静。感谢你这些年来给我的友谊，感谢妈妈这些年对我的慈爱关怀，使我在上不着天、下不着地的全然的漂泊中有一个可以思念的家。也请你原谅我对邦媛的感情，既拿不起也未早日放下。

我请地勤的周先生在我死后，把邦媛这些年写的信妥当地寄回给她。请你们原谅我用这种方式使她悲伤。自从我找到你们在湖南的地址，她代妈妈回我的信，这八年来，我写的信是唯一可以寄的家书，她的信是我最大的安慰。我似乎看得见她由瘦小女孩长成少女，那天看到她由南开的操场走来，我竟然在惊讶中脱口而出说出心意，我怎么会终于说我爱她呢？这些年中，我一直告诉自己，这只是兄妹之情，否则，我死了会害她，

---

① 　齐邦媛：《巨流河》，北京：生活·读书·新知三联书店2010年版，第97页。

我活着也是害她。这些年来我们走着多么不同的道路。我这些年只会升空作战,全神贯注天上地下的生死存亡;而她每日在诗书之间,正朝向我祝福的光明之路走去。以我这必死之身,怎能对她说"我爱你"呢?去年暑假前,她说要转学到昆明来靠近我些,我才知道事情严重。爸爸妈妈怎么会答应?像我这样朝不保夕、移防不定的人怎能照顾她?我写信力劝她留在四川,好好读书。我现在休假也去喝酒、跳舞了,我活了26岁,这些人生滋味以前全未尝过。从军以来保持身心洁净,一心想在战后去当随军牧师。秋天驻防桂林时,在礼拜堂认识一位和我同年的中学老师,她到云南来找我,圣诞节和我在驻地结婚,我死之后抚恤金一半给我弟弟,请他在胜利后回家乡奉养母亲。请你委婉劝邦媛忘了我吧,我生前死后只盼望她一生幸福。[1]

作者告诉我们,当她于暑假赶回家中,见到书桌上那个深绿色的军邮袋时,内心情绪激荡久久无法平静,连她母亲都难以分辨她脸上流的究竟是泪还是汗。这是一个活生生的经典爱情故事,如果由好莱坞编剧高手出手,很容易拍摄成一部让人涕泪俱下的优秀爱情电影。类似这样有血有肉的生动的细节在这本书里还有许多。正是由于这个原因,使《巨流河》成为一部卓越的"具有小说性的历史书写",或者说是"非虚构和非典型小说"。正如新浪网2010年"中国好书榜"颁奖词所说:"哀伤的文字如静静的河流,在我们的心里缓缓淌过,这本书写了颠沛流离的祖国和几代人的家国之痛。几十年过去了,我们的心灵仍然刻满弹痕。"作者以个人身世显历史,以凡人命运喻民族,以淡笔写浓情,以平实现张力。哈佛大学东亚系王德威教授的评语更为中肯:"一般回忆录里我们很难看到像《巨流河》的许多篇章那样,将历史和文学作出如此绵密诚恳的交会。齐邦媛以书写自己的生命来见证文学无所不在的力量。"[2]虽然作者和那些1949年以后去台湾的不少中国人一样,对台湾的政治、经济、文化建设成就充满自信,视台湾为中国文明、文化、精神传承的正统,而对大陆新中国的各项建设颇为轻视,甚至是不屑。在回乡探视时,对大陆的种种变化发展也颇有挑剔之词。但这只是一种复杂的历史导致的微妙的心态,加上岛屿文化的局限而产生的缺陷。虽是瑕疵,但并不影响这本书总体的价值。更重要的是,此书进一步证明了,当历史书写融入小说的艺术后,这

---

① 齐邦媛:《巨流河》,北京:生活·读书·新知三联书店2010年版,第130页。
② 齐邦媛:《巨流河》,北京:生活·读书·新知三联书店2010年版,第386页。

会产生多么奇特的力量！

在台湾地区的学界,有相当一些有名或不那么有名的人士,对大陆的文化和从政治到经济状况毫无兴趣。但有意思的是他们又常常要进行"双边比较",而每当此时,就会表现出一种莫名其妙的愚蠢和自以为是的无知。究其原因,这充分反映了岛屿文化的狭隘性和体制差异意识形态的盲目性。他们的反共情绪甚至导致自己,对大陆广大人民百姓和知识分子的种种努力视而不见,对这块埋葬着他们的祖先的土地毫无起码的一点关心。这就是为什么会出现这样的情形:我们会很大方地把掌声送给自我感觉超好的龙应台们,对齐邦媛的《巨流河》的意义尽可能放大,而对就在我们身边、作出了超越他们的成就的优秀女士的作品无知无觉。这里我要谈的就是由原《甘肃日报》记者和凤鸣女士,用了近 10 年时间写了一生中三年的事的《经历:我的 1957 年》。同样的自传体形式,同样是以个体生命体现大历史背景的述说,同样的充满情感的历史与文学的交融,同样是站在离人生终点处不远之地回往不堪回首的往事。唯一不同的是,在对现代中国人的苦难经历和对人性的刻画方面,其价值无疑非《巨流河》可比。《巨流河》肯定能够传播一时并得到许多好评,但《经历》却根本不同,它不仅无法像前者那样得到哈佛华裔教授的充分肯定,而且也无法在坊间博得众多读者的赞誉。但有一点我们能够确切地相信:无论它会受到这样那样的抑制,这本书将永远地载入史册,成为新中国历史上最重大的历史事件的见证!

《经历》的和凤鸣和她丈夫王景超,原本都是《甘肃日报》的骨干,被编辑部内的同事一致公认为才子夫妻。所以 1957 年 5 月下旬到 6 月初,和凤鸣作为《甘肃日报》社的成员,跟随甘肃代表团前往北京参观农业展览,期间受到毛泽东等国家领导人的接见。当时中国已经在进行整风运动,并且中共中央已经开始在各地中共的领导层布置"反右"运动。和凤鸣从北京回来后,报社领导动员大家帮助共产党整风,于是和凤鸣自己撰写、参与撰写了《向×××同志进一言》、《请公开宣判》等五张大字报,主要内容是向上级提意见以及替同事鸣不平。和凤鸣的丈夫王景超在领导的鼓励下,写了杂文《略论"行政手段"》,文中认为靠行政手段来服人,有点"霸"味,该文被发表于报纸头条,还获得了甲等稿费,此后王景超又撰写发表了杂文《为"三脱"干部叫屈》,以及《关于"抵触情绪"》(未见报)。但转眼间情况就发生突变。7 月,报社连续开展 100 多人至 200 多人的斗争会,王景超被认定有反党反社会主义罪行,是右派小集团"黑社"的首领,原本在领导授意下写的三篇杂文被认为是大毒草,他在鸣放座谈会上的发言被认为"喷毒液"。编辑部共找出了五名"右派",包括杜绍宇、和凤鸣等,原来笑脸相对的同事将他们作为"敌人"来进行公开斗争批判。由于在众人一致声讨中有口难辩,绝望中的和凤鸣曾试图服安眠药自杀。

8月8日,甘肃省市新闻出版系统召开批判"右派"成员的大会,王景超被要求第一个站在方凳上"亮相",和凤鸣也被要求站到前面。在这段时期,"右派"的上班时间就是挨斗、写检查交代罪行。迫于生活的压力,王景超曾试图服六六粉自杀。1958年4月下旬,王景超、和凤鸣等六位《甘肃日报》的"右派"成员,登上了西去的火车,王景超的劳教场所是酒泉夹边沟农场,和凤鸣前往安西县十工农场,此后他们没有能够再见面。而两人的两个孩子留在了兰州,当时分别只有6岁和3岁。在经济方面,王景超被单位开除,没有收入;和凤鸣的月工资由102元降为58.24元。虽然毛泽东称不剥夺"右派"成员的公民权,但由于各个农场的状况迥异,导致受劳教的"右派"成员此后的遭遇差异甚大。在王景超劳教场所在地酒泉夹边沟农场,后来是全国出了名的"死人场"。场领导对待"右派"的态度甚至不及刑事案件的罪犯,他们对困难时期因长期缺乏营养身体垮掉了的"右派"们的纷纷饿死无动于衷且无所作为。王景超也未能幸免,最终于1959年12月13日告别人世,饿死在甘肃酒泉夹边沟劳教农场里。

安西县有"世界风库"之称,自然条件很恶劣,但由于十工农场的领导对"右派"成员的态度比较缓和,"右派"成员在这里虽然要干许多苦重的农活,但生活还算和睦平稳。与和凤鸣住在同屋的徐福莲年仅20,女儿只有七八个月大,虽然徐尚在哺乳期,甚至还没有明白什么是"右派",由于被人揭发说其同意储安平"党天下"的观点,被定为"右派"。另外一位是石天爱,军阀石友三的女儿,27岁,由于家庭背景特殊,被划为"右派"。她们都被送来农场"监督劳动",没有工资,但能从农场领取每月20元的生活费。和凤鸣在农场参加的劳动包括整地、推车、挖草、种玉米、白兰瓜、割麦等,通常每天要劳动十二三个小时,双周休息一次。他们曾期待通过通信来慰藉两颗孤寂的灵魂。但这也是"革命"所不允许的。在经过了"万种柔肠焦急等待"以后,和凤鸣终于收到了心上人的来信:"这是一个小小的、揉得皱巴巴的信封,奇怪的是信封开着口,没粘,里面装着一张薄薄的信纸,字写得歪歪斜斜,没有了他的来信中惯常对我的爱称,只是简单地说到他现在新添墩站,已开始劳动,主要是挖水渠,队里管伙食,每月发两三元零花钱……"和凤鸣"反复读着这封被检查过的来信,想从字里行间捕捉到什么,却什么也捕捉不到,干巴巴的字句,意思明确,连引起联想的可能都没有"。王景超的信件要经检查后才可发出。所以信中再也见不到作者习惯了的丈夫以往对她疼爱有加的关心体贴的语言。她突然明白："唯一沟通和抚慰两个受难的灵魂的渠道已被堵死","我们在苦难中想要互诉衷肠、沟通心曲已无法做到,这种残忍的剥夺使我心颤不已"。[1] 这种"去人性化"是改造"右派"的精神核心。夹边沟农场的生活条件非常恶劣,可能是当时甘肃最严酷的劳教场所。劳动者一去那里就得忍饥挨饿,并且要干繁重的体力活,有的超过了一般意义上的劳动,比如强制长时间在碱水沟中浸泡劳动,造成肢体的蚀伤,和凤鸣知道后特意给王景超寄去一双长筒雨靴。

尽管当时"右派"成员的地位很低,但由于他们中的许多人的文化层次较高,1958 年 7 月 1 日中国共产党成立 37 周年,十工农场的部分"右派"成员根据事先农场领导的安排,进行了全场的文艺会演,和凤鸣与徐福莲表演了俄罗斯双人舞,其他节目还有独唱、拉手风琴、小提琴等。由于演出成功,农场决定继续排练,三四天后到安西县参加演出并得到了认可。在不久后的麦收中,还组织了小型的文艺演出队。这一时期,虽然其他一些农场(比如夹边沟农场)已经在挨饿,但十工农场的人员在高强度劳动的同时,可以吃饱,每人一个月 90 斤粮。但这样的"待遇"在王景超所在的甘肃酒泉夹边沟劳教农场是闻所未闻的。在甘肃省一般的监狱的地铺上,冬天都还能铺着厚厚的麦草,但在夹边沟劳教农场,即使在零下几十度的严寒中,这里的土台子上却没有一根草。王景超去世的消息有关当局根本没有任何人想到有必要告诉他的妻子。直到和凤鸣接到父亲来信,担心景超的身体,她才有机会拿着父亲的信去向场领导请假,专程赶到夹边沟农场。而带着满怀希望来的和凤鸣听到的却是亲人早已离世的噩耗。她愣愣地呆坐在景超的土台边,心中想起一首经常唱的歌:"草原大无边,路途遥又远,有个马车夫,将死在路边。车夫挣扎起,转告同路人,请你埋葬我,不必记仇恨。请把我的马,交给我爸爸,再向我妈妈,安慰几句话。转告我爱人,不能再相见。……爱情我带走,请她莫伤怀。找个知心人,结婚永相爱。"[2]她在农场经常唱的歌,没想到发生在自己身上。

旅途的劳顿,雪原上的急急赶路,亲人的永别,一天之内发生的这一切,足以摧毁一个人健全的神经和强壮的身体。在睡梦中,一幕幕往事在眼前反复出现……"那已是遥远遥远的过去了,坚贞甜蜜的爱情将我们结

---

[1] 和凤鸣:《经历:我的 1957 年》,兰州:敦煌文艺出版社 2006 年版,第 51 页、第 49 页。

[2] 和凤鸣:《经历:我的 1957 年》,兰州:敦煌文艺出版社 2006 年版,第 299 页。

合在一起。曾几何时,在'反右派'斗争中,我们双双被打倒在地,我们的灵魂被撕扯得流血不止。我们在大难之中相依为命,又感受到一种未尝体验过的甜蜜,我们的情更深、爱更坚。我们勇敢地共同肩起了苦难,并坚信,用血和泪浇灌的爱情之花芳香美丽,它将把两个受难的灵魂永远联结在一起,引导我们在苦难中结伴而行。不管前面有着怎样的艰难险阻,我们都会踏着苦难,相扶相携,走出苦难,奔向另一个新的人生起点。可如今,相扶相携的亲人已永远离去。在'反右派'斗争中,我曾因害怕失去他伏在他的胸前哽咽不已。现在,他冰冷的躯体已不知埋葬在哪里,我想要抚摸他冰冷的躯体已不可能……在那不可抗拒的政治风暴中,他曾将我拥在怀里,我伏在他胸前清晰地听到他那有节奏的心跳声。现在,他的心脏早已停止了跳动,我永远也听不到他心跳的声音了。"[1]逝去的岁月是几经劫难的岁月,浸透了血和泪、愁与苦,无奈又痛楚。他们的亲人又有哪个不是在大灾大难中挣扎浮沉,又有哪个活得像个人样,谁叫他们是你们的亲人呢?宪法要保障的公民权,作为一个人应享有的一切权利,正是在这执法的所在受到了无情的践踏与嘲弄,被剥夺得一干二净。有多少人被无情地夺走了宝贵的生命,他们一腔悲愤,满怀冤屈,把遗恨留在人间,一无所有地走了,走了。

　　一个原临洮供销社的干部告诉和凤鸣,她的亲人临终时因水泻送了命,他在王景超病倒时曾问过要不要给他妻子发个电报,回答是:"不要。"这个回答使和凤鸣的心又流血不止。她明白,这是因为他明知自己行将赴黄泉,却还在为他可怜的妻子着想,他知道妻子无能为力,他怕同样在挨饿的妻子精神上承受不了这打击,他怕处境危险的妻子会因此而出问题。他在生命的最后时刻还在成全他可怜命苦的妻子……劳教分子中有个叫邹春生的"三八式"年轻老革命,曾是军人的他,用他在战场上的经历描述了农场里每天大批死人的惨状。他低沉地说:"以前每次打仗也没死这么多人,死人也没这么快,像风卷落叶一般。"[2]在抗日战争、解放战争期间,他多次出生入死于战场上,他了解战争的残酷。在这没有战事荒凉寂寥的农场里,却让许许多多来"改造"思想的男子汉们永远地消失了。邹春生和左近的几位难友都说,夹边沟农场原来有劳教人员两千八百多人,能够回来的只六七百人,是个零头。这样大规模的死人事件,使夹边沟

---

①　和凤鸣:《经历:我的 1957 年》,兰州:敦煌文艺出版社 2006 年版,第 301 页。
②　和凤鸣:《经历:我的 1957 年》,兰州:敦煌文艺出版社 2006 年版,第 308 页。

（包括明水分站），成为名副其实的地狱。从此夹边沟农场恶名远扬，甘肃人凡是知情者一说起夹边沟农场便不寒而栗，幸存者及死难者的亲属忍辱负重，多年来对此惨案只在亲友中诉说。

诚如一位学者所说，这是一个后人无法理解，却令当事人至今仍不寒而栗的细节："'右派右派，妖魔鬼怪！'这流行一时的歌曲，常常在街头巷尾、斗争会上由群众高歌，在广播和扩音器里响亮地播放，时不时地撞击撕扯着我们流血的心。曾几何时，我们都成了'妖魔鬼怪'？在公众场所，在斗争会上，右派分子们还得作屏息凝神静听默思状，以表示自己真是'妖魔鬼怪'，这个玩笑真是开得太大了。在 1957 年的中国，我们对自己被歌为'妖魔鬼怪'，只能表示衷心悦服，个中的辛酸痛苦，真是一言难尽。"①与大数努力接受改造的"右派"分子一样，和凤鸣也是不顾劳累地拼命。她是这样认识的："我拼命，是因为我承受着双重的苦难，我的和他的。我拼命，是为了争取早日改变目前的处境，好进一步帮他脱离苦海。然后，我们的两个孩子也才能得救，我们才能跟孩子在一起。可怜的孩子，他们原应该跟别的孩子们一样，有一个无忧无虑欢快活泼的童年，但他们小小年纪长久地连父母的面也见不到。让孩子们也苦熬苦度岁月，这虽也是我尽量不去想的，却又时刻在心上。我痴痴呆呆地，一心只想着改造，改造，拼命，拼命！真是到了可笑而痴迷的地步。而在当时，这一切就是如此真实，沉重酷烈的苦难使我别无选择。"②

有研究者说得好，"革命"对这些不驯服的"右派"惩罚，最致命之处，不在于惩罚他们自身，而是要把惩罚进一步加之于孩子。③ 按当时的血统论的"革命逻辑"，孩子也将和右派父母一样，成为被社会歧视、排斥的对象，葬送了一切前途：这样的惩罚才是真正不堪承受的。特别是因自己而让无辜的孩子受苦，这更会引起无止境的心灵的自责。就像和凤鸣在书里写道的那样由衷地自责："孩子啊，孩子，你们受苦完全是由于我们的过错，在你们面前，我们是真正的罪人，我们罪不可恕。"④在《经历》中还有这样一个荒谬的故事：一个叫赵秉仁的右派，在极度的饥饿中知道自己的日子已经不多，但他仍担心着妻子和儿女还要继续为自己"背黑锅，遭骂

---

① 和凤鸣：《经历：我的 1957 年》，兰州：敦煌文艺出版社 2006 年版，第 13 页。

② 和凤鸣：《经历：我的 1957 年》，兰州：敦煌文艺出版社 2006 年版，第 113 页。

③ 钱理群：《地狱是的歌声：读和凤鸣〈经历：我的 1957 年〉》．http：// www. aisixiang. com/dataB067. thml.

④ 和凤鸣：《经历：我的 1957 年》，兰州：敦煌文艺出版社 2006 年版，第 26 页。

名",于是就在生命的最后一刻,他只得用一些空洞的词语来歌颂那些让他死于非命的权贵人物。他写了一首颂歌,表示在即将饿死时,仍然忠于党,忠于毛主席,希望留下一个"正面的形象",对妻子和孩子们或许会好一些,这几乎是他唯一能为家人做的事了。就像和凤鸣所说:"这看似滑稽、矛盾之极的一幕,却包含了多少凄惨而令人痛断肝肠的内涵。"①

有道是奇文共欣赏。现在让我们来看看,那两篇让王景超送了命的"反革命言论"究竟说了些什么:

其一,《略论"行政手段"》。

中国古语有云:以理服人者王,以力服人者霸。而经常靠"行政手段"以服人者,是不会不带点"霸"味的。所谓"手段"者,欲达目的之方法也;而能够凭借行政手段以服人的,只能是一些行政领导人物。这里无意一概否定行政手段;所欲反对者,不过只是用以"服人"的行政手段而已。我没有作过调查,不知道爱用行政手段以服人的人,究竟基于什么原因,都是何等类人。但推之于理,证之于耳闻目见之事实,这种带着"霸"味的人,多半是傲于"资",而又疏于"德"、"才"的!

说这些人傲于"资",是因为这些人多半是专靠老资格吃饭的人。他们平日既懒于学习理论,又懒于钻研业务,觉得不管怎样,反正总有他们一碗饭吃,总有他们的"官"当,那么还有什么必要再去刻苦学习呢?他们以党自居,觉得党是光荣的、伟大的、正确的,他们自己也便是光荣的、伟大的、正确的了;他们觉得党能领导一切,自己当然也能领导一切,服从是别人的义务,让别人服从是自己的权利,具体工作反正有被领导的人去做,自己只"掌握原则"、"发号施令"就对了!老资格使得他们心饱肚塞,几乎到了滴水不进的程度,用行政手段服人,当然也最适合这些人的身份!

说这些人疏于"德",是因为这些人并不把党的事业看得比自己更重要些,这主要表现在对群众的看法,和对待群众的意见的态度上。他们唯我独尊,当然不会承认群众有长于他们的地方,当然也不会承认群众能见到自己所不能见到的地方,所谓群众路线、群众观点,在他们只不过是骗人的鬼话。遇到不同的意见,他们并不考虑对工作如何,对革命事业如何;考虑的只不过是看别人的意见是顺着自己还是逆着自己,是有益于自己的尊严还是有损于自己的尊严罢了;他们提倡"愚忠愚孝"思想,喜欢

---

① 和凤鸣:《经历:我的1957年》,兰州:敦煌文艺出版社2006年版,第275页。

"愚忠愚孝"的人。"顺我者昌，逆我者亡！"于是，品质恶劣的人乘机钻营，形成"君子封口，小人得势"的局面，在他们的独立王国里，再找不到真正的是、非！他们总是以"片面性"责人，批评别人只看缺点、不看成绩，而他们也总是以片面性护己，因为他们自己永远是只看成绩、不看缺点的！他们不愿意理解发现并消除缺点，正是自己的责任，而唯恐别人湮没了他们的丰功伟绩。

说这种人疏于"德"，亦不为过矣！说这些人疏于"才"，也并非"恶语中伤"。所谓"才"者，不外乎指以马列主义知识处理工作的能力，即指业务能力也无不可。这些人既然以为有了"资格"，就可以换得在今天必须用劳动才能换得的一切，因而优哉游哉，蹉跎岁月，无所学而无所知！在他们的口袋里，除了几个老教条和几顶大帽子，别的本钱就不多了，以至遇真理而不辨，遇善言而不听。对于自己不喜欢的意见，欲说之而无词，只好继之以"压"，于是行政手段便出来了，这便是一大堆帽子，如"不尊重领导"、"骄傲自大"、"不按党的意图办事"等等。只此三言两语，便喧得提意见的人瞠目结舌，欲语无言！

孟子曰："以德服人者，中心悦而诚服也。"爱用行政手段的人，多半是在自己的"德"、"才"不足以服人时，才搬出行政手段来的。对党的十六字方针，这些人会特别感到不舒服，因为这个方针迫使他们和同志采取平等的态度，迫使他们丢掉老教条和大帽子，认真去学点东西，动动脑筋，改变"光靠党的威信吃饭"的没出息思想，丢掉"我即是党"的臭架子，踏踏实实地去做些工作。所以，这不仅对"老资格"有好处，即对于那些并没有什么老资格、而也有些"霸"味的新提拔起来的小领导者，也大有好处。因为老的苦学，新的也就不便于光指手画脚了！

其二，《为"三脱"干部叫屈》。

没有一个同志（注意这里说的是同志），是不想靠拢组织、接近领导的。但在不少单位，确有相当一部分人是被视为"三脱"之类人的，这就不能不引起注意了。这些人究竟是怎样的一些人呢？平心而论，他们只不过嘴上不大讨人喜欢罢了。如果说他们"仗义执言"，未免夸之过分；但是，如果说他们是由于看不惯工作中或某些领导人身上的缺点，而偏爱"发发牢骚"、"提提意见"，却倒真是事实了。

当然，这些人不可能不和一般人一样，自己身上也多多少少总有着某些缺点，如"偏激"、"片面"、"不讲究方式方法"、"小资产阶级情绪"等等，因而往往"言不中听"、"出语刺耳"，这就招了某些领导人之忌。在某些单位里，要求盲目服从领导的风气，是确确凿凿存在着的，这些领导人只承认一个"道德标准"，那就是"盲目服从"。凡是不合乎这个标准的人，便被列为"改造对象"，直到你合乎了那个标准！试想：百花尚野谷争艳，何况人乎？即历千秋万代，人们也不会合乎一个模子，更不会合乎"盲目服从"的模子，所以这"三脱"类人，实质上是被某些领导者当作"外人"而排斥的人！

或曰："君何危言耸听耶?!"当然，这些话在某些人听来，是会感到刺耳的。但，刺耳由它刺耳，当说我自说之：在这次大鸣大放的民主浪潮里，许多党外同志对组织上、领导上提出了尖锐的批评意见，许多意见就直接关系到这个问题。人事部门一般既代表组织，又代表领导；人事干部本来应该是革命同志倾心倒肚的知己，帮助、教育、团结党外同志的朋友，但许多意见都说人事部门是个"特殊组织"、"独立王国"，令人心存戒意，敬而远之！何以党的威信齐天，而某些人事部门的威信却"平地"呢？其中重要原因之一，恐怕与那个宗派主义、主观主义的"道德标准"不无关系吧？

以一个模子要求人的人，是不可能不偏听偏信的，于是经过他们的手，终于画出了"亲生"与"后养"的界线。尽管"亲生"的未必个个争气，但他们是贯彻"领导意图"的依靠，是"领导威信"的维护者，思想"进步"，所以处处顺利，事事如意。"后养"的即便勤勤恳恳地做了工作，敢于本着革命良心，大胆提出工作中的弊病与改进工作的意见，但终因隔着一层肚皮，领导者绝不容许他们在自己脸上拂灰尘，到头总难免不落"从个人情绪出发"、"劳动态度不好"、"和领导上讲价钱"之类的责骂！于是，犹如风助火势，"亲生"排斥"后养"的现象，在下边便愈演愈烈；未必做了工作的人，可以指手画脚地骂人；而真正做了工作的人，倒忍气吞声地挨骂，哪里还能分出是非，辨明黑白？

组织上这种不是"相引""实乃""相斥"的态度，让人怎么去"靠拢"呢?! 一旦被扣上了"脱离组织、脱离领导"的帽子，是急切翻不了身的！对组织上、领导上犹靠之不拢，遑论群众？领导上影响群众，让群众鄙视他、冷淡他，他们再也找不到知心人，听不到知心话，或由自卑而消沉，或由气恼而孤傲，被禁锢在精神囚牢里，岂能不脱离群众?!

应该说，这些同志绝不属于所谓"消极因素"，其所以外表消极者，盖因含冤受屈之故也。写到这里，我要"反话""正说"了：这些同志并非真的脱离了组织和领导，而是组织和领导上脱离了他们！所以我才敢于为"三脱"干部叫屈，并吁请以"盲目服从"的道德标准要求人的领导者，抛弃这个标准，而以马列主义的是非观点对待所有的同志！

我想，任何有点文化的人都不难读出，这两篇文章逻辑性强，思维清晰,很有说服力。有些见解即使在今天仍然没有过时。正当英年的王景超被活活饿死。40 年杳无音讯的大哥王景衡,突然在 1988 年从海峡彼岸台湾岛给老家来了信。和凤鸣写给大哥的第一封信只能是把景超的遇难告诉他。这对于景超的大哥委实是太意外了,他说接到信后"如五雷击顶","不禁老泪直流,悲痛万分"。然后,大哥回到了老家河北省无极县苏村。他见到尚健在的舅母时大哭:"我没有把景超照顾好。"9 月下旬,大哥、三弟王景凯、四弟王景刚及景凯的女儿艳梅、女婿一行,来到了兰州和凤鸣的家中。在吃第一餐团圆饭时,大哥举起酒杯站了起来,哽咽着想说几句话,从他的喉间却只挤出了几个字:"今天,我同自己的家人团聚……"说着,泪如雨下,无法再说下去了。和凤鸣尽量控制着眼泪,景刚向她递来了一张餐巾纸让她擦泪。擦吧,擦吧! 在这充满了家人的亲情,充满了喜庆气氛的团聚时刻,和凤鸣不能让眼泪任意涌流。多年来,她极少放纵自己感情的奔涌,因为她没有权利任意地悲伤,更没有权利在忧伤中消磨时日。20 年来被钉在耻辱柱上的现实,只准许她接受命运的摆布,谁也没有给她权利,让她任意悲伤! 在失去王景超的最初的日子里,除了同情和凤鸣的难友们曾给予她许多至今还让她感激在心、实实在在的关怀和帮助以外,那些曾和她共事多年、朝夕相处的领导和同事们,从未给过她一点哪怕同情的表示。

　　1991 年 8 月 21 日晚,和凤鸣带着大儿子伐夏乘坐西去的 243 次列车,终于开始了准备已久的祭奠亲人之行。30 年来,他们从未祭奠过他,严酷的政治逼迫我们隔绝同他的亲情。和凤鸣很少对孩子们说起他们的父亲生前的事,怕的是因此而祸及孩子们,孩子们如果对他们曾是极右分子的父亲抱有同情,无论在学校或是社会上都极难立足。那时候,正义、善良、热诚,对不幸者的同情等等人世间最可宝贵的东西,都被"政治"湮没了。我们在尽量忘却他。在艰难的人生之旅的跋涉中,一天天、一年年地忘记他。然而,"不思量,自难忘"。这一切又怎能忘记? 1978 至 1979年,《甘肃日报》社在总编辑刘爱芝的领导下,不仅平反了"文革"浩劫中的冤假错案,而且也平反了"文化大革命"前历次政治运动中的冤假错案。自然和凤鸣与王景超的错划右派问题也先后都得到"改正"。王景超刚正不阿、宁死不屈的形象,重新在人们的心头站立,他惹祸在身的三篇杂文重新得到评价。母子俩来到当年埋葬死人的野外,在一眼望不到尽头的坟地里,他们寻寻觅觅,觅觅寻寻,翻起每一个可能写着死难者姓名的石头,看了又看。但 30 年的风风雨雨、30 年岁月的剥蚀,已经消融了石头上的字迹,有些变得斑斑点点,有些踪迹全无。

最后只好选择了一块较为平坦的地段,用带来的汾酒洒了个圆圈,母子俩跪伏在地,开始了祭奠仪式。儿子伐夏先念了挽联,30 年来第一次喊了声:"爸爸!"并念了由母亲和凤鸣拟就的挽联:"少小逢战乱,坎坷辛酸,健笔成文章,狂狷无畏风骨坚。晴空霹雳,铮铮傲骨折摧,士人受辱,忠诚罹难,骨抛明水无着,白沙荒冢何惨惨。英年恸早殇,劳役饥饿,无辜受惩罚,'三字'罪名不须活。亲人断肠,声声血泪呼唤,魂兮有知,梦里应归,子媳孙儿绕身,天伦共享亦融融。"在儿子念完挽联后,和凤鸣念了表达她几十年心之痛的《水调歌头》:"泣血何人知,肠断有谁怜!茫茫瀚海无语,与我共悲。冤未平人已去,此情痛煞凄绝,惊破戈壁天!同蹈苦和难,良人不回还。声喑噎,心破碎,恨绵绵。沧桑巨变,万般痛楚未稍减。血泪往昔忍顾,明水一别卅载,尸骨未能见,荒冢无觅处,长哭问苍天!"

毫无疑问,读完这部作品,关于它究竟是具有"小说性的历史"还是"自传体的小说"的问题,都已经不重要了。不妨提一个奇怪的问题:我们能否把上面关于《巨流河》的许多赞美之词,同样地用在《经历:我的 1957年》上? 答案应该是既可以又不行。说可以,是因为这本书同样是"一部反映新时代过渡期冲突的女性奋斗史,一部用生命书写壮阔幽微的天籁诗篇"。说不行,因为它不是"一部反映中国近代苦难的家族记忆史",更不是"一部台湾文学走入西方世界的大事记"。但它却是一部名副其实的"反映现代中国许许多多苦难家庭的大历史",更是一部"能够让中国纪实文学走向世界的大事记"。我们甚至可以将王德威教授的评语略作改动地放在这里:一般回忆录里我们很难看到像《经历:我的 1957年》的许多篇章那样,将历史和文学作出如此绵密诚恳的交会。和凤鸣女士以书写自己的生命来见证文学无所不在的力量。但显然,我们没必要再将这样的文字游戏再继续下去了。就像《巨流河》是不可重复的,《经历》同样是不可重复的,不同的是,齐邦媛教授的书写在宏观地呈现大历史的方面视野更为开阔,而和凤鸣教授的书写在微观地揭示大历史方面在思想上更具深度。

但两者有一点是相同的:它们都恰到好处地证明了,"具有小说性的历史书写",是历史与文学苑地里的一朵奇葩。无论如何,在优秀的历史书写中我们都不难发现,"历史记述与文学之间的确有密切关系"①。二者

---

① 〔荷兰〕塞姆·德累斯顿:《迫害、灭绝与文学》,何道宽译,广东:花城出版社 2012 年版,第 36 页。

的有机融合能创造出优秀的文化产品。正是在这个意义上我们强调，尽管我们必须再次承认："在虚构的故事中也许有历史存在，但在历史中却不能允许有虚构这类东西的存在"①，然而这并不意味着优秀的历史书写能够以一种道貌岸然的"超然"的态度进行。文学性必定会以这样那样的方式渗透进"客观"的历史文本。因为"客观性并不等于公正性"②。而真正杰出的历史书写对客观性的追求并不是目的，而只是达到"公正性"的一种手段和路径。所以，就像"大屠杀需要同时当作历史和故事来讲"③，为了真正全面地刻画出我们所存在其中的生活世界的真实面貌，历史与小说的相互靠近是必然的。在这里不存在"非此即彼"的选择，只有"亦此亦彼"的现象。换句话说，我们既需要"具有历史感的小说作品"，同样也需要"具有小说性的历史书写"。

---

① ［美］彼得·盖依：《历史学家的三堂小说课》，刘森尧译，北京：北京大学出版社 2006 年版，第 148 页。

② ［美］彼得·盖依：《历史学家的三堂小说课》，刘森尧译，北京：北京大学出版社 2006 年版，第 148 页。

③ ［爱尔兰］理查德·卡尼：《故事离真实有多远》，王广州译，桂林：广西师范大学出版社 2007 年版，第 252 页。

第四章　故事的传承

——小说民族志

　　通常说来，中国文学的源头是《诗经》，"诗言志"是中国文学的第一纲领。这与由"荷马史诗"启程的西方文学注重叙事的传统，形成了鲜明的对比和强烈的艺术反差。久而久之，以"唐诗宋词"为代表的所谓"抒情传统"，在人们的心目中被当作中国文学的美学特色。而小说这种文类总是摆脱不了"道听途说"的烙印和消遣文字的阴影。但以新的视野来看，这是对中国文学传统的一种误判。事实上，从"言志诗"到"故事书"，从艺术高度讲，以《红楼梦》为代表的小说的成就并不低于诗词曲赋。亚里士多德的《诗学》中有"诗比历史更真实"的著名命题。这在中国小说中同样可以得到证明。从古至今的几千年中国历史，在很大程度上可以被四部小说"一网打尽"。这四部小说简称为"四大记"：曹雪芹《石头记》、吴承恩《西游记》、张爱玲《金锁记》、金庸《鹿鼎记》。它们不仅概括了中国的历史传统，也反映了中国的文化基因。因此从这个事实来看，小说并不仅仅是一种单纯的文学类型，它同时也是一个国家的"文化民族志"的一个重要组织部分。

第一节　《石头记》与小说中国

　　所谓《石头记》即《红楼梦》。由于现在人们已普遍习惯于把后四十回中"没有曹雪芹一个字"[①]的一百二十回文本称之为《红楼梦》，因此强调"石头记"以示有所区别。用"红学"专家周汝昌的话讲，曹雪芹以一生心

---

　　① 蔡义江：《红楼梦是怎样写成的》，杭州：浙江文艺出版社 2012 年版，第207 页。

血写出一部小说,书名几经改变,到乾隆十九年最后还是决定叫《石头记》。① 作为中国古典小说的杰出代表,除个别评论家如胡适外,认为这部小说已达到"伟大"级别似乎已成定论。用前美国哥伦比亚大学夏志清教授的话讲,"《红楼梦》是一部最伟大的中国小说"②。但胡适的看法十分特殊。他对这部小说有两点批评,一是认为作品中的"见解"因受那个"贫乏时代"的影响"不会高明到那儿去"。再是由于这个缘故,判定它的"文学造诣当然也不会高明到那儿去"。③ 这是从"思想内容"到"艺术表现"的全面否定。尽管胡适先生是个大人物,但迄今来看,他的这个说法显然过于自以为是,属于"胡说"。

时至今日,争议的焦点早已不在于衡量这部作品的价值,而是从什么方面来肯定其意义。换言之,意见的差异不在于这部小说优秀与否,而在于其有多么优秀。目前的行情已经达到"国宝"级的评价,痴迷者大有人在。当代著名作家中除刘心武外,王蒙即是一位。他在短文《我爱读〈红楼梦〉》里这样说道:"《红楼梦》是经验的结晶。人生经验,社会经验,感情经验,政治经验,无所不有。《红楼梦》是一部想象的书。它留下了太多的玄想、奇想、遐想、谜语、神话、信念。《红楼梦》是一部解脱的书。万事都经历了,便只有大怜大悯大淡漠大悲痛大欢喜大虚空。《红楼梦》是一部执着的书。它使你觉得世界上本来还是有一些让人值得为之生为之死为之哭为之笑的事情。它使你觉得,活一遭还是值得的。《红楼梦》令你叹息。《红楼梦》令你惆怅。《红楼梦》令你聪明。《红楼梦》令你迷惑。《红楼梦》令你心碎。《红楼梦》令你觉得汉语汉字真是无与伦比。《红楼梦》使你觉得神秘,觉得冥冥中有一种不可思议的伟大。"④

应该说,这话不仅全面,而且确实讲得好。不过问题在于,这是建立在什么基础上、针对的是怎样的《红楼梦》? 是以曹雪芹原意为基础的《石头记》,还是当下流行的一百二十回本的《红楼梦》? 王蒙的意见很清楚,就是针对当下普及的《红楼梦》而非只有曹雪芹撰写的八十回的《石头记》残稿。让人略有惊诧的不是王蒙对这个文本的肯定,而是在他看来,"后

---

① 周汝昌:《红楼小讲》,北京:北京出版社 2002 年版,第 1 页。

② [美]夏志清:《中国古典小说史论》,胡益民等译,南昌:江西人民出版社 2001 年版,第 258 页。

③ 胡适:《红楼梦研究论述全编》,上海:上海古籍出版社 2013 年版,第290 页。

④ 王蒙:《我爱读〈红楼梦〉》,见《逍遥集》,长沙:群众出版社 1993 年版,第 70 页。

四十回的扑朔迷离以及与前八十回的稍稍有些不接洽,更增加了《红楼梦》的魅力"①。值得注意的是,这样的评价并非只有王蒙一家,夏志清教授显然也持这一立场。在他看来,"既然没有后四十回我们便无法估价这本小说的伟大,那么,对后四十回进行批评攻击并且仅仅根据前八十回来褒奖作者,我认为这是文学批评中一种极不诚实的做法"②。这就不能随意对待,而需要予以讨论了。普及版《红楼梦》的故事可作如下的概括:

作品以贾、王、史、薛四大家族由兴盛走向衰败为背景,以贾宝玉和林黛玉的爱情悲剧为主线,以一个大家族的兴衰,从一个侧面反映了晚清中国的社会历史变迁。小说中核心人物之一女主角林黛玉父母双亡,从扬州投奔外祖母贾府太夫人,在荣国府的长期生活中,与宝玉志趣相投产生了爱情。但她不流俗、不苟且的叛逆性格,不受贾家统治者的欢迎,加之寄人篱下的地位,在政治、经济上毫无依傍,在激烈微妙的婚姻角逐中,只能归于失败。而作为王夫人侄女的薛宝钗,不仅在才学容貌上与黛玉各有千秋、旗鼓相当,在思想、性格、礼仪等方面更符合那个时代的封建礼教规范。再加上薛家的强大后盾,最终实现了"金玉良缘"的预言。尽管宝玉与黛玉心心相印,但在那样的历史时代,他们自己毫无个人权利可言,一切决定于父母之命。贾母等利用宝玉因玉的失踪而引发痴呆之机,采用王熙凤提议的"调包记",以"与黛玉成婚"为由骗得宝玉相信,而让不明真相的黛玉对宝玉的薄情产生怨恨。在宝玉成亲当晚,黛玉泪尽焚稿而死。宝玉后来虽说顺从家族长辈的心愿参加了科举考试并以第七名成绩中了举人,但他抛下世俗功名和尘缘,随着一僧一道两位世外之人遁入空门。全书共一百二十回。大致可分为七个部分。

第一回至第十八回主要介绍宁、荣两府贵族大家庭成员关系及其社会关系。重点描写了黛玉、宝玉、宝钗、王熙凤、秦可卿等人的生活,主要事件有"黛玉进府"、"宝、钗、黛相逢"、"王熙凤弄权"、"秦可卿之死"、"元春省亲"等。第十九回至四十一回主要描写贾宝玉和林黛玉对爱情的探索,宝玉和封建正统的"仕途思想"的抗争,以及宝钗、史湘云、花袭人、妙玉和刘姥姥等人物。主要事件有"共读西厢"、"黛玉葬花"、"宝玉挨打"、"刘姥姥二进大观园"等。第四十二回至七十回主要写其他人物,如探春、宝琴、刑岫烟、尤二姐、鸳鸯、晴雯、香菱等的活动。主要事件有"探春结

---

① 王蒙:《王蒙的红楼梦》,长沙:湖南文艺出版社 2010 年版,第 268 页。

② [美]夏志清:《中国古典小说史论》,胡益民等译,南昌:江西人民出版社 2001 年版,第 268 页。

社"、"尤二姐之死"、"鸳鸯拒嫁"、"晴雯补裘"等。第七十一回至八十回主要写贾府的衰败之兆,大观园清芳流失。主要事件为"抄查大观园"、"迎春误嫁中山狼"、"元妃染恙"以及"晴雯之死"。第八十一回至九十八回主要写宝玉和黛玉的婚姻发生波折,宝玉和宝钗成亲之际黛玉离开人世。其中描写了"元妃薨逝"、"探春远嫁"。第九十九回至一百○六回主要写贾家被查抄和贾母对天悔罪。第一百零七回至结尾主要写贾府衰败和宝玉出家。但随着远嫁边疆的探春的衣锦还乡和与宝玉同场考试的贾兰也以第一百三十名身份,"一举成名天下闻",皇室因宝玉和贾兰皆为刚病故的王妃的亲人,考虑到贾家史上多为皇室出力,便把贾赦免罪处理并仍袭了宁国三代的世职。凡此种种,让日趋没落的贾府重新获得"兰桂齐芳,家道复初"的"延世泽"的希望。

　　无须讳言,如何评价后四十回的功过得失是"红学"中由来已久的争议焦点之一。作出全盘否定的结论显得有些偏激。我们的确需要设想一下,如果没有一百二十回的"程高本"的刊行,《红楼梦》能在社会上得到如此长期、广泛热烈的反响吗? 这部小说的影响能像今天这么大吗? 结论只能是很明确的两个字:不能![1] 没人能够忍受一部有头无尾的小说,一个"未完成品"很可能淹没在茫茫文字堆中。由此而言,无论如何不能否定这个文本的两点功绩。首先最主要的是,保留了黛玉夭亡、贾宝玉出家、宝钗守寡,以及大观园内其他女性的不幸的情节,仍然让故事具有巨大的悲剧性。这在一定程度上尊重了曹雪芹原意,也是续书能长期得到读者认可的主要原因。其次,给予了黛玉、宝钗等主要情节以相对完整的结局,从而使得这部作品作为一部小说更容易流传。否则,如果只有曹雪芹亲笔留下的情节不完整的八十回残稿,这部作品的可读性也会大受影响。事实上众所周知,为《红楼梦》续书的文本多了去,为何唯独现在的高鹗本能够流传下来,这多少也说明了较之于别的续书,此书在艺术上有一定的特色。但尽管这样,我们仍不能给予续书以更高评价。

　　有两点理由。正如红学家蔡义江教授强调指出,首先续书在某种意义上获得一定的成功,这在很大程度上也得归功于曹雪芹。因为"前八十回文字写得太辉煌了,光芒能直透后四十回",让后四十回沾了光。作者在前面部分早已把各个人物写活,尤其是那些主要角色的个性塑造得十

---

[1]　蔡义江:《红楼梦是怎样写成的》,杭州:浙江文艺出版社 2012 年版,第 228 页。

分鲜明,续书只要写到某个人,读者脑中自然就会闪现他们的形象,从而关心起他们的命运。这在很大程度上是能够弥补续书在叙述上的平庸的。① 其次是续书者的水平无论在知识面还是才华灵性等,毕竟不能与曹雪芹相比。比如小说第九十一回宝黛"妄谈禅"。黛玉说:"水止珠沉,奈何?"意思是我若死了,你怎么办? 宝玉想表达的意思原本是:我做和尚去,不再想家了。但书中却写他引了两句诗作为回答:禅心已作沾泥絮,莫向春风舞鹧鸪。这就出丑了。因为宝玉所引这两句诗出自苏东坡。苏轼在一次酒席上想开好友诗僧参寥一个玩笑,他故意让一个妓女上前去向他讨诗。参寥识破了苏轼的用意,当时就口占一绝相赠:"多谢樽前窈窕娘,好将幽梦恼襄王。禅心已作沾泥絮,肯逐东风上下狂?"按照续书的写法,这是让向来以灵性才华出众的贾宝玉,用宋人答复娼妓的话来回答林黛玉,这不是让人大跌眼镜吗?②

还需要讨论的,是后四十回与前八十回的叙述关联究竟怎样。在夏志清教授眼里,在前八十回频频出现的那位"脂砚斋"让他深恶痛绝。他认为,尽管有脂砚斋的干扰,一百二十回本的《红楼梦》本质上依然是一部极为统一完整的书。因为"在后四十回中,所有主要女性的命运皆与前面的预言相符"③。这个说法大成问题,充分表明了夏教授虽然是一位研究现代中国小说的优秀学者,却不是关于中国古代小说尤其是《红楼梦》的真正行家。所谓"主要女性人物",莫过于林黛玉和薛宝钗,她们的命运与前八十回的"预设"即使不是大相径庭,也是存在许多重大差异,这是许多研究者所公认的。正如"红学"界达成的共识,曹雪芹的创作喜欢以一种"草蛇灰线"的方式,在全局在胸的前提下,将事后发生的种种故事先找个机会在前面做些铺垫。对林黛玉和薛宝钗的铺垫,在第五回的合二而一的两个判词有述。其一《终身误》:"都道是金玉良姻,俺只念木石前盟。空对着,山中高士晶莹雪,终不忘,世外仙姝寂寞林。叹人间,美中不足今方信。纵然是齐眉举案,到底意难平!"其二《枉凝眉》:"一个是阆苑仙葩,一个是美玉无瑕。若说没奇缘,今生偏又遇着他;若说有奇缘,如何心事终虚化? 一个枉自嗟呀,一个空劳牵挂。一个是水中月,一个是镜中花。

---

① 蔡义江:《红楼梦是怎样写成的》,杭州:浙江文艺出版社 2012 年版,第 229 页。

② 蔡义江:《追踪石头:蔡义江论红楼梦》,杭州:浙江文艺出版社 2012 年版,第 7 页。

③ [美]夏志清:《中国古典小说史论》,胡益民等译,南昌:江西人民出版社 2001 年版,第 267 页。

想眼中能有多少泪珠儿，怎禁得秋流到冬，春流到夏！"①

　　不言而喻，《终身误》是关于薛宝钗的，警幻仙姑的曲子正因她寂寞终身而命名。但不能不看到，虽然宝玉最后离家出走，使她过着守活寡的日子，但这对于原本就意不在情的宝钗并非什么太大的打击。有学者说得好：黛玉所要的是宝玉的感情，而宝钗所要的却是宝玉夫人的地位。② 她进到荣府中来的真正目的，是像元春那样得到一个被选进皇宫成为妃子的机会。比如她的《临江仙》："白玉堂前春解舞，东风卷得均匀。蜂团蝶阵乱纷纷，几曾随流水，岂必委芳尘。万缕千丝终不改，任他随聚随分。韶华休笑本无根，好风频借力，送我上青云。"③她借赞扬随风飘扬的柳絮传递自己的寄托。关键在尾句"好风频借力，送我上青云"的"青云"是何指。有些人诠释是想做"宝二奶奶"，这其实是搞错了，其意所在是拥有元春那样的荣耀。从这方面讲，她达到了一半目的。而这在后四十回中并没有得以强调。再说《枉凝眉》无疑是关于林黛玉的，但值得注意的是，不同于前首词中涉及宝玉、黛玉、宝钗三人，而此词是只关系到宝玉和黛玉两人。这是因为黛玉之死其实与宝钗并无关联。她并非死于宝钗与宝玉成亲的"调包记"，而是泪尽于对逃亡在外毫无音讯的宝玉人身安危的担心。

　　所以《枉凝眉》中才有"枉自嗟呀"和"空劳牵挂"之说，前者表现的是黛玉对宝玉的思念，后者则表现的是宝玉对黛玉的想念，表明此时两人已不在一地。否则同在大观园内，那么从宝玉的怡红院到黛玉的潇湘馆，只有几步路的距离，何来如此断肠裂肺的牵挂？④ 在前八十回中曹雪芹暗示的原意，是林黛玉不顾自己身体的虚弱为宝玉泪尽而亡。而在续书中则成了对宝玉的含恨而死。这何来"极为完整统一"之说？还是借用余英时先生的话讲："表面上，前八十回中的人物和故事在后四十回中都有交代。但深一层次分析，前八十回的'全部意义'在后四十回中却无法贯通，或遭到扭曲。"⑤再进一步讲，如果因此就把一百二十回的文本看作《红楼梦》，

---

　　① 曹雪芹：《红楼梦》（第一回），北京：人民文学出版社 1982 年版，第 85 页。

　　② 王昆仑：《红楼梦人物论》，北京：北京出版社 2004 年版，第 231 页。

　　③ 曹雪芹：《红楼梦》（第一回），北京：人民文学出版社 1982 年版，第 85 页。

　　④ 蔡义江：《追踪石头：蔡义江论红楼梦》，杭州：浙江文艺出版社 2012 年版，第 88 页。

　　⑤ ［美］余英时：《红楼梦的两个世界》，上海：上海社会科学院出版社 2006 年版，第 19 页。

则会毁灭这部小说的真正价值。因为它从根本上彻底违背了曹雪芹原著的基本精神。这个精神就是小说第一回中,被脂砚斋称为"一部之总纲"的这段话:"那红尘中有却有些乐事,但不能永远依恃;况又有'美中不足,好事多磨'八个字紧相连属,瞬息间则又乐极悲生,人非物换,究竟是到头一梦,万境归空,倒不如不去的好。"①它也体现于小说第五回警幻仙女为贾宝玉演唱《红楼梦》十二支曲最后一首《收尾·飞鸟各投林》的最后两句:"好似食尽鸟投林,落了片白茫茫大地真干净。"②

从艺术方面看,后四十回最拙劣的地方,就是将宝钗的成亲拜堂与黛玉的魂散气断,安排在同一天同一时刻,从而显得极富戏剧性效果。表面上看似有一种强烈的对比反差,事实上颇像一出好莱坞大片甚至是水平更为逊色的印度宝莱坞的效果。有句话说得好:"真实往往是平淡无奇的,正如真理是简单的。"③何况小说作者曹雪芹在第一回中就借"无材补天"且又"动了凡心"的石头之嘴,明确宣布了自己的美学立场:"至若离合悲欢,兴衰际遇,则又追踪蹑迹,不敢稍加穿凿,徒为供人之目而反失其真传者。"④换句话说,为了与当时流行的那些"不可胜数"的"风月笔墨"拉开距离,曹雪芹所要坚持的艺术特色,就是一个"真"字。任何具有"戏剧性"效果的写法都不在他的考虑之内。从这个意义上讲,作为这部小说关键情节的林黛玉之死的场景,绝不可能像现在这样处理。在这方面,作家王蒙也有同感,他虽然称赞了后四十回,但也认为这部小说最忌讳的东西就是戏剧性。他认为作品中"'红楼尤氏'就写得过于戏剧化,精彩是精彩,不可能是其亲历亲见亲闻",因而让小说的艺术表现受损。⑤

核心情节的失败的直接后果是导致作品艺术价值的损失。功过相比,现在的《红楼梦》之"功"弥补不了它对曹雪芹《石头记》的"过"。按照现在这个文本,导致宝黛之恋失落、让林黛玉丢命、贾宝玉绝情的罪魁祸首,就是以贾母和王夫人等为首的所谓"封建家长",是她们将自己的意志强加于人。因此之故,这部小说的主要意义,也就在于对这种毫无人性的封建家长制进行批判。这种批判的确有其必要,但如果把这作为《红楼

① 曹雪芹:《红楼梦》(第七十回),北京:人民文学出版社 1982 年版,第997页。

② 曹雪芹:《红楼梦》(第五回),北京:人民文学出版社 1982 年版,第89页。

③ 蔡义江:《红楼梦是怎样写成的》,杭州:浙江文艺出版社 2012 年版,第186页。

④ 曹雪芹:《红楼梦》(第一回),北京:人民文学出版社 1982 年版,第5页。

⑤ 王蒙:《王蒙的红楼梦》,长沙:湖南文艺出版社 2010 年版,第179页。

梦》的主旨所在,则无疑显得分量过轻。诚然,曹雪芹的作品里的确不乏这种批判性,比如晴雯之死和迎春之嫁等等。但问题在于这种批判性在诸如《儒林外史》、《聊斋志异》等别的小说中,已经十分强烈。继续将这个主题作为曹雪芹作品的核心,体现不出作为《石头记》的《红楼梦》的真正特色和其独特的艺术个性。即使评论家们提出"《红楼梦》是封建社会的百科全书"①这样的"高度"来对待这部小说,仍然于事无补。在这种"社会政治学"的视野里,这部作品别开生面的"伟大"之说同样无从谈起。此外问题还在于,这种认识和处理方式不符合小说中不断呈现的反映作者本意的种种提示。

有学者说得好:如贾母那样的封建家庭的太上家长形象,其特点是否必定只有势利、冷酷,必定只喜欢宝钗那样温柔敦厚,有"停机"妇德,能劝夫求仕的淑女呢?恐怕不是的。现实中任何身份的人都不可能是一个模子中铸出来的。曹雪芹笔下的贾母的性格特点,不是势利冷酷,相反的是以"怜贫惜贱,爱老慈幼"为其信条的,她自己好寻欢作乐,过快活日子,对小辈则凡事迁就,百般纵容溺爱,是非不明。她对宝钗固有好感(只是不满她过于爱好素净无华),但对凤姐那种能说会道、敢笑敢骂的"辣子"作风更有偏爱。从贾母那里出来的晴雯和陪伴她的鸳鸯也都不是好惹的。她对宝玉百依百顺,对外孙女黛玉也是非常溺爱的。② 这个见解并非空穴来风。比如第二十二回写凤姐与贾琏商量如何给宝钗做生日。贾琏说:"你今儿糊涂了。现有比例,那林妹妹就是例。往年怎么给林妹妹过的,如今也照例给薛妹妹过就是了。"不过,小说中黛玉过生日其实并未实写。所以有一条脂砚斋的评语说:"……最奇者黛玉乃贾母溺爱之人也,不闻为作生辰,却云特意与宝钗,实非人想得着之文也。此书通部皆用此法瞒过多少见者。余故云不写而写是也。"诚如研究者所言,这里真正值得注意的是,脂砚斋认为"黛玉乃贾母溺爱之人"。

如果批书者读到的后半部中,贾母也像续书中所写的那样,一反以往的"溺爱"而变得对外孙女极其冷漠、势利,甚至竟将她置于死地而不顾,试问,脂砚斋会不会写出这样的评语来呢?有人或许会认为,续书中的贾母写得比八十回中更深刻,更能揭露封建家长的阶级本质。就算这样,那也不妨另写一部小说,另外创造一个冷酷的贾母,何必勉强去改变原来的

---

①　王蒙:《王蒙的红楼梦》,长沙:湖南文艺出版社 2010 年版,第 148 页。

②　蔡义江:《追踪石头:蔡义江论红楼梦》,杭州:浙江文艺出版社 2012 年版,第 93 页。

形象呢？再说，"从封建社会里来的、一味溺爱子女而从不肯违拗他们心意的老祖母，难道我们还见得少？"①这些疑问与反问的确值得我们认真对待。衡量后四十回续书的成功与否只有一个标准：真实性。因为如前所述，曹雪芹呕心沥血创作的这部作品，"是把写得'真'放在第一位的"②。正是以这个标准而言，后四十回相去甚远。不要说贾母形象被歪曲，王熙凤的形象同样被扭曲。因为在前八十回曹雪芹笔下，最关心宝玉和黛玉两人的除了贾母便是这位聪明伶俐过人的王熙凤。由她来出个愚蠢的"调包计"是让人难以想象的。当然，关键的关键还在于，宝黛之恋不仅在贾府中几乎可以说人皆知晓，更是早就得到了史太君贾母的认同。

比如小说第二十九回，事实上就是贾母为宝黛"二玉"的婚事"一言以定"。先是王熙凤拉着贾母和贾府诸位太太小姐等去清虚观看戏，其中出来个张道士，话中涉及宝玉的婚事时，主动提道："前日在一个人家看见一位小姐，今年十五岁了，生的倒也好个模样儿。我想着哥儿也该寻亲事了。若论这个小姐模样儿，聪明智慧，根基家当，倒也配的过。但不知老太太怎么样，小道也不敢造次。等请了老太太的示下，才敢向人去说。"贾母针对这"相貌、性情、门户"三个方面答复道："上回有和尚说了，这孩子命里不该早娶，等再大一大儿再定罢。你可如今打听着，不管他根基富贵，只要模样配得上就好，来告诉我。便是那家子穷，不过给他几两银子罢了。只是模样性格儿难得好的。"③正如红学家周汝昌先生所指出的，读《红楼梦》时时不能忘记，在曹雪芹笔下不会为任何无谓之处多费一点儿墨汁。在这个场面中，话虽说是当众说给张道士听的，其实却是说给自己全家人听，最主要的是说给王夫人听。因为在王夫人心中，宝玉的理想配偶是自己的亲妹妹的女儿薛宝钗。而老太太贾母却不同。她想的是，自己最疼爱的女儿贾敏先已去世，遗下一弱女黛玉孤苦伶仃，从小与宝玉一起长大，二人最和美。今日趁张道士的话，特意强调，绝对不计门户高低与穷富。"这只因荣府上下人人势利，捧薛抑林，说黛玉无家无业难以为配。老太太才特意作此'声明'，以压众论。"④周先生的这个见解毫无疑问

---

① 蔡义江：《追踪石头：蔡义江论红楼梦》，杭州：浙江文艺出版社 2012 年版，第 93 页。

② 蔡义江：《红楼梦是怎样写成的》，杭州：浙江文艺出版社 2012 年版，第 211页。

③ 曹雪芹：《红楼梦》（第一回），北京：人民文学出版社 1982 年版，第 408 页。

④ 周汝昌：《红楼小讲》，北京：北京出版社 2002 年版，第 193 页。

是有底气的。

其次是同一回中，宝玉和黛玉因这个张道士此番谈婚论嫁的言论，弄得彼此心中"过敏"，都对自己在对方心中的位置产生误解，大哭大闹，惊动了贾母。在小说中史太君从未把宝黛俩的怄气口角当回事，这次却急得流下了泪，并且道出她心中的秘密："我这老冤家是那世里的孽障，偏生遇见了这么两个不省事的小冤家，没有一天不叫我操心。真是俗语说的，'不是冤家不聚头'。几时我闭了这眼，断了这口气，凭着这两个冤家闹上天去，我眼不见心不烦，也就罢了。偏又不嚷这口气。"自己抱怨着也哭了。这话传入宝林二人耳内。原来他二人竟是从未听见过"不是冤家不聚头"的这句俗语，如今忽然得了这句话，好似参禅的一般，都低头细嚼此话的滋味，都不觉潸然泣下。虽不曾会面，然一个在潇湘馆临风洒泪，一个在怡红院对月长吁，却不是人居两地，情发一心！① 正如周汝昌先生所说，老祖母的满腹心事，既定之主张，至此才算和盘托出。"不是冤家不聚头"这七个大字已经决定了宝黛关系的全局，何用置疑？何容篡改？周汝昌特别提到一则脂砚斋总批："二玉心事，此回大事，是难了割。却用太君一言以定。是道悉通部书之大旨。"他由此及彼，批判后四十回"硬是把贾母篡改成一个破坏宝黛婚姻的头号罪魁祸首"②，认为这是对作品的严重歪曲。

换句话说周汝昌先生认为，不是反封建而是通过宝黛之恋而谈人生，这才是《红楼梦》这部小说的核心所在。这个见解同样是精彩的。诚然，续书中的贾母形象比曹雪芹的原意"更能揭露封建家长的阶级本质"。但这里的问题不仅在于不符合作者的本意，而在于破坏了这部小说超越具体历史时代的更高的艺术追求的意义。蔡义江教授说得好："《红楼梦》揭露封建宗法统治的种种腐朽、罪恶，是它的客观社会意义，是近代人对封建社会制度有了一定的认识后，分析得出的。作者当时不可能有这种自觉的意识。"③但问题的关键还在于，即使作者有这种意识并因而把"揭露封建宗法统治的种种腐朽与罪恶"，当作小说中的重要内容，这也并不意味着它能成为这部作为小说艺术作品的审美主旨。用著名学者余英时先生的话讲："《红楼梦》在客观效用上反映了旧社会的病态是一回事，而曹

---

① 曹雪芹：《红楼梦》（第一回），北京：人民文学出版社1982年版，第417页。

② 周汝昌：《红楼小讲》，北京：北京出版社2002年版，第195页。

③ 蔡义江：《红楼梦是怎样写成的》，杭州：浙江文艺出版社2012年版，第185页。

雪芹在主观愿望上是否主要为了暴露这些病态才撰写《红楼梦》则是另一回事。"①在这点上,王蒙的这个说法值得一提:"《红楼梦》有与生活的同质性,有残缺性,有含蓄性,而人们往往忘记了它最根本的一个性,就是其文学性。"②这种"文学性"的表现方式能够从"接受美学"的视野,也就是从读者的阅读心理方面予以考虑。比如不妨重提王蒙之问,于读者方面看,《红楼梦》最吸引人的是什么?《红楼梦》的可读性在哪里?《红楼梦》的最大卖点在哪里?③

这个问题当然有一定的多元性。就像鲁迅在《鲁迅全集·集外集拾遗补编〈绛洞花主〉小引》中所说的:一部《红楼梦》,经学家看见《易》,道学家看见淫,才子看见缠绵,革命家看见排满,流言家看见宫闱秘事!但毫无疑问,小说的焦点所在是贾宝玉。用周汝昌先生的话讲:"一部《石头记》(后来叫作《红楼梦》),本来就是宝玉一生的遭逢经历为主体的书,雪芹十年辛苦,百种艰难,费尽心血和笔墨才情,所为何事?只为写出宝玉其人而已。"④但对于多数"非职业"的普通读者而言,都会对王蒙的这番话表示认同:"有了黛玉,宝钗才显出更清醒得体,谈言微中什么都恰到好处。有了宝钗,黛玉才显出深情挚爱,情比天大,此生彼生,此世彼世,这一辈子下一辈子,永远让人忘不了的是黛玉与宝玉的相爱!"⑤换言之,人们之所以关心宝玉的经历,并非是对他个人遭遇什么有好奇之心,而是他与黛玉一起谱下的超越生命之上的爱情曲。事实确实如此:一部中国文学史并不缺少对人世爱情的咏叹,比如《诗经》和《孔雀东南飞》,比如南宋诗人陆游的《钗头凤》,比如元曲里的诸种段子,比如《梁山伯与祝英台》的传说等等。但是从古迄今,中国文学史中没有一部书能像《红楼梦》那样把爱情写得这么细,这么叫人柔肠寸断、千曲百回。⑥ 这也确是事实!

但这种爱情特别表现在林黛玉身上,因为她的爱情有别于人世间一般意义上的情感,王蒙别出心裁地命名为"天情"是很精彩的。正如他所说:"红楼之梦,这就是爱情之梦。"这就是贾宝玉和林黛玉不但心灵相通,

---

① [美]余英时:《红楼梦的两个世界》,上海:上海社会科学院出版社 2006 年版,第 10 页。

② 王蒙:《王蒙的红楼梦》,长沙:湖南文艺出版社 2010 年版,第 177 页。

③ 王蒙:《王蒙的红楼梦》,长沙:湖南文艺出版社 2010 年版,第 148 页。

④ 周汝昌:《红楼小讲》,北京:北京出版社 2002 年版,第 185 页。

⑤ 王蒙:《王蒙的红楼梦》,长沙:湖南文艺出版社 2010 年版,第 166 页。

⑥ 王蒙:《王蒙的红楼梦》,长沙:湖南文艺出版社 2010 年版,第 55 页。

而且事事相通的这样一个梦。① 尽管宝玉在其中扮演了不可缺少的角色，但林黛玉才是这曲爱情悲剧的灵魂。因为"没有恋爱生活就没有林黛玉的存在。林黛玉用她的整个生涯唱出了一首缠绵哀艳的恋歌"。她是"恋爱至上主义"最动人的典型。《红楼梦》这部书之所以诞生，就由于黛玉的结局是死。有了黛玉之死，这部悲剧的题材才能成立，而《红楼梦》的价值才得以体现。② 诚如"红学"家王昆仑先生所说，黛玉之死是因为她所不能战胜的环境，这个环境也就正是作者所不能改造的社会，而并非是掌握一个大家族的贾母等人。③ 这意味着它不是仅仅由贾母或者王夫人或邢夫人等荣国府中的任何人所能主宰的，而是同样能够控制甚至这些德高望重的夫人们的命运、以政治体制的形式存在的"社会大格局"。所以，准确理解《红楼梦》这部小说的意义的关键，就在于如何准确地把握林黛玉之死。"红学"家蔡义江教授以丰满翔实的材料，撰写了《曹雪芹笔下的林黛玉之死》一文，有助于我们更准确地把握这部小说的命脉。

　　根据蔡义江教授的研究，曹雪芹笔下的林黛玉之死，与续书中所写的是完全不同性质的悲剧。悲剧的原因，不是由于贾府在为宝玉择媳时弃黛取钗，也没有王熙凤设谋用"调包计"来移花接木的事，当然林黛玉也不会因为误会宝玉变心而怨恨其薄情。在佚稿中，林黛玉之死与婚姻不能自主并无关系，促使她"泪尽夭亡"的是别的原因。悲剧发生的经过大概是这样的：宝黛爱情像桃李花开，快要结出果实来了，梦寐以求的理想眼看就要成为现实。不料好事多磨，瞬息间就乐极悲生：贾府发生了一连串的重大变故。起先是迎春被蹂躏夭折，探春离家远嫁不归，接着则是政治上一直庇荫着贾府的大树的摧倒——元春死了。"三春"去后，更大的厄运接踵而至。贾府获罪，导火线或在雨村、贾赦，而惹祸者尚有王熙凤和宝玉。王熙凤是由于她敛财害命等种种"造孽"，宝玉所惹出来的祸，则仍不外乎是由那些所谓"不才之事"引出来的"丑祸"，如三十三回忠顺府长史官告发宝玉无故引逗王爷驾前奉承的人——琪官，及贾环说宝玉逗淫母婢之类。总之，不离癞僧、跛道所说的"声色货利"四字。于是宝玉和凤姐仓皇离家，或是因为避祸，竟由于某种意外原因而在外不得归来。贾府中人与他们隔绝了音讯，因而吉凶未卜、生死不明。

　　宝玉一心牵挂着多病善感的黛玉如何熬得过这些日子。所谓"花原

<hr>

① 王蒙：《王蒙的红楼梦》，长沙：湖南文艺出版社 2010 年版，第 11 页。
② 王昆仑：《红楼梦人物论》，北京：北京出版社 2004 年版，第 241 页、第 257 页。
③ 王昆仑：《红楼梦人物论》，北京：北京出版社 2004 年版，第 269 页。

自怯,岂奈狂机? 柳本多愁,何禁骤雨?"(见七十八回《芙蓉女儿诔》)他为黛玉的命运担忧时,甚至忘记了自己的不幸。黛玉经不起这样的打击,急痛忧忿,日夜悲啼;她怜惜宝玉的不幸,明知这样下去自身病体支持不久,却毫不顾惜自己。终于把她衰弱生命中的全部炽热的爱,化为泪水,报答了她平生唯一的知己宝玉。那一年事变发生、宝玉离家是在秋天,次年春尽花落,黛玉就"泪尽夭亡"而"证前缘"了。她的棺木应是送回姑苏埋葬的。"一别秋风又一年。"宝玉回来时已是离家一年后的秋天。往日"凤尾森森,龙吟细细"的景色,已被"落叶萧萧,寒烟漠漠"的惨象所代替;原来题着"怡红快绿"的地方,也已"红稀绿瘦"了(均见第二十六回脂评)! 绛芸轩、潇湘馆都"蛛丝儿结满雕梁"(第一回《好了歌注》中脂评)。人去楼空,红颜已归黄土陇中;天边香丘,唯有冷月埋葬花魂! 这就是宝玉"对景悼颦儿"(第七十九回脂评)的情景。"金玉良缘"是黛玉死后的事。宝玉娶宝钗只是事态发展的自然结果,并非宝玉屈从外力所致,或者失魂落魄地发痴呆病而任人摆布。婚后他们还曾有过"谈旧之情",回忆当年姊妹们在一起时的欢乐情景(第二十回司旨评)。总之,作者如他自己所声称的那样,"不敢稍加穿凿,徒为供人之目而反失其真传者",没有像续书那样人为地制造这边拜堂、那边咽气之类的戏剧效果。

尽管宝钗作为一个妻子是温柔顺良的,但她并没能从根本上治愈宝玉巨大的精神创伤。宝玉始终不能忘怀为痛惜自己的不幸而牺牲生命的黛玉,也无法解除因繁华消歇、群芳落尽而深深地留在心头的隐痛。现在,他面对着的是思想性格与黛玉截然不同的宝钗,这只会使宝玉对人生的憾恨愈来愈大。何况,生活处境又使他们还得依赖已出嫁了的袭人和蒋玉菡(琪官)的"供奉"(第二十八回脂评)。这一切已足使宝玉对现实感到愤慨、绝望、幻灭。而恰恰在这种情况下,一向人情练达的宝钗,又做出了一件愚蠢的事:她以为宝玉有了这番痛苦经历,能够"浪子回头",所以佚稿中有《薛宝钗借词含讽谏》一回(第二十一回脂评)。如果说以前,钗、湘对宝玉说"你就不愿读书去考举人进士的,也该常常的会会这些为官做宰的人们,谈谈讲讲些仕途经济的学问,也好将来应酬世务,日后也有个朋友"(第三十二回),还只是遭到宝玉的反唇相讥,如今诸如此类的"讽谏",对"行为偏僻性乖张"的宝玉,则无异于火上加油,所起的效果是完全相反的。这个最深于情的人,终于被命运逼成了最无情的人,于是从他的心底里滋生了所谓"世人莫忍为之毒",不顾一切地"悬崖撒手",离家出走,弃绝亲人的一切牵连而去做和尚了(第二十一回脂评)的想法。①

从我们以上所做的分析来看,蔡义江教授的这个描述基本上是言之有理的。让我们把话再进一步明确些:究竟是谁,应该为宝黛的爱情悲剧负责? 答案其实在书中昭示我们:从大处讲,是康熙南巡时贾府向皇室借的费用没有及时偿还;从小处讲,那就是贾府中的那些"臭男人"的所作所为。贾琏的好淫之心在书中有许多笔墨刻画,贾环的坏心眼同样如此。最典型的是作为长辈的贾赦,小说第四十六回写他试图强夺贾母身边的鸳鸯为妾,让她的哥哥传话,遭到鸳鸯以死反抗。贾赦居然放话说:"凭她嫁到谁家去,也难出我的手心。除非她死了,或是终身不嫁,我就伏了她了。"②问题不在于鸳鸯最后凭着贾母出面得以躲过这一劫,而在于贾赦说这话的口气之霸道。小说中作者曾借袭人之口写出"史家定论":"真真——这话理论不该我们说——这个大老爷太好色了。略平头正脸的他就不放手。"③此外,还有薛蟠两次打人致死等等。贾府的没落是必然的。这种大背景才是葬送了宝黛之恋的真正祸根。能够为此提供补充的是,在黛玉和宝钗之间虽然一度有些小误会和摩擦,但这些小女儿的纠葛不久就得以消解。因为她们彼此间不存在"争夺"宝玉的问题。在这一点上,夏志清教授倒是注意到了。

他提醒人们不能过分地强调钗黛二人的竞争和对抗,因为这种情形在四十五回就彻底结束了。其时宝钗挂念着黛玉正在恶化的身体状况,向她表示了真诚的友情。而以前一直对她持有防范心理的黛玉,这时也感谢地接受了这种友情,并坦率地承认了自己以前对她的好意心存戒备的错误。从这时起她俩成了最要好的朋友。④ 但类似这样的见解在夏志清教授关于《红楼梦》的分析中实在寥寥无几。在他文章的结束部分,我们甚至读到他将曹雪芹与陀思妥耶夫斯基的比较,作出了这样的叙述:如果曹雪芹处于西方文化背景之中,他可能会用全然不同的方式结束他的

---

① 蔡义江:《追踪石头:蔡义江论红楼梦》,杭州:浙江文艺出版社 2012 年版,第 80—81 页。

② 曹雪芹:《红楼梦》(第四十六回),北京:人民文学出版社 1982 年版,第 641 页。

③ [美]余英时:《红楼梦的两个世界》,上海:上海社会科学院出版社 2006 年版,第 39 页。

④ [美]夏志清:《中国古典小说史论》,胡益民等译,南昌:江西人民出版社 2001 年版,第 300 页。

故事。宝玉会像《白痴》里的米什金公爵那样处于一种精神死亡的状态之中;或者像阿廖沙·卡拉玛佐夫一样,重新获得人类的美德使余生成为仁慈博爱的榜样。① 这实在是让人目瞪口呆、摸不着头脑。曹雪芹有什么必要去追随陀思妥耶夫斯基的脚步? 如果那样,《红楼梦》还有什么意义吗?夏先生显然从未考虑过这个问题:一部成功的文学作品是一种形象生动的文化民族志,它只能从自己的文化土壤中汲取养分。

夏志清以陀思妥耶夫斯基小说人物与贾宝玉相比,这无论从文化传统还是从作者所面对的问题来看,都无从谈起。夏志清教授的另一大败笔是,试图在"贾宝玉究竟是怎样的人"这个问题上做翻案文章。他强调"与流行的看法相反,宝玉实际上并非是一个大情种"②。如果这不是故作惊人之语,那就是大出洋相了。剥夺宝玉的"情种"资格,那也就无所谓宝黛之恋以及随之而来的悲剧性;而缺少了这种悲剧性,那就像莎士比亚的名剧《哈姆莱特》中没有了那位丹麦王子。宝黛之爱的表现方式不尽相同。林黛玉的爱情至上主义表现得更为强烈和彻底,贾宝玉的情爱观中虽带有一些"泛爱精神",但在深层次上他绝对不缺乏林黛玉式"情痴"的唯一性。什么是贾宝玉人格的核心? 那就是体现出人性最宝贵的维度:悲天悯人之心。贾宝玉最后的"超凡脱俗"的意义应该怎么认识? 是由于对佛道两家思想的认同吗? 还是相反,由于情的落空而身存心死,恰恰证明了他内在灵魂深处的情种品质? 诚然,在曹雪芹以其"超现实主义"的"求真"笔下,贾宝玉并不是一个完全免俗之人。从他似乎让人有种"见一个喜欢一个"的感觉上讲,他身上那种突出的"怜花惜玉"性格让他有时难免过于容易"移情",一会儿想见这个一会儿又想亲近那位。

甚至对于和他志不同道不合的宝钗,都曾有过纯粹生理上的欲望反应。但正如王蒙所指出,奇怪的是,贾宝玉对林黛玉从没有这种意思,因为他对林黛玉是整个灵魂的共鸣,是整个灵魂的激动。他对林黛玉充满着敬意,充满了怜爱。一言以蔽之,"贾宝玉对林黛玉有敬有怜有爱有亲情"③。这意味着在贾宝玉这里,一般性的男女调情和真挚的灵魂之爱,是完全分开的两回事。贾宝玉的"怜花惜玉"与通常中国男人的"拈花惹草"

---

① 〔美〕夏志清:《中国古典小说史论》,胡益民等译,南昌:江西人民出版社2001年版,第306页。

② 〔美〕夏志清:《中国古典小说史论》,胡益民等译,南昌:江西人民出版社2001年版,第278页。

③ 王蒙:《王蒙的红楼梦》,长沙:湖南文艺出版社2010年版,第64页。

有着本质的区别,因为在宝玉的"多情"深处,是一种对饱含人世之苦的中国女性的悲天悯人之心。所以贾宝玉有"女儿是水做的骨肉,男子是泥做的骨肉。我见了女儿便清爽,见了男子便觉浊臭逼人"①之说。此外曹雪芹也让我们看到,尽管贾宝玉不喜欢修齐治平、仁义道德、忠臣孝子乃至男尊女卑这些中国传统中最虚伪恶劣的东西,但不等于他不喜欢封建官僚贵族的特权显赫、养尊处优、娇生惯养、寄生懒惰、尽情享受、宠不够爱不够受用不够那一套。② 因为他毕竟生活在那个社会和那种环境之中,贾宝玉再优秀也成不了超越时代的"超人"。

耐人寻味的是,在小说中贾宝玉能够让人们完全忽略这些毛病,之所以如此是因为他具有"一优遮百劣"的品质,这就是对林黛玉以生命相爱的感情同样予以倾情回报。诚然,我们赞同王蒙的此番见解:《红楼梦》是用生命用真情用最大的痛苦来描写聪明美丽苦命而精神又高高在上的林黛玉的,它是作者用满腔的眼泪来写宝黛之情爱的。③ 换言之,《红楼梦》的灵魂人物是林黛玉。但恰恰如此,贾宝玉的重要性不能被低估,所以结论应该是十分明确的。我们的确可以说,宝玉不是看破红尘而出家,而是伤心至极而出家。④ 但这正显出宝玉与黛玉的"同质"性:彼此皆为能够舍弃生命去追求心灵伴侣的货真价实的"情种"。否认这一点是夏志清教授谈《红楼梦》文章的缺点,但文章中有一个优点,那就是他特别强调,"《红楼梦》与其他中国古典小说之区别正在于它对于人物的强烈兴趣"⑤。不过仅仅指出这一点还是过于笼统,众所周知,真正的小说杰作都离不开成功的人物塑造。《红楼梦》在这方面与别的小说佳作的区分在于,它不仅仅关注于人物个性的刻画,哪怕是笔墨不多的"小人物"都能给人留下深刻印象,比如含冤而死的晴雯。

这部小说的最大亮点在于,它通过超凡脱俗的宝黛之恋,深入细致地刻画了贾宝玉和林黛玉的心理世界,以饱满的笔墨描绘了他们对崇高的精神领域的共同追求。在有着几千年历史的中国文化传统中,这种追求

---

① 曹雪芹:《红楼梦》(第一回),北京:人民文学出版社1982年版,第28页。

② 王蒙:《王蒙的红楼梦》,长沙:湖南文艺出版社2010年版,第39页。

③ 王蒙:《王蒙的红楼梦》,长沙:湖南文艺出版社2010年版,第136页。

④ 萨孟武:《红楼梦与中国旧家庭》,桂林:广西师范大学出版社2005年版,第165页。

⑤ [美]夏志清:《中国古典小说史论》,胡益民等译,南昌:江西人民出版社2001年版,第270页。

是前所未有的；在正经历改革开放的所谓"转型"期的当下中国社会，这种追求同样是难能可贵的。余英时先生准确地指出，曹雪芹在《红楼梦》里创造了两个鲜明对比的世界，可以分别叫作"乌托邦的世界"和"现实的世界"。它们落实在小说里，也就是大观园的世界和大观园以外的世界。它们分别代表着"清"与"浊"、"情"与"淫"的对立。大观园是《红楼梦》中的理想世界，自然也是作者苦心经营的虚构世界。在书中主角贾宝玉的心中，它更可以说是唯一有意义的世界。① 毫无疑问，贾宝玉的"大观园"之梦的确不切实际，"梦之所以为梦，就是因为它们没有实现，甚或完全无法实现"。② 但问题的实质在于，这"不实际"的东西是否有"很实际"的价值意义？关于这个问题可以换一种提问：尽管如此，为什么这部小说能穿越历史走到今天，仍然得到无数的善男信女们热爱，让我们去读它并为之洒下眼泪？因为这个故事之"虚"所以说是"满纸荒唐言"，但何以又谈得上"一把辛酸泪"？

结论其实并不复杂。虽然人类都是肉体凡胎，但归根到底，我们并非"物质动物"，人之为人的生命只有在充满灵性的精神世界里才能得到"回家"的体验，其作为"存在"的意义才能真正地实现。这是一种普世价值。《红楼梦》的出现，一方面反映出在这"世人都晓神仙好，只有功名忘不了！古今将相在何方？荒冢一堆草没了。世人都晓神仙好，只有金银忘不了！终朝只恨聚无多，及到多时眼闭了。世人都晓神仙好，只有娇妻忘不了！君生日日说恩情，君死又随人去了。世人都晓神仙好，只有儿孙忘不了！痴心父母古来多，孝顺儿孙谁见了？"③的汗香屁臭的中国文化传统中，像宝黛那样向往"天情"的道路是多么艰难；但另一方面也表现出，作为世界民族之林的一部分，这种崇高的理想并不仅仅属于西方人的特权，它同样也为中国人所追求。正如余英时所说：曹雪芹处处告诉我们，《红楼梦》中最干净的理想世界是建筑在最肮脏的现实世界的基础上。④ 但需要进一步补充的是，作者这样做的目的不是让我们消沉地为理想世界之空幻而感叹，相反，是让我们在清醒地面对现实的这种肮脏后，能够真正懂得理

① ［美］余英时：《红楼梦的两个世界》，上海：上海社会科学院出版社 2006 年版，第 34 页、第 38 页。

② 王蒙：《王蒙的红楼梦》，长沙：湖南文艺出版社 2010 年版，第 33 页。

③ 曹雪芹：《红楼梦》（第一回），北京：人民文学出版社 1982 年版，第 17 页。

④ ［美］余英时：《红楼梦的两个世界》，上海：上海社会科学院出版社 2006 年版，第 40 页。

想世界之可贵,学会加倍地予以珍惜。所以,与其说《红楼梦》是封建社会的百科全书,不如讲是关于人生的百科全书。

所以王蒙说得好:看完了《红楼梦》,好处是让你能洞察邪恶,同时让你仍然欣赏真情。① 它既让你懂得理想之梦极容易破碎,但更让你明白即使这样,也值得去追求、去为之奋斗,决不能轻易放弃。因为今生今世的人生只有这样才算没有白过! 只有从这个方面入手我们才能理解,为什么一部《红楼梦》从一开头就提出一个奇怪的问题:"开辟鸿蒙,谁为情种?"为什么要提出这样的问题? 这有何意义? 因为它从"世事洞明,人情练达"的视野出发告诉你:你如果曾经也像宝黛那样"拼死拼活地爱过一次了",那么就像王蒙所说:祝贺你朋友,你活得值!② 你可以只是芸芸众生的普通一份子,你可以只是一个平凡人生,但你只要真心付出过,你就拥有帝王将相和达官贵人们所没有的世上最宝贵的东西,这就是我们为最终未成眷属的宝黛之爱,情不自禁地洒下心中之泪的原因。

第二节　《西游记》与小说中国

中国民间有句老话:少不看《水浒》,老不读《三国》。水浒故事血腥残忍,三国故事狡猾阴险,在向来主张"民可使由之不可使知之"的中国,于少于老似乎都不太好。但《西游记》却从来"是一部大家爱读的书,孙悟空的形象尤其深入人心"③。原因在于长期以来,这部小说被认为是对专制政治不构成威胁的很好玩的"喜剧幻想作品"。④ 比如书中主角孙悟空,虽然本事很大,但基本上是个猴形童心的可爱顽主。此猴满足于做一个桃园的看守,热衷于品尝各种美味佳肴,并无半点觊觎王位的政治野心。所以虽然他两次造反并有"大闹天宫"的举动,但主要是为了图个口福,靠的是超凡的"偷"功而不是以蛮横的武力硬抢强夺。奉玉皇大帝之命捉拿猴子的九曜星所宣布的所谓"十恶之罪",也不过是"先偷桃,后偷酒,搅乱了蟠桃大会,又窃了老君仙丹,又将御酒偷来享乐"如此等等。虽说宣布"罪

---

① 王蒙:《王蒙的红楼梦》,长沙:湖南文艺出版社 2010 年版,第 259 页。
② 王蒙:《王蒙的红楼梦》,长沙:湖南文艺出版社 2010 年版,第 71 页。
③ 林庚:《〈西游记〉漫话》,北京:北京出版社 2004 年版,第 15 页。
④ [美]夏志清:《中国古典小说史论》,胡益民等译,南昌:江西教育出版社 2001 年版,第 119 页。

上加罪",其实质是冒犯了玉皇大帝的威严,但不具有实质性的严重后果。

应该承认,一度号称"齐天大圣"的孙行者,虽然也曾发出"玉帝轮流做,明年到我家"(《西游记》第 7 回)这种大逆不道的话;但故事中的这位玉帝和故事外的读者一样心知肚明,这不过是这只率性而为的猴子口无遮拦的胡言乱语而已,并不构成对唯帝独尊的威权秩序的挑战。孙悟空充其量像一个不谙世事的顽童,在德高望重的家长面前偶尔撒欢搞笑。发生在天庭的这场"大闹",不过是没有任何政治目的和预期计划,纯粹是逞气而发、率性而作的脾气,只是让向来威严的天庭发生了一些小小的骚动,其结果不过是为了让自己受到重视。这有点像那些豪门大宅里那些不知天高地厚的被宠坏了的小孩,对自己长辈的无意冒犯。此种情形不但被允许,甚至受鼓励。这种无碍大局的"捣乱"不仅更能体现具有至尊地位的权威家长的慈祥一面,也能让一本正经惯了的众生们获得一点小小的乐趣,给道貌岸然的统治者一次做"亲民秀"的机会。无论如何,这对于政治稳定权力一统的考量都是有利无弊的事。

显然,如果《西游记》果真只是一种无关痛痒的文字游戏,那么这部作品就不可能成为中国古典小说名著。事情当然并非如此。虽然著名学者胡适,曾在为韦利的《西游记》英译本所作序中强调,这"不过是一部具有高级的诙谐、深刻的调侃、善意的讽刺的用来消遣的书,并没有和尚、道士、儒生们所理解的寓言意义"。但无可否认,这部体现了中国式"反讽"的小说,寓消遣文字以严肃的内容,在游戏性的叙事中承载着某种政治内涵。这种政治批判性虽然隐蔽但却确凿,最鲜明地体现于对绝对统治者玉帝及其施政方式的揭露。比如小说第 87 回写到,凤仙郡整整三年不见雨,原因是郡侯因其妻恶言斗嘴,一时发脾气,不仅将斋天素供推倒了喂狗,而且口出秽言冒犯上天。虽说有失敬意,但为此而受到的惩罚后果却实在严重,体现了这位握有人间生死大权的玉帝的严酷。

类似的例子在小说中可谓俯拾皆来、比比皆是。比如小说第 8 回中我们看到,后为悟空三弟的沙和尚时为天国的卷帘大将。仅仅因为在蟠桃会上不小心失手打碎了一个玻璃盏,不仅被玉帝当场打了八百下并贬下界来成为凡人,还被罚七日一次被飞剑穿他胸肋百余下。这种毫无道理而令人恐怖的重罚,除了彰显玉帝的绝对权威之外别无意义。而小说的这些案例充分表明了玉帝是个无法无天的统治者,所谓法律只是皇帝个人的意思。这样的描写虽不起眼,但它所透露出的信息却是深刻的。这不仅生动地展示了法国启蒙思想家孟德斯鸠"凡有权力的人往往滥用其权力"的名言,而且也形象地表现了中国社会中向来"为人君者上不怕天,下不怕地,中不怕人"的历史。在某种意义上,这也是对鲁迅以"吃人"和"铁屋子"两个关键词来形容中国传统的一种诠释。

所以在《〈西游记〉与中国古代政治》一书里,萨孟武先生坦然表示,他写此书的目的,不是以文艺的眼光批评《西游记》,也不是以考证的方法研究《西游记》,而是"借用《西游记》的情节来借题发挥,说明政治道理"。换言之也即根本"不是研究《西游记》,而是利用《西游记》的材料,研究吾国古代的政治现象与政治思想"①。这的确耐人寻味。萨先生这本著作的成功,表明了小说《西游记》本身所蕴含的文化内涵的丰富性。但因此把《西游记》与斯威夫特讽刺英国党派之争的小说《格列佛游记》一视同仁地看作政治小说,却有失公允。这不仅是因为"在专制君主统治下的明朝,吴承恩不可能敢于发表政治评论,或者像斯威夫特那样编造政治寓言"②。而主要在于诸如此类的政治揭露只是小说中的一个重要主题,透过这个主题,小说成功地把历史上的中国社会浓缩在了故事之中。无论是作者的有意为之还是民间智慧的无意结晶,较之于《三国演义》与《水浒传》,《西游记》的文化视野宽阔得多,其主旨一言以蔽之,也就是对专制主义政体所造成的是非不分、善恶颠倒的中国社会世态的深刻揭示。

例如,整部西游故事里反复出现的一个情节,就是对唐僧的所谓"善心"之愚蠢的批判。在相当程度上,如果说悟空与八戒间不断调侃戏谑产生的喜剧冲突,是推动故事情节的基本动力,那么悟空与唐僧间的精神对照,则是揭示这部小说的深层思想的主要看点。与动辄合掌念叨"阿弥陀佛"、在各种场合始终遵守不杀生戒律的唐僧不同,在小说里,"穿古洞,入深林,擒魔捉怪,吃尽千辛万苦"的孙悟空,不仅屡屡劝告师傅收起善心,而且还多次毫不手软地打杀那些貌似良家百姓、扮成男女老少的妖魔。为此悟空不仅每次都得忍受师傅念让他头痛欲裂的紧箍咒,还两次被唐僧撵回花果山。但最终的事实证明了唐僧之"善"面临害人害己的后果,而悟空之"恶"却是唐僧师徒能在经历了九九八十一难之后,有惊有险地完成西天取经修得正果的保障。这不能不让人联想到春秋战国时代,"齐桓公多内宠而霸,宋襄公行仁义而亡"这则"读史者所共知"之故事。

但进一步认识这个问题,我们显然不能认为作者这是在"扬恶抑善",

---

① 萨孟武:《〈西游记〉与中国古代政治》,桂林:广西师范大学出版社 2005 年版,第 105 页、第 167 页。

② [美]夏志清:《中国古典小说史论》,胡益民等译,南昌:江西教育出版社2001 年版,第 139 页。

而是对虚伪地倡导行善的道德说教的批判。用古人的话说,就是"世主美仁义之名,而不察其实"(《韩非子》第 14 篇《奸劫弑臣》)。以此来看,如果说老少皆喜、雅俗共赏的《西游记》,在中国文学中率先开创了"以小说文本建构大历史叙事"的文学格局,和"以游戏性文字实现人文化追求"的话语形态,这样的说法并不过分。这种格局和形态的一大焦点体现于叙事的"反讽"性方面。比如,西游故事以唐僧师徒去西天的经历为主旨,看似弘扬佛法,但处处隐含着对佛家教义的解构。透过小说叙事者的眼光我们能够清楚地看到,唐僧对佛家思想的理解其实远不如孙悟空。小说第42 回,孙悟空曾对唐僧说:"我等出家人,眼不视色,鼻不嗅香,舌不尝味,身不知寒,意不存妄想。你如今不求经,念念在意,怕妖魔,不肯舍身;要斋吃,动舌;喜香甜,嗅鼻;闻声音,惊耳;睹事物,凝眸;招来这六贼纷纷,怎生得西天见佛?"这的确是实话实说。

耐人寻味的是小说结尾处,唐僧师徒四人经历十四个寒暑后到了灵鹫山雷音寺参见佛祖。本以为大功告成,却仍有节外生枝之事发生。先是佛祖身边侍从阿傩与伽叶两位尊者,公然向唐僧收取贿赂,否则不得传经。当唐僧以路途迢迢不曾备得财物相告,这两位佛祖最亲信的弟子就将无字的白本交给唐僧。但更有意思的是,当读者和孙悟空一样,以为这只是两个小人物的自作主张,寄希望于佛祖能拨乱反正时,哪知这居然也是佛祖本人之意。当孙悟空义正词严地向佛祖控诉时,这位作为"色即是空,空即是色"代表的佛祖竟然笑道:"你且休嚷。他两个问你要人事之情,我已知矣。但只是经不可轻传,亦不可空取。你如今空手来取,是以传了白本。"为他两位亲信的腐败行为作出辩护。这还没有了结。当二尊者受如来佛祖之命,复令四众取有字真经时,仍然坚持向唐僧索要钱物。三藏无奈之下只得让沙僧"取出紫金钵盂双手奉上"。就像小说第 98 回里写道:"须知玄奘登山苦,可笑阿傩却爱钱。"

超凡脱俗的佛祖与其众尊者们居然皆是热衷于贪污受贿之徒,这个玩笑真的是开大了。但与其说这是对佛祖的不敬和对佛教本身的全面否定,不如说是对佛教东渡之后在中国本土的真实面目的揭露,以及对佛教文化中那些消极负面思想的批判。诚然,追逐财富乃普遍人性。据说文艺复兴时代的著名人物马基雅维里就说过:"人们死了父亲,不久就会忘记;失掉财产,终身不忘。"这位为专制主义提供理论辩护的著名学者,以此奉告为所欲为的独裁统治者不要轻易侵害人民的财产。但将钱财奉为神、以物质享受为人生目的的价值观,长期以来一直在中国社会独步天下,却是无可置疑。以基督教为根的西方文化传统有"仇富心理"。《路加福音》中有"你们贫穷的人有福了,因为上帝的国是你们的。你们饥饿的人有福了,因为你们将要饱足"这样的话,虽然听上去有点自欺欺人的味道,但表现了对唯物质主义价值观的一种难能可贵的超越。而在《晋书》卷84《鲁褒传》中,我们看到的是讽刺中国社会视钱如神的这番言说:"钱之为体,有乾坤之象,内则其方,外则其圆。亲之如兄,字曰孔方。"表示"当涂之士,爱我家兄,凡今之人,唯钱而已"。

就此而言,《西游记》结尾对"高僧乃俗人,佛祖也爱财"的描绘,实在是寓意深刻。日本一位近代中国史专家,就曾得出"利欲心深重的中国人"、"把财宝看得比生命还重的中国人"①这样的结论。这样的话肯定不会让有着"民族自尊心过敏症"的中国大众舒畅,但你无法否认其真切性。比如鲁迅生前好友内山完造同样曾撰文写道:"我觉得中国人过着这样彻头彻尾的实际生活,毋宁太惨了。"②这是作者以其近 20 年在中国生活的经历和观察所得。在此意义上看,与其说《西游记》的成功凭借的是政治批判的深刻,不如讲是以高超的艺术手法呈现的文化与社会的真切。这种手段之高超的一种表现,在于其具有某种正反之声相合的"复调"性。比如一方面,不仅中国传统中的道家思想有"笑中见道"的见解,佛教文化同样有以笑作为观察世界的基本方式的特点,这种玩耍好逗的喜剧性角色孙悟空身上彰显无遗。另一方面,孙悟空形象中最基本的性格特征是反叛、超越、执着、忠诚:反叛于天庭权威,超越于教义常规,执着于助唐僧西天取经的承诺,忠诚于作为唐僧弟子的情分,这些又与佛教的所谓"空"无比大相径庭。

在小说中,屡屡身处妖魔险境的唐僧,面临的是"雄魔欲吃其肉,雌妖欲贪其身"的典型的喜剧场景。透过成了被嘲弄对象的唐僧的所作所为我们不难看到,作者对故事所赖以展开的佛教义理自欺欺人的荒谬性的揭露。③ 这部小说的艺术焦点无疑聚焦于孙悟空。这只花果山的猴子虽被如来降伏并成为唐僧弟子,但其"只是不动手,动手就要赢"的好强争胜的性格,和见义勇为、疾恶如仇的品格,却自始至终从未改变。考虑到佛教思想的核心在一个"静"字,而被作者全力赞扬的孙悟空却是一个彻头

---

① [日]桑原隲藏:《东洋史说苑》,钱婉约等译,北京:中华书局 2005 年版,第132 页、第 221 页。

② [日]内山完造:《活中国的姿态》,尤炳圻译,兰州:敦煌文艺出版社 1995 年版,第 41 页。

③ [美]夏志清:《中国古典小说史论》第四章的相关论述。

彻尾静不下来的顽主,这其实已说明了佛教文化的失败。孙悟空角色所具有的"好动不好静"的特点,并不在于缺乏打坐念经、修身养性的兴趣,主要来自于体现其猴子本性的灵巧好奇,以及体现出人类童心的活泼顽皮。这与小说中作为佛教文化主要代表的唐僧形象的缺乏个性与生命力,形成了一种强烈反差。虽然小说中这个几近漫画角色的唐僧形象,与历史上那位终生从事佛典翻译,并创立了中国佛教唯识的玄奘法师相去甚远,但在小说中这个角色所体现的种种弱点,却真实反映了佛门关于"空"与"静"的教义的似是而非。

在某种意义上我们或许得承认,"在各种宗教之中,最可使人失去革命性的,莫如佛教"①。这也可以从一个方面解释,何以同为外来宗教的基督教始终无法如佛教那样,真正实现"本土化",融入中国人的生命意识之中。因为专制主义政治最忌讳的,并不是"只反贪官,不反皇帝"的游民造反,而是同百姓大众所热衷的改朝换代有本质区别的、通过"移风易俗"的方式实现的体制上的根本性变革。远离革命的佛教与以求生为本的道家和强调忠君的儒家一起,有益于维护以天子为中心的专制主义体制。所谓"三教合一"的中国传统文化,最终成为培育逆来顺受的愚夫与安分守己的良民的最佳材料,理所当然地受到政治体制的鼓励而成为中国传统文化的主导。从这个方面来看,我们能够发现《西游记》对佛教文化的嘲弄批判的意义所在。这部以西天取经为情节的小说,其实是通过对"借花献佛"的反向挪用而对中国式佛家文化的颠覆,从中昭示出,《西游记》是一部由出色的"反讽叙事"所构成的真正的小说杰作。

只有认识了《西游记》的这种文化内涵,我们才能对这部作品与金庸小说之间的精神传承关联作出准确把握。"《西游记》对金庸的小说有没有影响?"杨兴安先生曾明确提出过这个问题,但他却得出了"影响的地方也不大"②的结论。这只是就简单的故事结构与情节形态而言,如果从小说的思想内涵与精神实质来看,事情显然并非如此。概括地讲,《西游记》对于金庸小说的影响,主要在于中国式"世俗美学"的建构,形成了"大俗与大雅融为一体"的艺术品格。最主要的有两大方面:一是市井文化的提取与世俗美学的开发,一是童话境界的营造与神话精神的凝聚。这两方面又都落实于作品中的人物角色之中,通过成功的形象塑造得以体现。

---

① 萨孟武:《水浒传与中国社会》,北京:北京出版社2005年版,第47页。
② 杨兴安:《金庸小说十谈》,北京:知识出版社2002年版,第139页。

首先来看其"大俗"的方面。虽说孙悟空是《西游记》中当仁不让的男一号，但小说里的猪八戒同样是个不能忽视的角色。事实上，不是单个孙悟空，而是这个有着长鼻子大耳朵的怪物与孙悟空之间的捉弄逗闹，一起推动着《西游记》故事的情节发展，构成了这部小说的艺术情境。这个形如妖怪力大无比的形象其实是个单纯的角色，除了时时渴望大饱口福和搂着女人酣睡之外别无所求。在评论家眼里，这个形象早已被定格为象征着缺乏宗教追求和神话式抱负的粗俗纵欲生活，身上暴露出许多缺点：忌妒吝啬、贪生怕死、自私好色、毫无志向等。八戒的人格取向可一言以蔽之："俗"。以成为"高家女婿"为生活目标的他，是个容易知足且勤劳顾家的男人。照中国传统标准，应"属于模范丈夫一类"。①

但虽说如此，仔细想来猪八戒的这些缺点其实是日常人伦中属于人之常态的毛病，并非属于见不得人的重大道德问题。正是通过这个形象我们发现，在通常被一网打尽的所谓"俗"的概念中，其实有两大类型：一种俗不可耐，一种俗得有趣。前者不仅缺乏美学意义，而且也是属于应该以"移风易俗"的方式进行改造甚至清除的文化糟粕。但后者却体现了日常生活的内在神圣性和真正的美学意义。八戒无疑属于后一种，他体现了俗文化中蕴含着的一些积极因素，这就是以人情味为核心价值的世态常情与生活气息。所以尽管此角色其貌不扬，不仅与当下所谓帅哥酷男相去甚远，就是同常态的凡夫俗子也无法相提并论。但他的丑陋面目，却不妨碍我们备感亲切与欣赏。

究其原因，这不仅是因为在这个"在形体和道行均不堪恭维"的形象上，作者成功地刻画出了每个在追求受人尊重的世俗目标的过程中，努力实现自我的普通人的逼真肖像；还在于作者透过这个夸张形象，让我们意识到日常世俗生活提示我们的这个最基本的合理性：在某种意义上，生命的意义就在于善待生命这个简单事实。所以，必须将"市井味"与"市侩气"区分开来，它们的区分犹如伦理学中的自利与自私的差异。虽然二者皆从自我出发，但前者具有存在的伦理依据，而后者却有悖于这种依据。因此，前者能在丰富的美学谱系中占据一个重要位置，而后者且是一种拙劣的趣味。

市井文化的特点在于，虽不离"衣食住行"却并不局限于"柴米油盐"；

---

① ［美］夏志清：《中国古典小说史论》，胡益民等译，南昌：江西教育出版社2001年版，第150页。

在它植根于日常生活的形而下追求中,仍蕴含着朝向精神领域开放的形而上诉求。而市侩趣味虽然以"人之常情"为借口,却津津乐道于人性中卑劣猥亵的欲望;因而不仅显得俗,而且往往显得低俗与恶俗。比如,作为市井美学代表的猪八戒的两大特征,就是贪吃与好色,体现了古人所谓"食色,性也"的论述。这种"性"固然谈不上多么高尚,以道貌岸然的观点来看似乎有点不雅,但它绝对不受任何道德说教束缚,具有无须论证的合理性。比如《西游记》第95回的这段插曲:

八戒遇到了他在天庭时的旧情人霓裳仙子,为了揭露一个惹是生非的假公主,她陪同太阴星君一起出现在天空。此时只见"猪八戒动了戒心,忍不住,跳在空中,把霓裳仙子抱住道:'姐姐,我与你是旧相识,我和你耍子儿去也。'行者上前,揪着八戒,打了两掌,骂道:'你这个村泼呆子!此是甚么去处,敢动淫心!'八戒道:'拉闲散闷耍子儿而已!'"孙悟空之所以给八戒两掌,其意并不在于八戒好色,而在于好的不是时候和地方。所以八戒能够从容地以"耍子儿而已"来为自己辩护,丝毫没有什么不好意思的意思。市井文化是世俗美学的基础,在真正的世俗美中,不乏一种优雅。

不妨通过与《红楼梦》的对比来作出把握。比如常被提及的《红楼梦》第28回对众男女在大观园里行酒令的描写。小说里规定必须以"女儿"为主题,说出"悲"、"愁"、"喜"、"乐"四个字,并注明其来历典故。轮到花花公子薛蟠时,他勉强凑成一首:"女儿悲,嫁个男人是乌龟;女儿愁,绣房里蹿出个大马猴;女儿喜,洞房花烛朝慵起;女儿乐,一根鸡巴往里戳。"不仅俗,而且低级下流。所以清人陈其元有"淫书以《红楼梦》为最"的评论。这当然过分,但从中我们不难发现世俗美学与市侩趣味的貌合神离的差异。且看《西游记》第23回,黎山老母和三个菩萨变为富裕寡母令三个女儿来诱惑取经的唐僧师徒的"四圣试禅心"的故事。

当寡妇向唐僧提出四女配四僧的建议遭到拒绝,随之悟空和悟净也分别以"从小儿不晓得干那般事"和"不曾进得半分功果,怎敢图此富贵"为由予以推脱后,猪八戒的表现十分有趣,两次采取"以退为进"的策略。起初,他对孙悟空投其所好地提出"我们落些受用,你在此间还俗"的"两全其美"的建议不予采纳,回答道:"话便也是这等说,却只是我脱俗又还俗,停妻再娶妻了。"显得十分合情合理。但转过身去他又以出去放马为由,迫不及待地向那位寡妇示好,把寡妇以娘相称,明确告知可以做主当她的女婿。接着,他在被孙悟空识破后,嘴上还是说:"弄不成!弄不成!那里好干这个勾当!"硬要让孙悟空骂着"呆子,不要者嚣"被揪到妇人身边,装出一副被逼无奈的样子。接下来的过程可谓是猪八戒的"色欲秀",让这位天蓬将军的好色本性展示得淋漓尽致。

首先是向未来丈母娘献媚取宠,希望她不要嫌他嘴长耳大。在妇人表示自己不会,但担心女儿会嫌时,八戒急忙以"不要这等拣汉。想我那唐僧,人才虽俊,其实不中用。我丑自丑,有几句口号儿"的雄辩来努力劝说。其次,在寡妇以三女相互推让为由表示为难时,八戒却道:"娘,既怕相争,都与我罢;省得闹闹吵吵,乱了家法。"寡妇听闻生气:"岂有此理!你一人就占我三个女儿不成!"猪八戒不仅回答道:"你看娘说的话。哪个没有三房四妾? 就再多几个,你女婿也笑纳了。"而且还说"我幼年间,也曾学得个熬战之法,管情一个个伏侍得她欢喜"。最后,在蒙着眼睛"撞天婚"中弄得磕磕撞撞、跌得嘴肿头青仍一无所获时,当听得寡妇说,她女儿因为大家谦让不肯招他之际,急忙向寡妇求欢:"娘啊,既是她们不肯招我,你招了我罢。"

这种种表现以及最后"没大没小,连丈母娘也都要了"的行径,把猪八戒在性需求上"不为求情只在解欲"的粗俗品性揭示无遗。然而这段"荤"得厉害的文字,与古往今来在酒肆茶楼流行不绝的黄段子大相径庭。不仅没让人起鸡皮疙瘩,而且读来还别开生面十分有趣。因为它虽然"俗"得彻底,却没有"低"到普通人的欲望之下,更没有"恶"到正常人性需求的范围之外。猪八戒把淫秽下流的"房中术"以"熬战之法"相称,不只是一种修辞效果,而是把持了日常人伦的界线。所以,再正襟危坐的读者,读到这段文字也能坦然地会心一笑;而上面所举薛蟠的那段"女儿乐"酒令却相反,会让有文明教养的人感到难以启齿。因为前者属于世俗美学的幽默,而后者却是市侩趣味的搞笑。

由此可见,《西游记》向我们展现了构成世俗美学的内在伦理机制:一方面,没有人不食人间烟火,在以自然生命为本的生存论意义上,人类归根到底都是受我们肉身躯体所制约的凡夫俗子。但另一方面,这具沉重肉身的需要并不局限于"饮食男女"的水平,而蕴含着诸如亲情、友情、爱情等相对"高级"的人性需求。这也是所谓这部作品在艺术上能体现出"大俗与大雅融为一体"的原因。已故美籍华裔学者夏志清教授曾评价《西游记》,是"一部优雅而具有人情味的作品"。这个见解很中肯。如果说小说之俗主要体现于猪八戒形象的内涵,那么小说之雅便主要落实于孙悟空的形象塑造。

诚然,作为小说核心角色的孙悟空形象的塑造来自于市民生活的经验,这使这个角色与猪八戒一样,保留有鲜明的世俗文化基因。有个有趣现象：在小说中这位齐天大圣有句口头禅：买卖。一遇强盗拦路，他就会心中暗笑道："造化！造化！买卖上门了。"碰上妖魔挑战便说："照顾老孙一场生意。"甚至在同托塔天王打官司时也声称："老孙的买卖。原是这等做，一定先输后赢。"（第 37 回）这些习惯性表达就像孙悟空身上那条总是暴露其身份的尾巴那样，反映出他的世俗文化的胎记。再进一步来看，小说中的孙悟空形象虽说一直光彩照人，但仔细考量我们不难发现，他其实既不高大更不英俊。

比如在孙悟空征服黄风怪的故事中，叙事者通过这个妖魔的眼里写道："只见行者身躯鄙猥，面容羸瘦，不满四尺。笑道：'可怜！可怜！我只道是怎么样扳翻不倒的好汉，原来是这般一个骷髅的病鬼。'"还比如小说第 31 回写孙悟空救黄袍怪抢来的公主，叙事者再次从公主眼里向我们展现孙悟空形象："一个筋多骨少的瘦鬼，一似个螃蟹模样。"由此可见，撇开内在"道行"而单就外在"形态"来说，孙悟空其实比猪八戒好不到哪里去。这些都是这部作品的世俗美学的体现，但它的艺术价值的构成并不取决于这种单面的世俗性的强调，而在于与高雅精神形成了一种内在张力。如果说《西游记》里的市井味与世俗性更多体现于猪八戒的角色，那么小说中的这种高雅精神则主要通过孙悟空的形象得到反映。

第三节　《金锁记》与小说中国

1995 年 9 月 8 日的美国洛杉矶，张爱玲（生于 1921 年 9 月 30 日）告别人世约一星期后在其寓所方被发现，一代文学才女的传奇演出就此彻底偃旗息鼓。虽说在此之前，张爱玲已经成为现代中国女作家的"祖师奶奶"，批评家们也已承认，"五四以来，作家以数量有限的作品而能赢得读者持续支持者，除鲁迅外唯张爱玲而已"①。但她的去世再次掀起了人们对其作品的高度评价。台湾女作家施叔青认为："张爱玲是绝对有资格获得诺贝尔文学奖的中国作家之一。另外两位是鲁迅与老舍。"连王朔这样向来"难伺候"的小说家也表示："在'五四'以后的女作家中，论作品质量之整齐、数量之可观，张爱玲都是数得着的。"②如今，随着这位女作家的小

---

① ［美］王德威：《小说中国》，台北：麦田出版有限公司 1993 年版，第 337 页。
② 余斌：《张爱玲传》，海口：海南新闻国际出版中心 1995 年版，第 3—4 页。

说再度为读者所青睐，其作品的意义已无可置疑。似乎很难想象仅仅只有十多年前，曾为张爱玲初登文坛提供过苑地的柯灵，在其著名的《遥寄张爱玲》一文里如此写道："张爱玲不见于目前中国现代文学史毫不足怪，国内卓有成就的作家、文学史家视而不见的，比比皆是。这绝不等于'不能为同时代的中国人所认识'，已经有足够的事实说明。……张爱玲在文学上的功过得失是客观存在，认识不认识，承认不承认，是时间问题。等待不是现代人的性格，但我们如果有信心，就应该有耐性。"①

经历了漫长流言人生的张爱玲终于悄悄离去，但她的作品永远留驻在了百年中国的文学史。正如司马新博士在《张爱玲在美国》一书里所说："这些小说都会世代流传的，因为她所写的都是男女之间错综复杂的关系，他们为了刻骨铭心的爱情所表现出来的固执、倔强，他们为了生活和爱恋所作的妥协，作者都以敏锐的智慧来体察他们，理解他们的内心世界。……新一代中国作家来读她的作品，就会懂得作家必须有个人感受和个人风格，并懂得对艺术、对自己、对人生必须忠诚。"②"对于一个研究现代中国文学的人说来，张爱玲该是今日中国最优秀、最重要的作家。"随着时间的推移，夏志清教授当年在其《中国现代小说史》里写下的这番话，早已得到普遍的认同。尤其对于百年中国女性小说家而言，丁玲虽具有成为一名大作家的抱负与素质，但终究失之于小格局；萧红固然已走在通向大作家的途中，但英年早逝的结果带给我们无限的遗憾；苏青的小天地里虽表现着大世界的生活，但离真正的大作家似乎还差一口气。唯有张爱玲，以其对人情世故的洞察和中西融化的叙事技巧，创作出了一批堪称杰作的小说。曾经表示"一直就想以写小说为职业"的张爱玲，似乎生来就具有一名优秀小说家最重要的素质。

首先是感觉灵敏。张爱玲自己说过："不知为什么，颜色与气味常常使我快乐。……颜色这样东西，只有没颜落色的时候是凄惨的；但凡让人注意到，总是可喜的，使这世界显得更真实。气味也是这样的。别人不喜欢的许多气味我都喜欢，雾的轻微的霉气，雨打湿的灰尘。葱，蒜，廉价的香水。像汽油，有人闻见了要头昏，我却特意要坐在汽车夫旁边，或是走到汽车后面，等它开动的时候'布布布'放气。"③再是对身边熟悉的人与事

---

① 陈子善：《私语张爱玲》，杭州：浙江文艺出版社 1995 年版，第 24 页。

② 司马新：《张爱玲在美国》，杭州：浙江文艺出版社 1996 年版，第 160 页。

③ 张爱玲：《谈音乐》，《张爱玲文集》（第 4 卷），合肥：安徽文艺出版社 1992 年版，第 163 页、第 164 页。

抱有好奇心。20世纪40年代创刊于上海的《20世纪》主编克劳斯·梅涅特曾特地指出：张爱玲"与她不少中国同胞差异之处，在于她从不将中国的事物视为理所当然；正由于她对自己的民族有深邃的好奇，使她有能力向外国人诠释中国人"。① 批评家们都看到，张爱玲叙事的重心所在是凡俗人生。用她在小说集《传奇》初版扉页上的话说：她的小说写作"目的是在传奇里面寻找普通人，在普通人里寻找传奇"。但写芸芸众生的作家不只一个，张爱玲的特点是抓住了一个通常总为小说家所忽略与回避的东西：没有大悲与大喜的平稳的人生。"我发现弄文学的人向来是注重人生飞扬的一面，而忽视人生安稳的一面。其实，后者正是前者的底子。……人生安稳的一面则有着永恒的意味，虽然这种安稳常是不完全的，而且每隔多少时候就要破坏一次，但仍然是永恒的。它存在于一切时代。"②

这虽说是常理，但却很深刻。人们通常会承认，并非每个人都有机会跻身于达官贵人的圈子；但却常常有意无意地忘记，那些衣不遮体的赤贫生活其实同样远离普通人生。只有处于中间地带的那些虽然温饱不缺、但却并无阳光的日常生活，才是真正具有普遍性的生活现象，要想很好地把握这些，需要较表现传奇故事更为高超的表现力。张爱玲清楚地意识到这一切，努力地"从柴米油盐，肥皂，水与太阳之中去找寻实际的人生"，成了她的小说创作的基本着眼点。这注定了张爱玲的文学叙事，总是远离任何浪漫色彩与梦幻风景。她所关注的，是大都市里的小市民、大家族里的破落户的生活。所以，对于许多习惯于将小说视为一种人生补偿的读者，很难从张爱玲的作品里得到满足。因为她的故事确像其所说"没有悲壮，只有苍凉"（《自己的文章》），以此为底色的"她的小说，环境是那么暗淡阴沉，人物总是那么空虚无聊，结尾总是那么遥远茫然，看久了使人觉得活着简直没有意思"。③ 她对自己的创作是心中有数的："我的作品，旧派的人看了觉得还轻松，可是嫌它不够舒服。新派的人看了觉得还有些意思，可是嫌它不够严肃。我只求自己能够写得真实些。"她承认："一般所说'时代的纪念碑'那样的作品，我是写不出来的，也不打算尝试。我

---

① 邵迎建：《传奇文学与流言人生：张爱玲的文学》，北京：生活·读书·新知三联书店1998年版，第25页。

② 张爱玲：《自己的文章》，《张爱玲文集》（第4卷），合肥：安徽文艺出版社1992年版，第172页、第175页。

③ 孔庆茂：《张爱玲传》，海口：海南国际新闻出版中心1996年版，第335页。

甚至只是写些男女间的小事情。我的作品里没有战争，也没有革命。"①或许不能不承认，这在某种意义上正导致了张爱玲小说的一种缺点。如同司马新所指出的：一方面，张爱玲的写作是中国女作家里最具世界级分量的，但另一方面，当我们果真将她与那些伟大作家诸如艾略特和詹姆斯、托尔斯泰与巴尔扎克等相提并论，便不得不承认"她缺少他们小说中气势的宏伟，他们对于社会和人物视界的广博，他们寓意的深度，最重要的是达不到他们悲天悯人的境界"。② 但这显然并非评价一名优秀小说家的唯一尺度。如果我们能够不从"气势宏伟"与"视野广博"这些更多的为男性作家所占据的审美制高点出发俯瞰张爱玲，便能发现其作品自有一种的经典意义。

张爱玲虽然表示过自己"对于通俗小说一直有一种难言的爱好"，而且也努力在其小说实践中体现这一点，但她的文学叙事并不对一般大众的胃口。因为她是一名真正严肃的、视小说为一门高级艺术的作家。张爱玲的成功首先在于其对小说的艺术之道的掌握。一是重视故事本身：在她看来，"写小说应当是个故事，让故事自身去说明，……因为事过境迁之后，原来的主题早已不使我们感觉兴趣，倒是随从故事本身发现了新的启示，使那作品成为永生的"。二是对所写对象的吃透：她坚信，"写小说非要自己彻底了解不可（包括人物、背景的一切细节），否则写出来像人造纤维，不像真的"③。或许正是为了更好地拥有这种真实性，张爱玲曾承认，她的小说集"《传奇》里的人物和故事差不多都'各有其本'"。如《红玫瑰与白玫瑰》里的佟振保与孟烟鹂，和《倾城之恋》中的范柳原与白流苏。佟与范两人都曾是英国留学生，白流苏还是台湾著名作家白先勇的远亲。张爱玲与他们都见过，故"写完了这篇故事，觉得很对不住佟振保和白玫瑰"。④ 现实中的佟振保的女儿佟辉英女士也曾在一篇文章里写道：张爱玲写的小说虽"有很大一部分与事实不符"，但她对其父母关系的描写还是"有些根据"的。两人的感情本来就不好，自张爱玲的小说发表后"就更没话可说了"。1985 年，已是七八十岁老人的、改嫁后回到新加坡的王娇

---

① 张爱玲：《自己的文章》，《张爱玲文集》（第 4 卷），合肥：安徽文艺出版社 1992 年版，第 172 页、第 175 页。

② 司马新：《张爱玲在美国》，浙江文艺出版社 1996 年版，第 159 页。

③ 陈子善：《私语张爱玲》，杭州：浙江文艺出版社 1995 年版，第 63 页。

④ 水晶：《夜访张爱玲》，见陈子善：《私语张爱玲》，杭州：浙江文艺出版社 1995 年版，第 100 页、第 108 页。

蕊还坐着轮椅重返上海,在锦江饭店同佟振保会面。① 诚然,将真实的生活转化为艺术的真实的一个关键,是梳理出支配人物行为的心理逻辑,这是故事能够最终令人信服的前提保证。张爱玲的成功正得益于这一点,有文章因此提出,"把张爱玲称为当代中国第一位心理小说家当不过"②。

但张爱玲的小说成就更在于其作品深入了中国社会与传统人生的核心深处。她意识到好的小说不能"只予人以兴奋,不能予人以启示",而她之所以在自己的创作中以"苍凉"来取代"悲壮",也是因为"悲壮是一种完成,而苍凉则是一种启示"。所以,虽然她说过,"文学史上素朴地歌咏人生的安稳的作品很少",但她的小说其实也并非是对这种"安稳"的歌咏,而是深刻地揭示出这种表面上的安稳下面的极"不安稳"。③ 用她的小说《创世记》里结束部分的一句话来表示:"过到现在这样的日子,好不容易苦度光阴,得保身家性命,单是活着就是桩大事,几乎是个壮举。"中国文化传统竭力张扬的是"好死不如赖活着"的精神,而贯通整个张爱玲小说叙事主旨的,却是让人们看到那"好死"固然不易,这"赖活"更为艰难。张爱玲能够做到这一点,是由于她对人世有一种出于普遍人性的理解和宽容。夏志清早就精辟地指出:对于张爱玲,"人生的愚妄是她的题材,可是她对于一般人正当的要求(适当限度内的追求名利和幸福),她是宽容的,或者甚至可以说是赞同的。这种态度使得她的小说的内容更为丰富"。④张爱玲是一位十分"自觉"的作家,在她的"最讨厌的人,如果你细加研究,结果总发现他不过是个可怜的人"⑤这样的言论中,我们能够看到她对人的认识的深刻,和对一直受传统文化影响的中国社会本质的认识。她曾在文章里写道:"孔教政府的最高理想不过是足够的食粮与治安,使亲情友谊得以和谐地发挥下去。近代的中国人突然悟到家庭是封建余孽,父亲是专制魔王,母亲是好意的傻子,时髦的妻是玩物,乡气的妻是祭桌上

---

① 佟辉英:《我的父亲佟振保》,见李欧梵:《范柳原忏情录》,沈阳:辽宁教育出版社 1999 年版,第 133 页、第 137 页。

② 司马新:《张爱玲在美国》,浙江文艺出版社 1996 年版,第 160 页。

③ 张爱玲:《自己的文章》,《张爱玲文集》(第 4 卷),合肥:安徽文艺出版社 1992 年片,第 172 页、第 175 页。

④ [美]夏志清:《中国现代小说史》,香港:友联出版社有限公司 1979 年版,第 356 页。

⑤ 《张爱玲语录》,见陈子善:《私语张爱玲》,杭州:浙江文艺出版社 1995 年版,第 59 页。

的肉。"①归根到底,造成芸芸众生的痛苦的罪魁祸首不是某个十恶不赦的坏蛋,而是掌控着所有人的命运的体制。

台湾著名女权小说家李昂曾提出:"张爱玲那一套可以说是非常女性的。她的作品真的是走到极端的女性文学,刁钻古怪,什么东西都是男性作家所没有的。"②张爱玲的小说将"五四"以来的女性意识,推向了一个新的高峰。因为在冰心等一批女作家笔下,女性的不幸大都反映在爱情追求;在庐隐等作家那里,女人的悲哀进一步涉及了精神方面的苦闷;丁玲与苏青等所表现的女人问题在于个性与生命空间的狭窄;而张爱玲所表现的是女人最基本的生存活动的艰辛,这就更具有中国特色,也更切入中国女人的生命深处。以女人为中心来表现对女人的深深了解与同情,这构成了整个张爱玲小说叙述的特色。张爱玲作品中最能体现其这种彻底的女性关怀的,莫过于受到评论界一致好评、被傅雷"列为我们文坛最美的收获之一"、被夏志清先生誉为"中国从古以来最伟大的中篇小说"的《金锁记》。

这部中篇小说唯一的核心人物曹七巧是一家小麻油店店主的女儿,父母去世后由兄长做主,高攀姜家给患"骨痨"病的二少爷做老婆。虽然糊里糊涂生了一对儿女,但始终遭家人蔑视、受女佣奚落,也得不到正常的夫妻间的体贴。偶尔想与总是在外拈花惹草的三少爷季泽调情也被拒绝。等到丈夫和婆婆离世,她也终于成了一个刻毒自私的母亲与婆婆,用鸦片与谎言彻底毁灭了儿子的家庭和女儿的婚姻。无可置疑,这是一个变态的、毫无一丝母性与人之常情的女人。但也正是在这个人物身上,张爱玲对于人性的洞察与人世的认识体现得无比鲜明,她对于中国女人无以复加的理解以及由此而生发的同情,被表达得淋漓尽致。无可置疑,这部作品的意义首先在于进一步深化了"五四"以来中国女作家的女性立场。正如一些评论家所认为的:"《金锁记》叙述了中国传统家族制度下女性/母亲的故事。描绘出在男权社会中的女性生存。"③在这部作品中,"张爱玲以女性自省的目光审视人物身心的内部构成,毫不留情地揭穿病态

---

① 张爱玲:《中国人的宗教》,《张爱玲文集》(第 4 卷),合肥:安徽文艺出版社1992 年版,第 124 页。

② 简瑛瑛:《李昂访问录》,转引自邵迎建:《张爱玲的文学》,北京:生活・读书・新知三联书店 1998 年版,第 221 页。

③ 邵迎建:《传奇文学与流言人生:张爱玲的文学》,北京:生活・读书・新知三联书店 1998 年版,第 120 页。

的真相,从而对'五四'以来女性文学中的母亲形象构成了消解与反讽"①。但在我看来,《金锁记》之所以能成为张爱玲文学叙事的代表,在于它充分表达了作者体恤生命的创作理念。比如在故事临近尾声时我们读到:

七巧似睡非睡横在烟铺上。……她知道她儿子女儿恨毒了她,她婆家的人恨她,她娘家的人恨她。她摸索着腕上的翠玉镯子,徐徐将那镯子顺着骨瘦如柴的手臂往上推,一直推到腋下。她自己也不能相信她年轻的时候有过滚圆的胳膊。就连出嫁了之后几年,镯子里也只塞得进一条洋绉手帕。十八九岁做姑娘的时候,高高挽起了大镶大滚的蓝夏布衫袖,露出一双雪白的手腕,上街买菜去。喜欢她的有肉店里的朝禄,她哥哥的结拜兄弟丁玉根、张少泉,还有沈裁缝的儿子。喜欢她,也许只是喜欢跟她开开玩笑,然而如果她挑中了他们之中的一个,往后日子久了,生了孩子,男人多少对她有点真心。七巧挪了挪头底下的荷叶边小洋枕凑上脸去揉擦了一下,那一面的一滴眼泪她就懒怠去揩拭,由它挂在腮上,渐渐自己干了。

在这段为批评家们引用最多的文字里,叙述者对曹七巧这个"坏女人"的同情尽显纸上,这体现了张爱玲的广博胸襟。因为像这种人物不是一般的"边缘人",她不会随着其女性姐妹们的"翻身解放"而被一视同仁,更不会像那些受压迫的低层阶级和无地位的小人物那样,随着"无产阶级"战士们的当家做主而扬眉吐气。无论何时何地,曹七巧这样的女人都属于被我们所抛弃的一类分子。但张爱玲让我们正视她们的痛苦,承认其作为人的生存权利。这是一种真正的大作家的眼光与手笔。在这部作品里,作者的这种怜悯之心几乎渗透于每个角落。与这种对中国女性的关爱相对照,张爱玲小说里的中国男人显得都很恶劣。萧红在诗歌《苦杯》里说过,"我幼时有个暴虐的父亲"。和萧红一样,张爱玲也有一个人生失意的暴虐的父亲。这使她们对中国男人有较一般女性更深的认识。《多少恨》里通过虞老先生出于贪婪葬送了女儿家茵一生的幸福,张爱玲写出了当不了父亲的中国男人,同样也难以成为真正的丈夫。如《红玫瑰与白玫瑰》里的佟振保,"正途出身,出洋得了学位",是张爱玲小说世界里最正面的一个男性形象,看上去那么优秀:"侍奉母亲,谁都没有他那么周到;提拔兄弟,谁都没有他那么经心;办公,谁都没有他那么火爆认真;待

① 乔以钢:《低吟高歌:20世纪中国女性文学论》,天津:南开大学出版社1998年版,第105页。

朋友,谁都没有他那么热心,那么义气,克己。"而向他散发着诱惑的红玫瑰看似像个坏女人,但事实上正如张爱玲自述:"其实很厚道,作者对她非常同情,而佟振保却是个道道地地的伪君子。"[①]如此看来,虽然张爱玲并没有自觉地进行"女权写作",但她对中国社会根深蒂固的男权文化的批判,可谓入木三分。

但张爱玲更难得的地方却在于尽管她对这种男权体制的罪恶看得很清楚,但并没有将男人置于绝对的否定面。在她的小说里,男人们同样也并不幸福,因为首先他们都已不再是"男子汉",而大多是外强中干的庸碌之辈,生活内容只是抽鸦片、玩女人、讨姨太太、贿赂权贵买个白吃不干事的闲位置。比如以她的小说《小艾》为例,作品里的五老爷席景藩虽说"身材相当高,苍白的长方脸儿,略有点鹰钩鼻,一双水灵灵的微爆的大眼睛,身段十分潇洒",但也是一个只知吃喝玩乐毫无责任心的人,最终当了汉奸死于非命。《茉莉香片》里,作者对男主角聂传庆的描写有三处提到其"女性化":一在故事的开头,作者告诉我们这个二十上下的男孩子"窄窄的肩膀和细长的脖子"似乎是十六七岁发育未完全的样子,"很有几分女性美"。二是女主角丹朱表示自己之所以会把心里话告诉他,是"因为把你当作一个女孩子看待"。三是小说快结尾时,传庆向丹朱发火:"你拿我当一个女孩子",所以"你简直不拿我当人!"张爱玲在写这篇故事时或许并无意识,但就其整个文学叙事来看,我们不能就事论事,而应看到其所具有的一种普遍的象征意义。以此来讲,这篇小说并不如批评家们所一般认为的,仅仅是一种"寻父"故事,而是表现已普遍"太监"化了的中国男人的生存悲哀。

要想进一步理解张爱玲这篇《金锁记》的杰出价值,我们还必须继续深入到中国传统文化的对"母亲形象"的定格。唐人孟郊《游子吟》写道:"慈母手中线,游子身上衣。临行密密缝,意恐迟迟归。谁言寸草心,报得三春晖。"显而易见,概括中国母亲的关键词就是一个"慈"字。在现代中国文学史上,谢冰心女士的创作是这方面最杰出代表。为此她一度得到了太多的赞扬。但事过境迁来看,不难意识到冰心叙事的不足,在于其女性意识主要落实于对母爱的一种普泛化的赞颂。母爱固然伟大,但一味强调其自我牺牲性是将女性定位于一种"神性",这不仅缺少现实感,而且骨子里还范围于

---

① 水晶:《夜访张爱玲》,见陈子善:《私语张爱玲》,杭州:浙江文艺出版社1995年版,第100页、第108页。

男权中心关于女性的神/妖二元价值体系。在这种价值系统中，女人或者是神圣的母亲，或者是卑贱的娼妇，而唯独不是作为与男性平等相待、具有独立自我意识的人。如何把握女性生命中既平凡又不平凡的母性，这对于冰心一代的女作家仍未成为关注点，是日后丁玲、萧红、张爱玲等的问题。丁玲《母亲》里的母亲在儿女长大后与其一同上学，意味着中国母亲开始从神坛走入凡世。缺少一种凡俗的"人"的意识，这是冰心叙事里女性视野的历史局限。王德威指出，现代中国女性叙事从冰心到残雪，是关于母亲的神话叙述逐渐消解的过程，贯穿其中的一个主题是："做母亲，也要做女人。"①这说得很中肯。无论如何，那种建立于自我牺牲上的母爱是一种关于女性的乌托邦叙述，一味地给予歌颂不利于女性的自立。

萧红说得好："女性的天空是低的，羽翼是稀薄的，而身边的累赘是笨重的！女性有着过多的自我牺牲精神，这不是勇敢，倒是怯懦，是在长期的无助的牺牲状态中养成的自甘牺牲的惰性。"②张爱玲对此也有同感："普通一般提倡母爱的都是做儿子而不做母亲的人，而女人，如果也标榜母爱的话，那是她明白她本身不足重的，男人只尊敬她这一点，所以不得不加以夸张，浑身是母亲了。"③换言之，在歌颂"慈母"的声音背后，是支撑"男尊女卑"思想的"男优女劣"论。所以对于中国女性作家而言，为了恢复女性的平等地位，首先是对由来已久的"男优女劣"格局的颠覆。在这方面，在"五四"时期以笔名"淦女士"登上现代中国文坛、著名学者冯友兰教授之妹的冯沅君的小说创作，呈现出别具一格的意义。在很大程度上，这也是作者自身气度的艺术转换的结果。据说"五四"时期冯沅君在北京女高师就读时，曾第一个出来砸碎校门上的铁锁，与同学一起上街游行。所以她笔下的女主人公都较男性更具丈夫气。如曾被鲁迅称赞为"精粹名文"的《旅行》、《隔绝》和《隔绝之后》，是一对自由相爱的青年男女的悲剧三部曲。小说取材于作者表姐吴天的婚姻遭遇，都以故事里的女主人公为叙述中心，她是这段爱情的施动者和主体，最终也由她的自杀来成全这个故事。作为其恋人的男主角士轸除了在她为爱殉身的精神的感动下作了同样的选择外，基本上无所事事。

---

① ［美］王德威：《小说中国》，台北：麦田出版有限公司 1993 年版，第 319 页。

② 聂绀弩：《在西安》，引自乔以钢：《低吟高歌：20 世纪中国女性文学论》，天津：南开大学出版社 1998 年版，第 76 页。

③ 乔以钢：《低吟高歌：20 世纪中国女性文学论》，天津：南开大学出版社 1998 年版，第 105 页。

　　但冯沅君的小说叙事不仅比冰心更受抽象的爱的观念的拖累,而且还为一种内在矛盾所分裂。《隔绝》三部曲所表现的一个基本主题是情爱与母爱的冲突。叙述者一方面对这种冲突中所表现出来的传统儒家伦理观的似是而非有所体会,意识到"世间种种惨剧的大部分都是由不自然的人与人间的关系造出来"(《旅行》),发现世间最亲密的母女关系同样也掩饰着一种自私性;但另一方面却又让女主人公陷入不孝的内疚中难以自拔。这种精神局限使作品的艺术价值受到损失。当传统意义上的母爱亲情最终在作者的思想中占据了上风,她在创作上便走向说教,如《慈母》与《误点》等。两篇作品里的母亲似同一个作为传统伦理化身的人物,而面对那种抽象空洞的观念,作为"女儿"的叙述者却想"只歌颂在爱的光中的和乐家庭"(《慈母》),因为她"深深感到母亲的爱的伟大"(《误点》)。此种情形让人想起当代一位英年早逝的批评家对儒家家庭伦理作出的一番清醒批判:"这并不是深沉伟大的母爱,在血缘伦常的和谐的表象中,子女的独立意志的人格的发展机会已经在'爱'的关系中被融化乃至完全消失了。"①中国威权专制体制的固若金汤般的"超稳定结构",如今已得到普遍公认。究其原因,不能不说这种"慈母文化"的宣传和确立,在其中起到了推波助澜的作用。在这种母爱的抚慰下,很难产生敢于反抗"父权专制"制度的"不孝之子"。因而尽管父权制对中国女性同样具有迫害性,但事实上"慈母"文化成为这种专制政治的十分有效的卫护网。它让拥有一腔热血精神的中国的男子汉们,在一种无奈中渐渐消沉下去萎靡不振。

　　如果我们从这个视野重新回顾张爱玲的名作《金锁记》,也就不难发现这部对"慈母"形象进行毫不留情的解构的历史意义。它以"小说民族志"的形式,让我们对自己的文化传统,有了更为清醒和当今社会人的认识。让我们进一步认识到,何以当代中国人的内心深处,都有一个曾经被大讨论的"寻找男子汉"的问题。因为在专制体制下,首先受到严厉打击的就是以铁骨热血为背景的男性文化。那么中国男子汉的消失意味着什么呢? 这就是金庸小说笔下韦小宝们的纷至沓来。

第四节 《鹿鼎记》与小说中国

　　谈到金庸先生的武侠叙事,以中国文化的习惯来讲,可以总结为:最

---

　　① 胡河清:《胡河清文存》,上海:上海三联书店 1996 年版,第 115 页。

佳武侠小说《天龙八部》,最佳人生小说《笑傲江湖》,而代表金庸作为小说家的文学造诣的"最佳小说",则非《鹿鼎记》莫属。用金庸先生的这段话:"好的小说就是好的小说,和它是不是武侠小说没有关系。关键在于看这部小说是否能够动人,有没有意义,而不是在于它是不是用武侠的方法来表现。"①从武侠写作起家的金庸先生,不甘于仅仅成为"新武侠至尊"的愿望是显而易见的。应该说这个愿望最终实现了。武侠文体对于金庸一直是叙事框架,除了以它创作纯粹的侠义叙事而有《飞狐外传》,他还尝试以它来反映"成长小说"而有《射雕英雄传》,以它来"言情"而有《神雕侠侣》,以它来作为"武侠叙事"而有《天龙八部》,以它来反映人生传奇而有《笑傲江湖》,最终走到了以武侠文类来面向中国社会现实,创作"纯文学"性的"小说",这就是《鹿鼎记》。

有学者将这部小说与孔子的《论语》并置一起,列为"两部最能了解中国人的性格、中国人的智慧风貌以及中国文化本质特征的书"②。这个评价听起来似乎有些耸人听闻,但其实并不过分。尽管我认为,《笑傲江湖》、《天龙八部》、《射雕英雄传》等作品也属不朽之作,但完全赞同这样的观点:"金庸在中国文学史上的独特地位,很可能便由这部长篇小说来决定。"③诚如曾属"新武侠作家"阵容的温瑞安当年所说:对许多读者而言,与这个人物相遇,难免会感觉到自己脸皮不够厚、手段不够辣、待人不够圆融。但虽然如此我们还是得承认,"韦小宝是金庸小说人物里最活生生的人"④。理解这部小说的关键,在于如何把握其喜剧品质。事实上,正是这个品质造就了读者对这部作品喜欢与讨厌的分庭抗礼。

在契诃夫看来"通俗喜剧是好东西"⑤。真正优秀的喜剧作品其实比悲剧更为难得,因为它比悲剧更需要我们的创造性发现。如同悲剧并非哭泣捶胸煽情表演的同义词,喜剧也并非插科打诨搞笑装傻的等价物。但无须赘言,在大众文化中有着太多低劣的、以喜剧之名四处展示的恶俗

---

① 杜南发等:《长风万里撼江湖》,见《金庸茶馆》(第 5 辑),北京:中国友谊出版公司 1998 年版,第 8 页。

② 陈墨:《孤独之侠》,上海:上海三联书店 1999 年版,第 62 页。

③ 卢敦基:《金庸小说论》,杭州:浙江文艺出版社 2000 年版,第 155 页。

④ 温瑞安:《谈笑傲江湖》,见《金庸茶馆》(第 6 辑),北京:中国友谊出版公司 1998 年版,第 37 页。

⑤ [俄]安东·契诃夫:《契诃夫论文学》,汝龙译,合肥:安徽文艺出版社 1997 年版,第 80 页。

文化现象。如何超越这种廉价的杂耍活动创作出真正优秀的喜剧艺术，从来就不是一件容易的事。唯其如此，契诃夫反复强调：对于一位艺术家来说，"再也没有比写一个好的通俗喜剧更难的事了"。[①] 这要求有大智慧和大才华。金庸无疑经受住了这种考验，《鹿鼎记》也因此在整个金庸小说中脱颖而出，成为一部能同《金瓶梅》《红楼梦》等作品相媲美的杰作。

这部可读性极强的洋洋几百万字小说，是主角韦小宝一个人的传奇故事，是这个生于扬州妓院的小无赖的成长历程与发迹史。这个人物的特征可由最能体现韦小宝其人其事的特征的几对关键词来概括：妓院赌场/皇殿宫廷、流氓无赖/达官显贵、可笑可亲/可悲可鄙、无情无义/有心有欲、油滑无羁/执着偏好、荒诞不经/丰富深刻，等等。就品质而言，韦小宝是一个介于"大丈夫"与"伪君子"之间的"真小人"，一个"不学"而"有术"之徒。唯其如此，这部作品一反金庸小说历来的"以武为名、以义为重、以情为本"的共同特征，成了一本充满反讽意味的"反武侠"写作，让习惯于将金庸写作当作一种奇妙的言情故事来欣赏的某些"金迷"的失望，但却博得了"金学"中诸多高手众口同声的赞美。

无须赘言，《鹿鼎记》在整个金庸小说中是个异类。据说，这部小说最初在报上刊载时，不断有熟悉金庸小说的读者致信作者，询问它是否是由别人代笔之作。于是1981年6月22日，金庸先生在该书新版的后记里出面说明："《鹿鼎记》和我以前的武侠小说完全不同，那是故意的。"他给出的理由是："一个作者不应当总是重复自己的风格与形式，要尽可能地尝试一些新的创造。"从金庸先生的写作轨迹来看，这属于势所必然。与传统武侠小说的求奇逐怪不同，由金庸完善的"新武侠"的特点，就在于以"武"见"文"，将原本只是文学中的"另类"文体的武侠叙事，当作一种表现世态人生的小说艺术。这种全新的创作理念在《鹿鼎记》里修成正果，它以所谓"无武无侠，非史非传"的"四不像"，成为中国小说史上的一部前所未有的奇作。

韦小宝具有普通中国人一样的两大特点："贪财"和"怕死"，不同的是，通常人还"要面子"，而在韦小宝这里"面子"不是问题，他只要"里子"——实惠。这是他能做到一般人做不到的事的一大法宝。也正是从这里，我们可以发现小宝与阿Q间存在某种血缘关系。这部小说与鲁迅

---

① ［俄］安东·契诃夫：《契诃夫论文学》，汝龙译，合肥：安徽文艺出版社1997年版，第380页。

《阿Q正传》的血缘关系无可置疑。作者自己曾在文章里谈道："写作这部书时，我经常想起鲁迅的《阿Q正传》所强调的中国人精神胜利。"同时他也表示，"试图从另一个角度去探索中国人所具有的一面性格。"他认为，韦小宝"是'反英雄'的，却也相当真实而普遍"①。许多年后，金庸在接受著名新闻人杨澜采访时，再次谈到这点。

金庸表示："我希望读者看了我的小说之后受到良好的感染。因此，我曾经想过把《鹿鼎记》的结局最后大大修改一下，我想让韦小宝受点教训，对读者而言这样好一些。但最终决定不改这个结局了，因为韦小宝这个人在清朝的时候可能存在，民国时候可能存在，现在中国有，台湾有，香港也有，而且在全世界有华人社会的地方，韦小宝这种人还是有的。所以我写韦小宝这个人，就是写他这种个性，写他吹牛，他求生存，这种人在中国好像几千年几百年来就是一种特别的现象。我写韦小宝就想到鲁迅先生写阿Q，鲁迅先生写阿Q主要是写一种精神胜利法。我就觉得中国人性格中最重要的就是自己要求生存的精神，'只要人家不打死我，我什么事情都可以做'，而且要赚钱，想自己要发达，什么事都可以无所不为，什么手段都可以用。所以，最后我想既然有这样一种人，就不一定写他最后赌钱被骗，全盘皆输，因为这种人不大会输的。"②

自此以来，将两部小说的比较对照成为评论家们的一大话题，但得出的结论大相径庭、针锋相对。比如王学泰先生在其著作中一方面承认，"如果阿Q精神是具有国民性的话，韦小宝精神也是带有国民意识的某些特点的。如缺少原则性、见风使舵及对环境的适应能力等"。但同时又认为，"有些学者分析韦小宝典型意义时，把它与阿Q相提并论，这种说法忽略了作者对于两个成功的文学形象的不同态度。"在论者看来，鲁迅让阿Q遭到毁灭的下场，是对游民文化对中国社会的消极负面影响的彻底否定；而金庸让热衷于"亵渎神圣和攫取个人利益"的韦小宝大获全胜，表明其心灵深处"对游民艳羡的一面"，所以是浅薄的。③ 与此不同，陈墨却认为，"不客气地说，鲁迅先生笔下的阿Q这个形象，比起韦小宝来，无论是

① 杜南发等：《长风万里撼江湖》，见《金庸茶馆》(第5辑)，北京：中国友谊出版公司1998年版，第23页。

② 杨澜专访金庸：《有人的地方，永远有侠》，见《参考消息》，2006年12月26日第14版。

③ 王学泰：《发现另一个中国》，北京：中国档案出版社2006年版，第127—129页。

生动性、丰富性、深厚性及深刻的程度，都是小巫见大巫。"①

　　这场官司究竟该怎么判？我们还得从具体分析入手。显然，让众多金庸迷所不习惯的是，这部作品是一部"无情无义"之作。作者对此供认不讳，他在《韦小宝这小家伙》里明确指出："韦小宝并不是感情深切的人。《鹿鼎记》并不是一部重情的书。"韦小宝不是侠客，充其量是混入侠客阵营中的流氓类型的游民。比如小说里写到韦小宝作为青木堂香主时，被沐剑声请到沐王府吃饭，希望韦小宝帮忙放了被青木堂掳去的妹妹沐剑屏。当沐剑声的师父柳大洪问他，能否对双方的纠葛担当责任时，"韦小宝道：'老伯伯，你有什么吩咐，不妨说出来听听。我韦小宝人小肩膀窄，小事还能担当这么一分半分，大事可就把我压垮了。'天地会与沐王府群豪都不由微微皱眉，均想：'这孩子说话流氓气十足，一开口就耍无赖，不是英雄好汉的气概。'"这个评价很准确。

　　这种人物的特点就是绝对自我中心的自私，这当然不是美德。但耐人寻味的是作者的这番态度："我写《鹿鼎记》写了五分之一，便已把'韦小宝这小家伙'当作了好朋友，多加包容，颇加袒护，中国人重情不重理的坏习气发作了。"金庸对这个角色的欣赏是显而易见的，正是由于这份欣赏，让这位流里流气的小无赖变得无比生动，使许多成熟的读者获得了既难以认同又无法讨厌的阅读快感。这就是说，作者的这种坦诚表态其实道出了我们共同的感受。这是为什么？原因并不在于这个人物身上有多少可以给予大加赞美的东西。作者说得很明白：没有企图在小说中描写中国人的一切性格。"只是在韦小宝身上，重点地突出了他善于适应环境与讲义气两个特点。"不仅如此，作者同时也指出了："最适应环境的人，不一定是道德高尚的人。遗憾得很，高尚的人在生存竞争中往往是失败者。"②

　　韦小宝品德不佳操行有限，这是理所当然的。因为他自小生长的是扬州妓院，"妓院是最不注重道德的地方"；长大后所进的是皇宫，"皇宫又是一个最不讲道德的地方"。无论在主观上还是客观上，韦小宝都没法成为讲道德的人，更别提成为能奋不顾身地助人的侠者。所以我们能够很容易理解，韦小宝虽然艳福不浅，娶了七位品质卓越且不同口味的年轻女人做老婆，但全都出于生理欲望而不是情感。所以我们可以理解，作者描写韦小宝为了达到这个目的满足其需要，在丽春院设法让其毫无顾忌地

---

① 陈墨：《孤独之侠》，上海：上海三联书店1999年版，第256页。
② 金庸：《金庸散文集》，北京：作家出版社2006年版，第245—255页。

强奸了阿珂和苏荃,并让她们怀了他的孩子。使得原本死活不愿嫁给韦小宝的阿珂,最终只得因此而被迫跟随他。

这部小说的焦点在于:这样的人物,怎么能够既博得作者,又博得读者的共同欣赏? 显而易见,韦小宝尽管无赖,但并不令人生厌,相反读者还会觉得有趣。在很大程度上,这首先同金庸对人物的分寸把握有关。金庸始终把韦小宝定位在一个半大孩子上进行描写,因此韦小宝不失童真一面,与官场或江湖的老谋深算心黑手辣相比,读者自然会对韦小宝生出一种亲近之心。① 但除此之外,还在于真实,这也是作者的分寸感的体现:既没有替这么一个"不良形象"作一点粉饰,但同时也并没有受抽象的道德教条的支配给予其主观的贬低。因为这个人物其实是个虽"小坏"不断,但也并无"大恶"之徒。

比如在上面这段情节里,当他做完坏事挨了阿珂一掌并被性格温和的曾柔责备后,内心也产生了点悔意:"觉得她的话也颇有些道理,自己做了鞑子大官,仗势欺人,倒如说书先生口中的奸臣恶霸一般。"在经过一番思索后他还能进一步暗道:"你说得对,我如强要她们做我老婆,那是大花脸奸臣抢民女,好比'三笑姻缘'中的王老虎抢亲。"这不伦不类的说法虽有为自己辩解的成分,毕竟是有所自我批评。有此意识和根本无此想法,存在着不小的区分,这为韦小宝在伦理层面上赢得了一些分。在他明目张胆地坚持其"明哲保身"主义中,不乏一种率真感和不虚伪。更何况如作者所再三强调的,韦小宝守住了江湖义气的底线。

虽然他所表现的"义"是江湖中最起码和脆弱的"哥们"之义,而且一旦危害到他的利益,韦小宝显然随时准备放弃它。但在小说里韦小宝还是大体上守住了这条底线。此外这个人物所具有的一种乐观好玩的天性,也比道貌岸然的伪君子和不苟言笑的阴险小人来得有人味。其喜剧才华不亚于当红笑星潘长江。这是个不做作却不乏某种执着的"真小人"。比如他追漂亮女人,尤其是追阿珂。同阿珂初次相遇他就发下"韦小宝死皮赖活,上天入地,枪林弹雨,刀山油锅,不管怎样,非娶了这姑娘做老婆不可"这一重誓,其中历经种种波折而再发出"就算你嫁了十八嫁,第十九嫁还得嫁给老子"这样的誓,最终如愿以偿。其顽强不能不让人感慨。

韦小宝是货真价实的"真小人"。虽然其小人之品让人不爽,但其赤

---

① 蔡翔:《金庸〈鹿鼎记〉解读》,见《金庸小说与二十世纪中国文学》,香港:明河社出版有限公司 2000 年版,第 429 页。

裸之真却也让人不烦,尤其是同中国社会里层出不穷的伪君子做派相比,不由你不对他们有一份称赞。明代著名学者李贽在《答耿司冠》中,毫不留情地批判了士大夫文化虚伪拙劣言行不一的丑陋面目,对为他们所鄙视的引车卖浆者之流的市井生活给以赞美。文中写道:

> 自朝自暮,自有知识以至今日,均之耕田而求食,买地而求种,架屋而求安,读书而求科第,居官而求尊显,博求风水而求福荫子孙。种种日用,皆为自己身家计虑,无一厘为人谋者。及乎开口谈学,便说尔为自己,我为他人;尔为自私,我欲利他;我怜东家之饥矣,又思西家之寒难可忍也;某等肯上门教人矣,是孔孟之志也,某等不肯会人,是自私自利之徒也;某行虽不谨,而肯与人为善,某等行虽端谨,而好以佛法害人。以此而观,所讲者未必公之所行,所行者又公之所不讲,与其言顾行、行顾言何异乎?以是谓孔圣之训可乎?翻思此等,反不如市井小夫,身履是事,口便说是事,作生意但说生意,力田作者但说力田。凿凿有味,真有德之言,令人听之忘倦矣。

这段引文言辞激烈,不仅在当时保守封闭的社会显得惊世骇俗,即使在开放的今日中国,听起来也并不那么顺耳。但它对中国文化的弊端的揭露是深刻的,它对真小人的生活状况中所表现出来的那种相对价值的肯定,也是发人深省。就像德国美学家席勒所说,与阴险歹毒的流氓相比,蛮横无理的强盗身上似乎更有一点美感。李贽的立场当然并不是推崇平庸的市侩主义,而是强调一种真实的世俗人生的相对意义。

唯其如此,我们可以将金庸对"韦小宝性格"的塑造,与莎士比亚笔下的"福斯塔夫性格"的塑造,进行一番耐人寻味的比较。当代中国文论界最早关注这个形象,是因共产主义学说创始人之一的恩格斯,在1895年5月18日给拉萨尔的信中提到了"福斯塔夫式背景"这个概念。而对这个形象所具有的美学蕴含的重视,则是伴随着世界莎士比亚研究的发展。福斯塔夫是莎士比亚在其历史剧《亨利四世》和喜剧《温莎的风流娘儿们》中塑造的一个出色的喜剧人物,同时也是世界戏剧史上最令人难忘的喜剧形象之一。他和哈姆莱特、夏洛克并列被称为莎士比亚创造的三大最复杂的人物形象。所谓"福斯塔夫背景",是指莎士比亚通过描写这个人物形象以及他的活动,展示了上至宫廷,下至酒店、妓院等广阔的时代生活,向观众展现了一个五光十色的社会状况,为塑造别的人物和展开进一步的戏剧冲突提供了舞台。

福斯塔夫是一个破落贵族,虽有爵士名分,但早已在封建制度没落时期跌落平民阶层。他既吹牛撒谎又幽默乐观,既无道德荣誉观念又无过分的坏心。他上与太子关系亲密，是王子放浪形骸的酒友，下与强盗、小偷、流氓、妓女为伍。他曾与剧中的大法官有段对话，大法官说："您头上每一根白发都应该提醒您做一个老成持重的人。"福斯塔夫的回答是："它提醒我生命无常，应该多吃吃喝喝。"这段话真实地反映出他的人生态度。他以酒店为家，过着花天酒地、恣情纵欲的日子，醉酒、狎妓、贪吃，习惯于欺诈和说谎，有时甚至还抢劫财物而毫不以为耻，但他总是显得兴致勃勃、快快乐乐。"成了一个大概从未展示过的最完美的喜剧性格。"①正是通过莎士比亚这个形象，我们发现了艺术中存在着一种"审美的暧昧"现象，一种"复杂性诗学"。

英国学者莫尔根在《论约翰·福斯塔夫的戏剧性格》中指出："读者将十分容易地理解一个人物性格，虽然我们可以完全不赞成，可是如果认为是存在于人类生活中的，我们还是可以把他放在舞台上某些特殊的情势中，通过外在的影响把他压缩成一些暂时的表象，使之暂时成为非常可悦和有趣的。"比如这个角色尽管有一切缺点，可人们却还是喜欢他。原因就在于莎士比亚把他写成了一个"矛盾的统一体"而不是确定的主体：他既是一个肥胖邋遢的老头，又是依然怀有一颗年轻的心的人；既是游手好闲之徒，又是具有冒险精神者；既是容易上当的人，又是内在富有机智；既没有太大的坏心眼，又总会做出为非作歹的事；表面上胆怯，实际上勇敢；一方面撒谎成性，另一方面不习惯于欺诈；虽是个绅士和军人，却显得既不庄重也不体面；虽然贫穷潦倒，却有着奢侈生活派头。

尽管他从来不愿费力去获得任何一个善的原则，但他毕竟好像也生来就没有真正的恶意和坏的原则。动机的无邪和做法的恶劣混杂在一起。但透过其所有这些矛盾我们仍然能够发现，这个形象的主要品质可归纳为："一种高度的机智和幽默，附带有旺盛的精力和敏捷的头脑。"②所以，人们常常会在福斯塔夫的形象中隐隐感到，仿佛还有一种更深的、更重要的、更富历史感的、更具自我意识的东西。福斯塔夫之所以是福斯塔夫，恰恰在于这是个具有清醒的自我意识的角色，也是个具有顽强生命力的形象。从这个角度，我们对"韦小宝美学"也就能够容易理解。虽然二者不能简单地相提并论，但构成"福斯塔夫性格"的这种美学的张力，显然

---

① 杨周翰：《莎士比亚评论汇编》(上卷)，曹葆华等译，北京：中国社会科学出版社 1979 年版，第 97 页。

② 杨周翰：《莎士比亚评论汇编》(上卷)，曹葆华等译，北京：中国社会科学出版社 1979 年版，第 97 页、第 116 页。

在"韦小宝性格"中不同程度地也存在着。

正如一位评论家所说,他顽皮开心的性格和过人的机智,往往让他绝处逢生、化险为夷,也让他异想天开的恶作剧,显得别开生面而极具想象力。诸如此类的因素使得"不喜欢他的人也只能佩服他"。① 从这个意义上讲,韦小宝堪称中国版的"福斯塔夫"。不同的是,后者只是充当了莎士比亚艺术的背景,而前者却成为刻画中国民族的某种习性的形象。唯其如此,尽管作为鲁迅代表作的《阿 Q 正传》是深刻的,但《鹿鼎记》比《阿 Q 正传》更为深刻。

首先,鲁迅的阿 Q 固然表现了中国社会普遍的愚昧,而韦小宝身上则体现了"三家归一"的中国文化特质:儒家的圆满,道家的圆通,佛家的圆融,殊途同归于"好死不如赖活着"的圆滑。所谓"外圆内方"之说纯粹是一种自欺欺人的借口,只是让我们心安理得地放弃原则。由此我们可以进一步发现,"中国式愚昧"并不是绝对意义上的无知,而是一种有着文化自觉的、出于"明哲保身"意识的无立场和本着"唯利是图"原则的无是非。中国民族对食色为本的形而下目标的热衷,使得人们往往纠缠在穷与富、贱与贵、困与达等生存烦恼,缺乏以"意义"为宗旨的真正的精神需要。

其次,鲁迅通过阿 Q 写出了中国精神的消极、负面的东西,并通过主人公阿 Q 最后被枪毙的结局,揭示了在人类历史早期曾经有过短暂辉煌的中国文化之所以走向衰落的弊病。而《鹿鼎记》里韦小宝一次次转危为安、化险为夷并最终如愿以偿实现圆满的境遇,道出了事情的另一面。这个故事昭示我们,从未让孔子曾倡导的道义思想真正体现过的中国传统文化,却始终能够天长地久衰而不灭苟延残喘。其奥秘就在于,它既有动辄"灭九族"的株连的残酷,又有所谓"讲人情"的底线。对于普通中国人只有一个目标:活着;只有一个禁忌:造反。而这两样东西的关键在于"食"。所谓"民以食为天"的古训其实并不意味着先圣对民众疾苦的关心,而是对当政者的提醒:民若无食,江山不稳。

再则,鲁迅的阿 Q 写出了中国人"当不成奴隶"的悲哀,而金庸的小宝则写出了中国人历尽曲折终于"做稳了奴隶"的喜悦。《阿 Q 正传》让人绝望,这固然是中国历史的一种真相;但《鹿鼎记》给人以恐怖的希望,这是中国文化更本质的事实。中国历史的所谓"超稳定性"只意味着一样东西:专制政体的修复与完善。因为中国社会普遍的理想就是开明君主而

---

① 曹正文:《金庸小说人物谱》,上海:学林出版社 1996 年版,第 222 页。

不是当家做主,中国民众最大的愿望就是成为识时务的良民而不是有担当的公民。比如《鹿鼎记》中最精彩的故事除了小宝的江湖奇缘外,就是康熙与韦小宝的皇帝与奴才的友谊。这永远不可能成为人间事实,但却是千真万确的世俗愿景。它的深刻性在于一种可能性:只要放弃移风易俗的革命向独裁者俯首称臣,那就能分享利益甚至成为人上人。

康熙与小宝的关系有更多的文化象征意味。在表面上,它体现了最高独裁者作为人的孤寡和苦闷,以及身上的人性的复杂性。但内在里,它表明了中国权力的外表道貌岸然与内在俗不可耐的双面一体性。而在根本上,它体现了中国式专制以世俗人情作屏障实施威权控制的实质。《鹿鼎记》的尾声,康熙亲自出面,欲将以"反清复明"为宗旨的"天地会"一网打尽,却被韦小宝出于江湖规则和人情世故破坏,不仅自己成功逃生,还将几位天地会重要人物也救出。康熙最后并没有照常规办事,将小宝赶尽杀绝,而是一如既往地实施招安策略。友情是表面说法,实质是中国政治的一贯做法:在大前提有了保障(让对手失去分庭抗礼的力量)的情形下,适当体现人情的缓冲,以暂时的变通达到永恒的不变。

而韦小宝终于感激涕零地赴命去收复台湾、与俄罗斯先兵后礼签订《中俄尼布楚条约》,为康熙的统治立下汗马功劳。就嗜好而言,这个人物的最大特点是"赌",他是一个赌品差、赌技高、赌运好的"通知伯"。靠的是不讲诚信的伶牙俐齿。他连七个老婆究竟晚上哪个作陪都靠赌来决定。韦小宝由此不仅成为中国男人的一种符号,也成为以"男权文化"为代表的中国文化的典型象征。尽管以汉族文化为主导的中国人身上,或多或少都有挥之不去的阿 Q 的影子,但这是一个让人讨厌的典范。与此不同,韦小宝是个让人喜欢的角色,不仅因为他在独裁皇帝康熙与天地会领袖陈近南之间左右逢源的生存方式,而且更在于这种生存方式具有一种道义合法性。

比如当康熙让身为天地会人的他去消灭天地会时,韦小宝有这样一段话:"皇上,他们要来害你,我拼命阻挡,奴才对你是讲义气的。皇上要去拿他们,奴才夹在中间,难以做人,只好向你求情,那也是义气。"就像我们不能不说,中国母亲们在逆来顺受中表现出的母爱是感人的;我们也不能不承认,这种抹去是非善恶的江湖义气,多多少少为苦难的中国人民增添了一点亮色。二者共同构筑了一道护卫中国专制文化的精神城墙。所以走向穷途末路的阿 Q 被唾弃,而永远立于不败之地的韦小宝成了中国文化的一种榜样。但这毕竟是一个除了财色之好荣华富贵之欲别无他求的成功奴隶的榜样,却不是一个具有真正"人"的追求的楷模。如果从伦理上来给韦小宝定位，一言以蔽之是个"将皇宫当妓院，把官场做赌场"的"真小人"，因为他的人生原则是"重私不重公，重利不重义"。

这是他的价值所在（毕竟不是"伪君子"），也是其缺陷所在（肯定不是"大丈夫"）。正是这种复杂性塑造了这个成功形象，透过它而表现出来的深刻性奠定了《鹿鼎记》的艺术分量。如果说大部分金庸小说都具有"成长小说"的味道，那么《鹿鼎记》除外，它属于"实现小说"。他的生命意识在妓院的童年就已经定型，存下来的事情就是去到皇宫中实现其人生目标。诚如一位评论家所说，在这个过程中，"韦小宝始终没有成长，他的性格没有多大的发展变化，他只有不断地获得成功"①。其所付出的就是伦理操行的逐步后退直至底线。因为他无须改变什么，他的人生目标很明确，所以，他在伦理上放弃越多，得到的世俗好处也随之越大。韦小宝是个既生动又简单的角色，也是个既深刻又浅薄的形象，金庸深刻地写出了一个没有深度的人，他的自我就是没有真正的自我。

韦小宝是个改良版的阿Q，也是成功的了阿Q。二者背景相似：阿Q是流氓无产者出身，小宝是丽春院妓女之子，彼此命运相反：阿Q想革命而不得，想与权势拉关系又先被打再遭毙；而小宝成功地周旋于皇宫与江湖，成为康熙皇帝的亲信和第一大侠陈近南的徒弟。但他们本质上没有区分，不同的是阿Q的智商远不如小宝，所以要求也不高，参加革命只为能"吃大户、得到秀才娘子的那张床、和吴妈睡觉"。而韦小宝则要求美味佳肴和美色佳丽，如果运气好，那么外加一点面子。韦小宝的成功之道何在？有论者概括说：说谎与拍马屁，是韦小宝克敌制胜的绝技。② 其实还得加上一个：装傻。不是真蠢，而是逗人逗己的搞笑。韦小宝实质上是个"三无"人物：无行、无情、无道。

这个形象在艺术上的成功让人震撼，他的美学价值给人以启发。韦小宝让绝大多数中国人喜欢，让一些人不喜欢，让极少的人欣赏而不安。喜欢他的人是因为从他这里得到了认同和归属感，找到了为自己的丑陋行径辩护的理由。不喜欢他的人的原因，并不是他们有更高的追求，而是他们同样从这个市井无赖身上，认出了自己想极力掩饰的真面目；韦小宝是他们不愿正视的倒影，他们在理性上对韦小宝精神缺乏认同，但在情感

---

① 曹布拉：《金庸笔下的奇男情女》，杭州：浙江文艺出版社 2002 年版，第75 页。

② 曹布拉：《金庸笔下的奇男情女》，杭州：浙江文艺出版社 2002 年版，第80 页。

上又本能地实践着韦小宝品格,这让他们很不舒服。此外,韦小宝也让极少部分的中国人既欣赏又不安,他们欣赏金庸对这个人物角色的成功塑造,为其对当代中国人的文化普遍性的深刻揭示而敬佩;但他们同时也为之而深深不安,乃至绝望。

如果一代遗老辜鸿鸣当年在其《中国人的精神》里,以"一只茶壶配一批杯子"的比喻,来为中国的父权专制主义传统作辩护是准确而有效的话,那么韦小宝当仁不让的是中国的传统文化的典型和意识形态的优秀代表。但与其说这是个能够让我们理直气壮地跻身于世界大家庭的东西,不如讲是个无处躲避的灾难。关于韦小宝,有三点值得注意:其一,他是当下中国的一个真实的民族象征。其二,他适应性极强,繁衍力极高,能够成功地继往开来。其三,韦小宝的成功之日,绝不是人类文明实现之时,他的家庭中没有真正的爱情和幸福,是以他为核心的福禄寿而不是世道的平等公正;既没有资本主义的公平竞争,更没有社会主义的优越性和共产主义的嘉年华。他在意的充其量是货真价实的面子,而非名副其实的荣誉。

在《鹿鼎记》的结尾,有个情节颇耐人寻味:作为"全国各族人民的儿子"的韦小宝从其母亲处得知,他的父亲可能是汉人、藏人、蒙古人、回族人、满族人,唯独不可能是洋人。这的确不能不让人体会出这样的意思:"无赖到处有,中国人外国也有,但是这类'讲义气'的无赖唯有出产在中国。"①结论因此十分清楚:韦小宝是中国传统文化的嫡传,也是中国精神的不肖子孙。诚然,"如果说阿Q这个形象向读者诉说的是中国人失败的一面的话,那么韦小宝这个形象所宣扬的却是中国人的成功一面"②。事实上,"韦小宝法则"也就是经济学中著名的"劣币淘汰优币"的所谓"格雷欣定律"的文学翻版。这个对达尔文"适者生存"发现的进一步补充,可以用这句诗来予以概括:"卑鄙是卑鄙者的通行证,高尚是高尚者的墓志铭。"在很大程度上,一部古老的中国社会史就是韦小宝精神所向无敌的反复证明。

金庸先生自认:"韦小宝的身上有许多中国人普遍的优点与缺点,但韦小宝当然并不是中国人的典型。"③也许是不想让大家绝望,也许是那时的作者为自己所创作的侠义叙事所鼓舞,对世道抱有过于乐观的态度,迄

---

① 曹布拉:《金庸笔下的奇男情女》,杭州:浙江文艺出版社 2002 年版,第 83 页。

② 王学泰:《发现另一个中国》,北京:中国档案出版社 2006 年版,第 127 页。

③ 金庸:《金庸散文集》,北京:作家出版社 2006 年版,第 254 页。

今来看,后半句结论显然已落空。时至今日,形形色色的西装革履的韦小宝们,已经成为大大小小的企业老板、衙门官僚、党派首脑,成了 VIP 与CEO、科学院士和大学教授。韦小宝的成功之路无可阻挡,因而中国文明的愿景令人沮丧和绝望。问题在于,韦小宝身上的这些"优点"其实优不到哪里去。如果我们追随这位"通知岛主"的脚步,让"韦小宝精神"发扬光大,那就意味着:无论获得多大的权势,都不可能赢得真正的尊重;无论欲望得到怎样的满足,都不会有真正的幸福;无论有怎样的歌舞升平,都不会真正的繁荣昌盛;无论拥有怎样的和谐社会,都不会有自由与公正。

唯其如此,阿 Q 最终被砍头的下场虽让人为之悲哀但还不至于绝望,而韦小宝大获全胜的结局则令人在震撼中感到一种透心之凉。什克洛夫斯基说:"堂·吉诃德精神并非堂·吉诃德的命运。"[①]我们可以反过来说:韦小宝的命运并非韦小宝精神。堂·吉诃德的命运是不幸的,但其精神永存;韦小宝的命运是幸运的,但其所张扬的"好死不如赖活着"的精神却无比丑陋。金庸的小宝不仅像鲁迅的阿 Q 一样,是对一种历史悠久长盛不衰的国民性的形象化展示;而且通过这个人物"凭一招半式逃跑术搞定天下英雄,以一张油腔滑调嘴官运亨通"的故事,作者将千年古国的沧桑尽收笔端,让炎黄子孙的悲欢一览无余。"除了没做成皇帝,韦小宝确实实现了游民的最高理想。"[②]在这块土地上,嫉才妒能自古已然,灭圣逐贤理所当然。不甘于苟且偷生的人们恨既不得爱也不能,总是一样的死不了活不好,最终只能无奈地叹一声:吾国吾民。

这就是真实的力量,从中同时也呈现一种作为审美精神的神圣本色。名副其实的"神圣"与伪崇高的区分就在于,后者是欺骗的幻影,而前者是一种无法遮蔽、不能否认、至关重要的东西。所以爱默生说:"真实是第一位的,也是永恒的"[③];当代学者伽达默尔也写道:一种真理的光照"是我们所有人在自然和艺术中发现的美的东西。它迫使我们承认:'这是真实的东西'"。[④] 通常所谓"大俗就是大雅"也就是这个意思:"俗"是世界的本

---

① 〔俄〕维·什克洛夫斯基:《散文理论》,刘宗次译,南昌:百花洲文艺出版社1994 年版,第 366 页。

② 王学泰:《发现另一个中国》,北京:中国档案出版社 2006 年版,第 125 页。

③ 〔美〕爱默生:《美》,见《爱默生集》(下卷),赵一凡等译,北京:生活·读书·新知三联书店 1993 年版,第 1242 页。

④ 〔德〕伽达默尔:《美的现实性》,张志扬译,北京:生活·读书·新知三联书店 1991 年版,第 23 页。

态与生命的真相,"大俗"也就是对这种现象不作虚伪掩饰,给予真实揭示。神圣体验的伦理根据是真诚对虚伪的胜利。"因此,'神圣'便被体认为那种要求我们尊敬的东西,即被体认为其真正价值要被内在地加以承认的东西。"①

这就是伟大艺术的喜剧品质所在,《鹿鼎记》与《堂·吉诃德》一样,在笑声中蕴含着无比深刻的内涵。它让我们再次想起尼采的名言:一切神圣的东西都是轻轻地走的。② 就像巴西小说家保罗·科埃略在其新作《十一分钟》的后记里所写的:为了写神圣的一面,必须明白为什么它曾是那么世俗。③ 诚然,韦小宝的世界毫无神圣感,但这能怪金庸先生吗? 难道我们所置身其间的不一直是个不讲是非的社会? 所面对的不是一个充满汗香屁臭的环境? 正是在这样的世界,韦小宝们如鱼得水、所向披靡。把这样的现实真切地展示出来,让炎黄子孙们不再能一如既往地以所谓"悠久的历史,古老的文明"为借口来遮蔽与躲避,这是这部小说注定将成一部了不起的作品的原因。

---

① [德]鲁道夫·奥托:《论神圣》,成穷等译,成都:四川人民出版社 1995 年版,第 61 页。

② [匈]阿诺德·豪塞尔:《艺术社会学》,居延安译,上海:学林出版社 1987 年版,第 239 页。

③ [巴]保罗·科埃略:《十一分钟》,刘正译,上海:上海译文出版社 2004 年版,第 250 页。

第五章　故事的德性

——小说伦理学

有个问题经常会纠缠小说家：小说有什么用？如果只是供人茶余饭后之消遣，那当然谈不上有什么真正意义上之用。不过这方面的评价就像证券交易所的行情那样，经常会发生些变化。众所周知，百年前的"五四"时期，著名学者梁启超在《论小说与群治之关系》的文章中，开头一段就给了新小说以高度评价："欲新一国之民，不可不先新一国之小说。故欲新道德，必新小说；欲新宗教，必新小说；欲新政治，必新小说；欲新风俗，必新小说；欲新学艺，必新小说；乃至欲新人心，欲新人格，必新小说。何以故？小说有不可思议之力支配人道故。"①对于今天的许多人而言，似乎这番言论本身是不可思议的。但许多年后，它却在当代西方学界拥有了赞同者。在当代著名学者芝加哥大学教授玛莎·纳斯鲍姆看来，小说的作用的确就像梁启超所说的那样，有着非常重要的意义。这就是唯有主要以小说为主的文学艺术，具有培养人的同情心的巨大效应。这种同情心的培养首先需要想象力，而这恰恰正是优秀的小说作品所擅长的。用她的话说："孩子和父母一起讲故事的时候，孩子同时在学习道德能力。"②

根据纳斯鲍姆的研究，身处全球化之中的人类的当务之急，是承认我们这个世界存在着多样性，因此，每个人都有一个不言而喻的、让自己成为"世界公民"的义务。而要成为世界公民，我们不仅要积累知识，而且还必须培养善解人意的想象力，从而使我们能够理解那些跟我们不同的人们做事的动机和所作的选择。在此，文艺的作用由于可以培养想象力而

---

① 夏晓虹：《梁启超文选》（下册），北京：中国广播电视出版社1992年版，第3页。

② ［美］玛莎·纳斯鲍姆：《培养人性》，李艳译，上海：上海三联书店2013年版，第74页。

显得至关重要。因为实践证明,"叙事想象是道德互动的重要准备……文学想象不仅激发人们对角色命运的认真关注,而且给那些角色赋予了丰富而并非一览无遗的内心世界"。由此她呼吁:"高等教育应该在很多不同方面提高学生的文学意识,而文学确实在培养世界公民方面起到了重要作用。"①事实上,纳斯鲍姆的这个见解是立足于大量的经验现象的基础上的,因而无可置疑。经验证明,优秀的小说杰作具有"德性伦理学"的突出特性,阅读这样的作品往往能使良知未泯的读者,变得更富有悲天悯人的人性。所以,纳斯鲍姆的观点绝非空谷回音,她得到相当一些有识之士的回应。比如爱尔兰学者理查德·卡尼就表示:"如果我们拥有叙事同情心,我们能够从别人的视角看这个世界,我们就不会杀人。如果我们没有叙事同情心,我们便不会爱人。"因为在他看来,"故事使与其他人在伦理上分享一个共同的世界成为可能"②。

毫无疑问,对于上述种种说法,我们可以轻易地给它们贴上一张"社会乐观主义者"的标签。但不能否认它们有其一定的道理,尽管这理说得有些过头。我在这里所要补充的是,这种以"德性伦理"的推动而带来的人性的培育主要体现为五个方面,这就是"乡情、友情、爱情、亲情、纯情"五种情感的塑造。在以下的章节里,我们通过一些具体文本的解读,来讨论以"小说伦理学"命名的这个问题。

第一节　小说与乡情

1. 从《故乡》到《阿勒泰》

所谓乡情,首先是指人们对自己出生地并且度过一段童年与青少年生活的家乡的怀念。这是一种具有广泛性的情感。唐代诗人贺知章《回乡偶书》的诗句说得好:"少小离家老大回,乡音无改鬓毛衰。儿童相见不相识,笑问客从何处来。"无论你是落叶归根回故乡长住,还是短暂地回来看看,心中对家乡的那份情意是永远无法被抹掉的。对于绝大多数的人而言,在经过了一段成长阶段而外出求学谋生等离乡背井远走他乡,是一

---

① ［美］玛莎·纳斯鲍姆:《培养人性》,李艳译,上海:上海三联书店 2013 年版,第 70 页、第 74 页、第 75 页。

② ［爱尔兰］理查德·卡尼:《故事离真实有多远》,王广州译,桂林:广西师范大学出版社 2007 年版,第 240 页、第 255 页。

种人生的常态。由此,这也成为文学作品用来抒情达意的"常规"性题材,除了在诗歌中经常出现,同样也是小说家笔下的重要选择。比如这段文字:"我冒了严寒,回到相隔二千余里,别了二十余年的故乡去。时候既然是深冬;渐近故乡时,天气又阴晦了,冷风吹进船舱中,呜呜的响,从篷隙向外一望,苍黄的天底下,远近横着几个萧索的荒村,没有一些活气。我的心禁不住悲凉起来了。阿!这不是我二十年来时时记得的故乡?"熟悉中国小说史的读者不难想到,这是鲁迅的短篇名作《故乡》的开头。

顾名思义,乡情小说当然离不开对故乡的山山水水、草木丛林等自然环境,以及城市街道和饮食等记忆中的景观事物的描写,但其核心所在仍然是那一方天地中的人。他们往往是儿时的伙伴、亲戚朋友以及左邻右舍的熟人等。以鲁迅的《故乡》为例,小说的重点所在是对作为第一人称叙述者"我"的童年时代朋友闰土的思念。这篇中国现代小说史上的短篇小说杰作总共近 5000 字不到,其中除了几十字用来描述"豆腐西施杨二嫂"外,有 3500 多字是关于闰土的。如果从内容着眼,题目似乎大可改为《回忆我的少年伙伴闰土》更确切。但显然,用《故乡》为标题完全合适。因为牵挂着"我"的情感的是那一种对故乡的浓浓情感,让作者挥之不去的,正是当年这份一去不返的纯真烂漫的情谊。这篇小说的构思,也正是借助了叙述者记忆中对活力四射的少年闰土的亲切思念,到分别几十年后重新见到的、只有一个"苦"字来概括的闰土的巨大落差的对比,道出了作者对故乡那份既热爱又悲哀的纠结之情。

当年的闰土让同龄的"我"深感敬佩,因为他"心里有无穷无尽的希奇的事,都是我往常的朋友所不知道的"。两个少年在一起开心地玩。但当正月过去,闰土终于必须回家去时,"我"急得大哭,闰土也"躲到厨房里,哭着不肯出门,但终于被他父亲带走了。他后来还托他的父亲带给我一包贝壳和几支很好看的鸟毛"。回想往事,只有无忧无虑的童年和不顾世故的友谊。但所有这些美好回味都在重逢后烟消云散。此时的闰土,"身材增加了一倍;先前的紫色的圆脸,已经变作灰黄,而且加上了很深的皱纹;眼睛也像他父亲一样,周围都肿得通红,……头上是一顶破毡帽,身上只一件极薄的棉衣,浑身瑟索着;手里提着一个纸包和一支长烟管,那手也不是我所记得的红活圆实的手,却又粗又笨而且开裂,像是松树皮了"。更让人难堪的是,当"我"因为过于兴奋而不知道怎么说才好,只是说:"阿!闰土哥,——你来了?……"闰土先是"站住了,脸上现出欢喜和凄凉的神情;动着嘴唇,却没有作声"。终于"态度终于恭敬起来了,分明的叫道：'老爷……'"时间的流逝在两人之间"隔了一层可悲的厚障壁"。①

仅仅通过这个人物的这种变化，小说不仅生动地道出了作者对故乡的一片深情，还深刻地揭示了旧中国乡村社会的停滞与落后。这种由失望而绝望的感受是诸多"乡情小说"的共同点。但反之，更多的乡情小说的着眼点，在于对虽然有些落后，但不失某种淳朴的故乡的深切的怀念。比如沈从文的中篇小说《边城》。以单篇作品计，这部小说不久前被一些学者评为百年中国小说百部佳作之首。迄今为止它已被译成英、俄、日、韩等40多个国家的文字出版。小说中的主人公生活在中国川湘交界的茶峒附近，即当老船夫的爷爷和他的孙女翠翠两人，祖孙身旁跟随着一只颇通人性的黄狗。翠翠是母亲与一个军官的私生女，伴随她出生的，是母亲的早死与父亲的远去。一老一小的日子主要就在渡船上，于是展开了一个单纯的故事：

茶峒城里有个船总叫顺顺，性格洒脱大方且愿慷慨助人。他的两个儿子，老大天保像父亲一样豪放豁达不拘俗套小节。老二傩送则像母亲，不爱说话但英俊秀拔。在小城里，父子三人颇得好评。这年的端午节，翠翠去看龙舟赛，偶然与英俊的青年水手傩送相遇，在翠翠的心里留下了深刻的印象。巧的是，傩送的兄长天保也喜欢上了翠翠，并先傩送一步托媒人提了亲。兄弟两人都决定把话挑明了，于是老大就把心事全告诉了弟弟，说这情是两年前就已经植下根苗的。弟弟微笑着把话听下去，且告诉哥哥，他爱翠翠也是两年前的事，这让哥哥天保吃惊。

此时，当地的团总以新磨坊为陪嫁，想把女儿许配傩送。但傩送宁肯继承一条破船也要与翠翠成婚。老船夫知道孙女的心事，让她自己做主。兄弟俩没有按照当地风俗以决斗论胜负，约定采用公平而浪漫的唱山歌的方式表达感情，让翠翠自己从中选择。傩送是唱歌好手，天保自知唱不过弟弟，心灰意冷，断然驾船远行做生意。碧溪边只听得一夜弟弟傩送的歌声，但第二天，歌声却再没有响起来。老船夫忍不住去打听，到了城里得知：原来老大坐下水船出了事，淹死了。码头的船总顺顺总也忘不了儿子死的原因，为此对老船夫变得冷淡。

操心着孙女的婚事的老船夫终于耐不住去问，傩送也因哥哥天保的死十分内疚，自己下桃源去了。船总顺顺也不愿意翠翠再做傩送的媳妇，

---

① 鲁迅：《鲁迅全集》（第1卷），北京：人民文学出版社1981年版，第476页、第482页。

毕竟天保是因她而死。老船夫只好郁闷地回到家，翠翠问他，他也没说起什么。这天夜里下了大雨，夹杂着吓人的雷声。爷爷说，翠翠莫怕，翠翠说不怕。两人便默默地躺在床上听那雨声雷声。第二天翠翠起来发现船已被冲走，屋后的白塔也冲塌了，翠翠吓得去找爷爷，却发现老人已在雷声里死去了。热心肠的老军人杨马兵前来陪伴翠翠，也以渡船为生，等待着傩送的归来。傩送也许永远不会回来了，也许明天就会回来。

　　这部小说的艺术品质之出类拔萃，首先表现在叙述语言上的简洁，让人对契诃夫"简洁是天才的姐妹"这句名言，有了深刻的领会。比如小说开头的这段文字："由四川过湖南去，靠东有一条官路。这官路将近湘西边境到了一个地方名为'茶峒'的小山城时，有一小溪，溪边有座白色小塔，塔下住了一户单独的人家。这人家只一个老人，一个女孩子，一只黄狗。"正如汪曾祺的一篇文章里所说，这样的文字饱满明净，给人以无穷回味。但这当然不是这部作品的立足之本。显然，《边城》之所以能够卓尔超群，得益于作者以一种蕴含悲剧性的"童话"品质取代了自欺欺人的"桃园"情结。用沈从文自己的话说就是，"我要表现的本是一种'人生的形式'，一种'优美、健康、自然'而又不悖乎人性的人生形式"。在这个故事里，"一切充满了善，然而到处是不凑巧，既然是不凑巧，因之朴素的善终难免产生悲剧"。用小说家汪曾祺的话说："《边城》的生活是真实的，同时又是理想化了的。"[①]这种"理想化"的根源，就在于远离家乡的作者对于故乡难以释怀的浓郁的情感。

　　但表现乡情的作品此外也包含许多表现把"异乡"作为"故乡"的作品。与表现故乡的小说往往由"回首往事"为底色，从而多少带有某种伤感不同，这类"身在异地"的作品重在"现在时"，故事的基调却能呈现出明亮与欢乐的景象。当代作家李娟《我的阿勒泰》可谓这类作品中的翘楚，这是一本能够被归类为自传体散文小说的作品。"阿勒泰"位于我国新疆最北端，具体地讲是阿勒泰地区的一个以哈萨克族为主要人口的富蕴县。虽然作者在书中表示，自己在新疆出生且大部分时间在新疆长大，但就像叙述者强调的，"哪怕再在这里生活一百年，我仍不能说自己是'新疆人'"[②]。因为那里并非作者父母的家乡，也即通常意义上人们认同的"故乡"。只是李娟跟随家人度过了一大段童年的地方。在那儿的深山中，作

---

　　①　汪曾祺：《汪曾祺文集》（文论卷），南京：江苏文艺出版社1993年版，第100页。

　　②　李娟：《我的阿勒泰》，昆明：云南人民出版社2010年版，第46页。

者不仅随着开小杂货店和做裁缝的母亲与外婆等一起辗转迁徙,度过了美好而快乐的童年;而且直到成人后独立谋生的生活,仍是在阿勒泰市与四面茫茫荒野的偏远寂静的阿克哈拉村之间。那儿的生活十分艰难,冬天的温度能降到零下 40 多度,在大雪封山的日子里,一切都显得死气沉沉。

毫无疑问,阿勒泰并非是我们想象中的那种拥有说不尽的传奇色彩和浪漫情调的乡土。用作者的话讲,这里的农牧民们真倒霉。因为不下雨的时候总是会闹旱灾,雨稍微一多又有洪灾;天冷的时候有雪灾,太热了又有冰雹灾;秋天会森林火灾,到了夏天又总是有蝗灾。此外还有风灾、牲畜瘟疫什么。① 但尽管如此,还是有那么多的人愿意在这里继续生活。其中包括了作者一家。正是这艰难的日子,造就出了一个与众不同的年轻姑娘、一个写出了不一样的文字的优秀作家。因为她懂得了"'痛苦'这东西,天生应该用来藏在心底,悲伤天生是要被努力节制的,受到的伤害和欺骗总得去原谅。满不在乎的人不是无情的人"。也因为这样的生活证明了"最安静与最孤独的成长,也是能使人踏实、自信、强大、善良的"②。因为冬天终会过去,春天的阿勒泰到处都充满了勃勃生机。天空总是斑斓而清澈,云雾来回缭绕,大地一阵阵蒸腾着水汽。虽然空气仍然非常寒冷,但寒冷中有了温暖的阳光。一场场大雨湿透大地后,云便在雨后形成。这些云不是从遥远的地方飘来,而是新鲜的云,是雨后潮湿的大地在太阳的照耀下升腾而起的水汽。在远处看,平坦的大地上这样的水汽一团一团地从地面浮起,聚向高处,又渐渐浓了便成为云。一朵一朵,巨大地,从西向东飞快移动。

跟随李娟的文字,我们欣赏着我国北疆独特之美的土地,认识到一种已被久久遗忘的简单纯朴的人际关系,感受到一种虽然艰苦但却无比温馨的生活。比如通过作者的眼睛,我们看到云层下的地势开阔,一条大河缓缓流过,河岸上裸露着一些有着美丽的花纹和奇形怪状的卵石。河对岸的哈萨克姑娘江阿古丽也和"我"一样,喜欢在河边捡这些石头,彼此成为朋友。她让叙述者走进自己简单而干净的家,发现了她们的故乡之美;也让"我"学会了"珍爱自己平凡孤独的生活,并深深地满意,深深地感激",这是生活的一个重要奥秘。我们和叙述者一起注视着一位翩翩起舞

---

① 李娟:《我的阿勒泰》,昆明:云南人民出版社 2010 年版,第 39 页。
② 李娟:《我的阿勒泰》,昆明:云南人民出版社 2010 年版,第 36 页。

的哈萨克姑娘,发出"怎么会如此美得令人心生悲伤"的感叹,领悟到"只有美才是最真实不过的自然"的道理。我们理解了作者的思念,感同身受地体会着"思念了过去的事情,又开始思念未来的事情,说不出的悲伤和幸福"①。我们也"看到"了那些每次买酒都是论箱而不是论瓶,一喝一整天的少数民族男子汉们的粗犷与豪放。我们也与作者一样,在这样的日复一日的平凡日子渐成往事之后产生一种深切的怀念,因为那时的生活中充满了那么多的梦想和没完没了的憧憬。

2. 万物有灵且美

还有一种乡情,它所指向的并非我们出生和成长之地,而是我们长大为人成家立业后主要的工作之地。换句话说也就是我们为了谋生而安居乐业之地。英国作家吉米·哈利作品《万物有灵且美》,就是表现这种乡情的一部带有自传性的散文体小说杰作。在文体上与李娟作品有异曲同工之处。所谓散文体小说,主要指作品中没有单一或双重结构的故事,而是由许多具有同质性小故事串联起来的叙事。这些一连串小故事构成了一个相对完整的"大故事"。所以这类作品既不能被当作通常意义上的散文,也不能看作是短篇小说集。因为这些小故事就像一颗颗珍珠串连而成为一个整体。之所以说它是一个"整体",因为其中主要人物是被叫作"吉米"的叙述者"我",他是一位兽医,与另外两位名叫西格和屈生的兽医一起建设了一个专治动物的小诊所。故事的发生地是苏格兰约克郡德禄镇的乡村,文本的内容主要反映的是吉米与他的两位伙伴一起,在乡村为羊、牛、马当然还有追车的狗和凶狠的猫等动物治病的经历。用叙述者的话讲,新婚不久的"我"原本"根本不晓得自己还会在这儿待上多久",他的生活中心就是乡村的"这一片谷地和可爱的动物"。② 但尽管如此,叙述者热爱这片土地和这样的生活,因此不知不觉间与这方土地建立起了一种特殊的情感。

乡村的兽医生活是单调的,从白天到深更半夜都是与得了这样那样的病的动物打交道。但由于主人公自身的善良之心,不仅驱除了这种单调感,而且在他的眼前生活显得多姿多彩颇有情趣。首先是自然风光的魅力。比如借助吉米的眼光,我们得以一睹约克郡的旖旎风景:"我知道我不该这么做,但那条乡村老路一直挑逗地勾引我走过去。其实我该赶

---

① 李娟:《我的阿勒泰》,昆明:云南人民出版社2010年版,第71页,第112页。

② [英]吉米·哈利:《万物有灵且美》,种衍伦译,北京:中国城市出版社2010年版,第11页。

回诊所去的,然而那青葱的小径蜿蜒直上山顶的魅力却使我不知不觉走下汽车,踏上芬芳的绿草。……我躺在青青的草原上,懒洋洋地半合着双眼,偷偷地打量着蔚蓝的苍穹。我觉得这是恣情浪费你的感触的最好时刻。你可以细致地领会和风扫过汗毛的感觉,也可以沉醉在一切化为乌有的虚无之中。这种自我享受的方式一直都是我生活的一部分。这时,我暂时步出了生命的洪流,像一艘偷偷靠岸游玩的小船,让自己与那滚滚的世俗之流完全脱离了关系。"叙述者有一只叫山姆的狗,主人公的每次出诊常常都会有它陪伴。因此"我"也会时常在不知名的野外停下车,和山姆一起穿过树林到河边走走,或者在草原上散散步。这天他带着山姆沿着弯曲的小径走上山坡,坡上的绿茵中散布着一簇簇的石南花,金色的阳光均匀地洒在摇摆的花瓣上,这就是"我"无法抗拒大自然召唤的原因。①

因为"我"所工作的这地方,是真正的约克郡,洁白的石灰岩壁矗立在山边,山脚下的苍绿之中划过一条两旁簇拥着石南花的小径。"我独自迎着芬芳的和风走着,又再度迷失在这远离尘嚣的草原上。遍野的紫花,碧绿的波浪,紫蓝色的净空……你说我如何不流连忘返呢?"②当作者将这样的话题抛给读者,我们除了表示同意显然没有别的选择。当然,这本书的主旨并非如此这般地向读者介绍约克郡的美丽风景,更重要的部分还在于叙述者对其工作的享受。全书三十九章中除最后一章告别去参加军队外,其余各章的内容大都是描述"我"作为一名优秀的兽医出色完成工作后的成就感。比如第三章,讲述了吉米在班先生的羊栏中,为一只怀了三胞胎的母羊顺利接生后,为大自然造化的生命奇迹而感叹。仅仅几天后,吉米又接到这位班先生的电话,他的羊栏中不幸闯进了一只狼,让50头受到惊吓的羊横七竖八地倒在地上。吉米开始有些不知所措,但最终判断出是缺钙症。于是他果断地将钙液注射到一只只羊体内,最终让这些羊又重新获得了生命活力站立起来。叙述者写道:"这是我一生中最兴奋的时刻,因为我看着绝望变成了希望,死亡变成了生机。一切都是在几分

---

① 〔英〕吉米·哈利:《万物有灵且美》,种衍伦译,北京:中国城市出版社 2010年版,第 220 页。

② 〔英〕吉米·哈利:《万物有灵且美》,种衍伦译,北京:中国城市出版社 2010年版,第 219 页。

钟之内发生的。"①

正是这样的情景,让我们与叙述者产生了一种共鸣。觉得如果换成是自己,也会像作者那样,在回顾这些年看似单调重复的日子中的种种,感觉到一种胜利和满意。"当然,这不是发展速度惊天动地的满意,而是那种在默不作声地为这片可爱的土地上的小生命服务的满足感。"让"我"产生这种感受的除了这种常规性工作,还有来自当地村民的淳朴。比如那家让"我"感到"真舒服"的酒吧。"我"的这种感受并不只是来自它的装潢摆设,而是"它那儿的人个个都亲切热情"。这种感觉让叙述者觉得"自己是多么的富有"②。毫无疑问,这种富有不是金钱所能衡量的,比它更有意义的,是人与人之间的关系。诚如一些读过这本书的人们所一致感到的,在吉米·哈利的笔下,每一个生物是如此值得敬畏和用心呵护,每一处的乡野自然是那么优美和谐,每一个与他接触的人和动物是那么的多姿多彩、有趣可爱。所以,在故事的尾声,当"我"因为战争的爆发而不得不放弃这一切入伍参军,在他驾车离开这片土地时,"又向远处的大地打量了最后一眼:被夕阳照得闪闪发亮光的田野,拥簇着一团的树林,水蓝色的地平线,和色调深浅不一的牧原……"这样的景象让叙述者情不自禁地"告诉自己,我就会回来的……"

著名作家加缪曾经表示:小说是一种为怀念的情感服务的智力实践。③ 乡情小说基本上都呈现出一种"怀念"的特点,不同的在于有些侧重于山水而另外一些侧重于人物。归根到底,在对山水的怀念中,也仍然包含着人物。在对人物的怀念中,又有友情与爱情的差异。鲁迅《故乡》中的人物是少年伙伴的纯真友情,在凯伦·布里克森的《走出非洲》中,则是一种刻骨铭心的爱情。1954 年诺贝尔文学奖获得者海明威在授奖仪式上做获奖感言时曾说:如果那位美丽的小说家艾萨克·丹尼森接受过这个奖,我今天就更加感到高兴了。这位丹尼森原名凯伦·布里克森,是一位曾两度被提名诺贝尔文学奖的丹麦小说家。27 岁时,她以一个美丽聪颖的富家女的身份,嫁给了瑞典男爵布利克森。婚后不久随着喜欢打猎的

---

①　〔英〕吉米·哈利:《万物有灵且美》,种衍伦译,北京:中国城市出版社 2010 年版,第 22 页。

②　〔英〕吉米·哈利:《万物有灵且美》,种衍伦译,北京:中国城市出版社 2010 年版,第 296 页。

③　〔法〕阿尔勃特·加缪:《置身于苦难与阳光之间》,杜小真译,上海:上海三联书店 1996 年版,第 166 页。

丈夫来到遥远的非洲大陆肯尼亚。这个金玉其外实为纨绔子弟的丈夫用她的陪嫁买了一座农庄,她在农庄经营咖啡园,他则呼朋唤友出门涉猎游乐,往往数月不归。7年后,凯伦与布利克森离异,但不幸却被风流成性的丈夫感染了梅毒。她终生与之战斗,不惜历经一次又一次痛苦的手术,也造成她一生无法生育的憾恨。

离婚后的凯伦才35岁,正是光芒四射的年华。她留在肯尼亚继续经营她的咖啡园,前后达17年。她喜爱这块土地的广漠和神秘,丛林莽莽众峰联袂,异兽珍禽腾跃在烟聚云回之间,时时刻刻都在展示着天地的大美。在一次丛林狩猎遇险中,她被牛津大学出身的英国人丹尼所救。这位"英俊得令人难以置信"的贵族子弟追求冒险刺激、浪漫率性的生活,成了一位"未曾有过丰功伟绩的伟人"。他那风度翩翩、特立独行的性格开了时代的风气之先,深深吸引了凯伦;反之亦然,凯伦刚柔相济的大家闺秀的气质同样让丹尼为之迷恋。在非洲的土地上,他们自然而地走到一起,成了志趣相投的好友,更是互相理解彼此吸引的情人。他们的爱情建立在自尊自由的基础上。爱好打猎和飞行的丹尼,倦游归来一定会赶到凯伦的庄园,啜饮她自制的咖啡,枕在她的腿上,聆听她那仿佛信手拈来、充满生趣的故事。丹尼有时也在炉旁朗诵诗歌,或弹着吉他为她而歌。他甚至带她去打猎、去飞行,去经历许多冒险有趣的丰富之旅,一起翱翔在蓝天上俯瞰美丽富饶的非洲大地。但他们的幸福生活超越了婚姻保障。因为丹尼不愿接受任何传统成规的拘束,"我不会因为一纸证书更亲近你或更爱你",这句听起来缺乏暖意的话,是本色而真诚的。

深怀爱情的凯伦只能尊重他的选择,配合他所需要的爱的方式。于是丹尼总是来去匆匆,他的每次离开总会让凯伦因牵挂而病上一两个星期。1931年,凯伦苦心经营的咖啡园在一次火灾中付之一炬;祸不单行,丹尼也在一次飞行中失事而长眠于他最喜爱的非洲大草原。双重打击下的凯伦不得不重新规划未来的生涯,她在1931年离开肯尼亚,再也没有回去。据说自此以后直到于1962年77岁的年龄逝世,凯伦都有一个习惯:每日于黄昏时必定独上高楼,凭栏朝向长眠着丹尼的非洲方向眺望。虽然她的一生无法以世俗意义上的成功来概括,但却拥有人生最珍贵的刻骨铭心的体验,品尝过生活的幸福。所有这些成就了《走出非洲》这部作品。在这部具有很大程度的纪实性的小说里,我们读到了有着以奇特壮观的大非洲景象为背景的远途打猎狮子、坐飞机在高空翱翔、参加土著居民的歌舞表演等传奇生活场景。但作者的女性立场使她的叙述重点着眼于以农场生活为中心的个人体验:"在黄昏的寂静里,我们的生命仿佛随着时钟的滴嗒声一点一滴地流逝。"作者让我们在她的回顾里走近索马里的妇女和老人，草原上的蜥蜴与萤火虫、猴子与鹦鹉，以及吉库尤大酋长和来来往往的各路客人，还有在家里帮工与她一起度过了非洲生涯的当地的厨师、小随从等。

通过这些，作者不仅真切地写出了非洲，让我们感受到了那变幻的云朵下面的乞力马扎罗山周边绵延起伏的黛色峰峦；而且也表达出了她对土地、自然、人类的热爱，和对友谊与爱情、事业与工作等的独特理解，从而以一种独特的视野继续了对生命价值的沉思。如同作者在书中所说：身处非洲草原你会觉得"草是我，空气和隐约的远山是我，疲惫的牛群也是我"①。布里克森的作品表明，对人类命运与存在意义的思考，不仅可以像托尔斯泰那样借助于重大的战争时空展开，同样也能够依托于平常的和平环境进行。非洲大地改变了凯伦的人生，让她由一个性格坚强、感情丰富但虚荣自满的富家千金，转变为胸襟开阔而富有爱心的现代成熟女性。故事中的这位白人妇女曾为非洲古库尤人的利益跪在总督面前，让坐在一旁的总督夫人因受其感动而代总督给出了承诺。所以，这个充满惆怅与忧伤的故事，既不仅仅是布尔乔亚式的对纪伯伦"爱不占有，也不被占有"的名言的再次诠释，不是所谓浪漫激情与宁静的快乐不能两全的遗憾，也不是对所谓"后殖民统治"的忏悔和对西方中心主义的挽歌，而是对"生活的意义"这所有伟大艺术的共同主题的再次追问。

这部《走出非洲》表现的是一种对"他乡"的深情怀念。这是一种独特的"乡情"。小说让我们再次思考，人生的意义不在于物质的占有而是精神的探寻，生活的价值不仅仅取决于结果而更在于过程。古往今来的伟大艺术作品所一再演绎的这种精神在这部小说中又一次得到生动呈现。这在由它改编的同名影片中同样得到了淋漓尽致的体现。1986年，由好莱坞演技派明星梅丽尔·斯特里普（Meryl Streep）和曾让全世界成熟女性倾倒的银幕偶像罗伯特·雷德福（Robert Redford）分别扮演凯伦与丹尼的电影《走出非洲》，众望所归地获得第58届奥斯卡金像奖最佳影片、最佳导演、最佳剧本、最佳摄影、最佳原著、最佳美术指导及最佳音乐七项大奖。毫无疑问，这在很大程度上要归功于原著小说的成功。

不难发现，从鲁迅不到5000字的短篇小说《故乡》到布里克森28万

---

① ［丹麦］卡伦·布里克森：《走出非洲》，北京：当代世界出版社2000年版，第222页。

字的《走出非洲》，除了怀念之外，所谓"乡情小说"基本上都或多或少带有某些自传性，在故事中或多或少有着作者自身的影子。这个特点在当代美国作家海伦·库伯的《我的家在蜜糖湾》中体现得淋漓尽致。与布里克森相似的是，这也是一部关于非洲的故事；但与《走出非洲》不同的是，它是关于重返非洲的故事。作者 1966 年出生于由美国自由黑人建立的非洲第一个独立国家：西非利比里亚共和国的蒙罗维亚，现任《纽约时报》驻海外记者。于 1980 年在利比里亚政变后随家人一起逃往美国。此后，海伦在美国读完大学，成为一名新闻记者，曾供职于《华尔街日报》。期间以美军战地记者的身份到过伊拉克战场，也曾以美国官方访问团成员的身份来到中国，与当时的中国领导人邓小平握过手。《我的家在蜜糖湾》出版后，《纽约时报》、《华盛顿邮报》、《纽约客》等美国著名媒体都给予了高度评价。《出版人周刊》的评价中写道：作者以回忆录手法写成的这部自传作品，不仅有着对家庭和国家引人入胜的描述，而且"让我们深刻感受到她浓浓的乡愁以及深深的遗憾"。此言可谓恰如其分。小说以作者的成长故事为线索，通过一个家庭的兴衰败落，从一个独特的视角为我们展示了一个国家的不幸与灾难。

3. 我的家在蜜糖湾

一个听上去是如此美丽的名字，"蜜糖湾"是海伦一家在利比里亚时居住的地方，那里离蒙罗维亚不到一个小时的车程。1973 年，海伦 7 岁。他们从蒙罗维亚搬到有 22 个房间、俯瞰大西洋的蜜糖湾大宅子里。那时的利比里亚有着文明与贫瘠共享的两个世界，这里有 28 个不同的原住民族，蜜糖湾的一路之隔就是利比里亚原住民巴萨人的村子，在那里，人们的生活状况与蜜糖湾的海伦一家有着天壤之别。直到叙述者 13 岁，她都过着无忧无虑的快乐童年的日子。记忆中的生活除了几个姐妹间玩耍性的打打闹闹，别无任何烦人的事。海伦一家的这种生活要归功于他们的祖先，是他们的曾曾曾曾祖父留给后辈子孙的一份宝贵遗产。因为利比里亚国家的创造多亏了三大家族的力量，这就是库伯家族、凡尼斯家族、强森家族。而海伦的父母亲则是这三大家族的后代。有着超级模特儿身材的海伦的母亲不仅美丽漂亮，身上更有一种大家闺秀的气质。她在美国受了 10 年教育回国，30 岁与海伦的父亲结婚，是他的第二任妻子。因此在海伦的身边，除了父母亲外，就是父亲的第一任妻子所生的两个姐姐珍妮丝与欧拉和哥哥约翰牛。加上海伦的同母妹妹玛琳、海伦另一个舅舅亨利的非婚生女儿维琪以及海伦父母的养女尤妮丝。

这的确是一个过着蜜糖般生活的"大家庭"。海伦一家在西班牙拥有一栋房子。每个假期除了留下尤妮丝与一帮仆人看家外,全家人都会离开利比里亚到海外旅游。但在海伦终于到了接近她期待的成年不远的 14 岁那年,一切都改变了。先是天性喜欢拈花惹草的海伦父亲因为一直都有其他的女人,而提出与海伦的妈妈离婚。没过多久,1980 年 4 月 12 日凌晨,属于土著克兰族的 28 岁陆军士官长杜伊,率领招募来的 16 名利比里亚原住民士兵摸进总统府,干掉哨兵然后手刃穿着睡衣的总统托尔伯特。他们挖出他的右眼并掏出他的心脏。利比里亚由此陷入血腥而残酷的战争之中。第二天他们又将前政府的 13 位部长在海滩上一一处死,其中包括海伦的亲舅舅、担任外长的塞西尔·丹尼斯。屠杀和暴力在利比里亚各地风靡,多伊的军人政权在一片恐怖主义活动中建立。物资匮乏,秩序混乱,没有法律和管理。跟随这位陆军低阶军官的士兵们可以随心所欲、为所欲为,这被当作这位试图成为独裁者对他的部下的一种特权。几天之后,在蜜糖湾的大宅,为了保护女儿们不被伤害,海伦的母亲被迫让三个士兵轮奸自己。但这种伤害显示出这位血管中流淌着强森家族血液的母亲的坚强。她带着深深的伤害和劫后余生的恐惧感,带着海伦和玛琳逃亡美国。此时海伦的同父异母的大哥约翰已经在美国读书。父亲随后也来到美国。

　　任何以"革命"的名义以武力推翻政府的暴动,从来都不缺乏冠冕堂皇的理由。这场暴乱的起源是财富的分配不均。利比里亚至 1979 年,由 4％的所谓"利比里亚的刚果人"人口掌握了全国 60％的财富。抽象地来看,这的确很不合理。人心思变,但问题是以此名义以暴力手段推翻现有政府的那些人,他们的所作所为往往是有过之而无不及。心黑手辣的杜伊在掌握大权之后,出于自己便于独步天下掌控一切的目的,很快干掉了最早跟随他的 16 名士兵,再继续迫害其他部落的人。一边为自己放肆地大把敛财,保证自己在海外存入巨额存款;一边毫无顾忌地继续迫害其他部落的人,把凡是他认为有碍他的人统统杀光。后来被国际社会列为"当代十大暴君"之一。诚如众所公认的,全世界的"暴君"在本质上都差不多,比如小说家略萨在作品《公羊的节日》里描写的特鲁希略将军,以及涉嫌谋杀几千名不同政见人士的智利独裁者皮诺切特。但非洲的暴君在残暴方面显得尤为突出。因为他们无一例外地在杀人之前,嗜好对受害者的身体施以残暴,用海伦的话说,他们就像狗一样,习惯用人的残骸来标明自己的权力范围。但 20 世纪以来有一个不变的规律:残暴换来的是新的加倍的残暴。

　　在发现自己的生活不仅根本没有改变而且更加糟糕后,原先支持杜伊的原住民如吉欧族和曼诺族人开始对政府产生不满。于是一个曾帮助杜伊政变的叫汤玛斯·奎旺帕的人率领一帮人拘禁了杜伊,宣布政变。但因为他不够杜伊那样残暴,没有当场将其杀掉。几天后,杜伊就收买了拘留他的军人重新掌权。奎旺帕被活活地剁成碎片,士兵们带着这位可怜的家伙的器官,包括阴茎和心脏在首都蒙罗维亚大街上晃悠。但凡事只要有了开头就会有接二连三的后续。在杜伊血腥统治的 8 年后的 1989 年 12 月 24 日,另一位杜伊的前支持者、军头查尔斯·泰勒率领一支大都只有十来岁的男孩组成的叛军进入利比里亚,利用利比里亚民众对杜伊政府的不满将杜伊政府推翻。在抓住杜伊后,泰勒还亲自折磨他,把割下他耳朵的场面用摄像机摄下,让这些视频传到网上供人浏览。曾经被认为是全世界黑人的自由王国的利比里亚,如今成了现实版的人间地狱。"不是人活着的地方,而是一块死亡土地。"①1990 年的利比里亚妇女普遍面临着被强奸、凌辱尔后被杀害的悲惨命运。目睹了这一切的海伦在心里对自己说:既然已永远地离开了利比里亚,那就意味着"最后的决裂。我再也不会回去了。"②

此时,海伦留在利比里亚的挚爱亲友基本上都已经死去了,当她的同父异母的姐姐珍妮丝九死一生地带着死亡的阴影逃到美国时,她被从她那里知道的那些骇人听闻的恐怖故事彻底震撼了。她将差一点就像成千上万的利比里亚妇女同命运的姐姐的故事写出来,以"死亡的阴影:经历一场可怕的战争"为题刊登在她当时供职的一张地方性报纸上。文章立即引起了很多关注。随后《华盛顿邮报》转载了这篇文章,而她也于几个月后凭借这个故事得到了《华尔街日报》的记者工作。而此前,海伦在美国发展不顺利,且患有糖尿病的父亲预感到自己来日不多却决定回国。这让海伦大感意外,她不理解。最终海伦的父亲于 1985 年 7 月 5 日在他的故乡去世。海伦从哥哥和嫂子那里知道消息,她唯一能做的是在一张信纸上写下:"亲爱的爸爸:我无法相信这是我最后一次用'亲爱的爸爸'当作信件的开头。"她为"我们连个再见都还来不及说"而悲痛欲绝。这是一封让每个有同情心的人读了都会感同身受而潸然泪下的悼念信。因为我们许多人都会像海伦那样说:"每个男人都可以为人父,但只有一个特

---

① [美]海伦·库伯:《我的家在蜜糖湾》,余佑兰译,江苏文艺出版社 2010 年版,第 273 页。

② [美]海伦·库伯:《我的家在蜜糖湾》,余佑兰译,江苏文艺出版社 2010 年版,第 273 页。

别的男人可以当我爸爸。"①

由此可见,海伦对自己说的"决裂"只是一种自欺欺人。她的内心从来没忘掉过她的家乡、那个 1980 年 4 月 12 日前的利比里亚,尤其是度过了她一生最美好的岁月的"蜜糖湾"。在无意识中日积月累起来的这份沉重的乡情让她思念成病。她怀念曾经有过的一切,尤其是曾经有机会跟随她一起来到美国却没有成行的姐姐尤妮丝。尽管她们彼此间没有血缘关系,尽管她到美国后无数次在心里告诉自己:再见了,尤妮丝。但一起度过的 6 年的快乐时间、这个自海伦 7 岁起就一直当她姐姐的人,足以让她们生成一种胜过血缘的纯真亲情。此时的海伦,作为美国著名刊物的驻外记者,身上继承了她母亲的优点再凭借出色的个人能力已经成为业界的佼佼者。她通过工作机会和自费旅游走遍了世界各地,成长为一名视野开阔、见多识广的优秀的新闻工作者。当她从随时都会有死神光顾的伊拉克战场回到美国,她作出决定:"回到利比里亚,去找尤妮丝",去看望一下那些在暴政中生存下来的远房亲戚们;去报道那里发生的一切,让全世界关注这块土地上发生的事,去为自己的故乡尽一份力、做一点事。因为她的内心响起了和她父亲同样的声音:"要死,也应该死在利比里亚的战争中。"②

海伦如愿以偿。2003 年 9 月的一天,海伦乘坐加纳航空公司的航班顺利降落在利比里亚罗伯斯斐国际机场。在朋友们的帮助下她顺利"回家"。当她刚在旅馆住下,她中学时的初恋男友菲利普就突然出现在她眼前。他和她共进晚餐,当年那种崇拜英雄的少女跟爱慕者之间的交谈,变成了两个成年人的谈话。菲里普也曾和她们一样避难于美国,在马萨诸塞州大学取得工程学位就回到了利比里亚。不仅利比里亚需要他,他知道自己同样需要家乡。当海伦问起,在那些杀害他父亲的凶手统治下他怎么待得下去时,他沉默了一阵,尔后告诉海伦,有一次他陪同母亲上教堂,发现当年在海滩上处死他父亲的凶手杜伊在保镖陪同下走进来,坐在离他们不远的座位上时,一种深深的仇恨点燃心中的愤怒,让他近一个小时无法动弹。但他告诉海伦:"在做礼拜的过程中我突然领悟到,我必须放下,仇恨随风而逝。不然,如果我心里放着仇恨,我将无法在利比里亚

---

① 〔美〕海伦·库伯:《我的家在蜜糖湾》,余佑兰译,江苏文艺出版社 2010 年版,第 255 页。

② 〔美〕海伦·库伯:《我的家在蜜糖湾》,余佑兰译,江苏文艺出版社 2010 年版,第 314 页、第 308 页。

待下去。"①菲里普的这番话让海伦感叹,自己的初恋终究没有看错人。随后几天她开始寻找尤妮丝。海伦来到姐姐长期工作过的泛海通公司,终于在一个房间里找到了她。

当两人紧紧拥抱在一起时,海伦泪如雨下。尤妮丝则向旁边的同事介绍"这是我妹妹"。当海伦询问她"你恨我们离开你吗?"并请求她的原谅时,尤妮丝大笑起来。她们相互打听对方的情况。尤妮丝告诉海伦,为了不让那帮恐怖分子将她儿子抓走去当童子兵,她宁愿冒着日后被儿子遗忘的痛苦,把他送到了冈比亚她父亲那里。而海伦则告诉尤妮丝,当年那个整天缠着尤妮丝的小女孩玛琳已经有了一个塞尔维亚男朋友,尤妮丝的眼里泛着泪光地说道:"哇,我的宝贝现在变成女人了。"②尤妮丝已经再婚,新丈夫是个活力充沛、亲切和蔼、名叫约翰·沃克的男人,在联合国担任民事官。彼此见面时他以低沉雄浑的嗓音对海伦说:"你不知道我老婆老是把你们挂在嘴边。"晚上她俩睡在一张床上,仿佛又回到了20多年前的蜜糖湾。这让海伦泪流满面彻夜未眠。第二天她来到父亲的墓前,默默地坐了近一小时。她为自己未能参加他的葬礼致歉,也告诉他女儿已经事业有成,让他放心。她独白地把自己经历的一切都说了,深深地明白无论她今后浪迹何方,自己永远离不开这里。因为她生命的一部分已经永远埋在棕榈林墓园的这块土地上。在临走前她又拖着尤妮丝一起回到了蜜糖湾。尽管一切早已面目全非,从此"蜜糖湾"将再度成为一个回忆;但海伦知道那个属于她童年的蜜糖湾的回忆,"将永远留在我的脑海里"③。

诚然,就像一位评论者所言,本书并没有反映阿富汗战争的小说《追风筝的人》那样富有戏剧性,相对显得平淡而真实。但这并不是一本通常意义上的回忆录,而是以回忆为手段的抒发乡情的审美叙事。它在超越了文体界线的同时,很好地诠释了"乡情小说"的最大魅力及其意义。我们大多数人的心里都有类似一个具有不同特点的"蜜糖湾"。它留下了我们童年的足迹,同时也留下了我们最美好的思念。在这个意义上,乡情是孕育我们人性的根据地。

① [美]海伦·库伯:《我的家在蜜糖湾》,余佑兰译,江苏文艺出版社2010年版,第314页、第322页。

② [美]海伦·库伯:《我的家在蜜糖湾》,余佑兰译,江苏文艺出版社2010年版,第314页、第332页。

③ [美]海伦·库伯:《我的家在蜜糖湾》,余佑兰译,江苏文艺出版社2010年版,第314页、第344页。

第二节　小说与友情

4. 忠犬八公

据说苏格拉底曾经说过："人们追求的目标千差万别,有宝马、良犬、金钱、荣耀等等;但是从一个人自身的角度看,朋友的价值超过了所有这一切加起来的总和。"①优秀的"教育小说"之所以能够通过人性的培养而提供社会不可缺少的正能量,也在于它不仅能表现浓郁的乡情,而且还能够表现珍贵的友情,从而让身处世故的生活世界的人们,能够感受到一份温暖如春的人间真情。这里的关键在于,"朋友"两字并不是像现代人那样,能够挂在嘴边随口而出。真正的友谊超越金钱和地位,不是用来相互交易的,而是建立在志同道合、意气相投基础上的一种特殊的关系。这样的关系古往今来在古今中外都难以轻易获得。所以西方古人普鲁塔克引用毕达哥拉斯的话说:不要见人就握手。许多所谓的朋友只是"狐朋狗友",平时称兄道弟,当人们需要朋友的时候就无影无踪了。爱默生说过:"我们孤单地行走在世上,如心所愿的朋友只是梦想和童话。不过,哪怕是美丽的幻想也能够一直使一颗虔诚的心受到鼓舞。"②尽管这话说得未免让人有些绝望,但却符合现实的经验事实。

问题是,作为社会化生命现象的人类个体离不开真诚的友情,对友情的渴求是人类让自己区别于动物世界的人性标志。因此,如果世上真的不存在这种人性化的友情,那么人类也就真的如霍布斯所说的那样,彼此为敌,像野生动物那样生活在一个弱肉强食的丛林法则之中。所谓"文明世界"也就名存实亡。由此也足以说明友情之于人类社会的重要性。用英国学者培根的话说:"没有真正的朋友,世界一片荒原。"就像他强调的:友谊给困惑、黑暗中的思想投去一抹光亮,使风雨交加的一天变得阳光明媚。③ 所以更恰当的说法应该是,在人情如纸的世上,友谊还是存在的,只

---

① ［英］约翰·卢伯克:《人生的乐趣》,薄景山译,上海:上海人民出版社2008年版,第46页。

② ［英］约翰·卢伯克:《人生的乐趣》,薄景山译,上海:上海人民出版社2008年版,第49页。

③ ［英］约翰·卢伯克:《人生的乐趣》,薄景山译,上海:上海人民出版社2008年版,第49页。

不过它比黄金还珍贵。在法国思想家帕斯卡尔的话讲:"在这个世界上,我们的朋友不会超过四个。"①唯其如此,那些真挚的友情才格外令人珍惜。英国批评家罗斯金说:"站在坟墓旁,回首那已经永远逝去了的友谊,此时,强烈的爱和深切的痛都显得十分苍白。"②对于这种体验,表达的最为深刻和动人的,莫过于中国现代著名文人弘一法师李叔同的那首脍炙人口的《送别》:"长亭外,古道边,芳草碧连天;晚风拂柳笛声残,夕阳山外山。天之涯,地之角,知交半零落;人生难得是欢聚,唯有别离多。长亭外,古道边,芳草碧连天;问君此去几时还,来时莫徘徊。天之涯,地之角,知交半零落;一斛浊酒尽余欢,今宵别梦寒。"这首歌词事实上就是《友情颂》。

或许正是由于真正的友情如此难觅,因此文学中反映友情的叙事小说,相对而言要比诗歌作品少得多。一个有趣的现象是,当一个小说家试图写一篇以友情为主题的作品时,他往往会选择一只狗作为主角。据说华尔街曾流行一句话:"若你需要朋友,就养条狗吧。外面的世界是场近身战。"唯其如此,表现人与狗之间友情关系的"狗故事"的小说,似乎远远多于反映人与人之间的纯真友情的作品。不妨再来重温一遍20世纪70年代苏联的一部中篇小说《白比姆黑耳朵》。这篇小说的主角是一只叫作"白比姆"的小狗。与文学史上许多将狗作为人的陪衬的作品不同,《白比姆黑耳朵》的作者完全进入他笔下这条狗的内心世界,写出它对主人的依恋、它的欢乐与忧伤、它对周围生活环境的种种感受。最后由它的命运,揭示了苏联社会那种僵化的体制和人与人之间冷漠的关系。白比姆有着纯种雪达猎狗的体态,毛色却已经无法辨认——身体还是白的,只剩下红黄斑点。他只有一只耳朵和一条腿是黑的,但这并不妨碍比姆成为一条聪明、机灵的狗。他甚至能理解主人的痛苦与悲伤,并为他们分忧解愁。它的主人伊万·伊万内奇是一位孤独的退休老人,比姆是老人忠实的朋友。后来,主人病痛发作,不得已只好将比姆托付给邻居,自己到莫斯科住院治疗。

当主人突然患病被救护车送往医院,白比姆紧紧跟在车后,一直追到医院,被医院大门挡住之后,它先是守候在医院门口,后来流浪街头,不吃

---

① 〔英〕约翰·卢伯克:《人生的乐趣》,薄景山译,上海:上海人民出版社2008年版,第50页。

② 〔英〕约翰·卢伯克:《人生的乐趣》,薄景山译,上海:上海人民出版社2008年版,第50页。

不喝,只要看到白色的床单,闻到医院里那种福尔马林的气味,它就会紧追不止。为了寻找主人,比姆开始了艰难的旅程。其间,他受过善良人的同情和抚爱,也经历过遭毒打、被拐卖等种种不幸,历尽千辛万苦,多次死里逃生。最后它被捕狗队捉住后,生死不明。它的主人病愈出院后,遍寻它不得。然而,就在主人得知其下落,急忙赶去营救时,比姆却怀着对主人的深深思念,撞死在了检疫站的囚车里。主人伊万·伊万内奇满怀悲愤地把它埋葬在他们常去打猎的森林里,鸣枪四声,寄托对这位忠实的朋友——比姆的深深悼念。"狗是人的最好朋友"①,在小说里,叙述者借助善良的少托里克的话道出作品的主旨。无须赘言,描写狗与人之间的感人的故事已经不少,但当我们读完这部关于小狗白比姆与老人相依为命的故事,仍然会深深为之感动。1977 年曾以执导《这里的黎明静悄悄》成名的苏联导演斯塔尼斯拉夫·罗斯托斯基将这部小说搬上银幕,同名影片荣获卡罗维瓦利国际电影节评审团大奖、奥斯卡最佳外语片提名和柏林电影节金熊奖提名。显而易见,这是一个简单的故事,但它所释放出现来的那种单纯之美,胜过许多所谓的"视觉盛宴"的"大片"。

　　小说与影片的成功来自对生命间互相关怀的呼唤。我们从故事中这只小狗领悟到,人类梦寐以求的"家园"不是昔日的上帝和当下的"主义"所缔造的乌托邦"彼岸",而是由人性所孕育的充满人文关怀的实实在在的此地。但关键是看到,这部作品题材"关于一只狗的故事"对故事的美学具有特殊的贡献。同类题材中另一部同样出色的作品,就是最初由日本作家新藤兼人创作的《八公的故事》,作者根据 20 世纪 30 年代发生在日本的真实故事改编而成。这只狗出生于日本秋田县上馆市,是一只出色的秋田犬,被时任东京大学教授的上野英三郎收养。它每天跟着上野教授来到东京涩谷车站送他上班。1925 年 5 月教授突然去世后,不懂这个事实的八公仍然每天坚持到上野生前上班必到的东京涩谷车站,去默默地等候主人回来,一直长达 9 年。这个故事渐渐传开去感动了整个日本,在日本犬保会和铁路部门的支持下,日本雕塑家安藤照按照八公的实际大小,于 1934 年为它在涩谷车站立了一座铜像。但在第二年,八公因为衰老而死去。这部小说的核心同样是关于友情的。就像作者在"后记"中所说:把狗对人的这种情感理解为感恩是片面的,在他看来,"从相互间

---

　　① ［俄］特罗耶波尔斯基:《白比姆黑耳朵》,苏玲等译,北京:外国文学出版社1979 年版,第 122 页。

的信赖中才能产生美好的友情"①。这说得很中肯。电影界根据小说改编也闻风而动。最初由日本电影人于1987年拍摄了与小说同名的影片，创造了40亿日元的票房。好莱坞制片人也是不甘放弃，拍摄了一部名叫《忠犬八公》的电影，由著名影星理查·基尔主演。

人类与狗的这种神秘的关系举不胜举。现代科学研究提供了一个证据：狗的神经中的情感结构与人类的十分接近。无论这个证据是否牢靠，狗与人的特殊的友情确是事实。18世纪曾经流传过一篇《狗的礼赞》，这原本是一篇辩护词。事情发生在1870年美国密苏里州的沃伦斯堡。波登与杭斯贝两位先生是邻居又是朋友。一天晚上，波登养的一只狗跑到隔壁杭斯贝家的后院中，不幸被杭斯贝开枪打死，波登悲愤难平，提起控告。这桩狗的官司由地方法院一直打到了最高法院。终审时，参议员佛斯特代表波登向陪审团朗诵了一篇名为《狗的礼赞》的辩护词。陪审团的法官们被这篇奇文深深感动，最终宣判波登胜诉，以被告赔偿500美元（相当于目前的5000美元）而结案。这篇辩护词之所以如此动人，是因为它所列举的种种都是事实。不妨让我们一起来欣赏下。

各位陪审官：在这个世界上，一个人的好友可能和他作对，变成敌人；他用慈爱培养起来的儿女也可能变得忤逆不孝；那些我们最感密切和亲近的人，那些我们用全部幸福和名誉所痴信的人，都可能会舍弃忠诚而成叛逆。一个人所拥有的金钱可能失去，很可能在最需要的时候它却插翅飞走；一个人的声誉可能断送在考虑欠周的一瞬间。那些惯会在我们成功时来屈膝奉承的人，很可能就是当失败的阴云笼罩在我们头上时投掷第一块阴险恶毒之石的人。

辩护词写道："在这个自私的世界上，一个人唯一毫不自私的朋友，唯一不抛弃他的朋友，唯一不忘恩负义的朋友，就是他的狗。不问主人是穷困或腾达、健康或病弱，狗都会守在主人的身旁。只要能靠近主人，不管地面冰凉坚硬，寒风凛冽，大雪纷飞，它会全然不顾地躺在主人身边。哪怕主人无食喂养，它仍会舐主人的手和主人手上因抵御这个冷酷的世界而受的创伤。纵然主人是乞丐，它也像守护王子一样伴随着他。当他所有的朋友都掉头而去，它却义无反顾。当财富消失、声誉扫地时，它对主人的爱依然如天空运行不息的太阳一样永恒不变。假若因命运的捉弄，

①　［日］新藤兼人：《八公的故事》，白小薇译，北京：世界知识出版社2010年版，第123页。

它的主人变成一个无家可归的流浪者,这只忠诚的狗只求陪伴主人,有难同当,对抗敌人,此外毫无奢求。当万物共同的结局来临,死神夺去了主人的生命,尸体埋葬在寒冷的地下时,纵使所有的亲友都各奔前程,而这只高贵的狗却会独自守卫在墓旁。它仰首于两足之间,眼睛里虽然充满悲伤,却仍机警地守护墓地,忠贞不渝,直到死亡。"关于"八公"的小说和电影深刻地印证了一个道理:有一种友情叫默默等待,有一种感动叫守候一生。八公的主人让它懂得了爱。于是它用了十年、它一生的坚守作为回报。像"白比姆黑耳朵"和"忠八公犬"这样的故事之所以让人如此感动,莫过于它们以狗的生命道出了人间友情最为核心的品质:毫无杂念的纯真的忠诚。

5. 追风筝的人

无可置疑,这样的故事是美好的。但如果在这个由人为主体的世界,关于友情问题我们只能向狗们寻求,这让人类情何以堪?但好在借助于那些优秀的小说,我们仍能寻找到人与人之间的这种美好情谊。比如由美籍阿富汗作家卡勒德·胡塞尼反映他的家乡的长篇小说《追风筝的人》。故事发生在 1933 年至 2003 年的阿富汗地区。在长达 70 年的时间跨度里,阿富汗人民有过安宁美好的生活,有过政权迭变的动乱时期,有过被俄军侵略的耻辱岁月,有过塔利班政府带给他们的一丝希望,有过希望破灭后无休止的恐惧和黑暗。普什图人和哈扎拉人的冲突,逊尼派穆斯林与什叶派穆斯林间的纷争,构成了阿富汗的现实生活世界。对于如此宏大的主题,作者通过一对十几岁少年的友情展开。借助于 12 岁的阿富汗富家少爷阿米尔的视角叙述故事。故事开始于平静而温馨的叙事语调。两个同龄少年虽然一个住在豪华的大房间,一个住在豪宅边上的小茅屋,但身为富家少爷的阿米尔与小仆人哈桑却情同手足。主人给两个孩子请同一个乳母来喂奶,带两个孩子一同出去玩耍,送孩子同样昂贵的生日礼物。两个孩子一同快乐地放风筝追风筝嬉戏,一起度过了最美好的童年。在那个种族纷争宗教对立的地方,这实在是一幕罕见的现象。

小哈桑感到很幸福,因为他遇到了世界上最好的主人。为此他甘为小主人阿米尔赴汤蹈火、忠心不二。"阿米尔"三个字是幼年哈桑开口会说的第一句话。"为你,千千万万遍!"是忠诚善良的哈桑对阿米尔的最朴素的宣言!然而不同的种族、身份注定了两人的友谊脆弱得如一根易断的风筝线。叙述者温馨的语调渐显锋芒。阿米尔不理解父亲对哈桑的态度,嫉妒父亲对他视如己出的厚爱。为了改变父亲的态度、独享父爱,阿米尔决心赢得一场风筝比赛。这是 1975 年的冬天,在哈桑的全心全意帮助下,阿米尔终于如愿以偿赢得了胜利。然而改变两个孩子人生轨迹的灾难也悄然而至。在"为你,千千万万遍!"的信念下,为了成全阿米尔胜利的荣光,帮助追到那只最终落败于阿米尔的蓝风筝,小哈桑付出了惨重的代价,在一个小巷子里,他遭受了几个来自于普什图族的暴徒强暴和凌辱!阿米尔虽然亲眼看见了整个场景,但却因为懦弱而选择了逃避,听任暴行的发生。事后阿米尔因为自己对友情的背叛,陷入了深深的良心不安之中。但对于阿米尔当时的怯懦行为,哈桑表现出完全的理解,并没影响哈桑一如既往诚心地对待他。这让阿米尔更觉得无地自容。但荒唐的是为了逃避自责的痛苦,阿米尔却一错再错,不惜栽赃嫁祸把善良的哈桑描述成老练的小偷,从而硬生生地逼走了哈桑父子。

之后不久,俄国大军的入侵彻底改变了阿富汗人其乐融融的日子,阿米尔和父亲背井离乡逃到了美国,开始了辛酸漂泊的移民生活。转眼间许多年过去了,但成年的阿米尔心中,依然深深地烙着那道无法弥补的内疚,无法原谅自己当年对哈桑的行为。为了寻找一条重新"成为好人的路",他再度踏上暌违20多年的故土。然而此时他得知了一个惊天的秘密:他的父亲"老主人"曾占有过小仆人的妈妈,这也就是说,一直被他当作仆人的小哈桑其实是他同父异母的兄弟。这让阿米尔恍然大悟:明白了父亲的心思和往日对哈桑的种种关怀,明白父子两人欠哈桑一家实在太多。回想起当初无论他阿米尔如何对待这一家人,哈桑和他的父亲总是面带微笑好像什么都没发生过。这让他陷入更深的自责。阿米尔想弥补自己的过错。然而此时,哈桑早已在塔利班的种族清洗中死去。但当阿米尔得知,哈桑在阿富汗还有一个名叫索拉博的儿子后,便不顾自己的安危,又返回到硝烟四起、炸弹满天飞的故土,费尽千辛万苦终于从塔利班手中抢回了这个孤儿。他俩一起回到美国。阿米尔拯救了这个无依无靠的孩子,也拯救了自己的灵魂。虽然经过令人无法想象的残暴之后,来到美国的索拉博似乎已经忘记了微笑,只有问而不答的沉默和空洞灰暗的眼神。但他们成为一个家庭,在春天到来的时候一起放起了风筝。

不得不承认,在某种意义上讲这是一个让人辛酸的故事。据说阿根廷著名作家伊莎贝拉·阿连德在阅读后说道:这本小说太令人震撼,很长一段时日,让我所读的一切都相形失色。但这更是一部"背叛与救赎"的故事,也是表现纯真的童年友情中呈现出人性的闪光的小说。故事的聚焦点就是发生在两个少年间的纯真友情。"为你,千千万万遍!"哈桑对阿米尔始终如一、无怨无悔、舍己忘我的情谊,让每个读者都会为之屡屡动容。而阿米尔为自我救赎的努力,同样让我们感动。当他们的风筝赢得了胜利后,阿米尔看着索拉博问道:"你想要我追那只风筝给你吗?"见到索拉博轻轻地点头,于是阿米尔在内心听到自己说:"为你,千千万万遍!"然后只见他转过身去大步奔跑。"我追。一个成年人在一群尖叫的孩子中奔跑。但我不在乎。我追,风拂过我的脸庞,我的嘴唇上挂着一个像潘杰希尔峡谷那样大的微笑。我追。"①

　　这部作品会从一个侧面让我们联想到鲁迅《故乡》中,少年闰土和同龄的鲁迅之间的那种友谊。但这种情感随着彼此的成长和进入现实人世而渐渐淡去乃至完全消失。即使现在的人类已进入所谓的"后现代",人与人之间那种有形无形的不平等性仍然根深蒂固地遍地存在。利益的考虑与可交换性的背景,决定了成人世界普遍的世故与冷漠,这是使需要纯真之心来维持的友情遭到毁灭的主要根源。毫无疑问,1965 年出生的卡勒德·胡塞尼的第一人称长篇小说《追风筝的人》是一部关于友情的杰作。但不得不承认的一点是,这样的故事略微显得有些特殊性。无论如何,阿富汗人民所遭受的苦难不是所有的民族都能体验的。在所谓后工业消费时代,世界上绝大多数人所经历的是日复一日平淡无奇的"日常生活"。如何反映这种生活状态中的人际关系,能否将芸芸众生的普通百姓间的友情予以恰到好处的表现,这就是美国纽约女作家海莲·汉芙所著自传体小说《查令十字街 84 号》的意义所在。故事里的这位女主角海莲·汉芙是一位独居纽约的贫穷女作家,有些尖刻,也不漂亮,只是对英国古典文学有着近乎神经质般的痴迷。这天她在《纽约时报》的副刊上看到很多关于英国文学的作品介绍,却很难找到原本,就根据一则广告,写信到位于伦敦查令十字街 84 号的"马克斯与科恩"书店。书店经理弗兰克很快回信,并且寄去了一些她订购的书籍。此后开始了两人持续了长达 20 年的通信。

　　汉芙写第一封信的时间是 1949 年 10 月 5 日,其间汉芙从书店那里购书近 50 种,数目并不算多,但保持与弗兰克通信来往成了她生活中很重要的组成部分。这段由书引起的从未谋面的缘分,给双方带来了珍贵的欢乐。渐渐地,他们之间已经完全超越了纯粹的商业行为。在伦敦物资紧张时,汉芙给伦敦书店的朋友寄去了生鸡蛋、火腿、牛舌头等食品,一度帮助伦敦书店的朋友们渡过了生活的难关。而书店的员工们也将她当作

---

　　① 〔美〕卡勒德·胡赛尼:《追风筝的人》,李继宏译,上海:上海人民出版社2006 年版,第 360 页。

了朋友,将大家的生活与之分享。1969年1月,海莲在一堆账单中看到一封薄薄的蓝色的从马克斯与科恩书店寄来的信,信里告诉她,弗兰克已经于上个礼拜天去世了。那天晚上,汉芙久久未能入睡。20年的书信往来就此黯然终结。这本通篇由往来书信构成的小说毫无情节可言,与现代故事学讲究出其不意的原理完全背道而驰。但它却具有一种几近震撼人心的效果。这种力量来自于真情实感。

书中的那些大都是信手写来的书信虽属率性之作,但字里行间却有生动的性格浮现。一方面是美国老小姐海莲的执着、风趣、体贴、率真,跳跃于一封封书信的字里行间;另一方面是英国绅士的拘谨的礼貌中流露的体贴。比如海莲·汉芙会在信中抱怨:"弗兰克·德尔!你在干吗?我啥也没收到!你该不是在打混吧?"而弗兰克也会在回信中接受她的批评,并不无自我辩解地表示:"不瞒您说,我本人实在并不像您长久以为的那样既木讷又严峻。只是我写给您信都必须存放一份副本作为业务存档,所以我认为行礼如仪似乎比较妥当。"久而久之,在他和她之间渐渐产生了一种老朋友间的随意。就像书中的海莲在一封信里率性地表示:"《傲慢与偏见》深深地掳获了我的心!我千不甘万不愿将我手头上的这本书送还给图书馆,所以赶快找一本给我。"①与那些19世纪的现实主义与浪漫主义小说相比,《查令十字街84号》这部毫无戏剧性可言的作品似乎根本无法与之相提并论。但这个看似没有任何情节因素的故事具有别具一格的魅力。或许我们无须否认,书来信往中不乏某种情缘。但更多的是一种互相信任和由此而来的人世温暖。这份温情透过家长里短的诉说散发出来。

读者会与收信人海莲一样,为在书店工作多年的乔治·马丁先生的病逝感到难过,为另一名书店员工塞西莉随丈夫去了中亚而莫名惆怅。既欣喜地分享她一度准备亲往伦敦的兴奋,也为她最终未能成行而深感惋惜。这里没有传奇故事中大开大阖的变化和撕心裂肺的情感,但却并不缺乏一种刻骨铭心的东西。这就是平凡经历中的真挚友情,和世俗人生里的不俗的追求。书中的两个细节,将这种东西表达得十分生动:其一是海莲给书店员工们寄去圣诞礼物后收到大家的感谢信的回复:"我打心里头认为这实在是一桩挺不划算的圣诞礼物交换。我寄给你们的东西,

---

① 〔美〕海莲·汉芙:《查令十字街84号》,陈建铭译,南京:译林出版社2005年版,第52页。

你们顶多一个星期就吃光抹净，根本休想指望还能留着过年；而你们送给我的礼物，却能和我朝夕相处，至死方休；我甚至还能将它遗爱人间而含笑以终。"这样的大实话虽说显得有些"平庸"，但却别有一种让人亲近的真实感。其二是在小说的结尾，弗兰克的女儿希拉，在同意提供海莲其父亲生前所收书信以支持她出书的回信中写道："虽然父亲生前从未拥有财富、权势，但他始终是一个快乐自得又具有丰富内涵的人，我们应该以拥有这样的亲人而深感欣慰。"①虽然仍是实实在在的世俗人伦，但这样的心态与活法，与追逐声色之乐的庸俗人生已不可同日而语。

因为几十年的交往使他们彼此拥有了一份难得的友情。它像最寒冷的冬天中的那把篝火，温暖着每一个读过这本书的人的心，让我们对人类的未来怀有一份希望和憧憬。

这部并不长的小说所表达出来的友情是沉甸甸的。能与之媲美的作品，是智利作家安东尼奥·斯卡尔梅达创作的同样一本薄薄的小说，中文不到9万字的《邮差》。小说的"故事情节"可以简单到这样的概括：一个叫马里奥的年轻渔民，因为厌倦了繁重的工作沉溺于对爱情的幻想，而无所事事地待在家中，一个偶然的机会他做起了邮差，唯一的客户就是隐居于这个小岛的大名鼎鼎的诗人聂鲁达。年轻人爱上了一个漂亮的姑娘，想用诗歌征服她，聂鲁达及他的诗及时充当了红娘，最后一对年轻人幸福地结合了。而后是聂鲁达的离开与归来，以及聂鲁达的死。如果稍微详细一点，那可以这么讲："浩瀚的太平洋用它那似乎是永无穷尽的耐心都没办法做到的事情，圣·安东尼奥那简陋的小邮局却办到了。"②因为作为渔夫之子的马里奥·赫梅内斯不愿像周围人那样，子承父业继续成为一个渔民。但在父亲的逼迫下，又不得不出去找工作。无奈之下，马里奥在岛上唯一的邮局找到了一份往黑岛送信的工作，他的服务对象只有聂鲁达一个人，因为黑岛的其他居民全都不识字。怀着对诗人的崇敬之情，马里奥欣然接受了这份工作。而在他与诗人的交往中，自己也不知不觉间喜欢起了诗歌，走上了成为一名诗人之旅。

在做邮差的同时，马里奥爱上了岛上唯一的一家酒馆的女侍，散发着青春靓丽的比阿特丽斯。姑娘不可抗拒的美让马里奥窒息般地说不出话

---

① ［美］海莲·汉芙：《查令十字街84号》，陈建铭译，南京：译林出版社2005年版，第97页。

② ［智利］斯卡尔梅达：《邮差》，李红琴译，重庆：重庆出版社2007年版，第5页。

来。马里奥产生了要向聂鲁达学习诗歌的愿望，那样他就可以向他心中的姑娘比阿特丽斯说出足以打动她的想说的话。他大胆地向诗人请求指点，请教如何像他那样写诗，让纸上的文字仿佛是一个个精灵那样翩翩起舞。当诗人回答："孩子，我只是个诗人，我可没有高超的技艺对付那些丈母娘"，聪明的马里奥立即提醒他："您一定得帮帮我，因为您本人写过：'我不喜欢没有瓦的房子，没有玻璃的窗户，我不喜欢没有工作的白日，没有睡梦的夜晚。我不愿男人没有女人，也不愿女人没有男人，我愿生命结合，点燃那直至此时熄灭的热吻的火焰，我是美好的诗人和媒人'。"①于是诗人只好兑现他的承诺，他的帮助方法是让他领会诗性的比喻。在诗人的启示下马里奥渐渐学会了运用比喻这种诗性的"说话方式"。日久天长，在接连不断的"比喻"练习中，马里奥的爱情获得了丰收，他与诗人之间的友情也日渐浓厚。然而，诗人却日渐陷入政治的波动中。他先是被推举为总统候选人，然后又被派往巴黎担任外交工作，最后回到黑岛，却遭到军事政变者的迫害，在病痛中离开人世。但在诗人死后，又一位新的诗人崭露头角，他就是渔夫之子马里奥·赫梅内斯。

在小说里看似存在着两条叙述线索：一条是马里奥与比阿特丽斯爱情以及与聂鲁达友情的发展，另外一条是智利政坛的变动及聂鲁达的政治命运。但小说的主旨仍然是属于邮差马里奥和诗人聂鲁达之间，超越了身份、地位和年龄等等差异而建立起的一种特殊的友情。围绕这种友情的种种其实都是舞台上的配角，在某种意义上，就连马里奥与比阿特丽斯之间的爱情，都无法动摇这种友情的地位。因为在小说中，黑岛是个贫穷而与世无争的小岛，政治活动虽然决定命运，但人们更愿意把它当作意外的狂欢理由。小岛上始终弥漫着自甘其苦、自得其乐的气氛，岛上的生活都是慢节奏的、优美的。尤其是在拥有世界上最好的抒情诗歌和马里奥心如火焰般燃烧的爱情下，人们的确可以说："生活，如果算不上美好，至少还是可以忍受的。"②这种由真诚的友情浸润出来的文字，是让我们阅读时流连忘返的根本原因。因为它打破了成年人之间尤其是地位和身份相差悬殊的男人们之间，只有相互利用而无真正的友谊的"潜规则"。虽然在生活世界里，这样的超越似乎绝无仅有。但通过小说的故事至少给

---

① ［智利］斯卡尔梅达：《邮差》，李红琴译，重庆：重庆出版社 2007 年版，第45 页。

② ［智利］斯卡尔梅达：《邮差》，李红琴译，重庆：重庆出版社 2007 年版，第31 页。

了我们美好的慰藉，让我们可以大声地喊出一句俗套的广告词：世界有大爱，人间有真情！

　　这部小说的作者安东尼奥·斯卡尔梅达（Antonio Skármeta），于1940年生于智利安托法卡斯达，是拉丁美洲"文学爆炸"后至今仍活跃在文坛上的一位重要作家。1973年智利发生右翼军事政变后，斯卡尔梅达从智利流亡到西德，在这期间，他成为欧洲备受尊崇的作家、教授、演说家以及影片导演。他的作品充分反映出当时许多拉丁美洲知识分子对于民主的向往，大部分作品都已被翻译成20种以上的语言版本。凭借多年以来在文学、文化领域中的诸多成就，斯卡尔梅达不但在拉美享有盛誉，在欧洲乃至在世界范围内都是一位有影响、风头正劲的作家。他把聂鲁达看作导师和真挚的朋友，1983年，巴勃罗·聂鲁达逝世10周年之际，斯卡尔梅达倡议国内每位作家创作一部小说，以纪念逝去的诗人。就是在这样的背景下，诞生了《邮差》，后来斯卡尔梅达亲自将其改编成电影剧本，改名为《聂鲁达的邮递员》，由意大利著名导演迈克尔·拉德福德福执导，意大利著名喜剧演员马西莫·特洛伊西担任主要角色邮递员。电影在世界范围内的几个重要的电影节获奖后，至少获得五项国际大奖，特别值得一提的是，这部影片获得1996年第68届奥斯卡金像奖五项提名。

　　有评论认为这部小说并不十分出色。作者斯卡尔梅达的行文和马里奥一样心不在焉，情节设置也和小学生作文似的容易让读者猜到。仅仅承认比较精彩的是人物对话以及对性爱的描写。比如小说中有一段描述，像聂鲁达的许多情诗一样，主人公马里奥的情欲在小说里得到了歌颂和赞美：当年青姑娘摸到马里奥粗大的阴茎时，发出了一声惊叹："你要我的命啊，傻瓜。"[1]虽说阅读从来就是见仁见智的事情，任何一部杰作都无法引得所有人的满堂喝彩。但像这样的评价显然实在太不靠谱。即便是在酒吧的厨房里，马里奥用斗牛士特有的动作解下了比阿特里斯的围裙，驾轻就熟地脱下了她的裙子，站立着把他的那根粗大的阴茎伸入她的体内，而比阿特里斯也配合地喘息着调整着位置，"使他的阴茎进入更深处"。[2] 所有这一切与厨房外的狂欢声一样，是为了庆祝聂鲁达获得诺贝尔文学奖在瑞典斯德哥尔摩发表获奖感言。有人曾问斯卡尔梅达，马里

---

　　① ［智利］斯卡尔梅达：《邮差》，李红琴译，重庆：重庆出版社2007年版，第58页。

　　② ［智利］斯卡尔梅达：《邮差》，李红琴译，重庆：重庆出版社2007年版，第87页。

奥这个人是否真的存在,小说的作者斯卡尔梅达不置可否。这问题让人想起维特根斯坦的一句名言:愚蠢的问题没有答案。显而易见,这部小说分别由两位主角为代表,由虚与实两部分构成。虚的部分是关于聂鲁达参与马里奥的个人生活,实的部分是聂鲁达的政治命运和他最终的处境。

但唯一重要的是:这是两个奇特的男人之间的非同寻常的友情的故事。我们为聂鲁达帮助邮差的爱情终成正果而感动,也为马里奥应聂鲁达的要求,"像执着的集邮者一样,录下了大海的声音"①寄给远在巴黎的诗人的行为所感动。

6. 长日留痕

除此之外,我们也能发现表现男人和女人之间淳朴美好的友情的小说杰作。这就是由日裔英籍作家石黑一雄创作的、曾获 1989 年英国小说大奖布克奖的《长日留痕》。这部以倒叙形式展开的小说,充满了一种怀念的气息。故事以现实主义的手法,刻画了一战后英格兰的一位尽善尽美的男管家的典型主人公史蒂文斯。对男管家而言,克制自己、尽心尽力地服侍主人是其全部的生活重心。史蒂文斯的父亲也曾是一位男管家,他把英国贵族传统生活中的男管家的行为准则视为其存在的最高尊严,这一点也影响了主人公史蒂文斯,他做的甚至胜过了父亲,他沉湎于自控自制,完全没有自我,几乎丧失了情感和良知。他为之服务了 30 余年的达林顿勋爵被纳粹德国利用,勋爵一度把希特勒的外交部部长里宾特洛甫引为知己。这些愚昧的活动影响了英国对德政策的制定,助长了对纳粹的纵容。

史蒂文斯本可提醒主人注意德国人的用心,但他却谨守男管家的本分不作任何努力,只要是主人的决定他都从命。这种欧洲贵族传统中男管家式的盲目忠诚和无限度的自控,也让他在个人感情上变得迷失。他一次次虚伪地躲避女管家肯顿小姐对他的情义,一再挫伤她的感情,直到她说出有个人想娶她,而她并不十分愿意时,史蒂文斯还要掩藏自己的真实情感,违心地祝她幸福,肯顿小姐在一再表白无果后悄然离开。自控让史蒂文斯失去了心里爱着的女人,因为他相信一个顶级的男管家不应在工作中掺杂个人感情。这种非人性的自控甚至让史蒂文斯对待其父的态度也不近情理。年老的父亲做了一辈子的男管家,最后有些力不从心了,

---

① [智利]斯卡尔梅达:《邮差》,李红琴译,重庆:重庆出版社 2007 年版,第72 页。

他无奈地来到儿子身边。史蒂文斯给他安排了一份并不轻松的工作，以此来证明自己并无偏心。看出了问题的肯顿小姐数次向史蒂文斯提出，他的父亲已年老体衰该休息了。但史蒂文斯固执地坚持己见，没有听取忠告。终于，在勋爵府举行一次重要会议的夜晚，史蒂文斯的父亲病重不起，已是弥留之际。史蒂文斯为坚守职业的忠诚，在仆人一次次报警后，仍然坚守岗位，没有到父亲居住的狭小阁楼上去探望。会议结束时，史蒂文的父亲已经与他唯一的儿子阴阳两隔，咽气离世。

但他仍然只是在完成所有工作之后才来看父亲最后一眼，所谓的职业操守又一次让史蒂文斯违背了人之常情。这个职业让这位敬业的男管家不知不觉成了一架随时待命的机器。在达林顿勋爵去世后，史蒂文斯继续为来自美国的新主人法拉戴先生服务，为了表彰他的敬业，新主人恩准他驾车周游英格兰西部地区。一路上史蒂文斯对自己的职业生涯作了回顾，旅途中的见闻让他认识到，自己从不曾选择过属于自己的生活道路，职业理性让他彻底丧失了自我意识。在旅途中他发现了一个完全不同的世界，这里包罗万象，无拘无束，他甚至想去会见多年不见的肯顿小姐。他期望自己能把陷入他想象中的婚姻不幸的肯顿小姐解救出来，共同工作，再续情缘。会面进行得平静而略带伤感。当史蒂文斯敏感地意识到，肯顿小姐的婚姻生活并不幸福时，他却欲言又止。当肯顿小姐被迫承认，在自己的婚姻生活中她曾经三次出走时，史蒂文斯仍然推脱的表现让人失望。面对史蒂文斯的木讷，肯顿小姐只好把话说得更明白。她告诉他，这些年中自己也曾构想她也许可能拥有的更美好的生活，比如"我也许曾可能与您共同拥有的那种生活"，但她得到的反应仍然不出意外。于是肯顿小姐只好表示，自己现在已经通过婚姻生活逐渐爱上了自己选择的人，因为"你和某个人一起度过了这么长的时间，你便会发现你习惯于他"①。

该说的都说了，到了离别的时候。当心爱的女人再次向他伸出手时，他紧紧握住又无奈地松开。他们在大雨中分别，史蒂文斯满怀惆怅地转身离开。回归的路途上，史蒂文斯回想起那次导致肯顿小姐在与他大吵一场后立即辞去在达林顿勋爵庄园的工作时，曾说过的一句话："我真想象不出你在生活中还会追求些什么。"②往日的这些回想让他意识到，肯顿

---

① ［英］石黑一雄：《长日留痕》，冒国安译，南京：译林出版社 2003 年版，第235 页。

② ［英］石黑一雄：《长日留痕》，冒国安译，南京：译林出版社 2003 年版，第170 页。

小姐刚才这番鼓起勇气的坦诚表白,不只是在他的胸中"激起一定程度的悲伤"。此时此刻,他的内心终于冒出一句不由自主的声音:"说实话,我为何不应该承认呢? 在那一刻,我的心行将破碎。"①于是他独自来到海边,坐在华灯燃亮的码头附近的长椅上,默默无语反省过去的日子。回忆使他被迫承认,在相当长的时间里,他史蒂文斯在"某种程度上,成了让人扫兴的人"②。但这个念头随之便烟消云散。他在心里对自己说:"我理应满怀期望,在我的主人回来时,我将能够使其满意得大吃一惊。"③这部小说受到世界各地读者的好评,美国《出版家周刊》及多家杂志都曾以"一部精心杰作"这样的赞语给了它高度评价。根据小说改编的由哥伦比亚电影公司拍摄的影片,同样成为一部不可多得的杰作。该片分别由演技卓越的英国影星学院奖影帝和影后,安东尼·霍普金斯(Anthony Hopkins)和埃玛·汤普森(Emma Thompson)担纲男女主角;由拍摄了《看得见风景的小屋》《霍华德庄园》等经典影片的英国著名导演詹姆斯·艾弗里出任导演。

众说纷纭莫衷一是的争议,主要在于关于本片的主旨是属于别具一格的爱情片,还是别开生面的友情片。不可否认,男女主角之间存在着没有捅破却不言而喻的一种美好并且浓郁的爱情。但不同于那些俊男靓女一见钟情式的青春之爱,这个故事里的爱情是由长年累月的相知相识相伴而逐渐形成的。这是它比一般的生死之恋更让人为之动心的原因。因为它的深度不是通常意义上的那些男女之爱所能达到的。这种深度的基础就是一种心心相印的友情。这是构成这部小说和电影艺术文本的核心的东西。无论是小说还是忠实于小说的电影,让我们欲罢不能的那个东西,无疑是透过爱情的帷幕方能意识到的、对那种建立于深厚友谊基础上的一种怀念之情。这种感情浓缩了故事中两位主角的生命历程,也让漫漫人生中最为珍贵的东西水落石出。就像这部作品的题目所蕴涵的:生命苦短,但长日留痕。一时的激情似火的爱情固然可贵,但毫无杂念的友情更为永恒。这部作品的成功归根到底在于对真挚的"友情"的本质,作

---

① [英]石黑一雄:《长日留痕》,冒国安译,南京:译林出版社 2003 年版,第235 页。

② [英]石黑一雄:《长日留痕》,冒国安译,南京:译林出版社 2003 年版,第241 页。

③ [英]石黑一雄:《长日留痕》,冒国安译,南京:译林出版社 2003 年版,第242 页。

出了最好的诠释。它验证了一句老话：没有友情的人生会让人性随风而去，因而是可悲的。

第三节　小说与爱情

7. 挪威的森林

古往今来，关于"爱情"的谈论实在已经太多了。尤其是在文学和电影等领域，这类故事可谓早已汗牛充栋。尽管如此，在不同人的心中对此有着不同的认识与理解，说是五花八门并不夸张。在老于世故者眼里这是书生气的"成年孩子"的白日梦。让人觉得不可思议的是，在当今这个流行无痛伦理的时代和娱乐至死的社会，在那些没有什么实际社会生活经历、只擅长于各种电子产品和游戏的青少年中，也有不少人像历经沧桑看破红尘的浪子那样，把传统意义上的爱情，看成是早已应该与老旧家具一起抛弃的东西。在他们眼里，经典爱情小说和电影中所表现的爱情故事，不过是作家和制片人为了吸引人的眼球而增加收入、提升票房的一种屡屡得手的工具而已。这么说或许有些绝对，年轻人中仍有一部分人会像其父母辈的人那样，在阅读和观赏这样的故事时流下一些眼泪。但这并不说明什么。只是表明这些青年人有着正常的人类情感反应能力。这些流在脸颊上的泪水，会随着阅读与观赏活动的结束随之而去。于是一切都回归常态，仿佛什么都没发生。因为缺乏真实的情感共鸣，所以不会在内心深处留下任何痕迹。

在某种意义上我们或许得承认，名副其实的爱情小说的黄金时代已不复存在。不过深究起来也不难发现，现代人之所以对爱情小说不以为然，是因为他们把"爱情小说"与"欲望书写"一视同仁，和"情色作品"混为一谈。在他们的视野里，人的问题也就是"食与色"的满足，与精神境界的需求相去甚远。所谓"爱情"实质就是"性事"的雅称而已。但这个问题必须认真甄别。"爱情"和"情色"虽说都有一个"情"字，但彼此在本质上不能相提并论。老到的情色小说的特点是让读者的下半身骚动不安，事关人的肉体欲望。而优秀的爱情小说却涉及我们的整个身心，使我们的灵魂深受感动。欲望写作无论是美（比如《查泰莱夫人的情人》）是丑（比如《金瓶梅》），都不是严格意义上的爱情小说。在小说世界里，情色作品和欲望书写的历史十分悠久，而爱情小说的发展不过是近百年的事。虽然法国著名小说家杜拉斯断言："没有爱情就没有小说。"①但更准确地说是"没有性事就没有抓眼球的小说"。伟大的俄国文学家契诃夫曾以"中篇小说缺少女人就跟机器缺少蒸汽一样"②这句话表达了类似的意思。用另一位法国人萨德的话讲："随着风流韵事在法国展现为新的面貌，小说日趋完美。"③但这所谓的"风流韵事"换言之即"床上故事"。

这并不是说爱情故事中的男女主角不会上床，而只是强调在爱情小说中性只是手段而非目的，这与情色小说和欲望写作正好颠倒过来。无须讳言，仅就"小说"的创作而言，"爱情"并不是不可缺失的，但若要谈论杰出作品乃至伟大小说，那么没有感人肺腑的爱情叙事是无法想象的。但就像一位评论者所说：伟大的激情和肉麻的性欲之间的分界线究竟在哪里，我们或许一时无法截然确定。但问题是"我们往往对前者的可能性嗤之以鼻，给真挚的深情贴上故作多情的标签，这就使我们难以进入那种柔美的境界"④。不过还需要进一步追究下：所有这些都已成定论了吗？那些随着岁月的流逝而越来越远离我们视野的著名爱情作品，如今真的光泽褪尽毫无魅力了吗？如果认真对待这样的问题，似乎并不那么简单。爱情小说永远不会从我们的阅读视野里消失。这是因为"爱情在人的生命中的体验非常强烈，非常全面，非常丰富"⑤。不妨让我们以 20 世纪 70 年代的美国，一部最为家喻户晓的小说《爱情故事》为例。这部作品于1970 年由曾在耶鲁大学任古典文学和比较文学教授的埃里奇·西格尔（Erich Segal）所创作。原本是同名好莱坞电影的剧本，小说出版后立即成为畅销书。时任美国总统尼克松也被感动得向全国人民倾情推荐。

该书雄踞《纽约时报》畅销书排行榜榜首长达 41 周，精装本在一年内重印 21 次；以 30 种文字在全球出版，累计销量超过 3000 万册，被《时代周刊》评为"美国 20 世纪十大经典爱情作品"之一。故事中的这句台词"爱情意味着你永远不需要说对不起"（Love means not ever having to say

---

① ［法］芒索：《闺中女友》，胡小跃译，桂林：漓江出版社 1999 年版，第 118 页。

② ［俄］契诃夫：《契诃夫论文学》，汝龙译，合肥：安徽文艺出版社 1999 年版，第 58 页。

③ ［法］萨德：《爱之诡计》，管震湖译，北京：时代文艺出版社 1998 年版，第254 页。

④ ［美］罗伯特·沃勒：《廊桥遗梦》，梅嘉译，北京：人民文学出版社 1994 年版，第 5 页。

⑤ 王蒙：《王蒙的红楼梦》，长沙：湖南文艺出版社 2010 年版，第 54 页。

you're sorry),一时间成为英美世界对于爱情的经典诠释,并成为流行的句式。根据小说改编的同名影片当年成为票房冠军,并获得包括最佳电影、导演、男女主角、剧本及配乐等七项奥斯卡奖提名,并最终获得金球奖和奥斯卡奖的最佳电影,主题曲《爱情故事》成为经典电影音乐传唱至今。不过在如此的盛名之下,仍然遮蔽着一些毛病。概而言之一句话:俗套。这是一个简单到不能再简单的故事:高贵的奥利弗·巴雷特(Oliver Barrett)四世、哈佛大学学生和冰球队明星奥利弗,与平民女子詹尼弗·卡维累里(Jennifer Cavilleri)相识、相爱,克服家庭的阻力并结婚的故事。这天,奥利弗来到哈佛大学附设的女子学院拉德克里夫学院图书馆,想借一本荷兰著名学者伊拉斯谟的《中世纪的衰落》,受到了"刁蛮姑娘"、有着一对棕色的漂亮眼睛的在图书馆借书处打工的詹尼弗的刁难。两人一边发生口角,相互挖苦,一边其实一见钟情,相互的调侃中不断加深了彼此的吸引力。最终以奥利弗妥协"停止抵抗"约请詹尼弗喝咖啡结束这场"舌战"。自此两人频频约会,相爱愈深。詹尼弗很小就在一场车祸中失去了母亲,是由做面包师的父亲一手带大的。这让她养成了独立坚强的个性和善良坦诚的为人的风格。

　　就像后来,当奥利弗对他的上层阶级的背景感到不屑时,詹尼弗坦诚地告诉奥利弗:与他单纯地只是爱她不同,她"自己也知道,我爱的不仅是你这个人。我还爱你那个姓名"。让奥利弗敬佩的是,"她不但早已正视了我的缺点,而且也正视了她自己的缺点"[①]。这些品质使她与周围那些女大学生完全不同,深深吸引了从小在养尊处优的环境中成长的奥利弗。当他们相处一段时间后,奥利弗意识到自己已经完完全全地爱上了詹尼弗,他在电话中向她表达了这份心意。但起初詹尼弗并没有想到婚姻的事。就像她告诉奥利弗的,"你是个候补百万富翁,而我在社会上的身份却等于零"[②]。但深陷爱河的奥利弗早已有了计划。他说服詹尼弗一起去见奥利弗的家人。不过当奥利弗把车子开进富丽堂皇的父母亲的房子时,被这架势吓住了的詹尼弗对奥利弗说:"咱们还是逃吧。""咱们要留下来战斗。"奥利弗回答。但一切都在预想之中,门当户对是全世界各种文化共同的关于婚姻的根深蒂固的传统观念。当奥利弗以被老仆人称作

---

　　① 〔美〕埃里奇·西格尔:《爱情故事》,舒心等译,上海:上海译文出版社 2011年版,第 67 页。

　　② 〔美〕埃里奇·西格尔:《爱情故事》,舒心等译,上海:上海译文出版社 2011年版,第 49 页。

"少爷"起,詹尼弗就已经明白了这场"战斗"最终的结果。在看似彬彬有礼的后面,是一条无法跨越的鸿沟。事后奥利弗父子在哈佛大学俱乐部中里吃午饭时,老奥利弗先以"她也并不是十全十美"为理由,试图劝说儿子放弃婚姻的念头。当这招不管用时,向来习惯于发号施令的他,以"要是你跟她结婚,那我就不认你"的强硬口气表了态。这意味着奥利弗从此不再会得到来自家庭的经济支持。

但这种强硬态度恰恰也是小奥利弗同样具有的气质。詹尼弗带奥利弗去见了自己的面包师父亲。与老奥利弗对詹尼弗的态度形成强烈的反差,作为意大利裔美国人的菲尔·卡维累里先生,对这位英俊高大的名门之后的女婿非常满意。以至于当詹尼弗用她和奥利弗一起时习惯了的调侃方式说话时,面包师还帮着准女婿提醒詹尼弗:"你别骂人好不好?这兔崽子可是个客人!"①于是,在詹尼弗和奥利弗两人一起毕业后的一个星期天,他们举行了一个简单的婚礼,亲人中唯一受邀出席的是詹尼弗的父亲。费用是由詹尼弗父亲付的,这是他俩给老人的一种尊重。奥利弗的家人知道之后发出了和解的信息。在老奥利弗庆祝六十寿辰时他们收到了请帖,但遭到了仍处在倔强脾气中的奥利弗拒绝。第一次,这对恩爱的情侣间爆发了冲突。奥利弗出于一时冲动爆出粗口,当他意识到自己失控后发现詹尼弗不见了。着急而担心的奥利弗冲出门四处寻找,甚至在深更半夜打电话给詹尼弗的父亲。当他筋疲力尽地回到他们的住处,见到詹尼弗平静地坐在门外台阶上。当奥利弗诚恳地向她道歉时,她说出了那句广泛流传的名句。他们的"家庭生活"真正开始了,尽管经济上有压力,但一切都在向好的方向发展。于是"生个孩子"的事被提上议事日程,为此他们去做了一系列的体检。不幸的是,詹尼弗被查出血癌晚期,已经来日无多。此时奥利弗在绝望中放下身段向父亲借钱,但只有 25 岁的詹尼弗,最终还是在奥利弗紧紧的拥抱中离开人世。

这就是这部译成中文只有 5.8 万字的小说全部的故事。除了那次在哈佛大学俱乐部吃饭时的父子冲突外,可谓波平浪静。但即使在看过小说和影片之后的 20 多年重新阅读这个故事,你还是会被它深深地打动。这不能不让我们思考其中的奥秘。原因有两点:其一,作者努力贴近现实生活世界而呈现出的艺术的真实感;其二,作者对实际的现实生活高超的

① [美]埃里奇·西格尔:《爱情故事》,舒心等译,上海:上海译文出版社 2011年版,第 78 页。

艺术加工。后者尤其体现在简约明快而又富有内涵的文字上。比如小说开头两人初见面的这段对话：①

詹尼："看你的样子又蠢又有钱。"奥利弗："那你就看错了，我实际上倒是又穷又聪明。"詹尼："得了吧，预科生。我才是又穷又聪明呢。"奥利弗："你说你聪明，聪明在哪儿？"詹尼："我就不会跟你一块儿去喝咖啡。"奥利弗："告诉你，我也不会请你。"詹尼："你蠢就蠢在这一点上。"

再比如小说中描述他们第一次做爱的场景：

那是一个星期天的下午，我和詹尼弗一起坐在我的房间里看书。"奥利弗，照你这样坐在那里就一味看我读书，这次考试你恐怕要过不了关了。""我没在看你读书。我在读我自己的书。""扯淡。你在看我的腿。""只是偶尔瞟上一眼。读一章书瞟一眼。""你那本书分章分得好短哪。""听我说，你这个自作多情的婆娘，你可并没有美到那种程度！""我知道。可你要认为我已经美到了那种程度，我有什么办法？"我丢下书本，走了过去，来到她坐着的地方。"詹尼，看在基督分上，你说说，当我每秒钟都巴不得和你好好亲热亲热的时候，我哪还有心思读约翰·斯图尔特·穆勒的著作？"她皱眉蹙额。"哦，奥利弗，求求你好不好？"我猫腰蹲在她的椅子旁边。她又低头看她的书了。"詹尼——"她轻轻合上了手中的书，把书一放，伸出双手，捧住了我的脖子。"奥利弗，求求你好不好？"事情一下子就发生了。一切的一切。

又比如奥利弗描述他们这次情事的体验：

我们的第一次交欢跟我们的第一次交谈恰恰相反。这一次，一切都是那么从容、那么温柔、那么委婉。我从来没有意识到真正的詹尼竟会是这样——竟会是这样体贴，她的抚摩是那么轻柔，那么温存。然而，真正使我震惊的还是我自己的反应。我也报之以轻怜蜜爱。那真正的奥利弗·巴雷特第四难道是这样？

还比如两人正式确立恋人关系后，詹尼弗与奥利弗的一次对话：

"嗨，奥利弗，我对你说过我爱你没有？"詹尼问。"没有，詹。""你为什么不问我呢？""说老实话，我没敢问。""那你现在问我吧？""你爱我吗，詹尼？"她看着我，回答说："你说呢？"但她的表情却不是躲躲闪闪的。"我估计是爱的。想必如此。"我吻了吻她的脖子。"奥利弗！""唔？？""我不光是

---

① ［美］埃里奇·西格尔：《爱情故事》，舒心等译，上海：上海译文出版社2011年版，第3页。

爱你……"哦，天哪，这话怎么讲？"我还非常非常爱你，奥利弗。"①

显然，无论是对话还是描述，小说的基本风格就是简洁。这个关键词恰恰道出了名副其实的"爱情"的最本色的品质：心心相印，由此而能揭示这部看似简单的电影之所以能获得如此成功的奥秘。如果我们进一步追问，这么一个平凡到不能再平凡的作品，何以迄今为止仍有其魅力，我想我们只能说它呈现出了古往今来永恒不变的男女之爱的特点：爱情的"先验性"。用一位小说家的话讲：货真价实的爱情就是"没有理由"。② 在爱情的词典中，没有复杂的心机和算计的一席之地。如果说"真实感"永远是优秀艺术能够沁人心脾的最大力量，那这也正是《爱情故事》得到成功的保证。它战胜了故事叙事学的"俗套"，由衷地赢得了读者的认同。让许多内心仍怀有爱心的人们为之流泪。时至今日，它的故事已经成为遥远的往事，小说作者也于 2010 年 1 月 17 日因心脏病死于伦敦家中，享年72 岁。但这个故事仍然具有打动人心的力量。尤其是那首一度十分流行的主题歌，今天听来依然让人心碎：

Where do I begin / To tell the story of how great a love can be / The sweet love story that is older than the sea / The simple truth about the love she brings to me / Where do I start / With her first hello / She gave new meaning to this empty world of mine / There'd never be another love, another time / She came into my life and made the living fine / She fills my heart / She fills my heart with very special things / with angel's souls, with wild imaginings / She fills my soul with so much love / That anywhere I go I'm never lonely / With her around, who could be lonely / I reach for her hand / It's always there / How long does it last /Can love be measured by the hours in a day / I have no answers now but this much I can say / I know I'll need her till the stars all burn away / And she'll be there / How long does it last / Can love be measured by the hours in a day I have no answers now but this much I can say / I know I'll need her till the stars all burn away/ And she'll be there

我从哪里开始 / 来讲述这个伟大的爱情故事 / 这个甜蜜的爱情故事

---

① ［美］埃里奇·西格尔：《爱情故事》，舒心等译，上海：上海译文出版社 2011年版。第 41—43 页。

② 王蒙：《王蒙的红楼梦》，长沙：湖南文艺出版社 2010 年版，第 6 页。

比海还要久远／一个简单的道理关于她给我的爱／我从哪里开始／从她的第一次"您好"／她使我空虚的世界变得有意义／我别无它爱／再一次／她进入了我的生命使我的生活变得美妙／她装满我的心灵／她用非常特殊的东西弥漫填充我的心／用天使歌曲／用强烈的想象／她用爱来充斥我的灵魂／无论我到任何地方／我不会寂寞／和她在一起有谁会感到寂寞／我牵着她的手／它永远在那儿／爱会持续多久／爱可以用小时来衡量吗？／我现在没有答案，但我可以说：／我知道我需要她，直到所有星星燃尽／她将会在那里。

同样表现青春期爱情的小说并且堪与《爱情故事》媲美的，是日本小说家村上春村带有一定自传性的名作《挪威的森林》。这部以"我"的视野展开的小说，讲述的是关于"一个男人同四个女人的关系"。它属于故事中的主人公渡边 20 岁时"感伤记忆"。其中两个女孩直子和绿子与渡边属于"情与爱"的纠葛，第三位大"我"19 岁的女人玲子和"理想情人"初美与男主角之间，则是关于"灵与肉"的关系。渡边的第一个恋人直子原是他高中要好同学木月的女友，后来木月自杀了。一年后渡边同直子不期而遇并开始交往。此时的直子已变得娴静腼腆，美丽晶莹的眸子里不时掠过一丝难以捕捉的阴郁。开始时，两人只是日复一日地在落叶飘零的东京街头漫无目标地或前或后或并肩行走。只是在直子 20 岁生日的晚上两人发生了性关系，但第二天直子便不知去向。

几个月后直子来信说，她住进一家远在深山里的精神疗养院。渡边前去探望时发现直子开始带有成熟女性的丰腴与娇美。晚间两人虽同处一室，但渡边约束了自己，分手前表示永远等待直子。返校不久，由于一次偶然相遇，渡边开始与低年级的绿子交往。绿子同内向的直子截然相反，"简直就像迎着春天的晨光蹦跳到世界上来的一头小鹿"。这期间，渡边内心十分苦闷彷徨。一方面念念不忘直子缠绵的病情与柔情，一方面又难以抗拒绿子大胆的表白和迷人的活力。不久传来直子自杀的噩耗，渡边失魂落魄地四处徒步旅行。最后，在直子同房病友玲子的鼓励下，开始摸索此后的人生。这部畅销小说看似继承了日本性爱美学传统的所谓"情空主题"，但对"美与死"和"爱与哀"的关系，作出了具有真正现代意味的重新开拓。这是一部关于"爱与被爱"的小说，是以"爱之痛失"表达"生的迷惘"。标题中的"森林"，寓意着青春人生的迷失。它的故事可以用三个关键词来概括：青春、性爱、死亡。首先是直面死亡。比如直子的两个最爱的人，姐姐和情人，都在 17 岁那年自杀了。书中另一个美丽聪明的女孩初美虽然嫁了人，但最终也选择了这条路。其次是日本小说的"特色主题":性爱。

在这部小说中,性似乎是男女交往中"必然"和"自然"会发生的行为。故事中,渡边从与直子的初尝禁果到与绿子的品味性爱,经过与玲子的全面感受云雨体验到最后从对初美的情感中领悟到生命的某种真谛,表现了欲望三段论:激动地获取、全面的享受、最后的超越。我们随同主人公一起,由直子的优雅脱俗之爱,看到纯粹的性作为寻觅亲情的人际交流的意义;由绿子的活泼热烈之情和玲子的简单直接之欲,明白身体的一种单纯的快乐;由初美的执着真切之心,懂得生命中最宝贵的刻骨亲情。耐人寻味的是,这种彻悟发生于同初美的无性之情中。初美曾是"我"的风流朋友永泽的女友。虽然她外表普普通通,但却是十分难得的女性。不仅因为她娴静、理智、幽默、善良,穿着也总那么华贵和高雅,主要在于她有着丰富的内心世界。所以在那天目击了初美与永泽的分手后"我"送她回宿舍途中,目睹晃动的车厢里初美撼动人心的风度情态,让"我"强烈地感到有一股尽管柔弱却能打动人心的力量。

自此渡边便一直"思索在我心中激起的这种情感震撼究竟是什么"。而直到十几年后才在异国他乡那气势逼人的暮色中,恍然领悟到给我带来的心灵震颤究竟是什么东西:"它类似一种少年时代的憧憬,一种从来不曾实现也永远不可能实现的憧憬。这种直欲燃烧般的天真烂漫的憧憬,我在很早以前就已遗忘在什么地方了,甚至在很长时间里我连它曾在我心中存在过都未曾记起。而初美所摇撼的恰恰是我身上长眠未醒的'我自身的一部分'。当我恍然大悟时,一时悲怆之极,几欲涕零。她的确、的的确确是位特殊的女性。"[①]所以,这部小说不仅是最圆满的"青春祭",而且也是通过对性、情、爱三种既相关又存在差异的情感的梳理,以及对生命中的无奈与迷惘,来积极面对现世今生、深入探讨"存在之迷"的优秀作品。

8. 麦迪逊之桥

在某种意义或许我们必须承认,爱情在青春期闪耀出最迷人的光泽。这是事实,不过同时也要看到,爱情并非青春岁月的专利,它存在于人生的每个阶段。在某方面来看,与青年人的火花四溅的爱情故事相比,对于谈婚论嫁的成熟的男女而言,甚至能释放出最强大的能量。美国小说家

---

① [日]村上春树:《挪威的森林》,林少华译,桂林:漓江出版社1996年版,第231页。

罗伯特·沃勒创作的《廊桥遗梦》(英文直译是《麦迪逊县之桥》)可以作为一个典范。

这同样是一部"属于两个人"的作品。自称为"最后的牛仔"的小说男主角罗伯特·金凯,在俄亥俄州的一个小镇上长大,是一位自由摄影家,主要为美国《地理杂志》工作。他的大部时间都在奔向一个个目的地的路上。这种生活方式毁了他唯一一次的婚姻,他的前妻玛丽安是一名歌手,在同他结婚5年之后于9年前终于离他而去,留给他一把吉他作为纪念。而现在他已52岁,小时候他没钱上大学,父亲去世时他已18岁。他报名参军养活自己和母亲。这个4年改变了他一生的命运。在军队里他学会了摄影,凭着兴趣和刻苦的钻研,居然成了一名相当不错的摄影师。退伍后在纽约找到一份工作,慢慢地在行业内小有名气后接到了著名的《地理杂志》的电话。谈妥条件开始工作。虽说他于1943年作为战地记者已重新入伍,但从部队退役回家后仍然为这家对他的摄影作品印象深刻的杂志工作。童年时代贴在墙上的大部分地方他都已去过了。这天他准备去衣阿华州的麦迪逊县,去拍摄那里的有不少年头的七座古桥。

任何艺术创作都离不开某种模式。在爱情小说中,总会有一种方式让相爱的两人彼此相遇。在《廊桥遗梦》中,那是因为见多识广的摄影师迷路了。尽管金凯经验丰富,但他还是在从未到过的南衣阿华找不到北。他在克雷顿的小镇上一家汽车旅馆下榻,打算过几天去找那七座桥,尤其是那座叫作罗斯曼的桥,据说除非有熟悉它的当地人带路,否则很不容易找到。这天他开车来到一条长约100码的小巷口,见到巷子尽头有一座房子,一个妇女坐在房檐的游廊下喝着什么。他慢慢地把车开了进去。而她也离开房子向他走来。他终于看清了,这是一个丰姿绰约,或者曾经如此,或者可能再度如此的颇有一种独特魅力的40岁上下的女性。而她是弗朗西丝卡,此时也看清楚了车内的主人。他的棕色军服式衬衣早已湿透,衬衫上面三个扣子敞开着,脖子上一条银项链下面紧绷着结实的胸肌。这是经常在野外作业的人的穿着打扮。在金凯说明来意之后,弗朗西丝卡邀请他进家来喝点东西休息一下。在他喝着她递给他的凉水时,她告诉他关于那座罗斯曼桥的位置:"你已经很近了,那桥离这里只有两英里地。"接着她又补充了一句:"如果你愿意的话,我可以带你去。"[①]事后

---

① 〔美〕罗伯特·沃勒:《廊桥遗梦》,梅嘉译,北京:人民文学出版社1994年版,第24页。

她曾无数次问自己，当时这句话为什么会脱口而出？

接下来的事情就容易了，故事的叙述就像是一条蜿蜒流淌的小河自然而流畅。他们由陌生而熟悉，由熟悉而渐渐地彼此都对对方增进了好感。她知道了他的职业和工作性质与迄今单身的原因，他也了解了她在第二次世界大战结束时，被一个叫理查德的美军士兵用美国中西部人特有的恳切的眼光打动，被他从意大利的那不勒斯带到了这片乡村。从此，她由一位受过文学艺术教育的现代都市女孩，逐渐转型成一个地道的除了生儿育女料理家务外无须工作的专职农家妇女。"理查德不喜欢让我出去工作。他说他能养活我们。"她对他解释。当金凯问起小镇的情况时，弗朗西丝卡对他说小镇上的一切都很好，很宁静，人都很善良。"但是，这不是我少女时梦想的地方。"①一句被她长期封印起来隐藏在心底的话，忽然间就轻易地对着一个从华盛顿州贝灵汉来的陌生人袒露出来。但她和他都没意识到，一个装有梦想的"潘多拉的盒子"就此悄悄地打开了。第二天清晨他去拍罗斯曼桥的风景，跃入镜头的是桥头的一张便条："当白蛾子张开翅膀时，如果你还想吃晚饭，今晚你事毕之后可以过来，什么时候都行。"是她留的。他珍重地将纸条收入口袋，欣然赴约。

他看到了为他而刻意装扮过的她：长长的黑发用一个银发卡卡住，戴上一副大圈圈的银耳环，穿一件浅粉色的细背带的裙子，腰间用一根细带子系着，裙长刚刚与膝相齐，那正是那年夏天流行的长度，其实裙子的长度是她特意改的。一双凉鞋，鞋帮上有精细的手工花纹。她风情而妩媚。浪迹天涯的金凯遇到过各种漂亮的女人。虽然她们各有风情光彩夺目，但他清楚，真正重要的是从生活中来的理解力与激情，是能感人也能受感动的细致的心灵。因此，在见过那些美丽女人的摄影师眼里，她们并无吸引力。但那一刻却完全不同。他意识到弗朗西丝卡身上确实有足以吸引他的东西。她不仅善解人意和拥有激情，她的身上有一种不一样的气质，内心深处还存在着另外的东西。金凯明白自己被吸引住了。而在无意识或半意识中，弗朗西丝卡同样认识到她被他迷住了，"几乎一切与罗伯特·金凯有关的事都开始使她觉得性感。"这是一种久违了的感觉。自从她来到这个乡村，她就明白如果要想维持好这个家庭，她就必须把自己天性中的一个重要部分埋藏起来。因为理查德"特别不愿谈性爱，性感这东

---

① ［美］罗伯特·沃勒：《廊桥遗梦》，梅嘉译，北京：人民文学出版社 1994 年版，第 33 页、第 34 页。

西对他来说是危险的"①。于是,当他们两个吃着弗朗西丝卡做的饭,喝着他带来的啤酒时,彼此都在为尽力克制自己而斗争。

但那是个特殊的时代。妇女解放运动正在蓬勃发展。"从某种意义上讲,女人们正在要求男人们既是诗人,同时又是勇猛而热情奔放的情人。"至少对于弗朗西丝卡而言,她原本应该就是这场运动的积极分子。只不过正是罗伯特·金凯的不期而然地出现,点燃了她身上一直被压制着的熊熊燃烧的渴望爱情的火焰。当他边喝着酒边看着她时,他感到自己所有的苦思冥想、他穷尽毕生寻找的至爱,在顷刻间已变为现实。他的声音有些嘶哑但倾尽所有赤诚地对她说:"假如你不介意的话,我想说你简直是光彩照人,照得人眼花缭乱晕头转向。我是认真的,你是绝代美人,弗朗西斯卡,从这个词最纯正的意义上说。"②她可以感觉得出来他的倾慕是真诚的。她享受着他的这番话。就在这一刹那间,她意识到自己爱上了这位远道而来的陌生人。于是,该发生的事就自然而然地发生了。她终于从已被乡村习俗层层封闭的束缚中走出来,拉起他的手走进自己的卧室,尔后尽情地享受这爱所带来的遍布全身心的甜蜜。多年前已经失去了的性欲的亢奋,随着金凯温柔而强烈的抚爱而得到了尽情的释放。

四天的爱与激情太过短暂,四天之后他终将离开。她很清楚,这就是她自己恋恋不舍的梦,但现实迫使她认识到自己的选择有限。他曾要求她不要让他独自走,但她流着泪对他回答:她除了感情还有责任。为了这千载难逢的缘分他恳求过她,但为了不想伤害家人她也恳求过他,不要让她放弃她必须承担的责任,如果那样,她将不是她,不是他爱的她。她们相视而坐,十指相扣说着这些话。他们同时在心里重复着那句话:"在一个充满混沌不清的宇宙中,这样明确的事只能出现一次,不论你活几生几世,以后不会再现。"③许多年后她仍然记得,当时他对她说:"我在此时来到这个星球上,就是为了这个,弗朗西丝卡。不是为了旅行摄影,而是为

---

①　[美]罗伯特·沃勒:《廊桥遗梦》,梅嘉译,北京:人民文学出版社1994年版,第73页。

②　[美]罗伯特·沃勒:《廊桥遗梦》,梅嘉译,北京:人民文学出版社1994年版,第74页、第75页。

③　[美]罗伯特·沃勒:《廊桥遗梦》,梅嘉译,北京:人民文学出版社1994年版,第102页。

了爱你。我现在明白了。"①但她最终还是流着泪,让责任将自己冻结在这个小镇上,让她毕生的爱随他上路,任他从此一去不复返。从此后年年岁岁,天涯海角只剩追忆。他的话已说尽,同样流着泪开着自己的车离开了这个小镇。在那个雨天的夜晚,他知道她在角落里的注视,但他不敢回头,他怕这样一个动作,会让他义无反顾地冲上去强行将她带走。他不能这样做。从此他与她的爱在天涯海角,从此天涯海角处处都是他与她的爱!她的内心时不时地会幻想着他们还有重逢的可能,但没想到那一别竟是永远!许多年后,当她反复回味金凯当时的那句话时才深深地感到,自己当初的选择未必就是正确的。

正如金凯所说:其实冥冥中他们就像两只孤雁在神力召唤下,飞越一片又一片广阔的草原。整个一生的时间,他们一直都在朝对方走去,最终幸运地相遇。"跟我一起走四方吧,弗朗西丝卡! 我们就是在相爱,天上人间,爱能有多深就爱多深。"②她的耳边几乎每天都会响起他离别前的这声发自肺腑之言。在 8 年前,1977 年,她的丈夫理查德去世。葬礼过后,早已成人的孩子们各自回到自己的家庭。在那一刻她想起给罗伯特打电话。她想他应是 66 岁,她是 59 岁,她要去找他!但他早已消失了,一如他有一日忽然从地理杂志上消失一样。5 年前,1982 年 2 月 2 日,她收到一个从西雅图一家律师事务所寄来的包裹。里面是三只盒子,一只盒子顶端有一封厚厚的信封,另一只盒子上有一封信,收信人是她,里面写着:"亲爱的约翰逊女士:我们是一位最近去世的罗伯特·金凯先生的财产代理人……金凯先生遗体已火化,根据本人遗愿,他的骨灰撒在您家附近,据我所知该地称为罗斯曼桥……"她从巨大的伤痛中喘过气来时,她打开了盒子,盒子里有一张纸条和一根银项链。那张纸条上写着:"当白蛾子张开翅膀时,如果你还想吃晚饭,今晚你事毕之后可以过来,什么时候都行。"而那根项链,她在他离开后,曾从他出现的每一期《地理杂志》上都能看到他戴着它。但自 1977 年以后她再也没在杂志上见到过他,他的署名也不见了。她翻遍了每一期都没有,那年他该是 66 岁。她曾在一个夜晚偷偷用儿子的放大镜看那个项链中的一个圆牌,那上面刻着"弗朗西斯卡"……当时她曾经为此而倒吸一口凉气。

---

① 〔美〕罗伯特·沃勒:《廊桥遗梦》,梅嘉译,北京:人民文学出版社 1994 年版,第 89 页。

② 〔美〕罗伯特·沃勒:《廊桥遗梦》,梅嘉译,北京:人民文学出版社 1994 年版,第 93 页。

　　22 年后 67 岁的她,手举着白兰地酒杯,看着她 45 岁时的照片。是他为她照的,照片上的她美丽绝伦,她知道她一生中从没有像那几天那样美过。而那些细致入微的回忆,每年她只能在自己生日时虔诚而庄重地回忆一次,否则,那种情感的冲击足以让她崩溃。生日这天,她又拿出那封牛皮纸里的长长的信,又一次读起来:"……我只知道在那个炎热的星期五从你的小巷开车出来是我一生中做过的最艰难的事,以后也绝不会再有。……我心已蒙上灰尘,我想不出来更恰当的说法。在你之前有过几个女人,在你之后一个也没有。我并没有发誓要保持独身,只是不感兴趣。……我不喜欢自怜自艾,相反,我有感激之情,因为我至少找到了你。我们本来也可能像一闪而过的二粒宇宙尘埃一样失之交臂。……对宇宙来说,四天和四兆光年没什么区别,我努力记住这一点。……在我头脑深处,时间是残忍的符号,因为我永不能与你相聚。……多少次,我对自己说:'去它的吧,我这就去衣阿华温特塞特,不惜一切代价要把弗朗西丝卡带走。'可是我记得你的话,尊重你的感情。……我爱你,深深地,全身心地爱你,真到永远!……最后的牛仔:罗伯特。"[1]随着金凯离开人世,他们的爱终成永恒。而她,此时此刻在一个阳光的午后,安静地看着外面:风雪扫过冬天的原野,扫过残梗,带走玉米壳,堆在栅栏角落里!

　　时隔 22 年后,她仍然清楚地记着一切,从他最初的到来到最后的离去。那四天的一切的一切,细碎到点滴。两年后一个寒冷的冬季,弗朗西斯卡死去,按照她的遗嘱,她的骨灰撒在了罗斯曼桥。尽管这在这个保守的小镇引起了一番激烈的反响,但她已不在乎。毫无疑问,这篇小说的聚焦点在罗伯特·金凯身上,但是它的重心所在却是弗朗西丝卡那里。因为正是通过她身后将自己的故事告诉她的两个孩子这个情节,才将这部小说的独特性呈现出来:把爱情中的性欲的爆发转移到人性的升华上。根据叙述者的说法,小说里他们整整四天都在做爱。但作品中只有对爱的体验的表达,没有对具体行为的描述。其中相对最"具体"的一段也只是这样的:"他们连续做爱一小时,可能更长些,然后他慢慢脱出来,点一支烟,也为她点上一支。或者有时候他就静静躺在她身旁,一只手总是抚摸着她的身体。然后他又进入她体内,一边爱着她,一边在她耳边悄悄地说些温情的话,在话语之间吻着她,手放在她腰际上把两人互相拉入自己

---

　　① ［美］罗伯特·沃勒:《廊桥遗梦》,梅嘉译,北京:人民文学出版社 1994 年版,第 109—115 页。

的身体。"①但是故事的真正高潮,却是在弗朗西丝卡去世后留给她一对儿女的那封信中。

信写于 1987 年 1 月 7 日。信中写道:"要给我的孩子们写信讲这件事对我是极为艰难的,但是我必须这样。这里面有着多么强烈、这么美的东西,我不能让它随我逝去。……请你们理解,我一直平静地爱着你们的父亲。他对我很好,给了我你们俩,这是我所珍爱的。不要忘记这一点。但是罗伯特·金凯是完全不同的,……请你们也不要把他想成一个到处占乡下姑娘便宜的浪荡人。他绝不是那种人。他是一个非常敏感、非常为别人着想的人……我知道孩子们往往倾向于把自己的父母看成是无性别的,所以我希望以下的叙述不至于对你们打击太大。……是的,我们做爱了,在你们可以想到的任何地方。那是一种不可思议的、强有力的、使人升华的做爱。……孩子们,请你们理解,我是在试图表达本来不可言喻的事。我只希望有一天你们各自也能体验到我有过的经历,不过我想这不太可能。……在只想到我自己一个人时,我不敢肯定我作出了正确的决定;但是把全家考虑在内,我肯定我做对了。……我把活的生命给了我的家庭,我把遗体给罗伯特·金凯。……罗伯特·金凯教给了我生为女儿身是怎么回事。……他美好,热情,他肯定值得你们尊敬,也许也值得你爱。我希望你们二者都能给他。他以他特有的方式,通过我,对你们很好。望好自为之,我的孩子们。母字。"②

显而易见,这封信是点题之作。缺少了它,廊桥遗梦也就不成其为梦,而只是在我们日常的生活世界里并不少见的、相对较真的婚外恋而已。现实中这种恋情或者不了了之,或者以重组家庭的方式延续。但在这篇小说里,突出的是爱情与责任的冲突。弗朗西丝卡最终选择牺牲自己的幸福而承担责任,这无疑是让人尊敬的。但与此同时我们不能不想到,成全了她的这种选择的不仅仅是弗朗西丝卡本人,还有罗伯特·金凯。就像她在信中说的,他是一个"非常为别人着想的人"。金凯的晚年遇到了一个叫卡明斯的吹萨克斯管手的男人,他们在酒吧间成为朋友。在一次醉酒后卡明斯知道了罗伯特心中隐藏致深的痛苦的秘密。于是为了安慰他,卡明斯专门谱写并吹奏了一支曲子,名叫《弗朗西丝卡》,献给

---

① [美]罗伯特·沃勒:《廊桥遗梦》,梅嘉译,北京:人民文学出版社 1994 年版,第 87 页。

② [美]罗伯特·沃勒:《廊桥遗梦》,梅嘉译,北京:人民文学出版社 1994 年版,第 129 页。

他的这位让人尊敬的朋友。最后,怀着美好的梦想,罗伯特在一个小岛上孤独地死去。自那以后,每当夜色降临之际,卡明斯就会把这老号吹响,为了一个叫罗伯特·金凯的男人和他管她叫弗朗西丝卡的女人。

9. 天堂可以等

如果说罗伯特·沃勒的《廊桥遗梦》,将中年人的爱情写得让人荡气回肠,那么英国小说家凯莉·泰勒的《天堂可以等》,则让人领略到了关于爱情的别开生面的一面。众所周知,超越生死的恋情一直是爱情故事中最为凄美感人的类型。看过 20 世纪 90 年代,由帕特里克·斯威兹与黛咪·摩尔分别出演男女主角的好莱坞经典影片《人鬼情未了》的人们,无不为男主角对爱情如此的执着而深受感动。这部风靡全球、让无数观众潜然泪下的影片,用超自然的手法展现了一段生离死别的爱情故事,并从中探寻阴阳相隔的神秘世界,给了人们内心世界以巨大的冲击。20 年后,美国作家凯莉·泰勒的作品《天堂可以等》采用相似的手法创作了一本并不相同但同样优秀的小说,在某种意义上可以说是与《人鬼情未了》这部电影异曲同工的小说版。许多读者承认,在读完这本书的时候,自己早已热泪盈眶。那是必然的,因为它道出了爱情的真谛,对于每个有爱心的人,它不可能不强烈地打动你。

这部小说的主要人物只有两个:准新娘露西和她的未婚夫丹。小说以对露西的介绍开篇。虽说此时她正为筹备婚礼忙得焦头烂额,但却首先遭受了一次虚惊。因为她发现坐便器里自己小便的泡泡多得就像黄色的卡布奇诺。她在网上查到,这种情况意味着她得了一种无可救药的肾脏病。她认定自己得了这种病。这意味着她当不成丹的新娘了,因为她即将死去。当她难过地把这事告诉她亲爱的丹,却引发了他的一场大笑。因为他告诉她这并不是什么不治之症,而是一种他们新买的清除马桶污垢的浴厕芳香剂的缘故。这个节外生枝的险情虽说解除了,但露西的婚礼却真的没能如期举行,因为在婚礼前一前晚上,她真的死了。不过不是死于肾脏病,而是她不小心从阁楼上摔下来扭断脖子当场死亡。故事以女主角露西的生命结束而真正开始。新婚前的这场意外让一对即将步入婚姻殿堂的情侣从此阴阳两隔。刚死不久的露西在阴间的边境到达了一个中转站,她必须作出一个艰难的抉择:是选择上天堂与其父母相见,还是选择以活死人的形式返回人间,在完成一项任务后成为幽灵与未婚夫丹再续姻缘?经过一番考虑,露西选择了重返人世成为幽灵去见她的未婚夫丹,因为她和丹在那天早晨分手时为了一点小事相互争执了几句,现在她想去向丹说声抱歉,做个正式的告别!

还有,他们曾经开过一个玩笑。有一天夜里,丹曾问过她,如果他死了,她会过多长时间再找别人约会。她的回答是:"我至少等两年。"当露西把这问题反问丹时,得到的回答是:"如果你出了什么事,露西,那会彻底毁掉我。"这句话让她当时备感温暖,因为她感受到了自己在丹心里的分量。她还想起了一件事。有一次他们俩在海边游泳。丹望着蓝天问她:"在你心里天堂是什么样的?"她回答说应该是深红色的。丹表示同意。然后又接了一句:"我希望我们能一起上天堂,这样我们就可以永远在一起。"①她记得当时自己的回答是"我喜欢听你这么说",并给了丹一个吻。所以无论如何,她都得先回一趟人间。于是她被要求在人间完成一项任务:帮助一个叫阿奇的男人,找到他的另一半。只有任务顺利完成,她才能实现自己的心愿。这个过程是曲折而艰辛的,留给她的期限只有21天。她有一个疑虑:虽然爱情这样的事通常属于拥有生命的人世间,但它是否能超越生死界线?比如"人们可以在天堂找到真爱吗?"或者换句话说:"已经死了的人可以有爱情吗?"②但眼下她首先要做的不是去解开这个疑虑,而是抓紧时间立即重返人世,去找到她的丹。露西乘坐降落梯顺利回到了人世。但在她忙于找到那个叫阿奇的男人的同时,她首先去看望了她的未婚夫。她找到了,但事情并不如她所想象的。

作为"死人"的她无法与活着的丹交流。虽然他能模糊地看到她,但却既听不见她的声音,也认不出她写在纸上的字。她只能看着他在她面前经过,看着他所做的一切。更让她痛苦的是,她发现自己的好朋友、那个玩世不恭的安娜,居然打起了丹的主意,想要取代她露西生前的位置。她知道安娜已经与丹一起吃过一顿饭。那次丹什么也吃不下去。所以安娜告诉露西的另一位朋友杰西,她准备再与丹约会,尽量将他从沮丧的状态中摆脱出来。安娜的计划似乎有点眉目了。那天,露西在一间酒吧里见到丹的状态好了不少。他平静地向安娜走去。这让露西深受打击。"不要放弃我呀,丹,我无言地呐喊着,请千万不要放弃我,我就要回来了。"但她只听到安娜对丹说:"露西跟我说的最后一件事,就是希望能看

---

① [英]凯莉·泰勒:《天堂可以等》,孙璐译,南京:江苏文艺出版社 2010 年版,第 81 页。

② [英]凯莉·泰勒:《天堂可以等》,孙璐译,南京:江苏文艺出版社 2010 年版,第 166 页、第 112 页。

到你幸福,这样我们就会很高兴,我想这也是露西最关心的事情。"①丹只是无语地点点头。当安娜试图了解露西生前对丹说的最后的话时,丹摇了摇头表示:"我不想谈论这些。"露西知道,此时的丹的心里还装满着对她的思念;这让她感觉好受许多。她也清楚安娜所说的这些虽然只是为达到她的个人目的编造出来的,但对已开始逐渐学会面对自己死亡事实的露西而言,不得不承认安娜的话并非毫无讲理。

　　从酒吧回来的露西有所改变。她开始明白一个道理,即使她能够顺利完成任务留在人世,她作为一个幽灵的身份仍无法带给丹以真正的人世的幸福。她开始重新继续她的任务,最终还是完成了。她帮那个叫阿奇的男人找到了萨莉。当露西大功告成后,她决定了还是选择去天堂,而不是在未婚夫的身边。因为她必须放手,她的幽灵只会给丹的生活带去麻烦。所以虽然内心不舍,但她还是改变了原先的选择。因为她明白:"如果你爱他,你会让他走,这样他才能重新找到幸福,必须为他作出最适当的选择,而不是为了你自己。这是真爱的意义——把别人的幸福放到你自己的幸福面前。"②一切都结束了。在离开之前,她回到了怀特街33号,那个她曾和丹一起度过了许多甜蜜而温馨的日子的地方。房间里的灯亮着,窗帘拉开着,她能看见丹修长的身躯靠在沙发上,手里拿着一瓶啤酒静静地坐着。这是她在人间的最后一个晚上,也许,在内心深处,丹会感觉到今晚是她来向他最后告别的时刻。于是,情不自禁的她在街对面轻轻在说:

　　"我爱你,丹,我爱你超过爱世上任何人,你是我愿意与之共度一生的那个男人,是我准备稼给的那个人。当我穿着婚纱走来,和你在舞池中旋转,你把脸庞埋到我的头发里的时候,我想你会哭的。我希望你做我孩子的父亲,丹。我希望在我告诉你我怀孕了的时候,你把我举起来在半空中旋转,在我分娩的时候握着我的手。当你的儿女出世的时候,你的笑容将点亮整个房间。我希望和你分享我所有的快乐与失望,和你一起变老。你是我唯一爱过、想要过、需要过的男人。我爱你,丹,我将永远爱你。你现在是、过去是、永远是我的灵魂伴侣。我爱你,丹尼尔·哈尔丁。我爱

---

　　①　[英]凯莉·泰勒:《天堂可以等》,孙璐译,南京:江苏文艺出版社2010年版,第99页、第100页。

　　②　[英]凯莉·泰勒:《天堂可以等》,孙璐译,南京:江苏文艺出版社2010年版,第272页。

你。我爱你。我爱你。"①

泪水在她的脸颊上流动。她站起身来准备离开自己的房子,离开丹,离开一切曾经拥有过的东西。但她想最后再看一眼他的脸。但突然她看到了安娜,她站在门口,手指放在门铃上。不,她想喊叫,不,不,不,安娜,你可以在余生拥有丹,但现在是我的专属时刻,请不要打扰我们,把丹留给我。她祈求丹睡着,不要听到那铃声。但没有用,丹开了门,倚在门框上。她明白丹不想让安娜进去。但安娜不愿就此放弃。她要丹承认他爱她。但丹的回答是一声吼:"我不爱,我还爱着露西。安娜,我还爱着她。"他边说边努力把胳膊从安娜的手中抽出,同时为了躲开再次被安娜抓住,踉跄地向后退去。但他的脚绊在了路牙上,他就像慢动作那样向后跌落下去,仰躺在大街上。随之传来一阵尖锐的刹车声。安娜在惊慌中打电话叫救护车,露西神情恍惚地经过安娜,走到巴士车边,屈膝跪在丹的身旁,抚摸着已经停止呼吸的丹的脸上沾满鲜血的头发。此时丹认出了露西。他轻轻叫了一声:"露西,是你吗?""是我,丹。"露西轻轻地说道,吻着他。"我知道你会回来。"他双目紧闭,发出一声叹息道,"我一直都知道。"当赶到的救护人员告诉安娜:"我们无能为力,他走了。"②此时的露西推开"幽灵申请者之家"的门向准备上升到天堂中转站的电梯跑去。

圣徒鲍勃站在自动扶梯顶端迎接她,但露西告诉他自己先要去找个人。她终于在众多的人群中找到了还躺着的丹。"我爱你,露西,我从没停止过爱你。"他轻声说。"我也爱你,我非常、非常爱你。"她说。"我们都死了?"他问道。"是的,我们都死了,丹。"泪珠从她的脸颊上滚落。而丹听了这话却笑了起来。他喘息着抱着她转了一圈又一圈。"露西,我的露西,我美丽的露西,我是多么想你啊。"此时圣徒鲍勃发声了。"抱歉打断你们的团聚,现在只剩下一件事,完成这个任务,你们就可以永远幸福地死在一起啦。"丹和露西转身看着他。"什么事?"鲍勃指着远处,"那个贴着'向上'标记的自动扶梯,我建议你们现在就上去。"她望向他:"你认为怎么样?"他紧攥着她的手。"你去哪里,我就去哪里。我再也不会失去你

---

① 〔英〕凯莉·泰勒:《天堂可以等》,孙璐译,南京:江苏文艺出版社 2010 年版,第 273 页。

② 〔英〕凯莉·泰勒:《天堂可以等》,孙璐译,南京:江苏文艺出版社 2010 年版,第 278 页。

啦,露西。"①小说在这样的一种让人备感温馨的气氛中结束。与《人鬼情未了》一样,我们都清楚这是一个纯虚构的故事,这样的状况绝不会在现实生活中出现。但它却和那部电影一样,让我们读后难以控制自己的感动而热泪盈眶。因为在这纯虚构的叙事中,有一种最真实而宝贵的东西,那就是体现在挚爱真情中的一往情深的激情。不是什么样的东西都能将它"引爆",只有一种状态才可能,那就是夏娃和亚当在芸芸众生、茫茫人海中终于重逢时的那一刻。这是天下的"有情人终成眷属"的另一种方式。

由此可见,尽管人们常常认为说,爱情是年轻人的梦想舞台,所谓靓丽情侣老来伴。但事实上这种见解十分浅薄。斯帕克思的小说《笔记本》就是最好的证明。这是一部以第一人称叙述兼倒叙和插叙等穿梭并用的手法写作的小说。小说的开头,人们看到的是一个名叫"诺亚"、住在一幢养老院中已是一个 80 岁老者的男人。在每一天的早晨,他总是一成不变地拖着半身不遂的身体,一步一步挪到住在那位叫"艾丽"的老太太的房间。基本上,每次,她都会大喊大叫。如果他足够幸运,极少的时候,艾丽在叫了一会儿后会渐渐平静下来。他便在她身旁坐下,开始给她读一本"笔记本",那是艾丽在发病前让他记录的他和她两人的恋爱史。如果运气特别好的话,她会对他发问,他们会交谈、散步,一起共进晚餐。但之后会发生的事就难以未料了。要知道,像她这种病人,根本不可能和人进行交谈!更别说散步吃饭了!还会有别的奇迹吗?无论医学上如何下了让人绝望的结论,也无论养老院好心的年轻护理员们出于不忍心而反复劝说诺亚,都挡不住他以"固执"表现出来的顽强坚持。

新的一天开始了。诺亚一如既往地来到艾丽的房间,翻开那本已经磨损了的笔记本开始为她读那些她早已听过不知道多少次了的故事。故事的男主人公就叫诺亚,他独自生活在美国南方的某个地方。每天会在黎明前醒来,划着他的小竹筏,在湖上划行几小时,追逐黎明,直到太阳升起,迎接新的一天来临。白天和下午,他会很努力地修葺一幢房子——他自己的房子,几乎所有的活他都会亲自干。当夕阳临照,他会一个人,坐在走廊的一张空椅上,朗诵诗句,思考人生。这样一个男人,对于许多现代女性而言显然都会不屑一顾,可是在那个时代也会有极少的女人,会倾

①　[英]凯莉·泰勒:《天堂可以等》,孙璐译,南京:江苏文艺出版社 2010 年版,第 282 页。

心爱上那个男人,比如艾丽。那已是许久以前的事。17岁的男青年诺亚与利用暑期与家人一起来度假的15岁的女青年艾丽相识,并很快擦出了爱情火花。可是,由于门不当户不对(诺亚出身底层,没有什么文化),在女方父母反对下两人分手了。分手后,诺亚给艾丽写了很多信,都为她母亲扣留。转眼间14年过去了,其中发生了许多事,诺亚上了越南前线作为退伍军人回到家乡,而29岁的艾丽与大她8岁的罗恩订婚。罗恩出身世家大族,是名出色的律师,总之是个令人称羡不已的男士。她爱罗恩,罗恩也爱她。

这是一个和平时并没什么不同的一天。诺亚坐在已被修缮一新的住宅的长廊里,凝视着正西沉的夕阳,回想并思念着14年前的恋人艾丽,他不知道自己在等待着什么。就在他的思绪恍惚之际,突然看到一辆小车开到他面前停了下来,从车上走下一位成熟而年轻漂亮的女士。她就是他日思夜想的艾丽。他的惊诧是可以想象的,不知道奇迹是怎么发生的。其实是艾丽从报纸上看见被诺亚修复过的住宅后,打听到了诺亚的住址后,怀着一种自己也说不清的情绪、在她即将步入婚姻殿堂前的最后几天,向未婚夫撒了谎匆匆赶到这里,去见昔日的恋人。她说不清自己此行的目的究竟是什么,模糊不清到底想要寻找什么。只有诺亚兴奋不已。就在这样一种状态中,他们慢慢开始述说离别后的种种。艾丽明白了曾经在心里纳闷并责怪一直没有诺亚消息的原因;而诺亚也从艾丽的口中知道,她已成为某个幸运男人的未婚妻。但他们很快就将这一切抛在脑后,尽情地享受彼此重逢的喜悦,让14年的离别消散在越来越浓的暮色中。时光仿佛又回到了那个夏天,艾丽跟着诺亚在湖上泛舟,赶在一场暴雨之前去欣赏诺亚新发现的迁徙的天鹅群。

在回返的路上大雨滂沱而下,两人浑身湿透地领略了大自然的魅力和风景。当他们各自换好了衣服在客厅的火炉边取暖的时候,艾丽意识到她无法从罗恩身上找到与诺亚在一起时的感觉。他们在炉火前轻松地交谈起来。艾丽喜欢看诺亚的眼睛,她告诉他,这是因为他的眼睛会流露出他内心的所有秘密。而诺亚则坦然地回答她说:"那个夏天我爱你胜过我这辈子我爱任何人。"此时此刻,诺亚意识到他又一次坠入爱河。他爱上了一个真实的艾丽,而不仅仅是关于她的回忆。而在艾丽这里,她知道自己"再一次爱上了诺亚"。也许,她像他爱自己那样"从来就没有停止过爱他"。一种无法抵御的力量和发自生命深处的渴望,使俩人亲密地结合成一体。当他们在黎明前醒来时,诺亚忍住喉咙的哽咽轻轻对艾丽说:"我不知道我怎么能够没有你而生活了这么长的时间。我爱你,艾丽,超

过你所能想象的程度。我一直爱着你，我永远爱着你。"①但就在艾丽尝到
梦寐以求的幸福感的早晨，响起了一阵敲门声，门外站着艾丽的母亲安
妮。她明白了发生了什么，转身对诺亚说："我知道你并不这么认为，但是
我一直很喜欢你，诺亚。我当时只是认为你对我女儿不太合适。"她告诉
艾丽，罗恩已经在来这里的路上。

当艾丽苦恼地求教她"我应该怎么做"时，安妮回答她："我不知道，艾
丽。这取决于你。但是我会考虑的，考虑你真正需要什么。"并把手中拎
着的一大扎用细绳捆在一起的当年诺亚写给艾丽的信，交到艾丽手中，并
向诺亚道别。当艾丽送母亲到门口时，似乎听见她轻轻说了一句："顺从
你的心。"②诺亚能够体会此时的艾丽有多么不容易。她告诉他：她想要
两样东西，首先她要他诺亚，因为她爱他。其次她又不想伤害任何人。而
诺亚对她说，这不可能，她只能从两者中作出一种选择。他恳求她：留下
来吧，艾丽。我们的感情是世间少有的。它太美了，不能够随意丢弃。但
眼含泪水的艾丽还是朝她的汽车走去。她需要独自想想。而他站在那
里，看着她匆匆地来，又匆匆地离去。尽管痛苦充满了他整个人，但他理
解艾丽的艰难。这种选择是痛苦的，但独自在旅馆里思考了整整一夜后，
艾丽最终还是选择了诺亚。艾丽很有才华，后来成为美国南部最有名的
画家之一，而诺亚始终是个善良、健康、正直的普通人，但用"艺术家"艾丽
的话说，这是个具有诗性气质、过着真诗人般生活的普通人，因为他比别
人更加能体味生活。和诺亚在一起，艾丽始终能感受到一种"简单而独一
无二的东西"③。他能使那些看似琐碎平凡的东西远离平庸，使生活更有
意义。

时间就这样一年年地过去。他们生活着，工作、绘画，彼此相亲相爱，
一起成功地抚育了四个优秀的孩子。但在欢度了 45 年的幸福夫妻生活
后，艾丽得了一种绝症，一种"偷走人的情感、灵魂和记忆"的绝症。发病
以来的 4 年时间以及往后的日子，瘦骨嶙峋、躬腰驼背的诺亚面对的就是
这样一个没有记忆、没有情感、精神失常、性格极端的老妪，为她读着"笔
记本"上的故事。每一天的白天他们都在一起，当夜晚降临，诺亚回到自

---

① ［美］斯帕克思：《笔记本》，马爱农译，北京：外文出版社 1999 年版，第 85 页、
第 90 页、第 97 页。

② ［美］斯帕克思：《笔记本》，马爱农译，北京：外文出版社 1999 年版，第 103
页、第 104 页、第 106 页。

③ ［美］斯帕克思：《笔记本》，马爱农译，北京：外文出版社 1999 年版，第 56 页。

己的房间。这让诺亚知道了什么是白天和黑夜的感觉：时刻相伴，永远分离。这对于他们是多么的残酷。但诺亚一直守着她，目的是等待奇迹。是什么样的奇迹？就是艾丽在听"笔记本"中的故事时可能出现的瞬间清醒和记忆，这时艾丽会说"哦，诺亚……我多么想你"这句话，并让双方产生短暂的交流。虽然"奇迹"出现的机会太少太少，少到大概只有万分之一的可能，但诺亚就这么守着。这天是他们的 49 年结婚纪念日。诺亚在晚上又偷偷地来到艾丽的房间。"温柔地掠过她的面颊的轮廓，然后把她的手捏在我的手里。我亲吻她的嘴唇、她的面颊，然后倾听着她吸了一口气。她喃喃低语：'哦，诺亚……我多么想你。'又是一个奇迹！最伟大的奇迹！当我们开始向真正的天堂滑去时，我没有办法控制自己的眼泪。"

小说在这样的场景结束了。这个故事虽说不可思议，但却让人信服。尽管它足够浪漫，但却不属于浪漫主义。它具有强烈的"现实感"，但同样也不属于那些我们熟悉的现实主义作品。或许能够给它一个专用名词：超越实际的现实生活世界的现实主义。不过我们仍然想知道，除了诺亚一以贯之的对艾丽的爱，是否还有别的什么力量起着推波助澜的作用，那是艾丽得病前最后一次用书信形式留给诺亚的文字。这封信很长，我们无法在这有限的篇幅中呈现。只能摘选一部分。艾丽在信中回顾他们的生活，深深地感叹：

多么美好的岁月啊。你我既是爱人，又是最好的朋友。我们度过的一生，是大多数夫妻永远不会了解的。然而，当我看着你的时候，我不禁感到害怕，因为我知道这一切很快就会结束了。我们都知道我今后的症状，知道它对我们将意味着什么。我看见了你的眼泪，我为你担心胜过为我自己。因为我害怕你将要经受的痛苦。我的这种悲哀没有语言能表达，我不知道该说什么。我爱你爱得这么深、这么强烈，简直让人无法相信。所以我会想办法不顾我的病情回到你身边，我向你保证。就这样，我想到了写故事。当我迷失和孤独的时候，读一读这个故事，就像你讲给孩子们听时那样。你要知道，我也许能够意识到，这是关于我们两人的故事。也许，仅仅是也许，我们会找到一个办法，再次相依相伴。在我记不起你的日子里，我们都知道，那样的日子将会来临。请不要对我生气。你要知道，我是爱你的，不管发生什么我都永远爱你。你要知道，我度过了最最美好的一生。我们共同度过的一生。如果你保存着这封信以便再次读它，那么请相信我此时写给你的这些话。诺亚，不管你在哪里，不管什么时候，我都爱你。现在我写这封信的时候，我爱你；今后你读这封信的时候，我也同样爱你。如果我不能亲口告诉你，我心里是感到非常遗憾的。我深深地爱着你,我的丈夫。你是,永远都是,我的梦。艾丽。[①]

　　我之所以在此作了如此长的摘录,绝不是想故意增加篇幅以增加稿酬,而是对于这样文字,再高明的方式都无法概括出它的精华。最好的方法就是不加评论地让它本身如实呈现,去让读者自己认真回味。我们唯一能说的是,这就是货真价实的"爱情",它的名字叫"刻骨铭心"。虽然这篇小说采用的是写实的方法,但与前篇作品一样,它是十分稀有的。有句话说得好:爱情的现实性就在于它的不现实。在讲究务实的生活世界里,如此这般的纯真的爱情的确很难遇到,但这丝毫不影响这些动人的爱情故事的价值。就像遥远天空上的那些星星,如此美丽而又遥不可及。但我们不能想象,没有星星的漆黑一片的天空会让我们多么恐怖。美好的乃至伟大的爱情故事并非只有像市场上随时能买到的货物那样才有意义。恰恰相反,它是照亮我们日常生活的太阳,让我们明白作为一个人,我们必须让自己的灵魂超越为数字算计所填满的平庸。

第四节　小说与亲情

10. 天蓝色的彼岸

　　在人类的情感谱系中,建立于血缘基础上的亲情毫无疑问具有特殊性。在人类从野蛮到文明的发展历程中,亲情无疑发挥过十分重要的作用。所谓"老吾老,以及人之老;幼吾幼,以及人之幼"(《孟子·梁惠王上》)指的就是这个意思。换句话说,人类正是从血缘关系上体验到亲情的存在,尔后再推广出去,发展出诸如乡情、友情、爱情等情感系统,从而形成一个完整的情感结构。这也就意味着,在对人性的培育中,亲情的作用至关重要。由此,它也是小说家们所密切关注的主题。在普遍公认的伟大小说中,大都具有表现亲情的元素。比如列夫·托尔斯泰的鸿篇巨作《战争与和平》和《爱娜·卡列尼娜》,艾米莉·勃朗特的《呼啸山庄》,普鲁斯特的《追忆似水年华》等等。毋庸赘言,这些小说已被评论家们一谈再谈,所以不在我们的范围讨论内。让我们把眼光放到更普通些的作品上,放到那些虽然没有如此伟大,但同样让人深受感动的小说上。

　　[①]　[美]斯帕克思:《笔记本》,马爱农译,北京:外文出版社1999年版,第161页。

由美国作家格伦·贝克(Glenn Beck)创作的《圣诞毛衣》就是这样一部优秀小说。作者出生于1964年,是美国当红电视与电台主持人,曾经主持美国CNN黄金时段节目《头条新闻》及全美收听率第三的广播节目《格伦·贝克频道》。他的广播节目在美国各地超过260个频道播放,著有包括《圣诞毛衣》在内的5本畅销书。《圣诞毛衣》是一部其内容具有许多自传性的作品,主角是个名叫艾迪的12岁的小男孩。他对今年的圣诞节有着特殊的期盼,因为他很想得到一辆像别的男孩已经拥有了的自行车作为礼物。艾迪本有一个幸福的家庭,父母经营一家小面包店,生活虽不算太富裕,却也其乐融融。但就在艾迪12岁的那年,家中发生了大的变故。能做出世界上最好的糕点的爸爸不幸患了癌症辞别了人世,随着爸爸离去的还有别的美好的愿望:大房子、宽敞的车,以及圣诞节最美好的期盼。在艾迪看来,"自从三年前爸爸去世后,我觉得圣诞节似乎也随他而去了"①。他们在经济上遇到了大麻烦。

妈妈在卖掉小店后不得不同时打几份工来养家。而此时的艾迪还根本无法体会现实的艰难,满心期待妈妈能实现他的愿望,让他在圣诞节的早晨得到那辆别的孩子早已有了的、他渴望了一年的自行车。然而他终究没能如愿。摆在圣诞树下的礼物,是一件被他称作"丑陋不堪的白痴毛衣"。那是妈妈费尽苦心亲手织成的。但一心期盼能得到自行车的艾迪,对它看也不多看一眼,在得到礼物的那一刻,艾迪心里非常难受。他无法感受到这是一件特别的毛衣,因为毛衣中蕴涵着妈妈对儿子的那份爱。艾迪鄙弃地将它扔在房间的一角,但他没有想到的是,那将是妈妈亲自送给他的最后一件礼物……接下来发生的事,让好心的读者为任性的艾迪的行为感到难过甚至愤慨,也让长大后的艾迪自己后悔终生。就像叙述者在小说开头写道的:"无论时间过去多久,只要看见它,我心中就会翻起巨浪。交织在这团毛线之间的,是我纯真童年片段的回忆:一生中最刻骨铭心的悔恨、恐惧、希望、沮丧。"②

圣诞节这一天他和妈妈是在外公外婆家过的。在开车过去的路上,天开始下雨,工作了一天的妈妈早已透支而身体不适,但更让她难受的是艾迪的闹别扭。当他们在外婆家吃过晚饭,外婆准备留下他们过夜,而艾

---

① [美]格伦·贝克:《圣诞毛衣》,李慧娟译,海口:南海出版公司2011年版,第10页。

② [美]格伦·贝克:《圣诞毛衣》,李慧娟译,海口:南海出版公司2011年版,第3页。

迪的妈妈也因为身体疲惫而同意留下时,任性的艾迪纯粹是出于同大家做对,而坚持让疲惫的妈妈开车回家。在回家的路上,一整天任性的艾迪和一整天工作的妈妈都疲倦地睡着了,车子于是滑到了沟里。在这次车祸中,艾迪毫发无损,但他的妈妈就没这么幸运了。她折断了脖子,当时就离开人世。艾迪就这样失去了他心爱的妈妈。但妈妈的离去却仍没能让艾迪认清自己的过错,他把自己心中的愤怒宣泄到周围每一个爱他的人身上。外公外婆强忍住白发人送黑发人、临近晚年失去女儿的悲痛,把全部的爱给予他们唯一的外孙艾迪。而他们得到的回报,却是这个极不懂事、极端任性的男孩,用尽各种极端的方式对待爱自己的外公外婆,这彻彻底底伤透了他们的心。但外公外婆并没计较,他们以为艾迪内心的痛苦仅仅只是失去了母亲,所以并没有因此而放弃他。外公在一次实在忍受不了他的无理吼叫后,头一次也是唯一的一次给了艾迪一巴掌。

尔后等艾迪平静下来再心平气和地同他讲道理。他对他说:"天底下这么多小孩子,早早失去母亲这种事,可不是你一个人碰到;失去女儿这种事,除我们以外,也有很多人遇到。我们可以一起学着怀念她,你没有必要一个人难过啊。"外公还向他道歉刚才打了他。但同时也告诉他原因,是因为艾迪已不像以前那个健康活泼的小伙子了。外公对他讲:"我也想让女儿回来,我想让你回来,有时候我觉得,那场该死的车祸把你们俩都给夺走了。"他劝告艾迪:"痛苦会过去的,随着时间慢慢过去,你和我一定能重新找回快乐。"[1]不能不承认,艾迪是幸运的,他有这么好的外公外婆,这不是每个人都能遇到的。外公的这些话说得不能再清楚、再好了。但遗憾的是这对艾迪没有丝毫的作用。他仍然一意孤行。有一次他又大声地说道:"我根本不需要爸爸妈妈。"他想以此来激怒脸上只有深深的哀伤和疲惫的外公,但他没能成功。外公仍然平静地对他说:"艾迪,我们没办法控制发生在自己身上的事,但我们却能控制对这些事的反应。……如果你不快乐,那不是上帝的错,不是我的错,也不是别人的错,那是你自己的错。"[2]艾迪还是听不进去。因为他需要的不是如何做一个身心健康的好人的教导,而是他想成为一个以物质水平来衡量的富裕的人。

外公明白艾迪的心思。于是他站起来领着艾迪来到屋外谷仓的一个

---

① ［美］格伦·贝克:《圣诞毛衣》,李慧娟译,海口:南海出版公司2011年版,第98页。

② ［美］格伦·贝克:《圣诞毛衣》,李慧娟译,海口:南海出版公司2011年版,第140页。

角落。"给你看样东西吧。"角落里有一块绿色防水帆布，像是露营的帐篷。外公抓住帆布中央，把它扯了下来。里面是一辆崭新的哈菲牌自行车。这正是艾迪朝思暮想的那个圣诞节礼物！艾迪惊呆了。外公告诉他，他们本打算在拆完其他礼物后就把它送给他。"可是你却因为留下来过夜的事跟你妈妈过不去。所以，我……嗯，我想教训你一下。"外公说不下去了，他的声音哽咽，泪水顺着脸颊流淌而下。"孩子，要是我知道像自行车这么简单的东西就能让你快乐，我早就把它送你了。但是一辆自行车不可能让你快乐，任何物质享受都不能。你得找到回归的路，重新找到那些能给你带来永恒快乐的东西。而这些东西，是你在商店里买不到的。"外公接着说，对那天发生的事，他也想过很多"如果"。比方，"如果我不打算给你一个教训，如果我坚持让你们留下来，如果我早已经把这辆自行车送给你，如果我没有那么……固执。"①外公说不下去了，但这番苦口婆心的诚恳的话，足以深深感动任何一个旁观者，对于艾迪却仍然无动于衷。虽然内心有个声音对他说：你已经误入歧途，应该与外公外婆重归于好。可是艾迪不予理会。因为他觉得自己能够摆脱他们过另一种生活了。

就在学校放假前一天，一位老师把艾迪介绍给一位叫泰勒的同学，告诉他们"可是邻居"。就这样，两个孩子成了朋友。当泰勒把艾迪第一次带到自己的家，艾迪就被这座"豪宅"惊住了。泰勒的父亲阿什顿是个成功的脑外科医生，所以很有钱。他们的家在某种意义上可谓是应有尽有，这让艾迪羡慕极了。当艾迪问泰勒，他是否每天都觉得自己很幸福时，得到的答案是否定的。他告诉艾迪，实际上事情并不像他想象的那样。泰勒的父亲把精力几乎全放在了他自己的业务上，家中常常只有他和母亲两个人，根本没有什么像别的家庭那样热闹开心的"家庭气氛"。于是当艾迪和泰勒两人相处久了，艾迪提出了一个大胆的想法：能不能让他搬过来和他一起住？这个主意泰勒当然不会反对，事实上他母亲也认同。只是她担心艾迪的外公外婆不会同意。但艾迪此时撒了个谎，说他的外公外婆早就厌烦他了，巴不得他有个别的去处好让他们清静点。艾迪从此利用各种借口去泰勒家吃饭，有时还在他们那里留宿。外公外婆很快就明白了艾迪的念头，这又一次深深地伤害了他们，尤其是千方百计想弥补

---

① ［美］格伦·贝克：《圣诞毛衣》，李慧娟译，海口：南海出版公司 2011 年版，第 143 页。

他失去母亲的痛苦的外婆。但艾迪视而不见。因为他满脑子想的都是泰勒家的生活有多棒，觉得自己要是也能成为他们家的一员该多好。

艾迪在与他们一家一起去高级饭店吃了几次饭后才发现，自己只顾注意他们一家人穿戴得有多么高贵华丽，却没有注意到这家人很少交谈。虽然他也意识到，"他们这家人与我从前所见的家庭迥然不同，缺少的欢声笑语，他们会用金钱加倍弥补"①。这其实就是泰勒与他刚认识时候对他讲的，事情并不像艾迪想象的那样，泰勒的生活里同样有自己的问题。但对一个正沉溺于物质享乐主义的少年而言，这一切又算得了什么？他遇到了一个叫拉塞尔的陌生人。他说的话有点像艾迪的外公一样。有次他对艾迪说："'成为什么'并不重要。人们该问的是：等你长大了，你希望自己是谁。"艾迪不假思索地就回答他："我想成为有钱人，住得离这儿远远的。我想在纽约那样的大城市里买幢大房子。我想买最炫的车、最大的电视，还有我想要的一切。"②但拉塞尔提醒他：人们总希望开心快乐地过日子。但有时候，要是你忘记了自己是谁，勉强让自己变成别人，那就很难过得幸福了。拉塞尔还告诉艾迪：生活不可能只图安逸。只有超越自己犯下的错误、过失和差错，我们才能成长，才真正地活过。这些富有人生哲理的话都不是艾迪想要听到的，但他还是终于开始反省自己的所作所为。

故事讲到这儿，我们对这个叫艾迪的男孩基本上有了大致的认识。小说如果就这样结束，那对于读者而言是很不舒服的。这个过于任性和毫无自我认识的男孩实在令人厌恶。但好在作者玩了一个策略。他把故事主体部分（也就是艾迪妈妈出车祸以后的所有经历），写成是那天艾迪在外公外婆家抱着他不喜欢的毛衣上楼后，在自己的床上睡了一觉。然后做了一个很有情节的梦，也就是这个让人讨厌的男孩的故事。但这是多么真实的一个梦，在梦中，艾迪受到了上述种种教育。所以梦醒之后，艾迪为自己的行为幡然悔悟，他为梦中的自己的任意妄为而自责，于是紧紧地拥抱着疼爱他的妈妈为他亲手织成的毛衣。妈妈还活着！他明白了自己以后该怎样去爱自己的亲人。所以，当妈妈进来看望他醒了没有时，艾迪把头埋进妈妈的怀里哭了起来："哦，妈妈。谢谢你。我曾那样对你，

---

① ［美］格伦·贝克：《圣诞毛衣》，李慧娟译，海口：南海出版公司2011年版，第107页。

② ［美］格伦·贝克：《圣诞毛衣》，李慧娟译，海口：南海出版公司2011年版，第107页。

实在抱歉。你是世界上是好的妈妈。我喜欢那件毛衣,你无法想象的喜欢。"艾迪妈妈笑着后退了一步,告诉他:"你昨晚睡得可真是好。这么说你现在喜欢上那件毛衣了?"多少年来,艾迪都不曾见过妈妈的脸上有如此幸福的表情。"谢谢你为我做的一切,谢谢你这么辛苦工作,还特意跟别人换班,只为了多陪陪我。"妈妈望着艾迪,眼里满含热泪:"你知道我为什么那么做吗,艾迪?""为什么?""因为你是我最大的快乐,艾迪,你就是我的幸福。"①

如前所述,这部小说算不上什么伟大的作品,但却是能很好地呈现出亲情实质的好小说。这部作品中有许多含义深刻的句子,但我认为它最好的部分仍然是将"亲情"的本质表现得淋漓尽致。亲情是一种永远斩不断的关怀。诚如作者在结束时写道:"从我和母亲共度的那最后一个圣诞节里,我得到的最大启示就是,凡是充满爱的礼物,都是最珍贵的礼物。我还清晰地记得,母亲在看见我的毛衣被揉成一团,扔在房间地板上时,她流露出怎样的神情。我还清晰地记得,自己如何最终意识到,母亲在那份礼物中倾注了多少努力。……我终于知道了我是谁,并因此快乐着。……我曾有多少次想过,要是能重温儿时在那条小街上的简单生活,付出什么代价我都愿意。我的外公外婆以及那条街上的所有居民,仍是我遇到过的最成功的人。他们生活无缺,而且重要的是,他们珍视自己所拥有的一切。"②这就是艺术语言的魅力,你只有直接与它相遇、面对它,你才能透过字里行间的"魔术"般的意味,领悟到一种人性的启示。

与之能媲美的小说,是由英国小说家艾利克斯·希尔创作的《天蓝色的彼岸》。本书被翻译成几十种文字,在欧美和日本广为流传,感动了世界各地无数的读者。本书得到了联合国教科文组织的推荐,并被誉为21世纪最伟大的人性寓言。这是一部感人至深的作品。它和《圣诞毛衣》一样适合9岁以上的所有人阅读,是送给人们的心灵世界的最好礼物。小说的主角是一个名叫哈里的同样12岁的小男孩。因车祸离开人世去了另一个世界,正在人世与阴间排队等着去天蓝色的彼岸。但此时他还很不适应那里的气氛,更为自己的"幽灵"身份而苦恼,因为他心里还挂念着自己的爸爸、妈妈、姐姐、老师和同学们。让哈里最难过的是,死之前他和

---

① [美]格伦·贝克:《圣诞毛衣》,李慧娟译,海口:南海出版公司2011年版,第193页、第196页。

② [美]格伦·贝克:《圣诞毛衣》,李慧娟译,海口:南海出版公司2011年版,第204页。

姐姐吵了一架。"我们走着瞧！我这次可算是恨上你了！我再也不会回来了！"哈里当时只是随口说说而已。但不幸的是，他没有想到这话真的应验了。他骑的自行车刚出家门，一个拐弯就撞上了一辆大卡车。于是哈里当场就"走了"，那辆大卡车根本就来不及刹车，直接从他身上轧了过去，没有给哈里留下一点生存的机会。

假如你下一秒就要死了，这一秒你会怎么办？看起来这是一个很老套甚至无聊的问题。像大多数人一样，作为一个普通的 12 岁小男孩的哈里当然也从未认真思考过这个问题，也从来不会把这样的问题当回事。然而，当他骑着自行车过马路并被一个酒驾司机从身上轧过去后，一切就都变了。他得在"文书桌"旁排很长很长的队去填表、登记，然后"文书桌"后那个正襟危坐的人给他一张打印好的信息条，上面写着"欢迎您来到另一个世界"，上面还有一个箭头指向一个标明是"天蓝色的彼岸"的地方。"天蓝色的彼岸"是个太阳一直落山，但总也落不下去的地方，也是"轮回"的地方。在"另一个世界"没有时间，所有的人每天总是在游走，不会感到饿，也不会感到累或困。那里的"人"什么年代的都有，有死了 150 年的阿瑟，有死了几万年的"呜呕"（他说话时总会发出类似"呜呕"的声音，因此得名），有哈里死了五年的邻居，当然，还有刚死几周的哈里。人人都觉得，走完人生的旅途，尘世上的事情就一了百了了，死后不是长眠地下永久得到安息，就是进入天国省心享福了，其实不然。

在"另一个世界"里的人都没事可做，不知道死的意义，正如活着时不知道活着的意义一样，唯一的牵挂便是生前的"遗憾"。也许消除那些遗憾，让自己内心安宁，然后抵达天蓝色的彼岸是唯一一件可做的事情。正如阿瑟，阿瑟的妈妈生下他就死了，留给他唯一的东西是一颗纽扣。150 年来，他的手里无时无刻不攥着这颗纽扣，见到一个女人就冲上去打招呼，只是为了检查她身上的纽扣是否缺了一颗，从未放弃过。因为他坚信妈妈也一定正在寻找他。正如"呜呕"，那个山顶洞人，死了几万年了，也一直在寻找着什么东西。正如 70 岁的斯坦，他死了 50 年，却花 50 年的时间坐在路灯杆子上寻找他活着的时候养的一条狗。所以他下决心一定要重返人世向亲人和朋友们告别。"我会向每一个人——告别的，特别是爸爸、妈妈和雅丹。我会用我的幽灵的手臂去拥抱他们的，告诉他们我是多么爱他们，离开他们是多么难过，我没受什么罪，也没有不开心，一切都很好，让他们放心。我会为我以前闯的祸向他们道歉；我会感谢他们对我这么好；我会对他们说，虽然我活的时间不长，但这并不说明我活得不好。

从头到尾我活得都很好，我有欢笑，度过了许多美好时光。"①直到他碰上阿瑟并与他成为朋友，此事才有了希望。

此时哈里只死了几周，阿瑟带着哈里偷偷溜回人间，来向大家告别并表示他的歉意和爱。当哈里以幽灵的身份回到他生活的地方时，首先看到的是他的姐姐在忏悔，在落泪。因为他在骑车出门时赌气对姐姐说："我要是哪天死了，你保准会后悔的！"但当时也在生气的雅丹回敬说："你放心吧，我不会，我高兴还来不及呢！"此时哈里知道，姐姐的话并不是真心的。他俩只是像一般的姐弟吵架，并没有任何恶意，他不想因为这句话而使挚爱的姐姐抱憾终生。哈里很想上前去向姐姐道歉！可是没有人看得到他哈里，即使他们感觉到他依然存在着。他还想回去安慰伤心不已的父母和彼得（他最好的朋友），看杰菲（他的死对头）因为他的死而痛改前非。他想象着全体师生为他默哀，全班同学为了纪念他制作鲜花、条幅、插画图……然而当哈里回到生前的学校时他失望了：什么都没有，同学们还是在照常上课，一切还是和以前一样。另外是有一位他不认识的新生，坐在自己的书桌后面！尽管他向所有的人打招呼，大声喊，甚至做各种怪异的动作，都不会有人搭理他。"你以为大家会一直记着你，但看起来他们不到 5 分钟就把你忘得一干二净。"②这是幽灵哈里得到的一个深刻的体会。

但就在哈里深感失望时，他看见了教室后面的那面墙，上面贴满了小诗、图片、照片、水彩画，还有油画。最上面有一行大字：我们的朋友哈里。有一首小诗，题目叫《唯有哈里》，是奥利维雅写的，读完后让哈里心里有点酸酸的。还有一篇题为《我的好伙伴哈里》的作文，是彼得写的，他写得很有趣，写了当时他们在一起玩耍的所有好玩的事情，让哈里感到他写得太好了。难怪在彼得作文的后面有班主任思罗克老师的评语：谢谢彼得，如此精彩地描述了哈里。……如果哈里知道我们是那么爱他，他一定会很高兴的。初回人间的哈里再次被感动了。他读着墙上的文字和图片，感受着每一个对他的思念。同学们并没有彻底忘记他。就连他生前的对手杰·唐金斯也写了一篇文章。"我和哈里从来就不是好伙伴……"作文是这样开头的，这是事实。他的字写得很难看，但他写的内容很实在，反

① ［英］艾利克斯·希尔：《天蓝色的彼岸》，张雪松译，北京：新世界出版社2004 年版，第 116 页。

② ［英］艾利克斯·希尔：《天蓝色的彼岸》，张雪松译，北京：新世界出版社2004 年版，第 121 页。

映了他们当初真实的关系。但作文的后面写道："哈里死了，我真的很难过。这是真心话。我不该在那时开玩笑。如果那场车祸发生在另一个路口，或许死的就是我了。那你哈里就该像我现在这样难过了。我简直受不了了。哈里，现在我只想让你知道一件事，种那棵树是我出的主意。……再见了，哈里。一路走好！"哈里很快在校园里找到了那棵树，旁边还有一块金属牌子，上面写着："哈里，我们永远爱你！"

哈里懂得了："你不在了，但生活还在！"不过大家的思念仍然会留在心里。哈里感受到一种悲伤。他想哭了，因为他有这么多好朋友，但他却要离开他们。也因为他活着的时候没有好好珍惜身边的一切。"我特别怀念那种感觉。风吹在脸上。也许你还活着，根本没把这当回事。但我真的很想念那种感觉。"现在"风吹在我的脸上，但我没有感觉到它"[1]。哈里去看自己的墓地，看到墓地前的土地上插着一束红色的玫瑰花，这是他最喜欢的。顺着这些花向上看去，哈里看见了独自站着的一个男人：他的沉浸于悲伤之中的爸爸。这让哈里也同样悲伤起来。因为他看得见父亲而父亲却看不见他。后来爸爸看了看表，该回去了。他对着墓碑说："再见了，哈里。我明天还会再来，跟平常一样。"哈里不愿爸爸这样难受，对他说："爸，不用每天都来看我，一个星期一次足够了，老实说，一个月一次也可以。或者你假期的时候再来，我不会在乎的。……我宁可这样，你别成天难过。"但他知道这些话爸爸是听不见的。爸爸独自拖着脚步满脸悲伤地走着。"这让人感觉是他离开了，而不是我。"哈里能做的是，在父亲默默离开的时候跟上去。"他继续走，我伸出我幽灵般的小手去拉他的手，我们一起在小道上走，手拉着手，我的手拉着爸爸的手。"[2]

哈里随爸爸回到家，迅速地闯入厨房，果然看到妈妈和姐姐都在。"我今天去了一趟。"妈妈说。"我放学后去了一趟。"姐姐说。于是三个就那么坐着，这样的场景实在是太让人难过了。哈里觉得自己已经有点受不了。他想自己必须做点什么，让他们高兴起来。可是没用，无论他想出什么主意大声地说出来，他们都没有反应。哈里这时明白幽灵与活人的根本区别。在雅丹上楼做作业去后，妈妈惨淡地笑了下对爸爸说：就算我们有一百个孩子也没有用，我们还是会和以前一样想念哈里。爸爸点点

---

① ［英］艾利克斯·希尔：《天蓝色的彼岸》，张雪松译，北京：新世界出版社2004年版，第91页。

② ［英］艾利克斯·希尔：《天蓝色的彼岸》，张雪松译，北京：新世界出版社2004年版，第197页。

头,眼睛里有泪花:"哈里是独一无二的。我有的时候都要被他气疯了,但他会让我马上高兴起来。我真的爱他,我太想念他了。""我也是,我太想他了。"哈里看到他们相互拥抱在一起,两个人开始哭泣。

哈里这时才明白,人死了并不是一切就"结束"了。死亡不代表"结束"。你虽然不存在了,但生活还在。地球不会因为你的死亡而停止转动。但是,世界上还有一样东西叫"怀念"。死去的人被活着的人怀念。尤其是对于亲人,在相当长的一段日子,他们很可能会沉浸在悲痛中而无法过"正常生活"。想到这点让哈里心里越来越不好受,他知道自己一定得做点什么来改变这一切。全家只有那只叫阿尔特的猫认出了他的幽灵。这只猫开始发出令人恐怖的声音。当爸爸试图接近它时,它的爪子把爸爸的手背抓伤了。哈里明白了自己不该来,他只会给家人带来麻烦。死人是不能跟活人在一起的。但他必须做完该做的事,那就是向姐姐道歉,让她从内疚的阴影中彻底走出来。他来到雅丹整洁的房间,看到她一边心不在焉地看着历史书,一边看着她书桌上放着的一个相片框,里面是哈里四岁时的生日照片。他在切蛋糕,大他三岁的雅丹在旁边帮助他。"噢,哈里。"她伸手去摸它,就好像那不是一张纸,而是有血有肉的活生生的人。因为无法让姐姐听到他的声音,哈里就动用意念力把雅丹书桌上那支铅笔动起来,在纸上写下了:"原谅我,雅丹,请原谅我说的话。"

雅丹先是被吓住了。当她很快清醒过来,意识到是弟弟在向她告别。她盯着纸上的字,哽咽着说:"当然,我原谅你,哈里。当然,你也原谅我,对吧?哈里。我只是一时生了气。我说了傻话。原谅我,哈里。我爱你。"哈里的力气就要用完了,他努力让那支笔写下最后要说的话:"我也爱你,雅——"①铅笔终于还是掉了下来。但哈里感觉内心终于安宁了。虽然也悲伤、遗憾,但是却很平静。哈里知道他让姐姐也有了这种感受,这让两人如释重负。要做的事总算做完了,现在该走了,再也不回来了。哈里沿着雨后的那道彩虹上到了天堂,最后终于抵达了天蓝色的彼岸。到了该说再见的时候了,哈里觉得自己这辈子过得还不错。虽然短了些,但他希望家人别为他难过。"我很好",他想,"我只是为我死后还活着的人们难过,因为我的死让他们太伤心了。"哈里相信他将获得新生,但他不再是哈里了。所以在即将融入那个"彼岸"的尽头时他大声地说:"再见,

---

① [英]艾利克斯·希尔:《天蓝色的彼岸》,张雪松译,北京:新世界出版社2004年版,第235页。

妈妈。再见，爸爸。再见，雅丹。我想你们。我爱你们大家。我爱你们所有的人。我非常、非常爱你们。比我能说出来的还要爱你们。"①

以生命的结束作为开始、以一个幽灵的角度去展现一些人类内心深处最美好的东西，这是这本书最独特的地方，但在当代西方小说中，这种"穿越生死"的写作手法已经并不新鲜。但这并不妨碍这部小说的艺术魅力和审美价值。因为它同《圣诞毛衣》一样，从一个不同的角度向我们诠释了什么是"亲情"。对于这样的作品，读过与未读的区别是显著的。它毫无疑问有益于人性的教育，这是作为审美文化的艺术作品的最终宗旨。但亲情的表现需要多视野，可以是多方面的。俄国作家米哈伊尔·奥索尔金的自传性小说《我的姐姐》就是这样一部作品。这是一部别开生面的小说。译者钱诚先生已是一位 80 多岁的老人。在小说的"前言"里他写道："我搁置译笔已十几年了。在并非生活必需的情况下，之所以在年愈八旬的去冬又接受这个中篇的翻译，不是还不服老，而是因为我初读原文后确实颇多感触，也受到启发。我在这里看到一位世纪之交的女性，一种现已极罕见的女性美，一颗坚忍不屈的心灵，一团在内心抗争中自燃自熄的火。它使我思考当代生活中的许多问题。"②

译者的这番话足以说明这部小说的价值。它同样是关于亲情的。作者作为她的亲弟弟，在临近生命终点的时候，以第一人称的叙述，饱含深情地回忆了他的姐姐卡佳从童年到中年直至离开人世的一生。本书作者的真实名字是米哈伊尔·安德烈耶维奇·伊从。生于 1878 年 10 月 19 日，俄国乌拉尔山脉西麓的彼尔姆市一个原属世袭贵族的家庭。经历了两次世界大战和俄国国内的三次大革命。曾三次坐牢，经过逃亡、被流放、被驱逐出境，最后以无国籍身份于 1942 年寂寞地客死法国。他的母亲在亲眼见到他结婚并且有了一个孩子后不久，就离开人世。之后他又相继失去了与他恩爱多年的妻子和为他们所爱的儿子（他死在国内战争中）。他坦然地接受了命运对他个人的安排，但在他得知他从小就怀着崇敬之心的姐姐卡佳去世后，忍不住为她拿起笔来写下一些纪念文字。正如作者在最后"结幕"一章中写到的，他的姐姐不是罗曼史里的主人公，而他写她也并非想借题发挥创作什么大作，只是行使一个弟弟应尽的义务，

---

① ［英］艾利克斯·希尔：《天蓝色的彼岸》，张雪松译，北京：新世界出版社2004 年版，第 259 页。

② ［俄］米哈依尔·奥索尔金：《我的姐姐》，钱诚译，北京：人民文学出版社2010 年版，第 1 页。

并没有企图以引人入胜的情节取悦于读者。所以与别的小说不同的是，这部作品有核心人物，即叙述者称为姐姐的卡佳；但没有一个核心情节，这是一部用散文方式创作的小说。

其中只有一个个充满情趣的小故事，是作者过去生活的点点滴滴形成的一部回忆性叙述。所以在某种意义上，这不仅仅是一部小说，它同时也是作者抒发他对让他挚爱终生的姐姐的满腔亲情的文字。在书中，叙述者明确强调，在这篇关于一位妇女生平的记述里，她的兄弟科斯佳只不过是个满怀爱心的见证人而已。[①] 为此作者在书中责备自己：这个小时候爱姐姐胜过爱妈妈的"我"却"是个不够格的知心朋友和感觉迟钝的兄弟"。他觉得，"她，我可怜的卡佳姐，在许多方面对我来说始终是个谜"。他之所以要动笔写她，是因为常常，当他是孤身一人而且到了迟暮之年的时候，一想起姐姐，她的形象便会清晰地浮现在他面前：看到她还是个小女孩，看到她长成了大人，看到她还是当年他所观察到的那个样子。在叙述者眼中，这位姐姐是"一个事事仿效大人的大胆而机敏的儿童，一个母性情感过早苏醒的小女孩，一个对冒牌的大人物崇拜得神魂颠倒并把自己的一生献给了此人的半大孩子，一个受到侮辱又为此侮辱而自己惩罚了自己的妇女，一个才华横溢却把自己的才华随意抛向西风的人，一个决意献身于并确实全然埋头于呵护孩子和她所不爱的丈夫的苦行者"[②]。

在小说中我们看到，少女时代单纯的卡佳由于缺乏对复杂人世的经验性认知，因而无法对自己的生活选择作出准确的判断。当她的生活中出现了一个表现显得相对成熟与稳重的成年男性时，这位单纯的少女就把自己一生的幸福想象全部寄予到这个人身上，以至很快遭遇彻底的幻灭。成年后的卡佳有了属于自己的精神世界，此时她已经清楚地意识到自己对于精神性的要求是不容违背的，爱情和婚姻，对于她来说首先是精神的契合。尽管她的生活完全可以出现新的转机，有人爱慕和追求她。但是，正是由于那种对独立人格的追求和对两性关系中精神性因素的坚持，看清了人性中欲望的驳杂的卡佳给予了那些爱慕者如马丁诺夫们坚定的拒绝，"即使他是个最好的人……他需要的首先还是你本身，至于你自己的生活嘛，那对他则是第二位的。这么一来，就一下子全坍塌了。而

①　［俄］米哈依尔·奥索尔金：《我的姐姐》，钱诚译，北京：人民文学出版社2010年版，第45页。

②　［俄］米哈依尔·奥索尔金：《我的姐姐》，钱诚译，北京：人民文学出版社2010年版，第157页。

且总是这样"①。卡佳对于爱情的期待,其中包含着一种精神性的寻求,她向往音乐、学习建筑,这些东西都在召唤一个非同寻常的本性,一种有别于传统女性的精神之美。然而,虽然"天上的星辰对谁都同样闪烁召唤,但却不是谁都注定能够展翅飞翔"。在她的生活圈子里,只有她的弟弟科斯佳能够进入这个世界:"要尊重女人这个'人'。"②

这样的卡佳我们在什么地方似乎早已见过? 没错,是在列夫·托尔斯泰的《安娜·卡列尼娜》中。当然,由于时代的差异,应该说卡佳比安娜更有个性和活力,有更高的精神追求。认识到这一点我们也就理解,作者要通过文字为这样一个"普通的俄罗斯妇女"给予纪念的原因。这绝不是一种个人化的私情,而是反映了一个时代的诉求、呈现了一种性别的痛苦的声音。事实上,这位叫卡佳的"姐妹"是属于每一个拥有人性的人们的。所以,随着叙述者的声音,我们也渐渐融入故事之中与卡佳同命运,分享着叙述者的悲哀与伤痛。那天一大早,"我"就带上猎枪往森林里去。如果打不到什么野味也会带一篮子马林浆果回来。不知不觉中走进了森林深处,来到了一块从未到过的林间旷地。地中央耸立着一颗落叶松,枝叶扶疏,清新明朗,光芒四射。这让"我"心醉神往,不由得停住脚步。远处传来斑鸠的倾诉忧伤的声音。兴许是从那颗孤独的落叶松的光粲粲的美中,或者是从这斑鸠的怨诉声中,"我"感觉到了卡佳姐的灵魂就在近旁轻轻飘动。尽管叙述者是个不信教的人,但"在那一刻我却愿意相信:姐姐的灵魂就在这里,在我近旁,在青草上轻轻飘荡。就在这爽朗的一树绿装中发着闪光。我在这里伫立了好久,一动也不敢动,心里既为她哀伤悲痛,又为我们在这充满阳光的相逢感到高兴"③。

11. 柑橘与柠檬啊

这就是"亲情"的最好的诠释,它意味着真、善、美三位融为一体。同样能与之媲美的小说是英国作家麦克·莫波克的经典之作《柑橘与柠檬啊》。这是关于一个人如何在困境和希望中长大的故事,是叙说一个生命守护和拥抱另一个生命的故事,是表达关爱、温暖、困境和坚强的叙事。

---

① [俄]米哈依尔·奥索尔金:《我的姐姐》,钱诚译,北京:人民文学出版社2010年版,第125页。

② [俄]米哈依尔·奥索尔金:《我的姐姐》,钱诚译,北京:人民文学出版社2010年版,第132页。

③ [俄]米哈依尔·奥索尔金:《我的姐姐》,钱诚译,北京:人民文学出版社2010年版,第159页。

故事讲述的是生活在英国一个小镇的乡村中的一家人,它是被他的亲人们亲切地称为小托的叙述者托马斯·皮弗斯,和他的妈妈皮弗斯太太、大哥"大个儿乔"和二哥查理·皮弗斯,以及与他们一家四人结下深厚友谊的邻居姑娘莱莉的故事。故事始于小托的回忆,他从自己还是一个处于童年的男孩开头。他们都以为那个叫"上校"的男人工作为由,而住在他的庄园的土地内。尽管生活是如此的贫困和艰难,但他们一家却过着宁静、明亮、芬芳的生活。在故事的一开始,小托的爸爸带着他去森林中伐木时遭遇不幸。当小托听从爸爸的话高兴地在森林里独自玩耍时,一棵大树正慢慢向他的位置倒下来。爸爸为了救小托,在用尽全力一把推出小托后,自己被压倒在树下,当下就没有了呼吸。从此他们家的生活就发生了变化。妈妈到上校家去给上校的夫人当女仆来获得继续居住的权利。悲伤、愁苦、失落,伴随着看似解决不了的困境。每每这时,他们就唱起一首名叫《柑橘与柠檬啊》的歌。

在歌声中,敏感、柔弱的小托慢慢长大。小托一直认为,是自己杀了亲爱的爸爸。这个念头一直在他的内心盘旋而挥之不去。但小托在家里有妈妈的关心,在家外有哥哥查理的保护。在学校里,那个爱打架出了名的大块头吉米·帕森经常以大个儿乔的弱智病来取笑他。不甘示弱的小托和他扭打起来,但被他揍得倒在地上后,他仍继续用脚凶猛地踢他的背和腿。此时,查理会冲上来抓住帕森的脖子使劲往地上摔。那天查理共救了小托两次,包括替小托挨那个学究教师缅宁先生的鞭挞。小托心里虽然难过,但同时也感到骄傲。因为他"拥有世界上最勇敢的哥哥"。查理的勇气和正义感同样赢得了美丽的莱莉的喜爱。她跑过来牵着他的手来到水池边,用手帕沾水来清洗小托几乎全身都是的血。一边告诉他:"我喜欢大个儿乔,他很善良。我喜欢善良的人。"也许就是从那时起,一种对莱莉懵懂的情意在小托的心里悄悄地萌发。凭着她对大个儿乔的喜欢,小托确定自己"也会爱她直到死那天为止"①。从那天以后,莱莉成了这个家庭的一份子,就好像她顺理成章地成了他们的姐妹。皮弗斯太太也把她当女儿一样对待。小托一直想把心思告诉查理,因为他们是无话不说的好兄弟。但他始终开不了口,冥冥中他觉得说出这些话似乎会破坏这种让人留恋的日子。

---

① [英]麦克·莫波克:《柑橘与柠檬啊》,柯惠琮译,北京:中国城市出版社2009年版,第25页。

但第一次世界大战的突然来临改变了所有人的生活。首先小托很快意识到，莱莉和查理早已彼此相爱，因为他们年龄相近，他们一起把小托当作需要照顾和保护的亲爱的弟弟对待。这让小托很受伤。他们已经结婚并公开同居在一起，晚上在隔壁的房间里，小托觉得，全世界他最爱的两个人在追寻对方的过程中将他遗弃了。这让他彻夜难眠。他想恨他们，但他不能。他知道这不是哪个人的错，他谁都不能责怪。其次是上校来到他们家，要求查理去参军。虽然小托不到年龄，但他选择了和查理一起去。虽说他本能地想逃避战争，却又怕被别人以及他自己认为是懦弱的行为。为了逃避这种羞耻，为了逃避爱情的挫败，小托谎报了年龄，和查理一起应征入伍。事后，小托花了两年的时间思考，当初为何在那紧要关头会作出与查理一起出征的决定。最后他想，"那是因为我无法想象与查理分离的痛苦。我们这一辈子一直生活在一起，分享所有的事情，包括对莱莉的爱"[1]。在战火中，小托对世界和自己逐渐有了更新的认识，他渐渐褪去了柔弱和怯懦，懂得坚强、担当和关怀，内心越来越强大。

在这场每天都有成千上万人死去的残酷而毫无理性的战争中，查理因在一次冲锋中腿部受伤而被送到医院，那次他又是为救被陷入困境的小托而受的伤。出院时他用仅有的两天时间匆匆赶回家去，见到了自己的儿子。他们以小托的名字给他取了名。而在此期间，小托也认识了附近唯一的酒吧的老板的女儿安娜。美丽的法国姑娘安娜和莱莉一样，很快喜欢上了这个善良而腼腆的英国小伙子。但在小托又一次从战场回来去酒吧看望安娜时，却知道安娜不久前被一颗流弹击中死去。他来到安娜的墓地，内心感受到的痛楚，是自爸爸去世以来从来没有过的。小托知道她躺在自己脚下这方寒冷的泥土里，于是他跪下来亲吻土地，感觉到她的存在。等他回到营区时，眼泪已经流干。好在查理回来了，带来家人的问候。但就在哥俩为重逢而高兴不久，查理就被一直对他心怀不满的、粗暴傲慢的韩利中士，以"违抗命令，逃避战斗"为由，送上了军事法庭。在临别前的最后一晚，查理唯一一次请求小托帮忙，那就是代替他照顾好莱莉。小托不愿去想没有查理的日子，但查理什么都清楚也明白。他知道小托一直还在心里爱着莱莉。所以他把今后负责全家人的生活交代给了小托。

---

①　[英]麦克·莫波克：《柑橘与柠檬啊》，柯惠琮译，北京：中国城市出版社2009年版，第94页。

　　小托被通知可以最后去见见他的哥哥。他来到军事监狱。查理告诉他，这根本就不是什么审判，这些冷漠的军官早已把一切都准备好了，连形式都显得多余。"他们知道我是对的，但是这并没有影响他们对我的死刑判决。"查理告诉小托。眼看着小托的眼泪又将水流般倾注，查理赶快制住他："小托，别哭，我不想看到眼泪。"[1]他有一封家里来的信，是莱莉写的。他一定要读给小托听，因为这封全是关于小小托的信让他发笑。而他正需要一场大笑来对抗这批没心没肺的家伙们。小托知道，有件事现在必须告诉查理，否则就会后悔莫及。这就是关于爸爸的死。但查理给了小托一个微笑。全家人早就知道了，因为他在梦中不知说了多少回。大家一直想找个合适的机会告诉他，这不是他的错。查理把爸爸留下的那块手表郑重地交给小托，让他戴着它就会想到他作为哥哥与他同在，等小小托长大了再给他。查理轻轻地哼着《柑橘与柠檬啊》的歌。小托和他一起唱。边唱边哭，眼泪滑落，但已经无所谓了，因为他俩都知道这不是悲伤之泪，而是兄弟情谊深长的庆祝之泪。

　　分别的时间很快就到了，他们站起来拥抱、握手、道别。查理再次向他微笑了下，说明天早晨六点那个时刻，他仍然会唱这首歌，为他们全家。第二天早晨小托早早起来，等到六点差一分的时候，他走到门外，仰望着天空，轻轻唱起《柑橘与柠檬啊》。毫无疑问，这是一部让人感伤的书，但读完之后留给我们的不只是悲伤，还有一种无以言表的来自亲情的温暖。它让这个丑陋的世界变得可以忍受，甚至有一种留恋。如此美好的亲情让无声的大地变得富有人情味，让我们的生活世界充满了一份憧憬。这样的亲情多多益善。它是良好的人性得以顺利生长的土壤。

12. 一江流过水悠悠

　　将亲情表达得如此充满感染力并不容易，所以这样的小说并不多，但美国作家诺曼·麦克林恩的作品《一江流过水悠悠》同样做到了。作为芝加哥大学的文学教授，麦克林恩的专业是莎士比亚和浪漫派诗歌研究，退休之后开始创作小说。这部作品不是为稻粱谋的职业作家的文字，而是出于一种纪念性的写作。所以小说中有很大自传性成分自不待言，那一种铅华洗净后的沉静与达观令人慨叹。这部小说的出名，更多的得益于由好莱坞著名电影人罗伯特·雷德福导演、布拉德·皮特主演的影片《大

---

　　① ［英］麦克·莫波克：《柑橘与柠檬啊》，柯惠琮译，北京：中国城市出版社2009年版，第163页。

河之恋》(River Runs Through It)。影片于1992年出品，立即博得业界和观众一致好评。

好的影片来自杰出的小说。故事的背景是美国西部蒙大拿州依山傍水的小城密苏拉，那里林木郁郁，一条大河流过，水中鱼类繁多。"在我们家，宗教和蝇饵投钓这两者之间，没有明确的分界。"①故事的这段不无幽默的开头，已经昭示了这部小说的主旨。长老会牧师的儿子诺曼和保罗，在浓郁的宗教氛围中长大，且在父亲的教导下练习学会了用蝇饵投钓的技艺。兄弟俩的性格和志趣完全不同，哥哥诺曼温和沉静，循规蹈矩但同时也墨守成规不越雷池，缺乏创造性；而性格桀骜不驯的保罗则迥然不同，喜欢脱离常规。但这丝毫不影响兄弟间的深厚情谊。和父亲一起钓鱼成了他们的节日，他们友好地"竞争"，但往往是弟弟保罗胜多负少。对此哥哥诺曼不仅从不在意，而且为弟弟那一手绝技深感自豪。诺曼的处世方式受到父母亲赞赏，但他们似乎是"自然而然"地更偏爱些保罗。对此诺曼并不介意。因为他知道，对于母亲，保罗那张永远笑意盈盈的脸深得母亲的欢迎，父亲的内心同样有一种欣赏，是因为保罗比诺曼更擅长钓鱼。诺曼知道，自己的性格只是他的天性使然，他虽然无法像弟弟那样生活，但在内心深处，弟弟身上的那种总是兴致勃勃的洒脱和待人的率真与淳朴，却深得他的喜爱。用诺曼的话讲："幼时兄弟的默契之一，在于了解两人多么不同。"②

对于弟弟，唯有两件事让作为哥哥的诺曼不放心。首先是他对酒嗜好成癖，常常不分场合与时间把自己喝得酩酊大醉不省人事。其次是在这个骗子与魔鬼四处出没的世界，弟弟狂放不羁的行为不时地会给自己带来危险。1919年秋，诺曼前往离家几千英里的达蒙斯学院上学，一去就是六年。在学院，他发现自己非常擅长讲授文学，从而萌发了当教授的念头。而保罗在家乡读了大学，毕业后在当地报社工作。他和哥哥一样打定了主意，知道自己这一生需要什么。这就是两大目的：一是钓鱼，二是不做繁重的工作，至少不让干活妨碍了钓鱼。1926年，诺曼回到了家乡。再和弟弟一起去钓鱼，他发现自己永远都赶不上弟弟了。因为弟弟独创了一种"影子钓法"。每次和弟弟一起去钓鱼，诺曼都爱在一旁悄悄地欣

①　［美］诺曼·麦克林恩：《一江流过水悠悠》，陆谷孙译，上海：上海人民出版社2011年版，第3页。

②　［美］诺曼·麦克林恩：《一江流过水悠悠》，陆谷孙译，上海：上海人民出版社2011年版，第9页。

赏保罗的身影,因为他的挥杆动作十分具有美感,就像一幅活动的艺术作品。用他们父亲的话说:"他钓鱼这一手真叫美。"①垂钓多年,弟弟的形体已在一定程度上被抛掷动作锻炼得非常健美。在一个舞会上,诺曼结识了美丽的杰茜,两人很快坠入爱河。保罗则迷上了赌博,欠了一屁股债,经常因为欠债与人打架,成了警察局的常客。诺曼接到了芝加哥大学的聘书,请他担任英国文学教授,诺曼勇敢向杰茜求婚。即将离开家,诺曼与父亲和保罗再次来到特律河钓鱼,享受这团聚的幸福时光。

多年后,诺曼以一名获得无数荣誉而受尊敬的教授身份退休。他的亲人们都已离开人世。唯有他回到河畔,回忆起往日情景,回忆与保罗在河畔的四次垂钓。和弟弟保罗不无传奇的跌宕起伏的人生之路形成鲜明的反差,哥哥诺曼的一生比较顺利,因为他喜欢在水流平缓的河里钓鱼,所以,他的爱情、婚姻、家庭、事业都显得井井有条。老年的诺曼独自站在大黑脚河水里,仿佛和保罗回到了青春年少的时光。时间就像眼前的这条河中的流水那样,迅速流逝。诺曼想起,当时自己劝保罗离开这个是非之地,和他一起去芝加哥。但保罗拒绝了,他是一个钓鱼艺术家,他不愿意离开蒙大拿。但就在诺曼动身去芝加哥的前一天,保罗被仇家杀害,全身的骨头都被打碎。不过,那最后一天的钓鱼,给他毕生留下了美好的记忆。他想起一开始保罗并不顺利,他看到诺曼已有不小收获,于是顽皮地朝他的方向扔了几块小石子。这就是保罗的特点,"看到己不如人这种反差,他受不了。于是他就给伙伴捣蛋,即使这个伙伴是他的亲哥哥"。② 那天后半段,诺曼变得很不顺。此时保罗知道是因为用的鱼饵不对,于是他又特意蹚水过来,一边说"咱哥在此一无所获",一边给他送来合适的鱼饵。那天诺曼一共捕到十条鱼。最后三条是他平生捕到的最佳战利品。这多亏了保罗及时送来鱼饵。

这就是保罗。他不习惯于接受别人的帮忙,却乐于帮助别人。那天他显然下了决心要在父亲和哥哥面前露一手。不顾河水盘旋的危险去到一个拐角处使出他的"影子钓法"。"他这一手真叫美。"这是父亲反复用来评价保罗的话,诺曼觉得今天的成果已足够,他来到附近早已收手坐在那里看书的父亲身旁。他问父亲钓到几条,父亲告知四五条。"都怎么

---

① [美]诺曼·麦克林恩:《一江流过水悠悠》,陆谷孙译,上海:上海人民出版社 2011 年版,第 134 页。

② [美]诺曼·麦克林恩:《一江流过水悠悠》,陆谷孙译,上海:上海人民出版社 2011 年版,第 116 页。

样?"他的回答是"美极了"。父亲倒过来问诺曼钓到几条,诺曼回答"算称心如意了"。父亲却继续问:"都是什么样的鱼?"他学着父亲的口吻:"美极了。"于是父子俩相对一笑,坐在一起,观看远处的保罗在那里同条上钩的鱼较劲。经过四五个回合,保罗终于把鱼弄到了近岸处,不料却又让它转个身游回深水里。父子俩远远望去,已能感到水下的那个大家伙渐渐力穷,便放下心来,欣赏着保罗如何将它收尾拖到岸上。这是诺曼此生看见保罗钓上的最后一条鱼。在以后的日子里,父亲曾几次和诺曼谈起这一刻。每当大家情不自禁地想起保罗时,这一时候似乎是让人最愉快的话题。记得当时全身湿透的保罗来不及甩开身上的水,迫不及待地想让父亲和哥哥一睹他的鱼篓已经容纳不下的收获。他身上的水把父子俩从头到脚都打湿了,"就像一头成年不久的野鸭猎犬,快活得忘了甩开水珠就来同你亲热"。这时,只听父亲说道:"你是个出色的渔夫。"兄弟俩明白,这句看似极普通的话,在这个特殊的牧师家庭里却意味着最高的赞扬。

保罗提议,大家把鱼都在草地上摆出来拍张照留作纪念。事后照片洗出来的效果却并不好。不过那天保罗的最后一个特写画面,始终留在诺曼的脑海里。只见苍蝇围着他帽子的丝圈旋飞,大滴水珠从他的帽下淌到脸上,进而沾湿双唇,他淡淡一笑。在那天的最后时刻,在诺曼的记忆中,保罗"既是遥不可及的技艺的抽象标本,又是一张浑身是水且笑容可掬的特写照片"[1]。父子两代三人并肩坐在河岸上,看脚下河水流过。如往常一样,河水悠悠,如在低声自语。保罗似乎对自己的技艺还满意,他反复说着"再给我三年时间"。但这话仿佛是某种预言。第二年五月初的一个拂晓,一位警长把诺曼叫醒,把他带到一条小路上,保罗仰面躺着,早已没有生命迹象。母亲闻讯后转身回到卧室,从此她再也没有问起关于自己最为钟爱却又知之甚少的人的任何问题。也许对她来说,"仅仅知道自己爱过他,这就足够了"[2]。保罗的猝死并没有让他退出他所归属的家庭。间接的,他仍经常活在大家的对话中。作为故事的叙述者,诺曼讲述的这些故事全都发生在水边,悠悠流淌的河水倾听和见证着故事中的所有的哀乐与悲伤。

---

① ［美］诺曼·麦克林恩:《一江流过水悠悠》,陆谷孙译,上海:上海人民出版社 2011 年版,第 131 页。

② ［美］诺曼·麦克林恩:《一江流过水悠悠》,陆谷孙译,上海:上海人民出版社 2011 年版,第 133 页。

诺曼不动声色娓娓道来的对往事的回忆贯穿起整个故事,成为这篇小说的一条核心纽带。"在那潺潺水声旁,我意识到故事已经开篇或许早已开始。"①萦绕于叙述者心中最强烈的痛楚是弟弟保罗的死,但在整部作品中我们见不到叙述者直接与正面的抒发,而是把这种浓厚的情感很好地隐匿于对过往的日子里那些欢乐时光的回望。只有透过字里行间的言外之意,让我们体会到那种多年来沉淀于心灵深处的无言而深深的思念。在诺曼心中,一度"这世界有多美好,至少这条河是如此。而这条河简直就是属于我和我家的"②。但如今,他年轻时所挚爱却又无法理解的人,几乎全已不在人世。但他诺曼还是想念着他们。虽然他现在已是一个算不上渔夫的老人,但他仍常常会只身去到大河,坐在岸边,让整个人的身心淡出,化成灵魂中的记忆。显然,这同样是一篇无法对它作出一种梗概性归纳的小说。它的散文化的叙述将故事碎片化,形成点点滴滴的温馨的情趣。但这是一篇能够让我们对亲情作出进一步认识和理解的作品。这就是作品中所说的:"爱一个人并非一定要彻底了解他。"③这就是亲情的独特之处,它融入了友情和爱情,就像这两种感情达到一定的深度后,同样含有亲情的元素一样。亲情意味着全部的包容和永不放弃的关怀。在这个意义上,亲情教育是孕育美好人性最宝贵的资源。

第五节　小说与纯情

13. 我在雨中等你

在人性的情感结构中,除了乡情、友情、爱情和亲情之外,还有一种既包含这些元素,但又不能简单地归纳到其中任何一类的一种情感,这就是"纯情"。在某种意义上,它是人性之所以为人性的最直接的昭示。如何表现这类情感,常常也是吸引许多作家一试身手的舞台,事实上它构成了"教育小说"的主体。比如法国作家圣-埃克絮佩里"为大人们写的童话故

---

① 〔美〕诺曼·麦克林恩:《一江流过水悠悠》,陆谷孙译,上海:上海人民出版社 2011 年版,第 83 页。

② 〔美〕诺曼·麦克林恩:《一江流过水悠悠》,陆谷孙译,上海:上海人民出版社 2011 年版,第 75 页。

③ 〔美〕诺曼·麦克林恩:《一江流过水悠悠》,陆谷孙译,上海:上海人民出版社 2011 年版,第 133 页。

事"《小王子》。自 1943 年在纽约出版起,这部童话体小说便成了 20 世纪流传最广的文学作品,被译成 100 多种语言,电影、唱片,甚至纸币上都可以看到这本书的影子。故事叙述者"我"在浩瀚的撒哈拉大沙漠上遇到了一个古怪奇特而又天真纯洁的小王子。他来自一颗遥远的小星球。他曾在太空中分别拜访了国王的、爱虚荣人的、酒鬼的、商人的、地球学家的星球等等,最后来到地球。

小王子是个有一种特殊的天分孩子。他凭直觉行事,感觉灵敏,能够透过事物的表面发现其实质。比如他能看到飞行员给他画的装在木箱里的绵羊和被蟒蛇吞到肚子里的大象。与小王子的巧遇,使"我"发现,自己已经在多大程度上失去了宝贵的像孩子那样的纯真之心,他已经多么严重地被大人那骗人的世界所征服:他已经不能像小王子那样透过木箱看见里面的绵羊了。因此,他叹息说:"我可能有点像那些大人了,想必我是老了。"通过孩子与成人间的对比,富于想象的作家用简单而强烈的手法,揭示了理想与现实之间的尖锐矛盾。这部小说的情节别致,行文充满了诗情和哲理。叙述者一开始就明确告诉读者,"我想用童话故事的方式,开始叙述这个故事。我会这样:'很久以前,有个小王子,住在一个比他自己大不了多少的小行星上,而且他希望有一个朋友。'"显然,这是典型的"童话体叙述模式"。但叙述者认为这种手法不会降低故事的价值。恰恰相反会更好地揭示表面玄奥的人世的秘密,因为"对于那些真正懂得生活的人来说,这样说很真实"[①]。小说采用倒叙的手法,讲述小王子离开他的小行星,访问了那些只住着一个居民的星球之后,发现那些大人都极端孤独地生活在凄凉的寂寞中。这些以为他们的小天地就是全部宇宙的大人们,缺少可以使他们互相结合起来的东西,那就是真诚的爱。

小王子全部生活的中心曾经是他的那枝花儿,他以一种狂热的赞美心情注视着她的开放。当他第一次看见她露面的时候,完全沉浸在她那美的光彩里,不禁脱口赞叹说:"你真美呀!"可是不久,他发现了她的缺点:爱虚荣、骄傲、疑心重,还有点说谎。由于对花儿完全失望,小王子离开了他的星球。小王子承认了他的错误,但是太晚了。一天他对他的朋友掏真心地说:"我本来不该听她的,永远不该听那些花儿的话。只应该闻闻她们、观赏她们。"当小王子在地球上发现 5000 株与他的花儿一模一

---

① [法]圣-埃克絮佩里:《小王子》,艾柯译,哈尔滨:哈尔滨出版社 2001 年版,第 25 页。

样的玫瑰时,他感到十分失望。他的狐狸朋友来安慰他,并向他泄露了一个如同一切伟大思想一样通俗的秘密:应该用心灵去追求真理,因为"生命中最重要的东西用眼睛是看不见的,只有用心才能看清楚"①。比如他正是靠心灵才发现了以沙漠中的水井为象征的生命之泉的。借助这个奇特的隐喻,人们衡量事物的尺度被调整:比如在世人眼里无比壮观的火山,在小王子的星球上捅火山就像捅炉子,其中一座活火山还能用来做早点。如果在小王子的 612 号小行星上暂住,就会搞乱我们所有的时间观念,小王子只要把椅子挪动挪动,每天就能看到 44 次晚霞。我们被弄得晕头转向,因为任何事物都是相对的。

在小王子所处的这个世界里,死亡仅仅意味着抛弃遗骸、抛弃外表,向着一颗星星,向着爱情,向着自己的使命升去。叙述者让我们通过对小王子秘密身世的一步步探寻,知道了这个世界上隐藏的种种丑恶,也悟到了美好的追求真挚友谊和博大情怀的理想境界的意义所在。不言而喻,这是个简单的故事,虽然作品通过"小王子"的经历,阐述了对追名逐利的成人社会的批评,提出了一些发人深思的问题。但作品的重心所在是借小王子之口赞颂真正的情谊和友爱,希望人们发展友情,相互热爱。在作者看来,爱就要像小王子住的星球上的火山一样炽热,友情就要像小王子那样兢兢业业为玫瑰花刈除恶草。唯其如此,尽管作品中也有伤感与死亡,但作者通过天空中那些"所有的星星都在笑"的景象,让伤感失去了分量,让死亡失去了它的恐怖性。因而通过这个简单的故事,作品成功地让我们领悟到生命的单纯意味着生活世界的返璞归真,给予我们这样的启示:生命由爱而来,也以爱而在。在《小王子》中,最需要警惕的是成为"大人"。小王子所谓"大人"的基本特征,就是那些"除了数字之外对什么都漠不关心的人"②。

当然,没人不会随着时间的流逝而慢慢长大。生理上的长大和精神上的成长是必要的,这并不是问题。关键在于永远保持一颗童心。对于属于"小孩"的"小王子"以及所有喜欢他的人们而言,这个世界上最重要的事莫过于:"在一个没有人知道的某个地方,会不会有一只我们不知道

---

① 〔法〕圣-埃克絮佩里:《小王子》,艾柯译,哈尔滨:哈尔滨出版社 2001 年版,第 85 页。

② 〔法〕圣-埃克絮佩里:《小王子》,艾柯译,哈尔滨:哈尔滨出版社 2001 年版,第 25 页。

的羊,吃掉一朵玫瑰。"①在这种诗意的阐释,蕴涵着关于作为一种美学范畴的"单纯"。一言以蔽之:就是对以数字为背景的功利主义人生观的超越。卡莱尔说得好:数字计算能在现实世界里给我们以重要帮助,但它无法对生命中最重要的东西作出评估。比如"通过漫长的时代培育着一切优秀人物的生命之根,这是'功利'所不能成功地算出来的!"②所以,必须超越功利主义的生活态度,必须警惕数字化的生存方式。这不仅是因为"所有的统计都是虚假的"③,也是因为就像一对赤诚的恋人短暂的亲密相处也会留下终生的怀念,人类生命最根本的价值世界永远不能为数字所掌控。说像紧张产生呐喊,战斗产生歌曲,而"纯洁产生诗"。④阅读《小王子》具有能够让我们的心灵得到一次净化的效力。在这个"网络至死"的社会,它提醒我们警惕"数字主义"。只有这样我们才有可能胸有成竹地保住我们的人性,否则我们就不可避免地沦为一种超级机器人。

像别的小说一样,纯情小说也具有多样性,比如《我在雨中等你》(The Art of Racing in the Rain)。如果用一句话来表述,那可以这样讲:这是一部以一只狗作为叙事者,会让每个人看了都哭的、描写一个破碎的家庭的通俗小说。据说当这部作品还是一部手稿的时候,曾屡遭退稿命运,但在国际畅销书经纪人杰夫·克莱曼的慧眼下,这份手稿迅速走向全球。2008年夏,小说震撼出版,迅速登上《纽约时报》畅销书榜,获得英、法、德、韩等国读者如潮好评。作者加思·斯坦(Garth Stein)是美国著名作家,出生并生长于西雅图。他的母亲是阿拉斯加南部的特领吉族印第安人与爱尔兰混血,来自布鲁克林的父亲则是奥地利犹太移民的后代。斯坦长大后移居纽约长达18年,后又重返西雅图与家人同住,还养了一只叫"彗星"的狗。1990年获哥伦比亚大学艺术硕士学位。

《我在雨中等你》的成功让作者一举成名。小说的故事叙述者是一只叫恩佐的老狗。他深知主人丹尼对事业与爱情的忠贞,却看到他抵抗不

---

① [法]圣-埃克絮佩里:《小王子》,艾柯译,哈尔滨:哈尔滨出版社2001年版,第114页。

② [英]托马斯·卡莱尔:《英雄和英雄崇拜》,上海:上海三联书店1988年版,第165页。

③ [西]路易斯·布努艾尔:《我最后的叹息》,北京:中国广播电视出版社1992年版,第237页。

④ [俄]维·什克洛夫斯基:《散文理论》,刘宗次译,南昌:百花洲文艺出版社1994年版,第307页。

过命运的坎坷：当妻子因患脑瘤凄然辞世，岳父母马克斯韦尔和特茜想趁机从他手中夺取女儿的养护权，而与丹尼反目成仇。为了达到这个目的，他们不惜使用欺诈手段让无辜的丹尼受诬入狱，被迫与爱女分离。丹尼心中的无奈与悲痛以及遭受的委屈，只有恩佐，一只杂种梗犬，知道得清清楚楚。因为它不是一般意义上的那种宠物狗，它是自认为属于人而阴差阳错地被塞进了一只狗的躯体的人。用丹尼对它讲的话说："有时候我觉得，你好像真的理解我。好像有个人藏在你身体里面，你什么都知道。"①然而它毕竟是一只狗，所能做的只能是陪伴主人身侧，不离不弃，默默等待。恩佐与"赛车之父"法拉利车厂创办人恩佐·法拉利（Enzo Ferrari）同名，拥有哲人的智慧和人的灵魂。它仔细观察喜欢赛车运动的丹尼的一举一动，以幽默而温暖的口吻，讲述了丹尼一家的悲欢离合：无论是幸福时光、困顿岁月，还是痴痴守望、苦尽甘来，它始终陪伴在主人身边，目睹这个家庭的幸福、离散和忧伤，感受生命的温暖与绝望、心灵的脆弱与坚强。故事也并不复杂，概括地讲就是由四部分组成：丹尼的婚姻、赛车、女儿和他的视如家人的叫恩佐的狗。但是认真地读完它，我们能清晰地理解：什么是宝贵的人性，以及为什么我们需要人性。

　　小说的主干部分是丹尼的妻子死后，围绕女儿卓伊的抚养权，与他的岳父母间展开的近乎残酷的争夺。用丹尼的第一位律师马克的话说："他们非常奸诈，而且奸诈得厉害。"②故事开始于恩佐的自我介绍："我叫恩佐。我老以为自己是人，也一直觉得我和其他狗不一样。我只是被塞进狗的身体，里面的灵魂才是真实的我。这里记录着我和主人丹尼相依度过的风雨悲欢：当妻子凄凉死去，当岳父母和他反目成仇，当他镣铐加身被突然逮捕，唯有我知道真相。可是，我只是一只狗，我无法发音，不能说话……现在我老了，即将离开这个世界。我想与你分享我的故事，如果你愿意，就翻开书，我在故事里等你……"在故事里，恩佐充分利用了它作为一只懂得人事的狗的能力，帮助丹尼。比如它在丹尼的妻子伊芙对自己的病情还一无所知的时候，就能嗅到她脑内的肿瘤。但是它只能默默注视，无法及时告诉丹尼和伊芙。等到病发伊芙拒绝就医，不久就病逝于家中。它能识破丹尼岳父母的阴谋，也会因此而愤怒，但却永远无法学会像

---

①　［美］加思·斯坦：《我在雨中等你》，林说俐译，海口：南海出版公司 2008 年版，第 50 页。

②　［美］加思·斯坦：《我在雨中等你》，林说俐译，海口：南海出版公司 2008 年版，第 211 页。

人类一样去组织并实施一种策略。但它可以在丹尼终于耗尽了精力与金钱，筋疲力尽准备屈服，在岳父的律师提供的文件上承认，自己犯下其实莫须有的罪行的文件上签字时，因车祸受伤的恩佐拼尽全力把文件抢出来冲到外面，在上面从容地撒尿。

就像恩佐完全理解丹尼，丹尼也同样理解恩佐。他知道恩佐这样做的意思，是鼓励自己为洗清罪名继续坚持战斗。这让他由最初对恩佐的行为的不满，改变成对这只狗的感激。当他的朋友迈克尔要丹尼打电话给对方再要一份，凡尼大笑着拒绝："不，我和恩佐是一路的。我也会在他们的和解书上撒尿。我没有做错任何事，我永远不会放弃。"[1]书中的主人公其实就是这只可爱的、名叫恩佐的狗。丹尼把它从一群小狗中领养回来，并给它起名叫恩佐。长期以来，恩佐一直为自己来生能够投胎做一个真正的人而自豪。唯有一次，当丹尼在电话中听到伊芙在她的父母家死去时忍不住放声大哭时，恩佐对自己是否要"做人"的心愿有过一点暂时的怀疑。因为它不忍看到丹尼痛不欲生的样子，觉得自己"承受不起那种人类才能感受的痛苦，必须再变回一只动物"[2]。故事中，男主人的身份有三种：首先是汽车商店的推销员，其次是一位赛车教练，最后是一名业余但却高水平的赛车手。女主人是一位全职太太，而女儿卓伊则是恩佐拼命要保护的人。故事开始时，这家人的生活一切都很美好。晚上，丹尼会和恩佐坐在沙发上一起看赛车比赛，偶尔女主人伊芙也会加入。周末，卓伊和恩佐在家前的小花园中玩过家家。卓伊会打扮成小仙女，而让恩佐背上小小的透明的翅膀在草地上奔跑。

但生活不会总是如大家期望的那样美好。终于，当伊芙得了癌症并死去，往日的美好生活就像一张纸那样破碎了。伊芙的父母为了争到外孙女卓伊的抚养权和丹尼打官司。他们知道丹尼并不富裕，起初只是试图耗尽他的财务来达到目的。这招果然有点效果，原本做事干练的凡尼的生活渐渐开始难以承受。在恩佐的眼中，丹尼开始颓废了。然而在恩佐多次表示了它的不满后，丹尼终于还是振作了起来。马克斯韦尔再次把丹尼告上法庭，罪名是对未成年少女进行性侵犯。证据来自一名叫安妮卡的女孩，是伊芙远房亲戚的女儿。那年他们全家到一个度假地团聚

---

① ［美］加思·斯坦：《我在雨中等你》，林说俐译，海口：南海出版公司 2008 年版，第 233 页。

② ［美］加思·斯坦：《我在雨中等你》，林说俐译，海口：南海出版公司 2008 年版，第 139 页。

时,15 岁的安妮卡正处于情窦初开的花季年龄。丹尼的成熟男性的魅力自然而然地牢牢吸引了她。当傍晚丹尼听到广播说气候即将变化有暴雨来临,便临时决定连夜赶回家。此时安妮卡也突然以需要参加同学的一个讨论会为由,提出要跟丹尼、卓伊和恩佐一起走。在他们上路时,开始下暴雨。丹尼凭着高超的驾驶技术和全部注意力,终于用 5 个小时回到家。他让卓伊和恩佐下车,准备继续开车送安妮卡回家。但安妮卡以雨太大为由,提出在他们家过夜的要求。虽然丹尼起初觉得这并不是个好主意,但一来经不住安妮卡的再三恳求,二来也是因为刚才的 5 小时车程已让他十分疲惫,也就同意了。

但让他没想到的是,就在他倒在床上休息不久很快就睡着的时候,洗浴完的安妮卡全身裸露地爬到丹尼身边,利用沉睡中的丹尼以为是伊芙的错觉试图和他做爱。聪明的恩佐马上明白了安妮卡的企图,它开始狂吠和乱咬,让丹尼很快清醒过来。他发觉了怎么回事,马上将被安妮卡趁他熟睡时脱掉的衣服穿上。安妮卡感到委屈。她说:"我以为你喜欢我,我以为你要我。"但丹尼的回答毫不含糊。他告诉她:"我不能和一个 15 岁的裸女讲话,这是犯法的。你不应该待在这里,我带你回家。"①但在法庭的第一次开庭时,这位未能达到愿望的女孩却违心地做了假证。这不仅意味着彻底剥夺了丹尼对女儿卓伊的抚养权,而且还意味着丹尼从此将终身背负这种可耻的罪名。小说中最让人揪心、也最具有现实意义的,就是针对卓伊监护权的争夺而形成的情节跌宕起伏一波三折。恩佐亲眼看着这个原本多么美满的小家庭,从幸福到离散到再忧伤。所谓的亲人会在并不高尚的个人利益的驱动下,转眼间做出让人匪夷所思的卑鄙勾当。但生活也并不总是被撒旦操纵得暗无天日,会有阳光和温暖。

就在丹尼山穷水尽之际,他多年来从未联系的亲生父母亲突然出现在他面前,两老将自己居住的房子用"逆向抵押贷款"的方式,及时地给他带来了他迫切需要的钱。丹尼和父母亲之所以长久不来往,是因为他母亲因长期患有严重的眼疾,希望丹尼留在家乡工作。但丹尼没有按他们的意愿做,他想有自己的生活。母亲一气之下就断绝了母子关系,连他们的婚礼都没来参加。但现在,就在他们的儿子面临着人生最严峻的关键时刻他们赶来了。此时丹尼母亲的眼睛已经全瞎了,自她接到丹尼的求

---

① [美]加思·斯坦:《我在雨中等你》,林说俐译,海口:南海出版公司 2008 年版,第 121 页。

救电话后,只提出了一个要求:让她跟孙女会上一面。现在,当她摸着丹尼为他们特意从岳父家接回来的卓伊的脸时,情不自禁地泪如雨下,滴落在卓伊的印花衣服上。深受感动的丹尼也热泪盈眶,他爸爸上前拥抱丹尼:"我们从来没有为你做过对的事,从来没有。这次我们要好好补偿你。"①

与此同时,就在丹尼上班的一天,一位叫路卡·潘多尼的法拉利车队的管理人员来找丹尼。他先是让丹尼载着他绕着试车道开了几圈并做了几个高难度的拐弯动作。下车后便递给丹尼一张名片,告诉他只要他愿意,法拉利车队随时欢迎他。这是丹尼做梦都想象不到的事。并且他还告诉丹尼,他们非常清楚他个人目前的处境,但他们坚信问题一定能够得到妥善解决。他们了解作为一名优秀车手的丹尼的为人。这给了丹尼以巨大的精神支持。但案件的关键还在于安妮卡。终于在一天傍晚,当丹尼带着恩佐准备去附近的公园散步时,看到了这个女孩与她的同伴坐在街对面的咖啡店。丹尼走了过去。他没有责备她,而是向她抱歉那天让她产生误解。但他同时也告诉她,她现在这样做的后果意味着什么。这让她感到吃惊,因为他们向她隐瞒了所有这一切。丹尼还告诉安妮卡,男女之间的幸福在于一种特殊的感觉,仿佛就像世界为此而停止转动。"但很抱歉,对你安妮卡,那个人不是我丹尼。"但他相信总有一天她会找到那个人,"就像伊芙让我的世界停止转动一样"。最后他对她说:"卓伊是我的女儿,我爱她就像你父亲爱你一样。"所以他恳求她:"求求你安妮卡,别让她离开我。"②虽然安妮卡的眼睛始终没有离开咖啡杯,但恩佐看到,她旁边的女伴的眼睑里已经噙着泪水。

就像在了解了丹尼和父母亲的事后,丹尼的朋友迈克尔端着酒杯感叹道:"好悲伤的故事啊。"而丹尼则看着自己的可乐罐说:"事实上,我相信这个故事会有幸福的结局。"③当法庭再次开庭,那位所谓的"受害人"安妮卡被传唤上台。她如实地陈述了那天的事。她只是告诉别人她"希望"事情发生过,但事实上"什么事都没发生"。对方于是只好把对丹尼的所

---

①　[美]加思·斯坦:《我在雨中等你》,林说俐译,海口:南海出版公司 2008 年版,第 253 页。

②　[美]加思·斯坦:《我在雨中等你》,林说俐译,海口:南海出版公司 2008 年版,第 247 页。

③　[美]加思·斯坦:《我在雨中等你》,林说俐译,海口:南海出版公司 2008 年版,第 257 页。

有指控撤销。丹尼赢得了最后的胜利。丹尼忍不住再次哽咽。但在恩佐看来,丹尼要是只和它在一起的话,也许可以忍住呜咽。丹尼和恩佐一起回家,接到了路卡的电话。他已经知道丹尼摆脱了那件事。当丹尼对他表示感谢时,没想到路卡对他说:他完全知道丹尼的需求。因为许多年前,当他太太过世时,他难得过几乎活不下去。这时有一位处于他现在位置上的人及时给予了他帮助,让他走出了困境。所以他对丹尼说:他觉得自己有机会帮助丹尼而感到幸运。"真正开心的是我。欢迎来到法拉利。我向你保证,你绝不想离开。"①黎明缓缓地从地平线出现,阳光照耀大地。

感受到苦尽甘来的滋味的丹尼的生活重新步入正轨,而此时的恩佐因为年龄加上遭遇车祸后的遗留症,已开始走向死亡。丹尼也清楚这点,他安慰恩佐:"没关系,如果你现在得走,你就走吧。"在弥留之际,恩佐回顾它的一生,感到很满足。它在心里向卓伊和丹尼告别:"等我转为人,我会找到丹尼,找到卓伊我会走向他们,跟他们握手,然后告诉他们:恩佐问候他们,他们会明白。"②恩佐就这样离开了。它的眼前是一片原野,没有围墙和建筑,也没有人群。只有它自己、绿草、蓝天,还有土地。恍惚中它听见丹尼最后一句话:"我爱你,宝贝。"时间过得很快,转眼五年过去了。丹尼成了一位优秀的职业赛车手。在意大利的伊莫拉赛道,他赢得了最后一场胜利,同时也赢得了本年度的冠军。此时的卓伊已是一位金发飘飘的长腿姑娘。她给父亲带来了一对父子粉丝。见到丹尼时那位父亲很激动。他告诉丹尼,他五岁的儿子很喜欢塞车,尤其爱看丹尼的比赛。他们是从拿波里赶来的,因为他儿子很想得到丹尼的签名。

丹尼早已习惯了,他回答说:"当然可以。"并从他们手上接过节目单和笔,问那个五岁男孩,"你叫什么名字?"那男孩回答说:"恩佐。"这让丹尼愣了一下。有好长一会,他一动不动。他没有签名,也没有说话。"恩佐?"丹尼问他。"是,我的名字叫恩佐,我想当冠军。"丹尼大惊,直盯着那男孩,直到他发现自己看得太久了,才摇头制止自己再看下去。"我很抱歉,"丹尼对那位父亲说,"您的儿子的名字让我想起一个好朋友。"丹尼与女儿卓伊四目相视,然后在节目单上签名。"这是什么?"父亲指着签名边上的一串数字问道。丹尼回答:"这是我在马拉内罗的电话,等你觉得儿

---

① 〔美〕加思·斯坦:《我在雨中等你》,林说俐译,海口:南海出版公司 2008 年版,第 271 页。

② 〔美〕加思·斯坦:《我在雨中等你》,林说俐译,海口:南海出版公司 2008 年版,第 278 页。

子准备好了，就打电话给我。我保证会好好教他，让他有机会上场开车。""真的太谢谢你了！"那位喜出望外的父亲说，"他一直在谈论你，他说你是有史以来最棒的冠军。说你甚至比塞纳更优秀！""他骨子里真的是个赛车手。"丹尼说。"眼睛往哪里看，车子就往哪里去。"①那男孩说。这正是丹尼以前和恩佐一起看电视赛况时，经常说的一句话。丹尼笑了，抬头看着天空。往日的一切似乎仍历历在目。

14. 千万别丢下我

虽然泪水并不足以证明一部书的真正价值，但优秀的小说的确会由于感人肺腑而让我们情不自禁地热泪盈眶。杰出的佳作必定让人深受感动。但感人的方式却显得不同。日裔英籍作家石黑一雄 2005 年 4 月出版的近著《千万别丢下我》就是这样的一部作品。这部小说故事，被虚拟地设定于 20 世纪 90 年代的英格兰，31 岁的叙述者凯茜是一位已有 12 年工作经验的看护员。小说以她的童年回忆展开，主要集中于她与两位同学露丝与汤米之间的友谊与爱情。露丝后来是个活泼直爽而有时急躁的姑娘，而不善言辞的汤米虽然显得木讷，但是个为人厚道诚恳的好小伙子。作为叙述者的凯茜显得理智善良而宽容。故事以她的自我介绍开头，她说自己来自黑尔舍姆的一所寄宿学校。这所学校坐落在风景美丽的某个英格兰乡村。女学生们在白色休息亭里边嚼舌头，边观看男孩子们的各种球赛。同时，这所学校又被神秘的气氛缠绕，有着与普通学校大相径庭的特殊性。

比如这里的孩子们从来不提他们的父母，也从来没有周末假期回家的举动，他们好像与世隔绝，老师被称为监护人。他们的成长似乎肩负着特殊的使命，他们每周都要进行身体检查，学校非常害怕抽烟对于他们的危害，以至于要在图书馆里禁止福尔摩斯的故事。事实上，这所学校里的学生是一群特殊的孩子：只有生命"原型"而没有真正父母的克隆人。从小到大他们一遍遍地被告知，他们的命运已被注定，他们必须保持健康的状态，然后把自己的重要器官捐献给那些需要的人。这是他们之所以来到世上的唯一目的。而这些孩子们的生命，通常将在 3～4 次捐献之后走到尽头。全书 23 章被分成三部分，第一部分（1～9 章），讲述这些特殊孩子在黑尔舍姆寄宿学校的童年历程。第二部分（10～17 章），讲述这些孩

---

① ［美］加思·斯坦：《我在雨中等你》，林说俐译，海口：南海出版公司 2008 年版，第 283 页。

子在正式承担起他们的"为人类奉献"的天职前,到特定村庄度完最后的集体的生活。第三部分(18～23章),讲述经过三次或四次的器官捐献后,结束各自作为"克隆人"的短暂生命时的情感历程。

所以尽管在凯茜的回忆里,这个校园犹如一座伊甸园般美好:自由、快乐,甚至还鼓励孩子们通过艺术创作来追求创造性。但这里的孩子们和无知的亚当与夏娃一样只是懵懵懂懂地活着,用那位叛逆的教师露西小姐的话来说,这些克隆人"被告知了其实又没有被告知",他们知道自己长大后的使命就是去做捐献,却不知道这对自己到底意味着什么。这所学校的特殊性只是在于,创办者以及这里的工作人员,只是希望让"克隆人"过得好一点儿,能够慢慢接受命运,最终以一种更体面和尊严的方式去完成捐献。他们的努力只是局限于让黑尔舍姆成为克隆人世界的一个例外,而不是再往前一步成为人类的例外。至于克隆人也是人,应该被以人对待,这一点已超出了学校主管者们的考虑和能力。但事情并不如此简单。虽然让孩子们学习绘画的初衷,是本着"艺术能暴露艺术家的灵魂"的想法,来获得关于这些"克隆人"的生命意识的科学认识。但当事实证明,"克隆人"不仅有常人的精神世界,而且拥有在常人世界中正日益被遗弃的爱情时,这让良知仍在的人们束手无策。

在小说中,作者石黑一雄没有把克隆人作为他者,而是作为人类的一份子来写。这让故事有了一个反讽的内涵:这些被人类当作工具的生命,他们积极反抗命运的努力,与当下人普遍沉溺于醉生梦死的人生形成鲜明的反差。这些由人类创造出来但不被承认的生命,比创造者自身更懂得也更珍惜生命的意义。所以小说不仅具有深刻的警世作用,让我们看到当科学成为宗教之后,世界将会面临怎样的毁灭性灾难;而且它还体现了艺术文化独特的审美认识论功能,让我们通过"准人类"的生命意识,去领悟人生的价值和存在的奥秘。虽然这是一个无比悲哀的故事,但叙述者却从一开始就将情调定位于对生活的感恩之中,强调"真正明白,汤米、露丝、我、我们其他所有的人,是多么幸运"。在某种意义上,小说的内容也就是对这个意思的深入诠释。小说的价值不在于唤起我们对主人公不幸命运的廉价同情,而在于借几位"特殊人物"的命运重新审视人生的定位。这就是为什么,对小说的三位主人公凯茜、汤米和露丝来说,黑尔舍姆是他们的精神家园,即使这个家园后来被毁弃了也还是如此。因为他们毕竟从中感受到了一种关怀,并从中走向了生命意识和人性的苏醒,逐渐学会了去努力地爱和真诚地生活。

在故事中,三位主角的人性是通过爱情的自觉而得到生动展现。比如在故事里,露丝意识到凯丝和汤米之间产生了超越友情的默契后十分嫉妒,故意引诱汤米接纳她成为女友,将这对原本能够真诚相爱的人拆散。但几年后,当露丝终于意识到自己和汤米间不可能拥有那种真正的刻骨铭心的感情后,她反过来主动向凯丝承认了实情,并竭力促成她和汤米的幸福,为他们弄到了被当作命运女神的"夫人"的地址。因为在黑尔舍姆曾有过一个让人宁信其有、不信其无的传说:"如果能证明自己真心相爱就可以推迟几年进行捐献。"而这位曾不断来黑尔舍姆挑选收藏他们绘画作品的神秘夫人,被他们寄予着这种希望。尽管他们找到了那位"夫人",尽管她曾经在凯丝小时候一次在《千万别丢下我》的歌声中独自起舞时就被感动,后来又被凯丝和汤米的爱情所感动,对他们的遭遇充满同情,但最终也还是以"你们只有靠自己了"表示了她的无奈。正如书中的那位学校主管埃米莉小姐,对前来向她们证明自己已经真诚相爱的凯西和汤米所说的:人类中的有良知者们"实际上是在尝试一件不可能成功的事情"。因为这个世界需要这些特殊人去捐献,只要这种情况不改变,那么总会有一道障碍反对让这些其实比原生人更具有人性的克隆人受到人的待遇。这是对人类无法遏止的贪婪欲望最有力的控告和批判。

正如作者在接受记者采访时说,这个悲伤的故事的真正意义还在于能给人以鼓舞。毫无疑问,有一种深刻的悲悯始终充斥于小说中。比如,当这群特殊孩子慢慢成长,不仅知道了自己永远不能像"别的人"那样生儿育女,懂得了所谓的基因"原型"并非通常意义上的父母,因而永远无法拥有那种最普通的天伦之乐和血缘亲情,而且还不能拥有爱情和属于自己的任何理想时,当我们看到露丝为了发现自己的原型而最终失望,读到汤米在接受最后一次捐献手术前对凯丝感叹:"真是可惜啊,凯丝,因为我们一生彼此相爱。可是最终我们却不能永远待在一起"时,不由让你深深为之悲伤。但有一种欣慰超越了这种悲伤。就像在故事的尾声,小说写道,凯茜主动担任已经做过两次器官捐献的露丝的看护员。她会在晚上带着点心和矿泉水去她的房间:

我们会肩并肩地坐在窗边,观看太阳从屋顶上沉下去,同时谈着黑尔舍姆、村舍以及一切我们脑海中冒出来的事情。当我现在想起露丝的时候,我当然会为她已经过世而感到伤心,但是我也真的为我们在最后的那段时光感到欣慰。①

这种体验超越了平凡人生中"恋生怕死"的生命意识，达到了一个很高的生命境界。它是这几位克隆人比原生人更具人性的表现。这构成了这部小说的核心，它提醒我们，人世最大的愚蠢莫过于不珍惜自己与生俱有的东西，它启发我们去领悟这样一种生命的真谛：幸福就在于那些看似平凡无奇的体验之中，就像小说里的为歌声感动的女孩凯丝，只是梦想着一个曾被告知不能生育的女人，后来终于生了一个孩子。就像长大后的凯丝，唯一诉求的，只是再给她和汤米多几年时间和一个属于他俩的小天地，在那里她和他"能够聊天、做爱、朗读和作画消磨更多的下午时光"②。所以当故事里，凯丝的眼睑里含着忧伤的泪水隔着玻璃窗看着躺在手术台上准备做最后一次捐献手术时，不能不引起我们强烈的共鸣。我们会无法抑制地让自己的泪水与凯丝一起淌下，在那个时刻，被深深感动的心灵得到升华和净化。

15. 我亲爱的甜橙树

就像小说题目所昭示的：《千万别丢下我》，当你读这部作品时，会想起一句流行歌曲的词：平平淡淡就是真。生活并不总是处于惊涛骇浪般的冒险之中，更多的是平淡无奇的日子。一部能唤醒我们内在人性的小说杰作，就在于它能让我们懂得看似平淡的日常生活的真谛，让我们的内心世界能够从这样那样的喧嚣与骚动中平静下来，去聆听大地的声音，领悟生命的意义。巴西著名作家若泽·毛罗·德瓦斯康塞洛斯的代表作《我亲爱的甜橙树》同样具有这样的意义。作者在48岁时以温情之笔写下这个自传性质的故事。这是一个构思了42年、仅用12天就写成的故事。这是一个让数亿读者感动落泪的故事。在作家的故乡，曾三次改编成电视剧，一次改编成电影，2000年到2009年，图书再版达到116次；而韩国版从2003年到2009年重印了38次。在亚马逊网站，每一位读者都给了五星的评分，而所有人都有一个共同的阅读感受——我哭了。

书里的主人翁是一个名字叫泽泽的五岁的敏感而聪明的男孩。他无师自通地自己学会认字，喜欢提问题、看电影和唱歌，脑袋里经常会有各种莫名其妙的想法。这一切都让人很开心。他对别人都很好。把自己的

---

① ［英］石黑一雄：《千万别丢下我》，朱去疾译，南京：译林出版社2007年版，第262页。

② ［英］石黑一雄：《千万别丢下我》，朱去疾译，南京：译林出版社2007年版，第270页。

弟弟照顾得很好，会把他打扮得很漂亮，并把他带进幻想的王国；他会因为觉得伤害了爸爸，就空着肚子上街擦皮鞋挣钱，然后把赚来的钱买烟当礼物送给失业的爸爸；看到老师因为长得并不漂亮因此没有人送花给她，而别的老师有，他就去别人的花园里偷花送给老师，他会把老师送的面包和糖果跟全班最穷的那个女孩子分享；他会去帮买唱碟的人推销，然后把换来的歌词手册送给爱护她的格格姐姐。这一切都让人明白泽泽是个善良的孩子。这样的孩子自然是个真正的好孩子，他理当获得家人、邻居和学校中的同学与老师的喜欢。他的伯伯甚至认为他会成为《圣经》中的"泽泽"那样的伟大人物。但事实却正好相反。由于家庭贫穷，爸爸失业，妈妈和大姐姐不得不进了工厂。即使这样，全家人也经常面临着遭遇饥饿的危机感。圣诞节是他的生日，但不仅没有礼物，连像样的食物都没有。泽泽觉得，圣诞节为他降生的不是圣婴，而是魔鬼。

泽泽的爸爸因为失业性情不好，而且由于泽泽的恶作剧经常打他；他的大姐也因为劳动和工作的劳累，只要他稍有不按她的要求去做也会打他；他的哥哥也因为帮这个姐姐而经常打他；最严重的一次是接连被姐姐和爸爸打得差点连命都没有了。泽泽成为家里人的"出气筒"，承受着太多的家庭暴力。因为泽泽有时候就像所有的男孩那样，喜欢玩些小小的恶作剧，让街道上的一些老太婆很讨厌，屡屡上门告状。因此在这些人心中，这个泽泽就是一个喜欢捣蛋的坏小孩。这样的生活当然很让他失望。在不被家人理解与关爱，又屡遭家人们的咒骂与暴打下，连泽泽自己都讨厌起自己来。他真心地认为："我就是一个没用的人，一个坏孩子，一个很坏的孩子。"[①]泽泽想到过死，想到过去卧轨。他认为自己什么都不是，本不该来到这世上。但他没有真的这么做，因为家里还有一个叫格格里亚的姐姐是爱他的，经常保护他。他妈妈虽然为了养活全家同样工作繁重，但在有限的时间里也会关心他。更主要的是，泽泽自己给自己建立了一个幻想的王国，让自己的生活充满愉快。

比如，蝙蝠是他的好朋友，家的后院被他分成了三个冒险乐园，其中一条小水沟被泽泽称作"亚马孙河"。尽管没有画笔、没有书籍，甚至没有一个五岁的孩子应该有的玩具，但泽泽他有别的孩子都没有的奇特的东西。这就是在他家后院里的一颗甜橙树，一颗属于他自己的甜橙树。这

---

① ［巴西］德瓦斯康赛罗斯：《我亲爱的甜橙树》，蔚玲译，北京：人民文学出版社 2010 年版，第 55 页。

棵树在别人眼里只是一颗普通的树,但它却会跟泽泽交流,一起谈心和玩游戏。泽泽把甜橙树看作人,甜橙树会跟他说话聊天。他会对甜橙树诉说心里话,因为"只有甜橙树理解他,不会嘲讽他"。泽泽和这棵"会说话的甜橙树"交上了朋友,不过,他最大的幸运是和"老葡"成了朋友。这是他的这位大朋友要泽泽这样叫他的。他的名字其实叫曼努埃尔·瓦拉达雷斯。这甚至引发了那棵会说话的小甜橙树的不满,因为它无法参与泽泽和老葡的那么多好玩的活动。"老葡"之所以叫这个名字,因为他是一个葡萄牙人。虽然因为扒车,老葡曾经狠狠揍了他的屁股,而泽泽也发誓要"杀了他"。但在一次淘气而伤了脚后,是好心的老葡把他送进了诊所,还帮他出了一个"逃学的好理由"。后来,只要遇到让泽泽不高兴的事他就悄悄地去找老葡,跟他谈自己的种种奇思异想,跟着老葡一起去郊游是泽泽最爱的事。

渐渐地泽泽感到,"老葡"是他泽泽在"这个世界上他最喜欢的人"。泽泽把老葡当作了自己的父亲,而他自己的亲生父亲早已被他在心里杀死了。用泽泽的话讲:"当你不再喜欢一个人,他就会在你的心里慢慢死去。"而老葡同样意识到了泽泽身上有与一般男孩完全不同的品质,明白在泽泽淘气的外表里面,内心深处有一颗单纯善良的心。因此他也深深地喜欢这个男孩,他说过"从没见过这样敏感、这样不被家人理解的孩子"。他能跟老葡谈他的不幸,他的各种奇怪的想法。老葡会真正关心他,照顾他。正是老葡让他感受到别人的关心和爱。老葡取代了那棵"小甜橙树",他发现,原来现实生活中也能感受到温柔与爱。他因此变得"对一切都温柔",他也不再搞恶作剧了,他的姐姐甚至觉得他已经"变成了另一个孩子"。泽泽对别人也更好了,就连学校生活也变得有思想了。一次上课,老师塞西莉亚·派姆小姐问哪位同学愿意到黑板前写出自己造的句子。谁都不敢上去。泽泽勇敢地举起了手。"你想来吗,泽泽?"泽泽离开座位走到黑板前。让他感到骄傲的是听到她这样说:"大家都看到了,上来的是全班年龄最小的同学。"泽泽还够不到黑板的一半高度。他拿起粉笔,认真地写起来。"假期马上就要开始了。"他看着老师,想知道有没有写错的地方。只见老师开心地对泽泽笑了。此时,桌子上摆着空花瓶,虽然空着,但泽泽却觉得像老师说的那样,里面"插着一只想象的玫瑰花"①。泽泽对自己的造句很满意,高兴地回到座位上。

---

① [巴西] 德瓦斯康赛罗斯:《我亲爱的甜橙树》,蔚玲译,北京:人民文学出版社 2010 年版,第 234 页。

他高兴的是因为假期一到,他就可以经常和老葡开车去兜风了。这一切都让人感觉到事情在一点点好起来。但就在他满怀希望的时候,坏消息突然来临:先是因为修路而要砍掉小甜橙树,接着老葡突遇车祸而亡。尤其是老葡的突然去世对泽泽来说是无比巨大的精神刺激。他们在一起的快乐时光成为泽泽心中最美好也最痛苦的记忆。他知道了什么叫"痛苦",这个五岁男孩对"痛苦"的定义是:整个心在疼。在泽泽最无助的时候,是老葡拯救了他受伤的心灵,是老葡给予他关爱,引领他好好活下去。所以,当老葡死去时,泽泽他便也想去天堂。泽泽认为自己"再也没有做好孩子的动力了……"无论是那个幻想世界中的爱,还是那个现实生活中的爱,都突然地离开了他。所有美好的东西都离他而去。在多重打击下,在接下来的日子里,泽泽因伤心过度而呕吐发烧,连续三天三夜的高烧使泽泽处于昏迷状态。昏睡中他梦见有一天,小甜橙树突然来到他的窗外,带着自从搬家后就没再见的那只蝙蝠,还有美国西部电影中的明星们的各种宝贝……一切都让人感觉到悲痛和绝望,似乎是没有活下去的理由了。在泽泽看来,当一个人一心想死时,真的就可以死去。泽泽病得很重,眼看就要真的去天堂了。

但是妈妈、姐姐们日夜守在他身边。昏迷中的泽泽偶尔也能听到人们在他身边说话,他听得懂他们说的每句话,但他不想回答,一心只想追随他的最喜欢的老葡去天堂。最心疼泽泽的姐姐格格里亚甚至搬到泽泽的房间,晚上就开着灯睡在泽泽身旁。这样她就能够更好地看护弟弟。甚至那些讨厌他的邻居都来看望他,希望他快快好起来,因为他们突然意识到"没有泽泽的街道显得很凄凉"。他们甚至怀念起泽泽以前的那些并无恶意的调皮。在大家的爱心的帮助下,泽泽终于醒过来了,凭着从小锻炼出来的坚强他活过来了。不过,逐渐康复起来的泽泽开始变得沉默,不再那么爱幻想。有过这次经历,他成熟了许多许多。没有人知道他的秘密,没有人知道他曾有过一个叫"老葡"的朋友。他告别了甜橙树,继续长大。小甜橙树已经开花,但变成了一棵普普通通的小树;后院也已经没有了"亚马孙森林",没有了狮子和黑豹。泽泽虽然已经不再相信那个"幻想世界",但面对小弟弟路易斯的询问,他还是把"幻想世界"留给了路易斯:黑豹去"亚马孙森林"度假去了。这是一次告别,与"幻想世界"的告别,与童年的告别。

爸爸也开始转变对泽泽的态度。这天他拉着泽泽的手,当着大家的面让泽泽坐在他的膝盖上。他说:"一切都结束了,儿子,一切,总有一天,你也会当爸爸,也会发现,在一个男人的生活中,某些时刻是多么艰难,好像什么事情都不对,于是陷入了无边的绝望之中。"可是现在不同了,爸爸被任命圣阿莱绍工厂的经理,圣诞节的夜晚你们的靴子里再也不会缺少礼物了。泽泽的爸爸还在说话,不停地说话。他甚至用长满胡子的脸蹭泽泽的脸。这让泽泽觉得很不舒展。他从爸爸的腿上滑下来,向厨房门口走去。坐在台阶上,望着光线越来越暗的后院,心生厌恶,却没有愤怒。爸爸跟了出来,看到泽泽又两眼泪汪汪的。他几乎跪在地上跟泽泽说话。但泽泽知道,他不懂,他什么也不会懂的。但关键是,他泽泽已经开始懂得这个世界了。多少年过去了,已经48岁的泽泽还在怀念着老葡:"我亲爱的曼努埃尔·瓦拉达雷斯!"有时在思念中,已经不再年轻的泽泽觉得自己好像仍然是一个孩子。在那时他会说:亲爱的老葡,是你教会我生命的温柔,是你让泽泽知道,感受不到温柔的生命并不美妙。①

　　没有温柔的生活毫无意义。因为温柔是人性的体现,温柔的程度就是人性的刻度。这就是这部叫作《我亲爱的甜橙树》的小说如此让人感动、让每个有良知的人读了会情不自禁地泪流满面的原因。因为这是一部从头到尾充满了温柔的书。它是关于"温柔与人性"的关系的故事。懂得温柔的人同时也就是懂得悲伤的人。这是小泽泽与别的孩子不一样的特殊性所在。比如在小时候,他经常听到妈妈在一天的工作后把头发散开来,轻轻唱起一首歌。小泽泽会在旁边学:"水手,水手/忧伤的水手/为了你,水手/我不惜失去生命。……波浪滔滔,/拍打着沙滩,/远航的水手哟,/我是多么爱你。……水手的爱,/短暂的爱。/船已起锚,/水手去远航。……"每次听妈妈唱起这首歌,都会让小泽泽"感到一种我无法理解的悲伤"②。因为这就是生命本身与生俱来的悲伤。这个故事把这一点强调得非常到位,温柔是"纯情"的底色,也是"纯情"的本质。唯其如此,这部看似不起眼的《我亲爱的甜橙树》不仅为自己赢得了全世界无数的读者,也为小说这门艺术赢得了无上光荣。为什么这个故事能如此让我们泪流满面?是因为它充满了人性,让我们深深地明白了,什么是人性的伟大与高贵。

---

① ［巴西］德瓦斯康赛罗斯:《我亲爱的甜橙树》,蔚玲译,北京:人民文学出版社2010年版,第261页。

② ［巴西］德瓦斯康赛罗斯:《我亲爱的甜橙树》,蔚玲译,北京:人民文学出版社2010年版,第5页。

索　引

后记　　感想与感谢

　　这是一部关于小说艺术的研究著作，因此在宽泛的意义上，它属于"学术研究"的"理论书写"。但与我们通常的理解不同，本书的重点并不像一般所谓的"学术"和"理论"那样的，属于被美国学者法兰克福教授概括为"扯淡"的文字，而是重在对小说作品的贴近式讨论。因此，本书中有不少直接涉及作品本身的篇幅，除了一般性的故事梗概，还有较详细的文本概括。这要求读者带着不同的心情来阅读本书。需要有点耐心。本书中的所谓"研究"与"学术"与那种坐而论道的"高空作业"的"理论"没有太多关系，不属于一个家族。它是作者自己从多年来对各种优秀小说艺术作品的阅读心得与审美感受的提取。

　　因此我可以认为，本书对于目前那些从"博士流水线"上下来的、准备凭借熟悉地掌握几种"理论手段"作为"文化资本"，在学界尽可能迅速"崛起"的那些读者而言，没有多大意义。因为他们所受的教育已经使他们失去了看懂这类著作的能力。本书的合适读者或者干脆说理想读者，是对人文事业仍保有一份纯真之心、在浮躁喧嚣的当下社会仍不失一种良知的人们。我期待同你们大家的相遇，也希望这本书不至于让你们失望；而能够在耗费了你们宝贵的时间与精力后，让大家能从中多少获得一些东西。我相信这种可能性很大。因为这本书不是我从单纯的发自大脑的逻辑推理制造出来的，而是来自于长年累月慢慢积累而成的，建立在心领神会的感悟基础上的体会。这个过程几乎长达十几年。它反映了我的美学观：学习文艺理论的目的不是为了向文艺创作者发号施令，更不是自欺欺人地用蒙骗人的所谓理论来做"稻粱谋"的。而是能够更好地帮助自己进入具体的小说艺术世界，与那些伟大与杰出的小说佳作产生良性的共鸣。从而品尝到真正的"人文生活"的幸福感。

　　由于本书是在一门研究生课程的基础上产生的，因此，在这里我得向十几年来听过我课的许多同学们表示感谢。没有你们以聆听和提问的方式的参与，很大程度上也就没有这本书。本书的许多篇章正是在我反复地思考,究竟该如何妥当地回答你们的问题中形成的。所以,这也意味着这不是一本"为写而写"的书,如果它是这样的东西,我一定会毫不犹豫地选择放弃。因为为了将书中的意思表达得尽可能准确,哪怕是几个字的修订,都让我付出了相当昂贵的身体代价。这曾经让我感到十分的悲哀。因为曾几何时,写作对我来说是一种多么享受和惬意的活。在那时,人文阅读与写作与其说是工作或事业,不如讲是一种心满意足的享受。但岁月流逝,生命老去,如今,要想再像年轻时那样不知疲倦地写作,已不再可能。在本书的写作中,我有过以往从未出现的想放弃的念头。但考虑到其中的一些思想的价值并不是金钱所能衡量的,我只能将它完成才能有所安心。无论如何,学习总是需要的,尤其是与那些好书打交道,这样的人生是不可多得而值得珍惜的。阅读不仅使我们成长,更给予我们一种无根而固的信仰。

诚然,我还要一如既往地对我已经毕业了的研究生们表示感谢!和你们的相处让我的生活变得更加充实。由于你们的到来,使我所热爱的人文教育有了着落之地。尽管你们彼此间的性格、志向与兴趣都各有差异,但这并不影响我们是一个和谐的团体。我们都清楚,彼此能相聚一起是今生今世的一种缘分。因此无论你们散落四方、各自东西,我都会永远记住你们,记住我们在一起度过的"痛并快乐着"的日子。我会继续分享你们的快乐,分担你们的悲哀。在你们需要的时候我们大家一起共在。为此,让我再次对你们说声"谢谢"!

最后,在这篇后记即将结束之际,我也想趁此机会向我的家人表示一份感谢,以弥补以往的欠缺。我要向夫人潘一禾教授表示一份不算太迟的感谢!她是一位全方位的优秀教授,对此毋须我在此介绍。在听过她的课的浙江大学学生中,有太多的学生永远记住了她的名字。我要说的是,不知不觉间,我们一起携手走过了生命的半个世纪。从朝气蓬勃的青年到被称之为大妈和大伯,称呼的改变说明了我们外貌的改变,我们已经不再年轻。没有改变的是我们内在的那颗热爱人文事业的心。我要感谢的是,正是由于你不计一切地作出的牺牲,才有我神定心静的阅读与写作,在很大程度上,是你为我的研究与创作提供了保障。我想我们会一如既往继续这样走下去,但尽早由衷地道出一声"谢谢"是我必须做的。我还要向远在大洋彼岸的我们的儿子徐可博士表示一份感谢。看着你从不懂事的叛逆少年到如今身心健康的阳光青年的成功转型,我们由衷地为你感到骄傲和自豪。虽然这份骄傲与自豪中多少还带有一点点的伤感,但这是一种幸福的伤感。朝夕相处、相伴身边固然是一种享受,但在经常的思念中同样也有一种特殊的甜蜜。回想着你一路走来的点点滴滴,总是能给予我们许多美好的回忆和慰藉。为此老爸要特别地感谢你,是因为由于你的存在让我更深入地领悟了生命的意义。相信你会和我们一样找到自己的人生之路,祝福你一路上平安顺利!

2014 年 4 月 25 日　于浙江大学求是村

图书在版编目(CIP)数据

故事的诗学 / 徐岱著. —杭州：浙江大学出版社，
2014.9

ISBN 978-7-308-13712-6

Ⅰ.①故… Ⅱ.①徐… Ⅲ.①小说研究 Ⅳ.①
I106.4

中国版本图书馆 CIP 数据核字（2014）第 188240 号

故事的诗学

徐 岱 著

责任编辑	黄兆宁	
封面设计	林智广告	
出版发行	浙江大学出版社	
	（杭州市天目山路 148 号　邮政编码 310007）	
	（网址：http://www.zjupress.com）	
排　　版	杭州林智广告有限公司	
印　　刷	杭州日报报业集团盛元印务有限公司	
开　　本	710mm×1000mm　1/16	
印　　张	23.50	
字　　数	396 千	
版 印 次	2014 年 9 月第 1 版　2014 年 9 月第 1 次印刷	
书　　号	ISBN 978-7-308-13712-6	
定　　价	58.00 元